ANDREAS GRUBER

Todesschmerz

GOLDMANN
Lesen erleben

Andreas Gruber

Todesschmerz

Thriller

GOLDMANN

MIX
Papier aus verantwortungsvollen Quellen
FSC® C014496

Penguin Random House Verlagsgruppe FSC® N001967

1. Auflage
Originalausgabe September 2021
Wilhelm Goldmann Verlag, München,
in der Penguin Random House Verlagsgruppe GmbH

Ein Projekt der AVA international GmbH
Autoren- und Verlagsagentur
www.ava-international.de / www.agruber.com
Umschlaggestaltung: UNO Werbeagentur, München
Umschlagmotiv: FinePic®, München
Karte vom Oslofjord: © Peter Palm, Berlin
TH · Herstellung: ik
Satz: Buch-Werkstatt GmbH, Bad Aibling
Druck und Bindung: GGP Media GmbH, Pößneck
Printed in Germany
ISBN: 978-3-442-49109-4
www.goldmann-verlag.de

Besuchen Sie den Goldmann Verlag im Netz

Meinen Nachbarn am Römersee

Kurt und Simone Piltz
Eva und Norbert Reithofer
Eva Siebert und Jochen Eder
Gaby Horn und Wolfgang Sprung

Hisst die Piratenfahnen!

»Der Schmerz ist der große Lehrer der Menschen.«

– Marie von Ebner-Eschenbach –

Tyrifjorden
Oslo
Lillestrøm
Lørenskog
Nesoddtangen
Øyeren
Asker
Oslofjorden
Kolbotn
Slemmestad
Langhus
Drammen
Ski
Drammensfjorden
Drøbak
Ås
Svelvik
Askim
Sande
Selvik
Son
N
W
O
S
Holmestrand
Jeløy
Moss
Horten
Oslofjorden
Sarpsborg
Tønsberg
Fredrikstad
Nøtterøy
Slevik
Skjeberg
Sandefjord
Tjøme
Vesterøy
Asmaløy
Larvik
0 5 10 15 km

PROLOG

Dienstag, 22. Mai

Die junge Frau war ganz nach seinem Geschmack. Knabenhafter Körper, kleine feste Brüste und langes schwarzes Haar. »Was für eine Ehre, Herr …«

»Keine Namen!«, unterbrach er sie. »Und nicht so förmlich.« Er musste nicht dran erinnert werden, dass er theoretisch ihr Vater hätte sein können.

»Wie du willst.« Sie lächelte verspielt, während sie aus der Bluse schlüpfte. Der Stoff glitt an ihrem Körper hinab, und sie stand nur noch in hochhackigen Schuhen und schwarzen Dessous vor ihm. Auch ihre Stimme war perfekt. Rau, lasziv, erfahren. Ungewöhnlich für eine höchstens Fünfundzwanzigjährige.

Sie sah ihn an. »Klären wir zuerst das Finanzielle?«

»Sechstausend Kronen, nicht wahr?« Er griff in die Seitentasche seines roten seidenen Morgenmantels und holte ein bereits abgezähltes Geldbündel hervor. Der Preis war okay, schließlich war sie keine Edelnutte. »Plus tausend Kronen extra für speziellen Service.«

»Danke.« Sie lächelte. »Und was machen wir?«

Er legte das Geld auf die Kommode und deutete zum Bett. »Zieh deinen Slip aus und mach es dir bequem.«

Sie steckte das Geld in ihre Handtasche, schlüpfte aus ihrem Höschen und nahm auf dem Rand des großen Himmelbetts Platz. »Soll ich …?«

Er sagte nichts, hob nur den Zeigefinger.

»Entschuldige bitte.« Sie fuhr sich mit den Fingern über die Lippen, als wollte sie einen Reißverschluss schließen. »Stimmt, mir wurde gesagt, ich soll keine Fragen stellen.«

Er atmete tief durch und ging durch das Zimmer. Am anderen Ende stand ein Flügel. *Ein Steinway.* Angeblich hatte Edvard Grieg irgendwann nach 1862 auf diesem Instrument komponiert. Er löste den Gürtel des Morgenmantels, öffnete ihn weit und nahm auf dem Klavierhocker Platz. Nachdem er mit den Fingern über das glänzende Holz gestrichen hatte, spielte er die schwermütige Melodie von Beethovens Schicksalssinfonie an. Wie er die satte Klangfarbe dieses Flügels liebte.

»Oh«, rief sie erstaunt. »Klingt gut. Woher kannst du …?« Sie verstummte.

»Das e2 ist verstimmt.« Er erhob sich, ging um das Instrument herum. Der Deckel stand offen, er griff in das Gehäuse hinein, werkelte darin herum und zog schließlich eine lange graue Nylonschnur heraus.

»Kann man die Saiten einfach so aus dem Klavier nehmen?«, fragte sie. »Funktioniert es dann überhaupt noch?«

Er gab keine Antwort. Während er sich das Ende der Schnur um die rechte Hand wickelte, ging er zum Fenster und schloss die Vorhänge. Nur noch mattes Licht fiel ins Schlafzimmer.

»Du magst es kuschelig«, stellte sie fest.

»Leg dich auf den Bauch«, befahl er.

»Warum denn?« Sie zog eine Schnute. »Ich finde dich wirklich sexy. Oder magst du es gern von hinten?« Lächelnd und entspannt sah sie ihn an.

»Leg dich auf den Bauch«, wiederholte er nur.

Nun blinzelte sie zur Klarsichtfolie, die über dem Laken lag. »Wozu ist die? Soll ich sie abmachen …?«, fragte sie, verstummte jedoch, als sie seinen Blick bemerkte. Rasch legte sie sich aufs Bett und rollte sich auf den Bauch. Das Plastik raschelte.

Ihr kleiner knackiger Po sah verführerisch aus. Er mochte es, wenn langes schwarzes Haar wie ein Strom aus Tinte zwischen den Schulterblättern über den Rücken floss. Ohne sich lange mit

Zärtlichkeiten oder einem Vorspiel aufzuhalten, stieg er rittlings auf sie und drang in sie ein. Ihr Rücken bog sich durch. Nachdem er dreimal fest in sie gestoßen hatte, legte er ihr sanft die Nylonschnur um den Hals.

»Aber … das …«, röchelte sie.

»Keine Sorge, ich pass auf, dass deinen Haaren nichts passiert.«

Während er so fest zuzog, dass sich die Schnur tief in seine Hände grub und die Nutte sich schnaufend und verzweifelt aufzubäumen versuchte, kam er. Mit einem wohlwollenden Grunzen ergoss er sich in sie. Zuerst musste er sie wie ein Wildpferd im Zaum halten, damit sie ihn nicht abwarf, doch dann erstarb ihr Widerstand langsam. Er lockerte den Griff.

»Lass …«, röchelte sie, »… mich … bitte …«

Mit der freien Hand griff er unter das zweite, neben ihnen liegende Kopfkissen und holte ein Messer mit Elfenbeingriff und langer, krumm gebogener Klinge hervor.

»Bitte … ich …«

Er stieß ihr das Messer seitlich zwischen die Rippen bis zum Anschlag in die Lunge. Augenblicklich verstummte sie, spuckte nur noch Blut. Während er spürte, wie ihr Körper erschlaffte, und sah, wie ihre rosa Haut schlagartig an Farbe verlor, kam er ein zweites Mal. Nicht mehr so intensiv wie vorher, aber dafür hielt das Gefühl diesmal länger an.

Er beugte sich zu ihr hinunter. »Deshalb liegt die Folie auf dem Bett …«, flüsterte er ihr ins Ohr und betrachtete den dunkelroten Strom, der sich seitlich über das Laken ergoss. »… du hast übrigens recht … eine richtige Saite kann man nicht so einfach aus dem Klavier nehmen.« Aber das hörte sie nicht mehr.

Er ließ das Messer in ihr stecken und nahm nur die Angelschnur aus Nylon von ihrem Hals. So wartete er, bis die Blutung nachließ, dann löste er sich von ihr und nahm das Geldbündel aus ihrer Handtasche. Danach knotete er den Morgenmantel wieder zu und verließ das Zimmer. Er fühlte sich berauscht, als hätte er zu viel erstklassiges Gras geraucht. Gemächlich ging er über den handgeknüpften dicken Teppich durch den langen Korridor ins Wohnzimmer.

Dort kam ihm eine große, hagere Gestalt entgegen. »War alles in Ordnung?«, murmelte der Mann.

»Ja.«

»Kann ich Ylva schon wegbringen?«

Er sah ihn irritiert an. »Ylva?«

Der Mann nickte den Gang hinunter zum Schlafzimmer. »Das Mädchen.«

Nun wurde ihm bewusst, dass er sie gar nicht nach ihrem Namen gefragt hatte. »Ja, natürlich, und beseitige die Sauerei, bevor unsere Klienten eintreffen.«

Der Mann nickte. Hinter ihm betrat ein junges Dienstmädchen das Wohnzimmer. »Wünschen Sie jetzt das Frühstück einzunehmen?«

»Nicht jetzt, später. Vorher brauche ich einen Cognac.«

»Sehr wohl.« Sie verbeugte sich und verschwand.

Er ging durchs Wohnzimmer, öffnete die Balkontür und trat ins Freie. Es war kurz nach sieben Uhr früh und herrlich kalt. Nebel lag über dem Fjord, man konnte kaum das Meer sehen. Bloß die schroffen Felsen, auf denen das Haus stand, ragten aus der milchig grauen Suppe. Ein Adler kreiste über dem Wasser. Genauso fühlte er sich auch: schwerelos und frei.

Er zog den Gürtel des Mantels enger, griff in die Seitentasche, holte eine Zigarre heraus, packte sie aus dem Zellophan aus, schnitt die Spitze mit dem Cutter ab und steckte sie mit seinem goldenen Zippo an. Mehrmals paffte er und hielt den Rauch im Mund, ehe er das erste Mal genüsslich ausatmete. Dann hörte er leise Schritte hinter sich.

»Ihr Cognac.«

Ohne den Blick vom Fjord zu nehmen, streckte er den Arm aus. Das Dienstmädchen drückte ihm das Glas in die Hand. Außerdem stellte sie ein Tablett mit seinem Handy und einem speziellen Aschenbecher für Zigarren auf die Brüstung des Balkons.

»Sie hatten zuvor einen Anruf.« Mehr sagte sie nicht. Nachdem sie die Tür geschlossen hatte und er wieder allein war, nahm er einen Schluck Cognac und genoss die Wärme, die sich in seinem Magen ausbreitete.

Da läutete sein Handy. Er griff nicht hin, warf nur einen Blick auf das Display. Er kannte die Nummer.

Das deutsche BKA. Schon der dritte Anruf an diesem Morgen, wie er feststellte. *Die haben schon seit einem Jahr nicht mehr hier angerufen. Muss wirklich dringend sein.* Trotzdem drückte er den Anruf weg. *Nicht jetzt!*

Er wollte noch das Gefühl genießen, das ihn gerade durchströmte … endlich wieder halbwegs lebendig zu sein.

1. TEIL

WIESBADEN

Mittwoch, 23. Mai

Vormittag

1. Kapitel

Der Bus der Linie 8 scherte aus, nahm die enge Kurve und fuhr den Geisberg hinauf. Sabine Nemez stand in der Mitte des Fahrzeugs und hielt sich an der Deckenschlaufe fest. Noch eine halbe Stunde, dann würde ihr Vortrag an der Akademie des BKA beginnen.

Ihr gegenüber stand Marc Krüger. Seit zwei Tagen fuhren sie gemeinsam mit dem Bus. Seit Sabine ihren Wagen zu Schrott gefahren hatte, und zwar während der Verfolgung eines Verdächtigen, der dachte, er könnte durch die Wiesbadener Fußgängerzone abhauen. Marc war ihr Beifahrer gewesen und hatte ihr ins Lenkrad gegriffen. So hatten sie den flüchtenden Wagen rechtzeitig gerammt und zwischen zwei gusseisernen Parkbänken eingekeilt, bevor Schlimmeres passieren konnte. Als Folge stand Sabines Auto mindestens eine Woche lang in der Werkstatt, und da Marc noch nie einen eigenen Wagen besessen hatte, waren sie notgedrungen auf den Bus ausgewichen. Andererseits war das eine gute Abwechslung zu ihrem sonstigen Alltagstrott. Nur, dass sie heute leider beim Frühstück getrödelt hatten und sich nun sputen mussten.

Jetzt strich Sabine Marc über die Wange, wobei sie ziemlich weit nach oben greifen musste. Marc war einen guten Kopf größer als sie, was keine Kunst war bei ihren eins dreiundsechzig. Sie tätschelte seine kleine Schramme, die von dem Unfall stammte. »Armer Schatz … lässt du dir deshalb den Bart länger stehen?« Mit dem Stoppelbart, den widerspenstigen blonden Naturwellen, die ihn jünger machten, und dem weißen offenen Hemd über dem

Star-Wars-T-Shirt, sah er eher wie ein klassischer Nerd aus als wie ein Abhörspezialist des BKA.

Oder ist es ein Star-Trek-T-Shirt? Er hatte ihr den Unterschied sicher schon ein Dutzend Mal erklärt, aber weil es sie nicht wirklich interessierte, konnte sie sich das nie merken. Am liebsten war ihr sowieso, wenn er bei ihr in ihrer Wohnung war und gar kein Shirt trug.

Er lächelte sie an, seine blauen Augen blitzten auf. »Bis die Schramme verheilt ist. Einwände?«

Sie schüttelte den Kopf. »Sehen wir uns heute Mittag in der Kantine?«

Er senkte die Stimme. »Leider nein. Ich arbeite mit … du weißt schon wem … an einer streng geheimen Sache.«

Sie runzelte die Stirn. »Mit Sneijder?«

»Mit *Maarten S. Sneijder*«, korrigierte er sie.

»Mit *meinem* Partner? Du verarschst mich!«

»Nein, tu ich nicht«, sagte er. »Außerdem bin ich jetzt mit ihm per du.«

»Seit wann?«

»Seit Anfang dieser Woche.«

»Blödsinn! Sneijder ist mit niemandem von uns per du.«

Marc zuckte mit den Achseln. »Sneijder und ich sind beide Nerds – jeder auf seine eigene Art und Weise –, vielleicht bringt uns das einander näher.«

»Was willst du mir damit sagen? Dass ich zu normal bin?«

»Du bist eben nicht spleenig.«

»Vielleicht hat Sneijder ja auch nur Vatergefühle, wenn er dich sieht.« Sabine sah ihn skeptisch an, dann rückte sie noch etwas näher an ihn heran. »Und worum geht es bei eurer Arbeit, du Superspion?«, flüsterte sie.

Er senkte den Kopf und flüsterte ihr ins Ohr. »Ich könnte es dir verraten, aber danach müssten wir dich leider töten.«

Sie boxte ihn gegen die Schulter. »Probier das nur, Junge, aber verletz dich nicht dabei. Wenn ich dein Gedächtnis auffrischen darf, war ich es, die dir vor einem Jahr das Leben gerettet hat, als wir die Morde der Nonne aufgeklärt haben.«

»Das war reiner Eigennutz«, stellte er trocken fest.

»Ach, und warum?«

Er zögerte. »Weil du schon damals an mir interessiert warst?«

»Und wie kommst du darauf?«

»Weil …«, er räusperte sich, dachte anscheinend nach, wie er sich aus der Sache herauswinden konnte, gab sich dann aber doch einen Ruck. »… als wir in dem Hotel am Bodensee waren, hast du dich über Funk mit Tina unterhalten. Und zwar über mich.«

Sabine spürte, wie sie rot wurde. »Davon hat dir Tina erzählt?«

Er presste die Lippen aufeinander und schüttelte den Kopf.

»Was dann?«

»Ich … äh … saß im Abhörwagen, hatte alle Frequenzen freigeschaltet und dabei …« Er verstummte.

Oh, Mist! Daran hatte sie gar nicht gedacht. Nun wurde sie erst recht rot.

»Kann passieren, Anfängerfehler«, sagte er, nahm sie an der Hüfte und wollte sie an sich drücken.

»Lass mich!« Sie strampelte sich frei. »Und du hast ein Jahr lang nichts gesagt?«

»Na ja«, druckste er herum. »Eigentlich hatte ich es auch jetzt nicht sagen wollen.«

»Anfängerfehler«, konterte sie. Plötzlich wurde sie ernst und senkte erneut die Stimme. »Apropos … ist dir eigentlich aufgefallen, dass …?«

»… die zwei Typen im dunklen Anzug ständig hersehen?«

Sabine nickte. »Die sind mit uns eingestiegen und haben uns seitdem nicht aus den Augen gelassen.« Unauffällig blickte sie zum Ende des Busses, von wo aus die Kerle sie stumm beobachteten. Beide mit hartem, kantigem Gesicht, grau meliert und für die Jahreszeit untypisch braun gebrannt.

Marc zuckte mit den Achseln. »Zufall?«

»Möglich«, sagte sie, obwohl sie nicht daran glaubte.

Als der Bus an der Station Tränkweg hielt, stiegen Sabine und Marc aus. Von hier waren es nur ein paar Minuten zu Fuß. Auch die beiden Schlipsträger im Dreiteiler verließen den Bus und folgten ihnen. Seltsam, dass die keinen Dienstwagen hatten oder sich zumindest ein Taxi leisteten, so elegant wie die aussahen.

Nach einer kurzen Umarmung trennte sich Sabine von Marc. Er ging zum Haupteingang des BKA in sein Büro, und sie nahm den Weg am Pförtnerhäuschen vorbei auf das Areal der Akademie.

Mist, jetzt hatte sie ihn gar nicht gefragt, ob er tatsächlich mit Sneijder an einer geheimen Sache arbeitete oder sie wieder einmal nur verarscht hatte.

Nachdem sie die Akademie betreten und die Unterlagen aus ihrem Spind geholt hatte, brummte ihr Handy. Eine SMS von Marc.

»Die zwei Typen aus dem Bus sind im BKA«, lautete die Nachricht. *»Haben sich nach Sneijder und dir erkundigt.«*

2. Kapitel

Dr. Karin Ross sah mit einem absurden Gefühl des Neides der Putzfrau nach, wie diese ihr Wägelchen durch den Korridor schob, und sperrte dann ihre Bürotür im ersten Stock des BKA-Hauptgebäudes auf. Ob sie vielleicht doch einen anderen Beruf hätte ergreifen sollen? *Betriebspsychologin* stand unter ihrem Namen auf dem Türschild. An diesem Mittwoch hatte sie eigentlich nur einen Klienten – aber der reichte für zehn. *Nun gut, Augen zu und durch.* Danach würde sie endlich Zeit haben, die fünf Protokolle und Gutachten zu schreiben, die noch ausständig waren.

Sie betrat ihr Büro und prallte zurück. Es war viel zu dunkel im Raum, die Vorhänge waren zugezogen, und es roch penetrant nach Vanilletee. Dann sah sie den großen dürren Mann, der im maßgeschneiderten Anzug auf ihrem Besuchersessel saß. Ein Bein über das andere geschlagen und mit einem Feuerzeug in der Hand. »Wie sind Sie hereingekommen?«

»Die Frage meinen Sie doch nicht wirklich ernst«, erklang eine Stimme mit unverkennbarem niederländischem Akzent.

»Doch, das meine ich sehr wohl ernst.«

»Ich habe mich selbst hereingelassen. Ich dachte, ich fang schon mal an, damit es nicht so lange dauert.«

»Die halbjährlich vorgeschriebenen psychologischen Sitzungen habe nicht *ich* erfunden«, konterte Dr. Ross bissig, ging zum Vorhang, zog ihn zurück und riss das Fenster auf.

»Haben Sie überhaupt schon mal irgendetwas erfunden?«

»Darauf werde ich nicht antworten. Sie können nicht einfach

so nach Lust und Laune hereinspazieren, auch wenn Sie *der große Maarten Sneijder* sind«, sagte sie.

»Maarten S. Sneijder«, korrigierte er sie.

»Oh, wie konnte ich das nur vergessen. Ja, von mir aus.« Sie warf ihre Aktenmappe auf den Schreibtisch und setzte sich Sneijder gegenüber in ihren Sessel. »Ich arbeite in diesem Büro. Ich habe hier sowohl eine Privatsphäre als auch sensible Daten, für die ich verantwortlich bin. Außerdem habe nicht *ich* diesen Termin vorgeschlagen, und *ich* habe mich an die vereinbarte Zeit gehalten …«

»Ich … ich … ich«, unterbrach er sie schroff. »Ich dachte, wir wären hier, um über mich zu sprechen?«

»Herrgott!« Sie strich sich die langen blonden Haare hinters Ohr. »Also schön …«, sie atmete tief durch, sah auf die Uhr und richtete den Kragen ihrer Bluse, »… beginnen wir und reden wir über Sie. Haben Sie den Test schon ausgefüllt?«

»Diesen Test?« Er griff in sein Sakko und zog fünf blaue zusammengeheftete Blätter heraus, die er von seinem Sessel aus achtlos auf ihren Schreibtisch warf. »Den alten Test habe ich mitentwickelt, der war viel besser. Dieser neue Test ist völliger Müll.«

»Warum ist er das Ihrer Meinung nach?«

»Weil eine Truppe junger Korinthenkacker die Abteilung übernommen hat. Die mögen zwar Psychologie studiert haben, sind aber völlig ahnungslos, was in der Psyche der Leute vorgeht.«

Aber Sie wissen das natürlich, wollte sie schon mit einem spitzen Unterton sagen, verkniff es sich jedoch. Natürlich hatte er Ahnung davon. Immerhin hatte er selbst unter anderem Medizin und Psychologie studiert, war Fallanalytiker und forensischer Kripopsychologe. »Und deshalb meinen Sie, dass Sie den verpflichtenden Test nicht machen müssen?«, hakte sie nach.

»Da sind so schwachsinnige Fragen darunter wie: *Würden Sie Ihrer Frau einen Ring zum Hochzeitstag schenken?*« Er rückte nach vorn an die Sesselkante, hob die Hand und streckte der Reihe nach drei Finger aus. »Erstens bin ich nicht verheiratet. Zweitens bin ich schwul. Und drittens mache ich keine Geschenke.«

»Ich finde, das sagt sehr viel über Sie aus. Beantworten Sie die Frage eben so.«

»Hören Sie mal!« Sneijder kam auf Tuchfühlung heran. »Die einzigen Ringe, mit denen *ich* mich beschäftige, sind Drogenringe oder Kinderpornoringe, die ich zerschlage. Für allen anderen Quatsch habe ich keine Zeit.«

Sie atmete wieder tief durch. »Fein, dann wechseln wir das Thema. Haben Sie schon die ärztliche Untersuchung und den Fitness-Test gemacht, den das BKA alle zwei Jahre vorschreibt? Soweit ich mich erinnere, liegt Ihrer schon mindestens vier Jahre zurück.«

»Seien Sie ehrlich. Sehe ich so aus, als würde ich den Test bestehen?«

Seine Haut war blass, das Gesicht hohlwangig, das Kinn spitzer als sonst. »Haben Sie Angst davor durchzufallen?«

Er gab keine Antwort.

»Na ja«, sagte sie. »Immerhin haben Sie es geschafft, diese Tür zu öffnen und sich in der Küchennische selbstständig fragwürdigen Tee zu kochen. Ist ja schon mal ein Anfang.« Sie lächelte.

Für einen Moment setzte auch Sneijder ein seltsam kaltes Lächeln auf, das sie schon öfter bei ihm gesehen hatte und das sie jedes Mal innerlich erschauern ließ. Ein Friedhofslächeln, das auch gleich wieder verschwand.

»Also gut, lassen wir die Tests, und reden wir eben so über Sie«, lenkte sie ein.

Er lehnte sich wieder zurück. »Mir geht es beschissen, danke der Nachfrage. Ich konnte in den letzten sechs Monaten zwar siebzehn völlig unwichtige Fälle lösen, aber einen nicht, den größten, und der liegt mir schwer im Magen, deswegen kiffe ich zu viel, trinke zu viel Wodka mit Tabasco, ernähre mich schlecht … eigentlich gar nicht, wenn man es genau nimmt … und schlafe hundsmiserabel. Und nein danke, Schlaftabletten nützen nichts, schon ausprobiert, und Autogenes Training, Bachblüten und Globuli aus Ihrer Psycho-Apotheke können Sie sich in Ihren Allerwertesten schieben.«

Ihr Augenlid zuckte kurz. »Wie ich diese Sitzungen mit Ihnen vermisst habe«, seufzte sie und betrachtete ihn nun genauer. Er sah tatsächlich nicht gesund aus. Die polierte Glatze und das blasse Gesicht konnten schon seit Monaten keine Sonne mehr gesehen haben. Im Gegensatz dazu wirkten die bleistiftdünnen Koteletten, die beim Ohr begannen und in einer schmalen Linie bis zum Kinn verliefen, wie der Kontrast in einem der großen Schwarz-Weiß-Gemälde ihres Vaters. »Ist es derselbe Fall wie vor einem halben Jahr, der Ihnen zu schaffen macht?«

»Darf ich hier rauchen?«

»Immer noch nicht.« Sie blickte zur Decke. Wenigstens hatte er diesmal nicht den Rauchmelder abmontiert.

»Ja, es ist derselbe Fall.«

»Wollen Sie darüber reden?«

»Selbst, wenn Sie Ihre Schweigepflicht tatsächlich ernst nähmen, dürfte ich über laufende Ermittlungen nicht reden.«

Sie neigte den Kopf. »Das würden Sie natürlich nie tun, aber wenn Sie sich ausnahmsweise mal *nicht* an die Vorschriften hielten?«

»Tja dann …«, er zog die Augenbrauen hoch, »… würde ich vermutlich sagen, dass wir seit genau einem Jahr ein Informationsleck im BKA haben.«

»Dann würde ich vermutlich fragen, was daran so schlimm wäre.«

»*Was daran so schlimm wäre?*, würde ich wiederholen«, sagte Sneijder, lehnte sich zurück und schloss die Augen. »Fänden Sie es schlimm, wenn jemand geheime interne Daten nach außen transferieren würde, wodurch BKA-Einsätze gegen das organisierte Verbrechen sabotiert würden?«

»O ja, das würde ich schlimm finden.«

»Sehen Sie, ich auch.« Er öffnete die Augen. »Bei einem dieser verpatzten Einsätze des SEK ist vor Kurzem Schönfeld gestorben, ein ehemaliger Schüler von mir an der Akademie. Seine Frau, Meixner, auch eine ehemalige Schülerin, ist jetzt alleinerziehend mit einer sechsjährigen Tochter. Ich und Marc Krüger …«

»Es heißt *Marc Krüger und i…*«

»Wollen Sie es nun hören oder nicht?«

»Fahren Sie fort«, seufzte sie.

»Also ich und Marc sind dem Maulwurf schon dicht auf den Fersen, trotzdem belastet mich das Thema, weil die Ursache des Lecks ein Top-Insider sein muss. Aber dafür kommt fast niemand infrage.«

»Dann ist der Kreis der Verdächtigen also schon ziemlich stark eingeschränkt?«

Er sah sie überrascht an. »In der Tat. Der Maulwurf kann nur aus der obersten Riege des BKA kommen. Beunruhigt Sie das nicht?«

»Sollte es das?« Sie schüttelte den Kopf. »Ich bin davon überzeugt, dass Sie ihn finden werden.«

»Ich …« Sein Handy klingelte. Er ließ das Feuerzeug in der Sakkotasche verschwinden und holte stattdessen sein Telefon heraus – kaum zu übersehen in einer Hülle mit den rot-weiß-blauen Streifen der niederländischen Flagge. »Ja?«, murrte er.

Er hörte zehn Sekunden lang zu. »Danke, kein weiteres Wort mehr … ich komme sofort«, sagte er schließlich und beendete das Gespräch. Dann nippte er an seiner Tasse und erhob sich. »Ich muss zu Marc, er hat vielleicht eine neue Spur.«

»Sie verlassen die Sitzung frühzeitig?«

»Sie vergessen, dass ich schon eine halbe Stunde vor Ihnen da war. Danke für den Tee und das Gespräch.« Dann verschwand er aus dem Büro.

Sie sah ihm verdutzt nach. *Er hat sich tatsächlich bei mir bedankt.*

3. Kapitel

Sabine Nemez betrat mit Laptop und Unterlagen den Hörsaal III und ging zum Pult. Der Raum war bereits voll. Fünfundzwanzig Studenten der BKA-Akademie für hochbegabten Nachwuchs warteten darauf, dass sie ihre vorletzte Stunde abhielt. Obwohl die Vorlesung verpflichtend war, hatte sie auf eine Anwesenheitsliste verzichtet. Erstens wollte sie keine Zeit mit dem Abhaken von Namen verschwenden. Und zweitens würden Schwänzer das Modul sowieso nicht schaffen, da sie jedes Semester etwas anderes drannahm und es demzufolge kein Skript gab.

Sie hielt die Vorlesung nicht allein, sondern wurde dabei von einem Gastdozenten unterstützt, den Sneijder an die Akademie geholt hatte. Dass dieser noch viel mehr als sie selbst aus dem Praxis-Nähkästchen plaudern konnte, war offenbar auch ein Grund, weshalb die Vorlesung so gut besucht war.

»Guten Morgen«, sagte Sabine und ging hinter das Pult. Rudolf Horowitz, ehemaliger Profiler der Berner Kripo, war bereits da und saß in seinem vollelektronischen Rollstuhl, den ihm das deutsche BKA vor einem Jahr gekauft hatte.

»Steigen wir gleich ein. Heute geht es schwerpunktmäßig darum, dass ein BKA-Ermittler nicht erst eine Theorie aufstellt und danach die Beweise dafür sucht«, begann Sabine ihren Vortrag, »sondern zuerst die Beweise sicherstellt und *danach* seine Theorie aufstellt.« Sie nickte Horowitz zu. Während sie ihren Laptop an den Videobeamer ansteckte und das Bild justierte, übernahm Horowitz.

Er rollte mit seinem Gefährt hinter dem Pult hervor in die Mitte des Hörsaals. Im letzten Jahr hatte sich sein grauer Haarkranz ziemlich ausgedünnt, und auch seine Falten und Tränensäcke sorgten dafür, dass man ihm die dreiundsiebzig Jahre ansah. Allerdings hatte er einen absolut klaren Verstand und war geistig fitter als viele der Studenten, die ihn jetzt erwartungsvoll anblickten.

»Man kann nie vorhersagen, wie oder wann sich die Lösung eines Falls ergeben wird«, sprach er mit seiner knarrenden Stimme im Schweizer Dialekt in das Mikrofon, das an der Lehne seines Rollstuhls befestigt war. »Wenn Sie an einem Fall arbeiten, sind alle Daten in den Tiefen Ihres Unterbewusstseins gespeichert, wie auf der Festplatte Ihres Computers oder auf Servern in der Cloud. Und dort werden sie verarbeitet. Ihr Gehirn stellt neue Eiweißverbindungen her, verknüpft Erinnerungen mit Assoziationen. Sie müssen nur dafür sorgen, dass die Internetverbindung zu Ihrem Server nicht zusammenbricht – in unserem Beispiel also der Kontakt zu Ihrem Unterbewusstsein – und die Daten jederzeit abrufbereit sind. Ermittlungsarbeit hat viel mit mentalen Techniken zu tun. Irgendwann wird die richtige Taste gedrückt, und plötzlich kommt das Ergebnis zutage.«

»Und manchmal muss man sich dabei mit kleinen Tricks helfen, die sich spontan einsetzen lassen.« Sabine klickte durch die Videodateien, öffnete eine davon und drückte sofort auf die Pausentaste. In groben Grautönen war ein fensterloser Verhörraum zu sehen; die Perspektive war die einer Überwachungskamera in der oberen Ecke des Zimmers. Sabine und Sneijder saßen einer Frau mittleren Alters gegenüber. Auf dem Tisch zwischen ihnen befanden sich nur ein Mikrofon, ein Glas Wasser und eine ausgebreitete Landkarte.

Ein erfreutes Raunen ging durch den Saal. Sabine schmunzelte. Sie wusste, dass die Studenten am liebsten Anschauungsmaterial von Sneijders Ermittlungen sahen. Und gerade jetzt, wenn das Sommersemester sich dem Ende zuneigte, war es gut, die jungen Männer und Frauen noch einmal ordentlich zu motivieren.

»Vor zwei Wochen haben Sneijder und ich eine Verdächtige

verhört, von der wir ziemlich sicher glaubten, dass sie den Mord an ihrem Mann nur deshalb zugab, um den wahren Täter zu schützen. Hören und sehen Sie selbst.« Sabine drückte auf Play.

»Wohin haben Sie die Beweismittel verschwinden lassen?«, fragte Sneijder.

»Sie meinen die Mordwaffe?«

»Und Ihre blutige Kleidung, Ihre Handschuhe und den blutigen Teppich aus Ihrem Wohnzimmer.«

»In die Truhe, von der ich Ihnen erzählt habe.«

»Und die haben Sie selbst beschwert, damit sie untergeht?«

»Ja, mit Steinen.«

»Muss verdammt schwer und unhandlich gewesen sein, diese Truhe.«

»Ja, war sie.«

»Ebenso die Leiche Ihres Mannes.«

»Ja, war sie.«

»Hatten Sie einen Helfer?«

»Nein.«

»Sie haben die Leiche Ihres Mannes und die Truhe also selbst nachts im Wagen zum Stausee gefahren und ins Wasser geworfen?«

»Ja.«

»An der Stelle, die Sie uns auf dem Plan gezeigt haben?«

»Ja.«

»Diese Stelle?« Sneijder zeigte auf den Plan.

»Ja, es war exakt dort.«

»Und wie haben Sie das alles über den zwei Meter hohen Zaun gebracht?«

»Wenn eine Frau willensstark ist«, sagte sie selbstbewusst, »kann sie über sich selbst hinauswachsen.«

Sneijder nickte. »Das ist wahr, allerdings stimmt eine Sache nicht. An dieser Stelle ist gar kein Zaun.«

Nun stutzte die Frau. »Was?«

»Fast hätte ich es Ihnen geglaubt, aber Sie waren schlecht vorbereitet«, sagte Sneijder.

Nun starrte sie auf die Karte, dann knirschte sie mit den Zähnen. »Scheiße …«, entfuhr es ihr.

Sneijder drehte den Kopf zur Spiegelwand und nickte. Daraufhin betraten zwei uniformierte Beamte den Raum und führten die Frau ab.

Nachdem die Tür wieder geschlossen wurde und sie allein waren, drehte sich Sabine zu Sneijder. »Woher wussten Sie, dass dort kein Zaun ist?«

Bevor Sneijders Antwort zu hören war, drückte Sabine die Pausentaste. »Woher wusste er es?«, fragte sie.

»Er war dort«, rief ein Student sofort heraus.

»Er hat sich die Stelle auf Google-Maps angesehen«, lautete eine andere Antwort.

»Er weiß es aus dem Polizeiprotokoll vom Leichenfund.«

Es kamen noch einige andere Antworten, doch weder Sabine noch Horowitz kommentierten eine davon mit Worten oder Gesten. Sabine hatte ihr Pokerface aufgesetzt und hörte einfach nur zu.

Schließlich wurde es ruhig im Saal. Dann meldete sich Miyu zu Wort, eine junge Halbasiatin mit langen, glatten schwarzen Haaren, die selten etwas sagte, aber wenn, dann immer ins Schwarze traf. Beinahe hätte sie es nicht auf die Akademie geschafft, weil ihr psychologisches Profil Hinweise auf eine Störung im Autismus-Spektrum aufwies – vermutlich Asperger-Syndrom –, aber Sabine, Horowitz und sogar Sneijder hatten interveniert, weil sie der Meinung waren, dass diese junge Frau großes Talent besaß, das unbedingt gefördert werden musste.

»Ja, Miyu, bitte«, forderte Sabine sie zum Reden auf.

»Sneijder wusste es gar nicht. Er hat hoch gepokert.«

Ein Raunen ging durch den Saal.

»Das ist absolut richtig«, sagte Sabine schließlich. »Wie sind Sie darauf gekommen?«

»Ich hätte es genauso gemacht.«

Sabine verkniff sich ein Schmunzeln. Sie wusste, dass es keine Arroganz war, die sich hinter Miyus Antwort verbarg, sondern einfach ihre ergebnisorientierte Logik, die sie in der Tat mit Sneijder zu teilen schien.

In diesem Moment öffnete sich die hintere Tür des Hörsaals, und zwei Männer traten ein. Sie trugen dunkle Dreiteiler und hatten schroffe, kantige Gesichter. Schweigend setzten sie sich in die letzte Reihe und hörten zu.

Es waren die Männer aus dem Bus.

4. Kapitel

Sneijder trat die Tür mit dem Fuß hinter sich zu, die Hände in den Hosentaschen. »Was gibt es so Dringendes?«

Marc Krügers Arbeitszimmer lag im ersten Untergeschoss und war fensterlos, aber mit einer Klimaanlage ausgestattet, die wegen der vielen Geräte immer auf Hochtouren lief. Auf nicht einmal fünf Quadratmetern fristete Marc hier freiwillig sein Dasein, mit zwei Laptops, einem Standcomputer, drei breiten Monitoren und Filmpostern von *Amazing Stories*, *Outer Limits* und *Akte X* an den Wänden.

The Truth is out there.

I want to believe.

Wenn er sich in Gegenwart von diesem Quatsch wohlfühlte, sollte es Sneijder recht sein. Als jemand, der exzessiv Vanilletee trank, regelmäßig Marihuana rauchte, sich Akupunkturnadeln in die Handrücken stach und gerne mal mit Leichen sprach, konnte er Marcs Spleens akzeptieren. Schließlich schienen sie dessen Urteilskraft nicht zu beeinträchtigen, denn er war wirklich gut in dem, was er tat.

»Habe ich dich von etwas Wichtigem weggeholt?«, fragte Marc.

»War nur das psychologische Gespräch mit Dr. Ross.«

Marc grinste. »Dann solltest du mir eigentlich dankbar sein.«

Sneijder hob die Hand und streckte drei Finger aus. »Worum geht's? In drei knappen und präzisen Sätzen.«

»Ja, keine Sorge, ich werde dir keinerlei weiteren Smalltalk zumuten.« Marc rollte mit seinem Stuhl zu einem anderen Monitor und klapperte auf der Tastatur davor. »Die Programme sind über

Nacht durchgelaufen. Ich habe alles gecheckt. Mittlerweile wissen wir, dass die Informationen aus dem Datenleck mit 99-prozentiger Wahrscheinlichkeit weder telefonisch noch elektronisch oder online irgendwohin transferiert worden sind, weil es keinerlei digitale Spuren gibt. Kein unbefugter Login in die Datenbanken, kein unautorisierter E-Mail-Verkehr über die Server.«

»Auch nicht über private E-Mail-Dienste?«

Marc schüttelte den Kopf. »Ich habe alle Log-Einträge überprüft, kein einziger digitaler Fußabdruck. Es gab nicht einmal Spuren von Kopien auf externe Festplatten, USB-Sticks oder CD-Brenner.«

»Hast du die Handy- und Festnetzdaten geprüft?«

»Natürlich, waren alle negativ. Ich habe sogar sämtliche Festplatten der Kopiergeräte kontrolliert.«

»Und die Scanner und Drucker?«

»Ja, habe alle Protokolldateien gesichtet. Nicht mal da wurden die dafür infrage kommenden als geheim eingestuften Dokumente dupliziert.«

Sneijder dachte nach. »Dann gibt es bloß noch diese eine Möglichkeit, dass …«

»Nein«, widersprach Marc. »Alles, was ins Gebäude reinkommt, muss durch den Scanner. Ich bin sicher, dass weder eine Kamera noch ein portables Kopiergerät reingeschmuggelt wurden.«

Sneijder nickte. »Wenn du das alles gecheckt hast, warum sprichst du dann nur von einer Wahrscheinlichkeit von 99 Prozent?«

»Weil es Dinge gibt, die wir wissen, und Dinge, die wir nicht wissen. Aber es könnte auch Dinge geben, von denen wir gar nicht wissen, dass wir sie nicht wissen. Diese Möglichkeit besteht immer.«

Sneijders Kiefer mahlten. Deswegen mochte er diesen Jungen

so sehr, weil er komplex denken konnte, aber nie davon ausging, dass er alles wusste oder absolut richtiglag. Das wäre ein fataler Fehler, den allzu viele regelmäßig begingen. »Und wie wurden die Daten deiner Meinung nach aus dem BKA geschafft?«, fragte er.

»Ziemlich old school – als händische Abschriften der Originale in einem Kuvert oder Koffer.«

Sneijder selbst war auch schon zu diesem Schluss gekommen. Diese Variante war am wahrscheinlichsten, denn im Zeitalter des digitalen Wahnsinns, wo jede Bewegung eine elektronische Spur hinterließ, war das mittlerweile der sicherste Weg. Zurück zu den Anfängen – wie in den Siebzigerjahren. »Wie weit bist du mit dem Weg-Zeit-Diagramm?«

»Die Idee war gut«, sagte Marc.

»Hör auf, mir zu schmeicheln, das weiß ich selbst. Verrat mir lieber das Ergebnis.«

Marc rollte mit dem Stuhl zu einem anderen Monitor. »Wenn wir die ausschließen, die nichts von den Infos wussten oder gar keine Möglichkeit hatten, an die detaillierten Daten zu gelangen, und die ausschließen, die bereits durchsucht wurden oder zur fraglichen Zeit im Urlaub, Ausland oder krank waren, bleiben nur diese Personen übrig.« Er tippte auf eine Taste, woraufhin eine Liste mit vierzig Namen auf dem Bildschirm erschien.

Es hatte bereits zahlreiche auf den Kopf gestellte Büros und Hausdurchsuchungen verdächtigter Mitarbeiter gegeben, doch die hatten allesamt nichts gebracht. Was Marc jetzt gemacht hatte, war eine klassische Rasterfahndung, nur dass sie diesmal die eigenen Leute, über fünftausend Mitarbeiter des BKA, unter die Lupe genommen hatten.

»Wenn wir herausfinden, wer auf keinen Fall davon profitieren würde, könnten wir weitere Verdächtige ausschließen …«, überlegte Sneijder laut.

»… und den Kreis der Personen noch enger ziehen«, ergänzte

Marc und drückte auf eine weitere Taste, woraufhin nur noch knapp über zwanzig Namen übrig blieben.

»Mein Name ist auch darunter«, stellte Sneijder trocken fest.

»Ich weiß«, antwortete Marc, »aber ich möchte ihn nicht von der Liste nehmen. Würde gegen das Grundsatzprinzip eines Programmierers verstoßen. Außerdem müsste dir das Ergebnis doch schmeicheln, denn hier ist die komplette Führungsriege zu sehen sowie alle Kollegen ab einer gewissen Gehaltsstufe.«

Sneijder verzog das Gesicht. »Eine Liste mit den *hellsten Köpfen* des BKA würde mir schmeicheln, aber so etwas nicht!« Er las sich die Namen durch. »Wir haben also einen Maulwurf in den höchsten Kreisen.«

»Ich hab es dreimal gecheckt, in der Hoffnung, dass sich eines der Programme oder ich mich geirrt haben könnten, aber …«

»Du hast dich nicht geirrt«, unterbrach Sneijder ihn. »Dr. Ross hat mich heute Morgen auf denselben Gedanken gebracht.« *Verdoekt!* Dieses Ergebnis würde Dirk van Nistelrooy, dem Präsidenten des BKA und Sneijders unmittelbarem Vorgesetzten, gar nicht schmecken. »Was hat die Zeitskala ergeben?«

»Die Zeitskala, richtig.« Marc schnippte mit den Fingern. »Auch eine brillante Id… sorry! Ich habe festgestellt, dass sämtliche Infos, die das BKA verlassen haben, immer mindestens drei Tage alt waren, ehe sie – wo auch immer – angekommen sind und verwendet wurden.«

»Drei Tage …« Sneijder kaute an der Unterlippe.

»Wenn eine Genehmigung für einen Einsatz und der darauffolgende Zugriff in weniger als drei Tagen erfolgt sind, gab es keine Sabotage.«

»Das könnte am Transportweg der Daten liegen.«

Marc nickte eifrig. »Und würde somit bedeuten, dass der Transportweg drei Tage dauert.«

»Was ebenfalls darauf schließen lässt, dass die Daten tatsächlich auf konventionellem Weg transportiert werden … und zwar ins Ausland.« Sneijder spürte in den Eingeweiden, dass sie knapp davor waren, die Identität des Maulwurfs aufzudecken. Unwillkürlich merkte er, wie ihm Hitze ins Gesicht schoss und eine Energie ihn durchströmte, wie es immer nur dann passierte, wenn er auf einer heißen Spur war. Dieser Fall entpuppte sich als genauso belebend wie die Mörderjagd.

»Darf ich noch etwas Privates anmerken?«, fragte Marc.

»Wenn es sich nicht vermeiden lässt.«

»Du hast mir ja vor zwei Tagen das Du angeboten … und …«

»Und was?« Sneijder kniff die Augenbrauen zusammen und sah ihn an.

»Ich habe Sabine heute Morgen davon erzählt, sie hätte es sowieso bald herausgefunden, und ich meine nur, wahrscheinlich würde sie sich freuen, wenn du …«

Sneijder schüttelte den Kopf.

»Ihr kennt euch doch schon so lange.«

Stimmt. Und nicht nur das. Sabine Nemez war *sein Eichkätzchen.* Er hatte in München ihr Talent entdeckt, als sie noch beim Kriminaldauerdienst gearbeitet hatte, hatte sie nach Wiesbaden an die Akademie geholt, sie unter seine Fittiche genommen, zwei Jahre lang unter härtesten Bedingungen ausgebildet, dann zu seiner Kollegin gemacht und mit ihr gemeinsam sein Team aufgebaut. Und jetzt spürte er, dass er sie auf keinen Fall noch näher an sich ranlassen durfte. Einerseits sollte sie nicht genauso werden wie er – ein solches Leben hatte sie einfach nicht verdient –, andererseits wusste sie ohnehin schon zu viel über ihn. *Oder ich mache mir was vor, und das ist alles nur reiner Selbstschutz.*

»Ich mag sie«, gab Sneijder zu, »sogar mehr als dich. Aber ich schwöre dir …« Er zeigte mit dem Finger auf ihn. »… wenn sie *das* jemals herausfinden sollte, bist du ein toter Mann. Und ich weiß, wie man Leichen für immer spurlos verschwinden lässt.«

Marc presste die Lippen aufeinander. »War nur Spaß, richtig?«

»Nein.«

Sneijders Handy klingelte. Zur gleichen Zeit poppte eine E-Mail auf einem der Bildschirme auf.

Sneijder ging ans Telefon. Es war Dirk van Nistelrooys Sekretärin. Der Chef wollte ihn um zehn Uhr vormittags in seinem Büro sehen. Sneijder blickte auf das rot-weiß-blau beschriftete Zifferblatt seiner Armbanduhr. »Ich muss in einer halben Stunde zum Chef.«

Marc öffnete die E-Mail. »Ich auch.«

»Dann wird er uns wohl …«

5. Kapitel

»*... in derselben Sache sprechen wollen. Anscheinend geht es um das Datenleck*«, drang Sneijders Stimme dumpf aus dem Lautsprecher. »*Niet goed.*«

Die beiden unterhielten sich noch eine halbe Minute lang, dann verabschiedete sich Sneijder und verließ mit einem Klacken der Tür den Raum.

Im Lautsprecher raschelte es. Das Quietschen von Marc Krügers Stuhl war zu hören. Danach das Klappern auf der Tastatur. Musik erklang. Es hörte sich an wie die sphärischen Klänge eines Science-Fiction-Films.

Der Mann, der das alles vom Schreibtisch in einem Büro aus mitgehört hatte, berührte den Bildschirm seines Handys, und die Musik erstarb. Er massierte seine Schläfen.

Verdammt. Es sah ganz danach aus, als würde er in Kürze ein großes Problem bekommen. Es wurde Zeit, eine bestimmte Nummer zu wählen.

6. Kapitel

Der Einsatz, der im Morgengrauen im Westen Frankfurts in einem schäbigen gelb angestrichenen Einfamilienhaus begonnen hatte, war soeben zu Ende gegangen. Tina Martinelli strich sich das schwarze Haar, das ihr an einer Seite bis zur Schulter ging, hinter das Ohr. Die andere Seite war kahl rasiert. Mit dem Piercing und den Tattoos sah sie so gar nicht aus wie eine offizielle BKA-Ermittlerin, sondern wäre bestenfalls als Undercoveragentin durchgegangen.

Nachdem die Kollegen vom SEK der Frankfurter Polizei, die den Einsatz unterstützt hatten, abgerückt waren, schlüpfte Tina aus der schweren Kevlarweste und warf sie in der Küche über eine Stuhllehne. Die Spurensicherung war zwar in den zwei Stockwerken noch an der Arbeit, aber die Chance, in diesem Haus etwas Brauchbares zu finden, war nahezu null. Hier war keine Menschenseele. Dabei hatten sie den Inhaber über zwei Wochen lang beschattet. Er nannte sich selbst *Der Kuppler*, weil er – mutmaßlich – Geschäfte zwischen einer zahlungskräftigen Klientel und minderjährigen Mädchen abwickelte. Dabei wussten sie weder, wo diese Geschäfte stattfanden, noch, wo er die jungen Frauen unterbrachte. Leider hatte ihnen der Richter keine Abhöraktion genehmigt, aber zumindest hatte der Staatsanwalt eine Hausdurchsuchung herausholen können. Doch anscheinend waren sie zu spät gekommen.

Der Safe in jenem Raum, den sie für das Büro des *Kupplers* hielten, war offen gewesen und leer geräumt worden. Ziemlich hastig, denn einige völlig unbedeutende Rechnungen lagen noch auf dem Boden. Keine Kundenkartei, keine Bankbelege, kein Notizbuch, kein Handy, kein Notebook, kein Fahrzeug. Ja nicht einmal ein Wandkalender mit Anmerkungen hing in diesem Haus. Absolut kein Hinweis auf irgendwas. Das einzig Verdächtige, das es hier gab, war die Tatsache, dass sie eben *nichts* Verdächtiges gefunden hatten.

Tina stand am Küchenfenster und starrte in den Garten, der soeben von den Kollegen der Frankfurter Polizei umgegraben wurde. Sogar Leichenspürhunde waren im Einsatz. *Spart euch die Mühe*, dachte sie. *Der Mistkerl hat einen Tipp gekriegt und ist rechtzeitig mit allen Beweisen abgehauen.*

Eigentlich hätte ja Sabine den Einsatz leiten sollen, doch die beendete das Sommersemester mit den Studenten, also war Tina eingesprungen. Sie waren sowieso wie Schwestern und halfen sich ständig gegenseitig und ohne viele Worte zu verlieren. Rivalitäten oder Kompetenzstreitigkeiten hatte es zwischen ihnen noch nie gegeben – nicht einmal damals, als sie noch die Schulbank an der Akademie gedrückt hatten und selbst noch Frischlinge gewesen waren.

Soeben betrat Krzysztof die Küche. Er trug auch eine kugelsichere Weste über dem kurzärmeligen schwarzen Rippshirt, hatte aber keine Waffe. Aus gutem Grund: Er war vorbestraft, hatte in jungen Jahren als Auftragskiller einige Leute über den Jordan geschickt und dementsprechend lange im Knast gesessen. Sneijder hatte ihn damals hinter Gitter gebracht und ihm nach der Haft eine Wohnung und einen Job verschafft – anscheinend war das sein Beitrag zum staatlichen Resozialisierungsprogramm. Weil Sneijder Krzysztofs Stärken kannte, hatte er ihn dann vor einem Jahr mit einem externen Beratervertrag in sein Team beim BKA geholt.

»Ist scheiße gelaufen«, murmelte Tina.

»Aber wir beide waren ein gutes Duo«, witzelte Krzysztof mit leicht polnischem Akzent. »Wir passen einfach gut zusammen – du und ich –, ich meine, so optisch und rein figürlich.« Er ließ seinen Bizeps und die Unterarmmuskeln spielen und wollte damit wohl auf seine Tätowierungen hinweisen, die er sich damals im Knast hatte stechen lassen. Doch mit seinen leicht vergilbten Seejungfrauen, Ankern und Messern konnte Tina nichts anfangen. Und mit großmäuligen Kerlen schon gar nicht. Auch wenn sie eingestehen musste, dass dieser großmäulige Kerl hier mit seinen grauen Bartstoppeln, dem grauen Zopf und der sehnigen Boxerstatur für seine siebenundsechzig Jahre immer noch verdammt gut aussah.

Sie hob kurz den Blick. »Lass gut sein«, sagte sie knapp. »An deiner Masche musst du noch arbeiten.« Dann runzelte sie die Stirn. »Außerdem dachte ich, du hättest eine Freundin?«

»Maya, die Apothekerin?« Krzysztof nickte. »Die den geilsten Arsch der Welt hatte …?«

»Ja, ich weiß, nämlich *dich*«, unterbrach Tina ihn. »Aber wieso *hatte*?«

Für einen Moment grinste Krzysztof, dann sagte er schließlich mit ernsterem Unterton: »Wir haben uns vor ein paar Monaten getrennt. Ist wohl besser so. Sind noch befreundet und gehen ab und zu gemeinsam essen, aber da läuft nichts mehr.«

»Und jetzt versuchst du es bei mir?«

»Dachte, du stehst auf ältere und erfahrene Männer.«

»Witzig.«

»Ich könnte …«

»Danke, da gibt es nichts, was du tun könntest, es sei denn, diesen Fall lösen.«

»Na schön.« Er zuckte die Achseln. »Ich habe im Keller merkwürdige Schleifspuren auf dem Estrich entdeckt.«

»Hab ich auch gesehen. Vor dem Schrank. Der wurde vermutlich mal weggeschoben. Und?«

»Wurde anscheinend ein bisschen *oft* hin- und hergeschoben«, ergänzte Krzysztof. »Die Spuren sind ziemlich tief. Und der Schrank ist leer.«

Tina sah ihn lange an. »Du meinst, dahinter könnte etwas versteckt sein.«

»Jetzt vermutlich nicht mehr, da alle Hinweise aus dem Haus verschwunden sind … aber einen Versuch wäre es wert.«

»Und das sagst du erst jetzt?«, fuhr sie ihn an.

»Lieber ein Blatt vor dem Mund als ein Brett vor dem Kopf«, antwortete er.

»Ist das ein polnischer Kalenderspruch?«

»Nein, stammt aus einem Glückskeks.«

Seufzend legte sie ihre Weste wieder an, zog die Klettverschlüsse zu und lief aus der Küche. »Komm mit!« Krzysztof folgte ihr. Sie rannten an den Kollegen von der Spurensicherung vorbei und nahmen die Treppe in den Keller.

»Nichts anfassen!«, rief einer ihnen hinterher.

»Wie ich diese Klugscheißer hasse«, murmelte Tina. Unten im Keller stand neben einer alten Waschmaschine das wuchtige Möbelstück, das mit all seinen Schubladen, verzierten Goldgriffen und dünnen Beinchen aussah, als stammte es aus der Biedermeierzeit.

»Fass an!«, sagte Tina und bückte sich. »Nicht da, Trottel. Den Schrank!«

»Ach so.« Krzysztof nahm seine Hände von Tina und stemmte sich schnaufend gegen den Schrank.

Gemeinsam rückten sie ihn zur Seite, was leichter ging als gedacht, auch weil die Rillen im Betonboden schon ziemlich ausgeprägt waren. Und tatsächlich: In der Mauer dahinter verbarg sich eine kleine Holztür, gerade mal so hoch wie in alten Ritterburgen.

Tina griff nach ihrem Pick-Set, um das Vorhängeschloss zu öffnen, doch Krzysztof hatte bereits dagegen getreten.

»Bist du verrückt?«

»Was? Wir haben einen Durchsuchungsbeschluss, und so leergeräumt, wie die Bude ist, wird ihr Besitzer nicht so schnell wiederkommen, um mich wegen dieser Holztür zu verklagen.« Krzysztof bog die gesplitterten Holzteile zur Seite und tastete die Wand dahinter ab, bis er einen Lichtschalter fand. Mattes Neonlicht sprang an, riss eine Treppe, die steil in die Tiefe führte, aus der Dunkelheit, verlosch aber im nächsten Moment wieder zuckend.

»Mist.« Tina holte ihre Waffe aus dem Holster, lud sie durch und nahm die Taschenlampe vom Gürtel. Dann zog sie den Kopf ein und stieg durch die Holztür. »Bleib dicht hinter mir«, flüsterte sie und ging die Treppe hinunter. »Mann, so dicht auch wieder nicht!«

»Entscheide dich mal«, murrte er hinter ihr.

Die Treppe führte in zwei engen Windungen etwa zwei weitere Meter tief unter die Erde, und wenn Tina sich richtig orientierte, dann befand sich dieser zweite Keller nicht unter dem Haus, sondern seitlich neben der Garage unter dem Garten, wo eine Reihe Hortensien wucherte.

»Sieht wie ein Atombunker oder ehemaliger Luftschutzkeller aus«, sagte Krzysztof.

»Kennst du noch aus dem Zweiten Weltkrieg, stimmt's?« Tina hatte die letzte Stufe erreicht und trat zur Seite, damit Krzysztof ebenfalls sehen konnte, was sich vor ihnen befand. »Du könntest recht haben … allerdings wurde er umfunktioniert.« Vor ihnen lagen mehrere geheime unterirdische Kammern, so groß wie Gefängniszellen. Die Türen standen offen.

»Das sind Oubliette«, entfuhr es Krzysztof.

»Du kannst Französisch?«

»Ich …«

»Keine blöden Wortspiele jetzt«, warnte Tina ihn. Sie kannte den Begriff – *oublier* hieß so viel wie vergessen –, und das hier waren fensterlose Verliese mit einer Belüftungsanlage, um jemanden für lange Zeit gefangen zu halten … oder ihn in Vergessenheit geraten zu lassen.

Langsam schritten sie an den Kammern vorbei, während Tina mit der Taschenlampe hineinleuchtete. Darin befanden sich Betten, Schränke und kleine Waschbecken. Alle Räume waren gefliest, nichts davon wirkte alt oder schäbig. Die Laken waren frisch bezogen, und es roch sogar noch nach Parfüm. Weiter hinten fanden sie einen großzügig ausgestatteten Duschraum mit Kosmetikartikeln und frischen Handtüchern. Tina fasste eines davon an. Es war weich und geschmeidig. Anscheinend hatte der *Kuppler* sogar einen Wäschetrockner verwendet. »Ich glaube, wir wissen jetzt, wo die Geschäfte stattgefunden haben und wo er die Mädchen untergebracht hat.«

»Aber er hat alles weggeräumt«, sagte Krzysztof, »inklusive der Mädchen.«

Tina lehnte sich an die Fliesen der Duschkabine, rutschte zu Boden und zog die Beine an. »Hier stimmt doch etwas nicht«, murmelte sie. Im Licht der Taschenlampe sah sie, wie Krzysztof sie mit seinen kleinen Luchsaugen verwirrt anstarrte. »Was meinst du?«

»Wie lange brauchst du, um – sagen wir mal – drei bis vier Mädchen samt ihren Klamotten von hier wegzuschaffen? Und danach alles wegzuräumen?«, fragte sie. »Alle Fingerabdrücke und Spuren abzuwischen, die Räume zu reinigen und alles belastende Material aus den oberen Räumen des Hauses zu schaffen? Und wenn das hier der zentrale Umschlagplatz war, reden wir von einer Menge Material.«

Krzysztof überlegte. »Einen Tag. Mindestens aber zwölf Stunden.«

»Der Richter hat den Dursuchungsbeschluss gestern Nacht

unterschrieben, und wir haben um sieben Uhr früh zugeschlagen.«

Nun schien Krzysztof zu begreifen. »Jemand muss dem *Kuppler* schon vorher einen Tipp gegeben haben.«

Tina nickte bitter. Wie sie wusste, häuften sich mittlerweile die Fälle, in denen die Ermittlungen des BKA ins Leere liefen. Wurden die Kriminellen tatsächlich cleverer? »Entweder kann unser Freund hellsehen, oder er hat gute Kontakte nach ganz oben.«

»Wann kam Sneijders Anfrage, dieses Haus abzuhören?«

»Am Sonntag ... also vor drei Tagen.« Tinas Handy vibrierte in der Hosentasche, sie zog es heraus. Der Empfang hier unten war gar nicht einmal schlecht, drei Balken. Offenbar gab es einen Verstärker im Haus. Der Anruf kam aus Dirk van Nistelrooys Büro. Sogleich ging sie mit klopfendem Herzen ran, hörte, was seine Sekretärin ihr zu sagen hatte, und legte wieder auf. »Wir müssen los, zurück nach Wiesbaden. Um zehn haben wir einen Termin im Büro des Chefs.« Sie reichte Krzysztof die Hand, er zog sie hoch.

»Wir?«

»Ja, *wir* – du und ich. *Die Schöne und das Biest.* Da kannst du mal sehen, wie begehrt du mittlerweile geworden bist.«

»Es wird doch nicht um diese dämliche eingetretene Tür gehen?«

Tina verdrehte die Augen.

7. Kapitel

Sabine schaltete den Videobeamer aus und klappte ihren Laptop zu. Die Unterrichtsstunde war zu Ende, die Studenten verließen soeben den Hörsaal. Morgen würde noch eine letzte Stunde stattfinden, und nächste Woche folgte dann die Abschlussarbeit in diesem Modul.

Horowitz fuhr im Rollstuhl zu ihr. »Wie viele glauben Sie, werden die Prüfung bestehen?«

Sabine sah nicht auf. »Kommt drauf an, wie schwierig wir den Test anlegen.«

»Die Gruppe ist gut, alle sind auf zack«, sagte Horowitz. »Ich denke, wir können das Niveau ruhigen Gewissens heben.«

Sabine grinste. »Wir könnten das Niveau heben *und* die Anzahl der Fragen erhöhen, dann kommt auch noch der Zeitdruck dazu.«

»Sie sind gemein«, stellte er begeistert fest.

Sie hatte ja gewusst, dass ihr Vorschlag ganz nach seinem Geschmack sein würde. »Die Welt dort draußen ist gemein, unser Job ist nicht immer fair, und je härter wir sie rannehmen, umso mehr scheiden aus, die den echten Anforderungen sowieso nie gewachsen wären.« Aus dem Augenwinkel sah sie, wie Horowitz nickte. Er kannte die Welt der Kriminellen besser als sie und hatte genau diese Erfahrung, von der sie soeben gesprochen hatte, vor acht Jahren am eigenen Leib gemacht. Als Sneijder und er damals in Bern einen Serienkiller gejagt hatten, war Horowitz angeschossen worden. Das Projektil hatte die Lendenwirbelsäule zerschmettert, seitdem war er querschnittgelähmt.

»Vor allem Miyu ist gut«, sagte Horowitz.

»Miyu ist ein Phänomen.« Nun sah sie nach hinten. Die beiden Männer, die sich den Rest der Stunde aus der letzten Reihe angehört hatten, waren verschwunden. Genauso leise und unauffällig, wie sie sich in den Hörsaal geschlichen hatten. »Kannten Sie die beiden Typen im Dreiteiler?«, fragte sie.

Horowitz schüttelte den Kopf. »Sie?«

»Nein.«

»Sahen nicht nach BKA aus.« Er verzog das Gesicht. »Ich tippe auf Militärischen Abschirmdienst oder Bundesamt für Verfassungsschutz.«

Gott bewahre uns! Warum interessieren sich die für unser Modul?

In diesem Moment summten gleichzeitig die Handys von Sabine und Horowitz. *Eine SMS.* Sie las die Nachricht, dann sah sie auf. »Haben Sie auch soeben eine Einladung in van Nistelrooys Büro erhalten?«

Horowitz nickte. »Zehn Uhr.« Er klopfte auf den Motor seines Stuhls. »Soll ich Sie ein Stück mitnehmen?«

8. Kapitel

Nachdem Sabine die Bürotür zu Dirk van Nistelrooys Sekretärin geöffnet hatte und Horowitz hineingefahren war, winkte sie die Sekretärin gleich durch. »Gehen Sie ruhig hinein, es sind schon alle da.«

Alle?

Sabine sah durch die offene Tür, dass van Nistelrooys Büro in der Tat ziemlich voll war. Er selbst stand beim Fenster und telefonierte. Vor seinem Schreibtisch saßen Sneijder und Marc, dicht daneben Tina und Krzysztof, beide ziemlich abgekämpft und noch in Einsatzkluft. Wenn man außer Acht ließ, dass Krzysztof ein bärbeißiger Pole und Tina eine temperamentvolle Sizilianerin war, wirkten sie fast ein wenig wie Vater und Tochter.

Was Sabine nur wenig überraschte, war, dass auch die beiden grau melierten Männer im dunklen Anzug an dieser Krisensitzung teilnahmen. Wie sie da neben van Nistelrooys Schreibtisch standen mit ihren Blanko-Besucherausweisen ohne Namen, sahen sie sich erstaunlich ähnlich mit ihren stoischen, unergründlichen Gesichtsausdrücken. Die Arme hinter dem Rücken verschränkt musterten sie den Halbkreis aus Stühlen vor ihnen, in dem noch drei Plätze frei waren.

Sabine nickte den anderen kurz zu, dann nahm sie Platz. Marc warf ihr einen stummen Blick zu und deutete mit den Augen kurz in Richtung der beiden Männer.

Horowitz positionierte sich neben Sabine. In dieser Konstellation waren sie im letzten Jahr schon öfter hierherzitiert worden. Oft hatte es einen Rüffel gegeben, selten Lob. Und das, obwohl sie durchaus knifflige Fälle gelöst hatten, an denen andere Gruppen gescheitert waren.

»Worum geht's?«, presste Sabine mit halbgeschlossenen Lippen hervor.

»Keine Ahnung«, flüsterte Tina, die neben ihr saß. »Allerdings ist die Stimmung nicht gerade euphorisch.«

Sabine sah zu Sneijder. Der blickte genervt auf seine Armbanduhr. Eins seiner Beine hüpfte auf und ab. Kein gutes Zeichen, am liebsten wäre er jetzt vermutlich woanders – zum Beispiel mit einem Schwerverbrecher in einer Verhörzelle.

»In Ordnung … ja, Liebling …«, van Nistelrooy lächelte, »… und vergiss nicht, bis zum Ende der Woche die Orchideen zu wässern … Ich muss jetzt Schluss machen.« Endlich beendete er sein Telefonat, steckte das Handy in die Hosentasche und sah in die Runde. Schlagartig veränderte sich der Ausdruck in seinem scharfkantigen, pockennarbigen Gesicht. Er sah aus, als hätte er eine Kobra mit prallen Giftdrüsen verspeist, die er gerade mühsam verdaute.

»Also, wenn ich dann mal beginnen darf«, sagte einer der beiden fremden Männer, doch van Nistelrooy hob die Hand. »Wir sind noch nicht komplett.« Er blickte auf die Uhr. Es war eine Minute nach zehn.

»Falls es um die BKA-Sache geht, an der ich gerade dran bin, war der ganze Menschenauflauf umsonst«, sagte Sneijder übel gelaunt. »Darüber kann und werde ich zu diesem Zeitpunkt noch nichts …«

»Maarten, darum geht es nicht«, unterbrach van Nistelrooy ihn.

Sneijder zog eine Augenbraue hoch, dann beugte er sich nach vorn und stützte die Ellenbogen auf die Knie. »*Oude Schijtkerel*«, fluchte er, und Sabine wollte gar nicht wissen, was das wieder bedeutete. Er holte sein Etui aus der Sakkotasche und stach sich lange Akupunkturnadeln in die tätowierten Markierungen auf seinem Handrücken. Während sie warteten, drehte er an den Nadeln.

Endlich öffnete sich die Tür und zwei Männer kamen herein, die Sabine bereits von zahlreichen Ansprachen und Empfängen im BKA kannte – außerdem hingen ihre Fotos für jedermann ersichtlich in der Eingangshalle neben dem van Nistelrooys: Friedrich Drohmeier, der Vizepräsident des BKA, und Jon Eisa, der dritte Präsident. Das traf Sabine jetzt doch völlig unerwartet.

Sie hatte erst einmal mit Drohmeier persönlich gesprochen, und dieses Gespräch vor zwei Monaten war ihr unauslöschlich in Erinnerung geblieben. Er war fünfundsechzig Jahre alt, von großer Statur, hatte graue Haare, eine raue, vom Raucherhusten geprägte Stimme und eine tiefe hässliche Narbe quer über die Stirn, die von einer alten Schussverletzung stammte. Generell eine eher unheimliche Erscheinung. Zudem trug er den Beinamen *Eisenfaust*, und das nicht nur, weil er so unnachgiebig war. Er trug tatsächlich eine Prothese über dem rechten amputierten Handgelenk. Mit so einer körperlichen Einschränkung hätte man ihm normalerweise keinen repräsentativen Posten wie den des Vizepräsidenten des BKA anvertraut. Aber Drohmeier war ein brillanter Mann, der bereits viele Jahre lang bewiesen hatte, dass er alles fest im Griff hatte. *Eisenfaust eben.*

Jon Eisa hingegen war das genaue Gegenteil. Ein gut aussehender Karrierist, vierzig Jahre alt und eine Art Rockstar des BKA, nach dem sich so manch eine Kollegin auf den Fluren des Hauptgebäudes mit sehnsuchtsvollem Blick umdrehte. Und den höchstwahrscheinlich auch Sneijder nicht von der Bettkante gestoßen hätte.

Nachdem Drohmeier und Eisa auf den beiden letzten freien Stühlen Platz genommen hatten, setzte sich nun auch van Nistelrooy hinter seinen Schreibtisch. »Die beiden Herren sind vom

Bundesnachrichtendienst. Für diese Besprechung werden sie namenlos bleiben.«

Und keinen Sitzplatz bekommen. Sabine schielte zu Horowitz. Der warf ihr einen bedeutungsvollen Blick zu. *Vom BND also.* Beinahe hatte er richtig geraten.

»Vorgestern, am Montag, dem 21. Mai, hat es am Nachmittag einen Anschlag auf die deutsche Botschaft in Oslo gegeben«, ergriff jetzt einer der beiden Geheimdienstmänner das Wort.

Schlagartig wurde es still im Raum, nur die Klimaanlage surrte. Sabine sah in erstaunte Gesichter. Sie hatte nichts davon in den Nachrichten gehört, die anderen anscheinend auch nicht. Offenbar hatten sich Norwegen und Deutschland dazu entschlossen, vorerst eine Nachrichtensperre zu verhängen.

»Dabei wurden die deutsche Botschafterin und ihr Sicherheitschef ermordet«, erklärte der Mann weiter. »Eine politisch motivierte Tat können wir ausschließen.«

»Wurde der Täter gefasst?«, fragte Horowitz.

»Nein, deswegen sind wir hier.«

Oh, das klingt übel. Das Auswärtige Amt in Berlin hatte zwar unzählige Konsulate für deutsche Bürger in den verschiedensten Städten dieser Welt, aber nur jeweils eine Botschaft pro Land. Ein Mord an zwei so hochrangigen Deutschen auf fremdem Territorium war eine heikle Sache, zumal Norwegen gar nicht Mitglied der EU war.

»Nemez, hören Sie eigentlich zu?«, fragte van Nistelrooy.

»Ich bin ganz bei der Sache.« Sie sah auf. »Wenn ich mich recht erinnere, hieß unsere Botschafterin in Oslo Karin von Thun.«

»Katharina von Thun«, korrigierte von Nistelrooy sie.

»Streberin«, zischte Tina.

Normalerweise hätte Sabine ihr jetzt den Ellenbogen in die Seite gerammt, doch angesichts von van Nistelrooys, Eisas und Drohmeiers bitterernsten Mienen verkniff sie sich das lieber.

»Richtig«, nahm der Geheimdienstmann den Faden wieder auf. »Dr. Katharina von Thun hatte ein abgeschlossenes Wirtschafts- und Politikwissenschaftsstudium, die einjährige Ausbildung an der Akademie Berlin-Tegel absolviert und war Diplomatin im höheren Auswärtigen Dienst. Sie sprach vier Fremdsprachen, arbeitete zunächst im deutschen Konsulat in Göteborg in Schweden und hat Deutschland danach knapp zwei Jahre lang in Oslo perfekt repräsentiert. Nächstes Jahr hätte sie nach Berlin versetzt werden sollen.«

»Verheiratet?«, fragte Horowitz.

»Wegen des ständigen Arbeitsplatzwechsels ist die Scheidungsrate bei Diplomaten hoch. Diplomatenfamilien schlagen keine Wurzeln, nur wenige halten das durch«, erklärte der BND-Mann. »Nein, Katharina von Thun hatte keinen Mann, war vierzig, kinderlos, lebte für ihren Job und …«

»Stopp!«, unterbrach Sneijder ihn. »Wir reden hier ständig nur über die Botschafterin und nicht über ihren Sicherheitschef. Wissen wir überhaupt, ob sie das Ziel des Mordanschlags war? Vielleicht war *er* es ja?«

Der BND-Mann spannte die Gesichtsmuskeln an. »Nein, wissen wir nicht.«

»Womöglich war ja einer der beiden nur ein Kollateralschaden«, sagte Sneijder, »oder möglicherweise waren sogar *beide* das Ziel.«

Der BND-Mann nickte. »Sehen wir uns die Aufnahmen der Überwachungskamera an.«

Der zweite Mann reichte van Nistelrooy einen Datenstick, und der schob ihn seitlich in seinen Monitor. Dann drehte er den Bildschirm zur Seite, sodass ihn alle sehen konnten, und startete das Video. Auf dem Monitor sah man von oben den Empfangsraum der Botschaft in grobkörnigen grauen Bildern. Die Kamera schwenkte ruckartig im Sekundentakt jeweils um ein paar weitere Grade durch den Raum.

»Schwarz-Weiß und diese Auflösung? Ist das Ihr Ernst?«, entfuhr es Sneijder. »Da haben ja die Handyfilme von Nemez' kleinen Nichten eine bessere Qualität.«

»Schauen wir es uns doch einfach einmal an, Maarten«, knurrte van Nistelrooy. »Wir müssen ja nicht gleich einen Film-Oscar verleihen.«

Also beugten sie sich alle nach vorn und betrachteten schweigend die Aufnahme. Wenigstens war der Ton gut. Die Digitalanzeige am unteren Bildschirmrand zeigte 16:05:40 Uhr und raste im Sekundentakt weiter. Soeben betrat eine ältere grauhaarige Dame, die man nur von oben sah, den Eingang und stellte ihre Handtasche auf das Förderband des Scanners …

9. Kapitel

Die Tasche verschwand zwischen den Schlitzen des schwarzen Vorhangs im Scanner und tauchte eine halbe Minute später auf der anderen Seite wieder auf.

»Bitte gehen Sie hier durch«, sagte die Sicherheitsbeamtin an diesem Tag zum gefühlt hundertsten Mal auf Deutsch. *Heute ist wieder einmal die Hölle los*, dachte sie erschöpft.

Die Dame ging mit wackeligen Beinen durch den Personenscanner. Nichts piepste. Auf der anderen Seite nahm sie ihre Handtasche wieder an sich.

Der Beamte hinter dem Scanner deutete auf den Monitor. »Was haben Sie da drin?«

Die Dame holte eine Papiertüte hervor. »Münzen, ich wollte zur Bank, aber die hat schon zu«, sagte sie auf Englisch mit norwegischem Akzent.

»Das hier ist die Deutsche Botschaft«, sagte die Beamtin ebenfalls auf Englisch mit deutlicher und lauter werdender Stimme, »wir können kein Geld wechseln.«

»Ich weiß, ich möchte ja auch den Botschaftssekretär sprechen. Meine Tochter ist heute …«

»Gut, gehen Sie weiter und melden Sie sich am Schalter Nummer zwei an.«

Die Dame ging weiter, und der Mann hinter ihr legte seinen Koffer, die Armbanduhr und sein Handy auf das Förderband.

Orientierungslos stand die Dame in der Mitte des Raumes und sah sich um. Gerade kamen zwei Dutzend Kinder die Treppe aus dem Obergeschoss herunter. Sogleich stieg der Lärmpegel an, obwohl zwei Lehrer die zehnjährigen Schüler im Zaum zu halten versuchten. Eine zweite Schulklasse stand vor der historischen Wandtafel im Erdgeschoss und sah sich die wichtigsten Jahreszahlen aus der Geschichte der deutsch-norwegischen Beziehungen an.

Montag, der 21. Mai, war Tag der offenen Tür in der Botschaft, und viele Schulen nutzten ihn so kurz vor den Ferien für einen Ausflug und eine Führung durch das Gebäude. Zusätzlich waren noch zahlreiche andere Besucher hier, die mit alltäglicheren Anliegen vor den Schaltern warteten.

Die ältere Dame ging gerade zwischen den Kindern hindurch und wühlte in ihrer Handtasche, als sie einer der Jungs unabsichtlich anrempelte. Sie wurde herumgewirbelt, konnte sich jedoch wieder fangen. Was sie nicht verhindern konnte, war, dass die Papiertüte mit den Münzen, die sie immer noch in der Hand hielt, einriss und aufplatzte. Hunderte Fünf- und Zehn-Kronen-Stücke prasselten zu Boden, hüpften über die Marmorplatten und kullerten in alle Richtungen davon. Sogleich stürzten die Kinder herbei, auch jene, die vor der Tafel gestanden hatten, und rannten den Münzen quer durch die Halle nach.

»Ich bitte um Ruhe!«, rief die Sicherheitsbeamtin, während sie sich vom Scanner entfernte. »Es ist nichts passiert. Jeder bleibt auf seinem Platz.« Doch keines der Kinder hörte auf sie, auch nicht, als sie ihre Worte auf Norwegisch wiederholte. Eine Minute herrschte ein völliges Durcheinander. Die Beamtin wollte gerade wieder etwas sagen, als ihr Handy klingelte. Sogleich ging sie ran. Es war die Botschafterin, die aus ihrem Büro im ersten Stock anrief. »Frau von Thun, es ist nichts passiert«, sagte sie rasch, während sie sich das andere Ohr zuhielt. »Bloß ein paar Kinder, die …«

»Darum geht es gar nicht«, unterbrach die Botschafterin sie harsch. »Ich habe soeben einen Anruf erhalten. Eine Bombendrohung!«

Die Beamtin schluckte. »Vielleicht der Scherz eines der Kinder?«

»Der Anrufer klang ziemlich echt«, widersprach die Botschafterin. Ihre Stimme klang gehetzt. »Veranlassen Sie alles Notwendige und führen Sie die Evakuierung der Botschaft nach dem aufgestellten Notfallplan durch.«

»Ja«, krächzte die Beamtin.

»Aber keinen Alarm! Alles soll ruhig ablaufen. Reden Sie mit den Lehrern und bringen Sie danach zuerst die Kinder raus, anschließend die Besucher und zum Schluss die Mitarbeiter.«

Die Beamtin sah sich um. Einige Kinder krochen und robbten immer noch auf dem Boden herum. »Wird eine Weile dauern.«

»Ich sehe es über die Kamera«, sagte die Botschafterin. »Wir versammeln uns um 16.30 Uhr am vereinbarten Fixpunkt außerhalb des Gebäudes.«

»Und Sie?«

»Der Sicherheitschef ist bei mir im Büro. Im Moment gehen wir davon aus, dass es sich wirklich um eine Bombe handeln könnte. Wir werden die Spezialeinsatzkräfte der norwegischen Polizei anfordern. Die sollen die Botschaftsräume mit einem Sprengstoffspürhund durchsuchen und danach …«

In diesem Moment ging die Sirene des Feueralarms los.

Verdammter Mist, auch das noch.

Die Beamtin hörte nichts mehr und unterbrach die Verbindung. Rasch lief sie zu den Lehrern, da sie wusste, was jetzt gleich als Nächstes passieren würde. Doch noch bevor sie ein Wort sagen konnte, setzte auch schon die automatische Sprinkleranlage ein. Nur wenige Sekunden danach begannen die Ersten loszuschreien.

Und das war es dann gewesen mit einer ruhigen und geplanten Evakuierung. Der Personenscanner wurde zur Seite gerollt, und gleich darauf stürzten alle gleichzeitig durchs Foyer. Einige stolperten in dem Tumult, und die Botschaftsmitarbeiter bemühten sich, wenigstens den Älteren sicher durch die doppelflügelige Tür über die Treppe hinunter ins Freie zu helfen.

Draußen versammelten sich alle auf dem Rasenstreifen und der Straße. Die Lehrer scharten ihre Kinder um sich, und bereits drei Minuten später fuhren zwei Polizeiwagen vor, dicht gefolgt von der Feuerwehr mit einem Einsatzwagen und zwei Löschzügen.

Während die Polizei die Zufahrtsstraßen abriegelte, wurden die Menschen durchgezählt, um sicherzugehen, dass das Gebäude auch wirklich leer war. Niemand fehlte. Auch die Botschafterin und ihr Sicherheitschef hatten das Gebäude verlassen. Allerdings liefen sie nicht zum geplanten Sammelpunkt, wie einige der Mitarbeiter bemerkten, sondern verschwanden in entgegengesetzter Richtung in einer Seitengasse.

10. Kapitel

»Stopp!«, sagte Sneijder, woraufhin van Nistelrooy die Pausentaste drückte. »Das hier sind die Botschafterin und ihr Sicherheitschef?« Sneijder rückte näher und zeigte auf den Monitor, auf dem van Nistelrooy die Aufnahme einer Verkehrskamera abgespielt hatte.

»Zu diesem Zeitpunkt dachten die Mitarbeiter noch, dass Katharina von Thun und ihr Sicherheitschef das Gebäude verlassen hätten«, antwortete der BND-Mann.

Sabine betrachtete das Standbild, das zwar in Farbe, aber auch nicht viel schärfer war als die Aufnahmen aus dem Inneren der Botschaft. Der Sicherheitschef hatte eine Umhängetasche über der Schulter und trug eine blaue Uniform, Katharina von Thun einen dunklen Hosenanzug, vermutlich eine helle Bluse und hochhackige Schuhe. Sie hatte kurze schwarze Haare, einen Pagenkopf, und so viel Sabine in der vorherigen Sequenz kurz gesehen hatte, eine Brille mit breitem schwarzem Rahmen. Mehr war nicht zu erkennen gewesen. »Das sind sie nicht, richtig?«, vermutete sie.

»Wie kommen Sie darauf?«, fragte nun der andere BND-Mann.

»Erstens sagten sie, dass die beiden *in* der Botschaft ermordet worden sind, also müssen das hier ihre Doppelgänger sein, die in ihre Kleidung geschlüpft sind, um so unerkannt aus der Botschaft zu kommen.«

»Waren die Leichen entkleidet?«, fragte Horowitz.

Der Mann nickte. »Die Kleidung, mit der die Mörder die Botschaft betreten haben, war vermutlich in der Umhängetasche, mit der sie abgehauen sind.«

»Außerdem scheinen sie zu wissen, wo sich die Verkehrskamera befindet«, ergänzte Tina, »da es ihnen erfolgreich gelungen ist, die Gesichter abzuwenden.«

»Und sie laufen in die entgegengesetzte Richtung des Sammelpunktes«, fügte Krzysztof hinzu.

Der BND-Mann nickte. »Zwanzig Minuten später entdeckten die Feuerwehrleute und das Bombenteam die Leichen der Botschafterin und ihres Sicherheitschefs in ihrem Büro. Sie wurden beide erstochen.«

»Hat man die Tatwaffe gefunden?«, fragte Sabine.

»Nein.«

»Gibt es Aufnahmen einer zweiten Verkehrskamera?«, fragte Marc.

»Nein.«

»Eine weitere Aufnahme aus dem Inneren der Botschaft, nachdem der Feueralarm ausgebrochen ist?«

Der BND-Mann schüttelte wieder den Kopf. »Als die Sprinkleranlage einsetzte, wurde automatisch eine Datensicherung aller PCs auf einen externen Server gemacht, danach fuhren die Computersysteme aus Sicherheitsgründen herunter und der Strom wurde abgeschaltet. Aber als dann auch das Notstromaggregat ausfiel, waren die Kameras tot.«

»Gibt es eine Kamera im oberen Stockwerk?«, hakte Marc nach.

»Nein, dort oben schon gar nicht, damit die Anonymität der Besucher gewährleistet bleibt.«

Sie schwiegen eine Weile, bis Sneijder die entscheidende Frage stellte. »Und was hat das alles mit uns zu tun?«

Marc hob überrascht den Kopf. »Das ist doch Mord auf deutschem Staatsgebiet, oder?«, fragte er, zog aber rasch den Kopf wieder ein, als alle mürrisch grummelten.

»Ein hartnäckiger Mythos, der auf das Diplomatenrecht des sechzehnten Jahrhunderts zurückgeht«, erklärte van Nistelrooy.

»Richtig ist, dass jede Botschaft dem Staatsrecht desjenigen Landes unterliegt, in dem sie sich befindet. Wäre es anders, wäre jede Hauptstadt, in der sich Botschaften befinden, mit zahlreichen kleinen Enklaven durchlöchert.«

»Erspar uns den Quatsch«, unterbrach Sneijder ihn. »Wer leitet die Mordermittlungen?«

»Unsere Staatsanwaltschaft hat sich mit der norwegischen darauf geeinigt, dass Norwegen die Ermittlungen führt und der Täter – wer immer es war – in Norwegen vor Gericht gestellt wird.«

»Wie schaut es mit einer gemeinsamen Ermittlungsgruppe aus?«

»Die Norweger wollen keine bilden, selbst wenn sie unter norwegischer Leitung stünde.«

»Wat een Stomkoppen!« Sneijder atmete tief durch. »Dann frage ich mich, warum wir alle hier sitzen?«

Einer der BND-Männer ergriff wieder das Wort. »Wir müssen die Entscheidung der Norweger akzeptieren, andererseits müssen die aber auch die Unverletzlichkeit unserer Botschaft, die in vielen wichtigen Bereichen Immunität genießt, respektieren. Daher hat die Bundesanwaltschaft bei der norwegischen Polizei um justizielle Rechtshilfe ersucht und gebeten, eigene Ermittler als Beobachter nach Oslo entsenden zu dürfen.« Er sah in die Runde. »Und *das* wurde bewilligt.«

»Kommen wir zum Punkt«, sagte Sneijder, der offensichtlich ungeduldig wurde. »Wer reist hin?«

»Die einzige zuständige Vollstreckungsbehörde, die operative Einsätze im Ausland unternimmt, ist das BKA«, stellte van Nistelrooy in Richtung der BND-Männer klar. »Seit dem Fall mit der Nonne vor einem Jahr hat unser erster Kriminalhauptkommissar Sneijder mit seinem Team verdammt gute Arbeit geleistet und eine Reihe vertrackter Fälle gelöst.«

Sabine hob eine Augenbraue. Ein solches Lob aus van Nistelrooys Mund hatte sie noch nie gehört. Der Präsident wandte sich an Sneijder. »Der BND hat uns seine Hilfe angeboten. Ich habe ihnen gesagt, dass ich möchte, dass du den Fall übernimmst.«

Sneijders Augenlid zuckte. »Als Beobachter?«

»Ja«, sagte der BND-Mann. »Wir raten Ihnen jedoch, zwei bis drei Leute der GSG 9 in Zivil zu Ihrem Schutz mitzunehmen, da eventuell mit weiteren Gewalttaten gerechnet werden muss.«

Sneijder wollte etwas sagen, doch nun ergriff Jon Eisa zum ersten Mal das Wort. Eigentlich hieß er ja Jonathan, aber wie Sabine einmal zufällig bei einem Gespräch in der Kantine gehört hatte, bestand er darauf, *Jon*, genannt zu werden, weil *Jonathan* zu streng klang. »Das ist nicht nötig, meine Herren, unsere Leute beim BKA sind bestens für solche Einsätze ausgebildet.« Eisas Stimme klang geschmeidig und passte perfekt zu seinen aalglatten Gesten. »Außerdem hat die BKA-Leitung beschlossen, dass Sneijders komplettes Team nach Oslo fliegt.«

Aha, das ist also schon beschlossene Sache? Sabine schielte zu Sneijder, der davon offenbar auch noch nichts wusste.

»Davon sind wir ausgegangen«, bemerkte der BND-Mann. »Immerhin haben wir gehört, dass sie die Besten sind.«

Irgendetwas an dem Kompliment klang faul, Sabine fühlte sich nicht wirklich geschmeichelt. Sie wandte sich an die beiden Männer im Dreiteiler. »Darf ich fragen, was Sie vorhin im Hörsaal gesucht haben?«

Horowitz räusperte sich. »Anscheinend sind Sie so schlecht in Ihrem Job, dass Sie sich Tipps aus einer Schulung für BKA-Studenten holen müssen.«

Die BND-Agenten lächelten nachsichtig. »Wir wollten uns unser eigenes Bild von Ihnen beiden machen … wie Sie agieren und argumentieren.«

»Und deshalb sind Sie heute Morgen auch mit dem Bus gefahren?«, fragte Marc.

»Wir vom BND achten eben auf unsere CO_2-Bilanz.«

»Wie überaus interessant«, unterbrach Sneijder das Geplänkel und drehte an einer Akupunkturnadel. »Darf ich jetzt vielleicht auch etwas dazu sagen? Selbst wenn Katharina von Thun mit unserer Bundeskanzlerin verwandt wäre, wäre das kein Fall für ein sechsköpfiges Team, und zweitens bin ich gerade an einer anderen Sache dran, die meines Erachtens weitaus brisanter ist.« Er blickte zu Marc und bedeutete ihm zu schweigen.

»Mir ist klar, worauf Sie anspielen«, entgegnete Jon Eisa. »Aber diese Ermittlungen können warten, die Aufklärung des Mords an der Botschafterin hat im Moment absolute Priorität.«

Sneijder sah zu van Nistelrooy, der bestätigend nickte.

»Verdomme, vervloekter Mesthoop«, fluchte Sneijder, zog sich die Nadeln aus dem Handrücken und drehte den Kopf, dass die Halswirbel knackten. »Gut, wenn das also beschlossene Sache ist, fein! Aber diesmal arbeite ich ohne Team. Ich nehme nur Nemez mit. Krüger ist hier unabkömmlich, und die anderen haben endlich mal eine Pause verdient.«

Sabines Herzschlag beschleunigte sich. »Meine Modulgruppe an der Akademie hat nächste Woche Prüfung und …«

»Nemez«, unterbrach Eisa sie mit einem charmanten Lächeln. »Das kann sicher jemand anderes für Sie übernehmen.« Er blickte zu Horowitz, der nur knapp nickte.

»Einverstanden«, sagte einer der BND-Männer. »Um die Sache abzukürzen: Ich denke, das ist ein guter Kompromiss.« Er griff in die Sakkotasche und holte einen blauen Pass hervor, den er Sneijder reichte. »Mit den besten Grüßen vom Auswärtigen Amt. Verwenden Sie ihn bitte nur für dienstliche Zwecke.«

Beeindruckend. Sabine wusste, dass Diplomatenpässe üblicherweise nur an hochrangige Amts- und Mandatsträger ausgegeben wurden. Sneijder steckte ihn ungerührt und ungesehen ein und wollte sich bereits erheben.

»Da wäre noch eine Sache«, sagte der BND-Mann. »Jemand vom Nachrichtendienst wird Sie begleiten.«

Sneijder ließ sich wieder auf den Stuhl fallen, offensichtlich um seinen Unmut zu äußern.

»Moment!«, kam ihm van Nistelrooy zuvor. »Dem BKA gegenüber sind weder ein Bundesminister noch jemand vom Auswärtigen Amt weisungsbefugt und schon gar nicht jemand vom BND. Wie die Ermittlungen geführt werden, ist allein unsere Angelegenheit.«

»Das verstehe ich«, sagte der BND-Mann mit völliger Seelenruhe, »aber wir alle wissen, dass deutsche Beamte keinerlei Befugnisse im Ausland haben. Sie dürfen nicht auf eigene Faust ermitteln, niemanden befragen, vernehmen, festnehmen oder Gewalt anwenden. Daher wäre es sinnvoll, jemanden dabeizuhaben, der exzellent Norwegisch spricht und das örtliche Recht, insbesondere das Strafprozessrecht, kennt, da Sie sonst Gefahr laufen, rechtswidrig zu handeln. Und Sie, wenn ich das anmerken darf, sind schließlich für Ihr eher impulsives Verhalten bekannt. Wir wollen doch nicht, dass aus einem dummen Fehler eine Staatsaffäre wird? Deshalb wird Sie eine Agentin des BND begleiten. Cora Petersen ist unsere Skandinavien-Expertin.«

Der ohnehin eher wortkarge Friedrich Drohmeier hatte bisher konsequent geschwiegen. Nun räusperte er sich mit einem kehligen Geräusch und ergriff das Wort. »Sie können offiziell keine Agentin des Geheimdienstes nach Norwegen schicken«, stellte er fest. »Das Trennungsgebot besagt, dass der Nachrichtendienst nicht für die Polizei tätig werden darf. Und daraus folgt auch ein Exekutivverbot für den BND. Sie sollten sich ausschließlich auf die Gewinnung und Auswertung von Informationen beschränken, um eine Gefahr für Deutschland zu erkennen und abzuwenden.« Anscheinend zitierte er einen Paragrafen. »Für diese Begleitung gibt es also keinen plausiblen offiziellen Grund.«

Das fängt ja schon gut an, dachte Sabine. *Wir sind noch nicht mal aus dem Büro draußen, und schon beginnen die Bulldoggen ihr Revier zu markieren.*

»Keinen *offiziellen*«, wiederholte der BND-Mann lächelnd. »Richtig. Aber der BND unterstützt das Auswärtige Amt in Krisenfällen, und der Mord an unserer Botschafterin *ist* eine Krise. Also wird Cora Petersen Sie ›inkognito‹ begleiten«, zeichnete er mit Gänsefüßchen in die Luft. »Da Norwegen zum Schengen-Raum gehört, gibt es keine Grenzkontrollen und es muss auch kein Einreisegrund angegeben werden. Die Einreise dürfte daher für sie unproblematisch werden.« Er wandte sich an Sneijder. »Und falls Sie doch jemand fragen sollte, dann fungiert Frau Petersen als Beraterin des BKA, um etwaige Sicherheitslücken auszuschließen. Einverstanden?«

Der Mann war aalglatt – und Sabine wusste, dass Sneijder solche Typen hasste. Doch zu ihrer großen Überraschung setzte Sneijder sein eiskaltes Leichenhallenlächeln auf. »Wenn Sie meinen.«

11. Kapitel

Nachdem alle van Nistelrooys Büro verlassen hatten, erhob sich auch Sneijder, ließ den Kopf kreisen und seine Nackenwirbel erneut knacken. »Ich habe schlecht geschlafen und spüre in den Eingeweiden, dass das ein verfluchter Scheißjob wird.« Dann wollte er ebenfalls gehen, doch van Nistelrooy hielt ihn zurück.

»Bleib noch eine Minute.« Der BKA-Chef wartete, bis die Tür ins Schloss gefallen war und sie allein im Büro waren. »Ich wollte dir noch sagen, dass ich keine Zeit für diese Sache habe. Du wirst direkt an Jon Eisa berichten.«

»Eisa? Der geleckte Karrierist?«

»Auch wenn du ihn nicht magst, er ist ein guter Mann, Maarten.«

Ja, sicher! Sneijder konnte sich noch genau daran erinnern, wie Eisa zum dritten Präsidenten ernannt worden war. Das Kind einer Arbeiterfamilie aus dem Ruhrpott, das die Ärmel hochgekrempelt, einen Schul- und Universitätsabschluss nach dem anderen hingelegt und sich im letzten Jahrzehnt im BKA steil nach oben gearbeitet hatte. Grundsätzlich war dagegen nichts einzuwenden, wenn Sneijder nicht davon überzeugt gewesen wäre, dass dem Kollegen die eigene Karriere wichtiger war als der Job. Und so etwas konnte Sneijder auf den Tod nicht ausstehen. Auch wenn er damit wahrscheinlich auf verlorenem Posten stand – manchmal erschien es ihm sogar, als wäre er selbst in dieser Tretmühle des BKA der letzte wahre Idealist, dem Publicity und ein guter Ruf völlig am Arsch vorbeigingen.

»Ich weiß, das gefällt dir nicht, aber Eisa ist deine Verbindung zum BKA, und *er* hält im Fall Oslo den Kontakt zur Bundesanwaltschaft in Karlsruhe, die von unserer Seite aus das Ermittlungsverfahren begleitet. Also halte dich an die Vorschriften.«

»Du willst mir doch nicht etwa Angst einjagen?«

»Ich mache mir bloß Sorgen um dich.«

»Ist angekommen«, sagte Sneijder. »Wann geht's los?«

»In zwei Stunden. Meine Sekretärin besorgt dir und Nemez die Flugtickets. Die Übernachtung wird vom Auswärtigen Amt organisiert.«

»Unsere Dienstwaffen?«

»Die Mitteilung über die Waffenträger hat das Auswärtige Amt schon besorgt.«

»Was tue ich dann noch hier, wenn sowieso schon alles in die Wege geleitet ist?«

Van Nistelrooy nahm Sneijder zur Seite und senkte die Stimme. »Letztes Jahr haben wir im Hafen von Den Haag gemeinsam einen Killer zur Strecke gebracht – eine nicht ganz legale Aktion.«

»Nicht ganz legal?«, wiederholte Sneijder mit dem Anflug eines Lächelns. *Die Untertreibung des Jahres.*

»Die Sache hätte uns beiden Kopf und Kragen kosten können, darum möchte ich, dass du eines nicht vergisst: Der Ermittlungsführer vor Ort ist die norwegische Polizei. Hast du das verstanden?«

Sneijder knirschte mit den Zähnen, woraufhin van Nistelrooy ihn am Arm packte. »Alle deine Ermittlungshandlungen außerhalb der Botschaft müssen vorher im offiziellen Rechtshilfeweg genehmigt werden. Jede noch so kleine eigensinnige Aktion könnte zur Folge haben, dass alle gewonnenen Beweismittel unverwertbar und damit wertlos werden.«

»Warum schickst du mich dann überhaupt hin?«

Van Nistelrooy atmete tief durch und lockerte den Griff. »Formell kümmern wir uns nur um die Überführung der Leiche, die das Auswärtige Amt genehmigt hat. Darüber hinaus berätst du die norwegische Kripo, bietest deine Hilfe an und erstellst ein Täterprofil. Mehr nicht. Dann fliegst du heim. Ist das klar?«

»Ja«, knurrte Sneijder. »Und ich spiele den Babysitter für Cora Petersen. Was für eine Zeitverschwendung! Siehst du nicht, dass uns der BND dafür benutzt, eine seiner Agentinnen nach Oslo zu schleusen?«

»Und genau deshalb möchte ich, dass *du* den Fall übernimmst.« Van Nistelrooy sah ihn eindringlich an. »Denn wenn das wirklich so ist, wirst du den Grund dafür schneller als jeder andere herausfinden.«

Als Sneijder das Büro verließ und durch den Vorraum der Chefsekretärin marschierte, sagte er nur knapp: »Business-Class, wie immer fußfrei, keine Snacks und keine schreienden Kleinkinder im Umkreis von fünf Reihen.« Ohne eine Antwort abzuwarten, trat er in den Korridor.

Eigentlich hatte er damit gerechnet, dass die anderen bis auf Nemez verduftet waren, doch sie standen alle noch im Flur und sahen ihn vorwurfsvoll an. Er ignorierte die Blicke von Marc, Krzysztof, Tina und Horowitz erst einmal. »Nemez, packen Sie Ihren Koffer! Vergessen Sie Dienstwaffe und Anorak nicht. Und beeilen Sie sich, unser Flieger geht in zwei Stunden …«

Dann wandte er sich den anderen zu. »Was?«, knurrte er.

»Ein Jahr gute Zusammenarbeit, und plötzlich willst du uns nicht mehr dabeihaben«, schnauzte Krzysztof ihn an.

»Ich fliege zwar nicht gerne, aber die Fjorde Norwegens hätten mir gefallen«, fügte Horowitz hinzu.

»Ich finde die Norweger süß«, sagte Tina.

Marc schaute zuerst zu Sabine, dann zu ihm. »Einen IT-Techniker an Bord zu haben wäre sicher hilfreich gewesen.«

Und nebenbei ein kleiner Urlaub mit dem Eichkätzchen!

»Wollen Sie mir auch noch ein Gespräch aufzwingen?«, fragte er Sabine.

»Wenn Sie mich schon fragen«, antwortete sie. »Warum wollen Sie diesmal ohne Team arbeiten? Denken Sie tatsächlich, dass …?«

»Wenn ich wollte, dass ihr alle wisst, was ich denke, hätte ich es euch gesagt«, unterbrach Sneijder sie.

»O Mann«, murmelte Krzysztof, drehte sich um und verschwand in Richtung Fahrstuhl. Tina, Marc und Horowitz folgten ihm. Nur Sabine blieb stehen. »Warum?«, fragte sie nachdrücklich und senkte die Stimme. »Ich will keinen neuen Fall gleich mit Geheimniskrämereien beginnen.«

»Ein großes Team hält auf. Ich will die Sache so rasch wie möglich erledigen und schnell wieder zurück sein.«

Sabine fixierte ihn mit einem harten Blick. »Bullshit!«

Sneijder atmete durch. »Also schön.« Er blickte sich im Gang um, dann drängte er sie in eine Nische neben das Kopiergerät. »Es ist nur eine Vermutung«, murmelte er. »Ich bin Dr. Katharina von Thun einmal auf einem Botschaftsempfang in der Rhein-Main-Halle in Wiesbaden begegnet. Zwei Minuten Smalltalk.«

»Sie und Smalltalk?«, unterbrach Sabine ihn.

»Ließ sich nicht vermeiden. Sie war eine sehr integre Frau, hübsch, intelligent und tough. Ich weiß nicht, warum sie sterben musste. Ist mir momentan auch egal, aber vielleicht soll ihre Ermordung ja nur benutzt werden, mich hier in Wiesbaden loszuwerden.«

Sabine lachte kurz auf. »Wer sollte *Sie* denn loswerden wollen, so beliebt, wie Sie sind? Also ehrlich? Da fällt mir von den fünftausend Kollegen spontan keiner ein.«

Sneijder hob den Finger, dann ballte er die Faust. Seine Halsschlagadern pochten. »Versuchen Sie nie wieder, in meiner Gegenwart lustig zu sein, Nemez!« Er senkte die Hand. »Ich wollte bloß herausfinden, ob jemand besonders erpicht darauf ist, dass mein ganzes Team ins Ausland reist, damit ich hier in Wiesbaden in einer wichtigen Sache, an der ich gerade dran bin, nicht weiterkomme.«

»Ich frage gar nicht erst nach, was das ist, denn Sie würden es mir sowieso nicht verraten, richtig?«

»Ihre Kombinationsgabe ist wieder einmal erstaunlich.«

Sabine ignorierte die Bemerkung. »Aber angenommen, das ist wahr …« Sie dachte kurz nach, dann schüttelte sie den Kopf. »Dieser Gedanke ist doch viel zu paranoid.«

»Wenn Sie sich da mal nicht irren …«, antwortete Sneijder.

Knapp drei Wochen zuvor

Samstag, 5. Mai

Alexander parkte seinen schneeweißen Tesla in der Einfahrt des Grundstücks neben den Wagen der anderen Gäste, die bereits in Tønsberg eingetroffen waren. Den Funkschlüssel ließ er im Seitenfach liegen. Er wusste, die Bediensteten würden den Wagen später in den Carport hinter dem Haus bringen – falls es den noch gab.

Alexander war schon lange nicht mehr hier gewesen – eigentlich hätte er nie wieder herkommen wollen –, und dementsprechend verändert kam ihm das Anwesen vor. Schon am schmiedeeisernen Eingangstor war ihm aufgefallen, dass der *Schwarze Kormoran*, das Familienwappen der Jørgensens, frisch poliert worden war und in der späten Nachmittagssonne so leuchtete wie schon lange nicht mehr.

Fröstelnd schlug Alexander den Pelzkragen der Lederjacke hoch, hob seinen kleinen Koffer aus dem Wagen und trug ihn die Treppe zur Eingangstür hinauf. Sogleich kam ihm ein junges Dienstmädchen entgegen. »Guten Tag«, strahlte es und vermittelte mit seinem sonnigen Gemüt, dass dieser erhöht gelegene Landsitz mit seinem Ausblick auf einen Seitenarm des mächtigen Oslofjords das Paradies schlechthin war. Er selbst besaß auch ein Sommerhaus mit Blick auf den Fjord, aber im Gegensatz dazu existierte die Idylle hier nur auf den ersten Blick. Hinter der Fassade lag eine andere Welt, wie er wusste. Düster und gefährlich, mit vielen dunkelgrauen Schattierungen.

»Ich möchte zu Haakon Jørgensen«, sagte er.

»Darf ich Ihnen Ihr Gepäck abnehmen?«

»Danke, nicht nötig.«

»Wen darf ich melden?«

Alexander schmunzelte und wollte schon etwas erwidern, verstummte jedoch, als er den Dänen aus dem Haus treten sah. Diese Gestalt war unverkennbar. *Haakons rechte Hand. Wie immer im dunklen Anzug.* Auch ihn hatte Alexander bereits viele Jahre nicht mehr gesehen. Der Däne musste bereits weit über sechzig sein. Trotzdem war er fast unverändert, wirkte mit seinem fast schon ausgemergelten Körper und dem langen roten Bart wie eine Furcht einflößende wikingerähnliche Vogelscheuche. Der Däne hatte ursprünglich für den alten Jørgensen gearbeitet, war inzwischen aber Haakons Leibwächter und laut Hörensagen immer noch unübertroffen in dem, was er tat.

Erst jetzt fiel Alexander auf, dass er den wahren Namen dieses Mannes gar nicht kannte – als Kind hatte ihn das nie gestört. Er konnte sich nur daran erinnern, dass Haakon und er sich enorm vor ihm gefürchtet hatten.

Auf dem Gesicht des Dänen zeichnete sich so etwas wie eine minimale Wiedersehensfreude ab. »Alexander«, er hob den Arm, »komm rein, dein Bruder wird sich freuen, dich zu sehen.«

Als das Dienstmädchen nun erkannte, wer er tatsächlich war, warf es ihm einen überraschten Blick zu. »Nimm den Koffer und bring ihn in das große Gästezimmer«, befahl ihr der Däne. Das Mädchen nahm das Gepäckstück nun doch an sich und ging voraus, während der Däne Alexander seinen langen Arm um die Schulter legte und ihn ins Haus führte.

Sobald sie das Haus betraten, wurden allein schon durch die Gerüche einige weitere Erinnerungen in Alexander wach. An seine Kindheit, die er hier gemeinsam mit Haakon verbracht hatte, und vor allem an ihren Vater, den alten Jørgensen. Der war als Waisenknabe mit fünfzehn Jahren von den Lofoten nach Tønsberg gekommen und hatte sich in dieser ältesten Stadt Norwegens, hundert Kilometer südlich von Oslo, niedergelassen. Hier hatte er sein Geschäft als Taschendieb begonnen – unter dem Spitznamen *Schwarzer Kormoran*. Das Tier war seit Jahrzehnten der Problemvogel Nummer eins, weil es alle Teiche leerfischte. Schließlich war ihr Vater mit neunzehn ins Schmuggelgeschäft eingestiegen, hatte mit fünfundzwanzig sein erstes Glücksspiellokal eröffnet und mit dreißig die ersten Nachtclubs besessen. Als Haakon geboren wurde und vier Jahre danach Alexander, hatte der Alte bereits das Sagen am Oslofjord gehabt.

Während Alexander jetzt im Haupthaus an den Elchgeweihen und einem riesigen präparierten Blauen Marlin vorbeiging, den sein Vater gefangen hatte, wurde er erneut von Kindheitserinnerungen überwältigt. Als Haakon neun und er fünf Jahre alt gewesen waren, hatten sie Vater schon bei der Elchjagd begleitet, beim Fischen im Kanu und beim Holzmachen in den Wäldern. Es war die schönste Zeit ihres Lebens gewesen, vielleicht auch deshalb, weil sie damals noch nicht geahnt hatten, womit ihr Vater sein Geld wirklich verdiente.

Ihre Mutter war früh an einem Schlaganfall gestorben. Völlig überraschend, im Schlafzimmer ihrer Ferienwohnung auf den Lofoten im Norden Norwegens. Haakon hatte sie gefunden, als er ihr das Frühstück ans Bett bringen wollte.

Siebzehn Jahre später war dann schließlich auch ihr Vater gestorben, nachts im Hafen von Oslo. Erschossen. Dreimal in den Rücken. Der Mörder war nie gefasst worden. Danach musste Haakon, gerade Mal fünfundzwanzig Jahre alt, das Geschäft übernehmen, und das war, als hätte man ihn ins kalte Wasser gestoßen. Dadurch war es zum Bruch zwischen den Brüdern gekommen. Denn Alexander hatte nie etwas mit den Machenschaften der Familie zu tun haben wollen. Eigentlich hatte er Polizist werden wollen, gab aber aus Rücksicht und Respekt der Familie gegenüber diese Pläne auf und verdiente seine Brötchen stattdessen zunächst als Wachmann für Geldtransporte und später als Leibwächter für reisende Wirtschaftsbosse. Von da an hatte sich sein Leben völlig anders als geplant entwickelt.

Nun stand Alexander in der großen, vier Meter hohen Halle der Villa. Hier, im Kernstück des ursprünglichen Baus, war alles aus hundertfünfzig Jahre altem Holz. Und wie immer waren die Vorhänge zugezogen, was besser für Haakons lichtempfindliche Augen war. Dumpfe Stimmen und Gelächter drangen zu beiden Seiten aus den Anbauten durch das Haus, im Kamin knisterte ein Feuer und von irgendwoher ertönten die Klänge einer Klaviersonate. Haakon war immer schon ein Bewunderer klassischer Musik gewesen. Und von Giger, dessen große, verstörend düstere Gemälde zwischen den Jagdtrophäen hingen. Zwei Stile, die Alexanders Meinung nach überhaupt nicht zusammenpassten – eine vulgäre Welt mechanischer Wesen inmitten norwegischer Fauna, Flora und Kultur. Aber es war Haakons Haus. *Er* musste sich darin wohlfühlen.

Nachdem der Däne ein kurzes Telefonat geführt hatte und verschwunden war, kam im nächsten Moment auch schon Haakon die breite knarrende Holztreppe herunter. Im schwarzen Slim Fit-Hemd, die Knöpfe bis zur Brust geöffnet, und in einer ebenfalls eng anliegenden Anzughose sah er aus wie ein Raubtier. Und dieser Mann herrschte mittlerweile, wenn man von ein paar Rivalitäten mit anderen Ganovengangs absah, über die Unterwelt des gesamten südlichen Norwegens – ein weitverzweigtes Netz aus Nachtclubs, Glücksspiel und Schmuggelrouten.

»Bruderherz!« Haakon schob sich die Sonnenbrille ins Haar und strahlte ihn an.

»Du bist noch hässlicher geworden«, stellte Alexander trocken fest. »Bald siehst du aus wie Vater.«

»Und du wirst Mutter immer ähnlicher.« Sie umarmten sich lange und fest. »Astrid wird sich freuen, dich zu sehen.« Haakon drückte seine Schulter.

»Ich freue mich auch … euch beide wiederzusehen.«

Haakon roch schon jetzt nach Alkohol. Dabei hatte die Familienfeier noch gar nicht begonnen. Aber gut, warum sollte ausgerechnet er, das Geburtstagskind, an diesem Abend nüchtern bleiben?

Während Haakon ihn immer noch an sich drückte, sah Alexander über dessen Schulter hinauf zum Treppenabsatz. Dort stand Astrid im Abendkleid, lächelte zu ihm herunter und sah so verdammt verführerisch aus wie eh und je.

Bis zum Beginn des Abendessens hatte Haakon noch kräftig getankt. Wie ein Containerschiff mit Schlagseite stand er am Kopfende der langen Tafel, hielt sein Glas in der Hand und wartete, dass das Gemurmel sämtlicher Gäste verstummte.

»Ich freue mich, dass ihr alle gekommen seid – nun gut, andernfalls hätte sich der Däne darum gekümmert«, grinsend erhob er das Glas, alle lachten. *»Skål.«*

»Skål«, tönte es mehrfach zurück. Freunde, Firmenpartner und der engste Kreis der Familie prosteten ihm zu.

Astrid saß neben Haakon, blickte aber ständig zu ihm herüber und hob nun auch ihr Glas. Kein Alkohol, wie Alexander aufgefallen war. Außerdem waren ihre Wangen ein wenig rosiger geworden, was ihr gut stand. Anscheinend spürte sie seine Aufmerksamkeit und nickte ihm verstohlen zu.

»Und noch etwas freut mich besonders. Nach wie vielen Jahren? Fünf … sechs?« Haakon sah ihn an.

»Sieben«, korrigierte Alexander ihn, während sein Blick immer noch auf Astrid ruhte. *Es war zu deinem achtunddreißigsten Geburtstag, aber das weißt du ganz genau!*

»Meine Güte … nach verdammten *sieben* Jahren beehrt mich mein kleiner Bruder wieder einmal hier in unserem Elternhaus. Wir telefonieren zwar gelegentlich, aber das ist nicht dasselbe, als wenn er zu einem Besuch herkommt. Ich habe viel zu tun – Geschäfte regeln, neue Mitbewerber in ihre Schranken verweisen, wenn ihr wisst, was ich meine …«, wiederum lachten alle, »… aber Alexander, weiß Gott, hat noch viel mehr zu tun dort oben in Oslo als wir hier. Darum freut es mich, dass er sich zu einem Kurzurlaub in Tønsberg entschieden und seine Kanzlei für eine Woche geschlossen hat.« Er machte eine Pause. »Was ist eigentlich mit deinen Mitarbeitern?«

»Habe ihnen bezahlten Urlaub gegeben.«

»Oho! Fünf Personen, wie ich gehört habe.« Haakon schwenkte sein Glas herum, beinahe hätte er etwas vom Inhalt verschüttet. »Alexander hat sich gemausert. Könnt ihr euch noch an ihn erinnern? Viele Jahre hat er als Leibwächter für fette Finanz- und Kredithaie gearbeitet, nebenbei jedoch still und heimlich Jura studiert.« Er tippte sich an die Stirn. »Clever war er schon immer. Und heute ist er einer der Top-Juristen für Banker und Investoren.« Wiederum lachten alle, doch rasch legte Haakon den Finger auf die Lippen. »*Pssst!* Das darf natürlich niemand wissen, aber diese Typen im Nadelstreif sind in Wahrheit noch viel zwielichtiger und korrupter, als wir es je sein könnten.«

Ach, trink weniger und halt's Maul, Bruder! Obwohl es bis zu einem gewissen Grad stimmte. Die Branche, in der er seit mittlerweile fünfzehn Jahren tätig war, war dreckig, hart und rücksichtslos. Er kannte so einige, die sich aus purer Verzweiflung von Hochhäusern gestürzt, vor den Zug geworfen oder sich den Lauf einer Jagdflinte in den Mund gesteckt hatten. Doch ermordet worden war seines Wissens nach bisher noch niemand. Ja, korrupt waren sie beide, aber das Business, in dem er arbeitete, hatte im Vergleich zu Haakons Gewerbe eindeutig den besseren Ruf.

»Aber Schwamm drüber. Ich habe Alexander versprochen, heute nicht schlecht über ihn und seine Klienten zu sprechen. Vor allem, weil mich meine liebe Frau so sehr darum gebeten hat.« Haakon strich ihr über die Wange, woraufhin Astrid leicht errötete. »Sie ist immer noch das Schönste, das je aus Grimstad zu uns heraufgekommen ist. Ein Ort, aus dem nicht nur Größen wie Knut Hamsun, Henrik Ibsen oder Polarforscher wie Hassel oder Gran stammen, sondern auch etwas so Bezauberndes wie Astrid, wie ihr sehen könnt.«

Alexander blickte zu Astrid, die beschämt auf ihren Teller sah. Grimstad war nicht nur für seine Künstler und Forscher berühmt, sondern zählte mit Abstand auch die meisten Sonnentage Norwegens. Und genau die schienen Astrid und ihr sonniges Gemüt tief geprägt zu haben, noch bevor sie mit ihren Eltern nach Tønsberg gezogen war. Hier hatte sie dann mit Haakon, ihm und den anderen Jungs ihrer Gang ihre Jugend verbracht.

Schon als er sie das erste Mal im kurzen roten Kleid gesehen hatte – im Sommer am Bahnhof von Tønsberg, sie war vierzehn und er siebzehn gewesen –, hatte er sich unsterblich in sie verliebt. Damals war sie ein junges, lebenslustiges blondes Ding mit einem Gesicht voller Sommersprossen gewesen. Und hatte ihm das Herz gebrochen, weil sie ihn nicht so wahrgenommen hatte, wie er sich das gern gewünscht hätte. Denn Haakon war der Ältere und Erwachsenere von ihnen beiden gewesen, und durch sein spezielles Aussehen auch der Interessantere. Fünf Jahre später schließlich – als er wegen seines Jobs als Bodyguard bereits durch halb Europa reisen musste – hatte sie Haakon mit gerade einmal neunzehn Jahren geheiratet. *Was für ein Schlag!*

»Auf Astrid, meinen Bruder und die Familie!«, rief Haakon nun. »*Skål.*« Alle erhoben nochmals die Gläser und tranken.

Endlich setzte sich Haakon. Die Dienstmädchen wollten bereits die Suppentöpfe bringen, als Astrid ihnen mit einer knappen Geste gebot, noch einen Moment zu warten, da sie nun ihrerseits das Wort ergriff. »Einige haben mich heute schon mehrmals danach gefragt, warum ich keinen Alkohol trinke … Nun, auch ich habe eine Neuigkeit zu berichten.«

Das Gemurmel verstummte, alle sahen Astrid erwartungsvoll an. Alexanders Herz schlug schneller. Er schielte zu seinem Bruder. Der schien keine Ahnung zu haben, was jetzt gleich kommen würde.

»Ich weiß es erst seit heute Morgen und hatte keine Gelegenheit, es dir vorher zu sagen.« Astrid lächelte Haakon an. »Das ist meine Geburtstagsüberraschung für dich, mein Schatz. Wir erwarten ein Baby.«

Ein Raunen ging durch den Raum, dann sprachen auf einmal alle durcheinander. Viele gratulierten, einige klatschten.

»… im dritten Monat …«, beantwortete Astrid lachend eine Frage, die ihr gestellt wurde. Sie sah so glücklich aus, und Alexander musste sich dazu zwingen, ebenfalls zu lächeln. *Wie schön für dich*, signalisierte er ihr mit einem Blick.

Spiel mit! Sei ein guter Gast und verdirb ihr diesen Abend nicht! Er lächelte weiter, wobei er sich eingestehen musste, insgeheim gehofft zu haben, dass diese Ehe irgendwann zerbrechen würde. Aber mit der Schwangerschaft und Astrids überglücklichem Gesicht war jetzt auch sein letzter Hoffnungsschimmer verblasst.

Nun wurde die Suppe serviert, und während alle mit den Löffeln klapperten und Ruhe im Raum einkehrte, sah Alexander zum ersten Mal zu seinem Bruder. Die Nachricht über einen Nachwuchs im Haus Jørgensen musste großartig für ihn sein. Doch Haakon war wie ausgewechselt. Noch nicht einmal die Andeutung eines Lächelns ließ sich auf seinem Gesicht finden.

Stattdessen warf er einen dunklen Blick in die Runde, und Alexander hatte plötzlich das Gefühl, als wäre die Raumtemperatur um einige Grad gesunken.

2. TEIL

KATTEGAT

Mittwoch, 23. Mai

Nachmittag

12. Kapitel

Das Taxi brachte sie auf den letzten Drücker zum Frankfurter Flughafen. Zum Glück hatten sie bereits eingecheckt, mussten also nur noch ihr Gepäck aufgeben – Sneijders riesigen Schrankkoffer und Sabines Trolley – und Dienstwaffen und Munition beim Flugkapitän abgeben, der sie in sicherer Verwahrung transportieren würde. Dann noch durch den Duty-free und die Sicherheitskontrolle, aber dank Sneijders Diplomatenpass wurde auch diese Prozedur beschleunigt. Unter großem Gemecker der anderen Fluggäste durften sie die Warteschlange überspringen und kamen gleich dran.

»Sneijder«, zischte Sabine, der diese bevorzugte Behandlung peinlich war. »Wir haben noch etwas Zeit, wir könnten uns anstellen. Hier sind nicht so viele …«

»Wenn man sich schon in eine Schlange drängelt, sollte man es *vorn* tun«, unterbrach er sie und ging mit seinem Handgepäck neben dem Personenscanner vorbei.

Sabine wuchtete ihren Rucksack auf das Förderband, leerte die Taschen und ging durch den Metalldetektor, der piepsend anschlug. Sie wusste, dass sie kein Metall am Körper trug, nicht einmal in ihren Schuhen – und sie wusste auch, dass manche Metalldetektoren nach dem Zufallsprinzip piepsten. *Reine Abschreckungsmaßnahme!*

Geduldig ging sie noch einmal zurück und schritt erneut durch den Detektor. Wieder piepste er! Daraufhin wurde sie von einem Beamten zur Seite gebeten, und es folgte die übliche Prozedur des Scannens und Abtastens durch eine Kollegin.

Sneijder wartete bereits ungeduldig hinter dem Förderband, auf dem ihr Handgepäck aus dem Scanner glitt. Nun wurde sie auch noch gebeten, den Gürtel abzunehmen und die Schuhe auszuziehen.

»Sind diese Schikanen notwendig?«, mischte sich Sneijder ein.

»Treten Sie bitte zurück!«, bat ihn der Beamte höflich.

»Hören Sie, Sie Intelligenzallergiker, wir haben es eilig, unser Flieger geht ...«

»Treten Sie zurück!«, wiederholte der Beamte, diesmal deutlich übel gelaunt, ignorierte jedoch Sneijders Beschimpfung.

Indessen schlüpfte Sabine aus den Schuhen. Sneijder stand daneben und mahlte mit den Kiefern. Er hatte ohnehin keine lange Toleranzschnur, und die war jetzt schon zur Hälfte abgebrannt.

Nachdem Sabine wieder Schuhe und Gürtel anziehen durfte, wurde sie aufgefordert, ihren Rucksack zu öffnen. Ihre Zahnpasta-Minitube im Klarsichtbeutel, die sie im Vorbeilaufen rasch in einem Duty-free-Shop für vier Euro gekauft hatte, wurde ihr abgenommen.

»Was soll dieser Mist?«, knurrte Sneijder.

Der Beamte reagierte auch diesmal nicht, sondern forderte Sabine höflich auf, ihr Notebook aus dem Rucksack zu nehmen, woraufhin er mit einem Tuch über das Gerät wischte, um es auf Sprengstoffspuren zu untersuchen.

»Sie glauben doch nicht allen Ernstes, dass eine BKA-Ermittlerin vorhat, ein Flugzeug in die Luft zu jagen?«, rief Sneijder, woraufhin Sabine ihm einen flehenden Blick zuwarf. Je mehr er sich aufregte, desto länger würden sich die Beamten Zeit lassen. Und tatsächlich, jetzt musste Sabine auch noch ihre Kosmetiktasche öffnen und komplett ausräumen.

»Danke, wir sind fertig«, sagte der Mann endlich zu ihr. Eine uniformierte und bewaffnete Kollegin, die einen Schäferhund an der Leine führte, nickte ihm kurz zu. Während Sabine alles wieder in ihren Rucksack einpackte, wandte sich der Mann nun zu Sneijder. »Bei Ihnen hat der Drogenhund angeschlagen. Was haben Sie in den Taschen?«

Sneijder sah ihn eine Weile entgeistert an, dann holte er eine Klarsichtfolie mit Marihuana heraus, sein persönlicher Vorrat für ein paar Tage Oslo. »Ich müsste Ihnen das weder zeigen noch erklären, warum ich es dabeihabe, tue es aber dennoch, weil ich heute mal ausnahmsweise nett bin«, sagte Sneijder. »Ich brauche das aus medizinischen Gründen.«

»Und mir hat meine Ärztin Bordellbesuche verschrieben«, sagte der Beamte mit versteinertem Gesicht.

»Ich lach mich tot.« Sneijder griff in sein Sakko und holte den Diplomatenpass heraus.

»Schön und gut, trotzdem ist Drogenschmuggel illegal. Werfen Sie das Päckchen dort in den Mülleimer, dann können Sie passieren.«

»Den Teufel werde ich!«

»Dann kann ich Sie nicht durchlassen.«

Sneijder kniff die Augen zusammen und griff noch einmal in die Sakkotasche. Diesmal holte er einen Zettel hervor, der schon ziemlich alt und zerfleddert aussah. Sabine war fertig mit Einpacken, stellte sich neben ihn und konnte erkennen, dass es sich um ein Attest mit der Unterschrift seines Hausarztes Dr. Wudy handelte. Der Beamte las alles aufmerksam durch.

Mittlerweile war der Groll der anderen Gäste kaum noch zu überhören. »Erst vordrängeln und dann alles aufhalten!«, rief einer.

Sneijders Blick verfinsterte sich. Er musterte den Fluggast mit zusammengekniffenen Augen, als wollte er ihn auf der Stelle niederstrecken.

»Es liegt in meinem Ermessen, Ihnen diesen Besitz zu gestatten oder nicht«, sagte der Beamte. »Aber ich tue es nicht. Entweder

Sie werfen das Päckchen dort in den Mülleimer, oder Sie kommen nicht durch die Sicherheitskontrolle.«

In diesem Moment wurden Sneijders und Sabines Namen über die Lautsprecher aufgerufen.

»Sneijder, ich bitte Sie, werfen Sie es weg!«, drängte Sabine. »Unser Flieger wartet nicht ewig auf uns. Ich kaufe Ihnen in Oslo einen neuen Vorrat.«

»Nein, das werden Sie nicht tun«. Plötzlich setzte Sneijder sein kältestes Todeslächeln auf. Er stellte sich neben den Beamten, zog sein Handy heraus, grinste in die Kamera und machte ein Selfie von sich und dem Beamten. Bevor die Kollegen vom Sicherheitspersonal einschreiten konnten, flüsterte Sneijder dem Beamten etwas zu. Diesmal nicht in der typisch beleidigenden Sneijderart, sondern höflich und dezent. Sabine konnte gerade noch hören, was er sagte. »Ich werde dieses Foto von uns beiden Hübschen auf sämtlichen deutschen und niederländischen Schwulenportalen posten – und glauben Sie mir, davon gibt es viele. Ihre Kollegen werden sich über die vielen Nachrichten, die Sie erhalten, totlachen.«

Der Kopf des Mannes lief rot an, dann bedeutete er seinen Kollegen, dass alles in Ordnung sei. »Okay«, sagte er mit knirschenden Zähnen, »gehen Sie!« Er gab Sabine sogar ihre Zahnpasta zurück, die sie in ihren Rucksack stopfte. Danach waren sie fertig.

Vor der gegenüberliegenden Informationstafel mit den Gates und Boardingzeiten stand eine hochgewachsene Blondine mit langen gewellten Haaren und sportlicher Figur, sehr chic in einen grauen, eng geschnittenen Hosenanzug gekleidet. Sie hatte Sabine und Sneijder die ganze Zeit über beobachtet und sprach Sneijder jetzt direkt an. »Das war eine nette Vorstellung eben«, sagte sie und drehte lässig einen Fuß auf dem Pfennigabsatz ihres Stöckelschuhs.

»Wie bitte?«, fragte Sneijder.

»Ich kann Lippenlesen und habe mitbekommen, was Sie dem

Mann zugeflüstert haben.« Die Frau lächelte und hob dabei die fein geschwungenen dunklen Augenbrauen. »Aber das hätten Sie niemals gewagt, richtig?«

»Ich hätte das nicht zum ersten Mal gemacht.« Sneijder hielt sein Handy immer noch in der Hand. »Ach was, ich werde es trotzdem tun.« Er begann in sein Handy zu tippen.

Die Frau schien Anfang vierzig zu sein und strahlte ein gesundes Selbstbewusstsein aus. Sabine musterte sie fragend, bis sie schließlich die Hand ausstreckte. »Major Cora Petersen, militärische Auslandsaufklärung BND, aber nennen Sie mich einfach Cora.« Sneijder sah kurz auf, wirkte jedoch nicht gerade überrascht, als hätte er etwas Ähnliches bereits erwartet.

Sabine gab ihr die Hand. »Sabine Nemez.«

»Ich weiß.«

Sabine musterte ihr Gegenüber leicht argwöhnisch. Major Petersen war nicht nur einen Kopf größer als sie selbst, sondern auch verdammt attraktiv.

»Übrigens brauchen wir uns nicht zu beeilen«, erklärte Cora. »Die anderen Fluggäste wissen es noch nicht, aber sämtliche Flüge nach Oslo wurden vor fünf Minuten gestrichen. Das dortige Flughafenpersonal streikt.«

In dieser Sekunde kam auch schon die Durchsage über Lautsprecher, dass sich die Flüge nach Oslo ein wenig verzögerten.

»*Verdomme!*« Sneijder sah sie übel gelaunt an. »Was schlagen Sie vor?«

»Da wir davon ausgehen können, dass der Streik mindestens zwei Tage dauern wird, war ich so frei und habe unsere Tickets bereits auf einen Flug nach Hamburg umgebucht. Der BND ist eben besser informiert als das BKA.« Sie lächelte.

»Was sollen wir in Hamburg?«

»Dort nehmen wir ein Taxi nach Kiel und anschließend die Fähre nach Oslo. Ist die unkomplizierteste Verbindung.«

Sneijder verzog das Gesicht. »Ich hasse Schiffe.«

Sabine sah amüsiert auf. »Ist nicht Ihr Ernst? *Sie* werden seekrank?«

»Ich habe nur gesagt, dass ich Schiffe hasse!«

»In meiner Reiseapotheke habe ich immer Tabletten gegen Seekrankheit dabei«, sagte Cora. »Wollen wir zum Gate?«

»Darf ich vorher Ihren Ausweis sehen?«, bat Sabine, woraufhin Sneijder sie verwundert ansah. Sie hob die Schultern. »Ich habe eben von den Besten gelernt.«

Lächelnd zog Cora eine eingeschweißte Plastikkarte aus dem Blazer und kippte sie so, dass das Wasserzeichen erkennbar wurde. So konnte Sabine eindeutig sehen, dass der Ausweis keine Fälschung war.

Sneijder kam näher und warf ebenfalls einen Blick darauf. »Wenn man beginnt, seinem Passbild ähnlich zu sehen, sollte man schleunigst Urlaub machen«, kommentierte er. »Reisen Sie deshalb mit uns nach Norwegen?«

»Sie wissen, warum ich Sie begleite«, sagte sie kühl. »Sie brauchen mich.« Dann setzte sie sich in Bewegung, und Sneijder und Sabine folgten ihr notgedrungen.

»Um die Wahrheit zu sagen, ich brauche Sie so dringend wie eine Zyste am Arsch«, sagte Sneijder. »Aber Sie könnten sich nützlich machen, mein Handgepäck tragen und darüber hinaus dafür sorgen, dass Sie mir nicht im Weg herumstehen.«

Sabine schluckte. *Das fängt ja schon gut an.*

Doch Cora lächelte höflich. »Jeder wäre froh, wenn er bei diesem Fall etwas Unterstützung bekäme.«

»Sneijder ist nicht jeder«, sagte Sabine entschuldigend und bedeutete Sneijder mit einem Blick, endlich den Mund zu halten. Doch der legte natürlich noch eine Schippe drauf.

»Es gibt eine einfache Regel im Umgang mit mir – und wenn Sie die beherzigen, ist alles gut. Am liebsten sind mir jene Menschen, deren Bekanntschaft mir erspart geblieben ist. Also werden Sie nicht zutraulich.«

»Sie werden mich, mein Wissen und meine Kontakte in Oslo noch brauchen«, konterte Cora gelassen. Sie fuhren die Rolltreppe hoch.

»Ich wünschte, ich könnte so sein wie Sie«, seufzte Sneijder. »Naiv, gutgläubig und einfältig.«

Nun hatte er es geschafft, sie verlor ihre Contenance. »Hören Sie mal«, fuhr sie ihn an. »Anscheinend wollen Sie es nicht begreifen: Ich bin hier, um intern Ihre Ermittlungen zu koordinieren. Inoffiziell sind Sie in diesem Fall *mir* unterstellt, da Sie mit den Gegebenheiten nicht vertraut sind und ich als BND-Agentin die Zusammenhänge besser erkenne als Sie.«

»*Das* glauben Sie wirklich?«, fragte Sneijder amüsiert.

Sie senkte die Stimme und zischte: »Es könnte durchaus passieren, dass wir im Lauf der Ermittlungen auf Informationen stoßen, die zu erfahren Sie beide gar nicht befugt sind. Und jetzt sollten wir dieses kindische Machtspielchen lassen.«

Endlich erreichten Sie einen Lufthansa-Schalter, vor dem bereits eine Menschentraube auf den Flug nach Hamburg wartete. »Dort ist unser Gate. Ich rede mit den Damen, damit wir schneller an Bord können. Außerdem muss unser Gepäck noch umgeladen werden, und der neue Kapitän muss Ihre Dienstwaffen von dem alten übernehmen.« Cora ließ sie stehen und lief auf den Schalter zu.

»Ist ja prima gelaufen«, murmelte Sabine zynisch.

»Ja, das denke ich auch«, sagte Sneijder allen Ernstes.

»Ich weiß, dass Sie fürchterlich frustriert sind, aber diese Provokation gerade war absolut unnötig!«

»Finden Sie?«, entgegnete Sneijder. »Ich wollte nicht erst in drei Tagen herausfinden, was hier wirklich läuft.«

»Was?« Sabine sah ihn überrascht an. Plötzlich schien er gar nicht mehr aufgeregt zu sein, sondern den Ruhepuls einer Wanderschnecke zu haben.

»Nun wissen wir, woran wir bei ihr sind und dass der BND eigene Ziele verfolgt«, flüsterte er.

13. Kapitel

Sie saßen fußfrei in der ersten Reihe der Business-Class. Sabine am Fenster, Cora Petersen am Gang, und Sneijder machte sich in der Mitte breit. Der Flug dauerte nur knapp über eine Stunde, und Sneijder bekam gleich nach dem Start einen Tomatensaft mit Pfeffer, Salz, Tabasco und Wodka.

Da hinter ihnen niemand saß, nutzte Sneijder die Gelegenheit für ihr erstes dienstliches Gespräch, wobei er sich gegenüber Cora vermeintlich versöhnlich gab. »Ich habe herausgefunden, dass die Überfahrt mit der Fähre von Kiel nach Oslo zwanzig Stunden dauert. Wir werden also erst morgen Vormittag gegen elf Uhr ankommen.«

»Ich habe drei Kabinen für uns gebucht«, beruhigte Cora ihn, »und die Fähre bietet jeden erdenklichen Luxus.«

»Sehe ich so aus, als würde mich Luxus versöhnen? Mir geht es um die verlorene Zeit. Daher möchte ich Sie um einen Gefallen bitten.«

Sabine sah von dem Norwegen-Reiseführer auf, den ihr Dirk van Nistelrooys Sekretärin zum Ticket dazugepackt hatte, und schielte zu Sneijder. *Um einen Gefallen bitten?* Hatte er das gerade tatsächlich gesagt?

»Schießen Sie los«, entgegnete Cora.

»Ich brauche den aktuellen Ermittlungsstand der norwegischen Polizei, und zwar das volle Programm: eine Liste mit allen Mitarbeitern der Botschaft – alle persönlichen Daten, die wir bekommen können.«

»Lässt sich machen.«

»Eine Liste mit allen Besuchern, die am Montag in der Botschaft waren. Ebenfalls mit allen persönlichen Daten, die wir bekommen können.«

Sie nickte. »Geht klar.«

»Und eine Liste mit allen Schülern und Lehrern mit …«

»… allen persönlichen Daten, die wir bekommen können. Verstanden.«

»Alle Protokolle von den Verhören, sämtliche Zeugenaussagen und alles Videomaterial in überarbeiteter Hochauflösung.«

Cora schnaufte.

»In deutscher Übersetzung.«

Nun zuckte ihr Augenlid.

»Sie sprechen Norwegisch, sind mit den Gegebenheiten vertraut, haben die entsprechenden Kontakte, koordinieren die Ermittlungen und sind zu allem befugt«, zitierte er sie. »Ist das etwa ein Problem für Sie?«

Sie schnaufte wieder. »Wann brauchen Sie das?«

»Am besten noch auf der Fähre, damit ich mir damit die Nacht um die Ohren schlagen kann.«

»Okay.« Sie holte ihr Notebook aus der Tasche und verband sich mit dem Bord-WLAN.

»Papierausdrucke sind mir lieber, und die Fotos vom Tatort in Farbe hochauflösend aus dem Laserdrucker«, fügte er hinzu. »Ich bin der haptische Typ, dann funktioniert mein Hirn am besten.«

»Das ist jede Menge Papier«, gab sie zu bedenken.

»Wald finde ich sowieso scheiße«, sagte Sneijder, rutschte in den Sitz und schloss die Augen.

14. Kapitel

Während ihrer Taxifahrt nach Kiel herrschte zum Glück noch kein Berufsverkehr. Die Rechnung übernahmen Cora und der BND, ebenso würde sie für alle Strafzettel aufkommen, die den Fahrer wahrscheinlich noch erwarteten – denn sie hatten es wirklich eilig, und so blitzte es zwischendurch doch recht oft. Völlig abgehetzt kamen sie gerade noch rechtzeitig am Hafen an. Die Color Line, die um 15 Uhr von Kiel ablegte, war laut Eigenwerbung die größte Autofähre der Welt. Die privaten PKWs waren bereits unter Deck gebracht worden, und alle Passagiere befanden sich an Bord. Kaum waren sie durch die Sicherheitskontrolle, wurden auch schon die Leinen losgemacht.

Sneijder bezog eine Außenkabine mit Fenster auf dem fünften Deck, Sabine hatte die danebenliegende Kabine. Insgesamt gab es dreizehn Decks und jede Menge Fahrstühle auf dieser Fähre, die so groß war wie ein mittleres Kreuzfahrtschiff. Sie verfügte über einen Helikopterlandeplatz, ein Casino, Duty-free-Shops, Whirlpools, Massageliegen und eine Sauna mit Ausblick auf das Meer. Insgesamt fand Sabine das alles sehr dekadent und dementsprechend teuer, wodurch sie schon jetzt einen kleinen Vorgeschmack auf das norwegische Preisniveau erhielt.

Nachdem Sabine sich geduscht und umgezogen hatte, ging sie an Deck und schnupperte die Seeluft. Die deutsche Küste war schon nicht mehr zu sehen, vor ihr lagen vermutlich bereits die ersten dänischen Inseln. Boote der Küstenwache kreuzten ihre Route, und sie passierten einige Felsbänke, auf denen sich entzückende Leuchttürme befanden. Möwen begleiteten das Schiff.

Sie holte sich in der Burgerbar eine Kleinigkeit zu essen, schickte dann ihren Nichten einige Fotos von der Reling und dem Meer und schrieb mit einem großen Smiley *Mein neuer Arbeitsplatz* dazu. Minuten später kam auch schon der Anruf von Connie, der jüngsten, die zehn Jahre alt war, einen Narren an Sneijder gefressen hatte und später auch, so wie ihre »große« Tante Bine, Polizistin beim BKA werden wollte. Sie war gerade von der Schule heimgekommen und stand kurz davor, vor Neugierde zu platzen. »Wo bist du?«

»Im Ausland, darf dir aber nicht mehr verraten. Streng vertraulicher Auftrag, höchste Prioritäts- und Geheimhaltungsstufe«, flunkerte Sabine.

»Hast du deine Waffe mit?«

»Klar, die habe ich doch immer mit! Auch Drogenspürhunde, Abhörtechnik, Nachtsichtgeräte und Begleitschutz vom Geheimdienst …« In diesem Moment gesellte sich Cora Petersen kommentarlos zu ihr, zwei Mappen mit jeweils einem dicken Stapel Papiere unter dem Arm, und lehnte sich an die Reling.

»Wow, krass«, entfuhr es Connie. »Ich wünschte, ich könnte bei dir sein und dir helfen.«

»Später, wenn du älter bist«, vertröstete Sabine sie. »Ich muss jetzt Schluss machen. Eine Frau Majorin, die glaubt, ich wäre ihr inoffiziell unterstellt, ist gerade gekommen.« Cora warf ihr einen vorwurfsvollen Blick zu.

»Ist Maarten S. Sneijder auch dabei?«, fragte Connie noch rasch.

»Ja.«

»Dann kann ja nichts schiefgehen.« Connie lachte. Sie war einer der wenigen Menschen auf diesem Planeten, die Sneijder tatsächlich cool fanden. »Alles Gute.«

»Danke.« Sabine legte auf, und Cora sah sie fragend an. »Nehmen Sie es tatsächlich *so* ernst mit der Verschwiegenheitspflicht?«

»Meine Nichte ist zehn und glaubt sowieso nichts von dem, was ich ihr erzähle.« Sabine nickte zu dem Stapel. »Sind das die Unterlagen für Sneijder?«

Cora nickte und reichte ihr den Stapel. »Ich komme soeben vom Kapitän. Ich habe das alles in seinem Büro ausgedruckt. Was nicht ohnehin auf Deutsch war, habe ich übersetzt.«

»Das ging ja rasch. Danke.« Sabine sah auf die Uhr. »Sneijder wartet sicher schon sehnsüchtig darauf.«

Cora räusperte sich. »Sneijder hat mich bei unserem Gespräch heute Morgen am Flughafen absichtlich provoziert, nicht wahr?«

»Er ist ein Meister darin, andere zu manipulieren.«

Cora überlegte eine Weile. »Haben *Sie* keine Angst, von ihm manipuliert zu werden?«

O Gott, wenn ich jedes Mal einen Euro dafür bekommen hätte … dachte Sabine, behielt den Gedanken jedoch für sich. Stattdessen sagte sie: »Wir, die Absolventen von Sneijders Lehrgängen an der Akademie des BKA, haben ein Sprichwort. *Du musst den Fall lösen, sonst löst der Fall dich.* Und Sneijder ist der beste Mentor, den wir je hatten.«

»Dann hoffe ich für Sie, dass das auch so bleibt.«

15. Kapitel

Um sieben Uhr abends saß Sneijder allein in seiner Kabine. Er war mit Sabine alle Daten durchgegangen, hatte sich mit ihr das Video der Verkehrskamera noch einmal angesehen sowie das von der Überwachungskamera der Botschaft. Diesmal jedoch über einen USB-Datenstick, den er an das TV-Gerät seiner Kabine angesteckt hatte. Nachdem sie mit allem durch waren, war Sabine an Deck gegangen, um zu telefonieren, und er nutzte die Gelegenheit, sich in Ruhe Gedanken zu machen.

Der Knackpunkt, für den er sich am meisten interessierte, war jener Zeitpunkt, als in der Botschaft die Tüte der älteren Dame gerissen war und sich ihre Münzen quer durch die Eingangshalle verteilt hatten. Danach war das Chaos mit den beiden Schulklassen entstanden, und eine Minute später waren eine Bombendrohung eingegangen und der Feueralarm ausgelöst worden. Ein Zufall? Wohl kaum. Fakt war, dass die norwegische Polizei keine Bombe im Gebäude gefunden hatte. Außerdem war auch kein Feuer ausgebrochen. Bloß ein Fehlalarm. Der jedoch dazu geführt hatte, dass der Strom automatisch heruntergefahren worden war. Anscheinend war das alles genauso geplant worden. Aber warum? Und von wem?

Sneijder öffnete das Fenster, lehnte sich mit den Ellenbogen raus, steckte sich eine selbst gedrehte Zigarette an und ließ den Blick über das Meer wandern. Der kühle Fahrtwind strich über seine Glatze. Er nahm einen tiefen Zug und schloss die Augen. Seiner Meinung nach war es so abgelaufen. Die ältere Dame hatte gewartet, und zwar bis …

... beide Schulklassen in der Eingangshalle sind. Danach sorgt sie bewusst für das Chaos. Indessen läuft ihr Komplize unbemerkt in den ersten Stock zum Büro der Botschafterin. Dort trifft er auf den Sicherheitschef. Er überwältigt und ersticht ihn. Anschließend zwingt er die Botschafterin zu einem Telefonat mit ihrer Sicherheitsbeamtin in der Empfangshalle, der sie sagt, sie hätte eine Bombendrohung erhalten, die tatsächlich jedoch nie eingegangen ist. Als Nächstes nötigt er sie, den Feueralarm manuell auszulösen. Ein Sicherheitsbackup sämtlicher Daten wird automatisch erstellt, danach fahren die Computer herunter, und der Strom wird abgeschaltet. Gleichzeitig zwingt er die Botschafterin, auch das Notstromaggregat auszuschalten, woraufhin die Überwachungskameras ihren Dienst einstellen. Danach ermordet er sie kaltblütig.

In dem nun folgenden Chaos, während alle in Richtung Ausgang strömen, geht die ältere Dame ebenfalls nach oben ins Büro der Botschafterin. Dort wartet ihr Komplize auf sie. Er hat die beiden Leichen bereits entkleidet und ist in die Uniform des Sicherheitschefs geschlüpft. Die ältere Dame zieht die Kleidung der Botschafterin an. Gemeinsam fliehen sie aus dem Gebäude, bewusst an der ihnen bekannten Kamera vorbei, in eine Seitengasse ohne weitere Verkehrskameras, wo ihr Fluchtwagen steht.

Sneijder öffnete die Augen und stieß den Rauch aus. Für einen kurzen Augenblick war er tatsächlich in der Botschaft gewesen.

Im Grund genommen eine brillante Vorgehensweise!

Sneijder schnippte den Joint ins Wasser. *So muss es gewesen sein.* Blieben nur drei Fragen offen: Wer war die ältere Dame? Wer war ihr Komplize? Und was war ihr Motiv? Sie war verkleidet gewesen, und von ihm hatten sie nur eine schlechte Videoaufnahme der Verkehrskamera von hinten. Allerdings gab es jede Menge Zeugenaussagen. Und die Protokolle dieser Aussagen lagen im Moment neben den Tatortfotos auf Sneijders Bett verstreut.

Er hatte sie in halbwegs brauchbare, wenig brauchbare, unbrauchbare und absolut widersprüchliche sortiert. Der Stapel mit den halbwegs brauchbaren war am niedrigsten. Das hatte mehrere Gründe. Nachdem die ersten beiden Streifenwagen eingetroffen waren, hatte noch niemand geahnt, dass ein Doppelmord passiert war. Dementsprechend lax waren sämtliche Zeugen nach dem befragt worden, was vorgefallen war. Und zwar alle auf einmal. Direkt auf der Straße. Sie standen großteils nebeneinander, hörten die Aussagen der anderen, die sich mit ihren eigenen Erinnerungen vermischten, wodurch das Gedächtnis die bestehenden Lücken durch Interpretationen und Assoziationen ausfüllte. Ein klassisches Beispiel, wie kollektiv falsche Erinnerungen entstanden. Noch dazu ging aus den Protokollen hervor, dass die Polizisten – anscheinend ungeschultes Personal – mit Suggestivfragen gearbeitet hatten, da sie mit einer vorgefertigten Meinung – *eine Bombendrohung, die einen Feueralarm ausgelöst hatte* – zum Tatort gekommen waren. Und dadurch war die Wahrheit ein weiteres Mal verzerrt worden.

Sneijder starrte stinkwütend auf das Bett. Die meisten Protokolle waren nutzlos. Diese Ermittlung hätte genauso gut ein lausiger Praktikant auf der Polizeischule machen können. Jetzt noch irgendjemanden befragen zu wollen, was in der Zeitspanne zwischen dem Ausfall der Kameras und dem Mord passiert war, konnte er sich sparen. Niemand würde sich mehr verlässlich an irgendetwas erinnern können. Die Spuren waren mittlerweile auch verwischt, und mögliche Täter hatten sich längst untereinander abgesprochen. *Es ist zum Kotzen!*

Neben dem Stapel mit den halbwegs brauchbaren Protokollen lag ein einziges einsames Protokoll. Das beste und vielversprechendste von allen. Zofia Vogel war eine fünfundfünfzigjährige Deutsche, die an diesem Tag in der Botschaft gewesen war, weil sie unterwegs mit einem Schiff der Hurtigruten, auf dem Weg von Trondheim nach Bergen, ihren Reisepass verloren hatte.

Bei dem Gedanken erinnerte sich Sneijder wieder daran, dass er sich selbst auf einem Schiff befand. Sobald er an das Schwanken auf den Wellen dachte, wurde ihm schlagartig übel. Er goss sich ein Glas Bourbon aus der Minibar ein und schluckte eine der Pillen, die Cora ihm zu den Unterlagen gelegt hatte. Sogleich ging es ihm besser, was aber vermutlich nur am Bourbon lag.

Sein Handy läutete. Es war Marc, der aus dem BKA anrief. *Endlich!* Sneijder ging sogleich ran. »Was hast du über Zofia Vogel herausgefunden?«

»Die Akte ist dünn. Keine Vorstrafen, früh verwitwet, zwei erwachsene Kinder, lebt in Braunschweig, arbeitet selbstständig als Tortenbäckerin, macht jährlich pünktlich ihre Einkommensteuererklärung.«

»Online?«

»Nein, auf Papier.«

»Handy?«

»Nur Festnetz.«

»War sie allein im Urlaub?«

»Ja, und während eines Ausflugs im Geirangerfjord hat sie ihren Reisepass bei einer Wanderung um den Eidsvatnet-See verloren.«

»Soziale Kontakte?«

»So gut wie keine.«

Das ist meine Zeugin!

»Warum willst du das alles wissen?«, fragte Marc.

»Ich habe vier Dutzend zehnjährige Kinder, die als mögliche Zeugen infrage kommen. Aber die standen alle unter Schock. Außerdem wissen wir beide, dass das menschliche Gehirn bereits am frühen Nachmittag von der Reizüberflutung überfordert ist, die YouTube, Facebook, Instagram, Twitter, Tausende Apps auf dem Smartphone und der ganze *verdommte Mesthoop* an Social Media-Kram mit sich bringt.«

»Ja, vermutlich ist das bei Zofia Vogel ein wenig anders. Die Frau hat keinen Streamingdienst abonniert und verfügt wahrscheinlich nicht einmal über einen Internetanschluss.«

»Genau.« Sneijder beendete die Verbindung. Falls er morgen Gelegenheit hatte, mit ihr zu sprechen, hatte sie vermutlich die genaueste und unverfälschteste Erinnerung von allen an die Vorkommnisse von vor drei Tagen.

16. Kapitel

Sabine stand am Heck der Fähre an der Reling und beendete soeben ein Telefonat mit Marc. Er hatte ihr wieder nicht sagen wollen, an welcher geheimen Sache er mit Sneijder dran war. Sabine war allerdings sicher, dass es dabei um die brisanten Ermittlungen ging, die Sneijder in van Nistelrooys Büro erwähnt hatte.

Bevor sie ihr Handy wegsteckte, machte sie ein paar Fotos von der breiten Spur des Kielwassers, die sich langsam auf der Oberfläche des Meeres auflöste – genauso wie die Spuren dieses Falls. Je später sie mit ihrer Arbeit begannen, desto weniger verlässliche Informationen würden sie vorfinden.

Sabine blickte zum Himmel. So weit im Norden war es deutlich länger hell. Die Abenddämmerung hatte zwar schon eingesetzt, aber es würde noch dauern, bis die Sonne gegen halb zehn unterging. Dunkelblau lag der Horizont vor ihr. Das Schlagen der Wellen drang bis zu ihr herauf auf das Sonnendeck, und es roch salzig. Der Wind trug das Knattern eines Militärhubschraubers heran, der entlang der Küste patrouillierte.

Sabine merkte, wie wohltuend die frische Luft und das leichte Schaukeln waren, und beschloss, eine Weile an Deck zu bleiben. Sie lehnte sich an die Reling und ließ die Landschaft an sich vorüberziehen. Kurz vor acht Uhr abends fuhr die Fähre unter der gewaltigen Belt-Brücke hindurch, die sich wie ein unendlich langer Bogen über das Meer spannte und die zwei großen dänischen Inseln, auf denen Kopenhagen und Odense lagen, miteinander verband.

Eine halbe Stunde später zogen Gewitterwolken auf, der Himmel verfinsterte sich, der Wind wurde stärker, und Blitze zuckten am Horizont. Zu weit weg, als dass Sabine das Donnern hören konnte. Wetterleuchten. Sie machte ein paar letzte Fotos davon, dann zog sie den Reißverschluss ihres Anoraks zu, den sie auf Sneijders Empfehlung hin tatsächlich mitgenommen hatte. Ein guter Tipp, zumal sie weiter hoch in den Norden fahren würden, wo es noch kälter war. Wieder sog sie den Geruch von Meerwasser und beißender Kälte ein, als sie plötzlich einen Anflug von Gras in der Luft bemerkte.

Sabine drehte den Kopf. Sneijder kam mit einer selbst gedrehten schiefen Zigarette im Mundwinkel auf sie zu. Dabei hielt er die Reling fest umklammert. »Sonnendeck, hm?«, murrte er. »Aber wo ist die Sonne?«

»Haben Sie zu viel geraucht?«

Sneijder entgegnete nichts, er musterte sie nur. »Neues Smartphone?«

»Ja, eine Woche alt. Outdoor-Handy«, erklärte sie und steckte es ein. »Wasserfest, stoßfest und Hartglas-Bildschirm – passt doch ganz gut für Norwegen, oder?«

Sneijder nickte. Er war ziemlich blass um die Nase und konnte von Glück sagen, dass kein hoher Wellengang herrschte, sonst hätte er sich vermutlich die Seele aus dem Leib gekotzt. »Wie geht es Ihnen?«, fragte Sabine.

»Was denken Sie?« Er wischte sich eine Tabakfaser von den Lippen. »Mir geht es wie immer großartig, bin das blühende Leben.«

Sabine sah ihn vorwurfsvoll an. »Und in Wahrheit?«

»Habe ich ein miserables Gefühl bei der Sache.« Er zog an seinem Glimmstängel und stieß den Rauch durch die Nase aus. »Nennen Sie es von mir aus eine böse Vorahnung, aber irgendwie spüre ich, dass dieser Fall ganz fürchterlich enden wird.«

»Plötzlich abergläubisch?«, witzelte sie, doch bei Sneijder hob sich nicht einmal der Mundwinkel.

»Ich vertraue nur meinem Bauchgefühl«, sagte er. »Die Entscheidung, ohne Team herzufahren, war richtig. Allerdings hätte ich nicht einmal Sie mitnehmen sollen.«

»Ach?«

»Nichts gegen Ihre Fähigkeiten, Nemez, aber ich hätte Sie besser daheimgelassen. In Sicherheit.«

»Sie sind nicht hundertprozentig bei der Sache, wie sonst bei anderen Fällen«, stellte sie fest. »Was geht Ihnen durch den Kopf? Ist es diese Sache, an der Sie mit Marc dran sind?«

Er nickte.

»Muss ich mir Sorgen um Marc machen?«

Er sah sie kurz an, wog anscheinend ab, wie sehr er sie ins Vertrauen ziehen konnte.

»Ich bin seit einem halben Jahr mit Marc zusammen«, fügte sie hinzu, um ihm die Entscheidung zu erleichtern.

»Seit sechs Monaten und elf Tagen«, korrigierte er sie. »Und Sie sind im Begriff, sich eine gemeinsame Wohnung zu kaufen.«

Sie starrte ihn verblüfft an. »Woher …?«

»Ich wäre ein schlechter Ermittler, wüsste ich nicht über mein Team Bescheid«, unterbrach er sie sofort. »Aber zurück zum Thema: Lieber wäre ich in Wiesbaden geblieben. Wir haben ein Datenleck im BKA. Soviel wir im Moment wissen, werden brisante Informationen über geplante Razzien, Abhöraktionen und Undercovereinsätze ins Ausland transferiert.«

»Wir haben einen Maulwurf?«, zischte sie leise.

Sneijder nickte. »Wir …«, begann er, brach jedoch ab, da Cora Petersen am Handy telefonierend aus dem Fahrstuhl stieg und quer über den Helikopterlandeplatz auf sie zukam. »Wir konnten den Kreis der Verdächtigen auf die höchste Führungsebene einschränken.« Dann verstummte er.

Cora nahm das Handy herunter und steckte es in die Seitentasche ihrer eng anliegenden schwarzen Softshelljacke. *Sportlich,* dachte Sabine. *Auch die figurbetonte schwarze Hose.* Vielleicht war sie doch nicht nur eine Bürotussi, die die meiste Zeit hinter dem Schreibtisch verbrachte. Nachdem sie sich zu ihnen an die Reling gesellt hatte, streckte sie den Rücken durch, holte ihr langes blondes Haar aus dem Kragen heraus und band es zu einem Pferdeschwanz. »Haben Sie die Tablette nicht genommen?«, fragte sie überrascht, während sie Sneijder musterte.

»Ich *habe* sie genommen«, knirschte er.

»Oh, gut.« Sie hob die Augenbrauen. »Ich habe leider schlechte Nachrichten. Die norwegische Polizei gestattet uns nicht, die Zeugen noch einmal selbst zu befragen. Das wurde bereits getan – die Protokolle kennen wir ja –, und die Leute noch einmal vorzuladen wäre ein zu großer logistischer Aufwand.«

Sabine wollte widersprechen, doch Cora hob abwehrend die Hand. »Ich weiß, hier geht es immerhin um Mord, aber wir dürfen nicht vergessen, dass wir nur die Rolle der Gäste und Beobachter spielen.«

»Die Zeugen sind ohnehin wertlos«, entgegnete Sneijder. »Ich möchte bloß mit einer einzigen sprechen.«

Cora runzelte die Stirn. »Das lässt sich vielleicht einrichten.«

»Eine Deutsche. Ihr Name ist Zofia Vogel. Veranlassen Sie, dass sie morgen kurz nach zwölf in die Botschaft kommt.«

Knapp drei Wochen zuvor

Samstag, 5. Mai

Haakons anfänglich üble Laune und sein finsterer Blick hatten sich im Lauf des Abendessens doch noch gebessert. Vermutlich hatte er die Neuigkeit, mit fünfundvierzig zum ersten Mal Vater zu werden, erst einmal verdauen müssen. Wobei sich Alexander doch ziemlich über die zurückhaltende Reaktion seines Bruders gewundert hatte.

Nach dem Drei-Gänge-Menü, das aus Lachs-Schnittlauch-Häppchen, Miesmuscheln und gratiniertem blauem Hummer bestanden hatte, wurde eine dreistöckige Geburtstagstorte in Form eines Wikingerschiffs gebracht und Kaffee gereicht. Dann wurden die Geschenke geöffnet, und nachdem die Frauen geschlossen in den Salon verschwunden waren, übersiedelten die Männer in die Bibliothek und später ins Billardzimmer. Es wurde getrunken, gescherzt und Zigarre geraucht. Gegen dreiundzwanzig Uhr begannen die derben Witze, und kurz vor Mitternacht fing man wie immer an, sich die alten Geschichten von früher zu erzählen, als alles besser gewesen war und man noch richtig gewinnbringende Geschäfte hatte machen können.

Alexander hätte zwar einige Gelegenheiten gehabt, kurz ungestört mit Astrid zu reden, hatte aber keine davon genutzt. Er hätte nicht gewusst, wie er ihr gegenübertreten und was er ihr hätte sagen sollen. *Gratuliere zum Nachwuchs, ich freue mich wahnsinnig für dich.* Er wollte sie nicht anlügen. Sie hatte Besseres im Leben verdient, als ständig belogen zu werden. Wenigstens *ein* Mensch sollte ehrlich zu ihr sein, und dieser Mensch wollte er sein. Also musste er zumindest in dieser Nacht die Klappe halten, bis er die Neuigkeit verdaut hatte.

Mehrmals hatte Alexander im Billardzimmer versucht, sich zu verabschieden, mit flüchtigen Ausreden, dass er müde, es für ihn ein anstrengender Tag gewesen sei und er zu Bett gehen wolle, doch Haakon hatte ihn immer wieder zum Bleiben überredet. Der Reihe nach waren die anderen Besucher entweder heimgefahren oder in die für sie vorgesehenen Gästezimmer verschwunden – bis Alexander schließlich mit Haakon allein im Billardzimmer stand.

»Noch einen Drink?«, fragte Haakon.

»Ganz ehrlich, ich …«

»… muss dir etwas sagen«, unterbrach Haakon ihn. In seiner Stimme lag ein seltsamer Ton, der keinen Widerspruch duldete. Alexander war bereits aufgefallen, dass sein Bruder wieder komplett nüchtern war – seit Astrids Offenbarung hatte er keinen Tropfen Alkohol mehr angerührt.

»Kann das nicht bis morgen warten?«

»Ich fürchte nicht. Komm mit.« Haakon packte ihn an der Schulter, schob ihn aus dem Raum durchs angrenzende Wohnzimmer und am offenen Kamin vorbei, über dem das große Ölgemälde ihres Vaters hing, bis zum Balkon.

Nachdem sie dort vor zwei Stunden schon mal eine geraucht hatten, hingen ihre Jacken noch vor der doppelflügeligen Balkontür auf den Stuhllehnen. Alexander schlüpfte in seine Lederjacke und stellte den Pelzkragen auf, Haakon hingegen blieb trotz der Kälte nur im Hemd, die Ärmel aufgerollt. Sie gingen raus, Haakon schloss die Tür, lehnte sich an die Balustrade und blickte hinunter zum Fjord. Die Nacht war sternenklar, der Mond beleuchtete die Felsen, und unten im Wasser sahen sie die Lichter eines Kreuzfahrtschiffs, das vom Meer aus kommend in den Fjord steuerte.

Haakon steckte sich eine Zigarre an. »Auch eine?«

Alexander schüttelte den Kopf. »Ich gratuliere dir zum Nachwuchs … Du hast es selbst erst heute erfahren, richtig?«

»Genau darum geht es.« Haakon paffte nachdenklich. »Ich habe mich vor zehn Jahren sterilisieren lassen.«

»Sterilisieren?«, wiederholte Alexander. »Du meinst … eine Vasektomie?« Er deutete einen Schnitt mit der Schere an.

»Genau.«

Plötzlich wurde ihm der Sinn dieses Gesprächs klar. »Und warum?«

»Ist das nicht scheißegal?«

»Würde ich sonst danach fragen?«

»Okay, Herr Anwalt.« Haakon paffte, dann senkte er die Stimme. »Denkst du, ich möchte, dass eine meiner Geliebten schwanger wird?«

»Das kann doch nicht der Grund sein! Es gibt andere Methoden der Verhütung.«

Haakon zögerte. »Na gut …«, er sah ihn streng an, »… aber wenn das jemand erfährt, bringe ich dich um.«

»Ja, klar doch, und jetzt spuck es schon aus.«

»Die Qualität meiner Spermien ist schlecht, höchstwahrscheinlich ein Gendefekt.«

Alexander sah ihn skeptisch an. »Blödsinn.«

»Kein Blödsinn! Schau mich an – meine Haare, meine Haut, meine Augen. Würde Astrid schwanger werden, wäre die Wahrscheinlichkeit hoch, dass das Kind mein albinohaftes Aussehen erbt oder im schlimmsten Fall sogar behindert ist.«

Das ist also der wahre Grund. Unwillkürlich dachte er an seine eigene Zeugungsfähigkeit. »Wer weiß von dem Eingriff?«

»Ich, mein Arzt … und jetzt du.«

»Sonst niemand?«

»Nein.«

»Und warum hast du nie mit Astrid darüber gesprochen? Immerhin seid ihr …«

»Wir haben nur einmal, vor vielen Jahren, über Kinder gesprochen. Wir wollten beide nie welche, ist nie ein Thema für uns gewesen.«

»Könnte Astrid etwas von deiner …«, er deutete wieder einen Schnitt an, »… geahnt haben?«

»Bist du verrückt?« Haakon grunzte. »Sah das für dich vorhin so aus?«

Nein! Ganz und gar nicht.

Haakon senkte erneut die Stimme. »Du weißt, was das bedeutet.«

»Klar.« Alexander nickte. »Du kannst nicht der Vater des Kindes sein. Aber wie zuverlässig ist der Eingriff gewesen?«

Haakon lächelte bitter. »Zuerst hat mein Urologe ambulant in seiner Praxis die Samenleiter im Hodensack durchtrennt. Zwei Wochen später wurde in der Klinik getestet, ob noch Spermien vorhanden sind. Sie haben tatsächlich noch welche gefunden und …«

»Na ja, vielleicht …?«

»Nicht vielleicht!«, unterbrach Haakon ihn. »Beim zweiten Mal war ich in einer Privatklinik, diesmal mit Vollnarkose. Der nächste Test zeigte als Resultat, dass ich zu hundert Prozent zeugungsunfähig bin. Dabei sieht das Ejakulat völlig gleich aus …«

»Erspar mir die Details.«

»*Du* wolltest es wissen!« Haakon starrte in die Glut seiner Zigarre. »Fakt ist, Astrid hat mich betrogen.«

Alexander wollte ihn beschwichtigen. »Haakon, sie …«

»Was? Sie hat mit einem anderen gefickt. Sie hat die Beine breit gemacht, sich vögeln lassen, und der Kerl hat ihr einen Balg angedreht. Dabei dachte ich immer, dieser Frau könnte ich ein Leben lang vertrauen.«

»Ja, das ist scheiße«, gab Alexander zu. *Aber du hast ja selbst auch genug Weiber gevögelt … und tust es immer noch.* »Und weshalb führen wir dieses Gespräch?«

Haakon drehte sich zu ihm hin und presste ihm den Zeigefinger auf die Brust. »Ich will, dass du dieses Schwein findest.«

Beinahe hätte Alexander lauthals aufgelacht. »Du willst *was*?«

»Leise!«, zischte Haakon. »Muss ja nicht gleich das ganze Tal erfahren. Finde den Kerl, den Rest erledige ich.«

»Wie stellst du dir das vor? Ich bin Finanzanwalt und führe eine Kanzlei.«

»Du hast dir doch gerade eine Woche Urlaub genommen«, entgegnete Haakon. »Wenn das nicht reicht, verlängere den Urlaub. Gib deinen Angestellten ein paar zusätzliche Tage frei. Ich engagiere dich und bezahle dir auch deine entgangenen Honorare.«

»Darum geht es doch nicht. Ich brauche dein Geld nicht.«

»Dann tu es, weil ich dein Bruder bin.«

»Du weißt, du kannst mich normalerweise um jeden Gefallen bitten – aber warum ausgerechnet ich? Und wie soll ich das anstellen?«

»Du hattest doch immer schon einen guten Draht zu Astrid. Rede mit ihr. Ihr Rechtsverdreher seid doch clever, habt Kreuzverhörtechniken drauf und könnt die Wahrheit schon an der kleinsten Mimik ablesen.«

»Ja, aber warum ich?«, wiederholte Alexander.

»Weil ich außer dir niemandem vertraue, okay?«, zischte er.

»Warum engagierst du keinen Privatdetektiv?«

»Weil ich dieses Schwein, falls der Detektiv es findet, kaltmachen werde. Und dann müsste ich den Detektiv ebenfalls …«

O Gott! »Was ist mit dem Dänen?«

»Der hat im Moment andere Dinge zu erledigen.«

»Dann eben einer deiner anderen Männer.«

»Und wenn es ausgerechnet der war?«, entgegnete Haakon. »Außerdem bist *du* die Familie.«

Verdammt! Nun begriff er endlich. Sein Bruder vertraute tatsächlich niemand anderem. »Und was hast du mit Astrid vor?«

Haakon dachte eine Weile nach. »Ganz ehrlich? Das weiß ich noch nicht.«

Sie schwiegen eine Zeit lang. »Hast du deine Waffe noch?«, fragte Haakon schließlich.

Alexander nickte. Als Bodyguard hatte er sein Leben und das seiner Klienten keiner geringeren als der zuverlässigsten Waffe der Welt anvertraut, einer Glock 17. »Aber ich glaube nicht, dass ich sie brauchen werde.«

Haakon verzog das Gesicht. »Wie immer du es anstellst. Immerhin kennst du einflussreiche Leute und hast dadurch Mittel und Wege, den Liebhaber meiner Frau zu finden. Und ich habe Mittel und Wege, dieses Schwein, mit dem Astrid mich betrogen hat, verschwinden zu lassen.«

Alexander dachte lange Zeit nach. »Also gut, okay«, seufzte er schließlich. »Immerhin sind wir Brüder.« Auch er lehnte sich nun an die Balustrade und blickte zum Fjord hinunter. »Krieg ich doch eine Zigarre?«

»Von mir kriegst du alles, was du brauchst.« Haakon zog eine aus der Brusttasche, wickelte sie aus dem Zellophan und schnitt die Spitze so kraftvoll mit dem Cutter ab, dass das Ende in weitem Bogen über die Brüstung flog.

3. TEIL

OSLO

Donnerstag, 24. Mai

17. Kapitel

Kurz vor elf Uhr des nächsten Tages sah Sabine bereits vom Bug der Fähre aus weit übers Meer das Wahrzeichen Oslos, jene beiden wuchtigen Backsteintürme des Rathauses. Eine Viertelstunde später legten sie im Hafen an. Dort wartete schon ein Taxi auf sie.

Cora Petersen hatte sich inzwischen mit Hilfe des Auswärtigen Amts um ihre Unterbringung gekümmert. Das *Ragnar Lodbrok* war ein Fünf-Sterne-Hotel im Diplomatenviertel. Während ihr Gepäck direkt ins Hotel gebracht wurde, fuhren sie im Taxi gleich zur deutschen Botschaft.

Sneijder und Sabine saßen hinten, Cora saß neben dem Taxifahrer, telefonierte am Handy und hielt sich das andere Ohr zu. Dann drehte sie sich zu ihnen um. »Wann haben Sie vor, im Hotel einzuchecken?«

»Später am Abend, wenn wir hier mit allem fertig sind«, sagte Sneijder, den Blick aus dem Fenster gerichtet. »Und ich brauche ein Zimmer mit TV, Drucker, Scanner, gutem WLAN und einem Safe für meine Waffe.«

Cora nickte und gab die Wünsche am Telefon auf Norwegisch durch. »Sonst noch etwas?«

»Ein Balkon zum Rauchen, einen Teekocher in der Küchennische und ein Dutzend Beutel Vanilletee.«

Du wolltest es wissen! Sabine schüttelte nur den Kopf. »Danke für mich nichts.« Sie kannte Sneijders Extravaganzen zur Genüge, ihr selbst reichte es jedoch völlig, wenn das Bett halbwegs bequem war und nicht so schaukelte wie auf der Fähre.

Die Fahrt vom Pier der Color Line durchs Zentrum dauerte

nur zehn Minuten, dann waren sie auch schon bei der Oscars Gate 45. Hier lag direkt neben dem Slottspark, der den Königspalast umgab, die Botschaft. Ein großes dreistöckiges historisches Gebäude aus hellgrauen Ziegelsteinen, mit roten hohen Fensterrahmen, schmalen Balkonen und vielen klassisch verzierten Stuckaturarbeiten. Auf dem schmalen Rasenstück davor wehten die Flaggen von Deutschland und der EU auf hohen Stangen auf halbmast gesetzt im Wind. *Ein kleines Stückchen Heimat.*

Das Taxi hielt direkt vor dem Eingang. Vom Bürgersteig aus führte eine kleine geschwungene Treppe zur Tür. An der Hausmauer daneben prangte eine runde orangefarbene Tafel mit dem deutschen Bundesadler. Im Gegensatz zu anderen Botschaften, die Sabine im Lauf ihrer Dienstzeit gesehen hatte, war dieses Haus nicht militärisch abgeriegelt, kein Stacheldrahtzaun, kein Pförtnerhäuschen, kein Schlagbaum. Anscheinend war man davon überzeugt, das Leben in Norwegen sei ungefährlich.

Während Cora die Rechnung übernahm, stieg Sneijder aus, sah sich um und steckte sich sofort eine Zigarette an. Im Mantel und in seinem maßgeschneiderten Anzug von *Steenweg en Zonen* sah er tatsächlich wie ein Diplomat aus. Sabine kletterte ebenfalls aus dem Wagen. Da die Sonne an diesem Vormittag kräftig schien, hatte sie sich nur für eine Windjacke über der Bluse entschieden, bereute es jetzt aber. Denn die Luft war frisch, und es roch nach Schnee.

Auf dem Treppenabsatz erwartete sie bereits ein gut aussehender Mann Mitte dreißig, dunkelhaarig und mit Seitenscheitel, ebenfalls im perfekten Anzug. »Maarten S. Sneijder, Cora Petersen und Sabine Nemez nehme ich an.« Er trat auf sie zu und schüttelte jedem von ihnen die Hand.

Offensichtlich war Sneijder ein wenig enttäuscht, weil der Mann seinen Namen korrekt und noch dazu vollständig ausgesprochen hatte und Sneijder damit keine Gelegenheit gab, ihn harsch zu korrigieren.

»Ich bin Daniel Ecceson, Botschaftssekretär und vertrete die Botschafterin gerade interimsmäßig«, stellte er sich mit norddeutschem Akzent vor und sah zu Cora. »Wir haben bereits miteinander telefoniert.« Sie nickte. »Wollen wir reingehen?« Er deutete zur Tür.

Sneijder blieb jedoch im Sonnenlicht auf dem Treppenabsatz stehen und zog an seiner Zigarette. »Wie ich gehört habe, profitieren Sie am meisten vom Tod Ihrer Chefin.«

Cora erstarrte in der Bewegung.

»Wie bitte?« Ecceson riss die Augen auf. »Von profitieren kann keine Rede sein. Statt Katharina wird jetzt ein neuer Botschafter geschickt. Ich bin seit fünf Jahren Sekretär und werde das auch in Zukunft …«

»Sie waren mit der Botschafterin per du?«, unterbrach Sneijder ihn überrascht.

»Ja, ich … wir hatten ein gutes Verhältnis und wer weiß, wer jetzt kommt und …«

»Ein Verhältnis?«

»*Freundschaftlich*«, rief Ecceson. »Nur *freundschaftlich*!«

»Schon gut, Mann«, unterbrach Sneijder ihn erneut. »Sie waren es nicht. Sie haben weder den Mumm noch die Raffinesse, so einen kaltblütigen Mord zu begehen.«

Ecceson sah ihn verbissen an. Seine Stirn wurde rot, die Schläfen pochten, und er schien nicht so recht zu wissen, was er mit seinen Händen tun sollte, die er schließlich zu Fäusten ballte.

»Wäre es Ihnen andersherum lieber?«, entgegnete Sneijder.

»Nein«, knurrte Ecceson.

»Eben, also regen Sie sich wieder ab. War nicht ernst gemeint.« Sneijder stieß einen Rauchring aus und drückte den Stummel im Aschenbecher neben der Eingangstür aus. »Können wir?«

Während Ecceson und Sneijder vorausgingen, drängte sich Cora an Sabines Seite und zischte: »Auch wenn er meinetwegen ein brillanter Profiler ist, kann er diplomatisches Personal nicht wie Fußvolk behandeln.«

Du wirst noch sehen, was der alles kann!

»Wie hätten wir sonst herausfinden sollen, wie Ecceson spontan auf eine direkte Anschuldigung reagiert?«

Cora schwieg. Sie war am Vortag selbst auf Sneijders Masche hereingefallen – und schien jetzt langsam zu begreifen, wie er tickte.

18. Kapitel

In der Botschaft zeigten sie Ecceson ihre Ausweise, dann mussten sie durch den Personenscanner, und auch Sabines Rucksack und Coras Handtasche wurden durchleuchtet. Cora trug keine Pistole, Sabine und Sneijder durften ihre Waffen, jeweils eine Glock 17, im Schulterholster behalten. Allerdings wurden sie am Empfang registriert.

Nachdem sie sich danach auch noch ins Besucherprotokoll eingetragen hatten, bekamen sie von Eccesons Assistentin einen Besucherausweis mit ihrem Namen, den sie sich an die Brust hefteten. Dabei blickte Sneijder den Sekretär eindringlich an. »Wird jeder Besucher durch diesen Scanner geschleust?«

Ecceson nickte.

»Dient er nur zur Abschreckung?«, fragte Sabine.

»Nein, das ist ein echter Metalldetektor.«

Sneijder warf ihr einen intensiven Blick zu. »Denken Sie dasselbe wie ich?«

Sabine nickte. »Ich glaube schon.« Sie wandte sich an Ecceson. »Frau Dr. Katharina von Thun wurde erstochen. Wie hat der Mörder die Waffe ins Gebäude gebracht?«

Er zuckte die Achseln. »Ich weiß es nicht.«

»Ich nehme an, die norwegische Polizei hat bereits alle Personen, die sich am Montag in das Besucherprotokoll eingetragen haben, überprüft?«, fragte Sabine nach.

»Ja, das hat sie. Aber von denen kommt keine für den Mord infrage.«

»Für *die* Morde«, korrigierte Sneijder ihn. »Sie werden doch Ihren Sicherheitschef nicht vergessen?«

»Nein.« Ecceson schüttelte den Kopf.

»Gut«, murmelte Sneijder. »Im Moment spricht vieles dafür, dass der Mörder ein Insider aus der Botschaft gewesen sein könnte.«

Ecceson wurde blass. »Ist das auch wieder *nicht ernst gemeint*?«

»Leider nein.«

In dem Gebäude war nicht viel los, alles wirkte gedämpft, wie auf Minimalbetrieb. Sneijder sah sich um, dann blickte er zur Decke. »Hat die Sprinkleranlage keinen Schaden angerichtet?«

»Wurde bereits alles wieder instand gesetzt«, erklärte Ecceson.

»Durfte die norwegische Feuerwehr das Gebäude anstandslos betreten?«

»Nachdem ich die Botschafterin nicht erreichen konnte, habe ich das erlaubt. Es ging ja nicht nur um ein eventuelles Feuer in der Botschaft, sondern auch um die prophylaktischen Maßnahmen, einen Übergriff auf die Nachbargebäude zu verhindern.«

Prophylaktisch. Wie gewählt er sich ausdrückt. »Und dem Bombenentschärfungsteam der norwegischen Polizei haben Sie ebenfalls Zutritt gewährt?«, fragte Sabine.

Ecceson nickte. »Das musste ich.«

»Gut.« Auffordernd deutete Sneijder durch die Halle, und sie brachen zu einer Tour durch das gesamte Gebäude auf.

Im Keller befanden sich die EDV mit den Servern, die Spinde der Angestellten und die Waffenkammer für das Sicherheitspersonal. Im Erdgeschoss gab es neben den Schaltern und Büros der Angestellten für den Kundenkontakt auch eine Toilettenanlage, eine Küche und einen abhörsicheren Raum. Anschließend gingen sie über die schmale Treppe in den ersten Stock.

»Wie war Ihre Chefin so?«, fragte Sabine.

Eccesons Augen bekamen einen feuchten Glanz. »Sie war sehr umgänglich. Keine cocktailtrinkende und golfspielende Diplomatin in High Heels – das hatten wir hier auch schon. Sie war bekannt für ihre Bescheidenheit und Demut, wirkte natürlich und authentisch und niemals steif oder spießig.«

»Was meinen Sie, war sie geschaffen für diesen Job?«

»Ja, so kann man das nennen.« Ecceson lachte. »Sie besaß interkulturelle Sensibilität, wie man so schön sagt, und vertrat Deutschlands Interessen in puncto Frieden, Menschenrechte und Umweltpolitik überaus engagiert.«

Wie aus einer Broschüre! »War sie beliebt?«

»Sie liebte das Diplomatenleben. Das hat man jede Minute gespürt, in der man mit ihr zusammen war. Vor allem die norwegischen Studentengruppen waren von ihr und ihren Vorträgen an den Universitäten begeistert.«

Ein bisschen scheint er ja selbst in sie verliebt gewesen zu sein. »Hatte sie politische Neider, Konkurrenten oder Feinde? Eine Terrorgruppe zum Beispiel?«

»Was? Nein.«

Sie erreichten die obere Etage und gingen über einen langen roten Teppich. Sabine nutzte die Gelegenheit und sah zu Sneijder. Der deutete ein knappes zustimmendes Nicken an. Anscheinend konnte er durch sein kurzes Zusammentreffen mit Katharina von Thun in der Rhein-Main-Halle die Worte ihres Sekretärs nur bestätigen.

Vor einer dicken ledergepolsterten Tür im Mahagonirahmen kamen sie zum Stehen. »Das ist ihr Büro«, erklärte Ecceson. »Hier ist es passiert.« Zögerlich öffnete er die Tür, sie traten ein.

Du hast keine zweite Chance für einen ersten Eindruck, dachte Sabine. Also blendete sie die Pulverspuren für die Fingerabdrücke, die Kreidemarkierungen auf dem Boden und das Absperrband der Polizei, das den Raum teilte, aus. Stattdessen versuchte sie, die Atmosphäre des Raums zu fühlen … wie sie gewesen war, bevor das Blut über den Teppich, den Schreibtisch und die Wände gespritzt war. Ein ganz normaler Arbeitstag. Katharina von Thun saß hinter dem Schreibtisch …

… der Vorhang offen, der Raum hell, Fenster gekippt, der Geruch von Lavendel hängt in der Luft. Schwarzes Ledersofa für Besucher, ein Glastisch mit einer Wasserkaraffe, eine weiße Stehlampe, moderne Gemälde an den Wänden und neben der Tür die deutsche und norwegische Fahne.

Auf dem Tisch liegen Presseberichte, Firmenanfragen sowie Akten über Lizenzen und Zollfragen. Ständig läutet das Telefon, die Hotline ist überfordert, Anfragen zu Reisewarnungen kommen, Anfragen von norwegischen Zeitungen für ein Interview, Stellungnahmen für das norwegische Fernsehen. Neben dem Telefon liegt das Strategiepapier der Katastrophenübung eines AKW-Unfalls beim Nachbarn Schweden. Die haben immerhin zehn Atomkraftwerke. Außerdem ist der norwegische Walfang ein Dauerthema.

»Entschuldigen Sie bitte die Störung«, murmelt Sabine vorsichtig, um die Frau nicht mehr als nötig bei der Arbeit zu behindern. Die sitzt hinter dem Schreibtisch, sieht gut aus mit dem schwarzen Pagenkopf, schiebt sich die Brille auf die Nasenspitze und hebt lächelnd den Kopf. »Nur zu, Sie stören nicht.«

»Sabine Nemez, deutsches Bundeskriminalamt«, stellt sie sich vor. »Wissen Sie, warum Sie in der Botschaft ermordet wurden?«

Sie lächelt, während sich ihre weiße Bluse langsam rot färbt und Blut zu Boden tropft. »Ich verstehe Ihre Frage nicht.« Irritiert betrachtet sie ihre Wunde.

»Warum wurden Sie hier in Ihrem Büro ermordet? Warum so kompliziert? Gerade hier ist es doch wegen all der Sicherheitsvorkehrungen viel schwieriger.«

»Wo sonst?«

»Warum nicht in Ihrem Auto, in Ihrer Wohnung oder auf offener Straße? Zum Beispiel in einem Park, im Bus, der U-Bahn, Straßenbahn oder auf einer Fähre?«

»Ist das wichtig? Wo liegt der Unterschied zwischen einem Park und hier?«

»Sagen Sie es mir.«

»Nun …«, die Botschafterin überlegt und wird blass dabei, weil sie immer mehr Blut verliert, »… das staatliche Territorium ist einer der Unterschiede«, keucht sie.

»Sie meinen, weil wir hier auf deutschem Verwaltungsgebiet sind?«

»Ich …«

»Nemez!«

»Was?« Sie drehte sich um. Sneijder stand vor ihr. »Denken Sie, dass es ein politisches Statement war?«

»Der Mord?« Sie strich sich eine Haarsträhne hinters Ohr. »Ich denke nicht.«

»Warum wurde er dann *hier* verübt?«

»Der Mörder wollte, dass genau das passiert, was jetzt gerade passiert … dass sich das deutsche Bundeskriminalamt einmischt.«

»Ich bin zu dem gleichen Schluss gekommen«, sagte Sneijder zu Cora und Ecceson. »Der Schlüssel zur Lösung des Falls liegt in der Auswahl dieses Tatorts. Die Frage lautet bloß: *Warum?* Was können wir, das die Norweger nicht können?«

»Oder dürfen«, ergänzte Sabine.

Sneijder lächelte. »Genau deshalb habe ich Sie mitgenommen, Eichkätzchen.«

19. Kapitel

Eichkätzchen! Sabine spürte, wie sie augenblicklich rot wurde. Sie hatte ihm vor vielen Jahren verboten, dass er sie wie ihr Vater wegen ihrer braunen Haare und Augen *Eichhörnchen* nannte, und seither war sein Spitzname für sie Eich*kätzchen* – was auch nicht viel besser war.

Sabine ignorierte ihre Gefühle und konzentrierte sich wieder auf den Fall. Aus den Protokollen ging hervor, dass beide Leichen schon seit drei Tagen in der Rechtsmedizin waren und sie immer noch auf das Obduktionsergebnis warteten. »Wo wohnte Katharina von Thun und womit kam sie ins Büro?«

»Sie hatte keinen Chauffeur, falls Sie das meinen«, erklärte Ecceson. »Sie fuhr ein deutsches Elektroauto – ein persönliches Statement. In Oslo gibt es viele Elektroautos, überall sind Ladestationen, und die Wagen dürfen die Bus- und Taxispuren benü…«

»Ist das der Autoschlüssel?«, unterbrach Sneijder ihn, während er das Absperrband löste, zum Schreibtisch ging und einen Schlüsselbund nahm.

»Ja, der Reserveschlüssel für ihren BMW i3.«

»Wo ist der Hauptschlüssel?«

»Hat die Polizei mitgenommen, gemeinsam mit ihrer Brieftasche und der Handtasche.«

So viel zur diplomatischen Immunität. Sneijder nickte. »Wo steht das Auto jetzt?«

»Parkt noch immer draußen.«

»Hat die Botschaft keine Garage?«

»Nein, Katharina parkte immer dort in der Seitengasse.« Ecceson nickte zum Fenster.

Sneijder legte den Funkschlüssel wieder zurück auf den Tisch, doch Sabine hatte bemerkt, dass er den schmalen stiftförmigen Schlüssel für das herkömmliche Schloss herausgezogen hatte.

»Die Polizei hat sämtliche Fingerabdrücke in diesem Büro genommen?«, fragte Sneijder und ließ die Hand in der Hosentasche verschwinden.

»Ja, und soviel ich weiß, konnten alle Abdrücke zugeordnet werden.«

Sabine schielte zu Cora. Die hatte den Diebstahl anscheinend nicht bemerkt, und falls doch, ließ sie sich nichts anmerken.

»Und wie hat die Polizei das gemacht?«, fragte Sneijder.

»Sie ist das Besucherprotokoll der letzten Woche durchgegangen und hat von allen Personen, die hier waren, die Fingerabdrücke genommen. Danach wurden alle befragt, und jeder hatte ein Alibi.«

»Gut.« Sneijder presste die Lippen zusammen, dann schnippte er mit den Fingern. »Die Fotos vom Tatort.«

Sabine kramte sie aus ihrem Rucksack hervor und legte sie der Reihe nach nebeneinander auf den Schreibtisch. Während sich Ecceson rasch wegdrehte, stellte sich Sneijder vor die Bilder hin, zog ein Etui aus dem Sakko und setzte sich eine schmale rahmenlose Lesebrille auf.

»Seit wann haben *Sie* eine Lesebrille?«, entfuhr es ihr erstaunt.

»Ich brauche sie wirklich nur *sehr selten*«, murmelte er, ohne aufzusehen.

Typisch Sneijder! Zu eitel, um so etwas wie Altersweitsicht zuzugeben. Er studierte die Fotos mit den bis auf die Unterwäsche entkleideten Leichen, die in einer Blutlache auf dem Boden lagen. »Im Moment gehen wir davon aus, dass die Täter in der Kleidung der Ermordeten entkommen sind. Die müsste eigentlich blutig sein. Ist das jemandem aufgefallen?«

Ecceson schüttelte den Kopf. »Wir alle waren zu sehr mit dem Feueralarm und der Bombendrohung …«

»Ja, schon gut.« Abwechselnd betrachtete Sneijder nun das Büro und die Fotos. Dabei konzentrierte er sich, wie Sabine wusste, vor allem darauf, ob sich irgendetwas im Raum verändert hatte – abgesehen von der Tatsache, dass auf den Bildern noch die Nummerntäfelchen der Spurensicherung zu sehen waren, die jetzt fehlten. Schließlich tippte er auf ein Foto, in dessen Hintergrund sich ein besonders buntes surreales Gemälde befand. »Auf diesem Rahmen sind jede Menge Pulverspuren.«

Er ging zu dem Bild und untersuchte es. »Anscheinend haben die Ermittler dort Fingerabdrücke gefunden … und zwar an dieser Stelle …« Erstaunt hob er eine Augenbraue. »… einige sind sogar immer noch zu sehen.«

Sabine kam näher. Auch sie konnte die Fingertapser auf dem Holz erkennen. Sneijder hob, schob und drückte am Rahmen herum, doch das Gemälde saß fest an der Wand.

»Soviel ich weiß, ist es fix montiert und kann nicht abgehängt werden«, sagte Ecceson.

»Was Sie zu wissen glauben, ist nicht relevant«, murmelte Sneijder und aktivierte durch einen leichten Druck nach rechts einen leise klickenden Schließmechanismus. Daraufhin schwang das Bild an zwei verborgenen Scharnieren wie ein Fenster auf. In der Wand dahinter befand sich eine Safetür.

Eccesons Kinnlade klappte hinunter. »Ein Tresor …?«

»Jetzt sagen Sie bloß, Sie sind seit fünf Jahren in der Botschaft und hatten keine Ahnung davon.«

»Nein, das hatte ich nicht«, beteuerte Ecceson. »Ich weiß nicht einmal, wo der Schlüssel dazu ist.«

»Dafür gibt es keinen Schlüssel.« Sneijder tippte auf das elektronische Display. »Vermutlich ein sechs- oder achtstelliger Zahlencode. Wer im Haus könnte die Kombination kennen?«

»Niemand ist lange genug hier angestellt. Ich nehme an, den Code kannten nur zwei Personen.«

Sneijder sah den Mann auffordernd an.

»Die Botschafterin und ihr Sicherheitschef.«

»Dann sollten wir vielleicht die beiden Leichen befragen?«, schlug Sneijder vor, woraufhin Ecceson ihn entgeistert anblickte. »Oder Sie fordern einen Spezialisten an, der diesen Safe öffnen kann.«

Eccesons Gesichtsausdruck blieb unverändert.

»Jetzt!«, bellte er.

Ecceson erwachte aus seiner Erstarrung, griff zum Telefon und rief den Haustechniker an. In diesem Moment betrat eine junge Dame im roten Kleid das Büro und sah sich neugierig um. »Kommissar Gulbrandsen ist soeben eingetroffen. Und er hat die Zeugin für Herrn Sneijder mitgebracht.«

20. Kapitel

Gulbrandsen hatte die Statur eines Boxers, platte Nase, grauer Fünftagebart und einen misstrauischen kalten Blick. Er trug seinen schwarzen Mantel zusammengefaltet über dem Arm, und an einem Band um seinen stiernackigen Hals hing sein Besucherausweis. Bei der Begrüßung im Büro der Botschafterin warf er einen langen Blick auf Sneijders Waffe im Schulterholster unter dem Sakko und verzog den Mund. »Guten Tag«, murmelte er reserviert.

Sabine fiel gleich auf, dass Gulbrandsen nicht bewaffnet war. Soviel sie wusste, trugen ihre norwegischen Kollegen, die *Politi*, keine Dienstpistolen. *Wenn wir Waffen haben, haben die Kriminellen auch welche, und dann kommt es zu noch mehr Gewalt*, lautete ihre schlichte Philosophie. Und bisher waren die Norweger ganz gut damit gefahren.

»*Goedendag!*«, antwortete Sneijder betont freundlich.

Gulbrandsen schien gar nicht überrascht zu sein, dass das deutsche BKA einen Niederländer geschickt hatte. Stattdessen kniff er die buschigen Augenbrauen zusammen. »Ich habe mich über Sie erkundigt. Sie haben nach zwei Jahren Dienstzeit beim niederländischen Heer den Hochschulabschluss in Deutschland gemacht, danach ging es dann wohl gleich zum BKA, richtig?« Er drückte Sneijder immer noch die Hand. Ziemlich fest, wie Sabine feststellte.

»Sie sprechen gut Deutsch«, stellte Sneijder fest, ohne auf Gulbrandsens Aussage einzugehen.

»Norwegisch ist die Sprache der Mitte«, erklärte Gulbrandsen in einem leicht herablassenden Ton. »Wir können uns gut mit den Schweden und Dänen unterhalten, obwohl die sich untereinander nicht verstehen. Und da nur wenige Bücher und Filme ins Norwegische übersetzt werden, sprechen wir auch gut Englisch.« Er hielt immer noch Sneijders Hand fest umklammert. »Deutsch ist nur eine weitere Fremdsprache für mich. Können *Sie* Norwegisch?« Grobe Furchen entstanden auf seiner gerunzelten Stirn.

»Nein«, antwortete Sneijder.

Gulbrandsen lächelte, für einen Moment strafften sich seine tiefen Augenringe. »Wie schade.«

»Anscheinend sind Sie ein gebildeter Mann«, schmeichelte Sneijder ihm, »und an Ihrem festen Händedruck merke ich, dass Sie regelmäßig Sport treiben. Aber Sie können jetzt loslassen. Einen Wettkampf im Händedrücken unter Kollegen habe ich noch nie besonders zielführend gefunden.«

»Kollegen hin oder her.« Gulbrandsen sah ihm fest und lange in die Augen. »Ich weiß gern mehr über die Leute, die nach Oslo kommen und mit denen ich zusammenarbeiten soll.«

»Sie werden in den nächsten Tagen reichlich Gelegenheit haben, uns kennenzulernen«, versprach Sneijder ihm lächelnd.

Nun ließ Gulbrandsen los, und Sabine sah, dass Sneijders Hand knallrot war. Das Ganze lief gar nicht gut, und offenbar kostete es Sneijder jede Menge Selbstbeherrschung, den Kommissar nicht mit seinen üblichen Beleidigungen zu bedenken. »Wo ist die Zeugin?«

»Ich habe sie in Daniel Eccesons Büro gebracht«, erklärte Gulbrandsen. »Warum wollen Sie ausgerechnet diese Frau befragen?«

»Haben Sie die Mordermittlungen bis jetzt geleitet?«, entgegnete Sneijder.

»Ja.«

»Irgendwelche neuen Spuren?«

»Soviel ich weiß, liegen Ihnen alle Unterlagen vor. Also warum diese Frau?«

»Da die bisherige Auswertung der Zeugenaussagen völlig unbrauchbar war, könnte sie die einzige Hoffnung sein, etwas Neues über die Vorgänge zu erfahren.«

»Ach, völlig unbrauchbar?«, wiederholte Gulbrandsen scharf. »Wir hatten über dreißig Polizisten und Ermittler im Einsatz.«

»Sie verwechseln Quantität mit Qualität.« Sneijder lächelte. »Außerdem hätten Sie jetzt zwei Möglichkeiten gehabt. Erstens, nachzufragen, *welche* neuen Informationen ich mir dadurch erhoffe. Aber Sie haben sich für die zweite Möglichkeit entschieden: warum Ihre bisherige Arbeit für mich unbrauchbar war. Ich finde, das sagt sehr viel aus, über Ihren Charakter und die Art, wie Sie denken. Und eigentlich bestätigt es nur meine Meinung, die ich mir bereits anhand der Unterlagen über Sie gebildet habe.«

Also doch beleidigend!

Sabine hörte, wie Cora im Hintergrund schnaufte. Im Moment wusste sie selbst noch nicht, welche Masche das diesmal sein sollte. *Einfältige Racheaktion oder subtile Demütigung?* Oder spekulierte Sneijder einfach nur darauf, dass ihn die norwegischen Behörden in den nächsten Flieger nach Frankfurt setzten?

Gulbrandsen biss einen Moment lang die Zähne zusammen. »Warum ist meine Arbeit – Ihrer Meinung nach – unbrauchbar?«, beharrte er nun dennoch auf die Antwort seiner Frage.

Sneijder zog ein Briefpapier aus der Innentasche des Sakkos und faltete es zu einem A4-Format auseinander. »Nehmen wir an, das ist die Summe aller Dinge, die zum Zeitpunkt des Mordes in der Botschaft passiert sind, und das …«, er faltete das Papier in der Mitte zusammen, »… ist das, was unsere Zeugen an diesem Tag wahrgenommen haben.« Er faltete das Blatt erneut. »Und das ist das, was sie sich davon gemerkt haben. Zuerst erfolgte die kollektive Befragung durch die Feuerwehrleute vor Ort, danach durch die Streifenpolizei, anschließend durch das Bombenentschärfungsteam … und zu diesem Zeitpunkt hatten die Zeugen davon wiederum nur noch die Hälfte ihrer Wahrnehmung in Erinnerung.« Erneut faltete er das Papier. »Danach wurden die Morde entdeckt, es folgte die Befragung durch die Kripo und das absolut unverfälschte Wissen unserer Zeugen halbierte sich ein weiteres Mal, denn mit jedem nochmaligen Erzählen verfestigten sich die Gerüchte und Annahmen.« Sneijder faltete das Papier zum vierten Mal. »Die Protokolle von Feuerwehr, Streifenpolizei, Bombenteam und Kripo sind zu diesem Zeitpunkt bereits absolut widersprüchlich. Aber es folgte noch eine fünfte Befragung, die zum ersten Mal nicht im Kollektiv, sondern einzeln auf dem Kommissariat stattfand.« Sneijder faltete das Papier zum fünften Mal, wobei er sich bereits ziemlich anstrengen musste, weil der Falz schon so dick war.

Gulbrandsen beobachtete ihn gelangweilt, kommentierte Sneijders Vorstellung jedoch nicht weiter.

»Und falls ich die Zeugen jetzt, zwei Tage danach, noch einmal zu den Vorfällen befragen würde …«, sagte Sneijder und faltete das Papier ein letztes Mal mühsam zusammen, sodass es nur noch so groß wie ein Radiergummi war, »… würden sie von ihrer absoluten Erinnerung wiederum nur noch die Hälfte abrufen können. Alles andere wären verfälschte und dazu gedichtete Assoziationen. Wir reden hier von einer Wahrscheinlichkeit der absoluten Wahrheit von höchstens zwei Prozent.« Er reichte Gulbrandsen das zusammengefaltete Stück Papier.

»Nette Präsentation.« Gulbrandsen knetete das Papier in der massigen Hand. »Unterrichten Sie das so in Ihrer Heimat an der Akademie?«

Sneijder warf Sabine einen fragenden Blick zu. »Tue ich das so?«

Sie nickte, da sie diese Papierfaltanalogie schon einmal aus seinem Mund gehört hatte. »Im Anfängerkurs.«

»Oh, gut.« Sneijder betrachtete Gulbrandsen mit einer hochgezogenen Augenbraue. »Schätzen Sie sich also glücklich, dass auch Sie in den Genuss dieser Vorführung gekommen sind.«

Gulbrandsen wirkte alles andere als erfreut. »Bevor ich Sie mit der Zeugin sprechen lasse, muss ich vorher das von uns genehmigte Rechtshilfeersuchen der deutschen Bundesanwaltschaft sehen.«

Sneijder nickte hinunter. »Sie halten es in der Hand.«

21. Kapitel

Eine Minute später betraten sie Daniel Eccesons Büro, das neben dem der Botschafterin lag und etwas kleiner war. Zofia Vogel, die fünfundfünfzigjährige Tortenbäckerin aus Braunschweig, saß in einem der ledernen Besucherstühle und wollte sich gerade erheben, doch Sneijder bedeutete ihr, sitzen zu bleiben. Er ging zu ihr und gab ihr die Hand. »Danke, dass Sie kommen konnten. Maarten S. Sneijder, Bundeskriminalamt Wiesbaden. Behalten Sie bitte Platz.«

Dann trat er zum Fenster, zog die Vorhänge zu, sodass es im Raum dunkel wurde, setzte sich ihr gegenüber neben den Marmortisch in den zweiten Ledersessel und holte seinen Laptop aus der Tasche. »Konzentrieren Sie sich bitte nur auf mich. Wie Sie bereits wissen, möchte ich Sie zu den Ereignissen am Montag in der Botschaft befragen. Ich verspreche Ihnen, es wird nicht lange dauern.«

»Ja, einverstanden.« Sie schielte unsicher zu den anderen. Gulbrandsen, Cora und Sabine standen an der Wand und beobachteten die Szene. Nun kam auch Ecceson in sein Büro und hielt ein Tablett mit Kaffee und Keksen in den Händen. Sabine nahm dankbar einen Becher, bedeutete ihm aber mit einer Geste, leise zu sein.

»Konzentrieren Sie sich bitte nur auf mich«, wiederholte Sneijder.

»Ja, gut.« Zofia Vogel sah ihn etwas nervös an.

»Darf ich Sie Zofia nennen?«, fragte er mit sanfter Stimme.

»Ja … natürlich.« Sie entspannte sich ein wenig und rutschte in den Sessel zurück.

»Gut, Sie machen das wunderbar, Zofia.« Er klappte den Laptop auf und klickte durch die Dateien, während er weitersprach. »Ich werde Sie jetzt in einen absoluten Ruhezustand versetzen. Bleiben Sie bitte ganz entspannt, rücken Sie so lange herum, bis Sie bequem sitzen und schließen Sie dann die Augen, sobald Sie sich wohlfühlen.«

Zofia lehnte sich zurück und schloss die Augen.

»Atmen Sie ruhig und gleichmäßig weiter … Ihre Beine fühlen sich schwer an.« Sie rückte ein wenig herum, das Leder knirschte. »Auch Ihre Arme fühlen sich schwer an … ganz schwer … Sie hören Ihren Herzschlag überdeutlich laut … Er wird immer ruhiger … und ruhiger … Auch Ihr Atem wird immer ruhiger … Sie spüren eine angenehme Wärme durch Ihren Körper kribbeln.«

Zofia lächelte jetzt sogar ein wenig.

»Wir gehen nun drei Tage zurück. Es ist Montag«, Sneijder blickte auf seinen Laptop, »das Wetter ist mild, es ist ein sonniger Nachmittag. Sie betreten die Botschaft … Sehen Sie die Sicherheitsleute beim Eingang?«

»Ja …«, kam die zögerliche Antwort.

»Wie spät ist es?«

»Kurz vor sechzehn Uhr.«

Sneijder klickte das Video von der Überwachungskamera an und ließ die Schwarz-Weiß-Aufnahme nebenbei laufen. Dann drehte er den Ton lauter. Das Gemurmel der Leute, eine Mischung aus Deutsch und Norwegisch war zu hören, ebenso das Piepsen des Personenscanners und das Surren des Förderbands. Türen schlugen zu, Kinder lachten und Handys klingelten.

»Warum sind Sie jetzt gerade in der Botschaft?«

»Ich habe meinen Reisepass verloren.«

»War die Reise mit den Hurtigruten von Trondheim nach Bergen trotzdem schön?«

»Ja.«

»Was sehen Sie jetzt?«

»Die Kinder einer Schulklasse kommen die Treppe herunter, und ein Mitarbeiter der Botschaft läuft mit einer Kaffeetasse an mir vorbei.«

Sneijder wandte sich zu ihnen um und schnippte mit den Fingern. Sabine wusste sofort, was er wollte. Leise ging sie zu ihm und reichte ihm ihren dampfenden Kaffeebecher, den er sogleich unter Zofias Nase schwenkte. »Was passiert danach?«

Ihre Nasenflügel weiteten sich, die Augen blieben geschlossen. »Ich gehe zu dem Schalter und warte darauf, dass ich drankomme.«

Sabine schielte zu dem Laptop und bemerkte, dass sich ein Teil des Videos mit den Geräuschen der Botschaft in einer Endlosschleife wiederholte. Sneijder bedeutete Sabine, sich neben ihn zu setzen, und sie nahm sachte auf dem freien Stuhl Platz.

»Was passiert als Nächstes?«

»Ich weiß es nicht genau, plötzlich ertönt das Klimpern von Geld …«

Sneijder griff in die Sakkotasche, holte einige Münzen hervor und streute sie über dem Marmortisch aus. »Die Papiertüte einer älteren grauhaarigen Dame ist gerissen«, erklärte er ihr.

»Ach deshalb …«, sagte Zofia, »… die Münzen rollen quer durch die Halle.«

Sneijder klickte auf eine zweite Datei. Nun war der Tumult zu hören, der sich an diesem Tag in der Botschaft abgespielt hatte. Damit unternahm er alles, um Zofia in die richtige Stimmung zu versetzen. Ein simpler Trick, da Erinnerungen immer dann besonders konkret wurden, wenn die Emotionen die gleichen waren.

»Bleiben wir exakt bei diesem Zeitpunkt stehen … frieren wir ihn als Standbild ein … Was sehen Sie … Was fällt Ihnen auf?«

»Die Kinder laufen herum, einige kriechen auf dem Boden, um die Münzen aufzusammeln.«

»Was machen die Leute vom Sicherheitsdienst?«

»Die blicken nervös herüber.«

»Und die anderen Besucher?«

»Alle schauen auf den Boden.«

»Aber Sie nicht, Zofia. Sie schweben zur Decke und betrachten die Szene aus der Vogelperspektive. Was sehen Sie?«

»… ich … ich weiß nicht …«

»Zofia, fällt Ihnen etwas Besonderes auf?«

»… ja, da ist ein Mann, der sich nicht wie alle anderen verhält.«

»Inwiefern?«

»Er schaut nicht zu Boden.«

Sneijder drehte den Kopf und warf Sabine einen kurzen Blick zu. »Können Sie ihn beschreiben?«

»Nein, ich weiß nicht … mein Blick ist auch zu Boden gerichtet.«

»Erkennen Sie seine Hose? Seine Schuhe?«

»Nein, da ist nichts Außergewöhnliches.«

»Fällt Ihnen ein anderes Detail an ihm auf?«

»Ja, er … er trägt Handschuhe.«

»Lederhandschuhe?«

»Nein, hauchdünne, durchsichtige Handschuhe.«

»Wie aus Latex?«

»Ja, da ist eine Spiegelung, die ich wahrnehme … sie glänzen.«

Sneijder warf Sabine einen weiteren Blick zu. »Ist er ein Mitarbeiter der Botschaft? Trägt er die Uniform des Sicherheitspersonals?«

»Nein, ich sehe seine Ärmel. Er hat eine gewöhnliche Jacke an.«

»Also kam er von draußen herein … so wie Sie?«

»Vermutlich.«

Sabine betrachtete die Videoaufnahme auf dem Laptop. Zu dem Zeitpunkt, als die Papiertüte mit den Münzen gerissen war, schwenkte die Kamera gerade vom Personenscanner weg in die

Mitte des Raumes und dann wieder zurück. Dieses Zeitfenster und den Moment der Ablenkung, der nur wenige Sekunden dauerte, musste der Mann mit den Latexhandschuhen genutzt haben, um unbemerkt am Scanner vorbei in die Halle zu treten.

Und genau das ist der Grund, warum er sich nicht ins Besucherprotokoll eingetragen hat, weil alle mit den Münzen beschäftigt waren. Und als die Kamera wieder zurückschwenkt, nutzt er die Gelegenheit und nimmt die Treppe ins obere Stockwerk. Das perfekte Timing!

Sabine sah Sneijder an und merkte an seinem Gesichtsausdruck, dass er in diesem Moment genau dasselbe dachte wie sie. *Der Mörder ist kein Insider aus der Botschaft, sondern ein Besucher von draußen.*

Sneijder wandte sich wieder Zofia zu. »Danke für Ihre Hilfe«, sagte er. »Sie werden heute Nacht besonders gut schlafen, angenehme Träume haben und nicht mehr an die Vorkommnisse in der Botschaft denken … Sie können jetzt die Augen öffnen.«

Zofia brauchte einige Sekunden, dann rieb sie sich die Augen und sah Sabine, die mittlerweile neben ihr saß, ganz verwundert an.

»Danke.« Sabine lächelte. »Sie waren großartig.«

22. Kapitel

Nachdem ein Taxi Zofia Vogel abgeholt hatte, um sie wieder in ihr Hotel zu bringen, saßen sie noch bis halb vier in Daniel Ecesons Büro.

»Aus meiner Sicht haben wir zwei Verdächtige«, fasste Sneijder zusammen. »Die Frau, die die alte Dame mit der Münztüte gespielt hat, und den Mann mit den Latexhandschuhen, der im Chaos die Tatwaffe von draußen am Scanner vorbeigeschmuggelt und damit wahrscheinlich die Morde begangen hat.«

»Von beiden Personen haben wir weder eine brauchbare Videoaufnahme noch einen handschriftlichen Hinweis im Besucherprotokoll«, ergänzte Ecceson.

»Sondern nur eine ziemlich untaugliche Aufnahme von der Verkehrskamera, als sie in der Kleidung der Botschafterin und ihres Sicherheitschefs das Gebäude verlassen haben«, fügte Sabine hinzu.

Sneijder beugte sich nach vorn zu Gulbrandsen. »Wir brauchen ein Phantombild von den beiden, wobei das der Frau noch einfacher zu besorgen ist, weil sie mit den Sicherheitsleuten gesprochen hat. Und sobald wir das haben, jagen wir es durch die Europol-Datenbanken. Haben wir *sie*, dann haben wir auch *ihn*.«

Gulbrandsen rieb sich nachdenklich die Bartstoppeln am Kinn und nickte schließlich. »Okay.«

»Und was immer Ihre diesbezüglichen Auswertungen und Fahndungsergebnisse zutage fördern«, sagte Sneijder, »ich möchte sofort darüber informiert werden. Egal zu welcher Uhrzeit, und wenn es drei Uhr nachts ist.«

»Wir sind im *Ragnar Lodbrok* untergebracht. Zimmer Nummer dreihunderteins bis dreihundertdrei«, ergänzte Cora.

Gulbrandsen starrte sie mit herabhängenden Backen an, als hätte er nicht vorgehabt, auch nur einen Tag bis drei Uhr früh zu arbeiten. »Ich werde sehen, was sich machen lässt.«

Es klopfte an der Tür, und die junge Dame von vorhin im roten Kleid steckte den Kopf ins Büro. »Herr Ecceson, der Haustechniker ist fertig, der Safe ist offen.«

Sneijder sprang auf. »Wir machen Fortschritte.«

»Welcher Safe?« Gulbrandsen sah sich verwirrt um.

»Der hinter dem Bilderrahmen, von dem Sie und Ihre Leute die Fingerabdrücke genommen haben«, erklärte Sneijder und verließ das Büro, woraufhin alle aufstanden und ihm folgten.

Dicht gedrängt standen sie vor dem Safe und starrten gleichzeitig in die Öffnung. Der Tresor bestand nur aus zwei Fächern und war höchstens fünfzehn Zentimeter tief, was gerade ausreichte, um ihn in der Mauer dieses historischen Gebäudes zu verbergen.

»Wie lautete die Kombination?«, fragte Sneijder den norwegischen Techniker, der allerdings kein Wort Deutsch verstand.

Cora übersetzte die Frage und danach seine Antwort. »Sieben, null, neun, acht, vier.«

»Das ist die Autonummer von Katharinas Wagen«, bemerkte Ecceson verblüfft.

Menschen neigen dazu, sich Dinge auf einfache Art und Weise zu merken, dachte Sabine, zog frische Latexhandschuhe aus ihrem Rucksack, schlüpfte hinein und nahm den Inhalt aus dem Safe. Es waren lediglich ein dickes, unbeschriftetes Briefkuvert und ein altes Seniorenhandy mit großen Tasten und kleinem Display. Ihr Vater besaß ein ähnliches, dessen Karte er zweimal pro Jahr mit zehn Euro auflud.

Sabine versuchte, das Telefon einzuschalten, scheiterte jedoch.

»Es ist gesperrt, muss wohl ein Techniker ran.« Wäre Marc hier, hätte er es mit dem entsprechenden Programm auf seinem Notebook binnen Minuten entsperrt. Sie legte es auf den Schreibtisch und öffnete das Kuvert. Darin befand sich eine Handvoll Fotos, die sie vor ihnen auf dem Tisch ausbreitete.

Noch bevor ihr richtig klar wurde, was auf den Bildern zu sehen war, hörte sie Eccesons peinlich berührtes Schlucken. Sabine drehte eines der Fotos zu sich. »Ist das Katharina von Thun?«

»Ja«, krächzte Ecceson, »anscheinend ist sie da dreißig, höchstens fünfunddreißig Jahre alt.«

Sabine rechnete nach. »Dann sind die Fotos an die zwanzig Jahre alt.« Zumindest sahen die Farben entsprechend vergilbt aus. Ansonsten fanden sich wenige Hinweise darauf, aus welchem Jahr die Bilder tatsächlich stammten, zumindest, was Kleidung oder Accessoires betraf. Katharina von Thun war splitterfasernackt, lag mit einem Sektglas im Bett und lächelte in Richtung Kamera. Auf einigen Bildern allein, auf anderen neben einem maximal zwölfjährigen Mädchen, das ebenfalls nackt war. Auf weiteren Fotos mit anderen minderjährigen Mädchen.

»Anscheinend war sie lesbisch mit einer pädophilen Neigung«, schlussfolgerte Sabine und sah Ecceson an. »Wussten Sie davon?«

»Ich?« Er sah ziemlich betroffen drein. »Das hätte ich niemals geahnt …«

»Aber es erklärt einiges, oder?«, hakte Sabine nach. »Sie haben Sie gemocht, nicht wahr? Aber sie hat Sie abblitzen lassen.«

Ecceson schluckte. »Ein Verhältnis mit der Chefin gehört sich nicht, aber ja …«, er atmete tief durch, »… ich fühlte mich zu ihr hingezogen und habe es tatsächlich einmal nach einem Sektempfang für den norwegischen Innenminister in der Botschaft bei ihr versucht … vergeblich. Ich dachte, ich wäre ihr zu jung.« Er schüttelte den Kopf. »Wenn ich das geahnt hätte …«

»… hätten Sie sich eine Peinlichkeit erspart«, vollendete Sneijder den Satz. »Das erklärt vielleicht, warum von Thun nicht verheiratet war.«

»Grundsätzlich ist Homosexualität in Norwegen kein Problem«, gab nun auch Gulbrandsen seinen Senf dazu. »1972 wurden homosexuelle Handlungen legalisiert und seit 1993 gibt es ein Lebenspartnerschaftsgesetz.« Er betrachtete Sneijder. »Sie haben doch kein Problem damit, oder?«

»Was, ich?«, prustete Sneijder los.

»Ganz sicher nicht.« Sabine lachte kurz auf, beruhigte sich aber gleich wieder. »Nur für den Fall, dass die Fotos in Norwegen gemacht wurden – wie hoch war vor zwanzig Jahren das Schutzalter in Norwegen?«

»Sechzehn«, sagte Gulbrandsen.

»Diese Mädchen sind eindeutig jünger«, stellte Sabine fest. »Ich frage mich, warum die Botschafterin diese Bilder aufgehoben hat.«

Sneijder setzte sich die Brille auf und schob die Bilder mit dem Kugelschreiber auseinander. »Sie hat sie nicht *aufgehoben*«, murmelte er.

»Sondern?«, fragte Gulbrandsen.

»Sehen Sie hier!«, Sneijder deutete auf ein Bild, »Katharina von Thun lächelt nicht *in* die Kamera, sondern daran *vorbei*.«

Sabine sah genauer hin. *Tatsächlich!* »Sie wusste nicht, dass sie fotografiert wurde.«

»Richtig, und darum gehe ich davon aus, dass ihr diese heimlich gemachten Bilder zugespielt wurden«, schlussfolgerte Sneijder. »Vielleicht wurde sie erpresst.«

»Aber warum sollte man jemanden töten, der erpressbar ist?«, mischte sich nun auch Cora in das Gespräch.

»Vielleicht aus Rache?«, vermutete Sneijder.

»Nach so langer Zeit?«, erwiderte Cora.

Sabine nickte. *Da hat sie recht.*

Nun zog Gulbrandsen eine Plastiktüte aus der Tasche und wollte Handy und Fotos mit einem Kugelschreiber hineinschieben.

»*Wat in godsnaam* machen Sie da?«, entfuhr es Sneijder.

»Wonach sieht es denn aus? Beweismittel sicherstellen.«

Sneijder sah Hilfe suchend zu Ecceson. »Und wenn sich geheime diplomatische Daten auf dem Telefon befinden?«

»Und wenn sich Spuren zum Mörder darauf befinden?«, konterte Gulbrandsen.

Ecceson, der die letzte Minute still vor sich hin gebrütet hatte, hob nun den Kopf. »Der Streit führt doch zu nichts«, murmelte er. »Ich schlage vor, ein Techniker entsperrt das Handy und Kommissar Gulbrandsen und ich schauen uns den Inhalt gemeinsam an. Dann können wir immer noch entscheiden, was wir davon wie verwerten.«

Sneijder nickte. »Einverstanden. Aber das Handy bleibt hier in der Botschaft!«

»Von mir aus«, knurrte Gulbrandsen. »Ich werde Ihnen einen Techniker schicken.«

Sabine schielte zu Cora. Oberflächlich betrachtet schien sie mit dem Kompromiss einverstanden zu sein, allerdings sagte ihr Blick etwas völlig anderes. *Wenn sich geheimdienstliche Daten auf dem Handy befinden, gehört es mir!*

Nachdem nun alles besprochen war, wollte sich Gulbrandsen bereits verabschieden, als sein Handy klingelte. Er ging sofort ran und sprach nur kurz auf Norwegisch.

Cora hörte mit gespitzten Ohren zu. »Anscheinend liegt der Bericht der Rechtsmedizin schon vor«, flüsterte sie Sneijder und Sabine zu. Im nächsten Moment legte Gulbrandsen auch schon wieder auf. »Ich muss los.«

»Da wir hier auch fürs Erste fertig sind«, sagte Sneijder zu ihm, »würde ich vorschlagen, dass wir Sie zum Leichenschauhaus begleiten.«

»*Nei, takk*«, entfuhr es Gulbrandsen. »Ich kann Ihnen aber gern eine Kopie des Autopsieberichts schicken.«

»Wir würden uns gern selbst ein Bild von der Leiche machen«, kam Sabine Sneijder zu Hilfe. »Zumal wir bisher nicht einmal wissen, um welche Tatwaffe es sich gehandelt hat.«

Gulbrandsen sah Sabine lange an, woraufhin sie zu seiner Manteltasche nickte, in die er das Rechtshilfeersuchen eingesteckt hatte. »Bitte!«

»Na gut, von mir aus, kommen Sie mit.« Gulbrandsen grunzte unglücklich. »Der Rechtsmediziner sagt übrigens, dass Katharina von Thun mit dem Stich einer langen, scharfen und gebogenen Klinge seitlich in den Lungenflügel ermordet worden ist.«

23. Kapitel

Vor der Botschaft hatte Cora Petersen sich von ihnen verabschiedet. Während sie sich in Begleitung von zwei uniformierten Polizisten im Streifenwagen, die Gulbrandsen angefordert hatte, die Dienstwohnung von Katharina von Thun ansehen wollte, begleiteten Sabine und Sneijder den Kripoermittler zum Leichenschauhaus.

Die Fahrt zum Ullevål-Universitätsklinikum dauerte nur zehn Minuten. Indessen erklärte Gulbrandsen ihnen, dass zwei renommierte norwegische Gerichtsärzte die Obduktion vorgenommen hatten, nachdem die deutsche Bundesanwaltschaft gleich nach der Tat per Rechtshilfe darum ersucht hatte. Aus Sabines Sicht war das die beste Lösung, denn es wäre nicht zielführend gewesen, die Leiche freizugeben und nach Deutschland zu überführen. Die deutschen Ärzte konnten nichts, was die Norweger nicht auch konnten, und so lag ihnen zumindest jetzt schon das Ergebnis vor.

Gulbrandsen parkte seinen Wagen in der Tiefgarage des roten Backsteingebäudes und nahm danach den direkten Weg durch einen unterirdischen Tunnel in das erste Untergeschoss. Die Leichenhalle sah ähnlich aus wie jene in Wiesbaden: kalt, weiß gefliest und steril. Das Echo ihrer Schritte hallte durch die leeren Gänge. Schließlich trafen sie auf eine junge Ärztin, die Gulbrandsen nach der Frau fragte, die mit der Klinge ermordet worden war. Zumindest glaubte Sabine, das so verstanden zu haben. Wenn man den Zusammenhang kannte und genau hinhörte, konnte man sogar ein paar wenige Bruchstücke der norwegischen Sprache verstehen.

Die Ärztin schickte sie in die Kammer U3, auf der eine nackte Frau ohne Laken auf einem Aluminiumtisch lag und von einer Leuchtstoffröhre beschienen wurde. Gulbrandsen machte sofort kehrt und scheuchte Sabine und Sneijder aus dem Raum.

»Die andere Leiche!«, schrie er der Ärztin nach, sofern Sabine das richtig übersetzte.

Sneijder warf ihr einen fragenden Blick zu, sagte aber nichts. Schließlich betraten sie die Kammer U1, wo bereits ein grauhaariger Arzt auf sie wartete und eine Bahre aus der Wand zog. Darauf lag ebenfalls eine nackte Frauenleiche – diesmal Katharina von Thun.

Sie sah friedlich aus, das schwarze Haar fiel ihr seitlich über die Ohren. Die hohen Wangenknochen, die vollen Lippen – sie musste eine attraktive Frau gewesen sein. Kein Wunder, dass Ecceson sie begehrt hatte.

Ihr Körper war bereits mit Formaldehyd präpariert worden, und auf ihrer Brust zeichnete sich der typische Y-förmige und vernähte Schnitt der Obduktion ab. Sogleich fielen Sabine dunkle striemenartige Male am Hals und der seitliche Stich mit den hässlichen Wundrändern auf. »Sie wurde stranguliert?«

»Ja, kurz vor dem Tod«, erklärte Gulbrandsen. »Die Todesursache war jedoch der Messerstich.«

Verwundert betrachtete Sabine die Wunde. »Sie sagten, sie wäre mit einem Stich in die *Lunge* getötet worden?«

Gulbrandsen stellte dem Rechtsmediziner die Frage auf Englisch. Der Arzt nickte und antwortete ebenfalls auf Englisch. »Richtig.« Er reichte Sabine eine Kopie des Autopsiebefunds, mit dem sie allerdings nicht viel anfangen konnte, weil er auf Norwegisch war. Der Arzt deutete auf eine bestimmte Textpassage. »Die Klinge war etwa fünfzehn Zentimeter lang, zweischneidig und wurde bis zum Anschlag eingeführt. Auf der Haut war die Druckstelle des Schafts zu erkennen.«

»Das bedeutet …«, überlegte Sneijder laut, »… dass die Frau

bereits entkleidet gewesen sein musste, sonst hätten ihre Bluse und der Blazer die Druckstelle verhindert. Und das ist auch der Grund, warum ihre Kleidung, mit der die Täterin entkommen ist, nicht blutig war.«

Der Arzt nickte. »In der Wunde waren keine Stofffasern.«

»Aber diese Stelle«, Sabine deutete auf die Wunde, »ist viel zu tief unten.«

Der Arzt schüttelte den Kopf und deutete wieder auf den Befund. »Die Klinge war stark nach oben gebogen, wie ein orientalischer Krummdolch.«

»Ein *Jambia*«, stellte Sneijder fest.

»Richtig.« Der Arzt war einigermaßen überrascht. »Die Klinge wird beim Eindringen nach oben gedreht und dringt in den Lungenflügel ein.«

Sabine dachte nach. »Wer die Frau ermordet hat, wusste also, was er tat?«

»Oder hat die nötige Erfahrung, weil er das schon vorher einmal getan hat«, schlussfolgerte Sneijder. »Wir sollten vor den Medien unbedingt die genaue Art der Waffe geheim halten und dass die Botschafterin zuvor stranguliert worden ist.«

»Ja, das dachten wir uns auch«, stöhnte Gulbrandsen genervt auf. »Machen wir immer so, wir sind ja keine Anfänger.« Er klatschte in die Hände. »So! Sie haben die Leiche gesehen, ich lasse Ihnen eine deutsche Übersetzung des Berichts zukommen.«

»Und die Leiche des Sicherheitschefs?«, fragte Sabine auf Englisch.

Der Arzt ging zögerlich zur Wand und zog eine zweite Bahre heraus. Darauf lag ein etwa fünfzigjähriger, gut trainierter Mann mit grau behaarter Brust und ähnlicher Stichwunde in der Seite. Allerdings wies er keine Strangulationsmale auf.

»War das dieselbe Waffe?«, fragte Sabine.

»Ja.«

»Gab es auch hier den Abdruck des Schafts?«

»Nein.«

»Das bedeutet, der Stich ging diesmal durch seine Kleidung hindurch«, überlegte Sabine laut, »was darauf hindeutet, dass er überrascht worden und vermutlich als Erster ermordet worden ist.« Sabine sah auf. »Lässt sich das durch den Zeitpunkt des Todes bestätigen?«

Der Arzt schüttelte den Kopf. »So genau können wir das nicht herausfinden. Ich denke, beide wurden hintereinander in einem Zeitfenster von höchstens fünf Minuten ermordet.«

»Aber diese Kleidung war garantiert blutverschmiert. Offenbar hat der Täter diese Stelle bei seiner Flucht kaschiert.«

Sneijder nickte, dann betrachtete er die Wunde des Sicherheitschefs genauer. »Auch dieser Einstich ist weiter unten angesetzt … das Opfer ertrinkt innerhalb kürzester Zeit an seinem eigenen Blut. Ein Täter mit Erfahrung.« Er sah Gulbrandsen an. »Was mich zur nächsten Frage führt, ob Sie bereits ähnliche Morde in Norwegen hatten.«

Der Arzt wollte etwas sagen, doch Gulbrandsen fiel ihm ins Wort. »Ich denke, diese Frage überschreitet Ihre Kompetenz.«

»Also *ja*«, sagte Sneijder.

»Beschränken wir Ihren Besuch in Oslo auf Ihre Beobachterfunktion in diesem Fall und *diese* beiden Morde – alles andere ist irrelevant«, sagte Gulbrandsen.

»In der anderen Kammer, in der wir zuvor waren«, sagte Sabine rasch, bevor Sneijder die Möglichkeit hatte, aufbrausend zu reagieren, »liegt doch ebenfalls eine Tote, die mit einer Klinge ermordet worden ist.«

»Sagt wer?«, fragte Gulbrandsen.

»Die junge Ärztin, die Sie zuvor gefragt haben.«

»Und? Ermittelt das deutsche BKA jetzt auch schon in anderen norwegischen Mordfällen?«

»Wenn zwischen den Toten ein Zusammenhang besteht …«

»… wird es die deutsche Bundesanwaltschaft zuallererst erfahren«, unterbrach Gulbrandsen sie.

Sabine lächelte. »Davon würden wir uns gern selbst überzeugen.«

»Tut mir leid, das ist eine laufende Ermittlung, die nichts mit Ihrem …«

»Ein einfacher Blick auf die Wunde genügt«, unterbrach sie ihn.

Gulbrandsen seufzte, dann beriet er sich mit dem Arzt auf Norwegisch, sprach dabei allerdings so schnell, dass Sabine diesmal nichts verstand. Schließlich rammte Gulbrandsen wütend die Hände in die Hosentaschen. »In Ordnung. Sie dürfen einen Blick auf die Wunde werfen – und zwar *nur* auf die Wunde, damit die Anonymität des Opfers gewährleistet bleibt.«

Zumindest ist das ein Teilerfolg.

24. Kapitel

Der Arzt hatte sowohl Körper als auch Kopf der weiblichen Leiche so mit weißen Laken bedeckt, dass tatsächlich nur die seitliche Stelle mit dem Einstich zu sehen war. Die Wundränder waren identisch mit denen bei Katharina von Thun, und wenn man genau hinsah, dann war auch hier der leichte Abdruck eines Messerschafts zu erkennen.

Sneijder holte seine Lesebrille aus dem Etui, kniete sich hin, setzte sich die Brille auf die Nasenspitze und studierte die Wunde. *Komisch.* Bei der Botschafterin und ihrem Sicherheitschef hatte er sich nicht so sehr dafür interessiert.

»Ich nehme an, auch diese Tote war nackt, als sie erstochen wurde?«, vermutete Sabine.

Der Arzt wollte bereits antworten, doch Gulbrandsen kam ihm zuvor. »Kein Kommentar zu diesem Fall.«

»Diese Leiche wurde noch nicht mit Formaldehyd behandelt«, versuchte Sabine es anders. »Wurde dieser Mord erst *nach* dem Mord an der Botschafterin begangen?«

»Kein Kommentar«, wiederholte Gulbrandsen.

Aus dem Augenwinkel bemerkte Sabine, wie Sneijder die Brille kurz abnahm und sie mit dem Laken putzte, das an der Seite der Leiche herabhing. Danach stand er auf und betrachtete die Wunde aus der Distanz. *Ist er verrückt geworden?* »Oder wurde diese Leiche nur später entdeckt?«, fragte Sabine.

»Kein Kommentar.«

Sabine war der intensive Verwesungsgeruch der Leiche aufgefallen, vermischt mit einem brackigen Hauch von Salzwasser.

Außerdem sah die Haut um die Wunde herum ziemlich aufgequollen aus, und auch die Totenflecken gaben eindeutige Hinweise. »Handelt es sich um eine Wasserleiche?«

»Kein Kommentar.«

Sneijder ignorierte indessen ziemlich großzügig Sabines Versuche, mehr über die Tote herauszufinden. Stattdessen ging er auf die andere Seite der Bahre, putzte dort seine Brille erneut mit dem Laken, dann schätzte er die Größe der Toten und sah sich anschließend noch einmal die Wunde genauer an.

»Was ich vorhin gesehen habe, als wir einen kurzen Blick in diesen Raum geworfen haben, ist, dass es sich bei der Toten um eine Frau handelt, die vermutlich nicht älter als dreißig war«, probierte es Sabine ein weiteres Mal.

»Kein Kommentar.«

Außerdem waren Sabine neben der Wunde leichte Abschürfungen aufgefallen, die nun zum Teil vom Laken verdeckt wurden. Spuren wie von scharfkantigen Felsen. »Wurde die Leiche in einem Fjord gefunden?«

»Kein Kommentar, Frau Nemez. Wie oft soll ich Ihnen das noch sagen?«

Ja, schon gut, du Arsch! Anscheinend waren die Fronten bereits so verhärtet – dank Sneijders überheblicher Art –, dass die norwegische Polizei ihnen überhaupt nichts über irgendwelche anderen Ermittlungen verraten würde.

»Kann ich Ihnen sonst noch irgendwie weiterhelfen?«, fragte Gulbrandsen nun etwas genervt.

»Ja, mit einem Kaffee«, sagte Sneijder plötzlich und erhob sich.

Gulbrandsen sah ihn überrascht an. »Ich fürchte, das wird nicht …«

»Sabine Nemez trinkt ihren mit Zucker, für mich ohne.« Sneijder klappte das Etui mit der Lesebrille zusammen und ließ es im Sakko verschwinden.

Gulbrandsen lächelte. »Ich denke, wir sind hier fertig.« Er deutete zur Tür. »Wenn Sie mir bitte nach draußen folgen würden. Auf dem Weg zu Ihrem Hotel liegt ein Starbucks, dort können Sie sich eine Tasse Kaffee kaufen.«

Auf der Straße verabschiedeten sie sich. Gulbrandsen verschwand in der Tiefgarage, kurz darauf konnten sie ihm nachsehen, wie er mit seinem Wagen in Richtung Osloer Innenstadt davonfuhr.

»Ist ja wieder einmal super gelaufen«, sagte Sabine schnippisch.

»Ja, finde ich auch«, murmelte Sneijder. »Trotzdem hätte er uns zum Starbucks mitnehmen können.«

»Oooch!«, stöhnte sie auf.

»Ich kann nichts dafür, dass wir keinen Kaffee bekommen haben.«

»Die Tatwaffe in diesen drei Morden ist eindeutig dieselbe.«

»Ich weiß.«

»Wir müssen mit Jon Eisa reden, damit die Bundesanwaltschaft in dieser Sache ein Rechtshilfeersuchen aufsetzt.«

»Nemez, bis wir offiziell den Autopsiebericht dieser Frauenleiche erhalten und bewiesen ist, dass die Fälle ursächlich zusammenhängen, vergehen Wochen. So lange kann ich nicht in Oslo bleiben.«

»Sie denken nur an Ihr Datenleck in Wiesbaden!«

Er antwortete nicht.

»Was sollte eigentlich dieses obsessive Brillengeputze?«

Sneijder holte die Brille mit spitzen Fingern aus dem Etui heraus und hauchte auf die Gläser. Dann hielt er sie ins Licht der Abendsonne.

»Fingerabdrücke?«, entfuhr es Sabine.

»Während Sie so rührend herausfinden wollten, was es mit der Wasserleiche auf sich hat, habe ich ihr, während Gulbrandsen abgelenkt war, die Fingerabdrücke beider Daumen abgenommen. Zum Glück war die Oberhaut noch nicht zu stark beschädigt.«

Sabine stockte der Atem.

»Und davon mache ich jetzt mit dem Handy hochauflösende Fotos, die ich Marc Krüger schicke«, sagte Sneijder. »Sie haben doch bestimmt so ein Frauenkram-Make-up-Puderzeugs dabei, oder?«

»Ja, einen Gesichtspuder, in meinem Koffer im Hotel«, antwortete sie immer noch baff.

Sneijder blickte auf die Armbanduhr. Es war kurz vor sechs Uhr abends. »Dann sollten wir rasch ins Hotel fahren. Außerdem habe ich Hunger.«

Wie Sabine jetzt bemerkte, hatte sein ursprünglich blasses Gesicht wieder an Farbe gewonnen.

25. Kapitel

Das *Ragnar Lodbrok* lag in der Innenstadt und war tatsächlich ein Fünf-Sterne-Hotel – zudem eines der letzten eher traditionell gestalteten Hotels im mittlerweile sonst so hippen und modernen Oslo. Die gigantische Lobby war dem Stil eines Wikingerschiffs nachempfunden mit vielen Holzbalken, holzvertäfelten Nischen, Segeln, Seilen und Indoor-Balkonen, die wie Krähennester aussahen. Außerdem versprühten Duftlampen eine dezente Ozeanbrise.

Sie gingen zur Rezeption, um einzuchecken und um sich nach ihrem Gepäck zu erkundigen, das ja bereits von der Fähre aus hierhergebracht worden war. Sabine lehnte am Tresen und betrachtete ganz fasziniert den jungen gut aussehenden Portier dabei, wie er im Computer nach ihren Zimmern suchte und anschließend zwei Magnetkarten codierte. Mehr zufällig, denn bewusst, sah sie zu Sneijder hinüber, der neben ihr am Tresen lehnte und ebenfalls den jungen Norweger betrachtete. *Mein Gott! Und WIE er ihn anstarrt!* Was ja kein Wunder war; der Rezeptionist hatte strohblondes Haar, das über den Ohren fast kahlgeschoren, hinten jedoch zu einem langen Zopf geflochten war. Außerdem machte er in der schnittigen schwarzen Uniform eine fantastische Figur.

»Gefällt er Ihnen?«, murmelte Sabine beiläufig.

Sneijder entgegnete nichts darauf. Obwohl sie der Bursche sicher nicht verstehen konnte, senkte Sabine die Stimme. »Ich habe im Reiseführer gelesen, dass es in Oslo eine große Schwulenszene gibt.«

»Wollen Sie umschwenken?«, fragte Sneijder trocken.

»Nein, ich dachte … für Sie.«

»Mag sein, aber es ist immer das Gleiche. Sobald jemand erfährt, welchen Beruf ich ausübe, ergreift er die Flucht.«

»Dann sollten Sie …«, begann Sabine, verstummte jedoch, als der blonde Hüne mit ihren Zimmerkarten zu ihnen kam.

»Hallo noch mal, so, hier sind Ihre Schlüssel«, sagte er auf Englisch und reichte ihnen die Karten, wobei er Sabine kaum beachtete, Sneijder dafür aber nicht aus den Augen ließ. »Mit dem Lift neben der Lobby rauf in den zweiten Stock, Ihr Gepäck wurde bereits nach oben gebracht. Frühstück ab sieben, Whirlpool in der obersten Etage bis 20 Uhr inklusive, ebenso die Sauna, die Bar auf der Terrasse öffnet ab 21 Uhr. Nebenbei bemerkt, die Aussicht über Oslo ist herrlich.« Er schob ihnen das Gästebuch hin.

»Das übernehme ich«, sagte Sabine rasch, griff nach einem Stift und begann zu schreiben. Zuerst füllte sie das Blatt für Sneijder aus. Beim Alter log sie, machte ihn glatt fünf Jahre jünger und schrieb dann bei Beruf *Unterwäschemodel*.

Sneijder betrachtete die Seite, verzog aber keine Miene. Nachdem sie mit seinem Blatt fertig war, zog er ihr die Mappe weg und begann nun seinerseits ihre Daten auszufüllen.

Name: *Sabine Nemez*

Geschlecht: *Transgender*

Geboren: *9. Juni 1960*

Beruf: *Partnervermittlung*

Dann schob er dem Portier das Gästebuch über den Tresen. Der warf nur einen beiläufigen Blick darauf und sah danach auf, wobei sein Augenlid einmal kurz zuckte. »Ich wünsche Ihnen beiden viel Spaß in unserem Hotel.«

»Den werden wir bestimmt haben.« Sneijder schnappte sich seine Karte und verschwand in Richtung Fahrstühle.

»Haben Sie tatsächlich gerade versucht, in meiner Gegenwart

lustig zu sein?«, rief sie ihm nach und konnte sich kaum ein Grinsen verkneifen.

»Lassen Sie sich eigene Sprüche einfallen«, sagte er, ohne sich umzudrehen.

Nachdem Sabine ihren Koffer ausgeräumt, ihre Puderdose mit Pinsel vor Sneijders Tür gestellt, anschließend geduscht und sich umgezogen hatte, aß sie allein im Restaurant in der zweiten Etage zu Abend. Sie wählte gebratenen Fisch und als Nachspeise Waffeln, die mit einem braunen Käse serviert wurden, der seltsam karamellartig schmeckte. Gerade als sie fertig war, kam eine E-Mail von Sneijder.

20.15 Uhr, Pianobar neben der Lobby.

Die Aufforderung war auch an Cora Petersen gegangen, die prompt mit *Okay* antwortete. Da Sabine nur noch fünfzehn Minuten blieben, machte sie sich gleich auf den Weg.

Sneijder saß bereits dort, in einem der tiefen Ledersessel mit hoher Lehne neben dem Klavier. Er trug einen Anzug, und über der Lehne eines freien Stuhls hing sein Mantel. Ein alter glatzköpfiger Mann spielte typisch einschläfernde Barmusik, und Sneijders Bein wippte gelangweilt im Takt dazu.

Sabine nahm neben ihm Platz. »Wie ist Ihr Zimmer?«

Anerkennend zog er den Mundwinkel hoch. »Das Auswärtige Amt hat sich das eine schöne Stange Geld kosten lassen.«

»Eine Stange *Steuergelder*«, erinnerte Sabine ihn.

»Genau! Und deshalb werden wir diesen Fall so rasch wie möglich lösen.« Er griff in seine Sakkotasche und gab ihr Puderdose und Pinsel zurück. »Ich habe die Fotos Marc geschickt, und der durchforstet schon sämtliche Datenbanken.«

In diesem Moment kam ein Kellner mit einem Tablett und servierte ihnen ein großes Glas Tomatensaft mit Pfeffer, Salz, Tabasco und Wodka sowie eine kleine Flasche Bier. »Ich war so frei und hab schon etwas für Sie mitbestellt.«

»Danke – *Skål.*« Sabine griff zur Flasche, prostete Sneijder zu und nahm einen kleinen Schluck. Dann schüttelte sie sich. Das *Ringnes* war eiskalt. *Nicht so gut wie die Münchner Biere, aber trotzdem süffig.*

»Die Drinks gehen aufs Haus, Maarten«, sagte der Kellner und verschwand wieder.

»Maarten?«, wiederholte Sabine verwundert. »Sind hier alle schwul?«

»Der jedenfalls schon«, sagte Sneijder, »allerdings bin ich mir nicht sicher, ob er es schon weiß.«

»Gefällt er Ihnen?«

»Ist mir viel zu jung.«

»Aber wie es scheint, gefallen *Sie ihm.*«

Sneijder schwieg ausnahmsweise mal, und Sabine merkte, wie sie das Ausbleiben eines seiner bissigen Kommentare genoss. Sie konnte sich nicht daran erinnern, dass sie während all der Jahre schon einmal die Gelegenheit gehabt hatte, so unbeschwert und entspannt mit Sneijder zu plaudern wie in diesem Moment.

Nach einer kurzen Pause kam etwas Pepp in die Bar, da der Pianist die Instrumentalversion von *Hey Jude* anstimmte. Sabine nippte noch einmal an der Flasche, dann rutschte sie näher zu Sneijder und beugte sich nach vorn. »Seit wir uns kennen, hatten Sie noch nie eine Beziehung.«

»Wird das ein Verhör?«

»Ich beobachte nur …«, sie zuckte mit den Achseln, »… ist schließlich mein Beruf.«

»Nur weil Sie etwas nicht beobachtet haben, heißt das noch lange nicht, dass es nicht passiert ist.«

»Dann haben Sie in Wahrheit also doch Sehnsucht nach Nähe?«, fragte sie frei heraus, halb in der Erwartung, dass Sneijder spätestens jetzt doch wieder ausfallend werden würde.

Stattdessen schlug er ein Bein über das andere, drehte das Glas in der Hand und ließ die Eiswürfel aneinanderklicken. »Ich bin nicht der klassische Beziehungstyp … Eine Zweierbeziehung würde nicht zu mir passen.«

»Bei unserem ersten Fall in Wien hatten Sie mir erzählt, dass Ihr Partner an einer Immunschwäche gestorben sei.«

»Ja, das habe ich«, sagte er; anscheinend konnte auch er sich noch gut an jedes einzelne Wort erinnern. »Aber diese Beziehung ist schon viele Jahre her. Seitdem hat sich einiges geändert.«

»Zum Beispiel?«

»Sie müssen wirklich immer alles ganz genau wissen, oder?«

»Ja, habe schließlich bei den Besten gelernt!« Sie räkelte sich im Stuhl. »Also?«

»Ich hatte zuletzt vor zwei Jahren einen neuen Mann kennengelernt, war nur eine kurze Beziehung, ist gescheitert.«

»Warum?«

Er lächelte zynisch. »Weil Maarten eben Maarten ist«, sagte er, wurde dann jedoch ernst. »Mittlerweile bin ich davon überzeugt, dass ich zu keiner engen Beziehung mit allen Konsequenzen fähig bin. Ich bin nicht direkt auf einen One-Night-Stand aus, aber wenn es sich ergibt, lebe ich das lieber anonym aus.«

»Wo lernen Sie diese Männer denn kennen? Auf Gayportalen?«

Lächelnd schüttelte er den Kopf. »So etwas wie *GayRoyal* ist nichts für mich. Wäre eher etwas für Dirk van Nistelrooy, aber der ist ja hetero. Nein, es gibt schließlich genug Möglichkeiten in der realen Welt: Gaysaunas, Gaykinos oder Cruisingtreffen.«

»Ist einfacher so, oder?« Sie hatte es absichtlich so betont, dass es nicht zynisch klang. Für sie war es genauso schwierig gewesen, nach dem traumatischen Ende ihrer Fast-Beziehung mit Erik Dorfer und nach so langer Zeit als Single eine Beziehung mit Marc einzugehen, darum konnte sie Sneijder nur zu gut verstehen. Er hatte Angst vor Gefühlen und davor, abgewiesen zu werden. »Ich glaube, da gibt es einen Maarten, der hat sich als Schutz vor Kränkungen und Verletzungen diesen doch sehr speziellen Sarkasmus zugelegt.«

»Ja, das könnte vielleicht wirklich eine Art Schutzpanzer sein«, gab er mit für ihn erstaunlicher Offenheit zu.

»Der ihm bei Begegnungen mit Männern aber immer wieder zum Verhängnis wird.«

Anscheinend dachte er tatsächlich intensiv über ihre Worte nach. »Angenommen«, sagte er schließlich, »Maarten sehnt sich nach Zuneigung, lässt sie aber in seinem Leben nicht zu, reagiert oft sarkastisch, scheitert letztendlich und zieht sich zurück.«

»Dieser Maarten …«, sagte sie, »… versteckt sich also hinter seinem scharfzüngigen Wortwitz. Er lässt keinen näher an sich heran als nötig, obwohl er manchmal trotzdem versucht, Nähe aufzubauen. Klingt so, als befände er sich in einem ständigen Widerstreit mit sich selbst.«

Er nickte langsam. »Sie sollten an der Akademie psychologische Profilerstellung unterrichten.«

Sie lachte laut auf. »Wie gesagt, ich hatte einen guten Lehrer.«

»Ich weiß.«

Bescheiden wie immer! Fehlte noch, dass er jetzt eine Verschwiegenheitserklärung aus dem Sakko zauberte, die sie sofort unterschreiben musste. »Danke für dieses offene Gespräch.«

»Genießen Sie es, denn ich bin sicher, schon bald kommt der Moment, an dem ich Sie wieder skrupellos ausnutzen werde.«

»Daran habe ich nie auch nur einen Augenblick gezweifelt.« *Weil Maarten eben Maarten ist.*

Der Pianist wechselte zu *Hotel California*, und in diesem Moment öffnete sich der nahe gelegene Fahrstuhl und eine hochgewachsene Blondine im roten Kleid mit Spaghettiträgern und einer schmalen Handtasche im Arm trat daraus hervor. Sabine musste zweimal hinsehen und traute ihren Augen immer noch nicht. *Das ist ja Cora!* Sie steuerte auf ihre Sitzecke zu.

»Sie haben sich ein wenig herausgeputzt«, stellte Sneijder trocken fest.

»Schön, dass Sie es bemerkt haben«, entgegnete Cora und setzte sich, wobei der Schlitz ihres Kleides aufklaffte und ihre langen gebräunten Beine freigab. Der Kellner kam, und sie bestellte einen starken Cocktail.

In kurzen Worten erzählte Sneijder ihr, dass sie im Leichenschauhaus eine weitere, allerdings anonyme Tote mit derselben Stichwunde entdeckt hatten. »Und was haben Sie in Katharina von Thuns Wohnung herausgefunden?«, fragte er dann.

»Ich war nicht nur dort, sondern auch in Selvik, wo sie ein kleines Sommerhäuschen direkt am Strand besaß.«

»Und?«

»Völlig harmlos und unverdächtig. Ich habe nicht viel erfahren, außer dass die Polizei sowohl das Häuschen als auch alle Zimmer der Dienstwohnung komplett auf den Kopf gestellt hat.«

»Hatte von Thun dort irgendwo einen Safe?«

»Nein. Allerdings habe ich einige Informationsquellen angezapft, von denen Sie besser nichts erfahren sollten. Vom Privatkonto der Botschafterin sind in den letzten fünf Jahren weder größere Zahlungen überwiesen noch großen Barabhebungen getätigt worden.«

»Eingänge vielleicht?«, fragte Sneijder.

»Auch nicht.«

»Hatte sie andere Konten?«

»Nein.«

»Also haben die Fotos aus ihrem Safe nichts mit Erpressung zu tun und in der Folge vermutlich auch nichts mit dem Mord«, schlussfolgerte Sabine.

»Schaut ganz danach aus«, sagte Cora. »Ihre Wohnung ist nicht einmal sehr extravagant eingerichtet, eher durchschnittlich, kühl, praktisch und funktionell. Sie hat eine norwegische Putzfrau, die ich kennengelernt habe. Sehr jung und ziemlich hübsch …«

Sneijder und Sabine sahen gleichzeitig auf.

»... mit der sie offenbar ein Verhältnis hatte, wenn ich die Aussagen und Körpersprache der Frau richtig interpretiere«, fuhr Cora fort.

Anscheinend verfolgt uns dieses Beziehungsthema im Moment. Sabine schielte zu Sneijder, doch der ließ sich nichts anmerken. »Mord aus Eifersucht oder Rache vielleicht?«, fragte sie.

»Glaube ich nicht.« Cora schüttelte entschieden den Kopf. »Diese Putzfrau hat nicht das Zeug dazu, kaltblütig in die Botschaft zu gehen und dabei zuzusehen, wie ihre Freundin abgestochen wird, geschweige denn, es vielleicht sogar selbst zu tun.«

»Und wenn, dann hätte sie es nicht in der Botschaft getan, sondern zu Hause, wo es einfachere Möglichkeiten gibt«, murmelte Sneijder.

Während der Barpianist einen Oldie nach dem anderen spielte, von Frank Sinatra bis Elvis, wälzten sie die verschiedensten Theorien, die aber unterm Strich alle zu nichts führten.

Nach dem dritten Drink beugte sich Sneijder schließlich nach vorn. »Die vielversprechendste Fährte, die wir im Moment haben«, seufzte er, »ist die Spur der gebogenen Klinge. Ihr sollten wir folgen. Sie ist der Schlüssel.« Er stand auf, knöpfte sein Sakko zu und legte sich den Mantel über den Arm. »Ich verabschiede mich.«

Sabine erhob sich ebenfalls. »Ich gehe auch zu Bett.«

»Ich auch. War ein anstrengender Tag.« Cora klemmte ein paar Geldscheine unter ihr mittlerweile zweites leeres Cocktailglas und stand schwungvoll aus dem tiefen Ledersessel auf.

Gemeinsam gingen sie zu den Fahrstühlen, doch Sneijder bog kurz davor ab. »Ich nehme die Treppe, gute Nacht.«

Der Lift kam, Sabine und Cora stiegen ein, und Cora drückte die Taste für die dritte Etage. »So sportlich? Von mir aus, aber ohne mich.« Gähnend hielt sie sich die Hand vor den Mund.

Und so sah nur Sabine, bevor sich die Tür schloss, dass Sneijder an der Tür zum Treppenhaus vorbei in Richtung Ausgang ging und, in den Mantel schlüpfend, das Hotel verließ.

26. Kapitel

Das *Gresshoppe* in der Nähe des Yachthafens neben der historischen Festung auf der Halbinsel Akersneset hatte außen eine unspektakuläre grüne Leuchtreklame, eine Heuschrecke als Logo, eine schmale Tür und abgedunkelte Fenster. Sneijder hatte die Adresse vom Rezeptionisten des Hotels erfahren. Der Eintritt kostete eintausend Kronen, was umgerechnet etwa fünfundneunzig Euro entsprach – und selbst für norwegische Verhältnisse ein wenig teuer war.

Sneijder gab seinen Mantel an der Garderobe ab und bekam dafür einen Bon für ein Getränk. Er hatte schon so lange keinen Gayclub mehr betreten, dass sich sein Herzschlag tatsächlich ein wenig beschleunigte. Er sah sich um. Nerviges Laserlicht zerhackte den Raum, und an der Videowall lief das Musikvideo einer Industrial Band. An der Bar hingen einige wirklich schrille Tunten und schräge Ledertypen herum, bei deren Anblick Sneijder den Mund verzog. Genau solche Leute waren der Grund, warum die Szene einen so schrecklich klischeehaften Ruf hatte. Wie zum Trotz spielte der DJ jetzt nach dem Ende des Videos auch noch einen Song von den Village People. Außerdem war hier kaum jemand über dreißig. *Was für eine blöde Idee hierherzukommen.* Sneijder drehte sich um und wollte bereits wieder in Richtung Garderobe und Ausgang gehen, als er direkt in einen Mann rannte. »Kannst du nicht aufpassen, wo ich hingehe?«, knurrte Sneijder auf Deutsch.

»Dein Humor gefällt mir«, kam die Antwort ebenfalls auf Deutsch, wenn auch mit starkem norwegischem Akzent. Die Stimme gehörte zu einem Mann in seinem Alter, also Anfang fünfzig, groß, trainierte Figur, mit grauem Haarkranz, Jeans und Rollkragenpullover.

Sneijder drückte dem Mann seinen Getränkebon in die Hand. »Für dich, ich fürchte, ich hatte heute schon zu viel.«

»Schicker Anzug.« Der Mann richtete ihm den Kragen.

»*Steenweg en Zonen* aus Rotterdam.«

Der Kerl hob die Augenbrauen. »Klingt teuer.«

»Ich kaufe billige Anzüge«, stellte Sneijder richtig, »an mir sehen sie nur teuer aus.«

Der Mann lachte. »Ich wiederhole mich nur ungern, aber dein Humor gefällt mir. Ich bin Gjøte – ich weiß, klingt altmodisch, aber ich hatte damals keine Gelegenheit, das mit meinen Eltern zu diskutieren.« Er streckte die Hand aus.

Sneijder ergriff sie. »Maarten.«

»Okay, Maarten, ich sag dir was, die Getränke, die du mit diesem Bon kriegst, taugen nichts. Aber ich lade dich auf etwas anderes ein.«

»Haben die hier Vanilletee?«

»Einen verdammt guten sogar.« Er nickte zu einem Tisch in einer Nische. »Dort ist es leiser, da können wir ungestört reden.«

»Gut, denn ich hasse die Village People.«

»Da bist du nicht der Einzige, Maarten. Aber ich muss dich warnen, auf die meisten Leuten wirke ich unergründlich.« Er kniff die Augenbrauen zusammen und versuchte sich an einem mysteriösen Blick.

»Das liegt möglicherweise am fehlenden Tiefgang der Leute, die du kennst.«

Nun lachte Gjøte erneut laut auf. »Du gefällst mir.«

Ihm gefiel der Mann auch. Er war zwar nicht besonders gut aussehend, aber sehr kerlig, und irgendwie spürte Sneijder, dass sie auf derselben Wellenlänge schwangen.

Fünf Minuten später saßen sie bei einer Tasse Vanilletee und einem Cappuccino in der Nische und unterhielten sich eine halbe Stunde lang, bis Gjøte schließlich die entscheidende Frage stellte. »Und, was machst du beruflich?«

Sneijder atmete tief durch. *Schau im Gästebuch des* Ragnar Lodbrok *nach. Ich bin Unterwäschemodel!* Schließlich entschied er sich jedoch für die Wahrheit. »Ich bin forensischer Kripopsychologe beim deutschen BKA.«

Gjøte schien unbeeindruckt. »Bist du undercover hier?«

»In diesem Lokal?« Sneijder schmunzelte. »Nein, privat.« Und schon kam die nächste vorhersehbare Frage.

»Ist der Job nicht gefährlich?«

Sneijder hob die Schultern. »Risiken entstehen nur dann, wenn du nicht weißt, was du tust.«

»Aber du weißt es!«, stellte Gjøte fest.

»Klingt es großkotzig, wenn ich behaupte, es hat mit Erfahrung zu tun?«

Gjøte schüttelte den Kopf. »*Nei.* Klingt ehrlich.«

»Meine Maxime im Job hat immer schon gelautet: *Wenn du dich zwischen zwei Fällen entscheiden musst, nimm denjenigen, über den du weniger weißt.* So lernst du am schnellsten.« Sneijder leerte seinen mittlerweile kalten Tee. »Bist du verheiratet?«

Gjøte lächelte. »Ein Junggeselle ist ein Mann, der nicht gleich eine ganze Farm kauft, wenn er ein Hühnerei braucht … Wenn du verstehst, was ich meine.«

Sneijder sah auf die Armbanduhr und rutschte nach vorn. »Gjøte, ich würde mich wirklich noch gern länger mit dir unterhalten, aber …«

»Hab ich dich verschreckt?«

»Glaub mir, da gehört viel mehr dazu, aber ich habe heute noch etwas zu tun.«

»Heute?«, wiederholte Gjøte. »Kannst du das auch noch in einer Stunde tun?«

Sneijder dachte nach. »Möglich …« Er nickte. »Gehen wir zu dir oder zu mir?«

Gjøte erhob sich. »Wenn du noch lange um den heißen Brei herumredest, lassen wir es lieber bleiben.«

Sneijder grinste.

27. Kapitel

Es war dann doch schon weit nach Mitternacht, als Sneijder mit aufgestelltem Mantelkragen zu Fuß durch die Innenstadt in Richtung seines Hotels ging.

Es hatte rasch abgekühlt, und die Luft roch frisch und irgendwie nach Schnee. Sneijder orientierte sich kurz auf seinem Handy, nahm dann aber nicht die Straße zum *Ragnar Lodbrok*, sondern die zur Deutschen Botschaft. Schon von weitem sah er, wie im Mondlicht und der matten Straßenbeleuchtung die Flaggen von Deutschland und der EU auf den langen Stangen immer noch auf halbmast flatterten. Außer ihm befand sich kein Mensch auf der Straße. Bis auf Gulbrandsen und die beiden Streifenpolizisten hatte er den ganzen Tag über keinen einzigen anderen Polizisten gesehen. *Norwegen, du glückliches Land.*

Er bog neben der Botschaft in eine Seitengasse ein und sah sich um. Dann nahm er die nächste Seitengasse und wurde fündig. Der Wagen sah aus wie eine kleine kompakte Hummel, hatte eine schwarze Motorhaube und eine gelbe Karosserie. Ein BMW i3. Das norwegische Kennzeichen lautete 70984. Katharina von Thuns Elektroauto.

Sneijder sah sich absichtlich nicht auf der Straße um, ob ihn jemand beobachtete – das wäre zu auffällig gewesen –, sondern ging schnurstracks zu dem Diplomatenfahrzeug, als wäre es sein eigener Wagen. Er holte den schmalen Stift heraus, den er in Katharina von Thuns Büro geklaut hatte, und sperrte das Auto auf. Rasch setzte er sich hinein, fuhr mit dem Sitz so weit wie möglich nach hinten, schloss die Tür und schaltete die Innenbeleuchtung aus. Dann ignorierte er den Druckknopf und aktivierte mit dem Schlüssel die Zündung.

Sofort ging die Armaturenbeleuchtung an. Zwölftausend Kilometer zeigte der Tachostand an. Die Batterie war fast vollständig aufgeladen. Es roch nach Leder und Tannenzapfen, was wohl an dem Duftbäumchen lag, das am Rückspiegel hing. Sneijder bemerkte einen feinen Glanz auf dem Lenkrad und den Armaturen. Die norwegische Polizei hatte also auch von diesem Wagen die Fingerabdrücke genommen.

Er durchsuchte das Handschuhfach und die Mittelkonsole. Nichts. Dann schaltete er das Radio ein. Auf dem Display sah er, dass der extern angeschlossene CD-Player automatisch zu spielen begann. Den Song einer weiblichen russischen Rockband, deren Namen er vergessen hatte.

Richtig, Pussy Riot. Er fand die CD-Hülle im Seitenfach. *Die Musik passt zu dir, Katharina. Erzähl mir mehr über dich.*

Sneijder lehnte sich zurück, lauschte der Musik, aber es kam nichts. Katharinas Stimme schwieg in seinem Kopf. Während der Song endete und der nächste begann, steckte er sich einen Joint an. Er ließ die Seitenfenster absichtlich geschlossen und nahm ein paar tiefe Lungenzüge. Plötzlich öffneten sich die beiden hinteren Seitentüren. Das Licht ging nicht an, aber Sneijder sah im Rückspiegel zwei Gestalten, die sich auf der Rückbank in den Wagen drängten.

Er fuhr im Sitz hoch. »*Wat in godsnaam?*« Es waren eine Frau und ein Mann. Ihre Umrisse wurden leicht von der Straßenlaterne beschienen, aber ihre Gesichter lagen im Schatten.

»Guten Abend, Herr Sneijder«, sagte die Frau.

»Hallo, Maarten«, sagte der Mann.

»Ihr seid es.« Sneijder nickte nur. Ein leichter Schmerz bohrte sich in seinen Schädel. Er sank wieder zurück in den Sitz, versuchte, sich zu entspannen und nahm einen weiteren Zug. Eine

Weile lang sagte niemand ein Wort, bis die Band ihren nächsten Song spielte. »Wie lange habt ihr an eurem Plan gearbeitet«, fragte Sneijder schließlich.

»Welchem Plan?«

»Die Botschafterin zu ermorden!«

»Wer sagt, dass wir ausgerechnet sie töten wollten?«, fragte die Frau.

»Ihr Sicherheitschef starb zuerst. Falls er das eigentliche Ziel gewesen wäre, wäre es nicht notwendig gewesen, Katharina von Thun auch noch zu ermorden. Ihren Hosenanzug hätte sie euch auch freiwillig gegeben.«

»Du bist ein verdammter Klugscheißer!«

»Ich weiß, und deshalb werde ich euch kriegen.« Der Schmerz in seinem Kopf wurde stechender. »Weshalb habt ihr zwei Versager sie also getötet?«

»Finde es heraus, wenn du so schlau bist«, fauchte der Mann.

»Geht die Wasserleiche auch auf euer Konto?«

»Welche Wasserleiche?« Die beiden sahen sich an.

»Die aus dem Fjord.«

»Wir waren nie an einem Fjord.«

... waren nie an einem Fjord ... hallte der Satz in Sneijders Kopf nach. Plötzlich fuhr er im Sitz hoch. Das Bild im Rückspiegel verblasste im Rauch und löste sich langsam in Luft auf. Sneijder ließ das Seitenfenster runter, warf den Joint auf die Straße. Dann schaltete er die Musik aus.

... waren nie an einem Fjord ...

Der stechende Schmerz war wie weggeblasen. Sneijder schaltete das Navi ein und scrollte zu den letzten eingegebenen Zielen. Es waren norwegisch klingende Plätze und Straßennamen in Oslo, aber auch Destinationen in Billingstad, Selvik und Lillestrøm. Daneben standen die jeweiligen Ankunftszeiten. Er machte mit dem Handy ein Foto vom Display, dann scrollte er zur nächsten Seite.

Erneute Straßennamen in Oslo und Ziele in Orten wie Fetsund, Lysaker und Fjerdingby.

Wieder machte er ein Foto und scrollte weiter. Es tauchten die Orte Selvik, Fredrikstad und Skedsmokorset auf, die er ebenfalls fotografierte.

Schließlich war er am Ende angelangt. Insgesamt sieben Fotos. Noch hatte er keine Ahnung, wo das alles lag, aber eines war deutlich zu erkennen: Der Ort Selvik, wo von Thun ihr Sommerhäuschen besaß, kam ziemlich häufig vor. Er schaltete das Navi aus, schickte sämtliche Fotos an Marcs Handy und schrieb eine Nachricht dazu.

Damit dir nicht langweilig wird – ich brauche ausgehend von der deutschen Botschaft in Oslo bzw. vom Wohnort der Botschafterin ein Weg-Zeit-Diagramm zu all diesen Destinationen.

Nachdem er die Nachricht abgeschickt hatte, blickte er wieder in den Rückspiegel. Der Rauch hatte sich verflüchtigt, die Bank war leer.

Ich kriege euch!

Knapp drei Wochen zuvor

Sonntag, 6. Mai

Am Morgen nach der Familienfeier war Alexander bereits früh aufgestanden. Während die anderen Gäste noch schliefen und die Bediensteten das Frühstück vorbereiteten, joggte er durch den Morgennebel, um den Kopf freizubekommen.

Er rannte über das Felsplateau, den schmalen Grat an den Klippen entlang in Richtung des breiter werdenden Fjords, kehrte nach dreißig Minuten an einer schroffen Felsformation um und lief zurück. Als er das Haus wieder betrat, duftete es bereits nach Waffeln, Bohnenkaffee und frischem Brot. Er duschte heiß, und als er danach sein Zimmer im Trainingsanzug verließ und auf die Terrasse ging, war immer noch niemand da. *War ja auch eine lange Nacht.*

Über der Terrasse lag der Balkon des Wohnzimmers, auf dem er gestern Nacht mit Haakon gesprochen hatte. Die Vorhänge dahinter waren noch zugezogen, doch im Garten sah er Astrid. Sie war allein, trug ihren Morgenmantel eng herumgeschlungen und ging über den Kiesweg in Richtung Pavillon, vorbei an imposanten Marmorstatuen von Grieg, Ibsen, Amundsen und Heyerdahl. Eine weitere wilde Mischung berühmter Norweger, die thematisch überhaupt nicht zusammenpasste, Haakon sich aber eingebildet hatte, weil sie ihm anscheinend das Gefühl verlieh, ein Intellektueller zu sein – was er definitiv nicht war und auch niemals sein würde.

Finde den Kerl, den Rest erledige ich!

Okay, dann bring ich es hinter mich. Alexander verließ die Terrasse und lief die wenigen Stufen hinunter zum Garten. Nach ein paar Schritten hatte er Astrid eingeholt. »Guten Morgen«, sagte er mit rauer Kehle.

»Du bist mir gestern den ganzen Abend aus dem Weg gegangen«, stellte sie fest.

»Du warst so glücklich, ich wollte dich nicht stören«, sagte er wahrheitsgemäß, und dann überwand er sich doch. »Ich gratuliere dir zu deinem Nachwuchs.«

»Wie das klingt«, stellte sie fest. »So pflichtbewusst.«

»Tut mir leid.«

»Schon gut«, seufzte sie.

Sie erreichten den Felsvorsprung mit dem großen runden Holzpavillon. Von hier aus hatte man eine fantastische Aussicht auf den Fjord. Die Sonne war bereits hoch am Himmel und zerriss die Nebelfetzen im Tal. Im Pavillon stand immer noch die große Truhe, in der die Öllampen und die Decken und Sitzauflagen für die Stühle und Liegen aufbewahrt wurden.

»Erinnerst du dich noch?«, fragte Astrid.

»Wie könnte ich das je vergessen?« Als Teenager hatten sie während eines der großen Feste auf diesem Grundstück Verstecken gespielt. Astrid und er hatten sich in der großen Truhe vor Haakon versteckt, der niemals vermutet hätte, dass sie beide da hineinpassten. Eng umschlungen hatten sie dort gelegen, solange bis ihnen die Atemluft knapp wurde, sie den Deckel anheben mussten und sich dadurch verraten hatten.

Jetzt betraten sie den Pavillon und lehnten sich an die Brüstung. »Ist dir kalt?« Alexander holte vorsorglich eine Decke aus der Truhe und legte sie Astrid um die Schultern.

Sie wollte nach seiner Hand greifen, doch er wich ihr aus. »Alex, ist was?« Anscheinend reichte sein Gesichtsausdruck als Antwort, sie wurde todernst. »Was ist passiert?«

»Haakon weiß, dass das Kind nicht von ihm ist«, sagte er, ohne Astrid dabei anzusehen.

Sie schwieg. Nun sah er sie doch an. »Wusstest du, dass er zeugungsunfähig ist?«

Ihre Augen weiteten sich. »Nein«, flüsterte sie. Leichte Panik schwang in ihrer Stimme mit.

»Er hat sich vor zehn Jahren einer Vasektomie unterzogen.«

Ihr Gesicht hatte jede Farbe verloren. Sie schluckte. »Er weiß also, dass ich ihn betrogen habe«, stellte sie fest.

»Ja, er weiß es«, bestätigte Alexander. »Ist das Kind von mir?«

Astrid biss sich auf die Lippen, dann nickte sie. »Könnte Haakon das jemals vermuten … oder irgendwie herausfinden?«

Alexander schüttelte den Kopf. »Ironischerweise bin ausgerechnet ich der Einzige, dem er vertraut.« Er starrte auf die Holztruhe. Erinnerungen wurden wach. Nach dem Tag, an dem sie sich in dieser Truhe versteckt hatten, war lange Zeit nichts zwischen ihnen passiert. Doch dann, vor sieben Jahren, hatten sie miteinander geschlafen. Nur ein einziges Mal. Wieder in diesem Pavillon. Während einer sternenlosen lauen Sommernacht unmittelbar nach Haakons damaliger Geburtstagsfeier, die er schlagartig verlassen hatte, um für drei Tage nach Dänemark zu fahren und Geschäfte abzuwickeln. Astrid hatte es sofort danach bereut. *Haakon darf nie etwas davon erfahren! Und das darf nie wieder passieren*, hatte sie ihm eingeschärft. Deshalb war Alexander seither nicht wieder zur Villa gekommen. Um Astrid aus dem Weg zu gehen.

Und doch war es Anfang März wieder passiert. Astrid hatte mit Freundinnen aus Tønsberg und Grimstad eine Shoppingtour nach Oslo unternommen. Während die Frauen am späten Nachmittag noch auf einer der großen Plattformen am Hafen in einem Kaffeehaus gesessen hatten, die Stühle voll mit Einkaufstüten, hatte sich Astrid für eine Stunde verabschiedet. Sie war zu ihm in seine Anwaltskanzlei gekommen, die nicht weit davon entfernt in der Innenstadt lag. Ein Spontanbesuch. Er hatte seine Abendtermine abgesagt und Astrid in das große Besprechungszimmer neben sein Büro gebeten.

Er konnte sich noch genau an alle Details des Besuchs erinnern. Astrid hatte ein Glas Brandy in der Hand gehalten …

… und daran genippt. Dann stellte sie es auf den Glastisch, erhob sich von ihrem Stuhl, setzte sich zu ihm auf die Couch und sah ihn direkt an. »Haakon ist ein Arschloch«, sagte sie frei heraus.

Alexander hatte das im ersten Moment noch lustig gefunden. »Weil er Nachtclubs betreibt und seine Angestellten mies bezahlt? Oder weil er immer noch Haschisch und Kokain verkauft? Weil er Waffen besorgen kann? Oder weil er …?«

»Das alles meine ich nicht«, unterbrach sie ihn.

Da er regelmäßig mit Haakon telefonierte, weil der oft juristischen Rat brauchte, war er über fast alle Geschäfte seines Bruders informiert. Und das traf auch auf Astrid zu. Anders hätte die Ehe auch gar nicht funktioniert mit den ständigen Hausdurchsuchungen und gerichtlichen Vorladungen.

»Wovon redest du dann?«

Sie druckste herum. »Er betrügt mich.«

Beinahe hätte Alexander lauthals aufgelacht. »Astrid, du wusstest, dass er nie der treue Familienvater sein würde. Und du wusstest auch, dass du ihn niemals würdest ändern können. Er führt eben nicht das Leben des braven Standard-Ehemanns. Ständig versucht irgendwer, ihm etwas von seinem Geschäft wegzunehmen. Dann sind da noch die unzufriedenen Kunden, die Russen, die Bullen, die Richter, der Staatsanwalt. Und immer wieder versucht jemand, ihn umzubringen. Er steht unter gewaltigem Druck.«

»Du musst ihn nicht verteidigen, ich weiß, dass er dein großer Bruder ist.«

»Astrid!« Er nahm ihre Hand. »Manchmal lässt er sich von einer seiner Nutten einen blasen. Das entspannt ihn. Okay, ist nicht

gerade schön, aber ich weiß, dass er dich liebt. Er würde alles für dich tun!«

»Das alles weiß ich. Auch darum geht es nicht.«

»Worum dann?«

»Früher war er kaltblütig und beherrscht – war zwar auch nicht gerade schön, aber offenbar gehörte das zu seinem Job –, nur wird er mittlerweile eurem Vater immer ähnlicher.«

Alexander atmete tief durch. Das war ihm auch schon aufgefallen. Jedes Mal, wenn sie miteinander telefonierten oder sich in Oslo zum Essen trafen. Dieses unruhige, aufbrausende Gemüt und der Hang, Probleme mit unnötiger Brutalität lösen zu wollen. »Was hat er dir angetan? Hat er dich geschlagen?«

»Nein, das würde er nie tun.« Sie hielt seine Hand fester, und er spürte, wie warm sie war. »Er war öfter mal über Nacht weg und …«

»Das bedeutet doch nichts. Er hat Geschäfte in …«

»Alex! Ich habe mir seine Kreditkartenabrechnung angesehen und die Firmennamen gegoogelt.«

»Und?«

»Es sind Bordelle.«

»Bist du dir sicher?«

»Ja, ich habe sicherheitshalber dort angerufen. Es sind ausnahmslos Nobelbordelle. Und du kannst mir nicht einreden, dass er dort immer nur Geschäfte abgewickelt hat.«

Alexander schwieg. Tränen bildeten sich in Astrids Augen. Er nahm sie an der Schulter, und sie lehnte sich an ihn.

»Ein paar Ausrutscher kann ich akzeptieren, schließlich habe auch ich ihn einmal betrogen …«, schluchzte sie.

»Hat er das jemals erfahren?«

»Machst du Witze? Natürlich nicht, andernfalls säßen wir beide jetzt nicht hier.«

Auch wieder wahr.

»Aber das, was er seit einem Jahr ständig macht, demütigt mich«, fuhr sie fort. »Er wird immer aggressiver, einmal wollte er mich beim Sex sogar würgen.«

»Würgen?«

»Ja! Das alles beunruhigt mich. Verstehst du das?«

Er verstand.

»Ich habe mich damals für den falschen Bruder entschieden.« Ihre Stimme klang so voller Reue, dass ihm das Herz brach.

»Sag das nicht.« Sanft streichelte er ihren Rücken, den Nacken, ihre Haare und schließlich ihre Wange. Wie so oft erinnerte er sich an jenen Tag, als sie sich als Jugendliche in der Truhe im Pavillon versteckt … und als sie dort Jahre später als Erwachsene die Nacht miteinander verbracht hatten. Wie nahe sie sich damals gekommen waren. Und wie nahe sie sich jetzt gerade wieder kamen …

Alexander hätte nicht gewagt, von sich aus den nächsten Schritt zu machen. Doch das war auch gar nicht nötig, denn Astrid richtete sich plötzlich auf, nahm sein Gesicht in ihre Hände und küsste ihn …

… und nachdem sie auf der Couch seines Besprechungszimmers erneut miteinander geschlafen hatten, hatte sich Astrid hastig angezogen und war mit dem Taxi wieder zu ihren Freundinnen ins Kaffeehaus gefahren.

»Ja, es ist dein Kind«, wiederholte sie jetzt. Dabei blickte sie zum Fjord hinunter und sah sogar wieder einigermaßen glücklich aus, obwohl ihr eine Träne über die Wange lief.

»Aber du sagtest doch, dass du …«

»Tatsächlich bin ich erst im zweiten Monat schwanger. Ich habe gelogen. Sicherheitshalber. Es war die einzige Möglichkeit, unseren Seitensprung zu verschleiern und Haakon im Glauben zu lassen, es wäre sein Kind.«

»Mein Bruder will, dass ich den Mistkerl finde, der seine Frau geschwängert hat«, sagte er trocken.

»Typisch!« Sie sah ihn traurig an. »Und ich gratuliere dir, du hast ihn gefunden.«

Er sah auf ihren Bauch. »Mein Kind.« Er wollte hingreifen, wusste jedoch im selben Moment, dass es nicht klug war, falls sie zufällig jemand vom Personal beobachtete. Nun spürte er, wie sich ebenfalls Tränen in seinen Augenwinkeln bildeten. »Du willst das Kind doch nicht etwa abtreiben?«, fragte er skeptisch.

Sie wischte sich die Träne aus dem Gesicht. »Möchtest *du* es denn wegmachen lassen?«

»Nein, es ist *unser* Kind«, sagte er. Wieder dachte er an den Gendefekt seines Bruders. Selbst wenn es wirklich eine vererbte Sache war, musste das noch lange nicht bedeuten, dass auch seine Spermien davon betroffen waren.

»Ich möchte es auch bekommen«, sagte Astrid. »Eigentlich hatte ich nicht vorgehabt, je mit dir darüber zu reden. Ich wollte versuchen, es Haakon unterzujubeln.«

»Aber das geht nicht«, sagte er.

Sie nickte. »Bei der Ultraschalluntersuchung, spätestens jedoch bei der Geburt, würde sowieso herauskommen, dass mein Kind in Wahrheit jünger ist. Ich bin so gut wie tot.«

Und ich auch, dachte er. Aber um ihn selbst ging es ihm gar nicht. Vielmehr hatte er Angst um Astrid und ihr gemeinsames Kind. Nun nahm er doch ihre Hand. »Das werde ich ganz sicher nicht zulassen.«

4. TEIL

OSLO

Freitag, 25. Mai

Vormittag

28. Kapitel

Noch in derselben Nacht hatte Sneijder seine Fingerabdrücke in Katharina von Thuns Wagen abgewischt, das Fenster der Beifahrerseite einen kleinen Spaltbreit geöffnet, das Auto von außen zugesperrt und anschließend den Schlüssel durch den Spalt in den Fußraum geworfen. *Den haben die norwegischen Beamten bei der Untersuchung des Wagens offenbar übersehen … oder liegen gelassen.* Er konnte sich nicht um alles kümmern. Danach war er ins Hotel gegangen, hatte kalt geduscht und zum ersten Mal seit Monaten richtig gut geschlafen.

Gegen sieben Uhr früh war er schon wieder wach und ging frisch rasiert und mit einem neuen Anzug aus seinem riesigen Schrankkoffer in den Frühstücksraum im zweiten Stock. Dort war in einer Nische ein großer runder Tisch für ihn reserviert. Die getönten Fenster reichten fast bis zum Boden, und von seinem Platz aus hatte er einen schönen Ausblick auf die Fußgängerzone. Hinter den Häuserdächern, in Blickrichtung Meer, waren sogar die Akershus-Festung und die Spitzen der beiden Backsteintürme des Rathauses zu sehen.

Nachdem Sneijder eine doppelte Portion Ham & Eggs verdrückt und eine starke Tasse Vanilletee dazu getrunken hatte, breitete er sich mit seinem Laptop aus. Marc hatte die Auswertung des Weg-Zeit-Diagramms auf Grundlage der Navi-Daten bereits geschickt. *Gut, der Mann!* Allerdings ergab sich keine bahnbrechende Erkenntnis, außer dass die Botschafterin regelmäßig dieselben Strecken fuhr und diese allesamt im Fünfzig-Kilometer-Radius um Oslo herum lagen.

Um acht Uhr tauchte Sabine auf und legte Notebook, Handy und ihre Zimmerkarte auf den Tisch. »Gut geschlafen?«

Sneijder sah nicht auf. »Hervorragend.«

»Diesmal nehme ich Ihnen das sogar ab.«

»Die Teebar ist zu empfehlen.«

»Wenn man Tee mag.«

»Beeilen Sie sich, wir haben zu tun.«

Und Sabine beeilte sich. Nicht nur die Teestation, sondern das gesamte Frühstücksbuffet war eine Wucht. Sie holte sich zwei große Tassen Cappuccino, Knäckebrot, Käse, Waffeln und Marmelade und kam mit einem großen Tablett zu ihrem Tisch.

Sneijder sah kurz auf. »Wie können Sie so dünn bleiben, wenn Sie so viel verdrücken?«

Typisch Sneijder! »Sport«, sagte sie. Er sah sie verblüfft an. »Das ist, wenn man sich freiwillig bewegt und dabei ins Schwitzen kommt.«

»Ich hab davon gehört. Heute schon gejoggt?«

»Ja, zum Hafen und retour, danach ein paar Längen im Schwimmbad absolviert.«

»Sie waren im Schwimmbad?«

Sabine nickte zur Decke. »In der obersten Etage. Ich nehme an, Sie haben sich heute noch nicht viel betätigt? Laufen Sie morgen früh doch mit!«

»Hab ich probiert, aber Laufen ist nichts für mich, ständig schwappt der Tee über den Rand der Tasse.«

Sie stieß einen Grunzer aus. *Er versucht tatsächlich, witzig zu sein.* Noch dazu lächelte er geheimnisvoll, wobei es ihr schwerfiel, dieses Lächeln richtig zu deuten. Jedenfalls schien er zur Abwechslung mal wirklich gut gelaunt zu sein.

»Wissen wir schon, wer die mysteriöse Tote ist?«, fragte Sabine, während sie sich ein Knäckebrot belegte.

»Marc hat bei den Fingerabdrücken in der Europol-Datenbank tatsächlich einen Treffer gefunden.«

»Also gibt es von der Toten eine Akte?« Sabine rutschte näher, und Sneijder schob seinen Laptop zu ihr hin. Die Tote aus dem Leichenschauhaus war eine fünfundzwanzigjährige Frau, die aus den Niederlanden Haschisch über Dänemark nach Norwegen geschmuggelt hatte, und zwar im Hohlraum ihrer Autoräder. Acht Monate Knast, danach war sie auf Bewährung rausgekommen. Sie hieß Ylva Ødegård und hatte zuletzt als Prostituierte in Oslo gearbeitet. Wangen und Lippen waren operiert, abgesehen davon war sie ein wunderschönes Mädchen.

Sabine betrachtete ihr Gesicht. Lange schwarze Haare, schlanke Gesichtsform, und was sonst noch von ihr zu erkennen war, deutete auf einen knabenhaften Körper hin. »Möglicherweise kannten sich Ylva Ødegård und die Botschafterin«, überlegte sie laut. »Vielleicht hatte die Botschafterin generell Beziehungen zu Prostituierten.«

»Obwohl sie eine Affäre mit ihrer jungen Putzfrau hatte?«, entgegnete Sneijder. »Ich glaube nicht, und falls doch, dann wäre ihr Ylva Ødegård mit fünfundzwanzig sicher zu alt gewesen.«

»Worin liegt dann die Verbindung? Immerhin wurden beide auf dieselbe Art und Weise getötet.« Sabine kaute an ihrem Brot. »Ich nehme nicht an, dass Katharina von Thun Haschisch genommen hat.«

»Nein, hat sie nicht.« Sneijder bewegte den Kopf und ließ die Nackenwirbel knacken. »Gulbrandsen hat mir ihren Obduktionsbefund geschickt. Keine Drogen, kein Alkohol, ja sie hat nicht einmal eine verdammte Zigarette geraucht.« Er tippte auf der Tastatur seines Laptops. »Der einzige Zusammenhang besteht im Moment in derselben Tatwaffe und den Strangulationsmalen, die auch Ylva Ødegård hatte. Ich schicke Ihnen Ylvas Obduktionsbefund.«

»Woher haben wir den?«

»Marc hat sich in das norwegische Polizeinetz gehackt.«

Sabine, die inzwischen zu Waffeln mit Marmelade übergegangen war, blieb fast der Bissen im Hals stecken. Sie kannte Marcs Fähigkeiten. Seine Programme scannten Netzwerke und knackten verschlüsselte Passwörter, indem sie die Sicherheitslücken der jeweiligen Software nutzten. Danach legte er Fake-User an und schrieb illegale Abfragen. *So viel zur Beobachterrolle!* Wenn van Nistelrooy, Eisa oder Drohmeier davon erfuhren – oder noch schlimmer, die norwegische Polizei –, war er dran. Dann konnte nicht einmal Sneijder ihn retten, da dessen Kopf ebenfalls rollen würde. Und ihrer gleich mit dazu. Plötzlich kam ihr das Frühstück wie eine Henkersmahlzeit vor.

Sabine leckte die Marmelade von den Fingern, öffnete ihr Notebook und stellte über ihren Handy-Hotspot die gesicherte Verbindung zum BKA-Server her. Eine Sekunde später piepste das Notebook. Das PDF-File war da, sogar in deutscher Übersetzung. Marc hatte wohl die Nacht durchgearbeitet. Sabine scrollte gleich zu der Stelle mit der Todesursache und der Tatwaffe. »Sie hatte kein Salzwasser in der Lunge, also ist sie nicht ertrunken«, stellte sie fest. »Eintrittswinkel, Breite und Tiefe der Wunde sowie die glatten klaffenden Schnittränder scheinen tatsächlich übereinzustimmen. Ebenso die Spuren einer Strangulation.«

»Ja, das tun sie, habe ich auch schon geprüft.« Sneijder nahm eine selbst gedrehte Zigarette aus dem Etui, rollte sie nachdenklich zwischen den Fingern und schnüffelte am Tabak. »Sieht so aus, als hätte ihr jemand mit einem Draht oder einem scharfen Seil den Hals zugedrückt.«

»Allerdings gibt es einen Unterschied«, stellte Sabine fest. »Wie die fremde DNA in einem Scheidenabstrich belegt, hatte die Prostituierte unmittelbar vor ihrem Tod ziemlich brutalen Geschlechtsverkehr. Katharina von Thun nicht.«

Sneijder nickte. »Dennoch hängen die Morde zusammen. Das hat die norwegische Polizei natürlich auch schon längst herausgefunden.«

»Aber warum zum Teufel teilt die uns so was nicht mit?«

»Wenn ich das wüsste«, murmelte Sneijder.

Sabine sah auf. Ihr Blick fiel auf Cora Petersen, die – durch ihre Größe kaum zu übersehen – mit einem spinatgrünen Smoothie in der Hand auf sie zukam. Diesmal trug sie, wie Sabine selbst, legere Jeans, Sweatshirt und Laufschuhe. Außerdem hielt sie eine zusammengefaltete Zeitung in der Hand.

»Guten Morgen. Die Tote aus der Leichenhalle heißt Ylva Ødegård«, sagte Cora, als sie vor ihnen stand und die Zeitung auf den Tisch warf. Es war die *Aftenposten*, die heutige Ausgabe einer Osloer Tageszeitung, wie Sabine am Datum erkannte.

Sneijder steckte sich den Joint hinters Ohr, faltete die Zeitung auf und fand den Artikel mit Ylvas Foto. »Gute Arbeit.«

»Das ist der Vorteil, wenn man Norwegisch kann.« Lächelnd nahm Cora ihnen gegenüber Platz, woraufhin Sabine ihr kommentarlos Ylvas Akte zeigte und Sneijder sie knapp über alles Weitere informierte. Cora hörte sich seinen Vortrag mit zusammengepressten Lippen an. Anscheinend konnte sie es nur schwer ertragen, dass sie beide bereits mehr über die Tote herausgefunden hatten als sie selbst.

Danach begann eine gedämpfte und nervende Diskussion zwischen Cora und Sneijder, bei der Sabine sich ausklinkte. Sie öffnete ein Programm, dessen Logo eine blaue Pyramide darstellte. Daedalos war das Datenbanksystem des BKA, das nicht zufällig wie der Baumeister eines antiken Labyrinths hieß, da es hochkomplex war und auf fast alle europäischen Datenbanken zugreifen konnte. Sabine startete eine übergeordnete Suchabfrage, in der sie alle Parameter, die sie bisher über den Mord an Ylva Ødegård kannten, eingab. Daedalos hatte ihr schon mehrmals Zusammenhänge aufgezeigt, die sie ohne dieses Tool niemals so rasch gefunden hätte, zumal in den letzten Jahren immer mehr externe Datenbanken an Daedalos angeschlossen worden waren und die Auswertungsmöglichkeiten immer besser wurden. Entsprechend lang lief die Abfrage jetzt.

Während der Laptop arbeitete, sah Sabine auf. Die Diskussion zwischen Sneijder und Cora war in den letzten Minuten immer hitziger geworden. Anscheinend waren sie sich über das weitere Vorgehen uneinig. Cora pochte auf Diplomatie und überlegte und abgestimmte Maßnahmen, Sneijder wie immer auf ein rasches und unkompliziertes Fortkommen. *Das in Einklang zu bringen wird schwierig werden.* Vor allem weil sie wusste, dass Sneijder niemals nachgeben würde.

»Trotzdem sollten wir zumindest versuchen, mit der norwegischen Polizei zusammenzuarbeiten«, schlug Cora erneut vor.

»Ja, sicher.« Sneijder schnaubte. »Habe ich eigentlich schon mal erwähnt, dass Sie eine gute Ermittlerin sind?«

Cora sah ihn überrascht an. »Nein.«

»Dann wird das einen Grund haben«, sagte er giftig. »Sie denken viel zu bürokratisch und verkomplizieren dadurch alles. Vermutlich hocken Sie schon zu lange in Ihrem schicken Büro, wo Sie den ganzen Tag nicht enden wollende Berichte tippen.«

»Irgendjemand muss das schließlich tun.«

»So werden Sie aber nie effizient arbeiten können.«

»Im Gegensatz zu Ihnen halte ich mich wenigstens an die Vorschriften.«

»Ja, aber in dieser Situation ist das nicht angebracht. Ein Beispiel …«, Sneijder stützte sich auf die Ellenbogen und lehnte sich nach vorn, »… in den Sechzigerjahren sind die Wissenschaftler der NASA draufgekommen, dass Kugelschreiber in der Schwerelosigkeit nicht schreiben. Also haben sie ein jahrzehntelanges, völlig überteuertes und unglaublich kompliziertes Forschungsprogramm auf die Beine gestellt, um im All funktionierende Kugelschreiber zu entwickeln.«

Cora zuckte mit den Achseln. »Was ist daran falsch?«

»Raten Sie, was die Russen stattdessen getan haben«, sagte er. »Die haben Bleistifte verwendet.«

Cora verdrehte die Augen. »Wie beeindruckend.«

»Genau. Und deshalb werden wir, ohne zu viel Wirbel zu veranstalten, ebenfalls Bleistifte verwenden.«

Cora ließ die Schultern sinken. Anscheinend hatte sie aufgegeben. »Sie sind ein starrköpfiger Hund. So werden Sie immer nur überall anecken.«

»Ja, ich bin ein Kotzbrocken«, pflichtete er ihr bei, »aber im Gegensatz zu mir, wollen *Sie* von allen geliebt werden. Der Preis dafür ist, ständig irgendwelche Kompromisse einzugehen.« Er hob den Finger. »Und damit werden Sie *nie* etwas erreichen. Diese Phase habe ich schon vor vielen Jahren hinter mir gelassen.«

»Ich …«

»Das ist kindisch!«, unterbrach Sabine die beiden. »Können wir endlich damit aufhören?« In diesem Moment piepste ihr Notebook, die Abfrage war fertig. Sie blickte auf das Ergebnis. »In den letzten zwanzig Jahren sind in Norwegen einige Menschen spurlos verschwunden, und knapp zwanzig davon waren junge Prostituierte.«

»Norwegen ist groß«, sagte Cora. »Es ist das längste Land Europas, mit weitverzweigten, oft unzugänglichen Tälern. Die Fjorde schneiden tief ins Land.«

»Sind norwegische Prostituierte bekannt dafür, dass sie gern wandern?«, bemerkte Sabine trocken. Sie schob Cora das Notebook über den Tisch und deutete auf die Tabelle mit den Städten und Orten, wo die Frauen verschwunden waren. Cora sah sich die Auswertung an. »Das ist fast alles im Süden Norwegens passiert«, stellte sie fest.

Nun wurde auch Sneijder neugierig. »Ist eine davon je wieder aufgetaucht?«

Sabine nickte. »Ja, als Leiche. Vor sieben Jahren im Oslofjord.«

Cora betrachtete das Bild der Toten und reichte das Notebook an Sneijder weiter. Auch der studierte das Foto. »Wenke Holm ist vor zehn Jahren verschwunden. Sie sieht Ylva Ødegård überraschend ähnlich«, stellte er fest. »Langes schwarzes Haar, knabenhafter Körper, vierundzwanzig Jahre alt.« Er überlegte kurz, dann griff er zum Handy und wählte eine Nummer. Nachdem es zweimal geläutet hatte, schirmte er den Mund mit der Hand ab und senkte die Stimme. Am Ton, in dem er sprach, merkte Sabine, dass er mit Marc telefonierte. »Ich brauche den Autopsiebericht einer gewissen Wenke Holm aus Larvik in Norwegen. Nein, keine Übersetzung, das Original reicht. Ja, als PDF. Sofort!« Er buchstabierte den Namen und gab Datum und Ort des Leichenfundes an. »Schick es Sabine.«

Sie warteten fünf Minuten, dann piepste Sabines E-Mail-Account. Sneijder öffnete die Datei und zeigte sie Cora. »Was können Sie mir über die Tatwaffe sagen?«

Cora schnaufte einmal tief durch, dann rückte sie widerwillig näher an ihn heran, um auf den Bildschirm blicken zu können. »An zwei Rippenknochen gab es Spuren einer Verletzung von einem seitlichen Stich in die Lunge«, übersetzte sie den Befund. »Vermutlich wurde Wenke Holm mit einer ähnlichen Klinge ermordet wie Ylva Ødegård, Dr. Katharina von Thun und ihr Sicherheitschef.« Cora scrollte weiter. »Danach wurde ihre Leiche vermutlich mit Gewichten beschwert und im Fjord versenkt. Über drei Jahre hindurch hat sich das Seil jedoch durch die Unterwasserströmung an einem Felsen aufgescheuert, und die Leiche ist schließlich irgendwie aufgestiegen.«

»Irgendwie?«, wiederholte Sneijder. Nun scrollte er weiter durch die Akte und blieb an einem offenbar interessanten Detail hängen. »Es gibt eine weitere Gemeinsamkeit …« Er nahm den Joint hinter dem Ohr hervor und roch wieder am Tabak. »Wenn ich das richtig übersetze, wurde Wenke Holm die Kehle ebenfalls mit einem Draht oder scharfen Nylonseil zugedrückt, bevor sie an ihrem eigenen Blut erstickt ist.«

Sabine runzelte die Stirn. »Woher weiß man das? Die Leiche lag drei Jahre lang im Salzwasser.«

Cora vertiefte sich in den Bericht. »Es ist zur Fettwachsbildung gekommen, einige Weichteile des Leichnams sind erhalten geblieben … und am Kehlkopf waren eindeutige Drosselspuren zu erkennen.«

»Weiß man, ob sie vor ihrem Tod Geschlechtsverkehr hatte?«, fragte Sabine.

Cora vertiefte sich erneut in die Akte. »Lässt sich nach so langer Zeit im Wasser nur schwer sagen, aber … ja … die Ermittler gingen damals davon aus.« Nun sah sie auf, um sich zu versichern, dass sich niemand in ihrer Nähe befand, dann senkte sie die Stimme zu einem Flüstern. »Damit sind es schon drei Frauen. Wurde Katharina von Thun von einem Serienkiller ermordet?«

Sneijder klappte den Laptop zu und wiegte den Kopf. »Weder ihr Alter noch ihr Beruf passen ins Schema. Außerdem wurde sie nicht missbraucht.«

»Dann hat der Killer eben sein Beuteschema und seine Vorgehensweise geändert«, schlug Cora vor.

»Warum sollte er das plötzlich tun?«, fragte Sabine. »Serienmörder ändern ihr Vorgehen nur in den seltensten Fällen. Und wenn, dann fügen sie höchstens zusätzliche Rituale hinzu, lassen aber nichts weg.«

»Aber wenn der Mörder nun äußerst kreative Vorstellungen von Mord und Folter hat?«, versuchte Cora es erneut.

Sneijder lächelte nachsichtig. »Es sind nicht diejenigen gefährlich, die *tausend* unterschiedliche Vorstellungen von einer Tat haben«, sagte er, »sondern diejenigen, die sich *eine* bestimmte Szene tausendmal vorstellen.«

Cora atmete tief durch. »Also gut, Sie sind die Experten. Aber … vielleicht wurde der Mord an der Botschafterin ja von einem Nachahmungstäter verübt?«

»Unwahrscheinlich«, sagte Sabine. »Die norwegische Presse hat sicher weder bei Wenke Holm noch bei Ylva Ødegård die Tatwaffe und die Strangulationsmale beschrieben.«

»Dann haben wir es bei dem Mord an von Thun also weder mit einem typischen Serienkiller noch mit einem Nachahmungstäter zu tun?«, fasste Cora mit einem fragenden Blick zusammen.

Sneijder nickte. »Ja, ich weiß, eine vertrackte Situation.« Er öffnete wieder Sabines Laptop und studierte die Daten von der Daedalos-Abfrage. »Die meisten verschwundenen Frauen stammen aus Norwegen, drei aus Weißrussland, eine aus Polen, eine aus Lettland … und eine war sogar eine in Lillestrøm lebende Deutsche. Ich nehme an, das Datum in dieser Spalte ist der Zeitpunkt, an dem die Frauen vermisst gemeldet wurden?«

Cora betrachtete die Abfrage. »Ja.«

»Das fand stets im Frühling statt.« Farbe war in Sneijders Gesicht getreten. Anscheinend hatte er in diesem Fall nun doch Blut geleckt. »Fakt ist, dass wir es zumindest bei den Prostituiertenmorden mit einem Serientäter zu tun haben, aber irgendwie ist die Sache noch nicht ganz rund.«

»Nun wird mir auch klar, warum sich die norwegische Polizei so bedeckt hält«, flüsterte Sabine. »Die wissen spätestens seit dem letzten Leichenfund vor einigen Tagen, dass sie einen Serienmörder im Land haben, der womöglich schon seit zwanzig Jahren tätig ist und den sie bisher nicht schnappen konnten. Und so wie es aussieht, hat der nun auch noch die deutsche Botschafterin auf dem Gewissen. Wenn das rauskommt, haben die Behörden einen netten kleinen Skandal am Hals.«

Sneijder steckte sich den Joint wieder hinters Ohr, lehnte sich wortlos zurück und starrte durchs Fenster in Richtung Hafen.

»Wir brauchen in dieser Sache jetzt mehr denn je das nötige Fingerspitzengefühl«, sagte Cora eindringlich.

Sneijders Blick war zum Horizont gerichtet. »Dafür fehlt mir die Zeit.«

29. Kapitel

Am Vormittag hatten sie von der norwegischen Abteilung für Forensik eine Auswertung des Überwachungsvideos aus der Botschaft erhalten. Doch der Mann, der sich beim Verlassen der Botschaft als Sicherheitschef ausgegeben hatte, war nirgends darauf zu sehen gewesen. Und somit stammte das beste Bild, das sie von ihm hatten, von der Aufnahme der Verkehrskamera – die trotz computertechnischer Bearbeitung keinen brauchbaren Hinweis lieferte und nicht einmal für ein grobes Phantombild reichte.

Danach hatte Sneijder digitale Kopien der Fotos aus Katharina von Thuns Safe erhalten und diese sofort an das BKA weitergeleitet. Doch auch die Suche des Erkennungsdienstes in Wiesbaden war erfolglos geblieben, und keines der minderjährigen Mädchen hatte identifiziert werden können. Ebenso passten keine Leichenfunde der letzten zwanzig Jahre zu diesen Mädchen. Schließlich hatten auch die Versuche der Kollegen mit einer Aging-Computersimulation nichts gebracht.

Am frühen Nachmittag wartete schließlich ein Taxi vor dem Hotel auf Sneijder, Cora und Sabine, das sie zu Gulbrandsens Kommissariat bringen sollte. Es wurde Zeit, die Karten offen auf den Tisch zu legen. Vor allem deshalb, weil Sneijder ein bereits ziemlich langes und unangenehmes Gespräch mit van Nistelrooy führte. Sie fuhren gerade im Fahrstuhl in die Lobby des Hotels, und van Nistelrooy brüllte so laut, dass Sabine seine Stimme hören konnte, als stünde er direkt neben ihr.

»*Verarsch mich nicht!*«, rief der BKA-Präsident. »*Die norwegi-*

sche Polizei hat einen unbefugten Zugriff auf das Datenarchiv der Osloer Gerichtsmedizin festgestellt.«

»Was geht mich das an?«, fragte Sneijder.

»Die Spur der IP-Adresse schlägt drei Haken und verliert sich irgendwo in Shanghai – da steckst doch du dahinter! Was geht dich eine vor zehn Jahren vermisst gemeldete Prostituierte an, deren Leiche drei Jahre später gefunden wurde?«

»Mit derselben Tatwaffe ist auch Katharina von Thun ermordet worden.«

»Ich wusste es! Steckst du also doch dahinter!«

»Hast du mir gerade zugehört?«, rief nun Sneijder ebenso aufgebracht, woraufhin Sabine mit dem Notfallschalter den Lift mitten zwischen zwei Stockwerken anhielt. Sie hatte keine Lust, dass alle Gäste in der Hotellobby das Gespräch mitbekamen. Zum Glück waren sie mit Cora allein in der Kabine. »Die Norweger wissen, dass sie es mit einem Serienmörder zu tun haben, auf dessen Konto auch die Morde an der Botschafterin und ihres Sicherheitschefs gehen«, rief Sneijder weiterhin cholerisch. »Da erwarte ich mir ein klein wenig mehr Zusammenarbeit, auch wenn ich nur ein lausiger Beobachter bin!«

Van Nistelrooy schwieg eine Weile, Sabine hörte ihn laut seufzen. *»Also gut, wie viele Morde gehen auf diesen Killer?«*

»Bisher nachweislich zwei Prostituierte, aber in den letzten zwanzig Jahren wurden achtzehn weitere im Süden Norwegens vermisst gemeldet. Rechne selbst nach, auf wie viele potenzielle Leichen du da kommst, ich habe zu wenig Finger dafür.«

»Eine pro Jahr?«

»Jedes Frühjahr.«

»Gut, aber worin besteht der Zusammenhang zur Botschaft?«

»Daran arbeiten wir noch. Es sei denn, du ziehst uns ab und schickst einen Azubi her. *Der* kann sich dann von den Norwegern verarschen lassen.«

»Reg dich wieder ab. Also schön, ich werde mit der Bundesanwaltschaft reden, die soll die Wogen glätten und dafür sorgen, dass wir offiziell darüber informiert werden. Und bis dahin mischst du dich nicht länger in fremde Ermittlungen ein, verstanden?«

»Goedendag!« Sneijder legte auf und Sabine betätigte den Knopf, woraufhin sich die Kabine wieder in Bewegung setzte und sie in die Lobby fuhren. Die Türen öffneten sich, und vor ihnen stand eine verdutzt dreinsehende Menschentraube, die auf den Fahrstuhl wartete.

»Stromausfall«, erklärte Cora auf Norwegisch, während sie sich zwischen den Hotelgästen hindurch in Richtung Ausgang drängelten.

Durch die Glasdrehtür sah Sabine bereits den Wagen, der auf sie wartete. »Ich denke, das Taxi können wir abbestellen«, bemerkte sie trocken.

»Warum?« Dann sah Sneijder es auch. Gulbrandsen kam soeben in Begleitung von Daniel Ecceson durch die Lobby auf sie zu.

»Das Erschießungskommando ist da«, fügte Cora sarkastisch hinzu.

Doch Gulbrandsen machte gar keinen so übel gelaunten Eindruck, zumindest nicht schlimmer als gestern. Er grüßte mit einem knappen Nicken, dann bedeutete er ihnen, dass sie sich kurz in der leeren Pianobar an einen Tisch setzen sollten.

»Ich habe versucht, Sie zu erreichen«, sagte Ecceson aufgebracht, während sie Gulbrandsen folgten. »Ich wusste nicht, wo Sie waren …«

»Wo sollten wir schon sein? Auf einem Ausflugsboot im Fjord?« Sneijder blickte auf sein Handy. »Fünf Anrufe – ja, ich hatte soeben ein langes Gespräch mit meinem Vorgesetzten.« Dann sah er auf. »Worum geht es?«

»Katharina von Thuns Prepaid-Handy«, sagte Ecceson.

Sie erreichten den letzten Tisch in einer Nische, von dem aus sie die Lobby gut im Blick hatten und ungestört reden konnten. Soeben kam eine Reisegruppe herein, und der Lärmpegel stieg beträchtlich.

»Ich bestelle das Taxi ab.« Cora tippte in ihr Handy, dann setzte sie sich ebenfalls hin.

Indessen holte Gulbrandsen eine Klarsichtfolie mit dem Telefon der Botschafterin heraus, die er vor ihnen auf den Tisch legte. »Unser Techniker hat es entsperrt, und …«

»Lassen Sie mich raten«, unterbrach Sneijder ihn. »Sieben, null, neun, acht, vier.«

Gulbrandsen sah ihn mit einem gereizten Blick an, der verriet, dass Klugscheißer auch in Norwegen nicht besonders willkommen waren. »Genau … und Herr Ecceson und ich haben uns die Daten angesehen.«

»Da es nur ein simples Seniorenhandy vermutlich ohne Internetzugang und ohne jegliche Apps ist«, bemerkte Sabine, »kann nicht viel darauf zu finden gewesen sein.«

»Richtig.« Gulbrandsen nickte. »Um genau zu sein, waren nur elf Anrufe drauf. Stets an ein und dieselbe Nummer. In regelmäßigen Abständen … einmal pro Monat. Die Gespräche dauerten nur jeweils eine halbe Minute. Sonst nichts.«

»Welche Nummer?«

»Eine uns unbekannte«, erklärte Gulbrandsen. »Vermutlich ein nicht registriertes Wertkartenhandy.«

»Die gibt es in Norwegen noch?«, fragte Sneijder.

»Auf dem Schwarzmarkt kann man alles Mögliche kaufen.« Gulbrandsen zuckte mit den Achseln. »Wir haben eine Datenrückverfolgung beim Netzbetreiber beantragt und herausgefunden, dass sich dieses angerufene Handy zu den besagten Zeiten immer in einen bestimmten Handymast eingeloggt hatte. Und zwar in Tønsberg.«

»Alle elf Mal?«

»Ja.«

»Interessant …« Sneijder warf Cora einen fragenden Blick zu. »Wo ist das?«

»Hundert Kilometer südlich von Oslo an der Westseite des Oslofjords«, erklärte sie ihm.

Gulbrandsen nickte. »Da der Oslofjord das am dichtesten besiedelte Gebiet Norwegens ist, sind dort die Masten nur wenige hundert Meter voneinander entfernt. Durch die Schnittmenge der Radien hat sich ein bestimmtes Gebiet oberhalb Tønsbergs ergeben.«

Sneijder fuhr sich über die frisch polierte Glatze. »Und was gibt es dort? Eine Partnervermittlung oder ein Hostessenservice?« Anscheinend dachte er an die Fotos in von Thuns Safe.

Gulbrandsen schüttelte den Kopf. »Nein, aber fast richtig.« Nun sah er wieder einigermaßen versöhnt aus. Anscheinend wusste er Sneijders Kombinationsfähigkeit mittlerweile doch ein wenig zu schätzen – außerdem schien er kein bisschen aufgebracht zu sein. Offenbar wusste er noch gar nichts von ihrem illegalen Datenzugriff auf die Rechtsmedizin. *Im Moment unser Vorteil*, dachte Sabine.

»Dort befindet sich das Grundstück mit der Villa von Haakon Jørgensen«, erklärte Gulbrandsen.

Sabine hatte den Namen noch nie zuvor gehört. Sie sah zu Sneijder; der anscheinend auch nicht.

Nur Cora stöhnte tief auf. »Mist.« Sie beugte sich nach vorn und senkte die Stimme. »Haakon Jørgensen ist einer der bekanntesten Namen der norwegischen Verbrecherszene.« Gulbrandsen nickte, Ecceson ebenso. »Soviel ich weiß, wurde er immer wieder mit Waffen, Drogen und Alkohol in Verbindung gebracht.«

»Er hat das Zeug aus Antwerpen und Rotterdam ins Land geschmuggelt und auf einem alten Bauernhof in einem Fjord zwischengelagert«, erklärte Gulbrandsen. »Er wusste, wie die Zollfahnder arbeiteten und war ziemlich dick im Geschäft.«

»Auch mit Prostitution?«, fragte Sneijder direkt heraus.

Gulbrandsen nickte erneut. »Zumindest früher. Ist allerdings schon zehn Jahre her.«

Sabine warf einen Blick auf die Getränkekarte, die auf dem Tisch stand. *Bei den norwegischen Preisen für Alkohol ist das sicher ein gewinnbringendes Geschäft gewesen.* »Sie sagten *früher*?«, bemerkte sie. »Und jetzt?«

»Als ihm die Staatsanwaltschaft zu dicht auf die Pelle gerückt ist, hat er sich aus der Branche zurückgezogen. Mittlerweile besitzt er nur noch ein paar Nachtclubs und Bars und betreibt Glücksspiel im kleinen legalen Rahmen.«

»Was heißt das?«, fragte Sabine.

»Roulette, Baccara, Poker, mehr ist nicht drin. Online-Spiele sind nicht möglich, die norwegische Glücksspielbehörde ist staatlich reglementiert und vergibt keine privaten Casino-Lizenzen.«

»Das klingt aber nicht nach sonderlich hohen Gewinnspannen«, stellte Sabine fest, »und davon lebt er?«

»Offiziell ist er außerdem seit zehn Jahren im Schrott- und Müllentsorgungsgeschäft tätig. Da macht er jetzt das große Geld. Seine Frachtschiffe mit Schrottcontainern schippern von Oslo aus durch die gesamte Ostsee.«

»Und was schmuggelt er darin?«, fragte Sneijder.

»Wir wissen es nicht.« Gulbrandsen seufzte. »Wir wissen ja nicht einmal, *ob* er noch etwas schmuggelt.«

»Und warum wird das nicht überprüft?«

Gulbrandsen wartete eine Weile. »Das ist eine laufende Ermittlung, über die ich nicht mit Ihnen sprechen werde.«

Alle sahen sie nun Sneijder an, der sein Zippo aus der Sakkotasche geholt hatte und nachdenklich zwischen den Fingern hin- und hergleiten ließ. »Okay … hatte Jørgensen jemals Kontakt zur deutschen Botschaft?«

Ecceson schüttelte den Kopf. »Natürlich wussten wir, dass es diese Art von Kriminalität in Norwegen gibt, und wir wussten auch, wer dafür infrage kommt und kannten auch den Namen Haakon Jørgensen, aber zur Botschaft bestand nie ein Kontakt. Meines Wissens nach hat Katharina diesen Mann niemals getroffen.«

»Aber zumindest hat sie mit ihm telefoniert … oder mit jemandem aus seiner Villa«, sinnierte Sneijder und ließ das Zippo auf- und zuschnappen. »Hatte Jørgensen jemals mit Kinderpornografie oder Erpressung zu tun?«

Gulbrandsen schüttelte den Kopf. »Sie denken an die Fotos im Safe? Nein.«

»Wodurch könnte jemand wie er von der deutschen Botschafterin profitieren?«

Ecceson hob die Schultern. »Gar nicht. Dazu fällt mir beim besten Willen nichts ein.« Gulbrandsen und Cora pflichteten ihm bei.

»Es muss aber einen Zusammenhang geben.« Sneijder ließ das Zippo verschwinden. »Ich muss alles über diesen Jørgensen wissen.«

Gulbrandsen stieß die Luft geräuschvoll aus. »Das wird …« In diesem Moment läutete sein Handy. Er ging sofort ran und telefonierte eine Minute lang, wobei er die meiste Zeit nur zuhörte. Sabine beobachtete, wie sein Blick dabei immer finsterer wurde. Schließlich ließ er das Telefon sinken. Seine Pupillen waren schwarz wie die Nacht. »Okay, ich denke, es ist gelaufen. Ich habe gerade erfahren, dass Sie sich unautorisiert noch nicht freigegebene Informationen aus der Gerichtsmedizin beschafft haben.«

Sneijder verzog keine Miene. »Ja, ich kann sehr verhaltenskreativ werden, wenn jemand versucht, mir Prügel zwischen die Beine zu werfen.«

»Sie finden das auch noch witzig! Ich könnte Sie deswegen festnehmen lassen!«, fuhr Gulbrandsen ihn an.

»Wenn Sie meinen, dass Sie dadurch in diesem Fall weiterkommen.« Sneijder setzte sich auf und näherte sich nun dem Norweger auf Tuchfühlung. »Ich kläre Sie jetzt über den Unterschied zwischen uns beiden auf: Sie laufen dorthin, wo der Ball ist – ich laufe dorthin, wohin er unterwegs ist.«

»Verschonen Sie mich mit Ihren dämlichen Sprüchen.« Gulbrandsen erhob sich. »Fürs Erste verlassen Sie dieses Hotel nicht. Ich rede mit meinen Vorgesetzten, und heute Abend sprechen wir darüber, wie es mit uns weitergeht.«

Sneijders Gesicht sprach jedoch eine andere Sprache. »Ich muss alles über Haakon Jørgensen wissen«, beharrte er.

»Sie …!«, fuhr Gulbrandsen ihn mit gedämpfter Stimme an, »… werden rein gar nichts mehr von mir erfahren.« Er drehte sich um und verließ ihren Tisch.

Sabine sah ihm nach, wie er durch die Drehtür verschwand. *Das ist ja wieder mal super gelaufen.* Im nächsten Augenblick verschlug es ihr den Atem. *Das darf doch nicht wahr sein!* Soeben fuhr jemand im Rollstuhl in die Lobby des Hotels, gefolgt von einer Frau und zwei Männern mit schwerem Gepäck.

Sneijder starrte ebenfalls zum Eingang. »*Verdomme!*«, fluchte er. »Dieser *oude Schijtkerel*!« Sie ahnte, dass er damit Dirk van Nistelrooy meinte.

Nun sahen auch Cora und Ecceson auf, doch Sabine bezweifelte, dass sie die Neuankömmlinge kannten. Durch die Lobby kam soeben Rudolf Horowitz im Rollstuhl, gefolgt von Tina, Marc und Krzysztof.

30. Kapitel

»Macht es Ihnen etwas aus, uns jetzt allein zu lassen?«, fragte Sneijder ziemlich direkt. Ecceson erhob sich. Dabei wollte er die Klarsichtfolie mit dem Wertkartenhandy einstecken, doch Sneijder legte die Hand darauf. »Nachdem Sie und Gulbrandsen es untersucht haben, würde ich es mir jetzt selbst gern ansehen.«

»Also gut, ich überlasse Ihnen das Telefon bis heute Abend. Danach sperre ich es wieder im Safe ein.« Ecceson verabschiedete sich von ihnen und ging.

Die Gruppe der Neuankömmlinge hatte sie noch nicht entdeckt. Sabine wartete einen Augenblick, dann stieß sie einen Pfiff in Richtung Rezeption aus, woraufhin Marc sich umdrehte. Sabine stand auf und winkte ihm. Nachdem er sie erkannt hatte, kamen sie alle zu ihnen in die Pianobar. Ihr Gepäck blieb neben der Rezeption stehen.

»Was macht ihr denn hier?«, entfuhr es Sabine. Gleichzeitig schlug ihr Herz schneller. Die Stimmen und der Anblick der bekannten Gesichter waren für sie wie ein Stück vertraute Heimat.

»Der Streik am Osloer Flughafen ist beendet, die Maschinen landen wieder«, erklärte Marc.

»Ja, schon klar, aber was *macht* ihr hier?«, wiederholte sie.

»Ich brenne darauf, das Alfred Nobel Friedenszentrum zu besuchen«, erklärte Marc.

Ja, ja, schon klar. Anscheinend hatte er während des Flugs auch den Reiseführer gelesen.

»Die Wachablöse vor dem Königspalast soll auch interessant sein«, erklärte Horowitz.

Sowieso!

»Angeblich kann man mit dem Mountainbike eine coole Viking Biking-Tour buchen«, fügte Tina hinzu.

»Und das Thor Heyerdahl-Floß aus Balsaholz im Kon-Tiki-Museum besuchen«, ergänzte Krzysztof.

Wie gebildet die plötzlich alle sind! »Ja, klar, verarscht mich nur.« Sabine wandte sich um und machte Cora Petersen mit der Gruppe bekannt.

Krzysztof ignorierte die Frau und rieb sich stattdessen die Lederbänder am Handgelenk. »Ich habe Hunger. Im Flieger gab es nur einen Kaffee mit Kuchen, der gerade Mal für die Füllung meines hohlen Backenzahns gereicht hat.« Er sah Sneijder an. »Maarten, schau nicht so sauer. Was hältst du von einem Sieben-Gänge-Menü? Einen Hotdog und ein Sechserpack Bier.« Er lachte laut auf.

Nun erhob sich auch Sneijder. »Schluss mit dem Quatsch!« Seinem finsteren Blick zufolge gefiel ihm diese Wendung gar nicht. »Wer hat euch diese Dienstreise genehmigt?«

»Wiesbaden dachte, dass ihr Verstärkung braucht«, erklärte Tina.

»Schon klar, aber *von wem genau* kam die Order?«

»Jon Eisa war der Meinung, ein bewährtes Team solle man nicht auseinanderreißen«, erklärte Marc, »vor allem, als er heute Morgen erfahren hat, dass der Fall doch größer ist als erwartet.«

»Warum *größer*?«, fragte Sneijder skeptisch.

»Na ja«, druckste Marc herum. »Mit so viel verschwundenen Frauen, unter anderem auch einer Deutschen, wird die Sache doch komplexer. Eisa meinte, wir sollten uns dahinterklemmen, dass die Norweger die Sache so rasch wie möglich aufklären, bevor jemand auf die Idee kommt, sie zu vertuschen.« Er senkte die Stimme. »Geht es tatsächlich um einen Serienmörder?«

Sneijder gab keine Antwort, sah stattdessen schweigend zu Cora.

Die hob abwehrend die Hände. »Ja, ich habe den BND über unsere Ermittlungen unterrichtet … nachdem *Sie* es *nicht* getan haben.«

Schlagartig war Sabines freudige Stimmung verpufft. Sie blickte zu Sneijder hinüber. Die Adern seiner Schläfen pochten. *So etwas Ähnliches hat er geahnt. Anscheinend ist er doch nicht so paranoid.* Nun sah er sie an, und dieser Blick sagte alles.

Möglicherweise steckte doch etwas hinter seiner Theorie, dass der Fall in Norwegen dazu missbraucht wurde, um seine und Marcs Ermittlungen gegen den BKA-Maulwurf zu bremsen.

Sabine wurde mulmig, denn falls Sneijder richtiglag, ließ sich erahnen, wer der Maulwurf war.

31. Kapitel

Sneijder hatte sich genau eine halbe Stunde lang an Gulbrandsens Anweisung gehalten, das Hotel nicht zu verlassen, danach war er mit Cora und seinem Team zum Hafen gegangen. Dort gab es jede Menge Restaurants und Kaffeehäuser, die auf Plattformen auf dem Wasser schaukelten. Sie entschieden sich für ein Lokal, das abseits lag und von dem aus sie die Ausflugschiffe und zahlreichen Fähren, die hier anlegten, gut sehen konnten.

Sabine zog den Reißverschluss ihres Anoraks bis zum Kinn und stellte den Kragen auf. In München hätten die Lokalbetreiber schon längst Heizpilze aufgestellt, doch für die Norweger schien es sich um völlig angenehme Temperaturen zu handeln. Viele der Einheimischen saßen nur mit Pullovern bekleidet auf den Plattformen an der Reling und genossen die spärlichen Sonnenstrahlen, die ab und zu durch die Wolken brachen. Heute herrschte kein solches Urlaubswetter mehr wie gestern, sondern es war bewölkt und deutlich kälter, noch dazu kroch Feuchtigkeit vom Meer herauf – dennoch tummelten sich einige Touristen und jede Menge gut gelaunte Norweger an den Ufern des Fjords.

Während ihr Essen serviert wurde und sie sich nicht nur mehrere große Pizzen mit seltsamer weißer Knoblauchsoße teilten sondern auch diverse Tacos, die es an diesem sogenannten traditionellen *Taco-Fredag* besonders günstig gab, sowie Waffeln mit Käse und Wurst, brachte Sneijder sein gesamtes Team knapp und präzise auf den aktuellen Stand der Ermittlungen. Er selbst trank nur ein eiskaltes Utepils, kühlte gelegentlich seine Stirn an der

Flasche und rauchte zwei Joints dazu, deren Asche er über die Reling ins Meer schnippte.

»Zwanzig verschwundene Frauen im Oslofjord«, wiederholte Marc verwundert, nachdem Sneijder seine Zusammenfassung beendet hatte. »Klingt wie die norwegische Version des Bermudadreiecks.«

Sneijder verzog das Gesicht. »Marc, ich brauche Jørgensens Akte.«

Marc schob seinen Teller beiseite. »Haakon Jørgensen?«, fragte er, buchstabierte den Namen und tippte eine Weile auf seinem Notebook herum. »Bitte sehr.«

Sneijder warf einen Blick auf den Bildschirm, nickte zustimmend und schob den Laptop zu Cora weiter.

»Das ist eine inoffizielle Europol-Akte«, stellte sie verblüfft fest. »Woher haben Sie die so rasch?«

»Braucht Sie nicht zu interessieren.« Sneijder stellte die Flasche ab und schnippte ungeduldig mit den Fingern. »Wären Sie so freundlich und würden Sie die norwegischen Passagen bitte für uns übersetzen?« Obwohl er es als eine Bitte formuliert hatte, klang es nicht danach.

Cora fasste die Infos aus der Akte zusammen, und danach übersetzte sie auch noch alles, was Sabine und Tina mit ihren Notebooks in den Online-Archiven der Zeitungen über den Mann hatten finden können.

Haakons Mutter war gestorben, als er noch ein Junge gewesen war, und nachdem auch sein Vater hinterrücks erschossen worden war – eine Tat, die nie hatte aufgeklärt werden können –, hatte er dessen Organisation in jungen Jahren übernehmen müssen. Wie sie von Gulbrandsen bereits wussten, war es in den letzten zehn Jahren ruhig um Haakon geworden, dementsprechend hatten auch die Schlagzeilen um seine Geschäfte stark nachgelassen. Unbestritten war jedoch, dass er immer noch das Sagen in Tønsberg und Umgebung hatte. Daneben gab es noch kleinere Organisationen wie die eines gewissen Lars Frey, der auf der gegenüberliegenden Seite des Fjords in Fredrikstad eine Villa an den Klippen besaß und ein entsprechendes Unternehmen führte. Hin und wieder verschwand jemand von diesen Leuten von der Bildfläche, ein Geschäftslokal brannte ab, oder ein Auto wurde in einen Fluss abgedrängt und der Fahrer ertrank.

»Ich habe nicht den Eindruck, dass das alles zu irgendetwas führt«, sagte Krzysztof schließlich. »Solche Bandenrivalitäten gibt es in jeder größeren Stadt.«

»Glaubst du, *mich* interessiert dieser Kleinganovenkram? Ich hätte mir auch brisanteres Material erhofft.« Sneijder zog an seinem Glimmstängel. »Aber Jørgensen hat etwas mit der deutschen Botschafterin zu tun gehabt.«

»Möglicherweise hat sie ihn einmal im Monat angerufen, damit er ihr ein minderjähriges Mädchen besorgt. Mehr nicht.« Krzysztof ließ die Fingerknöchel knacken. »Viel wichtiger erscheinen mir dieser Krummdolch und die Nuttenmorde.«

»Prostituiertenmorde!«, korrigierte Sabine ihn.

»Von mir aus.« Krzysztof zuckte mit den Achseln. »Konnte meinen Uni-Abschluss nie richtig vollenden. Tatsache ist doch, dass wir zwei tote Protistu… Prositu… ach scheiß drauf, Nutten haben, eine pädophile Botschafterin, Würgemale und eine gemeinsame Tatwaffe. *Da* liegt der Zusammenhang.«

»Ja, aber diese Spur führt nirgendwohin«, kommentierte Sneijder.

Horowitz sah von seinem eigenen Laptop auf. »Wusstet ihr, dass Jørgensen einen Bruder hat?«

Sneijder sah zu ihm. »Und?«

»Wenn ich das richtig verstehe, ist Alexander Jørgensen Finanzanwalt.« Jetzt bat Horowitz Cora um eine Übersetzung. Sabine blickte ihr über die Schulter und sah den Online-Artikel eines norwegischen Finanzmagazins, den Horowitz gefunden hatte.

Cora vertiefte sich in den Bericht. »Ja, das ist Haakons Bruder. Anscheinend hat er eine andere Laufbahn eingeschlagen. Er ist nicht nur Anwalt, sondern auch Finanzberater für Investorengruppen.« Sie stieß einen Pfiff aus. »Da geht es um Milliardengeschäfte. Hier ist ein Interview mit ihm … hm, sieht gut aus, der Junge.« Cora schmunzelte. »Da ist ein Zitat von ihm. *Wenn Sie immerzu Sachen kaufen, die Sie nicht wirklich brauchen, müssen Sie bald Sachen verkaufen, die Sie brauchen.*«

»Ein kleiner Shakespeare«, kommentierte Krzysztof.

Cora sah kurz auf. »Der Knabe dürfte einiges draufhaben. Hier wird er nach seinem Erfolgsrezept befragt. *Jede Börsentransaktion hat immer zwei Seiten. Immer wenn man eine Aktie kauft, muss es jemanden geben, der sie verkauft. Dann sollte man sich fragen, ob man auf der richtigen Seite dieses Geschäfts steht.*«

Krzysztof gähnte. »Was für eine sensationelle Weisheit.«

»Aber garantiert hat er mehr Geld als du«, stichelte Tina.

»Kunststück, habe fünfzehn Jahre im Knast gesessen und Weihnachtseier bemalt.«

»Ostereier«, korrigierte Tina ihn.

»Könnt ihr mal die Klappe halten?«, unterbrach Sneijder die beiden.

»Hier steht, wie er mit seinen Kunden arbeitet«, las Cora weiter vor. *»Der beste Fall für uns ist, wenn ein großartiges Unternehmen vorübergehend in Schwierigkeiten gerät. Wenn es erschöpft auf dem OP-Tisch liegt, schlagen wir zu und kaufen es zu einem günstigen Preis.*«

»Scheint ein cleverer Junge zu sein«, sagte Sabine nachdenklich.

»Clever … *und* gefährlich«, ergänzte Cora. »Seine Klientel hat die Finger überall drin: Pharmabranche, Rüstungsindustrie, Ölgeschäft, Autoindustrie und Baulobby.«

»Hat er seine Kanzlei in Oslo?«, fragte Sneijder.

Sabine hatte indessen ebenfalls nach Alexander Jørgensen gegoogelt – er sah wirklich verdammt gut aus –, die Website seiner Anwaltskanzlei gefunden und auf das englischsprachige Impressum geklickt. »Sogar ganz in der Nähe«, murmelte sie erstaunt und sah auf. Google-Maps hatte von ihrem Standort aus die Route zu Jørgensens Kanzlei berechnet. »Zu Fuß sieben Minuten ... müsste dort drüben liegen.« Sie zeigte in Richtung Rathaus. In diesem Moment schipperte eine Fähre in den Hafen und stieß dabei kräftig ins Signalhorn.

Sneijder richtete sich auf. »Ist er jetzt im Büro?«

Sabine zeigte Cora die Kontaktdaten der Kanzlei, woraufhin die sogleich die Nummer mit ihrem Handy wählte. Durch den Lautsprecher hörte Sabine eine weibliche Stimme. Nachdem Cora sich vorgestellt hatte und erklärte, dass sie gern mit Alexander Jørgensen sprechen wollte, sagte die Frau am anderen Ende der Leitung, anscheinend seine Sekretärin, dass er nicht da sei. Den Rest verstand Sabine nicht mehr.

Das Gespräch dauerte nur eine Minute, danach legte Cora auf. »Hat das jeder mitgekriegt?«, fragte sie.

Alle schüttelten den Kopf.

»Okay, die Frau in der Kanzlei macht nur Bereitschaftsdienst«, erklärte sie. »Alexander Jørgensen ist seit Montag, den 7. Mai im Urlaub. Eigentlich müsste er schon längst wieder in der Kanzlei sein, aber er hat den Urlaub aus familiären Gründen bis 27. Mai verlängert. Ich sollte mich nächste Woche wieder melden.«

Sabine sah auf die Armbanduhr. Heute war der 25. Mai. *Also noch dieses Wochenende.*

»Insgesamt drei Wochen«, sinnierte Sneijder. »Ungewöhnlich für einen Finanzanwalt. Die Börsengeschäfte lassen erst im Sommer nach, wenn Ferien und Betriebsurlaube sind, aber davor finden noch bis zum 30. Juni die meisten Hauptversammlungen statt.«

»Familiäre Gründe«, wiederholte Sabine nachdenklich. »Ich habe in Haakon Jørgensens Europol-Akte gelesen, dass er im Mai Geburtstag hat.«

»Stimmt … am 5. Mai.« Sneijder verzog nachdenklich den Mund. »Könnte vielleicht nicht nur zufällig mit dem Beginn von Alexanders Urlaub zusammenfallen.« Er starrte in die Richtung, in der die Kanzlei lag, und schnippte den Joint ins Meer.

»Sneijder! Die Welt ist kein Aschenbecher«, entfuhr es Sabine.

»Doch, das ist sie. Ein großer, stinkender noch dazu.« Er sah nicht einmal zu ihr herüber. »Ich muss Kontakt zu Haakon aufnehmen.«

Cora sah ihn verdutzt an. »Und wie wollen Sie das anstellen?«

Sneijder griff in die Manteltasche und holte die Klarsichtfolie heraus, in der sich Katharina von Thuns Handy befand. Er riss die Folie auf und gab den PIN-Code ein. *Sieben, null, neun, acht, vier.* Danach schickte er eine SMS an den Betreiber. »Noch zwanzig Kronen Guthaben«, las er vor, »das müsste reichen.« Er tippte auf die Wahlwiederholungstaste und rief jene Nummer in Tønsberg an, die Katharina von Thun bisher elf Mal angerufen hatte.

»Und was sagen Sie ihm?«, rief Cora nervös.

Sneijder legte den Finger über die Lippen und lauschte. Sabine rückte näher und hörte das Freizeichen. Nach dem siebten Klingeln meldete sich eine männliche Stimme. *»Ja, takk … hei?«*

»Mein Name ist Maarten S. Sneijder, Bundeskriminalamt Wiesbaden«, sagte er auf Englisch und schaltete gleichzeitig die Lautsprecherfunktion ein.

Am anderen Ende herrschte langes Schweigen. »Was wollen Sie?«, fragte der Mann schließlich ebenfalls auf Englisch, aber mit nordischem Akzent.

»Spreche ich mit Haakon Jørgensen?«

»Was wollen Sie?«, wiederholte der Mann. *Ein gutes Zeichen. Zumindest hat er nicht bestritten, dieser Mann zu sein.*

»Ich würde mich gern mit Ihnen treffen, Haakon«, sagte Sneijder.

»Wozu?«

»Um herauszufinden, warum die Person, der dieses Handy gehört, von dem ich gerade anrufe, ermordet worden ist. Das müsste doch auch in Ihrem Interesse sein?«

Wiederum folgte ein langes Schweigen. »Warum ermittelt das deutsche Bundeskriminalamt?«, fragte der Mann schließlich.

»Wenn Sie wissen, um wen es sich bei der Toten handelt, dann kennen Sie die Antwort.«

Der Mann räusperte sich. »Ich weiß nicht, worum es geht und warum Sie mich angerufen haben. Guten Tag!«

»Herr Jørgensen!«, rief Sneijder rasch, ehe der Mann die Verbindung unterbrechen konnte. »Wir wissen beide, dass Sie Kontakt zur deutschen Botschafterin hatten. Und das weiß mittlerweile auch die norwegische Kripo. Die wird demnächst bei Ihnen auftauchen. Wäre es da nicht vorteilhaft für Sie, wenn wir uns vorher unterhalten würden?«

»Ich wüsste nicht, was Sie mir zu sagen hätten.«

»Es geht um den Inhalt des Safes in Katharina von Thuns Büro.«

Der Mann dachte anscheinend nach. »Kommen Sie heute Abend um 21 Uhr nach Tønsberg. Wir treffen uns im *Nordlys*. Ich finde Sie, aber unser Gespräch wird nicht länger als zehn Minuten dauern, das verspreche ich Ihnen.«

»Einverstanden. Ich …«

Sabine hörte, dass der Mann die Verbindung beendet hatte. Mit ihrem eigenen Handy fand sie heraus, dass es sich beim *Nordlys* um eine Bar in Tønsberg handelte.

Sneijder speicherte die Nummer, die höchstwahrscheinlich Haakon Jørgensen gehörte, in sein eigenes Handy. »Ist doch prima gelaufen.«

»Dorthin sind es über eineinhalb Stunden mit dem Auto«, gab Cora zu bedenken.

»Ich habe keinen Führerschein. Nemez fährt mich.«

Du hast sehr wohl einen Führerschein, dachte sie bitter. Aber Sneijder war zu bequem, um selbst zu fahren, darum ließ er sich mit dieser Ausrede überallhin kutschieren. »Okay«, murmelte sie nur, da es keinen Sinn hatte, mit ihm darüber zu streiten.

»Gulbrandsen hat Ihnen verboten, das Hotel zu verlassen«, erinnerte Cora ihn.

»Kommen Sie«, rief Sneijder. »Sie glauben doch nicht wirklich, dass ich mir von jemandem wie Gulbrandsen etwas vorschreiben lasse?«

»Wer ist dieser Gulbrandsen eigentlich?«, fragte Krzysztof.

»Den brauchst du nicht zu kennen, völlig unwichtig.«

»Jørgensen wird Sie in Tønsberg kalt abspeisen«, versuchte Cora erneut, Sneijders Tatendrang zu bremsen.

»Nicht, wenn Nemez und ich vorbereitet sind. Wenn man seinen Gegner kennt, kann man ihn kontrollieren. Deshalb muss ich alles über Haakon wissen, was wir in Erfahrung bringen können.«

»Wir wissen bereits alles, was es zu wissen gibt, von Gulbrandsen, der Europol-Akte und den Medien«, seufzte Cora.

»Das ist nicht viel. Er hat immerhin mal mit Waffen und Drogen gedealt. Hat der BND auch eine Akte über ihn?«

»Nein.«

»Und da sind Sie ganz sicher?«, hakte Sneijder nach.

»Ja. Und selbst wenn es so wäre, stünde dort nichts drin, was wir nicht schon wissen.«

Während Cora immer noch versuchte, Sneijder von dieser Reise abzubringen, hatte sich Marc sein Notebook wieder geschnappt und tippte nun hastig auf der Tastatur herum.

»Sie brauchen sich nicht auch noch in die BND-Datenbank hacken!«, fuhr Cora ihn an.

Marc blieb ganz ruhig. »Keine Sorge …«, sagte er ohne aufzusehen. »… Sie haben recht, da steht nicht besonders viel drin.«

Coras Mund klappte auf.

»Allerdings hätte ich darüber hinaus noch ein paar andere Dinge gefunden«, redete Marc weiter. »Hier zum Beispiel ist die aktuelle Ausgabe einer Tierheim-Zeitschrift.« Er klickte eine Funktion mit der Maus an, woraufhin sein Computer die Überschrift des Artikels übersetzte und mit einer roboterhaft klingenden Stimme wiedergab. *»Haakon Jørgensen holt zwei Hunde aus dem Tierheim in Tønsberg.«* Marc drehte das Notebook in ihre Richtung. »Sieht nach zwei American Pit Bull Terriern aus. Sind vermutlich gerade mal ein Jahr alt. Neben dem Foto ist ein kurzes Interview.«

Cora kniff die Augen zusammen, um den Text besser lesen zu können. *»Nachdem es vor einigen Tagen einen Mordanschlag auf mich gegeben und die Polizei nicht viel für meine Sicherheit unternommen hat«*, las sie vor, *»habe ich mich für diese beiden Tiere entschieden. Ich denke, das ist der beste Schutz.«* Neben dem Interview befand sich ein Foto der Heimleiterin und des lachenden Haakon Jørgensen, der einen der Hunde im Arm hielt und sich das Gesicht lecken ließ, während der andere an seinem Schuh kaute.

Sabine warf einen gründlicheren Blick auf das Foto. Haakon war etwa fünfundvierzig, schlank, gut trainiert, sah jedoch mit den vermutlich weiß gebleichten Haaren, der weißen Haut und den roten Augen wie ein Albino aus. Oder war das bloß die Reflexion des Blitzlichts?

»Die Ausgabe ist eine Woche alt«, erklärte Marc.

Sneijder nahm einen Joint aus der Schachtel und roch am Tabak. »Das ist es«, murmelte er und versank in ein Selbstgespräch. »Dieser Artikel ist unser aller Eintrittskarte …«

»Unser aller?«, wiederholte Sabine.

Sneijder sah auf, sein Blick war wieder klar und fokussiert. Er schaute in die Runde. »Habt ihr schon im Hotel eingecheckt?«

»Natürlich«, antwortete Marc. Tina, Horowitz und Krzysztof nickten pflichtbewusst.

»*Niet goed!* Dann checkt wieder aus. Wir verlassen Oslo. Das gesamte Team fährt nach Tønsberg.« Er sah auf die Uhr. »Und zwar so schnell wie möglich. Marc, organisiere zwei große Limousinen, damit wir die Koffer und den Rollstuhl reinbekommen. Ich muss kurz telefonieren.«

Cora schüttelte den Kopf und schluckte, die anderen räusperten sich.

»Das wird Gulbrandsen nicht gefallen«, stellte Sabine nun auch fest.

»Wir sind nicht hier, um Gulbrandsen zu gefallen«, entgegnete Sneijder, »sondern um zwei Morde aufzuklären.«

Knapp zwei Wochen zuvor

Samstag, 12. Mai

Alexander Jørgensen stand im Kaminzimmer und starrte in die Flammen. Die Geburtstagsfeier seines Bruders war vor einer Woche gewesen, und mittlerweile waren auch die letzten Gäste wieder abgereist. Nur er war geblieben. Auch jetzt war er mit Haakon allein im Raum. Der Däne schlich irgendwo draußen auf dem Grundstück herum, und Haakons andere Männer machten ihren nächtlichen Rundgang.

Die Nacht war mond- und sternenlos, hin und wieder drückte der Wind die Zweige der Weiden gegen das Fenster. Alexander riss sich vom Anblick der Flammen los. »Hast du dich schon entschieden, was du mit Astrid machst?«

Haakon saß in einem großen Sofasessel und rauchte eine Zigarre. »In unserer Familie lassen wir uns nicht von unseren Frauen scheiden … wir beerdigen sie.« Er paffte an der Zigarre. »Das war schon immer so, auch wenn es schmerzt.«

Alexander schluckte. »Nach so vielen Ehejahren? Sicher gab es doch auch schöne Zeiten.«

Haakon lachte freudlos auf. »Ja, sicher, aber willst du wissen, was Astrid und ich mittlerweile noch gemeinsam haben? Wir haben am selben Tag geheiratet … das ist auch schon alles.«

»Du würdest es nicht bereuen, sie loszuwerden?«

»Sie hat mich hintergangen.«

»So wie du sie!«

»Ich weiß.« Haakon verzog das Gesicht. »Auch wenn du mir das nicht glaubst, aber ich liebe sie immer noch. Trotzdem darf ich mein Gesicht nicht verlieren.«

Jemand wie Haakon wurde nicht betrogen. Und falls doch, musste er ein Exempel statuieren. Bei dem Gedanken zog sich Alexanders Magen zusammen. Er versuchte, sich nichts anmerken zu lassen. »Und das Kind?«

Haakon starrte in die Glut der Zigarre. »Ein DNA-Test wird beweisen, dass das Kind nicht von mir ist.«

Und zeigen, dass die DNA trotzdem verdächtig identisch ist. »Astrid könnte misstrauisch werden, wenn du einen Test verlangst.«

»Ich konnte mich noch nie gut verstellen, und Astrid ist nicht dumm. Ich denke, sie ahnt schon längst etwas von meinem Verdacht.« Haakon sah auf. »Du warst einige Tage weg. Hast du schon etwas herausgefunden?«

Alexander nickte. »Ich komme gerade aus Fredrikstad. Hab mich dort ein wenig umgehört.« Die Stadt lag zwar gerade mal dreißig Kilometer Luftlinie auf der anderen Seite des Fjords, doch mit dem Wagen war es trotzdem eine Fahrt von nahezu zwei Stunden, selbst wenn man die kürzeste Strecke mit der Horten-Moss-Fähre nahm.

»Fredrikstad«, wiederholte Haakon etwas angepisst. »Jetzt sag bloß, du warst bei Lars Frey?«

Alexander nickte. Er wusste, der Mann war ein rotes Tuch für seinen Bruder. Haakon hatte keine großen Rivalen, doch viel Kleinvieh machte auch Mist, und Lars Frey war eine jener lästigen Schmeißfliegen, die Haakons Geschäfte konsequent sabotierten und dabei immer einflussreicher wurden.

»Und was erzählt man sich so auf der anderen Seite?«

»Das wird dir nicht gefallen«, sagte Alexander. »Ich habe gehört, dass Astrid sich mit Frey getroffen hat.«

Haakon zog eine Augenbraue hoch. »Tatsächlich. Und?«

»Anscheinend hat sie ein Verhältnis mit ihm.«

»Blödsinn! Seine Frau ist kürzlich an Krebs gestorben.«

»Vor *drei Jahren*!«, korrigierte Alexander ihn. »Vielleicht ist das ja der Grund. Außerdem habe ich gehört, dass er Astrid ein Ausstiegsszenario angeboten hat. Er weiß, dass das Kind von ihm ist, und er hat ihr angeboten, bei ihm zu wohnen. Er würde sie beschützen – vor dir –, aber Astrid hat abgelehnt.«

»Woher weißt du das? Von Frey selbst?«

»Ich bitte dich! Der weiß genau, dass ich dein Bruder bin und würde mir nicht einmal die Uhrzeit verraten.« Alexander ging durch den Raum und blickte aus dem Fenster. Draußen herrschte absolute Dunkelheit, bloß eine Taschenlampe blitzte auf. »Ich habe Astrids Handy geklont, ihre Anrufe überprüft und die Gespräche der letzten Tage abgehört.«

Haakon ballte die Faust, die Knöchel knackten, und seine Haut wurde noch weißer als sonst. »Lars Frey.« Er griff zum Funkgerät.

»Mach jetzt nichts Unüberlegtes«, warnte Alexander ihn. »Lass uns darüber reden, wie wir die Sache am vernünftigsten klären können.«

»Vernünftig?«, wiederholte Haakon und schaltete das Funkgerät ein. »Däne, verdopple die Wachen am Haupttor und den Seitenausgängen.«

»*Haben wir etwas zu befürchten?*«, erklang die Stimme des Dänen aus dem Lautsprecher.

»Eine reine Sicherheitsvorkehrung«, antwortete Haakon. »Und postiere einen Mann vor Astrids Zimmer. Ich möchte über jeden ihrer Schritte informiert werden.«

»*Verstanden.*«

»Haakon, sie wird nicht abhauen«, redete Alexander auf ihn ein, doch Haakon legte das Funkgerät weg und paffte an der Zigarre. »Das wissen wir nicht.«

Alexander seufzte. »Wie du meinst. Es war ein langer Tag, ich gehe zu Bett.«

»Trinken wir noch ein Glas.«

»Nicht heute. Und du solltest auch nochmal darüber schlafen, bevor du etwas Unüberlegtes tust. Gute Nacht.« Er ging zur Tür.

»Alex!«, rief Haakon ihm nach.

Alexander blieb stehen und drehte sich um. »Was?«

»Hat Astrid auch etwas über mich gesagt? Ich meine … zu Frey?«

Alexander zögerte, presste die Lippen aufeinander, dann sagte er es doch. »Sie liebt dich immer noch … das weißt du … aber sie hat Angst vor dir. Anscheinend nicht unbegründet, wenn du mich fragst. Und vergiss nicht: Eine Mutter würde alles tun und in Kauf nehmen, um ihr Kind zu schützen.« Er wandte sich ab. »Bis morgen.«

Alexander verließ die Villa und lief an der Hausmauer entlang zur Rückseite des Gebäudes. Dort presste er sich an die Wand und drückte sich so weit an der Fassade entlang, bis er das Fenster zum Kaminzimmer erreichte. Licht, nur unterbrochen vom Schatten des Fensterkreuzes, fiel durch das Glas ins Freie. Der Rasen vor ihm glänzte feucht. Alexander spähte hinein. Sein Bruder saß immer noch in dem Sofasessel, rauchte und dachte anscheinend über ihr Gespräch nach.

Du hast die Wachen verdoppelt. Perfekt! Bruder, du bist so berechenbar …

Alles hatte wie am Schnürchen geklappt. Alexander öffnete sein Sakko und griff nach hinten in den Hosenbund, wo die Heckler & Koch steckte. Er holte die Waffe hervor und lud sie ganz vorsichtig durch, um kein Geräusch zu verursachen. Dann entfernte er sich mit ganz langsamen Schritten wie in Zeitlupe von der Hausmauer. Jede seiner Bewegungen erfolgte im Schneckentempo, um nicht den Bewegungsmelder zu aktivieren, der automatisch die Beleuchtung an der Rückseite des Hauses einschalten würde. Normalerweise hätte das nicht funktioniert. Aber er hatte das Gerät letzte Nacht anders eingestellt, damit es langsamer reagierte, und danach seine Fingerabdrücke abgewischt.

Jetzt trug er Schuhe, die zwei Nummern zu klein waren, damit er nicht seine eigenen Fußabdrücke im feuchten Gras hinterließ. Haakon war es nicht aufgefallen; der hatte im Moment ganz andere Sorgen.

Außerdem hatte sich Alexander nach einem Blick in seine Wetter-App für diese Nacht entschieden, die einen bewölkten, mond- und sternenlosen Himmel versprach. Nichts durfte schiefgehen. Es musste einfach klappen. *Du hast nur diese eine Chance.*

Als Alexander nun drei Meter vom Fenster entfernt stand, hob er langsam den Arm und zielte mit der Heckler & Koch durch das Fenster auf den Kopf seines Bruders. Die Seriennummer der Waffe hatte er zuvor abgefeilt. Sein Atem ging ruhig, sein Arm zitterte nicht. Die Situation erinnerte ihn an seine Zeit als Leibwächter.

Noch einmal versicherte er sich, dass es bis auf den Ruf einer Nachteule kein Geräusch in seiner unmittelbaren Umgebung gab. *Niemand in der Nähe.* Er zielte, atmete tief ein, danach langsam aus und krümmte dabei den Finger um den Abzug.

Jetzt!

Er drückte ab. Gleichzeitig hörte er das dumpfe Klingeln eines Handys. Der Schuss krachte. Sein Bruder bewegte den Oberkörper zur Seite, die Scheibe splitterte und die Kugel streifte Haakons Wange.

Scheiße!

Alexander schoss ein zweites Mal, diesmal zersplitterte ein Lampenschirm aus Porzellan. Das dritte Projektil fuhr in die Rückenlehne des Sofasessels und zerfetzte den Stoff. Haakon hatte sich bereits zu Boden geworfen. Federn stoben auf wie bei einer Kissenschlacht. Alexanders Ohren waren schon so taub, dass er den vierten Knall nur noch dumpf wahrnahm.

Im nächsten Moment wurde die Tür zum Kaminzimmer aufgerissen und der Däne stürmte mit gezogener Waffe hinein.

Fuck!

Alexander sprang mit zwei Sätzen neben das Fenster und presste sich mit dem Rücken an die Mauer. Die Außenbeleuchtung ging an. Sein Herz pochte bis zum Hals. *Erledige es oder hau ab!*

»Dort draußen ist einer! Ich hab ihn gesehen!«, rief Haakon.

Alexander drückte sich zwischen den Hecken durch und lief an der Hauswand entlang in Richtung Carport. *Du hast es verkackt!* Seine Hände zitterten, seine Knie waren weich. Am liebsten wäre er ins Haus gestürmt und hätte seinen Bruder aus nächster Nähe mit einem Kopfschuss hingerichtet, doch zuvor hätte er den Dänen erledigen müssen – und er ahnte, wie *das* ausgegangen wäre. Ganz sicher hätte der Däne vorher *ihn* kaltgemacht.

Verfluchter Mist!

Keuchend erreichte Alex seinen Wagen. Er hatte ihn abseits der anderen Autos so geparkt, dass er im Schatten einer hohen Eiche stand. Rasch öffnete er den Kofferraum. Im spärlichen Licht sah er den Mann, der geknebelt und gefesselt in Embryonalstellung im Fond des Wagens lag. Im schwarzen Anzug, mit Socken, ohne Schuhe.

Alexander schlüpfte aus den viel zu engen Schuhen und streifte sie dem Mann über. Dann nahm er seine eigenen Schuhe aus dem Kofferraum und zog sie an. Anschließend löste er die Mundknebel des Mannes, und noch bevor der gierig nach Luft schnappen konnte, schlug er ihm mehrmals ins Gesicht. Der Mann konnte die Arme nicht hochreißen und stöhnte nur auf. Alexander löste seine Hand- und Fußfesseln – ein mit Schaumstoff umwickeltes Seil, damit es keine Schürfspuren hinterließ – und warf die Fesseln achtlos in den Kofferraum. Dann zerrte er den Mann heraus.

Der versuchte, sich jetzt zu wehren, doch Alexander schlug ihm mit dem Knauf der Waffe gegen die Schläfe, ein weiteres Mal ins Gesicht und mit der linken Hand in die Magengrube. Keuchend ging er zu Boden.

»Steh auf!«, zischte Alexander.

Während der Mann versuchte, sich aufzurappeln, schlug Alexander den Kofferraumdeckel zu und sperrte seinen Wagen ab. Dann presste er den Mann mit seinem eigenen Körper gegen den Wagen, drückte ihm die Waffe in die Hand, packte sein Handgelenk, richtete den Lauf in den Himmel und drückte einmal ab. Der Knall betäubte ein weiteres Mal seine Ohren.

»Was zum Teufel ... soll das?«, hörte er dumpf das Keuchen des Mannes.

»Halt's Maul!« Alex schlug ihm mit der Handkante die Waffe aus der Hand, die einige Meter weit entfernt im Kies landete.

»Sie haben mir das Gelenk gebroch...«

Alexander schlug ihm ein weiteres Mal in den Magen, sodass er nun endgültig zusammenklappte. Vor dem Haus war bereits das laute Rufen mehrerer Männer zu hören. Mittlerweile war auch schon die Außenbeleuchtung an allen Ecken eingeschaltet worden. Er musste sich beeilen.

Alexander zog sein Taschenmesser aus der Hosentasche und ließ die Klinge mit einem Schnappen ausfahren. »Tut mir leid, Mann«, sagte er und wollte bereits zustechen. Doch in diesem Moment traf ihn der Strahl einer Taschenlampe.

Scheiße! Rasch ließ er das Messer verschwinden und blinzelte ins Licht. »Ich hab ihn!«, rief er, packte den Mann am Handgelenk und zerrte ihn vom Auto weg über die Wiese in Richtung Haus. Von dort kam jetzt der Däne auf ihn zugelaufen, die Taschenlampe in der Hand und gefolgt von zwei weiteren Männern. Alexander richtete seinen Gefangenen auf und trieb ihn mit groben Stößen vor sich her.

»Ich hab den Dreckskerl«, presste Alexander erneut hervor. Der Däne erreichte sie beide, klemmte die Taschenlampe an seinen Gürtel und nahm ihm den Mann mit einem professionellen Griff ab, indem er ihm den Arm auf den Rücken bog und sein Handgelenk fixierte. Der Kerl kreischte vor Schmerzen auf.

»Die Waffe muss irgendwo dort hinten bei den Autos liegen«, keuchte Alexander und stützte sich schnaufend auf die Oberschenkel. Mittlerweile umringten die anderen ihn. Auch Haakon war darunter. Seine Wange blutete stark. Abgesehen davon war er kaum verletzt.

Nun kam auch Astrid im Nachthemd aus dem Haus gelaufen, trotz der Bemühungen ihres Aufpassers, sie daran zu hindern.

»Wer ist das?«, rief Haakon.

»Keine Ahnung …«, keuchte Alexander, »… ich habe die Schüsse gehört, bin rausgelaufen und habe ihn erwischt, wie er ein Auto aufbrechen wollte.«

Der Däne zwang den Mann auf die Knie. »Ich weiß nicht, was das soll …«, presste der unter Schmerzen hervor.

»Dann werde ich deinem Gedächtnis auf die Sprünge helfen!« Haakon holte aus und trat dem Mann so kraftvoll in die Rippen, dass der mit einem lauten Knacken stöhnend zu Boden ging.

Alexander sah kurz zu Astrid. Mit vor Schreck geweiteten Augen starrte sie ihn an. *Es ist schiefgegangen!*, schien ihr panischer Blick zu sagen. *Was jetzt?*

»Hör auf!«, sagte Alexander zu seinem Bruder. »Ich bringe das Schwein zum Reden.«

5. TEIL

TØNSBERG

Freitag, 25. Mai

Abend

32. Kapitel

Am frühen Abend hielten zwei schwarze SUVs hintereinander vor dem Hotel. Cora hatte die beiden Mietwagen über die Rezeption organisiert. Das Personal des Hotels brachte ihr aller Gepäck heraus, wobei Sneijders Schrankkoffer die größte Herausforderung darstellte. Was musste dieser Mann auch immer mit so viel Kleidung verreisen?

Sabine machte ihre Dienstreisen lieber mit leichtem Gepäck. Das hatte sie mit Marc gemeinsam, der eigentlich nur einen Wanderrucksack mit Hose, Pullover, Jacke, Laptop, Unterwäsche und drei T-Shirts brauchte – jeweils eins mit Star-Wars-, Akte-X- und Doctor-Who-Aufdruck, dann war er zufrieden. Wobei er eigentlich ohnehin immer glückselig war, wenn er an Sneijders Seite ermitteln durfte. Insgeheim wusste sie, dass er diesen Mann zutiefst bewunderte und vermutlich alles für ihn tun würde. Einer seiner Wahlsprüche lautete: *Wenn du effizient sein willst, musst du mit effizienten Menschen zusammenarbeiten.* Bei Sneijder war das garantiert der Fall. Anders als Marc war Sabine jedoch der Überzeugung, dass Sneijders rücksichtslose Herangehensweise eines Tages garantiert mal fatal scheitern würde. Sie hoffte, dass das nicht ausgerechnet bei diesem Fall passieren würde. Und wenn, dass sie dann zumindest in der Nähe war, um das Gröbste geradebiegen zu können.

»Ich hoffe, Sie beehren uns bald wieder«, sagte der Manager des Hotels, der sie zu den Wagen begleitet hatte, auf Englisch.

»Falls ja, habe ich etwas falsch gemacht«, antwortete Sneijder frei heraus. Dass der Manager nur Bahnhof verstand, war ihm sichtlich egal. Sneijder hatte einen Kopfhörerstöpsel im Ohr und telefonierte nebenbei. Währenddessen bedeutete er Sabine mit einer Geste, dass sie sich alle beeilen sollten.

Einige Minuten später waren endlich alle Koffer und Taschen verstaut. Im hinteren Wagen fuhren Tina, Krzysztof und Horowitz mit dessen Rollstuhl und dem meisten Gepäck im Fond. Im vorderen Wagen Sabine, Marc, Sneijder und Cora. Sneijder setzte sich mit seinem Laptop auf den Beifahrersitz, tippte abwechselnd E-Mails und schrieb SMS mit dem Handy. So geschäftig hatte Sabine ihn schon lange nicht mehr erlebt. Sie selbst saß am Steuer und gab die Adresse des *Nordlys'* ins Navi ein. *106 Kilometer, fünfundneunzig Minuten, wenige Baustellen.* Sie fuhr los. Der SUV hatte eine Automatikschaltung, jede Menge PS unter der Haube und roch nach geschäumtem Teppich und frischem Leder.

»Ho, ho!«, rief Marc von hinten. »Ich möchte lebend in Tønsberg ankommen!«

»Du kannst gern in den anderen Wagen wechseln.« Sabine blickte in den Rückspiegel. Tinas SUV hing dicht an ihnen dran.

»Danke, aber Tina fährt vermutlich auch nicht wesentlich langsamer«, murrte Marc.

Diese IT-Typen sind einfach nicht für den Außendienst gemacht.

Sneijder blickte kurz auf. »Geben Sie ruhig Gas, Nemez! Wir haben es eilig.« Dann versenkte er sich wieder in seine Kommunikation.

Sag ich doch!

»Du weißt aber schon, dass Sabine kürzlich ihren eigenen Wagen zu Schrott gefahren hat«, tönte Marcs Stimme nach vorn.

Für Sabine klang es immer noch ungewohnt, dass die beiden per du waren. »Ja, weil *du* mir ins Lenkrad gegriffen hast«, erinnerte sie ihn.

»In Norwegen gibt es strenge Strafen fürs Zuschnellfahren«, mischte sich nun auch Cora in das Gespräch ein.

Sabine schielte zu Sneijder. »Die zahlt der BND«, entgegnete der trocken.

Also trat Sabine das Gaspedal durch und lenkte den Wagen auf die Ausfahrtsstraße, die sie aus Oslo raus und nach Süden bringen würde. Wie sie sich das gedacht hatte, klebte Tina weiterhin an ihr dran. Auch in ihrer Liebe fürs schnelle Autofahren waren sie sich ähnlich.

»Sind Sie sicher, dass Sie mit Marc zusammenziehen wollen?«, fragte Sneijder schließlich, nachdem Marc noch einen weiteren Kommentar von sich gegeben hatte.

»Wollen *Sie* mit ihm zusammenziehen?«, entgegnete sie. »Möglicherweise ist er bald wieder zu haben.«

»Danke, zu jung für mich. Aber Sie sollten sich das auch noch einmal überlegen, mir scheint, ihm fehlt das Vertrauen in Ihre Fahrkünste.«

»Ich sitze hinten und kann alles hören!«, rief Marc. »Gestern habe ich übrigens die Anzahlung für die Wohnung überwiesen. Ich konnte noch drei Prozent Rabatt raushandeln.«

»Danke, Schatz.« Sie lächelte in den Rückspiegel. »Dann bleibt dir mehr Geld für das neue TV-Gerät.« Sie sah, wie Marc grinste. Wenn es nach ihm ginge, hätten sie sowieso das größte Ding gekauft, das auf dem Markt zu haben war, mit Dolby-Surround und allem sonstigen Schnickschnack, damit er seine Star-Wars-Folgen in 4K sehen konnte. Aber dafür war ihr Wohnzimmer zu klein.

Nach einer Viertelstunde waren sie aus Oslo raus und fuhren über die Autobahn nach Süden. Obwohl das Wetter schon in Oslo nicht gerade brillant gewesen war, schienen sie jetzt erst recht in eine Schlechtwetterzone zu geraten. Es wurde immer dunkler, die Scheinwerfer des Wagens schalteten sich automatisch ein, und auch die Scheibenwischer aktivierten sich.

»Das Wetter im Fjord ist unberechenbar«, kommentierte Cora.

»Die Norweger reden gern davon, dass sie vier Jahreszeiten pro Tag haben.«

»Gehört das alles noch zum Oslofjord?«, fragte Sabine.

Cora, die hinter ihr saß, lehnte sich nach vorn. »Das und noch viel mehr. Er reicht über hundertfünfzehn Kilometer nach Süden. In dieser Gegend lebt ein Viertel aller Norweger.«

Sabine reckte den Hals, sah aber nicht viel.

»Von der Autobahn aus sehen Sie das nicht, aber an den Küsten ist tatsächlich jedes Fleckchen ausgenutzt. Selbst auf den entlegensten Felsen steht ein Bootshaus mit einem Steg und einem Kanu oder einer Minijacht. Scheint so, als hätte hier jeder ein Boot.«

»Woher wissen Sie eigentlich so viel über diese Gegend?«

»Ich bin die Skandinavien-Expertin beim BND«, erinnerte Cora sie.

»Das wissen wir …«, Sabine sah in den Rückspiegel, »… aber allein daran kann es doch nicht liegen?«

Cora gab keine Antwort.

»Hängt das vielleicht mit Ihrem Ex-Mann zusammen?«, vermutete Marc.

Sabine blickte nach hinten. »Sie waren verheiratet?«

Coras Augenlid zuckte. Dann warf sie Marc einen vorwurfsvollen Blick zu. »Haben Sie etwa auch *meine* Akte gehackt?«

Er hob die Schultern. »Ich arbeite beim BKA. Was haben Sie erwartet? Dass ich die Leute nicht durchleuchte, mit denen wir zusammenarbeiten?«

»Hätte ich mir denken können. Ja, ich war mit einem Schiffsbauer aus Bergen verheiratet«, seufzte Cora. »Aber er nahm es mit der Treue nicht so ernst. Mehr gibt es darüber nicht zu erzählen. Danach wechselte ich zum BND in die Abteilung für Skandinavien.«

»Kinder?«, fragte Sabine.

Cora presste die Lippen aufeinander. »Wenn es Ihnen recht ist, würde ich die Fragestunde jetzt gern beenden.«

Den Rest der Fahrt schwiegen sie. Sabine fuhr an mehreren kleinen Ortschaften vorbei, in denen sich moderne Architektur mit senffarbenen Holzhäusern und vielen Bauernhöfen abwechselte, aber sonst war die Gegend, die man von der Autobahn sehen konnte, eher unspektakulär. Auf halber Strecke kamen sie an der Abfahrt nach Selvik vorbei. Hier lag Katharina von Thuns Sommerhäuschen. Sneijder sah kurz von seiner Arbeit auf, danach vertiefte er sich wieder in seinen Laptop.

Erst als sie gegen Viertel nach acht in Tønsberg ankamen, ergriff Marc das Wort. »Ich habe im Internet ein Hotel gefunden, in dem noch Zimmer frei sind. Das *Longyearbyen Grill* … Klingt irgendwie nach Spitzbergen und hohem Norden.« Er grinste. »Ein Drei-Sterne-Hotel. Dort könnten wir …«

»Später«, unterbrach Sneijder ihn. »Das geht sich jetzt nicht aus. Wir fahren direkt zum *Nordlys*.«

Alles klar. Dafür, dass es schon so spät war, war es noch ziemlich hell, was einen guten Blick auf die Stadt erlaubte. Soviel Sabine bisher gesehen hatte, wurde Tønsberg von mehreren Seitenarmen eines Fjords zerteilt und verfügte dementsprechend über zahlreiche Holzstege, eine moderne gebogene Fußgängerbrücke, die die beiden großen Stadtteile miteinander verband, sowie eine große Autobrücke, die hochklappte, damit Schiffe durchfahren konnten. Direkt am Ufer des Fjords lagen viele Boote, was genau so malerisch aussah wie der altertümlich aussehende Steinturm, der auf dem Schlossberg thronte.

»Tønsberg ist seinerzeit von Wikingern gegründet worden«, erklärte Cora. »Es ist die älteste Stadt Norwegens.«

»Faszinierend«, kommentierte Sneijder schroff, woraufhin Cora sofort verstummte.

Sabine lenkte den Wagen durch einige schmale Gassen und

machte sich dann auch schon in der Nähe der Brygga, der langen Strand- und Hafenpromenade, auf die Suche nach einem Parkplatz, der genug Platz für ihre beiden SUVs bot. Sie fand einen bei den Bootsanlegestellen. Von hier aus war das *Nordlys* nur fünf Minuten zu Fuß entfernt, und ihnen blieb noch genug Zeit bis zu ihrem Treffen mit Haakon.

»Ich ziehe mich noch rasch um«, sagte Sabine, nachdem sie alle ausgestiegen waren, den Rollstuhl für Horowitz herausgehoben und ihm hineingeholfen hatten.

Sneijder blickte auf seine Armbanduhr. »Machen Sie schnell. Wir treffen uns in einer Viertelstunde im *Nordlys*.«

»Waffen?«, fragte Tina.

Sneijder sah sie an, als zweifelte er daran, ob sie diese Frage tatsächlich ernst meinte. Schließlich klopfte er auf sein Schulterholster. »Ist es kalt am Nordpol, Martinelli?«

Sabine nickte Tina zu, diese erwiderte den Blick. »Ich ziehe mich auch noch um. Wir sind in zehn Minuten im Lokal.« Sie kramte ihren Koffer zwischen den anderen Gepäckstücken hervor.

»Braucht ihr Hilfe beim Schminken, Ladys?«, fragte Krzysztof.

»Bestimmt nicht«, antwortete Tina schroff. Sie sah zu Sabine und verdrehte die Augen. *Ich musste neunzig Minuten lang Krzysztofs Witze im Wagen ertragen*, schien ihr Gesichtsausdruck zu sagen.

Du Arme! Auch Sabine holte ihren Trolley aus dem Kofferraum, öffnete ihn und suchte nach Stöckelschuhen und ihrem schicken Blazer. Die anderen waren inzwischen losgegangen.

Sabine blickte kurz zu Tina. Sie trug die gleiche schwarze Hose und weiße Bluse wie sie. »Partnerlook?«

Tina grinste. »Sicher.«

»Ich glaube, Krzysztof steht auf dich«, murmelte Sabine, nachdem die anderen weit genug weg waren.

»Das glaube ich nicht nur, ich *weiß* es«, murrte Tina. »Du hast es gut, Marc ist ein reiner Glücksgriff.«

»Wenn man auf Pokémon GO, Raumschiff Enterprise und Akte X steht«, sagte Sabine.

»Tatsächlich? Akte X?«

»Ja, er kennt alle Folgen auswendig.«

»Und Pokémon GO? Ist er nicht schon ein wenig zu alt dafür?« Tina lachte. »Na ja, wenigstens ist er jung im Geist. Krzysztof ist in jeder Beziehung doppelt so alt wie Marc.«

»Aber sicherlich trainierter und fitter. Der macht doch ständig Liegestütze und Sit-ups.«

»Ja dann – wow!« Tina verzog den Mund. »Ich hätte es nicht besser treffen können.«

Fünf Minuten später verstauten sie ihr Gepäck wieder im Wagen. Sie trugen jetzt beide einen eng geschnittenen dunklen Hosenanzug, hochhackige Schuhe und weiße Blusen mit breitem Kragen unter einem dunklen Blazer. Reiner Zufall war dieser Partnerlook allerdings nicht. Es war das Outfit, das sie sich anlässlich der bestandenen Ausbildung an der BKA-Akademie zur Abschlussfeier in der Rhein-Main-Halle in Wiesbaden zugelegt hatten und seitdem bei jedem wichtigen und offiziellen Anlass trugen. Und das den Vorteil hatte, dass man unter dem Blazer die Glock nicht sah.

Tina steckte ihre Waffe ins Holster. »Bereit, *Agent Scully*?«, fragte sie mit einem Augenzwinkern.

Sabine nickte. »Klar doch, *Agent Mulder*.«

33. Kapitel

Nach einem zügigen Fußmarsch erreichten sie endlich das *Nordlys*. Ein Lokal in dunkelblauen Tönen mit einer bunten Neonleuchtreklame, die tatsächlich wie ein Nordlicht aussah. Da das *Nordlys* direkt am Wasser lag, fiel das Licht bis zum Holzsteg und schimmerte sogar noch auf den Wellen. In dieser Bucht waren sie so eisblau wie der Himmel. Enten tummelten sich in Ufernähe, und am Steg, der zum Lokal gehörte, lagen einige Motorboote vertäut. Anscheinend schien das Publikum von überallher zu kommen.

Ein bulliger Türsteher mit geflochtenem blondem Wikingerbart musterte sie skeptisch von oben bis unten, dann winkte er sie hinein, ohne eine Miene zu verziehen, obwohl ein Schild neben der Tür – wenn Sabine es richtig übersetzte – einen Eintritt von dreihundert Kronen vorschrieb. Anscheinend galt das nicht für jeden. Tina zwinkerte ihr zu. *Unser Outfit hat sich schon bezahlt gemacht.*

Sie traten ein und gingen an der Garderobe vorbei einen Korridor entlang. Eine dumpfe, von Bässen gesättigte Musik wurde immer lauter. Am Ende des Korridors wurde eine leicht offen stehende Doppelflügeltür von einem weiteren Türsteher bewacht. Dahinter lag das eigentliche Lokal. Eine Live-Band spielte ziemlich lautstark skandinavische Rockmusik, deren Texte sie nicht verstanden. Buntes Laserlicht zuckte durch den Raum. Hier war fast alles aus Holz: der Boden, die lang gezogene Theke, die Tische, Stühle und die Bühne – Balken an der Decke und mehrere Holzpfosten als Raumteiler. Trotzdem wirkte es wegen der vielen

Spiegel, des bunten Lichts, der Leuchtreklamen und der Videowall einigermaßen modern. Eine interessante Mischung aus alter und neuer Welt.

Tina hatte die anderen entdeckt und ging auf einen großen ovalen Tisch zu, der sich weit abseits der Band befand. Auf dem Tisch standen bereits Getränke. Ein zarter Hauch von Vanille schlug Sabine entgegen. Sneijder saß auf seinem Stuhl, starrte auf den Tisch vor sich und drehte an einer Akupunkturnadel, die er sich in den Handrücken gestochen hatte. Anscheinend bereitete er sich geistig schon auf das Gespräch mit Haakon Jørgensen vor.

Als Tina und sie an den Tisch traten, bemerkte Krzysztof sie als Erster und riss die Augen auf. »Meine Herren, die beiden haben sich tatsächlich herausgeputzt! So wie ihr ausseht, hat euch der Kerl vor der Tür garantiert keinen Eintritt abgeknöpft, sondern noch einen Hunderter draufgelegt.«

Hätte mich auch gewundert, wenn du mal keinen sexistischen Spruch vom Stapel lässt!

»Und dir hat er wegen deiner Visage sicherlich das Doppelte abgenommen«, konterte Tina, woraufhin Krzysztof den Mund hielt, aber dennoch grinste. Wenigstens konnte er nicht nur austeilen, sondern auch einstecken. Und es war nicht zu übersehen, dass er auf Tina stand, die mit ihren Tattoos, Piercings und dem Haircut gut in dieses Lokal passte.

Sie setzten sich und bestellten ebenfalls Getränke, Tina ein Bier und Sabine einen Longboat-Cocktail, der ganz nett klang. Danach beugte sich Sneijder über den Tisch, und alle steckten die Köpfe zusammen. »Was immer hier und heute passiert und was immer ich Haakon alles sage ...«, begann er laut genug, um die Musik zu übertönen, »... ich möchte, dass Sie sich alle zurückhalten und sich von nichts und niemandem provozieren lassen. Ich habe mich ein wenig über Haakon erkundigt – der Mann ist zwar kühl und überlegt und scheint in allem, was er tut, sehr kaltblütig und kontrolliert zu sein, aber dennoch neigt er manchmal zu brutaler Gewalt.« Er machte eine kurze Pause. »Da wir hier ohne offiziellen Auftrag angetanzt sind und uns noch dazu außerhalb Oslos befinden, ist es für uns ein privater Ausflug. Also haltet den Puls ruhig und die Füße still.«

Wie ungewöhnlich für Sneijder! Normalerweise war *er* derjenige, der aus der Reihe tanzte und andere provozierte. Jetzt auf einmal stieg er auf die Bremse und pfiff sie zurück, obwohl sie noch gar nichts getan hatten und nichts passiert war.

Ein Gemurmel, das wohl so etwas wie eine allgemeine Zustimmung bedeutete, ging durch die Runde. »Kein Problem«, sagte Horowitz schließlich, »wir überlassen dir das Reden.« Sogar Cora nickte zustimmend.

Sneijder blickte auf seine Armbanduhr. Es war bereits fünf Minuten nach der vereinbarten Zeit. Die Band machte eine kurze Pause, einige Gäste klatschten, dann begann der nächste Song. Krzysztofs Bein wippte im Takt, Sneijder ignorierte die Musik. Von Weitem sah Sabine, wie ein groß gewachsener und kräftig gebauter Mann mit dem Barkeeper sprach, auf ihren Tisch hingewiesen wurde, und danach auf sie zusteuerte.

Haakon Jørgensen sah sogar noch etwas erschreckender aus als auf dem Foto in der Tierzeitschrift. Noch blasser, die Haare extrem weiß, funkelnd rote Augen. Ein waschechter Albino. Er trug ein kurzärmeliges weißes Slim Fit-Hemd, die obersten Knöpfe standen offen. Seine Haut war weiß wie Schnee. Mit seinen definierten Unterarmmuskeln und dem breiten Brustkorb wirkte er wie ein Raubtier.

Und noch etwas fiel Sabine auf. *Er kommt allein.* Sie sah sich um, konnte jedoch niemanden entdecken, der sich dezent im Hintergrund hielt und Haakons Bewegungen beobachtete. Auch Sneijder sah sich unauffällig im Raum um. Anscheinend gingen ihm ähnliche Gedanken durch den Kopf, und an seinem Blick erkannte sie, dass auch er niemanden entdecken konnte.

Der Mann hielt vor ihrem Tisch und betrachtete die Runde. »Maarten S. Sneijder?«, fragte er.

Sneijder nickte. Er stellte sein Team auf Englisch vor, vergaß jedoch zu erwähnen, dass Majorin Cora Petersen für den BND arbeitete.

Haakon deutete gönnerhaft über den Tisch. »Die Drinks gehen auf mich«, sagte er auf Englisch.

»Wie großzügig, aber das ist nicht nötig«, widersprach Sneijder.

»Doch, doch, Sie sind meine Gäste«, sagte Haakon, »allerdings kann ich mir nur zehn Minuten für Sie Zeit nehmen. Ich habe heute noch einiges zu tun.« Er setzte sich gegenüber Sneijder auf den einzigen freien Stuhl.

»Das ist mir ganz recht, auch unsere Zeit ist knapp, außerdem hasse ich Smalltalk. Kommen wir also gleich zur Sache«, schlug Sneijder vor. »Wie Sie bereits wissen, wurden Katharina von Thun und ihr Sicherheitschef ermordet. Warum haben Sie im letzten Jahr elfmal mit ihr telefoniert?«

Haakon beugte sich nach vorn über den Tisch und verschränkte dabei die Finger. Auf seinen Handrücken waren rote, bereits verheilte Striemen zu sehen. »Ich kenne weder diese Frau, noch habe ich mit ihr telefoniert.«

Sneijder griff in sein Sakko und holte von Thuns Seniorenhandy heraus. »Und doch haben Sie abgehoben, als ich auf die Wahlwiederholungstaste gedrückt habe. Ich schlage vor, dass Sie meine zehn Minuten nicht unnötig verschwenden und die Spielchen bleiben lassen.«

Haakons Augen funkelten. Auf seiner Wange erkannte Sabine eine langgezogene hässliche Wunde, die noch recht frisch schien, beim Mundwinkel begann und sich fast bis zum Ohr durchzog. Wie von einem Streifschuss. »Selbst wenn es so wäre und wir tatsächlich ein Gespräch miteinander geführt hätten … ginge Sie das nichts an.«

»Ich denke schon, denn die Frau war eine deutsche Staatsbürgerin und wurde in Ihrem Land ermordet.«

»Ich bezweifle, dass Sie in Norwegen ermitteln dürfen und hier auch nur den Funken einer Handlungsvollmacht haben.«

Sneijder zog die Akupunkturnadel aus dem Handrücken und ließ sie in sein Etui verschwinden. Indessen spielte die Band nach einer weiteren kurzen Pause einen neuen Song. Diesmal eine Coverversion von Guns N' Roses. »Herr Jørgensen, ich habe nur versucht, nett zu sein, um Ihnen eine Chance zu geben. Aber die haben Sie ausgeschlagen.« Sneijder lächelte gefährlich. »Meine Eingeweide sagen mir, dass Sie mit dem Mord an der deutschen Botschafterin zu tun haben – und die Tatsache, dass Sie mich sehen wollten, nachdem ich erwähnt habe, dass sich im Safe etwas Interessantes befindet, sagt mir, dass mein Bauchgefühl recht hat.«

»Ja, Sie haben diesen Safe am Telefon erwähnt. Und was haben Sie darin gefunden?«

»Sie haben Katharina von Thun erpresst. Ich weiß, womit. Nennen Sie mir den Grund!«

Haakon fixierte ihn. Entweder war er ein guter Schauspieler oder er hatte tatsächlich keine Ahnung, wovon Sneijder sprach. »Okay, auch Sie hatten Ihre Chance, und jetzt sage *ich* Ihnen etwas.« Haakon beugte sich nach vorn. »Sie sind Profiler und forensischer Kripopsychologe beim BKA. Die gibt es hier auch, genauso wie in vielen anderen Winkeln dieser Welt. Aber eines haben sie alle gemeinsam: Es gibt alte Profiler, und es gibt unvorsichtige Profiler, die den Mund zu voll nehmen. Aber es gibt keine alten *und* unvorsichtigen Profiler.«

»Ist das eine Drohung?«

»Nur ein gut gemeinter Ratschlag.«

»Anscheinend wissen Sie, wovon Sie reden, und sprechen aus Erfahrung.«

Haakon kniff die Augen zusammen. »Wie bitte?«

»Vor zwei Wochen fand ein Anschlag auf Sie statt.« Sneijder deutete auf Haakons Gesicht. »Stammt die Verletzung daher? Wenn ich richtig schätze der Streifschuss einer Kleinkaliberwaffe aus mittlerer Distanz.« Er rückte näher. »Ging der Schuss durch eine Scheibe? Sie haben einige leichte Splitterverletzungen im Gesicht, die ähnlich alt aussehen.«

Haakons Kiefer mahlten. »Sie scheinen gut zu sein in dem, was Sie tun.«

»Da verraten Sie mir nichts Neues«, seufzte Sneijder. »Ich weiß, dass Sie unser Mann sind.«

»Und ich behaupte das Gegenteil«, sagte Haakon. »Wer von uns beiden hat nun also recht?«

»Liegt das nicht auf der Hand?«, fragte Sneijder. »Einer von uns beiden ist klüger als Sie.«

An Krzysztofs Gesichtsausdruck sah Sabine, dass er eine Weile brauchte, bis er den Wortwitz verstanden hatte. Im Vergleich dazu hatte Haakon ihn gleich kapiert, denn er lächelte milde. »Guten Abend.« Er blickte auf die Armbanduhr und wollte sich bereits erheben.

»Ich habe noch zwei Minuten«, stoppte Sneijder ihn.

Haakon setzte sich wieder hin und breitete fragend die Arme aus. »Was?«

Das läuft ja wieder mal fürchterlich mies. Sabine sah sich im Lokal um. Kurz nach Haakons Erscheinen hatte eine Handvoll groß gewachsener Männer in Jeans und grauen Pullovern das Lokal betreten und sich an die Theke gesetzt. Jeder von den Kerlen trank ein großes Glas Bier, und Sabine war aufgefallen, dass sie während ihrer Unterhaltung miteinander immer öfter zu ihnen herüberstarrten. Dabei war ihr Anblick völlig uninteressant. *Möglicherweise hat Haakon ja doch ein paar Begleiter mitgenommen.*

Während die letzten zwei Minuten verstrichen und Haakon und Sneijder sich weiterhin ein sinnloses Wortduell auf Englisch lieferten, bemerkte Sabine, wie die Männer ihre Getränke mit einem letzten kräftigen Zug leerten und anschließend mit einem Tuch sowohl die Gläser als auch die Theke abwischten. Dann rutschten sie auf ihren Drehstühlen herum und starrten offen zu ihrem Tisch herüber. Zwei von ihnen standen auf und kamen langsam auf sie zu.

Fuck! Die haben ihre Fingerabdrücke weggewischt, dämmerte es Sabine. Hastig sah sie zum Ausgang. Die Doppelflügeltür war geschlossen, und vom Türsteher war nichts mehr zu sehen. Stattdessen standen dort zwei große Kerle mit derben Gesichtern, ebenfalls in Jeans und Pullovern, die anscheinend absichtlich den Ausgang versperrten. Sie tauschten kurze Blicke mit den Männern an der Bar aus. Insgesamt waren es also sieben Typen. Zwei beim Ausgang, drei an der Theke, und zwei kamen soeben auf sie zu.

»Sneijder«, zischte Sabine. »Hier gibt es gleich mächtig Ärger.«

Sneijder war so vertieft in das Gespräch mit Haakon, dass ihm das gar nicht aufgefallen war.

»Hab's auch schon bemerkt«, sagte Krzysztof mit einer beunruhigenden Ruhe in der Stimme. »Offenbar hat ein russischer Fischkutter mit ein paar finsteren Gestalten im Hafen angelegt.« Er rieb das Lederband an seinem Handgelenk und öffnete und schloss die Faust dabei. Es sah so aus, als wollte er sich aufwärmen.

Sneijder stoppte mitten im Satz und sah auf. Inzwischen standen die beiden Kerle an ihrem Tisch. Düster dreinblickende und breitschultrige Hünen im Rollkragenpullover.

»Wir möchten die hübschen Damen gern zum Tanzen auffordern«, sagte einer von ihnen in gebrochenem Englisch. »Und ein *Nein* wird in diesem Lokal nicht akzeptiert.«

34. Kapitel

Sabine schielte zu Haakon. Der hatte sich mit verschränkten Armen zurückgelehnt und betrachtete die ganze Szene gleichermaßen interessiert und amüsiert.

»Was ist nun?«, fragte einer der Männer ungeduldig, während der andere die Arme in die Hüften stemmte.

»*Nei, takk*«, antwortete Cora auf Norwegisch.

»Dann bleiben nur die beiden anderen Ladys übrig.« Die Männer starrten Tina und Sabine an.

»Ich kann nicht tanzen«, sagte Tina mit kaltem Gesichtsausdruck. Damit schien die Sache für sie erledigt zu sein. Trotzdem war ihre Hand unter den Tisch geglitten. Offenbar fummelte sie am Schnellverschluss ihres Holsters herum, doch Sneijder warf ihr einen warnenden Blick zu.

»Und ich *will* nicht tanzen«, fügte Sabine hinzu.

»Wir sagten doch, ein *Nein* wird nicht akzeptiert.«

»Ihr habt es gehört, die Damen wollen nicht tanzen«, sagte Horowitz in einem versöhnlichen Ton.

Die Männer betrachteten Horowitz' Rollstuhl. »Und wer bist du? Der Opa der beiden?«

»Vielleicht der Ehemann von einer der dreien?«, witzelte der zweite und starrte provokativ auf den Rollstuhl. »Du bist der beste Beweis dafür, dass deine Frau Humor hat.« Beide lachten schäbig. »Wir könnten ihr geben, was du nicht kannst.« Offensichtlich waren sie schon ziemlich betrunken. *Oder ist das alles nur gespielt? Haakons Männer würden sich wohl kaum vor einem Job besaufen.*

»So, wir haben jetzt genug gelacht«, murrte Krzysztof und

wollte sich bereits erheben, blickte jedoch vorher zu Sneijder, der fast unmerklich den Kopf schüttelte. Frustriert setzte sich Krzysztof wieder hin.

»Aha, die beiden gehören also zusammen, der Alte und die Kleine«, rief einer der Männer. »Wenn man sich so anschaut, wen manche Frauen heiraten, wird einem klar, wie sehr sie es hassen müssen, selbst Geld zu verdienen.«

Marc breitete die Arme aus. »Worauf soll das Ganze hinauslaufen?«, fragte er ruhig.

»Wer bist *du* denn?«, rief der größere der beiden. »Jetzt, wo ich dich sehe, fällt mir ein, ich muss daheim noch den Müll rausbringen.«

»Ich spendiere euch zwei Drinks an der Bar, einverstanden?«, sagte Sneijder nun.

»Wir wollen aber nichts mit *dir* trinken, du glatzköpfige Schwuchtel«, rülpste einer.

»Gute Entscheidung, ihr habt ohnehin schon zu viel getankt«, mischte sich nun auch Tina in das Gespräch, während Sneijder den letzten Kommentar selbstsicher von sich abprallen ließ.

»Vielleicht ist die Schwuchtel ja mit dem Typ im Rollstuhl zusammen? Was meinst du?«

»Ja, der kann sich nämlich nicht wehren«, gackerte der andere.

Sneijder verzog das Gesicht und blähte die Backen. *Das ist der schlechteste Schwulenwitz, den ich seit Langem gehört habe*, schien sein Blick zu sagen.

Wie überraschend ruhig er ist, dachte Sabine. Ihr Herzschlag hingegen raste wie wild. Auch Marc und Cora saßen mittlerweile ziemlich angespannt da. Sie würden sich bestimmt zurückhalten, weil sie wussten, was auf dem Spiel stand. Doch ein Blick zu Krzysztof zeigte ihr, dass der mittlerweile innerlich kochte und sicher nicht mehr lange untätig am Tisch sitzen bleiben würde, wenn die Beleidigungen gegen sie alle weitergingen.

Sneijder wandte sich von den Kerlen ab. »Lasst euch nicht provozieren«, sagte er nun eindringlich auf Deutsch zu ihnen. »Das wollen die nur.«

Sabine erhob sich. »Ich gehe auf die Toilette«, sagte sie, um das Ganze zu beenden.

»*Me too*«, schloss Tina sich ihr an und zwängte sich hinter dem Tisch hervor. Gemeinsam drängten sie sich an den Typen vorbei. Dabei stellte Sabine fest, dass die weder nach Fisch noch nach Tran stanken, sondern bestenfalls nach Rasierwasser rochen.

Also kein Fischkutter!

Auch konnte sie bis auf einen leichten Biergeruch keine Alkoholfahne wahrnehmen. Bestimmt war das alles hier von Haakon inszeniert worden, um sie einzuschüchtern.

Während die Band einen neuen Song spielte, marschierte Sabine mit Tina zügig in Richtung Toiletten. In einem der vielen Spiegel sah sie, wie sich die beiden Männer von ihrem Tisch lösten und ihnen folgten.

»Die kommen hinterher«, murrte Tina hinter zusammengebissenen Zähnen.

»Hab's gesehen«, stellte Sabine beunruhigt fest. Außerdem sah sie, wie Marc aufstehen wollte, Sneijder ihm jedoch die Hand auf den Arm legte. Dann liefen andere Gäste vorbei und Sabine sah ihren Tisch nicht mehr. Nur die beiden Kerle, die ihnen folgten.

Sabine und Tina bogen um die Ecke in einen Korridor, der von dunkelblauem Neonlicht beleuchtet wurde. Am Ende gab es zwei Türen, links und rechts, mit dem grellen Symbol für Männer und Frauen. Neben einem weiteren Spiegel stand in der Ecke ein Eimer mit einem Wischmopp. Daneben hing ein Feuerlöscher. *Verdammt, kein Notausgang!*

»Was jetzt?«, fragte Tina.

Sabine öffnete kurzerhand die Tür der Herrentoilette und

drängte Tina hinein. Rasch schloss sie die Tür und legte das Ohr an die Tür.

»Spinnst du?«, fragte Tina. »Was machen wir hier?«

»Ruhig jetzt!«, zischte Sabine und lauschte. Durch die Tür drang dumpf die Musik der Band. Sekunden später hörte sie, wie das Schloss der Tür zur Damentoilette sich öffnete und wieder einschnappte. Sie hatte richtig vermutet. Die Kerle wären ihnen in den Waschraum gefolgt.

»Komm!«, flüsterte Sabine. Sie öffnete die Tür und huschte mit Tina in den Gang. Niemand war zu sehen. »Gehen wir zurück.«

»Warte.« Tina nahm den Wischmopp und fädelte den Stiel so durch den Türgriff der Damentoilette, dass die Tür blockierte und sich nicht mehr von innen öffnen ließ.

»Das wird die beiden aber nicht lange aufhalten«, stellte Sabine fest.

»Genug, um zu zahlen und abzuhauen«, antwortete Tina. »Und genau *das* sollten wir jetzt tun, denn wenn du mich fragst, ist Sneijders Plan ziemlich in die Hose gegangen.«

»Ja, Haakon hat sich da was Nettes für uns einfallen lassen. Was beweist, dass er etwas mit den Morden zu tun hat.« Sie erreichten das Ende des Korridors und gingen zügig über die Tanzfläche. Als sich die Menge vor ihnen teilte, fiel Sabine auf, dass die Menschen nicht mehr tanzten, sondern einfach nur dastanden und in dieselbe Richtung starrten. Und zwar in jene ihres Tisches. Außerdem sprach der Barkeeper hinter dem Tresen aufgeregt in sein Handy. Und dann sahen sie es auch.

Während Horowitz mit dem Rollstuhl dicht in die Ecke gedrängt worden war, wurden Sneijder, Krzysztof, Marc und Cora von den restlichen fünf Typen umringt, die offenbar auf Streit aus waren. Gerade versuchte einer, Marc einen Kinnhaken zu verpassen, der den Schlag jedoch abblockte. Währenddessen duckte Krzysztof sich und schickte den Kerl vor sich mit einem kurzen ansatzlosen Schlag in die Magengrube auf die Bretter. Dabei riss der einen Stuhl mit sich um.

»Scheiße!«, rief Tina und stürzte zu ihrem Tisch.

Sabine folgte ihr. Indessen spielte die Band weiter, aber Sabine bekam gar nicht mehr mit, welchen Song. Sie hatte nur noch Augen und Ohren für die Schlägerei. Als sie ihren Tisch erreichte, knallte ihr einer der Typen vor die Füße, den Cora soeben mit einem Tritt gegen das Knie zu Fall gebracht hatte. Sabine drehte ihn auf den Bauch, hockte sich auf ihn und fixierte ihn, indem sie ihm das Handgelenk verdrehte, bis er aufschrie.

In diesem Moment stolperte einer der Männer mit dem Rücken gegen Tina, die neben Sabine stand, und drehte sich verdattert um. Noch bevor er reagieren konnte, rammte Tina ihm mit einem Kopfstoß die Stirn gegen die Nase. Sogleich ergoss sich ein Blutschwall über sein Gesicht und den Pullover.

Mit angelegten Armen wich Sneijder derweil nur mit dem Oberkörper einem Schlag aus. Der Angreifer stolperte an ihm vorbei und landete auf allen vieren neben Horowitz, der geistesgegenwärtig nach einer halbvollen Bierflasche vom Tisch griff und sie dem Typen über den Schädel zog, der nun erst recht am Boden liegen blieb.

Die Situation gerät völlig außer Kontrolle! Und wenn sich die beiden anderen aus der Toilette befreit haben, wird es erst so richtig lustig werden.

Aus dem Augenwinkel sah Sabine, wie der letzte verbliebene Hüne ein Messer zückte und die Klinge rausspringen ließ. Das Metall glänzte im Neonlicht. »Sneijder!«, rief sie panisch.

Doch der Angriff galt gar nicht Sneijder. Der Mann drehte sich zu Horowitz und wollte ihn wutentbrannt attackieren. Im letzten Moment stellte sich Haakon schützend vor Horowitz. Irritiert betrachtete Sabine die Szene. Warum tat er das? *Er* hatte doch diese Typen engagiert!

Dann sah sie, dass der Angreifer Haakon das Messer in den Bauch rammen wollte. Doch Sneijder ging dazwischen und wehrte den Hieb in letzter Sekunde ab, indem er die Messerhand abblockte. Zu einem zweiten Hieb kam es nicht mehr, denn auch Cora stand bereits neben Sneijder und schlug dem Mann die Waffe aus der Hand. Der brüllte verzweifelt auf. »Die Schlampe hat mir das Handgelenk gebrochen!«

»Du kannst von Glück sagen, dass dir die Schlampe nicht das Genick gebrochen hat«, keuchte Sneijder und trat das Messer mit dem Fuß zu Marc, der es aufhob.

Was immer während ihrer Abwesenheit auf der Toilette passiert war, stellte Sabines Theorie völlig auf den Kopf. Diese Typen konnten gar nicht Haakons Leute sein, denn der Angriff auf Haakon war echt gewesen und hätte leicht tödlich ausgehen können, wenn Sneijder und Cora nicht dazwischengegangen wären.

Der schreiende Mann, den Sabine immer noch niederhielt, wollte sich aus ihrem Griff befreien, doch sie drückte ihm das Handgelenk weiter nach oben, sodass er sich unter Schmerzen wand. »Halt's Maul!«, fuhr sie ihn an. Ausgerechnet in diesem Moment stürmten die beiden Männer aus dem Gang, der zu den Toiletten führte. *Klar, das musste ja so kommen.* Und keiner der beiden sah sehr gesprächsbereit aus.

Kurzerhand griff Sabine mit der freien Hand unter ihren Blazer, zog die Glock heraus und feuerte in den Deckenbalken über ihr. Der Schuss war so laut, dass die Musik augenblicklich verstummte. Nur noch das panische Geschrei der Menschen um sie herum war zu hören. Die meisten wichen ängstlich zurück, nur die beiden Angreifer stürmten weiter auf sie zu, woraufhin Sabine ein zweites Mal in den Balken feuerte. Erst jetzt begriffen die Männer, wer da geschossen hatte, und blieben augenblicklich stehen.

Sabine ließ ihren Gefangenen los und stand auf. »Jetzt ist Schluss mit dem Unsinn!«, brüllte sie. »Nehmt eure Kumpels und haut ab.« Im selben Moment übertönten sie die Polizeisirenen von mindestens zwei Streifenwagen.

35. Kapitel

Jetzt kam so richtig Bewegung ins Lokal. Die meisten Gäste stürmten in Richtung Ausgang. Die Doppelflügeltür wurde aufgerissen, und alle drängten sich im Gang zur Garderobe.

Jeden Moment würde die Polizei im Lokal auftauchen. Aus dem Augenwinkel sah Sabine, wie sich ihre Angreifer nacheinander aufrappelten und ihre beiden Kumpels, die sich aus der Toilette befreit hatten, ihnen dabei halfen. Einer humpelte, ein anderer hielt sich die gebrochene Nase, ein dritter würgte Gallensaft hervor. *Da hat sich das BKA-Training ja wieder einmal ausgezahlt.*

Horowitz fuhr mit seinem Rollstuhl aus der Ecke heraus. Haakon folgte ihm, immer noch beschützend an seiner Seite. Sneijder, Tina, Marc und Cora traten ebenfalls zu Sabine. Sie steckte die Waffe wieder ins Holster. »Ich sehe uns schon den Rest der Nacht in Untersuchungshaft.«

»Abzuhauen hat wohl keinen Sinn.« Tina deutete zum Ausgang. »Im Moment kommen wir dort nicht raus.«

Haakon pflichtete ihnen mit einem Nicken bei. Obwohl sie Deutsch gesprochen hatten, schien er sie gut verstanden zu haben. »Folgt mir! Ich kenne einen anderen Weg raus«, sagte er nun auf Deutsch mit norwegischem Akzent.

Sneijder und die anderen starrten ihn einen Moment lang verdutzt an.

»Der kann ja doch unsere Sprache«, murmelte Krzysztof.

»Als ob du sie könntest«, ätzte Tina.

In diesem Moment stockte der Andrang der Menschen, die ins Freie strömen wollten. Offenbar drängte die Polizei bereits ins

Lokal. Haakon setzte sich in die andere Richtung in Bewegung. Sie folgten ihm an der Tanzfläche und am Korridor zu den Toiletten vorbei. Kurz vor der Küche, im Schatten der Neonbeleuchtung, gab es tatsächlich eine weitere Tür, auf der *Exit* stand. Haakon hielt sie auf, und sie stürmten der Reihe nach hindurch. Als vorletzter Horowitz in seinem elektrischen Rollstuhl, Sabine bildeten das Schlusslicht.

Vor ihnen lag ein langer, breiter, nur mit rotem Notlicht beleuchteter Gang, der teilweise mit Paletten voller Getränkedosen, Propangasflaschen, Klopapierrollen und etlichem Gerümpel vollgestellt war. Cora und Sneijder mussten einige Dinge beiseiteräumen, damit Horowitz durchkam. Sabine stand hinter ihm und lenkte den Rollstuhl.

Während Cora gemeinsam mit Sneijder ein windschiefes Regal zur Seite schob, warf sie ihm einen anerkennenden Blick zu. »Sie kämpfen gar nicht so übel.«

»Sie meinen für mein Alter?«

»Kommen Sie! *So* alt sind Sie auch wieder nicht.«

»Sie haben auch einiges drauf«, keuchte Sneijder. »Für eine Bürokraft.«

»Ich war nicht immer nur im Innendienst«, sagte sie.

»Schon mal überlegt, ins BKA zu wechseln?«

»Hätte ich dort einen Fürsprecher?«

»Möglicherweise.«

»Und das, obwohl man mich vorhin so nett *Schlampe* genannt hat, und Sie nicht widersprochen haben?«

»Selbst schuld. Hätten Sie mit dem Kerl getanzt, wäre das alles nicht passiert.«

Sie lachte. »Lieber prügle ich mich an Ihrer Seite.«

Horowitz drehte den Kopf zu Sabine herum und zog verwundert eine Augenbraue hoch. »Ich glaube, ich habe mich gerade verhört«, flüsterte er.

Ja, ich auch! Cora hat tatsächlich versucht, sich bei Sneijder anzubiedern. Hoffentlich behielt er weiterhin seinen Auftrag professionell im Auge.

Haakon stieß am Ende des Gangs eine Blechtür auf, und sie schlüpften der Reihe nach ins Freie. Sabine stieg der Geruch von Salzwasser in die Nase, und nur mit dem Blazer bekleidet fröstelte sie angesichts der Kälte, die sie empfing.

Sie befanden sich an der Rückseite des Lokals in einem Innenhof. Unter einigen Bäumen standen drei Müllcontainer, ein rostiger Schiffsanker und stapelweise Holzpaletten mit Bierkisten. Dazwischen lag ein Mann, der gerade versuchte, sich stöhnend aufzurichten. Haakon lief zu ihm und half ihm aufzustehen. Es war der Türsteher. *Dahin ist er also verschwunden.* Er hatte ein ordentliches Veilchen und rieb sich das Kinn.

Haakon sprach einige Worte mit dem Mann und versicherte sich, dass er nicht schlimm verletzt war. Danach humpelte der Mann mit einem steifen Bein durch den Hinterausgang, aus dem sie gerade gekommen waren, ins Lokal. Indessen trat Haakon durch eine angelehnte Brettertür in eine schmale Seitengasse. Sie folgten ihm.

Mittlerweile hatte die Dämmerung eingesetzt, die Straßenlaternen brannten schon. Die Gegend wirkte ziemlich heruntergekommen. Über ihren Köpfen schwang ein durchhängendes Stromkabel im Wind. Die Hauswände, von denen die Farbe großteils abgeblättert war, reflektierten das Blaulicht der *Politi*. Das Knacken eines Funkgeräts war zu hören, kurz heulte eine Sirene auf. Haakon legte den Kopf schief und lauschte. Nur Teile des Stimmengemurmels drangen zu ihnen durch. »Die sechs Männer werden gerade von der Polizei abgeführt.« Sein kalter Atem stieg als Nebel vor seinem Gesicht auf.

»Es waren sieben.« Sabine knöpfte den Blazer zu und stellte den Kragen auf. »Ich habe im Lokal keine Überwachungskameras gesehen«, stellte sie fest.

»Unser Glück«, sagte Tina.

Haakon nickte. »Nein, die gibt es nicht. Dennoch sollten Sie sich dort ein paar Tage lang nicht blicken lassen.«

»Aber unsere Jacken und Mäntel hängen noch in der Garderobe«, sagte Cora.

Haakon lächelte. »Kein Problem. Die lasse ich Ihnen morgen bringen.«

»Und wie stellen Sie das an?«, fragte Sabine.

Haakon zog eine Augenbraue hoch. »Ganz einfach. Das *Nordlys* gehört mir.«

Sabine starrte ihn verblüfft an. Nun wurde ihr einiges klar. Der zusammengeschlagene Mann war *sein* Türsteher. Aber dafür war Haakon ziemlich gefasst.

Sneijder trat auf ihn zu. »Sie sprechen unsere Sprache ziemlich gut.« Es klang eine Spur vorwurfsvoll.

Wieder zuckte Haakon mit den Achseln. In seinem Slim Fit-Hemd schien er gar nicht zu frösteln. »Meine Mutter war Deutsche. Ich wuchs zweisprachig auf, außerdem lernen viele Norweger Deutsch in der Schule. Aber ich wollte Ihnen diesen kleinen Vorteil nicht gleich von Anfang an offenbaren.«

»Warum haben Sie uns überhaupt geholfen?«

»Ich möchte genauso wenig wie Sie, dass Sie von der Polizei zu den Vorfällen verhört werden.« Er grinste. »Ist ja auch in meinem Interesse.«

»Lassen Sie uns ehrlich miteinander reden«, schlug Sneijder vor.

»Einverstanden.« Haakon nickte. »Mein Türsteher wird die Polizei zwar aufhalten, trotzdem sollten wir von hier verschwinden, ehe die Bullen auf die Idee kommen, die Rückseite zu inspizieren.« Sie setzten sich in Bewegung und folgten Haakon einen schmalen Fußweg hinauf, der vom Meer wegführte. Hinter Sabine surrte Horowitz' Elektromotor.

»Anfangs dachte ich, *Sie* hätten die Männer engagiert, um uns kräftig aufzumischen«, sagte Sneijder frei heraus.

»Ja, der Gedanke ist mir nach unserem Telefonat tatsächlich gekommen«, antwortete Haakon ebenso offen, »aber das hätte ich wohl kaum in meinem eigenen Lokal gemacht. Außerdem haben Sie doch gesehen, dass mich einer von denen fast wie ein Schwein abgestochen hätte.«

»Sie denken also, der Angriff galt in erster Linie gar nicht uns, sondern Ihnen?«, fragte Sneijder.

Haakon nickte. »Diese Typen hatten keine Ahnung, wer Sie wirklich sind. Die dachten wohl, Sie wären ausländische Geschäftspartner von mir. Nein …«, er verzog verbittert das Gesicht, »... der Anschlag galt mir.«

»Warum ausgerechnet so?«, fragte Sneijder. »Warum nicht nachts in einer Seitengasse, wenn Sie allein unterwegs sind?«

Haakon lachte auf. »Was gibt es Besseres, als mich vor meinen Leuten im eigenen Lokal zu demütigen? Wenn ich meinen Ruf verliere, wird es bald heißen, ich wäre schwach und könnte nicht einmal meine eigenen Gäste beschützen.«

An seinem Gesichtsausdruck merkte Sabine, dass ihn die ganze Sache trotz aller Coolness doch ziemlich aufwühlte und beschäftigte. »War der Angriff ähnlich dem von vor zwei Wochen?«, fragte sie.

Haakon gab keine Antwort. Sie erreichten einen kleinen Park, in dem sich ein Pavillon befand – der Stoltenberg Musikpavillon, wie Sabine auf einem Schild las. Dahinter stand ein schwarzer Jeep Cherokee, dessen Lack matt im Licht einer Straßenlaterne glänzte. Ein hagerer Mann mit rotem Vollbart stieg aus. Mit seinen langen Gliedmaßen und den tiefen Falten im eingefallenen Gesicht wirkte er wie eine unheimliche Vogelscheuche, die gerade ein wenig nervös wurde.

»Åsgård, meine rechte Hand«, erklärte Haakon. »Sie können ihn einfach den *Dänen* nennen.« Danach wechselte er mit dem Mann ein paar Worte auf Norwegisch, und so viel Sabine herauszuhören glaubte, ging es darum, dass der Däne zwei Schüsse gehört hatte und Haakon ihm erklärte, was vorgefallen war. Daraufhin schielte der Däne zu Sabine, während sein Mundwinkel kurz aufzuckte. *Anerkennend oder herablassend?* Das konnte Sabine nicht richtig interpretieren. Jedenfalls schien es, als machte sich der Mann Vorwürfe, doch Haakon legte ihm beruhigend die Hand auf die Schulter. »*Alt okay.*« Danach sagte Haakon noch etwas, das so klang, als sollte sich der Däne um die Sicherheit im *Nordlys* kümmern. Vom Rest verstand Sabine kein Wort mehr.

»Er verdoppelt die Security«, flüsterte Cora ihnen zu. »Und den Türsteher hat er gerade gefeuert.«

Nach dem Gespräch wandte Haakon sich wieder ihnen zu. »Ich bin Ihnen noch eine Antwort schuldig. Ja, in gewisser Weise glich der Anschlag dem vor zwei Wochen. Jemand versucht, mich auf meinem eigenen Terrain auszuschalten. Nur dass es diesmal sieben Leute mit Messern waren.«

»Verdächtigen Sie jemanden, der dahinterstecken könnte?«

»Das ist es ja ...« Haakon sah für einen Moment tatsächlich ratlos aus. »Ich habe mich aus den meisten Geschäften zurückgezogen und mache nur noch Kleinigkeiten. Ich bin für niemanden eine Bedrohung.«

»Irgendwelche Rivalen?«

Haakon zuckte mit den Achseln. »Nur ein gewisser Lars Frey aus Fredrikstad – doch eigentlich habe ich mich bereits letzte Woche um dieses Problem gekümmert. Lars Frey tut keiner Fliege mehr etwas zu Leide. Mich wundert, dass es nun weitergeht.«

»Ist das der Grund, warum Sie nur *einen* Türsteher im *Nordlys* hatten, während Ihr ...«, Sneijder nickte zu dem Dänen, »... Leibwächter hier draußen auf Sie gewartet hat?«

»So ist es.« Haakon hob die Schultern. »Während wir im *Nord-*

lys miteinander gesprochen haben, hat der Däne Ihre beiden Wagen auf dem Parkplatz durchsucht.« Entschuldigend breitete er die Arme aus. »Ich hoffe, Sie haben Verständnis dafür, aber ich musste wissen, mit wem ich es zu tun habe.«

Dieser miese Dreckskerl! »Und woher wussten Sie, dass wir mit dem Auto gekommen sind?«, presste Sabine heraus, darum bemüht, ruhig zu bleiben.

Haakon lächelte. »Sie haben Ihren Kollegen im Rollstuhl wohl kaum vom Bahnhof aus durch halb Tønsberg geschoben. Kleiner Tipp – beim nächsten Mal entfernen Sie das Sixt-Schild vom Rückspiegel.«

Bei dem Gedanken, dass ein Fremder ihren Trolley durchwühlt hatte, kochte Sabine innerlich. Auch Tinas Gesicht erstarrte zu einer Grimasse, und Marc wirkte sichtlich angespannt. Am liebsten wären sie Haakon vermutlich gleichzeitig an die Gurgel gegangen. Sneijder hingegen ignorierte den kompletten Sachverhalt. »Wer waren die Kerle im Lokal?«, fragte er stattdessen. »Freunde von Lars Frey?«

Haakon schüttelte den Kopf. »Glaube ich kaum.«

»Wer dann?« Sabine war immer noch wütend. »Hochseefischer oder Biker auf der Durchreise sicher nicht.«

»Dem Dialekt nach kommen sie aus Fredrikstad.«

»Und das wissen Sie so genau?«

»Es ist so …«, Haakon hob die Hand, »… durch die vielen Täler und Fjorde haben sich in Norwegen extrem viele Dialekte entwickelt, und ich kenne die Aussprache der Leute von der anderen Seite des Fjords.«

»Sie sollten die hiesige Polizei einschalten«, riet Sneijder ihm.

Haakon lachte verbittert auf. »Die tun keinen Handgriff. Im Gegenteil, die zünden höchstens eine Kerze an und wären froh, wenn ich weg vom Fenster bin.« Er dachte nach. »Es tut mir leid, dass ich Sie in diese Sache hineingezogen habe. Sie waren einfach zur falschen Zeit am falschen Ort.«

»Kein Problem.« Sneijder sah sich um. »Wie es scheint, ist niemand von uns wirklich schwer verletzt worden.«

»Aber wegen der Schüsse könnten Sie Probleme bekommen.«

Sabine nickte. »Die Hülsen liegen noch im Lokal.«

»Die hat inzwischen bestimmt schon die Polizei sichergestellt. Da kann ich nichts machen ... Allerdings bin ich Ihnen etwas schuldig.«

Sneijder verzog unglücklich das Gesicht. Sabine wusste, wie sehr Sneijder es hasste, wenn Verbrecher in seiner Schuld standen, wo er sie doch lieber hinter Gitter brachte. »Nein, bestimmt nicht«, wehrte er ab.

»Das sehe ich anders ...«, beharrte Haakon. Er nickte dem Dänen zu, woraufhin dieser sich ins Auto setzte und die Tür schloss. Haakon nahm Sneijder an der Schulter und führte ihn einige Schritte vom Auto weg. »Können wir kurz unter vier Augen sprechen?«

»Unter sechs«, antwortete Sneijder. »Nemez, kommen Sie!«

»Von mir aus«, seufzte Haakon. Während die anderen beim Wagen blieben, folgte Sabine ihnen. »Es ist so ... die aktuelle Situation hat gezeigt, dass ich niemandem vertrauen kann. Keinem meiner Leute, nicht dem Dänen und nicht einmal meinem eigenen Bruder.«

»Alexander Jørgensen, der Finanzanwalt?«

»Sie haben Ihre Hausaufgaben gemacht«, stellte Haakon fest. »Und Sie scheinen gut zu sein, in dem, was Sie machen, wie ich zuvor schon gesagt habe. Darum möchte ich Sie engagieren.«

Sneijder blieb abrupt stehen. Sabine ebenso. »Sie kennen mich kaum.«

»Ich weiß genug über Sie.«

»Dann müssten Sie wissen, dass man mich nicht engagieren kann. Ich arbeite für das deutsche Bundeskriminalamt. Der BKA-Präsident ist mein Vorgesetzter, und es ist meine Aufgabe, Leute wie Sie in den Knast zu bringen.«

Haakon lächelte milde. »Lassen wir Ihren ursprünglichen Job einmal für einen Moment außer Acht. Ich möchte Sie und Ihr Team engagieren«, beharrte er. »Wenn ich über eine Fähigkeit verfüge, dann ist es die, das Talent anderer Menschen zu erkennen – und ich habe Sie und Ihre Leute in Aktion gesehen. Sie schrecken vor nichts zurück, sind clever, kompromisslos und vor allem ehrenhaft.«

»Ehrenhaft? Wenn Sie sich da mal nicht täuschen«, gab Sneijder zu.

»Bei uns gelten Deutsche als fleißig, pünktlich und effizient. Und …«, Haakon ging weiter und hob dabei die Hand, »… niemand kennt Sie hier. Das ist der große Vorteil. Niemand könnte Sie bestechen oder korrumpieren. Um ehrlich zu sein, vertraue ich Ihnen im Moment mehr als allen anderen, die mir nahestehen.«

Sabine spürte deutlich, wie unwohl Sneijder sich plötzlich in dieser neuen Rolle fühlte. *Ein Datenleck in Wiesbaden, ein Doppelmord in der Botschaft, und nun will ihn ein norwegischer Verbrecher zur Lösung seiner eigenen kleinen Probleme engagieren.*

Eine Gruppe Einheimischer in Trachtenkleidung, die wie aus dem Mittelalter wirkte, zog gerade lautstark singend durch den Park an ihnen vorbei. Anscheinend kamen sie gerade von einer Hochzeit.

Haakon senkte die Stimme. »Wie ich gehört habe, spricht eine Ihrer Kolleginnen sogar Norwegisch.«

Sneijder nickte. »Cora Petersen ist Skandinavien-Expertin.«

»Fein, dann haben wir auch das Verständigungsproblem gelöst.«

»Ich muss trotzdem ablehnen.«

»Sie wissen ja noch nicht mal, worum es geht.«

»Ich ahne es, und die Sache schmeckt mir nicht.«

Haakon verstärkte den Druck auf Sneijders Schulter. »Finden Sie heraus, wer hinter den Anschlägen auf mich steckt.«

Sneijder seufzte. »Und im Gegenzug?«

»Verrate ich Ihnen, warum ich mit Katharina von Thun telefoniert habe.«

»Sie könnten lügen.«

»Das würden Sie merken«, entgegnete Haakon, woraufhin Sneijder langsam nickte.

Noch weniger, als in der Schuld von Kriminellen zu stehen, mochte Sneijder es, wenn er sich mit ihnen auf Kompromisse einlassen musste – auch wenn er diesen Fall so rasch wie möglich abschließen wollte. Daher war Sabine sicher, dass er ablehnen würde, sogar ablehnen *musste*! Zu weit würde er sich mit dieser neuen Verpflichtung von seiner ursprünglichen Aufgabe entfernen.

»Einverstanden«, sagte er schließlich.

Das glaub ich jetzt nicht! Sabine sah ungläubig zu, wie Haakon die Hand von Sneijders Schulter nahm, Sneijder einschlug und Haakon Jørgensen die Hand schüttelte.

»Was befand sich nun im Safe der Botschafterin?«, fragte Haakon.

»Sie wissen es wirklich nicht?«, fragte Sneijder.

»Würde ich sonst fragen?«

»Fotos«, antwortete Sneijder knapp.

»Wovon?«

Sabine horchte auf. Er hatte nicht *von wem* gefragt, sondern *wovon*. Anscheinend hatte er von den Bildern tatsächlich keine Ahnung.

»Daran arbeiten wir noch«, sagte Sneijder.

»Okay.« Haakon griff in seine Brieftasche und holte eine Visitenkarte hervor. »Das ist meine Adresse. Treffen wir uns in einer halben Stunde in meiner Villa. Ist mit dem Auto nur fünf Minuten von hier.«

»Ich dachte, Sie sind so schwer beschäftigt?«, stellte Sabine sarkastisch fest.

Haakon lächelte. »Richtig. Und zwar mit dieser Angelegenheit. Und nun hat sich mir eine neue Perspektive eröffnet.« Er wandte sich ab und ging zurück zu seinem Cherokee.

Sabine wartete, bis er außerhalb ihrer Hörweite war. »Sind Sie verrückt geworden?«, zischte sie. »Wir können doch nicht für diesen Kerl arbeiten! Denken Sie an unseren Job! Was erzählen wir Gulbrandsen? Und noch schlimmer – was erzählen wir dem BND und van Nistelrooy?«

»Nemez!«, brachte er sie abrupt zum Schweigen. »Mit etwas Glück wird Haakon uns in seiner Villa einquartieren. Dann sind wir in seiner unmittelbaren Nähe. Wir bekommen Einblicke in seine Welt, seine Geschäfte und Gepflogenheiten, die uns keine Akte und keine Datenbank der Welt beschaffen könnte. Denn irgendwo muss es eine Verbindung zu Dr. Katharina von Thun geben.«

Sie starrte ihn immer noch ungläubig an. »Darauf haben Sie von Anfang an gehofft, richtig?«, dämmerte es ihr plötzlich.

Der Anflug eines Lächelns umspielte sein Gesicht. Sneijder wirkte äußerst zufrieden. »Möglicherweise hängen die Morde an der Botschafterin und ihrem Sicherheitschef und die beiden Anschläge auf Haakon Jørgensen ja zusammen. Denken Sie an das Messer! Vielleicht hat das alles auch etwas mit dem Verschwinden und der Ermordung der Prostituierten zu tun.«

»Sie meinen, alles ergibt am Ende ein großes Gesamtbild?«

»Erinnern Sie sich an unsere letzten Fälle. Es war doch immer so.«

Nun begriff sie. Sneijder dachte wie immer einen Schritt weiter. Jetzt mussten sie nur noch die Fäden entwirren und zu einem sinnvollen Ganzen zusammenführen.

Sabine hörte, wie der Cherokee startete und davonfuhr. Nun kam der Rest ihrer Gruppe zu ihnen. »Was ist passiert?«, fragte Cora. Auch die anderen sahen sie neugierig und erwartungsvoll an.

Sneijder sagte nichts. Er drückte Sabine die Visitenkarte in die Hand. »Bringen Sie uns dorthin.«

Sabine betrachtete die Adresse. »Okay.« Dann sah sie auf. »Wir haben soeben einen neuen Job und einen neuen Auftraggeber bekommen.«

36. Kapitel

Haakons Domizil lag außerhalb von Tønsberg auf einer Anhöhe mit Blick auf die Stadt und den Oslofjord. Soeben schipperte ein riesiger Tanker in Richtung Süden, den Sabine gut an seinen Positionslichtern erkennen konnte. Nicht weit vom Haus stand ein Handymast auf einem Felsvorsprung. *Das muss der sein, in den sich Haakons Handy bei den Telefonaten mit der Botschafterin eingeloggt hat.* Hoffentlich erfuhren sie bald wirklich den Grund für diese Gespräche.

Die Villa war enorm groß. In der Mitte stand das riesige, komplett aus Holz erbaute zweistöckige Haupthaus, rechts und links davon begrenzten etwas modernere Anbauten u-förmig einen schwach beleuchteten Innenhof.

Im Hauptgebäude und dem rechten Nebentrakt brannten noch Lichter, doch Haakon führte sie in den linken Bereich, der stockdunkel war. »Das Haupthaus ist der ursprüngliche Altbau«, erklärte er. »Es ist über hundertfünfzig Jahre alt und noch original erhalten. Das Haus stand ursprünglich in Sørvågen auf den Lofoten, wurde dann aber dort abgetragen und hier wieder Balken für Balken neu errichtet. Es gehörte dem Urgroßvater meines Vaters, der einer alten Handelsfamilie entstammte. Irgendwo drüben im Haus hängt sogar noch ein Stammbaum.«

Haakon klopfte auf einen geteerten Balken. »Das hier ist ein Anbau aus den Dreißigerjahren«, erklärte er. »Mit der Bibliothek meines Vaters, die *ich* jetzt nutze, dem Kaminzimmer und dem ehemaligen Arbeitszimmer meiner Mutter.«

Die Türstöcke waren höchstens einen Meter achtzig hoch und hatten breite Schwellen.

»Nach einiger Zeit haben Sie sich an den Geruch und das Knacken des Holzes gewöhnt.« Haakon schaltete das Licht ein. Sie folgten ihm ins Kaminzimmer, und Krzysztof half Horowitz mit dem Rollstuhl über die Bodenschwelle.

»Und drüben, auf der gegenüberliegenden Seite, befindet sich der eigentliche Neubau mit den Gästezimmern und den Räumen für die Angestellten.«

Horowitz sah sich um. »Sie sammeln Gemälde von Giger?«

»Ist das so erstaunlich?«

»Hansruedi Giger war Schweizer – Gott hab ihn selig«, antwortete Horowitz. »Ich hätte eher vermutet, dass Sie ... beispielsweise Gemälde von Edvard Munch sammeln. Giger überrascht mich jetzt doch sehr.«

»Munch ist mir zu depressiv.«

»Ach, und Giger nicht?«, entfuhr es Sabine, die vor dem Gemälde eines dunklen Vagina-ähnlichen Gebildes stand, das sowohl knöchern als auch mechanisch wirkte.

»Giger inspiriert mich und erinnert mich außerdem daran, dass das Leben endlich ist.« Haakon öffnete die Hausbar. »Drinks?«

Sneijder und Krzysztof bejahten, die anderen lehnten ab, woraufhin Haakon drei Gläser mit Whisky füllte. *Glenmorangie Pride*, 1974 destilliert und mit 52 Prozent Alkohol, wovon es weltweit nur fünfhundert Flaschen gab, wie er ihnen erklärte.

Sneijder nahm einen Schluck und verzog anerkennend den Mund. Dann schüttelte er einen Joint aus seiner Schachtel. »Ist Rauchen gestattet?« Haakon winkte gönnerhaft mit der Hand und steckte sich selbst eine Zigarre an.

»*Der Tyrann stirbt, und seine Herrschaft ist vorüber – der Märtyrer stirbt, und seine Herrschaft beginnt*«, übersetzte Cora einen Spruch an der Wand, den sie beim Vorbeigehen entdeckt hatte.

»Kierkegaard, ein dänischer Philosoph«, erklärte Haakon.

»Eines Ihrer Mottos?«, fragte Sneijder.

Haakon schüttelte den Kopf. »Åsgård liebt Kierkegaard. Der Spruch war ein Geschenk meines Vaters an ihn. Der Däne hat jahrelang für meinen Vater gearbeitet. Sie waren unzertrennlich.«

»Und jetzt arbeitet er für Sie«, stellte Sabine fest. »Was genau ist seine Aufgabe?«

Haakon setzte sich in einen Sofasessel, der – wie Sabine aus den kräftigen Farben schloss – kürzlich neu bezogen worden sein musste. Genüsslich paffte er an der Zigarre. »Ich verrate Ihnen, was er noch vor dreißig Jahren gemacht hat. Und auch nur deshalb, weil es schon längst verjährt ist.« Er sah der Rauchwolke nach. »Mein Vater beschäftigte viele … nennen wir sie *Männer fürs Grobe.* Aber manchmal gab es Jobs, die sie aus Gewissensgründen verweigerten. Die meisten in diesem Geschäft haben feste Regeln – keine Alten, keine Kranken, keine Frauen, keine Kinder. Nun, der Däne hat kein Gewissen. Er übernahm jene Aufträge, die kein anderer machen wollte. *Seine* Regel lautete: Wenn es der Sache dient, auch Alte, Kranke, Frauen und Kinder.«

»Aber Mord verjährt nicht«, stellte Sneijder fest.

»Wer redet denn von Mord?« Haakon lächelte ihn an. »Jedenfalls hatte der Däne bis heute keine einzige schlaflose Nacht. Manchmal erscheint er sogar mir ein wenig unheimlich.«

Sabine schluckte. *Mit einem Wort: ein skrupelloses Arschloch mit einer Vorliebe für Kierkegaard!*

Haakon klatschte kurz in die Hände. »So, was machen wir nun mit Ihnen?« Er rutschte an die Kante des Sessels. »Wir haben genug Gästezimmer, um Sie alle hier unterzubringen. Oder haben Sie bereits eine andere Unterkunft in Tønsberg?«

»Nein«, sagte Sneijder wahrheitsgetreu.

»Hab ich mir gedacht. In Ihren Wagen befinden sich jede Menge Koffer.« Wieder paffte er an seiner Zigarre. »Außerdem könnte ich Ihnen im Haus ein geräumiges Büro für Ihre Arbeit zur Verfügung stellen. Ich rede gleich morgen mit meinem Personal, das Ihnen alles nach Ihren Wünschen arrangiert. Einverstanden?«

Clever gelöst! Damit war er aus erster Hand über alle Recherchen aus Sneijders Team informiert, konnte sie überwachen und beobachten. Andererseits galt das Gleiche aber auch für sie. »Also ich bin einverstanden«, sagte Sneijder und blickte in die Runde.

Sabine bemerkte, wie Cora einen kurzen unbehaglichen Blick in Sneijders Richtung warf. Offenbar hatte sie nicht vor, in diesem Haus zu übernachten, was Sabine gut verstehen konnte. Falls Haakon sie alle noch genauer überprüfen lassen würde – und das war nur eine Frage der Zeit – und dabei herausfand, dass sich mit Cora eine Agentin des deutschen Geheimdienstes in seinem Haus befand, würde er bestimmt nicht sonderlich angetan sein.

Horowitz schien Coras besorgten Blick ebenfalls bemerkt zu haben. »Ein großzügiges Angebot, danke, aber da Ihr Haus nicht gerade barrierefrei ist, würde ich lieber in einem Zimmer im *Longyearbyen Grill* übernachten.« Er warf Cora einen auffordernden Blick zu.

»Da würde ich mich anschließen«, sagte sie rasch. »Damit jemand in Ihrer Nähe ist, falls Sie Hilfe brauchen.«

»Und für mich ist … äh … diese Villa hier viel zu nobel«, druckste Krzysztof herum. »Ich hätte Angst, eine wertvolle Vase umzuwerfen oder dass ein Gemälde herunterfällt, wenn ich zu laut schnarche.«

»Brauchen Sie es ungehobelt und grobschlächtig?«, fragte Haakon amüsiert.

Krzysztof lächelte zustimmend. »Im Reiseführer habe ich gelesen, dass es in Tønsberg einen Campingplatz gibt, der auch Wohnwagen vermietet?«

Haakon nickte. »Den Fridtjof-Nansen-Trailer-Park. Nicht weit von hier.«

»Öffentliche Duschen, Biergelage und Lagerfeueratmosphäre?« Krzysztof grinste. »Klingt wie geschaffen für mich.«

»Da muss ich Sie leider enttäuschen. Norwegische Trailer-Parks sind eher gediegen und ähneln deutschen Schrebergartensiedlungen.«

»Oh!« Krzysztofs Gesicht wurde lang.

»Egal, das nehmen wir, und ich schließe mich da an«, fügte Tina hinzu.

Nanu? Sabine hob erstaunt den Blick.

»Gut, dann also nur drei Zimmer für Sie«, stellte Haakon fest und sah Sneijder, Marc und Sabine an.

»Ein Zimmer für die beiden reicht«, sagte Sneijder. Noch bevor Sabine protestieren konnte, fügte er hinzu: »Nemez, das ist okay, wir sind hier nicht im Dienst.«

Sie lehnte sich wieder zurück und sah aus dem Augenwinkel, wie Marc ein Grinsen unterdrückte. Sneijder und er wurden anscheinend immer dickere Freunde. Das war ja kaum noch auszuhalten.

Haakon sah auf die Uhr und erhob sich. »Also schön, ich werde mit dem Dänen reden, damit er sich darum kümmert, dass Sie so spät noch zwei Zimmer im Hotel bekommen – darunter ein barrierefreies im Erdgeschoss – und zwei bequeme Wohnwagen im Trailer-Park.«

Alle schienen zufrieden zu sein, doch ein wenig wunderte Sabine sich schon. Sie wusste zwar, dass Krzysztof am Ufer des Mains im Containerhaus eines ehemaligen Fährmanns lebte, Cora abseits der Gruppe lieber ihr eigenes Süppchen kochte und Horowitz den Service eines Hotels bevorzugte … *Klingt aber trotzdem alles ein wenig kompliziert.* Außerdem wunderte sie sich, dass Sneijder all diese Extrawünsche widerspruchslos hinnahm.

Haakon verließ den Raum, und Sabine hörte, wie er dem Dänen draußen auf Norwegisch Anweisungen gab.

»War nicht schlecht, oder?«, flüsterte Horowitz.

Sneijder nickte.

»Waren meine Argumente nicht zu dick aufgetragen?«, fragte Krzysztof.

»Nein, hast du prima gemacht«, antwortete Sneijder leise. »Fast hätte sogar ich dir das abgenommen.« Er warf Sabine einen verschlagenen Blick zu.

Diese Bande! Nun dämmerte es ihr. Offenbar hatten sie es während der Autofahrt zu Haakons Villa im zweiten Wagen genau *so* besprochen, und Haakon hatte es geschluckt.

»Alles okay, Nemez?«, fragte Sneijder.

»Alles okay«, murmelte sie. Mit der toten Botschafterin, den Prostituiertenmorden und den Anschlägen auf Haakon hatten sie es immerhin mit drei Baustellen zu tun, die sie zu einem Fall verdichten wollten. Und dank Sneijders Plan, das Team auf drei verschiedene Plätze aufzuteilen, konnten sie jetzt zumindest rascher, flexibler und unbeobachtet agieren.

37. Kapitel

Nachdem Tina und Krzysztof sowie Cora und Horowitz in jeweils einem der Wagen zu ihren Unterkünften aufgebrochen waren, machte sich Marc daran, Sneijders großen Schrankkoffer in den Gästetrakt des modernen Gebäudeflügels hochzuschleppen. Indessen brachte Sabine ihr und Marcs Gepäck auf ihr gemeinsames Zimmer. Es lag direkt um die Ecke von Sneijders und war geräumig mit Ausblick auf einen Skulpturengarten, an dessen Ende ein Pavillon im Mondlicht glänzte. Dahinter fiel eine Felswand steil zum Fjord hinab.

Eine halbe Stunde später lag Sabine gemütlich auf dem Bett und schickte jeder ihrer Nichten eine kurze SMS, die sie am nächsten Morgen lesen würden – *Bin zu Gast beim Unterweltkönig Skandinaviens – Sneijder und ich ermitteln in einer geheimen Mission undercover für die norwegische Königsfamilie – Marc hat alleine Angst und übernachtet heute in meinem Zimmer* –, während Marc seine wenigen Kleidungsstücke sortierte und sich ein frisches T-Shirt für den nächsten Morgen herrichtete. Aus dem Augenwinkel bemerkte Sabine den Aufdruck eines seltsamen blauen Dings auf dem Shirt. »Was soll das sein? Eine Telefonzelle?«

»Nein«, er rollte genervt mit den Augen, »das ist die *Tardis*. Außerdem ist das eine Polizeinotrufzelle.«

»Ah«, murmelte sie und tippte nun auch eine Nachricht an ihre Schwester. Diesmal kein Geflunker, sondern etwas Ernsthaftes. »Ich finde, du erzählst Sneijder zu viel über uns«, bemerkte sie nebenbei.

»Boah … ich habe geahnt, dass so etwas kommen würde«, rief

er und warf die Arme hoch. »Und dabei erzähle ich ihm in Wahrheit gar nichts über uns. Das braucht man gar nicht. Er ist ein Hexenmeister. Er beobachtet einfach. Er sieht deine Reaktionen, checkt deine Mimik, deine Gesten, hört immer auch, was du *nicht* sagst – und dann weiß er, was läuft.«

»Blödsinn.«

»Kein Blödsinn!«, rief er. »Der Mann ist ausgebildeter Psychologe. Der liest in uns wie in einem Buch! Sobald ich versuche, etwas vor ihm zu verheimlichen, weiß er schon, was es sein könnte. Also komm mir jetzt bloß nicht damit, *ich* hätte ihm etwas erzählt. *Du* bist viel öfter mit ihm zusammen. Er ist *dein* Kollege. Pass du lieber auf, was du ihm unbewusst mitteilst.«

»Ja, sorry«, seufzte sie. Im Prinzip war es ja nicht schlimm. Was schadete es, wenn Sneijder über sie Bescheid wusste? Immerhin war er ihr Ausbilder und Mentor gewesen und seit vielen Jahren auch ihr Kollege. »Vertragen wir uns wieder?«

»Nein, ich hasse dich, du hässliche Kröte«, schimpfte Marc, sprang aufs Bett und gab ihr einen Kuss.

Sie lachte und strampelte sich frei. Kaum hatte sie die Nachricht an Monika abgeschickt, läutete auch schon ihr Handy. »Oh, es ist Tina. Runter von mir!« Sie schaltete auf Lautsprecher. »Hallo? Alles klar bei euch?«

»Ja, die Wohnwagen sind echt super. Fast keine Spinnen hinter der Couch. Und vermutlich eine Spur größer als euer Badezimmer. Draußen quaken die Frösche, und irgendein besoffener Norweger grölt vor meiner Tür.«

Sabine lachte. »Kannst ja Krzysztof zu Hilfe holen.«

»Danke, da hol ich mir lieber den betrunkenen Norweger in den Trailer. Und wie läuft es bei dir und Marc? Hoffe, ihr vögelt nicht die ganze Na…« Sabine schaltete den Lautsprecher ab, riss das Handy ans Ohr und spürte, wie sie rot anlief. »Ich wünsche dir auch einen schönen Abend. Gute Nacht!«

Um halb drei Uhr morgens wurde Sabine wach und starrte eine Zeit lang aus dem Fenster. Bereits in eineinhalb Stunden würde der erste bleigraue Streifen am Horizont heraufdämmern. Immerhin besser als Ende Juni, wo die Nacht in Tønsberg, wie sie im Reiseführer gelesen hatte, dann überhaupt nur noch knapp vier Stunden lang richtig dunkel sein würde. Da hätte sie hier vermutlich gar kein Auge mehr zugetan. Ihr Mund war plötzlich trocken, und sie bekam Durst. Und dann knurrte ihr schlagartig auch noch der Magen.

Sie strampelte die Decke runter und schob sich leise aus dem Bett. Marc lag neben ihr auf dem Bauch, den Kopf zur Hälfte ins Kissen gedrückt, und gab leise Schnarchgeräusche von sich. In ihrem pinkfarbenen Pyjama schlich sie zur Tür und schlüpfte in den Gang. Im Haus war es vollkommen still. Irgendwo gluckste ein Heizkörper, und ein Wasserrohr schlug. Ein Balken knarrte, dann war es wieder ruhig.

Als sie die Zimmer bezogen hatten, hatte sie sich eingeprägt, wo im Haupthaus die Küche lag. Sie schlich die Treppe hinunter, ging auf Zehenspitzen einen langen Gang mit eiskalten Bodenfliesen entlang, betrat den Altbau und fand tatsächlich die Küche. Ein Glas Milch würde ihr genügen, und irgendetwas Essbares würde sie schon im Kühlschrank finden.

Sie öffnete die Tür, tastete nach dem Lichtschalter, und während die indirekte Beleuchtung über den Küchenarmaturen anging, schlich sie zur Kühlschranktür, auf der kleine bunte Magnete hingen. *Mal sehen, was die Familie Jørgensen so in der Speisekammer hat.*

»Schicker Pyjama!«

Beinahe hätte sie laut aufgeschrien. Panisch fuhr sie herum. Doch zum Glück war es nur Sneijder, der am Küchenfenster stand und hinausstarrte. Er trug immer noch denselben Anzug wie am Abend. Offenbar hatte er noch kein Auge zugetan. »Können Sie auch nicht schlafen?«, fragte er.

»Ich habe Hunger.« Langsam beruhigte sich ihr Herzschlag wieder. »Wie lange sind Sie schon hier?«

»Bin ein paar Runden ums Haus gelaufen, bis mir kalt wurde. Seitdem stehe ich hier.«

Dieser Blick! Anscheinend hatte er bei dem Spaziergang auch ein paar Joints durchgezogen. Sie öffnete den Kühlschrank und fand jede Menge Milchflaschen. »Wollen Sie auch eine heiße Schokolade?«

Sneijder nickte. »Klingt gut.«

Sie fand Kakaopulver in einem der Schränke und machte zwei Tassen Milch in der Mikrowelle heiß. Dann dimmte sie das Licht, stellte sich neben Sneijder, reichte ihm eine Tasse und blickte auch durchs Fenster. Ihre Spiegelbilder waren schemenhaft zu erkennen, dahinter lag der große Carport, der von hohen Eichen umgeben war.

»Das ist doch nicht normal, was wir hier tun, oder?«, fragte sie.

Sneijder rührte gedankenverloren in seinem Kakao. »Was ist denn schon normal, Nemez?«

»Normal ist das, was die Mehrheit tut.«

Er nahm den Löffel aus der Tasse, ließ ihn abtropfen und zeigte dann damit auf sie, als hätte er genau diese Antwort von ihr erwartet. »Das würde bedeuten, dass die Mehrheit der Menschen normal ist. Sehen Sie, und genau das bezweifle ich. Zum Glück sind wir beide nicht so – und genau deshalb sind wir hier.«

Und stehen mitten in der Nacht in der Küche eines Nachtclubbesitzers und ehemaligen Drogendealers und trinken seinen heißen Kakao. »Sie sagten vorhin …«

»Wollen Sie mir um diese Uhrzeit ernsthaft ein Gespräch aufzwingen?«, unterbrach er sie.

»Ja, das will ich«, beharrte sie und ignorierte seinen Gesichtsausdruck. »Sie sagten vorhin zu Haakon, wir wären nicht ehrenhaft. Wie haben Sie das gemeint?«

Sneijder atmete tief ein. »Sie wissen es, Nemez! Ich habe einen unbewaffneten und wehrlosen Mann kaltblütig erschossen. Sie waren dabei, haben es selbst gesehen und mich nachher sogar …« Er sprach den Satz nicht zu Ende.

Sie erinnerte sich nur zu gut an diese Szene vor einigen Jahren. Manchmal träumte sie sogar noch davon. Und das Schlimmste war, dass sie selbst vor Gericht einen Meineid geleistet hatte, um Sneijder zu entlasten. »Aber damals ging es immerhin um Ihren Sohn.«

»Aber das rechtfertigte die Tat nicht«, antwortete er.

Stimmt. Trotzdem war sie sich bis heute nicht sicher, wie sie gehandelt hätte, wenn sie in derselben Situation an Sneijders Stelle gewesen wäre.

»Falls Sie das beruhigt«, sagte er nun. »Mir war klar, dass wir eines Tages genau hier landen würden. Nicht unbedingt bei Haakon Jørgensen, aber in der Villa eines skrupellosen Verbrechers, mit dem wir gemeinsame Sache machen.«

»Und wie kommen Sie darauf?«

»Weil Böses Bösem folgt und es unser Job ist, unsere Feinde so lange zu studieren, bis wir genauso werden wir sie.«

»Vielleicht bin dich doch viel zu müde für solche philosophischen Gedanken.« Sie nippte am Kakao. »Ist Haakon tatsächlich so böse?«

»Bestimmt. Denken Sie nur an den Dänen und daran, welche anderen Leute er um sich schart.« Er senkte die Stimme. »Aber Haakon hat uns heute seine Schwäche gezeigt. Er wurde attackiert, weiß nicht von wem und traut niemandem. Und uns gegenüber verhält er sich wie ein Hund, der sich seinem Gegner unterwirft, auf den Rücken legt und den Bauch entblößt. Ist das nicht seltsam?«

Sabine runzelte die Stirn. »Heißt das, Sie glauben ihm nicht?«

»Nemez, Ihre Kombinationsgabe ist wie immer verblüffend.«

»Vorsicht!« Sie drohte ihm mit der zur Pistole geformten Hand. »Ich habe heute schon zweimal geschossen.«

»In einen Holzbalken. Ja, war eine coole Aktion.« Sneijder verzog den Mund. »Ein Mann wie Haakon Jørgensen zeigt keine Schwächen«, kam er wieder aufs Thema zurück. »Niemals und niemandem! Und schon gar nicht einem ausländischen Ermittlerteam gegenüber, das er erst einen Abend lang kennt.« Er machte eine Pause. »Ich habe vor einer Stunde mit Horowitz telefoniert. Er ist derselben Meinung.«

Vor einer Stunde? Der arme Horowitz! Wenn Sneijder etwas beschäftigte, nahm er keine Rücksicht auf andere. »Warum hat Haakon uns dann zu sich eingeladen?«, fragte sie.

»Wird interessant, das herauszufinden.«

Knapp zwei Wochen zuvor

Samstag, 12. Mai

Alexander wusste, dass die Nacht auf Sonntag für ihn verdammt lange werden würde. Vielleicht die längste in seinem bisherigen Leben. Und statt seinen Bruder zu töten, musste er jetzt einen anderen Mann umbringen. Und zwar einen Unschuldigen – den Kerl aus seinem Kofferraum.

Haakons Männer hatten den Mann hinunter in die Garage gezerrt und zwischen den Öl- und Benzinkanistern, Werkzeugkästen, alten Autoreifen und einer Hebebühne auf den grobkörnigen Betonboden geworfen. Alle Fenster und Türen waren geschlossen worden, damit man die Schreie des Mannes nicht weiter als bis zur Grundstücksgrenze hören würde. Zum Glück befand sich das nächste Haus meilenweit entfernt.

Astrid war auf ihr Zimmer gebracht und mit einer Schlaftablette ruhiggestellt worden. Indessen standen Haakon, seine Leute, der Däne und Alexander im Halbkreis um den Mann herum, der verängstigt auf dem Boden kauerte.

»Ich habe die Waffe draußen auf der Wiese gefunden«, sagte der Däne. »Eine Heckler & Koch mit abgefeilter Nummer.« Er roch am Lauf. »Daraus wurde geschossen. Fünf Patronen fehlen. Vier Hülsen liegen auf dem Rasen vor dem Kaminzimmer, eine bei den Autos.«

Haakon presste sich einen Eisbeutel auf die Wange. Blut vom Streifschuss lief ihm über den Hals in den Ausschnitt seines Hemds. »Wie ist dein Name?«

»Björn!«, rief der Mann sofort und zuckte zusammen, als Haakon einen weiteren Tritt andeutete.

»Woher kommst du?«

»Aus Fredrikstad.«

»Wer hat dich geschickt?«

»Was? Niemand …«, keuchte Björn und sah sich verzweifelt um.

»Mach's Maul auf! Wer hat dich geschickt?«, wiederholte Haakon.

»Niemand!« Björn hob den Arm und zeigte auf Alexander. »Der hat mich zusammengeschlagen und in den Kofferraum seines Wagens gezerrt.«

Alle blickten zu Alexander. Der lächelte nur. *Spiel nicht den Überraschten*, schärfte er sich ein. *Jede übertriebene Reaktion macht dich nur verdächtig.* Also presste er lediglich die Lippen aufeinander und sagte nichts.

»Mein Bruder?«, rief Haakon.

»Ja, der dort! Er hat mich zusammengeschlagen, gefesselt, geknebelt und in seinen Wagen gezerrt. Danach ist er mit mir weggefahren. Wir waren sicher zwei Stunden unterwegs. Ich weiß nicht einmal, wo wir jetzt sind, weiß nur, dass wir mit der Fähre über den Fjord gefahren sind.«

Verdammt, der kleine Scheißer war gar nicht die ganze Zeit bewusstlos gewesen.

»Und das soll ich dir glauben?«, fragte Haakon. »Welchen Wagen hat denn mein Bruder?«

»Einen weißen Tesla Roadster. Ich habe den elektrischen Antrieb mit Automatikschaltung gehört, achthundert PS«, rief Björn verzweifelt. »Ich war früher Autohändler.«

Fuck!

Haakon zog die Augenbrauen hoch, drehte sich zu Alexander und starrte ihn fragend an. Verwunderung und Skepsis lagen in seinem Blick.

»Kunststück«, sagte Alexander gelassen. »Er hat meinen Wagen draußen gesehen. Und beim Kennzeichen ALXJØ war es nicht schwer zu erraten, wem der Wagen gehört.« Er bemerkte, dass Haakons Schultern immer noch angespannt waren. *Kein gutes Zeichen.*

»Schau doch in seinen Wagen!«, rief Björn verzweifelt. »Die Fesseln liegen noch im Kofferraum.«

Dieses dämliche kleine Arschloch! Alexander lächelte milde, griff in die Hosentasche und holte seinen Autoschlüssel hervor. »Bitte. Du kannst selbst nachsehen.« Er hielt seinem Bruder den Schlüssel hin. Innerlich raste sein Herz, doch äußerlich versuchte er, so ruhig wie möglich zu bleiben, damit bloß seine Hand nicht zu zittern anfing. Eine falsche Reaktion, und alles würde auffliegen. Haakon und der Däne waren unberechenbar. Wenn sie tatsächlich auf die Idee kämen, in seinen Kofferraum zu schauen, war er geliefert. »Komm schon, schau rein!«, forderte er seinen Bruder erneut auf.

»Soll ich?«, fragte Haakon lauernd.

»Ja, und danach können wir hier endlich weitermachen.«

Haakon sah ihm fest in die Augen. Indessen beugte sich der Däne zu Björn hinunter, packte dessen Handgelenk und roch an den Fingern. »Er hat geschossen«, stellte er lakonisch fest.

»Dein Bruder hat mich dazu gezwungen«, rief Björn. »Riech an *seinen* Fingern. Dort sind auch Schmauchspuren!«

»Nein«, entschied Haakon und trat Björn erneut in die Rippen. »Netter Versuch, aber für wie blöd hältst du mich?«

Björn klappte keuchend zusammen, und Alex versuchte, sich seine Erleichterung nicht anmerken zu lassen. Er ließ den Autoschlüssel in seiner Hosentasche verschwinden.

»Wer hat dich geschickt?«, fragte Haakon erneut.

»Niemand«, presste Björn hervor.

Haakon wollte bereits zum nächsten Tritt ausholen, doch Alexander stoppte ihn. »Das bringt doch nichts. Du brichst ihm nur alle Rippen, aber er wird nicht reden, sondern höchstens ohnmächtig werden. Davon haben wir nichts.«

»Willst *du* ihn zum Reden bringen?«

»Ja.«

»Und wie?«

»Ganz einfach.« Alexander sah sich in der Garage um. »Hast du noch die Pressluftflaschen von deinen Tauchgängen im Fjord?«

Haakon nickte. »Nebenan liegen Flaschen, Flossen, Taucheranzüge, die Bojen und das Schlauchboot. Willst du jetzt tauchen gehen?«

Alexander verzog das Gesicht, dann nickte er zum Dänen. »Eine volle Pressluftflasche und ein schmaler Düsenaufsatz genügen.« Der Däne setzte sich sofort in Bewegung.

Eine Minute später schleppte er eine schwere Pressluftflasche in den Raum. Haakons Männer wussten, was er vorhatte. Sie zogen Björn die Hose herunter und fixierten ihn mit einer Kette auf dem Bauch liegend so fest auf der Hebebühne, dass er sich kaum rühren konnte.

»Was soll das?«, kreischte Björn. »Ich bin unschuldig. Der Kerl hat mich in seinem Wagen hergebracht!«

Niemand sagte etwas. Die Männer hielten Björns Arme und Beine fest, damit er nicht mehr um sich schlagen konnte, und Alexander rammte ihm das spitze Ende der Düse in den Anus. Björn wollte sich aufbäumen, aber Alexander drückte ihn nieder und schob ihm die Düse noch tiefer hinein.

»Was habt ihr vor?«, keuchte Björn.

Alexander hockte sich vor die Hebebühne. »Sei still und hör zu«, sagte er ruhig. »Wir werden jetzt Folgendes machen …« Er nickte dem Dänen kurz zu, und der drehte das Ventil für einen kurzen Moment auf. Der Schlauch spannte sich und Björn schrie verzweifelt auf.

»Wenn wir das Ventil noch einmal öffnen, füllt sich dein Dickdarm mit Luft, danach dein Dünndarm. Du verspürst anfangs nur einen unangenehmen Druck im Bauch, der sich aber langsam ausbreitet. Wenn es so weit ist, beantwortest du einfach nur meine Fragen. Verstanden?«

»Aber ich habe doch schon …«

»Sei still und hör weiter zu! Sollte ich das Gefühl haben, dass du mich belügst, werden wir weiter aufdrehen. Dann füllt sich auch dein Magen mit Luft, bläht sich auf. Die Luft drückt auf deine inneren Organe, und du wirst das Gefühl haben zu zerplatzen.«

»Bitte nicht …«, heulte Björn auf.

»Danach gibt es drei Szenarien: Du hast einen Herz-Kreislauf-Kollaps und stirbst. Das ist die angenehmste, aber zugleich unwahrscheinlichste aller Varianten.«

Björn versuchte, sich zu befreien, doch die Männer drückten seine Arme und Beine fest nieder.

»Zweitens: Der aufgeblasene Darm führt zu einem Zwerchfellhochstand. Dein Zwerchfell reißt, die Luft dringt vom Bauchraum in deinen Brustraum ein und steigt deine Speiseröhre hoch. Deine Lunge wird eingedrückt.« Er ballte die Hand langsam zur Faust, als wollte er eine Birne zerquetschen. »Du kannst nicht mehr atmen und hast das Gefühl zu ersticken. Dauert zwar lange und ist unangenehm, aber nicht besonders qualvoll.«

»Warum tust du mir das an?«, heulte Björn.

»Du kennst den Grund«, sagte Alexander. »Die dritte Variante ist die wahrscheinlichste. Magen und Darm halten den Druck nicht aus und platzen. Die Luft dringt in deinen Bauchraum ein, dehnt sich aus und zerquetscht der Reihe nach deine inneren Organe. Das ist irreparabel. Wenn du erst dann mit der Wahrheit herausrückst, ist es zu spät. Du kriegst nur noch mit, wie du langsam und qualvoll an inneren Blutungen stirbst. Also such es dir aus, wie lange du hart und standhaft sein willst!« Er kam näher an Björn heran. »Und vor allem beantworte meine Fragen.«

Björn sagte nichts, sondern hyperventilierte immer hektischer.

»Hast du auf meinen Bruder geschossen?«

»Nein!«

Alexander nickte dem Dänen zu, der drehte das Ventil eine Sekunde lang auf. Björn schrie auf. »Bitte nicht!«

»Hast du auf meinen Bruder geschossen?«

»Nein!«

»Gib es zu, sonst drehe ich das Scheißventil auf!«

»Ja, verdammt noch mal! Ich hab's getan, es tut mir leid! Hör auf!«

»Für wen arbeitest du?«

»Was? Ich arbeite für mehrere …«

»Für wen hauptsächlich?«, unterbrach Alexander ihn.

»Für Lars Frey.«

»Was machst du für ihn?«

»Ich beliefere seine Bars mit Alkohol.«

»Hast du die Waffe von ihm erhalten?«

Björn sagte nichts, keuchte nur. Der Däne öffnete für einen weiteren Moment das Ventil. »Hat *er* dir die Waffe gegeben?«, rief Alexander.

»Ja, ja, die hab ich von ihm.«

»Bist du zu Fuß hergekommen?«

»Ja.«

»Wie wolltest du danach abhauen?«

Björn sah ihn fragend und mit Tränen in den Augen an.

»Wolltest du ein Auto klauen?«

»Ja, ja.«

»Du wolltest natürlich gar nicht auf meinen Bruder schießen, richtig? Im Grunde genommen bist du ein anständiger Kerl, nicht wahr? Aber Lars Frey hat dich dazu gezwungen. Stimmt das?«

»Ja, ja, so war's.«

»Kennst du den Grund?«

»Nein, ich weiß es nicht. Aber *er* wollte, dass ich auf deinen Bruder schieße. Er hat es in Auftrag gegeben. Er war's! Ich wollte das gar nicht. Ich schwöre es! Und jetzt nimm das Ding aus meinem Arsch.«

»Beruhige dich, es ist alles in Ordnung.« Alexander tätschelte seine Wange. »Wir kennen Freys Grund.« Er stand auf und warf seinem Bruder einen kurzen wissenden Blick zu. Björn entspannte sich indessen, atmete heftig aus und blieb völlig erschöpft liegen.

Alexander wandte sich von ihm ab, ging zur Pressluftflasche und legte die Hand auf das Ventil. Beinahe hätten ihn seine Gewissensbisse eine Sekunde lang zögern lassen, doch rasch drehte er das Ventil, ohne hinzusehen, vollends auf. Als das Geschrei nach einer Minute verstummte, schloss er es wieder.

Noch in derselben Nacht wischten Haakons Männer die Sauerei in der Garage auf und ließen Björns Leiche in einem schwarzen Plastiksack verschwinden. Wohin, das wusste Alexander nicht. Vermutlich irgendwo an einer tiefen Stelle im Fjord, mit Gewichten beschwert.

Haakon ließ sich indessen von seinem privaten Hausarzt versorgen, der noch in derselben Nacht vorbeikam. Der Streifschuss musste nicht genäht werden, allerdings würde eine lange Narbe zurückbleiben. Doch die störte Haakon nicht. Bei seiner schneeweißen Haut, die niemals braun wurde, würde sie später ohnehin nicht allzu sehr auffallen.

Als es in der Villa ruhig geworden war, schlich Alexander in Astrids Schlafzimmer. Das Licht der Außenbeleuchtung fiel durch den zugezogenen Vorhang und tauchte den Teppich und die Möbelstücke in ein dunkelblaues Dämmerlicht. Alexander setzte sich auf Astrids Bettkante.

Astrid wälzte sich herum und raschelte mit der Decke. »Wie ist es gelaufen?«, murmelte sie. Offenbar war sie trotz des Beruhigungsmittels innerlich so aufgewühlt, dass sie nicht richtig schlafen konnte.

Alexander strich ihr eine blonde Strähne aus dem Gesicht. »Es ist erledigt, der Mann ist tot.«

»War es einer von Lars Freys Männern?«

»Ja …« Alexander hielt ihre Hand. Die Finger waren kalt. »… ein Bauernopfer.«

Astrid runzelte die Stirn. »Du wolltest doch nie so werden wie dein Bruder.«

Stimmt. Er presste einen Moment lang die Lippen aufeinander. »Mir blieb aber keine andere Wahl, ich musste es tun.« Er merkte, wie sie ihn bestürzt ansah. »Er hatte keine Familie und keine Kinder«, sagte er. »Ein kleiner schmieriger Scheißkerl, der Zigaretten und Alkohol geschmuggelt und Drogen an Jugendliche verkauft hat. Um den ist es nicht schade.«

Astrid versuchte, sich aufzusetzen, doch Alexander legte ihr die Hand auf die Schulter. »Versuch zu schlafen.«

»Sehr witzig«, murmelte sie. »Wie geht es jetzt weiter?«

»Wie ich Haakon kenne, wird er Rache an Frey und seinen Leuten nehmen wollen.« Er atmete tief durch. Ein schrecklicher Gedanke.

Schritte waren im Haus zu hören. Haakon kam die Treppe herauf. Es wurde Zeit zu gehen.

»Die Sache könnte völlig außer Kontrolle geraten«, flüsterte Astrid.

Das ist sie schon. Anscheinend dachte Astrid das Gleiche. »Lass uns beide verschwinden!«, flüsterte sie.

»Du willst abhauen?«

»Ja, solange wir noch Gelegenheit dazu haben.«

Alexander presste die Lippen aufeinander. Wie sollte er es ihr beibringen? Schließlich schüttelte er den Kopf. »Egal, wohin wir verschwinden, Haakon würde uns finden.«

Wir müssen die Sache auf eine andere Art lösen.

6. TEIL

TØNSBERG

Samstag, 26. Mai

38. Kapitel

Als Sabine wenige Stunden später aufwachte, zeigte das Außenthermometer nur ein Grad plus. Während Marc noch tief und fest schlief, schlüpfte sie in Joggingkleidung, Laufschuhe und zog sich noch zusätzlich dünne Handschuhe und ihre Windjacke an. Dann verließ sie die Villa, in der sich noch nichts regte, lief zur Grundstücksgrenze und nahm den Weg zum Trailer-Park.

Weit und breit gab es kein anderes Haus. Die Straße führte ein Stück am Fjord entlang, dann ging es nach einer bizarren Felsformation bergab. Über Nacht war anscheinend eine richtig fiese Kaltwetterfront über das Land hereingebrochen, denn obwohl die Morgensonne schien, war es saukalt. An manchen Stellen, wo die Felswände im Schatten lagen, bemerkte Sabine sogar noch kleine Schneefetzen vom vergangenen Winter. Aber wie ihr Vater schon immer gesagt hatte, *es gibt kein schlechtes Wetter, nur unpassende Klamotten.*

Sabine atmete tief durch, füllte die Lunge mit kalter Luft und genoss die Landschaft. Der Morgen war wolkenlos und klar, nicht die kleinsten Nebelfetzen, und der Himmel reichte so weit und makellos bis zum Horizont, wie sie es schon lange nicht mehr gesehen hatte. Normalerweise hörte sie beim Joggen mit In-Ears übers Handy Musik, aber bei diesem Ausblick hatte sie keine Lust auf die Les Humphries Singers.

Als sie das Meeresniveau erreicht hatte und eine Weile am Ufer entlanggelaufen war, läutete ihr Handy. Jetzt musste sie doch die Kopfhörer benutzen. Es war Connie, ihre jüngste Nichte. Sie bedankte sich für die SMS, fragte Sabine über ihren aktuellen Fall aus und ob sie auch wirklich nett zu Sneijder war und ihn nicht nervte.

»Keine Sorge«, Sabine lachte laut auf, »ich bin total nett zu ihm und unterstütze ihn, wo es geht.«

»Prima, dann ist dieser Fall ja schon so gut wie gelöst.«

»Bestimmt.« Sabine erreichte den Trailer-Park, der direkt an einem lang gezogenen schroffen Felsufer lag, und rannte an einem unbesetzten Eingangshäuschen vorbei auf das Gelände. Hier standen die aufgebockten Mietwohnwagen in Dreierreihen. »Ich muss Schluss machen.«

»Ist es brenzlig?«

»Ja, Martinelli steckt in der Klemme … Kuss … bis später.« Sie legte auf und sah sich um. Tina hatte ihr gestern Nacht noch eine SMS geschickt. *Wohnwagen Nr. 19. Joggen? Morgen 7 Uhr?* Sabine hatte nur mit einem kurzen *O. K.* geantwortet.

Da war es. Neben einfachen Holzhäusern und modernen Campingwagen stand ein braun angestrichener Wagen aus Holz mit einer Sitzbank auf dem überdachten Vorbau. Das Ganze sah aus, als wären darin vor hundert Jahren möglicherweise noch die Roma durchs Land gefahren. *Typisch.* Tina bevorzugte es klassisch.

Sabine stieg die paar Stufen zum Eingang hinauf und pochte lautstark an die Tür. Sie war schneller gelaufen als geplant, und so war es erst zehn vor sieben. Nachdem sich im Wagen nichts rührte, drückte sie vorsichtig auf die Klinke. Die Tür sprang nach innen auf. Eine muffige Wärme schlug ihr entgegen, und im nächsten Moment drängte sich Krzysztof an ihr vorbei. Bis auf eine eng geschnittene schwarze Unterhose war er nackt.

»Sorry«, entfuhr es Sabine. »Ich habe mich wohl in der Nummer …« Sie sah sich um. Nein, die Nummer stimmte.

»Morgen«, gähnte Krzysztof, »Tina ist gleich fertig. Ich geh schwimmen.«

Schwimmen? Erstaunt sah Sabine ihm nach. Barfuß, nur mit

einem Handtuch über der Schulter, sprang er auf die Wiese und lief in Richtung Meer.

Das tut er jetzt doch nicht wirklich? Im nächsten Moment tauchte Tina im Joggingdress auf.

»Sag bloß, die hatten gestern Nacht nur *einen* Wagen für euch?«, entfuhr es Sabine.

»Nein, Krzysztof wohnt gleich nebenan, Nummer zwanzig.«

Sabine reckte den Hals und sah, wie Krzysztof von einem Felsvorsprung kopfüber ins Wasser hechtete. »Er ist gerade *ins Meer* gesprungen …«, rief sie verblüfft.

»Er ist gestern nach Mitternacht noch mit ein paar Norwegern schwimmen gewesen.«

»Das Wasser ist eiskalt, die Strömung ist stark, und überall sind scharfe Felsen!«, entfuhr es Sabine.

»Richtig. Offizielle Wassertemperatur fünf Grad, kurz vorm Eisschwimmen. Aber nichts zu machen.« Tina zuckte die Achseln. »Kryz ist alt genug, um es besser zu wissen, und jung genug, es trotzdem zu tun.« Sie verzog den Mund. »Muss sich anscheinend abkühlen.«

»Kryz?«, wiederholte Sabine und kniff die Augen zusammen. »Abkühlen?«

»Ja …«, druckste Tina herum, »… eigentlich hättest du ihn hier ja gar nicht mehr sehen sollen.«

»Sag sofort, dass das nicht wahr ist! O Gott, Tina! Er könnte dein Vater sein!«

»Ist er aber nicht!« Sie starrten sich einen Moment lang an. »Komm, laufen wir in den Ort, ich erzähl dir unterwegs alles.«

Sie liefen los in Richtung Tønsberger Zentrum. Nach einer Weile begann Tina zu reden. »In seinem Wohnwagen war die Heizung ausgefallen, und nachdem er vom nächtlichen Schwimmen zurückgekommen ist, war er so durchgefroren wie ein streunender Straßenköter.«

»Und du hast den Armen gewärmt?«

»Davor haben wir uns noch gegenseitig die Schrammen von der Schlägerei verarztet.«

»Denn in seinem Wohnwagen gab es auch keinen Erste-Hilfe-Kasten«, vermutete Sabine.

»Richtig! Und danach haben wir unsere Tattoos verglichen.«

»Was du ja sonst auch gleich mit jedem Kerl machst … Tina!« Sabine atmete tief durch. »Wie konnte das nur passieren?«

Tina ignorierte die Seitenhiebe. »Er hat Charme.«

»Krzysztof hat Charme?«, entfuhr es ihr.

»Ja, er hat gesagt, *ich bin umweltbewusst, lass uns gemeinsam duschen.*«

»Und das hast du natürlich sofort getan.«

»Nein, habe ich nicht! Aber danach meinte er noch, er hätte gern, dass ich ihn zur Beobachtung über Nacht bei mir behalten würde.«

Sabine war sprachlos. »Und bei diesen Sprüchen hast du ihn nicht gleich rausgeworfen?«

»Ich weiß, das ist alles ziemlich niveaulos. Aber er war schon sehr hartnäckig, und irgendwie stehe ich drauf.« Tina verzog das Gesicht. »Nachdem ich ihn wegen seiner blöden Sprüche erst mal wie üblich richtig zur Sau gemacht habe, haben wir zusammen eine Flasche geleert, die er am Flughafen gekauft hat. Und dann hat er plötzlich von seiner Ex-Freundin und deren Tochter erzählt und mir eine völlig andere Seite von sich gezeigt. Tatsächlich ist er gar nicht so hart, ist alles nur Show. Er ist voll sensibel … und so hat eins zum anderen geführt …«

»Trotzdem!«

»Ja und? Meine Beziehungen mit Gleichaltrigen haben noch nie funktioniert.«

Eigentlich konnte es ihr ja egal sein, mit wem Tina ins Bett stieg. Hauptsache, sie war glücklich – und im Moment schien sie vor Energie nur so zu sprühen. »Ich halt ja schon die Klappe«, sagte Sabine. »Krzysztof ist sicher der Hammer.«

Tina schüttelte den Kopf. »Nein, er ist ein ganzer Werkzeugkasten.«

»Okay, Schluss mit den Sprüchen, sonst muss ich noch eine Hochzeit organisieren«, bremste Sabine sie ein.

»Übertreib mal nicht. Ich weiß ja selbst nicht genau, worauf das Ganze rauslaufen soll. Also bitte kein Wort zu Sneijder oder den anderen!«

»Das würde mir sowieso keiner glauben«, antwortete Sabine. »Du und Krzysztof – ich fasse es nicht!« Dann erzählte sie Tina von ihrem nächtlichen Gespräch mit Sneijder.

Kaum war sie fertig, erreichten sie auch schon den Hafen. Samstags war anscheinend Markttag in Tønsberg. Zahlreiche Verkaufsbuden mit T-Shirts und Touristenkram wurden soeben aufgebaut sowie jede Menge Stände mit frischem Obst, Brot und Fisch. Trotz der frühen Morgenstunden waren bereits einige dick eingepackte Touristen unterwegs. Wärmender Sonnenschein und saukalter Wind wechselten sich ab – ein verrücktes Wetter. Auch hier gab es kleine Felsvorsprünge, von denen junge Norweger brüllend ins Wasser sprangen. Irgendjemand von denen konnte Krzysztof dann ja retten, falls der einen Herzinfarkt bekam und in Richtung offenes Meer abtrieb.

Sabine und Tina joggten Richtung Altstadt, wo sie an einer großen Bücherei und einem Trachtenmodengeschäft vorbeikamen, bis sie eine Bäckerei und einen der hier typischen Meny-Supermärkte entdeckten.

»Hast du Geld mit?«, fragte Tina.

Sabine nickte. »Vielleicht erfahren wir beim Einkaufen mehr über Haakon. Immerhin ist es seine Stadt.«

Sie kauften Ansichtskarten vom Fjord für Sabines Nichten, Getränke für Tinas Wohnwagen und frisches Gebäck für sie beide zum Frühstück. Sabine hatte eine App auf dem Handy, die die Preise in Euro umrechnete, und sogar die kleinsten Beträge konnten hier mit Karte bezahlt werden.

Bei ihren Einkäufen stellten sie fest, dass hier ausnahmslos jeder ein Lächeln im Gesicht hatte. Und sobald sie sagten, dass sie aus Deutschland kämen und einen Rucksack-Urlaub in Norwegen machten, waren sie sofort mitten im Gespräch mit den Verkäufern. Niemand schien gestresst oder unzufrieden. Aber diese Idylle täuschte Sabine nicht darüber hinweg, dass auch hier Morde passierten und Menschen spurlos verschwanden …

39. Kapitel

Kurz vor acht läutete Sneijders Handy. Bis dahin hatte er tatsächlich ein paar Stunden Schlaf gefunden. Nun saß er auf seinem Bett und starrte auf das Telefon. Dirk van Nistelrooys Nummer leuchtete auf dem Display. Er wusste, was das bedeutete. Ausschalten oder ignorieren hätte wenig Sinn – Dirk würde von seiner Sekretärin alle Leute seines Teams der Reihe nach durchrufen lassen. Also ging er ran. »*Goedemorgen. Wat in godsnaam?*«, murrte er und rieb sich das Kinn.

»Lass die dämlichen Sprüche!« Van Nistelrooy war auf hundert. *Das fängt ja schon gut an.* »Rate mal, was ich gerade erfahren habe!«

»Dein Pensionsalter wurde um drei Jahre erhöht?«, versuchte es Sneijder.

»Witzig«, fauchte van Nistelrooy. »Nach euch wird gefahndet! Die Polizei in Tønsberg hat eine ziemlich genaue Personenbeschreibung von euch allen.«

»Könnte auch eine zufällige Übereinstimmung sein.«

»Ein Siebzigjähriger im Rollstuhl und eine tätowierte Schwarzhaarige mit halb kahl geschorenem Kopf?«, brüllte van Nistelrooy.

»Nicht so laut«, stöhnte Sneijder. »Was haben wir diesmal verbrochen?«

»Eine Schlägerei mit einer Gruppe Einheimischer.«

»Ist nicht dein Ernst! *Eine Prügelei?* Deshalb rufst du an? Man könnte meinen, in Wiesbaden gäbe es nichts Wichtigeres zu tun.«

»Verarsch mich nicht! Es geht nicht nur um die Schlägerei. Eine Frau aus deinem Team hat zweimal eine Waffe abgefeuert. Wer war das? Cora Petersen?«

»Kann mich nicht mehr genau daran erinnern.« Sneijder erhob sich vom Bett, ging ins Badezimmer und schaltete das Licht ein. Die verdammte Lampe blendete. »Warum ist das so wichtig?«

»Was zum Teufel machst du in Tønsberg? Bist du nicht eigentlich als Beobachter einer Mordermittlung *nach Oslo* geflogen?«

»Erstens bin ich nicht geflogen, zweitens hat mich diese Spur nach Tønsberg geführt und drittens hat uns die Schlägerei eine Tür für weitere Ermittlungen geöffnet. Also alles in bester Ordnung. Kannst dich wieder um die Falschparker in Wiesbaden kümmern.«

»Ein verfluchter Scheißdreck ist in Ordnung! Kommissar Gulbrandsen weiß nicht, wo du steckst, und dann muss ich noch erfahren, dass du in der Villa eines ehemaligen Drogenbosses nächtigst. Haben die gutes Marihuana dort?«

Sneijder blickte auf seine Armbanduhr. Gerade mal neun Stunden in diesem Haus und Dirk wusste bereits über alles Bescheid. »Hat Cora Petersen wieder den Nachrichtendienst informiert und der dich?«

»Nachdem du dich in großes Schweigen hüllst und – anders als vereinbart – noch kein Wort an Jon Eisa berichtet hast, bleibt mir wohl keine andere Informationsquelle!«

»Schön, jetzt bist du ja informiert. Kann ich dann weitermachen?« Sneijder legte sich ein in kaltes Wasser getränktes Handtuch ins Genick. *Sonst bist du ja auch nicht so brennend an meinen Fällen interessiert.*

»Nicht, wenn du dich in einer Bar mit ein paar Norwegern prügelst und dein Team nicht unter Kontrolle hast.«

Sneijder starrte in sein Spiegelbild. *Vervloekt!* Er war jetzt in einem Alter, in dem er am Wochenende nicht mehr saufen musste, um morgens wie eine Leiche auszusehen. »Wir wurden provoziert! Sollten wir uns abstechen lassen?« *Wäre vielleicht ganz in Jon Eisas Sinn!* Er sah auf. Dieses verdammte Datenleck würde sich nicht von allein schließen. Und schon gar nicht, wenn er länger als nötig in Norwegen herumhing.

»Natürlich nicht, mein Gott!«, rief van Nistelrooy. »Aber was passiert als Nächstes? Läufst du mit deiner Knarre durch Norwegen und erschießt alle, nur weil dich jemand angerempelt hat? Dr. Ross sagt, du wärst eine tickende Zeitbombe.«

So viel zur Verschwiegenheitspflicht unserer Psychologin! Sneijder ließ sich kaltes Wasser über Kopf und Genick laufen. »Kommt drauf an, *wer* mich anrempelt.«

»O Gott!«, seufzte van Nistelrooy.

»In Wahrheit ist alles nicht so schlimm, wie es sich anhört.«

»Was soll das nun wieder?«

»Es ist anders, als es scheint, aber ich kann dir am Telefon nicht mehr darüber erzählen.«

»Okay.« Mit einem Mal klang er ein bisschen versöhnlicher. »Was ist das für eine Spur in Tønsberg?«

»Ist noch zu früh, um darüber zu spekulieren.«

»Ich will, dass du mich über alles …«

»Dirk!«, unterbrach Sneijder ihn. »Es ist noch zu früh! Nur eines: Ich werde diesen verdammten Fall so rasch wie möglich abschließen, und dann kümmere ich mich sofort wieder um unsere Angelegenheit in Wiesbaden.« Er legte auf, dann drehte er die kalte Dusche auf.

40. Kapitel

Um neun Uhr verließ Sneijder im frischen Anzug sein Zimmer. Im Haus duftete es bereits herrlich nach Bohnenkaffee. Er wollte ins untere Stockwerk zum Frühstücksraum gehen, hielt jedoch inne, als er Schritte hörte. Sabine kam um die Ecke, mit teilweise noch nassen Haaren, leuchtend roten Wangen, in Jeans und Pullover und mit einer Papiertüte in der Hand.

»Wie war es im Ort?«, fragte er.

Sie sah ihn erstaunt an. »Woher wissen Sie das? Ihr Fenster zeigt in die andere Richtung.«

Sneijder lächelte. Es wurde Zeit, es ihr zu sagen. Sie würde es sowieso erfahren. Er zog sein Handy aus der Tasche und wedelte damit herum. »Marc hat mir eine App raufgespielt. Ist nicht legal, kümmert mich im Moment aber nicht. Damit kann ich jederzeit sehen, wer aus meinem Team wo ist. Und Sie und Tina waren im Trailer-Park und danach im Ort.«

Sie sah ihn an, als wollte sie ihn zum Frühstück verspeisen, doch dann entspannten sich ihre Gesichtszüge.

»Eine reine Vorsichtsmaßnahme, Eichkätzchen, nur für diesen Fall – mehr nicht. Kommen Sie mit.« Er ging voraus. »Also, wo waren Sie?«

»Einkaufen.« Sie folgte ihm die Treppe hinunter. »Tina und ich haben nichts Neues über Haakon erfahren, außer, dass er in Tønsberg sehr beliebt ist. Regelmäßige Spenden an diverse Vereine und Unterstützung für soziale Projekte der Stadt.«

Ein richtiger Samariter! »Warum sind Tina und Krzysztof nicht mitgekommen?«

»Ich denke, die frühstücken allein im Trailer-Park.«

»Und was macht Marc draußen im Garten?«

Sie presste die Lippen zusammen. »Der spielt Pokémon GO.«

»Was zum Teufel ist das?«

»Das kennen Sie nicht? Ich dachte, Sie wären beim BKA«, sie grinste, »er sammelt Pokémons und brütet die Eier …«

»Dauert die Geschichte noch lange?« Er sah sie scharf an und senkte die Stimme. »Nemez, ich will diesen verdammten Fall noch heute abschließen und morgen heimfliegen.« Er nickte auf die Papiertüte, aus der es nach frischem Gebäck duftete. »Sind da Fladenbrote fürs Frühstück drin?«

»*Kringlestang* mit Vanille für Sie, frisch vom Bäcker.«

Er zog eine Augenbraue hoch. Anscheinend hatte sie tatsächlich an ihn gedacht, damit seine grauen Zellen in Schwung blieben. Er nickte nur, dann erreichten sie die untere Etage. »Setzen Sie ein charmantes Lächeln auf, wir werden jetzt gleich mit Haakon frühstücken. Ich will seine Frau und seinen Bruder kennenlernen.«

»Seinen Bruder? Wie wollen Sie das anstellen?«

»Ganz einfach. Draußen steht ein Wagen mit dem Kennzeichen ALXJØ. Ich nehme an, das ist sein Auto, und er ist hier. Seien Sie nett zu ihm.«

Das Frühstück war nach Astrids Anweisung im unteren Stock des Hauptgebäudes neben der Küche für sie angerichtet worden. Die Vorhänge der breiten Fensterfront waren zur Seite geschoben, und Sneijder sah sich in dem sonnendurchfluteten Raum verzweifelt um. Es gab verschiedenste vegane Müslisorten, koffeinfreien Kaffee, glutenfreies Knäckebrot, fettarmen Joghurt, laktosefreie Milch und alkoholfreien Sekt. Am liebsten hätte er sich erschossen – mit einer *Platzpatrone*. Außerdem gab es sogenanntes *Rømmegrøt*, was beliebt war, da es angeblich wärmte, wie Sneijder erfuhr. Dennoch probierte er es nicht. Er wollte sich seine innere Kälte bewahren, die ihn seit Tagen im Griff hielt, und so trank er nur Kaffee, aß das *Kringlestang* dazu und löffelte trockene Cornflakes ohne Milch.

Haakon Jørgensen war auch im Salon, im dunkelroten Samtmorgenmantel. In seinem Gesicht war nicht viel zu lesen, weil er eine Sonnenbrille trug. Er trank frisch gepressten Orangensaft und fütterte zwei fast ausgewachsene American Pit Bull Terrier mit Leckerlis, die er ihnen zuwarf, wenn sie seine Befehle befolgten. Die beiden schienen sehr an ihm zu hängen. »Ich habe heute Morgen Ihre Jacken und Mäntel aus dem *Nordlys* herbringen lassen, hängen im Vorraum.«

»Danke.« Sneijder setzte sich neben ihn und wollte gerade auf Lars Frey zu sprechen kommen. Doch bevor er etwas sagen konnte, hatte Sabine bereits den Mund aufgemacht.

»Lichtempfindlich?« Sie deutete zur Brille, dann zum Fenster.

Haakon nickte. »Außerdem möchte ich auch niemanden mit meinem Anblick erschrecken.«

Netter Versuch, dachte Sneijder. *Aber um uns zu erschrecken gehört schon mehr dazu, als so ein Aussehen.*

»Gestern Abend hatten Sie aber keine auf, auch nicht später in der Bibliothek«, stellte Sabine fest. »Strategische Entscheidung? Wollten Sie uns einschüchtern?«

»Hat es denn geklappt?«, fragte Haakon lächelnd.

»Leider nein …« Sabine verzog bedauernd den Mund. »Ich bin übrigens in den Ort gejoggt und habe ein paar Einheimische kennengelernt«, sagte sie wie nebenbei, während sie mageren Streichkäse auf ein Knäckebrot schmierte, »und dabei festgestellt, wie gut gelaunt die Menschen in Tønsberg sind.«

Haakon gab seinen Hunden einen Sitz-Befehl, den sie brav befolgten. »Offiziell gehören die Norweger zu den glücklichsten Menschen der Welt.«

»Und woran liegt das?«, fragte Sabine.

Was soll der Mist? Sneijder hatte keinen Bock auf Smalltalk. »Ich …«, begann er, doch Haakon unterbrach ihn. »Norwegen ist ein freies Land, in dem jeder seine Meinung sagen darf. Es gibt kaum soziale Ungleichheit, wir haben eine gute Gesundheitsversorgung und ein hervorragendes Bildungssystem.«

Sabine lachte auf. »Aber in den Thrillern wird Norwegen immer so düster gezeichnet.«

Jetzt blieb Sneijder stumm und hörte aufmerksam zu.

»Das ist eine verzerrte Außenwahrnehmung.« Nun verdeckte eine Wolkenbank den Himmel, und Haakon schob sich die Sonnenbrille ins Haar. Seine Augen leuchteten rot. »Beispielsweise dauern die Tage im Sommer extrem lang. Und weil es so lange hell ist, fühlt man sich nie müde und ist voller Energie.« Er schielte zu Sneijder.

Und ich brauche es finster wie in einem Bärenarsch, damit ich schlafen kann, dachte der. *Die lange Helligkeit macht mich fertig.*

»Aber die langen dunklen Winter?«, entgegnete Sabine.

»Haben auch ihre Vorteile – wussten Sie, dass das Skifahren in Norwegen erfunden worden ist?« Haakon kraulte einen der Hunde hinter dem Ohr. »Meine Familie machte früher immer Schlittentouren. Man darf überall im Freien Feuer machen, zelten und fast überall jagen. Zum Fischen im Meer benötigt man keinerlei Erlaubnis. Darüber hinaus hat Norwegen über vierzigtausend Seen, in denen man mit Lizenz fischen kann.«

Wäre das Richtige für Krzysztof! Wenn der keinen Beratervertrag mit dem BKA hätte, würde er vielleicht sogar für immer hierher ziehen.

Sabine lachte. »Das kann sich nur ein reiches Land leisten.«

Haakon nickte. Er bedeutete den Hunden, eine Rolle zu machen und sich danach hinzusetzen. Danach belohnte er sie mit einem Leckerli, nach dem sie gierig schnappten. »Ja, wir leben in einem der reichsten Länder der Welt. Der Überschuss aus den Öl- und Gasfeldern wird seit vielen Jahren in den norwegischen Staatsfond gepumpt.«

»Und womit haben *Sie* Ihren Wohlstand erreicht?«, fragte Sabine.

»Ich bin im Schrotthandel tätig.« Er ließ sich keine – zumindest offensichtliche – Reaktion auf Sabines wie nebenbei gestellte Frage anmerken.

»Und das läuft gut?«

Haakon lächelte. »Die Entsorgung von Altmetall und Industriemüll ist die Zukunft. Ich habe das Geschäft neu aufgebaut. Meine Containerschiffe fahren regelmäßig durch die Ostsee. Damit macht man heutzutage die große Kohle.«

»Und dann haben Sie noch das *Nordlys*«, erinnerte sie ihn.

Er nickte. »Das und eine Handvoll anderer Bars und Clubs. Die stammen noch aus der Ära meines Vaters. Ein Viertel der Lokale habe ich behalten – eher aus Nostalgie und nicht weil sie sonderlich viel Gewinn abwerfen –, den Rest verkauft.«

»Gestern erwähnten Sie einen Ihrer Konkurrenten. Lars Frey. Macht er auch in Schrott?«

Haakon schüttelte den Kopf. »Der hat ein paar Bars in Fredrikstad.«

»*Hatte*«, korrigierte Sabine ihn, woraufhin er aufblickte. »Sie sagten gestern, der tue keiner Fliege mehr etwas zu Leide. Was ist passiert?«

Haakon hob die Schultern. »Wenn ich das wüsste. Letzte Woche sind er und drei seiner Leute spurlos verschwunden.«

»Und Sie haben nicht rein zufällig etwas damit zu tun?«, fragte Sabine spitz. »Immerhin sind Sie in der *Abfallentsorgung* tätig.« Die Betonung des Wortes ließ klar erkennen, was Sie meinte.

Ein zartes Lächeln umspielte Haakons Gesichtszüge. Er tätschelte einen der Hunde, der wohlig grummelte. »Die Polizei in

Fredrikstad ermittelt in dieser Sache, aber nicht besonders gründlich. Die sind froh, wenn Typen wie Frey von der Bildfläche verschwinden.«

»Typen wie Frey *und Sie*?«, fragte Sneijder nun.

Haakon nickte. »Ich gehöre wohl auch dazu … ja«, sagte er gelassen.

Du hast dich also schon um Frey gekümmert. Und genau deshalb bist du so erpicht darauf herauszufinden, wer den gestrigen Anschlag auf dich in Auftrag gegeben hat.

»Möglicherweise stecken hinter Freys Verschwinden und den Anschlägen gegen Sie ein und dieselben Leute«, vermutete Sabine.

Haakon nickte. »Möglich.«

»Und den Morden an Katharina von Thun und ihrem Sicherheitschef«, vermutete Sabine weiter.

Haakon blieb immer noch gelassen. »Unwahrscheinlich … aber möglich.«

»Und den Prostituiertenmorden«, ergänzte Sneijder.

»Mög…« Nun sah Haakon kurz auf. »Welche Prostituiertenmorde?«

»Noch nie etwas davon gehört? Stand erst gestern in der Zeitung.«

»Doch, aber wie kommen Sie *darauf*?«

»Nur so ein Gefühl.« Sneijder dachte an das gekrümmte Messer, über das die Medien bisher keinerlei Informationen hatten. Somit konnte auch Haakon nichts davon wissen, es sei denn, *er* war der Mörder. Haakons verwunderte Reaktion war also verständlich.

Einer der Hunde hatte die Ohren gespitzt, der andere sah Haakon einen Augenblick lang irritiert an. Da bemerkte Sneijder den dünnen Schweißfilm auf Haakons Handrücken. *Sieh an!* Hunde reagierten oft feinfühliger auf menschliche Reaktionen als die besten Kameras. *Gut gespielt, Haakon! Beinahe hättest du mich getäuscht, aber deine Hunde haben dich verraten.*

Jetzt fiel Sneijder auch auf, dass Haakon gar nicht nachgefragt hatte, warum sie von *mehreren* Morden gesprochen hatten. Denn selbst wenn er die Zeitungsmeldungen zu Ylva Ødegårds Tod gesehen hatte – an die vor zehn Jahren verschwundene Wenke Holm würde er sich wohl kaum erinnern können.

Sneijder ließ ihm noch etwas Zeit, doch die Frage kam nicht. »Wir brauchen sämtliche Informationen über Lars Frey, die Sie uns geben können«, sagte Sneijder schließlich, während er jede von Haakons Reaktionen genau beobachtete. Der Mistkerl schien über den Themenwechsel erleichtert zu sein. Und auch die Hunde beruhigten sich wieder.

»Natürlich. Sie kriegen alles, was Sie wollen«, sagte Haakon lächelnd.

41. Kapitel

Das Büro, das Ihnen zugewiesen wurde, lag im Erdgeschoss des Dreißigerjahre-Anbaus direkt neben dem Kaminzimmer. Es war groß genug für alle und über eine Terrassentür leicht mit dem Rollstuhl zu erreichen. Nun lernten sie auch Haakons Ehefrau Astrid kennen: eine hochgewachsene selbstbewusste Frau mit langen blonden Haaren und Sommersprossen, die in ihrem eigenen Haus ein elegantes leuchtend blaues Wickelkleid und hohe Stöckelschuhe trug.

Sie verstand zwar einigermaßen Deutsch, aber da sie es nicht so gut wie ihr Mann sprach, unterhielt Sneijder sich mit ihr auf Englisch. Freundlich nahm sie all seine Wünsche entgegen und gab sie direkt an ihr Hauspersonal weiter. Anscheinend wollte Haakon Sneijder und sein Team beeindrucken, denn er stellte ihnen tatsächlich alles zur Verfügung, was sie brauchten. Es dauerte keine zehn Minuten, da hatten sie drei Schreibtische, jede Menge Verlängerungskabel, Farbdrucker, Computermonitore, ein Flipchart, Videobeamer, Gläser und reichlich Getränke. Binnen kürzester Zeit war der Raum voller Equipment und summte wie ein Bienenstock.

Mehrmals fiel Sneijder auf, dass, wenn Astrid bei den Tischen und Stühlen mit anpacken wollte, eine Bedienstete ihr sofort die Arbeit abnahm. Als sie schließlich mithelfen wollte, eine große Polstercouch an die Wand zu schieben, um mehr Platz für die Tische zu schaffen, wurde sie von ihrer Angestellten sogar lautstark auf Norwegisch getadelt.

»Bandscheibenvorfall?«, vermutete Sneijder, während er in Ruhe seine Laptoptasche auspackte.

Astrid griff sich lächelnd auf den Bauch. »Nachwuchs.«

»Ich gratuliere«, sagte er.

»Mögen Sie Kinder?«

»Nein, ich hasse sie«, gab er zu. »Ich wollte nur höflich sein.«

Sie lachte. »Ich schätze ehrliche Menschen.«

»Ich auch«, log er. Tatsächlich mochte er Lügner – sie machten seinen Job um so vieles einfacher.

Astrid reichte ihm den Schlüssel für den Raum. »Wenn Sie noch etwas brauchen sollten …?«

»Die Unterlagen über Lars Frey.«

Bei der Erwähnung des Namens stutzte sie einen Moment lang. »Ja, gut, ich sage es meinem Mann.«

Sie verließ den Raum genau in dem Moment, als Sabine und Marc mit ihren Taschen und Notebooks hereinkamen.

»Wow! Was für ein Ausblick.« Marc ging zum Panoramafenster und blickte in Richtung Fjord. Der Himmel war so blau, als hätte jemand einen Eimer Farbe über das Firmament gegossen. »So ein Büro habe ich mir schon immer gewünscht.«

»Ja, es ist ganz bezaubernd.« Sneijder wartete, bis Astrid außer Hörweite war. »So, und jetzt Schluss mit dem Gesülze. Marc, check den Raum, ob hier Mikrofone oder Kameras installiert sind. Nemez, Sie inspizieren die Nebenräume und den Gang. Ich brauche keine heimlichen Mithörer.«

»Ja, Boss.« Sie salutierte. Anscheinend fand sie die ganze Sache auch noch lustig. Doch bevor sie rausging, drehte sie sich um. »Wann kommen die anderen?«

»Gar nicht.«

Marc, der gerade zwei Detektoren mit dem dazugehörigen Kabelsalat aus seiner Tasche fischte, sah auf. »Wie bitte?«

»Zumindest vorerst«, erklärte Sneijder. »Wir treffen uns mit den anderen erst um zwölf im *Longyearbyen Grill* – offiziell zum Mittagessen. Dort tauschen wir unsere Daten aus.«

»Und bis dahin?«, fragte Sabine.

Sneijder senkte die Stimme. »Ich habe die Ermittlungen wie in einem Dreieck aufgeteilt und jedem Team seinen Part gegeben«, erklärte er. »Krzysztof und Martinelli kümmern sich um Gulbrandsens neueste Erkenntnisse zum Mord an der Botschafterin. Horowitz und Cora arbeiten bis mittags die Akten aller verschwundenen Prostituierten durch. Und Sie beide durchleuchten Haakons Geschäfte, den Mordanschlag auf ihn, Lars Freys Organisation und sein Verschwinden. Ich möchte wissen, was zwischen Tønsberg und Fredrikstad vorgeht. Mittags versuchen wir dann, die drei Fäden zu einem Strang zu verknüpfen.«

Sabine stemmte die Arme in die Hüften. »Und Sie?«

»Ich treffe mich mit Haakon, und danach versuche ich herauszufinden, warum der BND so an dieser Sache interessiert ist – und jetzt los!«

Sabine kam fünf Minuten später wieder zurück und half Marc, den Raum mit dem zweiten Gerät zu scannen. Die Detektoren waren nur so groß wie Funkgeräte und erkannten die Magnetfelder von Kameras und Mikrofonen auf fast allen Frequenzbereichen – sogar auch dann, wenn sie im Standby-Modus waren. Kurz darauf wussten sie, dass das Zimmer nicht verwanzt war. Eigentlich hatte Sneijder felsenfest damit gerechnet, aber diesen Gefallen tat Haakon ihm anscheinend nicht.

Nachdem sie eine halbe Stunde lang alles eingerichtet und anschließend mit der Arbeit begonnen hatten, klopfte es an der Tür. Astrid kam herein, in der Hand eine dünne Mappe mit Zeitungsartikeln und Polizeiprotokollen. »Ihre Unterlagen – aber die meisten sind auf Norwegisch.«

»Kein Problem.« Sneijder lächelte. Marc konnte sie einscannen und den Großteil mit einem Programm übersetzen. Es würde nicht perfekt sein, aber für ihre Zwecke reichen.

In diesem Moment blieb ein etwa vierzigjähriger Mann im

Türrahmen stehen. Zuerst sagte er kurz etwas auf Norwegisch zu Astrid, dann bemerkte er Sneijder und trat neugierig näher.

Sneijder hörte, wie das Tippen auf Marcs und Sabines Notebook verstummte. Ohne hinzusehen war ihm klar, dass die beiden den Fremden mit offenem Mund anstarrten. Der Kerl sah aber auch verdammt gut aus in seiner Anzughose und dem Poloshirt. Ein hochgewachsener Norweger, durchtrainiert und sonnengebräunt. Wie aus dem Modelkatalog.

»Sie müssen der Ermittler aus Deutschland sein, von dem mir mein Bruder erzählt hat«, sagte der Mann jetzt auf Deutsch und reichte Sneijder die Hand.

Der Händedruck war knapp und fest. »Und Sie müssen Alexander Jørgensen sein«, vermutete Sneijder.

Alexander nickte. »Nettes Büro.« Er sah sich um. »Das ehemalige Zimmer meiner Mutter. Hier hat sie gearbeitet, für eine Grundstücksmaklerfirma. Sie war eine der Ersten im Home-Office, obwohl es diesen Begriff damals noch gar nicht gegeben hat.«

»Was hat sie verkauft?«

»Häuser an Deutsche, die eine Sommerresidenz suchten oder nach Norwegen auswandern wollten.«

Astrid stand zwischen ihnen. Die Situation war ihr sichtlich unangenehm, zumal sie vermutlich nur die Hälfte von dem verstand, was sie redeten. Außerdem vermied sie es, Alexander in die Augen zu sehen.

»Sie sind Finanzanwalt?«, stellte Sneijder mit leicht fragendem Ton fest.

Alexander nickte. »Sie bringen Leute in den Knast, ich bewahre sie davor.« Er lächelte.

»Dann arbeiten wir beide anscheinend mit den gleichen Tricks«, sagte Sneijder. »Ist Ihr Job schwierig?«

Alexander musterte ihn, als fragte er sich, worauf Sneijder hinauswollte. Schließlich lächelte er erneut. »Nein. Im Lauf der Jahre habe ich viele große Finanzbetrügereien von gigantischem Ausmaß beobachten können. Die wenigsten Täter wurden bestraft.«

»Weil Sie in Ihrem Fach so gut sind?«

Alexander schüttelte den Kopf. »Nein, das liegt eher am System. Es ist viel sicherer, große Summen mit ein paar Klicks am PC zu klauen, als kleine Beträge mit einer Waffe in einem Supermarkt.«

Wie wahr! Trotzdem fragte er sich, warum Alexander so freizügig darüber sprach. Dass er ihnen so sehr vertraute, bezweifelte Sneijder. »Verdienen Sie selbst Geld an der Börse?«

»Gelegentlich.«

»Und wie? Sagen Sie Aktienkurse voraus?«, fragte Sneijder, obwohl er genau wusste, dass Alexander und seine Partner Investoren waren.

Alexander lächelte milde, als habe er es mit einem blutigen Anfänger zu tun. »Kurse lassen sich nicht voraussagen.«

»Aber es *gibt* Prognosen«, beharrte Sneijder.

»Richtig, doch eine Prognose über die Entwicklung des Aktienmarktes sagt nichts darüber aus, wie sich die Aktien wirklich entwickeln, eher sehr viel über denjenigen, der die Prognose abgibt.« Alexander lächelte. »Letztendlich kann man nichts im Leben wirklich vorhersagen.«

»In meinem Job schon«, widersprach Sneijder.

»Ich habe gehört, Sie sind forensischer Kripopsychologe ...«, Alexander sah ihn neugierig an, »... anscheinend sind Sie gut darin. Andernfalls hätte mein Bruder Sie nicht engagiert.«

Nun hatte Sneijder ihn da, wo er ihn wollte. »Macht Ihnen das Sorgen? Dass ich hier herumschnüffle, mit Leuten spreche, in Unterlagen wühle und Geheimnisse aufdecke?«

Alexander lachte laut auf. »Warum sollte es das?«

»Nun, ich nehme an, es gibt einen Grund, warum Sie hier sind.«

»Mein Bruder hatte Geburtstag.«

»Vor drei Wochen. Haben Sie seitdem Ihren gesamten Urlaub hier verbracht?« Er hatte zu Astrid geschielt und es absichtlich wie eine kleine Andeutung klingen lassen. Für einen winzigen Moment hatte sie die Luft angehalten und versuchte nun, wieder gleichmäßig zu atmen. *Was geht zwischen euch beiden vor?*

»Anscheinend gehören Andeutungen, Täuschungen und subtile Verdächtigungen zu Ihrem Job«, stellte Alexander fest.

Sneijder schwieg, ließ sich weder an seiner Mimik noch an seiner Gestik eine Reaktion anmerken. Er verzichtete sogar auf sein Leichenhallenlächeln, obwohl er Alexander liebend gern damit bedacht hätte.

»Sie wären ein guter Pokerspieler«, sagte Alexander schließlich.

»Pokern Sie?«, fragte Sneijder.

»Gelegentlich.«

»Und sind Sie darin *gut* oder bloß ein Anfänger?«

Alexander hob die Schultern. »Wie ließe sich so etwas feststellen?«

»Ganz einfach.« Sneijder fixierte ihn. »Wenn Sie Poker spielen und nach einer Stunde noch nicht wissen, wer der Anfänger am Tisch ist, dann sind *Sie* dieser Anfänger.«

In diesem Moment wurde es totenstill im Raum, bis Astrid sich räusperte. »Es tut mir leid, ich muss gehen.«

»Ich auch«, schloss sich Alexander an und gab Sneijder die Hand. »Hat mich gefreut, Sie kennenzulernen. Viel Erfolg bei der Jagd, ich hoffe, Sie werden fündig.« Er zwinkerte ihm zu.

»Bestimmt.«

Danach verließen Astrid und Alexander den Raum. Sneijder blieb stehen und ließ die Tür mit einem sanften Tritt ins Schloss fallen.

»Was sollte dieses Gespräch eben?«, fragte Marc. Hörbar fiel die Anspannung von ihm ab. »Irgendwie hatte ich das Gefühl, dass es dabei gar nicht um Finanzen und Aktienkurse ging, sondern um etwas völlig anderes.«

Sneijder drehte sich um. »Es ging um Machtdemonstration, Dominanz und Misstrauen. Er wollte *mich* testen – ich wollte *ihn* testen.«

»Und was ist deine Erkenntnis?«, fragte Marc.

»Er hat Angst.«

Marc lachte laut auf. »Der Kerl erschien mir nicht so, als wüsste er auch nur, was Angst bedeutet.«

»Er hat nicht Angst um sich, auch nicht um seinen Bruder, sondern um jemand anderen«, überlegte Sneijder laut und kaute nachdenklich auf der Unterlippe. »Möglicherweise um seine Schwägerin. Für einen Moment sah es so aus, als sorgte er sich um die Familie seines Bruders. Vielleicht will er sie vor etwas schützen? Immerhin ist Astrid schwanger und trägt seine Nichte oder seinen Neffen im Bauch.«

»Hm … klingt ziemlich weit hergeholt«, murmelte Marc.

Nun räusperte sich auch Sabine, die bis dahin geschwiegen hatte. »Die beiden haben ein Verhältnis miteinander«, stellte sie fest.

»Was?«, prustete Marc los.

Doch Sneijder nickte nur langsam. »Wie kommen Sie darauf?«

Sabine dachte kurz nach. »Ich weiß, wie Frauen sich verhalten, wenn sie anderen gegenüber versuchen, ihre Gefühle für einen Mann zu verheimlichen.«

42. Kapitel

Das *Longyearbyen Grill* war ein Drei-Sterne-Hotel mit fünfzig Zimmern, das mit einem eigenen Steg direkt am Wasser lag. Die komplette Innenarchitektur des Hotels war aus Fichtenholz. Massive Deckenbalken verliefen quer durch alle Räume. Dicke Teppiche lagen in den Gängen, überall roch es nach Bienenwachs, und in der Leseecke knisterte sogar ein offenes Feuer. Alle Zimmer auf den vier Etagen trugen Tiernamen. Horowitz zum Beispiel hatte im Caribouzimmer übernachtet. Es lag am Ende eines einstöckigen Wohntrakts, der noch ziemlich neu sein musste, weil das Holz so frisch duftete.

Das Schöne daran war, dass er keine unmittelbaren Zimmernachbarn hatte. Die Unterkunft neben ihm war frei, und an die andere Seite grenzte die Lagerhalle des Hotels, ein großer Holzschuppen mit Flachdach.

Horowitz hatte bereits mit Cora in der Wintergarten-Lounge gefrühstückt. Seit vier Stunden saßen sie nun schon in seinem Zimmer, wo sie die über Europol organisierten Akten der zwanzig vermissten Frauen auf Bett, Couch und Tisch ausgebreitet hatten und nach Gemeinsamkeiten suchten. Außer Wenke Holm und Ylva Ødegård war keine jemals wieder aufgetaucht. Aber genau wie Sneijder war auch Horowitz davon überzeugt, dass das Verschwinden dieser Frauen mit dem Mord an der Botschafterin zusammenhängen musste.

Horowitz fuhr mit dem Rollstuhl leise surrend im Zimmer auf und ab, während Cora am offenen Fenster stand und in Richtung Ufer blickte, wo die Touristen langsam die Restaurants an den Docks füllten. Der kalte Luftzug ließ die Blätter in den Mappen flattern.

Elf der Frauen hatten illegal, fünf offiziell als Prostituierte gearbeitet, drei waren Hostessen und die in Lillestrøm lebende Deutsche war eine Drogenabhängige gewesen, die mit siebzehn von daheim ausgerissen war. Sie alle hatten ein ähnliches Aussehen und waren im selben Monat verschwunden – jeweils im Mai –, sonst gab es keine Übereinstimmung. Weder die letzten Aufenthaltsorte, die kreuz und quer in Südnorwegen verteilt lagen, noch die letzten privaten Kontakte, die Liste der Freier oder irgendwelche Zeugenaussagen ließen ein Muster erkennen. Und genau das ergab das einzige Muster, das alle Fälle miteinander verband: Das Verschwinden der Frauen schien professionell organisiert worden zu sein. Keine Zeugen, keine Spuren, keine Verdächtigen. Jemand hatte sich große Mühe gegeben, über zwanzig Jahre hindurch unentdeckt zu bleiben.

Aber zweimal war es schiefgegangen. Wenke Holms Leiche war vor sieben Jahren in einem Fjord bei Larvik gefunden worden, und Ylva Ødegårds Leiche kürzlich im Fjord bei Svartskog. Nur hundertfünfzig Kilometer voneinander entfernt. Ylvas Obduktion wies darauf hin, dass die Frau unmittelbar nach ihrem Verschwinden gewürgt und erstochen worden war. Vermutlich war es bei Wenke ebenso abgelaufen. Also konnte man von achtzehn weiteren Leichen ausgehen, die wahrscheinlich genauso im tiefen Wasser einer der zahlreichen südnorwegischen Fjorde versenkt worden waren.

Horowitz hatte sich die Karte des Oslofjords genau eingeprägt – ein weitverzweigtes Spinnennetz von nahezu unendlich vielen Wasserläufen mit bis zu hundert Metern Tiefe. Eine intensive Suche hätte viele Jahre in Anspruch genommen und ohne konkreten Hinweis höchstwahrscheinlich keinen Erfolg gebracht. Blieb bloß die Hoffnung, dass Kommissar Zufall wieder einmal zuschlug und eine dritte Leiche auftauchen ließ. Je mehr Funde, umso größer die Möglichkeit, ein Schema zu erkennen. Doch wie sehr durfte man hoffen, dass dem Mörder ein weiterer Fehler unterlaufen war? Er hatte den Frauenkörpern post mortem den Bauch geöffnet, sodass sich keine Fäulnisgase bilden konnten, die sie hochtreiben ließen. Außerdem hatte er die Leichen nicht in Plastikfolie eingepackt, sodass es zu reichlich Tierfraß kommen würde, wodurch jede Menge Spuren verwischt wurden. Abschließend hatte er die Körper vermutlich ausreichend mit Gewichten beschwert. Bei dem Wasserdruck, der in dieser Tiefe herrschte, blieb eine Leiche dann für ewige Zeiten unten. Die Arbeit eines Profis, der nur in zwei Fällen Pech gehabt hatte.

Einmal in Wenke Holms Fall, wo scharfkantige Felsen drei Jahre lang gebraucht hatten, um die Seile durchzuwetzen. Die Unterwasserströmung hatte die Leiche anschließend über den Grund getrieben, bis sie sich in der Ankerkette eines Schiffs verfangen hatte. Und ein zweites Mal bei Ylva Ødegård, bei der sich schon nach zwei Tagen ein Seil aus bisher ungeklärten Gründen gelöst hatte.

Cora schloss das Fenster und wandte sich um. »Wie geht es nun weiter?«

Horowitz hielt den Rollstuhl endlich an und starrte aufs Bett. »Die einzigen halbwegs brauchbaren Anhaltspunkte sind ein durchgescheuertes Seil mit einem speziellen Knoten und schwere Gewichte, die irgendwo auf dem Meeresgrund herumliegen. Wir könnten eine Rasterfahndung machen, wer für den Kauf oder Besitz solcher Gewichte infrage kommt«, seufzte er deprimiert. »Und mit denjenigen anfangen, die ein Boot haben.«

Cora lachte freudlos auf. »In Norwegen praktisch jeder.«

Er wusste, dass das wenig hilfreich war. Aber irgendwo mussten sie schließlich anfangen. Er blickte auf die Uhr. »Fünf vor zwölf. Wir sollten aufbrechen.«

43. Kapitel

Gegen Mittag war Krzysztof mit einem ihrer Mietwagen zu Haakons Villa gefahren und hatte Sneijder, Marc und Sabine abgeholt. Auf der Indoor-Seeterrasse des *Longyearbyen Grill* trafen sie sich dann alle an einem großen ovalen Tisch, der etwas abseits stand. Die Möwen kreisten kreischend um das Restaurant herum, in der Hoffnung, etwas Essbares zu ergattern. Doch lediglich Horowitz warf den Vögeln durch das offene Fenster Krumen aus dem Brotkorb zu, während die Wellen lautstark gegen die Holzpfosten des angrenzenden Stegs schlugen. Schließlich kippte Horowitz das Fenster und rollte zu ihnen an den Tisch.

Die Speisekarte des Restaurants bot ausgiebige Menüs – zwar doppelt so teuer wie in der Heimat, aber immerhin konnten sie zwischen Büffelfleisch, Garnelen, Fisch oder Schneehuhn mit Naturreis wählen.

Während des Essens betrachtete Sabine die *Saga Oseberg* durch die große Glasfront. Der originalgetreue handgemachte Nachbau eines Wikingerschiffs lag nur knapp hundert Meter von ihnen entfernt an einem Steg. Dazwischen befanden sich einige Restaurants und Souvenirshops in alter Holzbauweise. Immer wieder drangen Lachen und lautes Platschen von dort zu ihnen. Einige Verrückte im Lendenschurz versuchten tatsächlich, längsseits des Bootes über die Holzruder zu laufen, rutschten dabei jedoch ständig aus und fielen ins Wasser. Sabine schüttelte fassungslos den Kopf, während ihr eine Gänsehaut über den Körper kroch. Anscheinend fand an diesem Wochenende nicht nur der übliche Markt statt, sondern auch eine Art Wikingerfest.

»Kommen wir zur Sache«, sagte Sneijder. »Martinelli?«

Tina fasste kurz zusammen, dass es von Gulbrandsens Seite nichts wirklich Interessantes gab. Er war ziemlich sauer, weil sie Oslo einfach verlassen hatten, ansonsten herrschte auffälliges Schweigen. Danach teilte Horowitz ihnen seine Überlegungen über die vermissten Frauen mit, und Marc übernahm ihren Part, was Lars Frey betraf. Als alle Erkenntnisse auf dem Tisch lagen, mussten sie sich eingestehen, dass das alles in keiner Weise zusammenpasste. *Vermutlich könnten wir noch eine Woche Recherchen dranhängen und würden doch kein Verbindungsglied finden*, dachte Sabine. *Oder wir verrennen uns in völlig falschen Annahmen, und diese Sachen haben nichts miteinander zu tun.*

Schließlich sprach Marc das aus, was vermutlich alle dachten. »Wann fahren wir zurück nach Wiesbaden?« Offensichtlich schmeckte es ihm kein bisschen, hier weiter Zeit zu vergeuden, während er mit seinen Ermittlungen am Datenleck nicht weiterkam.

Sneijder – der ja eigentlich auf Marcs Seite sein sollte – schob gedankenverloren seinen Teller von sich. Er hatte ein halbes Schneehuhn zerlegt, ja fast schon seziert, ohne wirklich viel davon gegessen zu haben.

»Wann?«, wiederholte Marc.

Sneijder ignorierte die Frage weiterhin und wischte sich die Hände an der Serviette ab. »Die Einheimischen, die versucht haben, uns fertigzumachen, wurden wieder laufengelassen. Wie Haakon und ich von einem Polizisten aus Tønsberg erfahren haben, waren die Typen tatsächlich aus Fredrikstad und bloß auf Sauftour im *Nordlys*. Vermutlich wollten sie nur Dampf ablassen. Es gibt keine Verbindung zu Lars Frey.«

Auch das noch!

»Wann fahren wir also heim?«, beharrte Marc.

»Die Tønsberger Polizei hat uns auf dem Kieker«, fuhr Sneijder in aller Seelenruhe fort. »Sie konnten die Patronen und die Projektile im Holzbalken des *Nordlys* zu Nemez' Dienstwaffe zurückverfolgen. Ist nur eine Frage der Zeit, bis Gulbrandsen davon erfährt und die entsprechenden Personenbeschreibungen von uns liest. Und uns hochkant rausschmeißt oder festnehmen lässt.«

Marc warf Sabine einen besorgten Blick zu, dann sah er wieder zu Sneijder. »Noch ein Grund mehr dafür, dass wir Norwegen verlassen – kommen wir ihm doch einfach zuvor.«

»Nein«, entschied Sneijder, griff nach der Gabel und ballte die Faust.

»Vielleicht sind wir mit all unseren Recherchen und Theorien auf dem völlig falschen Dampfer. Irgendwann kommt der Zeitpunkt, da sollte man eine Theorie aufgeben, wenn sich abzeichnet, dass sie nichts bringt, auch wenn man viel Zeit und Mühe investiert hat«, beharrte Marc.

Sneijders Fingerknöchel knackten. »Du willst aufgeben?«

»Ja, vor allem deshalb, weil wir in Wiesbaden eine nicht ganz unwichtige Sache zu erledigen haben.«

Charmant formuliert, dachte Sabine. Sie alle schwiegen eine Weile.

»Was für eine *Sache*?«, fragte Krzysztof schließlich.

Sneijder betrachtete die anderen, überlegte eine Weile, dann sah er zu Cora. »Das unterliegt der absoluten Geheimhaltung, und davon darf der BND niemals erfahren, verstanden?«

Sie schluckte. »Verstanden.«

»Gut.« Sneijder nickte, ihr Wort schien ihm zu genügen. »Wir haben ein internes Problem im BKA, mehr kann ich dazu nicht sagen. Bloß eines: Der Grund, warum wir alle hier sind, ist der, dass man uns – Marc und mich – aus Wiesbaden weghaben wollte.«

Eine Weile herrschte überraschtes Schweigen. Dann ergriff Tina das Wort. »Aber wozu? Wenn Sie und Marc zurückkommen, nehmen Sie Ihre Recherchen doch sicher wieder auf.«

»Stimmt, aber in der Zwischenzeit werden wichtige Beweise vernichtet, Spuren verwischt und die Hintermänner konnten sich absprechen«, antwortete Marc an Sneijders Stelle.

»Trotzdem bleiben wir hier und lösen diesen *verdommten vervloekten* Fall! Und zwar noch heute. *Danach* fliegen wir heim.« Sneijder hatte die Gabel endgültig verbogen und ließ sie auf den Tisch fallen.

»Ich bin ganz bei dir«, sagte Horowitz. »Wir sollten bleiben und diese angefangene Sache zu Ende bringen.«

»Aber wie?«, entfuhr es Marc. »Van Nistelrooy wird uns sowieso jeden Moment zurückpfeifen, und bis dahin sind unsere Möglichkeiten, etwas zu unternehmen, verdammt eingeschränkt.«

»Unsere *legalen* Möglichkeiten«, präzisierte Sneijder. »Es wird Zeit, dass wir ohne Rücksicht auf die Konsequenzen handeln.«

Vor allem, weil es in unserem Fall ohnehin schon egal ist, vollendete Sabine den Satz in Gedanken. Und das war genau jener Moment, vor dem sie sich bei Sneijder schon immer gefürchtet hatte.

»Das bedeutet?«, fragte Krzysztof, der plötzlich hellhörig wurde.

Sneijder beugte sich nach vorn. »Die Frage lautet doch: Warum hat Haakon uns nach der Schlägerei engagiert und zu sich eingeladen?« Marc wollte etwas sagen, doch Sneijder brachte ihn mit einer schroffen Geste zum Verstummen. »Damit wir herausfinden, wer den Anschlag auf ihn geplant hat. Aber das war doch sicher nur ein Vorwand. Also was will er *eigentlich* erreichen?«

Horowitz nickte. »Haakon stand immerhin in Kontakt mit Katharina von Thun, und offenbar will er insgeheim genauso wie wir herausfinden, *wer* sie ermordet hat.«

Sneijder zeigte auf ihn. »Das ist der Grund! Er hat von Thun nämlich gar nicht getötet. Er benutzt uns auch dazu, um von Thuns Mörder noch vor uns zu finden. Der Mord *muss* daher irgendwie mit ihm zu tun haben.« Er senkte den Kopf und massierte die Schläfen. »Ich kann niemanden zwingen zu bleiben«, murmelte er. »Ein Anruf an van Nistelrooy genügt, und er holt euch heim.« Nun sah er auf. »Wer will bleiben? Ich muss es jetzt wissen.«

»Ich bleibe«, sagte Krzysztof sofort.

»Ich auch«, sagten Sabine, Tina und Horowitz fast zeitgleich.

»Ich auch«, schloss Cora sich ihnen an, obwohl sie die gesamte Debatte bisher nur stumm verfolgt hatte.

»Fuck, ich natürlich auch«, schimpfte Marc. »Aber wir sollten endlich in die Gänge kommen!« Alle nickten, sogar die bisher viel zu regelbewusste Cora.

Sneijder setzte sein Leichenhallenlächeln auf, als hätte er nur auf eine solche Reaktion gewartet. »Wir haben Haakons großzügiges Angebot eines eigenen Büros angenommen, und jetzt werden wir die Gelegenheit nützen, sein Grundstück, sein Haus und seine Autos zu durchsuchen.«

»Das können wir nicht tun!«, herrschte Cora ihn plötzlich an.

»*Sie* können das vielleicht nicht«, korrigierte Sneijder sie. »Wir schon.«

44. Kapitel

Zum Glück hatte Haakon Sneijders Idee zugestimmt, dass Astrid alle Bewohner und Bediensteten der Villa im großen Salon zusammentrommelte, um sie gemeinsam über jene Nacht zu befragen, in der jemand auf Haakon geschossen hatte. Während Sneijder die allgemeine Befragung führte und Cora übersetzte, verschwanden Krzysztof und Marc unauffällig. Vordergründig, um in ihrem neu eingerichteten Büro Telefonate mit Wiesbaden zu führen. Tatsächlich gingen sie jedoch zur Rückseite des Hauses, wo sich der offene Carport und die Parkplätze für die Besucher befanden.

Der Fuhrpark der Familie Jørgensen war gigantisch. Umgeben von mehreren hohen Eichen standen hier insgesamt neun Autos herum, davon vier hochpreisige E-Autos. Wie sie wussten, war der schwarze Jeep Cherokee Haakons Fahrzeug. Außerdem hatte Marc am Vormittag beobachtet, wie Astrid mit einem spritzigen blauen Sportwagen fortgefahren und eine Stunde später mit zwei Einkaufstüten heimgekommen war. Entsprechend dem Kennzeichen gehörte der weiße Tesla Alexander Jørgensen, und was die restlichen Wagen betraf – unter anderem ein schwarzer Trans Am –, da würden möglicherweise die Zulassungen oder die Inhalte der Handschuhfächer zeigen, wem sie gehörten. Das bereitete Marc keine Sorgen.

Zeit ist eher unser Problem. Er blickte auf die Armbanduhr und stellte einen Countdown von fünfundvierzig Minuten ein. Haakon hatte Sneijder eine Stunde für die Befragung der Leute gewährt, von der bereits zehn Minuten verstrichen waren – sie hatten also einen knappen Puffer. Marc blickte zu Krzysztof. »Kriegst du die Wagen auch wirklich auf? Bis auf den Trans Am sind das alles neue Modelle.«

»Scheißt der Papst in den Wald?«

»Geht das Sprichwort nicht anders?«

»Egal … quatsch mich nicht voll, ich muss mich konzentrieren. Pass lieber auf, dass keiner kommt.« Krzysztof holte unter der Jacke zwei Kleiderbügel aus dünnem Draht hervor, die er im Schrank seines Trailers gefunden hatte. Er bog den Draht auseinander und formte am Ende eine kleine Schlinge. Dann führte er den Draht beim ersten Wagen an der oberen Ecke zwischen Tür und Karosserie ein und fuhr damit ins Innere. Mit einem hässlichen Kratzgeräusch schob Krzysztof den Draht tiefer ins Auto hinein. Marc zuckte bei jedem Quietschen zusammen, doch Krzysztof machte unbeeindruckt weiter, fädelte die Schlinge in den Griff der Fahrertür ein und löste den Öffnungsmechanismus aus … zumindest versuchte er das. »Dreck!«, fluchte er und wischte sich den Schweiß von der Stirn.

»Es gibt Schimpansen, die in den Weltraum fliegen, aber du scheiterst beim Öffnen einer Autotür«, zischte Marc.

»Halt's Maul, sonst benutze ich den Draht gleich für was ganz anderes«, knurrte Krzysztof.

Fünf Minuten später war die erste Autotür endlich offen. Marc hatte sich indessen ständig nach allen Richtungen umgesehen. An dieser Seite des Hauses hatten nur fünf Fenster direkten Ausblick auf den Carport. Bisher hatte sich dort keiner der Vorhänge bewegt. »Gibt es keine schnellere Lösung?«

Krzysztof nickte. »Sicher, mit einem professionellen Einbrecherwerkzeug oder einem Blasebalg, einem heißen Zündschlossgas oder einem Störsender für Funkschlüssel – aber leider habe ich gerade nichts davon dabei! Also geht es nur so.«

Marc blickte auf die Uhr. *Viel zu langsam! Wenn es in diesem*

Tempo weitergeht, schaffen wir gerade mal die Hälfte. Aber vielleicht war Krzysztof ja auch nur aus der Übung.

Während Krzysztof sich bereits um das nächste Auto kümmerte, stieg Marc in den Wagen. Links unten im Fußraum fand Marc die Buchse, in die er einen seriellen KL-Stecker drückte, der über USB-Anschluss mit seinem Tablet verbunden war.

Nachdem er über das Tablet die Zündung im Standby-Modus gestartet hatte, war er nun mit seinem On-Board-Diagnoseprogramm in der Fahrzeugsoftware. Da jede Automarke anders programmiert war, musste er eine Weile suchen, bis er die Daten des Navis gefunden hatte, sie auslesen und auf das Tablet kopieren konnte. Später würde er die Informationen dann mit dem Laptop auswerten. Sie suchten unter anderem nach einer Autofahrt nach Oslo, und zwar am Nachmittag des 21. Mai, jenem Tag, an dem die Botschafterin ermordet worden war.

Während das Programm die Autodaten auf das Tablet kopierte, warf Marc einen Blick unter die Sitze, auf die Rückbank, in die Seitenfächer, das Handschuhfach und den Kofferraum. Zusätzlich suchte er alles mit einer kleinen UV-Schwarzlichtlampe nach möglichen Blutspuren ab, vor allem das Lenkrad und die Schaltung. Allerdings ergebnislos.

Der Hyundai, in dem er sich befand, war auf Åsgård zugelassen. *Der Däne!* Gut, dass sie mit diesem Wagen begonnen hatten. Marc hatte keine Lust, vom Dänen dabei erwischt zu werden, wie er gerade sein Auto durchwühlte. Vermutlich konnte ihm dann nicht einmal mehr Krzysztof helfen, denn dieser Typ mit dem irren Blick sah nicht so aus, als könnte er es nicht auch mit ihnen beiden gleichzeitig aufnehmen.

»Glück gehabt«, hörte er Krzysztofs Stimme, während er auf dem Beifahrersitz lag und weiter das Handschuhfach durchwühlte.

»Was?«, keuchte Marc.

»Zwei Autos sind gar nicht abgesperrt. Beeil dich! Ich will nicht mit Betonschuhen auf dem Grund des Fjords landen.«

Beeil dich! Was für ein Witzbold!

»Ja, ich mach ja schon.« Der PC piepste. Das Programm war fertig. Marc zog das Kabel ab und kroch aus dem Wagen. »So, den kannst du wieder zusperren.«

Krzysztof richtete sich hinter Astrids blauem Sportwagen auf. »Zusperren?«

»Ja, verdammt, zusperren! Oder denkst du, es fällt keinem auf, wenn alle Autos offen sind?«

»Äh … es hieß Autos *öffnen*. Von *zusperren* war nie die Rede!«

»Fuck, verflucht!«, zischte Marc. »Heißt das, du kannst das gar nicht?«

Krzysztof blähte die Backen. »Ich kann versuchen, den Draht so in der Tür einzuklemmen, dass ich den Schalter fürs Verschließen auslöse – dafür brauche ich aber mehr Zeit.«

»Dann rede nicht lang herum und fang an!« Mann, nie wieder würde er sich auf einen gemeinsamen Job mit Krzysztof einlassen. Wie Tina das nur aushielt?

»Scheiße!«, schimpfte Krzysztof plötzlich.

»Waaas?«

»Hab die Scheibe des Sportwagens zerkratzt.«

Marc sah zu ihm herüber. »Okay, nur keine Panik jetzt. Das ist Astrids Wagen. Sie wird glauben, dass es ihre Schuld war, und wird ihrem Mann nichts davon verraten.«

»Sicher?«

»Ja, Frauen verheimlichen ihren Männern immer Schäden an ihren Autos. Sonst heißt es, sie könnten nicht Auto fahren.«

»Wie schlau! Wusste gar nicht, dass du auch Psychologie studiert hast.«

Marc ging nicht darauf ein. Während Krzysztof zum nächsten Wagen ging, setzte er sich in Astrids Sportwagen und kopierte die

Daten aus ihrem Navi. Obwohl der Wagen sicher nicht nagelneu war, hatte er einen niedrigen Kilometerstand. Wurde wohl nur zum Einkaufen benutzt. Als Marc das Handschuhfach öffnete, fielen ihm allerhand Papiere entgegen, die er hastig durchwühlte. »Hier sind jede Menge Rechnungen und Belege.«

»Nimm sie mit«, rief Krzysztof.

»Welche?«

»Alle!«

Hätte ich mir denken können! »Und das fällt sicher keinem auf.« Statt alle Zettel in seine Hosentasche zu stopfen, fotografierte er sie eilig mit dem Handy.

Vierzig Minuten später waren sie zum Glück schon beim vorletzten Wagen angelangt. Krzysztof stand neben ihm, sah ihm zu und wartete, bis das Tablet endlich alles kopiert hatte. »Wollt ihr eigentlich Kinder?«

Marc sah irritiert auf. Der Schweiß lief ihm übers Gesicht und brannte ihm in den Augen. »Was?«

»Ob ihr eines Tages Kinder wollt, du und Sabine?«

»*Das* beschäftigt dich gerade?«

»Äh … ja. Magst du keine Kinder?«

»Doch, aber ich hab mir das noch nicht überlegt. Sabines Nichten genügen mir fürs Erste. Die sind ziemlich anstrengend. Hast *du* Kinder?«

»Meine letzte Freundin hatte eine Tochter. Die hat an mir gehangen«, murmelte Krzysztof. »Aber ich hatte nie eigene. Ist vielleicht ganz gut so.«

Marc zog das Kabel aus der Buchse. »Warum?«

»Na ja …«, Krzysztof zuckte die Achseln und machte sich daran, das Auto zu verschließen, »… ehrlich gesagt hätte ich mich immer vor dem Moment gefürchtet, wenn ich merke, dass meine Kinder nach mir kommen und ich nicht weiß, ob ich stolz oder besorgt sein soll.«

O Mann! Diese fünfzehn Jahre im Knast scheinen doch ihre Spuren hinterlassen zu haben.

»So, einen Wagen noch.« Marc hielt auf den weißen Tesla zu, als sein Handy vibrierte. Der Countdown zeigte noch drei Minuten an – eigentlich ausreichend Zeit –, aber Sneijders SMS war eindeutig.

Abbruch! Verhör zu Ende!

»Fuck!«, zischte Marc. »Mach den Tesla zu, wir müssen abhauen!«

»Nein!«

»Was heißt *nein*?«, fuhr Marc ihn an. »Die Show ist vorbei, es kann jeden Moment jemand kommen.«

»Mann, nur noch diesen Wagen. Das schaffen wir.«

»Nein!«

»Dann durchsuche ich ihn allein, du machst dich vom Acker.«

»Bist du verrückt?« Marc konnte es nicht fassen. »Wenn dich hier jemand beim Schnüffeln erwischt, bist du tot.« Es war noch dazu Alexander Jørgensens Auto. Und sie wussten nicht, wie viel Spaß Haakon verstand, wenn es um seinen Bruder ging.

»Dann lassen wir den Wagen zumindest offen – ich habe *fünf Minuten* damit verschissen, ihn aufzukriegen. Ich sehe ihn mir später an.«

»Später? Wann denn?«

»Wenn ihr Alexander in ein Gespräch verwickelt.«

In der Hoffnung, dass Alexander bis dahin nicht wegfahren will.

Plötzlich hörten sie Schritte im Kies und das norwegische Gemurmel zweier Männer. Der Geruch von Zigarettenrauch wehte zu ihnen herüber.

»Von mir aus.« Kurzerhand packte Marc Krzysztof am Kragen und zog ihn hinter eine Eiche.

45. Kapitel

Sneijders allgemeine Befragung im großen Salon hatte erwartungsgemäß keinerlei neue Erkenntnisse gebracht. Sie war ja auch nur als Ablenkungsmanöver gedacht gewesen.

Nachdem das Treffen zu Ende war, standen sie nun alle wieder in ihrem Ermittlungsbüro, und fünf Minuten später stürmten auch schon Krzysztof und Marc herein. An Marcs Blick erkannte Sabine, wie genervt er war. Doch offenbar war die Sache gut ausgegangen.

Während Sneijder den Raum absperrte und die Vorhänge zuzog, warf Marc den Bildschirm seines Laptops mithilfe des Videobeamers an die Wand.

In der nächsten Stunde werteten sie die Daten sämtlicher Fahrzeuge aus – nur Alexander Jørgensens Tesla fehlte noch. Während Marc die Routen aus seinem Programm auslas, suchte Cora die Locations via Google-Maps, Tina erstellte ein Weg-Zeit-Diagramm, und Sabine und Horowitz recherchierten, worum genau es sich bei den eingegebenen Adressen handelte. Dabei erfassten sie alle Bewegungen der letzten vier Monate.

Sneijder saß indessen vor der Leinwand und betrachtete die Ergebnisse, die Lesebrille auf seiner Stirn, während er wieder einmal an einer Akupunkturnadel in seinem Handrücken drehte.

Alles in allem fanden sie nur wenige Fahrten nach Oslo, und schon gar keine zu den entscheidenden Zeiten, die mit dem Mord an Katharina von Thun in Verbindung gebracht werden konnten.

Interessant war jedoch, dass Astrid laut Navi ihres blauen Sportwagens unter anderem auch mehrmals nach Sande gefahren war, ein winziger Ort, der fünfundvierzig Kilometer nördlich von Tønsberg in Richtung Oslo lag, was einer Fahrt von etwa vierzig Minuten entsprach. Zudem hatten sich in ihrem Handschuhfach einige Tankrechnungen von stets derselben Tankstelle in Sande befunden. Merkwürdig war, dass die Rechnungen nur minimale Beträge aufwiesen, umgerechnet knapp fünfzehn Euro, und stets in bar bezahlt worden waren.

Sneijder betrachtete die Fotos auf der Leinwand. »Warum so kleine Beträge?«

»Damit sich der Stand des Tanks nicht verändert?«, schlug Sabine vor.

»Merkwürdiges Motiv«, murmelte Sneijder. »Immerhin ändert sich durch die Fahrten ja auch der Kilometerstand.«

»Da beschäftigt mich die Frage viel mehr, warum sie stets in bar gezahlt hat?«, bemerkte Sabine. »In Norwegen wird fast alles über Kreditkarten abgerechnet.«

Cora nickte zustimmend. »Vielleicht weil sie keine digitalen Spuren hinterlassen wollte?«

»Und dann lässt sie die Rechnungen im Handschuhfach liegen?«, entgegnete Sneijder. »Das ist doch alles sehr merkwürdig. Jedenfalls wissen wir, dass sie regelmäßig, und zwar einmal im Monat, dorthin fuhr. Hat sie Freundinnen oder Verwandte in Sande?«

»Nicht, soweit wir wissen«, sagte Horowitz. »Sie stammt aus Grimstad, und das liegt südlich von Tønsberg.«

Sneijder blickte zu Cora. »Können Sie rausfinden, was es alles in Sande gibt?«

Cora starrte in ihren Computer. »Eigentlich nicht viel. Wenige Häuser, ein paar Shops, ein schäbiges Motel und eine Bootsanlegestelle an einem Ausläufer des Fjords.«

Wieder mal ein Fjord, das war ja klar. »Was macht man in einem Motel?«, fragte Sabine.

Marc stand auf und vertrat sich die Beine. »Übernachten?«, schlug er vor.

Sneijder schüttelte den Kopf. »Die Ankunft an der Destination war laut Navi stets zwischen 11.15 und 11.30 Uhr, und die Uhrzeiten der Tankbelege sind auch jeweils um diese Zeit. Falls das Motel tatsächlich das Ziel war, dann vielleicht für ein Treffen zur Mittagszeit. Kann man in dieser Absteige essen?«

»Laut Homepage des Motels gibt es Kleinigkeiten wie Müsli, *Kvikk Lunsj* – das sind spezielle Schokoriegel – oder Knäckebrot mit Fisch«, erklärte Cora. »Allerdings wurde die Seite schon seit drei Jahren nicht mehr upgedatet.«

Sneijder nahm die Lesebrille herunter und kaute nachdenklich am Bügel, während er auf die Karte des Oslofjords blickte, die Marc neben den Fotos an die Wand projiziert hatte. »Sande liegt etwa in der Mitte zwischen Tønsberg und Oslo.«

Tina tippte auf ihrem Laptop herum. »Nicht ganz, von Oslo sind es fünfundfünfzig Kilometer nach Sande …«, sie sah kurz auf, »… aber ja, *etwa* in der Mitte.«

Sneijder kaute immer noch am Bügel. »Mit wem könnte sie sich dort einmal im Monat getroffen haben?«

Marc lief immer noch herum. »Laut Navi ist keines der anderen Fahrzeuge je in Sande gewesen«, gab er zu bedenken.

»Nur von Alexanders Wagen wissen wir das noch nicht«, erinnerte Sabine ihn.

Sneijder zog eine Augenbraue hoch. »Alexander hat seine Kanzlei in Oslo. Mit *ihm* könnte sie sich dort getroffen haben.«

»Sowie heimlich getankt und in bar bezahlt haben«, ergänzte Horowitz, »für den Fall, dass ihr Mann ein Kontrollfreak ist, was er mir durchaus zu sein scheint.«

»Warum sollte sie sich ausgerechnet mit Alexander getroffen haben?« Cora richtete sich auf und bog den Rücken durch, bis die Wirbel knackten. »Nur weil er in Oslo wohnt und dort arbeitet?«

»Die beiden haben ein Verhältnis …«, erklärte Sabine ihr, »… vermuten wir zumindest.«

»Und sie ist schwanger«, ergänzte Marc. Plötzlich weiteten sich seine Augen. »Vielleicht sogar von ihm.«

Was? Das ist ja mal eine verrückte Theorie. Sabine und alle anderen blickten zu Marc. Er war neben dem Fenster stehen geblieben und spähte zwischen dem Spalt im Vorhang hinaus. »Seht sie euch an.« Er lüftete den Vorhang ein Stück.

Sabine reckte den Hals und blickte ebenfalls hinaus. Astrid und Alexander spazierten nur hundert Meter entfernt über einen Kiesweg in Richtung Pavillon. »Du denkst, es ist *sein* Kind?«

»Warum nicht?« Marc zuckte mit den Achseln. »Würde vielleicht die angespannte Situation zwischen den beiden erklären.«

»Ja …«, sinnierte Sneijder, »… und das würde auch erklären, warum sie sich heimlich in einem Motel in Sande getroffen haben. Die waren nicht Knäckebrot mit Fisch essen, sondern …« Er ließ den Satz unausgesprochen.

»Haben wir die Nummer von dem Motel?«, murmelte Cora wie im Selbstgespräch. »Ah, ja hier auf der Homepage … ich rufe dort an.« Sie griff nach ihrem Handy.

Plötzlich erhob sich Krzysztof. »Solange Alexander dort draußen herumturtelt, sehe ich mir seinen Wagen an. Eine bessere Gelegenheit bekomme ich vielleicht nicht.« Er schnappte sich Marcs UV-Schwarzlichtlampe und sein Tablet mit dem USB-Kabel. Marc wollte protestieren. »Keine Sorge, ich mach das allein. Habe ja eine Viertelstunde lang zugesehen, wie es funktioniert.«

Marc sah ihn unglücklich an. »Soll ich nicht lieber mitgehen?«

»Einer ist unauffälliger als zwei, vor allem jetzt, wo wieder so viele auf dem Grundstück herumlaufen.« Krzysztof ging zur Tür. »Falls Alexander zurückkommt, haltet ihn auf. Ich bin in zehn Minuten wieder da.«

»Beeil dich«, sagte Sneijder.

»Ja, ja …«, Krzysztof grinste, »… sollte ich nicht wiederkommen, spendiert mir ein schönes Wikingerbegräbnis.«

»Hör auf, so einen Blödsinn zu reden!«, fuhr Tina ihn an.

Sneijder blickte die beiden kurz an. Vermutlich ahnte er bereits, dass da etwas lief. Krzysztof warf Tina eine Kusshand zu, dann sperrte er die Tür auf und war weg. Nun sah Sabine besorgt zu Sneijder. Sie hatte kein gutes Gefühl bei der Sache. »Sollte Marc nicht doch lieber mitgehen?«

Sneijder verneinte. »Der schafft das schon allein. Scannen Sie mit Marc lieber noch einmal den Raum. Vielleicht war während unserer Abwesenheit jemand hier und hat ihn verwanzt.«

Einmal paranoid, immer paranoid!

Seufzend sperrte sie hinter Krzysztof wieder die Tür zu und machte sich mit Marc an die Arbeit. In der Zwischenzeit hatte Cora die Empfangsdame des Motels am Telefon erreicht. Sie schaltete auf Lautsprecher, und Sabine hörte mit einem Ohr mit.

Cora sprach perfekt Norwegisch, und so viel Sabine sinngemäß begriff, gab sie sich als Alexander Jørgensens Sekretärin aus. Mehr verstand sie leider nicht mehr, sah nur, wie Cora in den Tankbelegen herumwühlte und Sonntag, den 20. Mai, erwähnte.

Als eine längere Pause entstand, hielt Cora das Mikrofon zu und flüsterte auf Deutsch: »Ich habe gesagt, dass Alexander letzten Sonntag im Motel war und seitdem seine Brieftasche vermisst. Ich hätte schon überall herumtelefoniert, und das Motel wäre meine letzte Hoffnung.« Danach führte sie das Handy wieder ans Ohr, wartete und redete dann weiter. Das Gespräch dauerte lange, war ziemlich zäh, und an Coras Stimme erkannte Sabine, dass diese alles Mögliche versuchte, damit sich die Empfangsdame erinnerte.

Schließlich beendete sie das Telefonat. »Also«, seufzte sie. »Die Frau hatte vor sechs Tagen Dienst, kann sich aber genauso wenig wie ihr Kollege an einen Alexander Jørgensen erinnern. Auch nicht, als ich ihr eine genaue Personenbeschreibung gab und erwähnte, dass er sich einmal im Monat mit einer Frau zu einem eher *delikaten* Treffen verabredet hat.« Sie seufzte erneut. »Schade, einen Versuch war es wert, zumal die letzte Tankrechnung vom Tag vor dem Mord an der Botschafterin stammt.«

Sabine war mit dem Scannen des Raumes fertig. Nun ging sie zur Leinwand und warf einen Blick auf die entsprechende Tankrechnung. Sie war um 11.34 Uhr ausgestellt worden. Neunundzwanzig Stunden vor dem Mord an Katharina von Thun. Auf dem Beleg standen der Name der Tankstelle – *Kopervik* – und auch die Telefonnummer. »Probieren Sie es dort«, schlug sie vor.

»Bei der Tankstelle?« Cora zuckte mit den Achseln und wählte noch einmal. Sekunden später hatte sie den Tankwart dran. »Vielleicht kennen Sie Herrn Jørgensen. Ich bin seine Sekretärin …«, sagte Cora und wiederholte ihren Spruch mit der vermissten Brieftasche.

Das Gespräch dauerte eine Weile, und vom Rest verstand Sabine wiederum nur Bahnhof. Plötzlich riss Cora die Hand in die Höhe und schnippte mit den Fingern. Schlagartig war es still im Raum. Sie hielt das Mikrofon kurz zu und flüsterte: »Er kann sich an Jørgensen erinnern.«

Alle bis auf Marc umringten sie und ihr Telefon, lauschten und versuchten, sinngemäß so viel wie möglich von dem Gespräch zu verstehen. Schließlich hielt Cora wieder das Mikrofon zu. »Jetzt sucht er die Brieftasche«, flüsterte sie.

»Und?«, fragte Sneijder.

»Ja, Jørgensen hat sich dort mit einer Frau getroffen. Aber das braucht Herrn Jørgensen überhaupt nicht peinlich zu sein, denn die treffen sich hier einmal im Monat, und es ist ja nie was passiert.«

Bingo! »Fragen Sie, ob es dort einen Shop gibt, einen Waschraum oder Toiletten«, drängte Sabine.

Nach einer Weile war der Tankwart wieder dran, und das Gespräch ging weiter. Als Cora sich erkundigte, ob die Brieftasche vielleicht in einer der Räumlichkeiten liegen gelassen worden war, veränderte sich die Stimme des Tankwarts schlagartig. Das Gespräch wurde ungut, der Tankwart misstrauisch. Cora kam ins Straucheln und wurde immer unsicherer.

»Tusen takk!«, sagte sie schließlich rasch, legte auf, lehnte sich zurück und sah in die Runde. »Puuuh! Also, die haben weder einen Shop, noch einen Waschraum oder Toiletten. Nichts, wo man sich heimlich treffen könnte. Dann wollte er noch mal genau wissen, wer ich bin. Ich denke, der hat den Braten gerochen.«

»Egal, wir sind einen Schritt weiter«, sagte Sneijder. »Nur, was zum Teufel machen die einmal im Monat an einer Tankstelle, die nicht mal ein Klo hat?«

»Jedenfalls sind sie anschließend *nicht* ins Motel gegangen«, fügte Sabine hinzu.

»Leute!« Marc war mit dem Scannen seines Teils des Raums fertig. Jetzt stand er am Fenster und blickte durch den Spalt. »Alexander ist weg.«

»Was heißt, *er ist weg*?«, rief Sabine.

»Ich sehe ihn nicht mehr.«

»Verdammt!« Sneijder sprang auf und wollte zur Tür, doch in diesem Moment läutete sein Telefon. »Es ist Krzysztof«, sagte er, ging ran und schaltete sofort auf Lautsprecher. »Komm sofort zurück!«

»Gute Idee«, keuchte Krzysztof, *»das Scheiß-Tablet funktioniert nämlich nicht.«*

»Ich wusste es«, seufzte Marc und verdrehte die Augen.

»Aber ich habe was anderes entdeckt«, flüsterte Krzysztof. *»Du wirst es nicht glauben. Der Kofferraum wurde kürzlich blitzblank gesäubert, aber die UV-Lampe zeigt dennoch ein paar Blutspritzer auf dem Boden. Vermutlich auch Haut- und Haarpartikel am Kofferraumdeckel.«*

»Nimm eine Probe und komm sofort zurück! Alexander ist nicht mehr im Garten.«

»Womit soll ich die Probe nehmen?«

»Ich mach das.« Cora war im Handumdrehen aufgesprungen.

»Okay, nur keine Panik. Cora ist unterwegs zu dir. Lass dich nicht erwischen«, sagte Sneijder und legte auf. Dann wandte er sich um. »Alle raus in den Garten. Wir müssen Alexander finden und aufhalten.«

Sabine schnappte sich ihre Jacke und lief gleich hinter Cora raus. Sie startete sofort in Richtung Pavillon, doch der war menschenleer. Ein Blick am Bergkamm entlang zeigte ihr, dass sich auch auf den Wanderwegen niemand befand.

Mist!

Nun rannte sie zurück zum Haus und begegnete Marc und Tina, die sich vor den Anbauten umsahen. *Ich lauf nach hinten zum Carport*, bedeutete sie ihnen mit einer Geste. Marc nickte nur.

Keuchend erreichte Sabine die Garagen. Schon von Weitem sah sie Cora, die neben dem weißen Tesla vornübergebeugt im Kies kniete und gerade das Handy runternahm. Ihre Hände waren voller Blut. Neben ihr lag jemand.

Sabine lief weiter. »Was ist passiert?«, rief sie.

Cora sah auf. »Ich … Ich bin um das Haupthaus herumgelaufen …« Sie wischte sich die Tränen aus dem Gesicht, hinterließ eine rote Spur auf der Wange. »… danach gleich zur Rückseite … und dann weiter …«

46. Kapitel

Direkt zum Carport. Auf dem Weg dorthin kam Cora niemand entgegen. Geblendet von der Sonne über den Baumwipfeln lief sie blinzelnd über den asphaltierten Parkplatz auf den Carport zu, bis sie in den Schatten der Eichen kam. Vor ihr lagen die einzelnen Autoabstellplätze. Dahinter die Holzkonstruktion mit den offenen Garagen.

»Krzysztof?«, zischte sie. Keine Antwort.

Die Sonne befand sich jetzt fast senkrecht über dem Dach des Carports und leuchtete durch die Bäume. Für einen Moment war sie wieder vom Licht geblendet. Cora schirmte die Strahlen mit der flachen Hand ab und sah sich um. Endlich entdeckte sie den weißen Tesla. Die Schnauze des Wagens ragte aus dem Schatten hervor. Dahinter im Dunkeln stand Krzysztof. Zumindest glaubte sie, dass er es war.

»Krzysztof!«, zischte sie erneut. »Sind Sie das? Wir müssen weg!«

Die Gestalt machte einen Schritt auf sie zu und trat dabei teilweise aus dem Schatten heraus.

»Ich habe im Wagen …«, begann Krzysztof mit seinem unverkennbaren polnischen Akzent, stoppte jedoch mitten im Satz. Sein Mund klaffte auf, die Augen weiteten sich und sein Rücken versteifte sich. Ein Arm hob sich leicht, die Finger zitterten, als stünden sie unter Strom. Das Tablet mit dem Kabel fiel zu Boden.

Cora blieb stehen und starrte ihn an. Es war ein völlig surrealer Anblick. Ein zweiter und ein dritter Ruck gingen durch Krzysztof.

Cora kannte diesen Blick. Die aufgerissenen Augen und der

Ausdruck in seinem Gesicht. Obwohl sie noch zu weit entfernt war, um Näheres zu erkennen, wusste sie doch, dass sich seine Pupillen in diesem Moment extrem weiteten. Es war das Gesicht eines Mannes, der gerade im Begriff war zu sterben.

»Nein!« Sie rannte auf ihn zu.

Er taumelte mit steifen Beinen aus dem Schatten ins Freie. Sein Mund klaffte auf, und ein Schwall Blut quoll hervor und lief ihm übers Kinn.

»Krzysztof!«, schrie Cora und konnte nicht glauben, was sie soeben sah. Als sie ihn im nächsten Moment erreichte, stolperte er kraftlos in ihre Arme. Rote Schaumbläschen bildeten sich auf seinen Lippen und zerplatzten bei dem Versuch, etwas zu sagen. Nur ein Röcheln kam aus seiner Kehle. Jetzt bemerkte sie, dass sein Rücken nass vor Blut war.

Entsetzt zog sie eine Hand hervor und starrte auf ihre dunkelrote klebrige Handfläche. Warmes Blut lief über Krzysztofs gesamten Rücken.

»Hilfe!«, schrie Cora und stürzte mit Krzysztof zu Boden. Verzweifelt wiederholte sie den Hilferuf auf Norwegisch, dann auf Englisch. In ihrer Panik lagerte sie Krzysztofs Beine auf einem Stapel Autoreifen hoch, der neben ihnen lag. Damit er überlebte, musste so viel Blut wie möglich in seinem Oberkörper zirkulieren.

»Alles wird gut. Bleiben Sie wach …«, rief sie in dem Versuch, ihn bei Bewusstsein zu halten. Alles war so verdammt schnell gegangen, und erst jetzt begriff sie richtig, dass Krzysztof direkt vor ihren Augen mehrmals mit einer Klinge in den Rücken gestochen worden sein musste. Sie hob den Blick und sah zum Carport. Obwohl sie das Sonnenlicht immer noch blendete und der Raum hinter dem Tesla im Schatten lag, bemerkte sie ein Paar glänzende Schuhspitzen, die aus der Dunkelheit ragten. Und die Silhouette einer Gestalt.

Automatisch griff sie an ihren Gürtel. Doch dort befanden sich weder ein Holster noch eine Dienstpistole. Beides lag zu Hause im Safe ihres Wohnzimmers.

Sie wollte aufspringen und den Kerl fassen, doch Krzysztof klammerte sich verzweifelt an sie. Er wollte etwas sagen, brachte jedoch wieder nur Röcheln hervor. »Es wird wieder«, presste sie hervor. Dann hob sie die Stimme. »Hilfe, verdammt noch mal! Wir brauchen einen Krankenwagen!« Mit zitternden Fingern zog sie ihr Handy aus der Hosentasche und wählte 112, die Nummer des internationalen Notrufs. Während sie auf eine Verbindung wartete, sah sie wieder zum Carport. Die Schuhspitzen waren verschwunden, und der Bereich lag nun ganz im Dunkeln.

Cora reckte den Hals und blickte sich um, sah jedoch niemanden. Wer immer dort gestanden hatte, war, ohne einen Laut zu verursachen, spurlos verschwunden. Vermutlich durch eine Tür auf der Rückseite des Carports in den Wald dahinter.

Krzysztof wollte immer noch etwas sagen, aber nun meldete sich endlich eine weibliche Stimme in der Notrufzentrale. Während sie Krzysztofs Kopf etwas zur Seite drehte, damit er nicht an seinem eigenen Blut erstickte, hielt sie mit der anderen das Telefon. Sie gab ihren Namen durch, die Adresse der Villa und forderte einen Krankenwagen an.

Tränen liefen ihr über die Wangen.

»Beeilen Sie sich«, rief sie, dann ließ sie das Handy achtlos zu Boden fallen. Mit den Fingern fuhr sie in Krzysztofs Mund, um seine Atemwege freizuhalten, während er sich nun immer heftiger wie unter epileptischen Anfällen aufbäumte.

Sie fragte sich, ob es die richtige Entscheidung gewesen war, bei Krzysztof zu bleiben. Mit Blicken versuchte sie, den Wald hinter dem Carport zu durchdringen. Zumindest hatte sie einige wenige Details der Person erkennen können – das waren definitiv Herrenschuhe gewesen –, und dann …

47. Kapitel

»... sind auch schon Sie gekommen«, beendete Cora ihren emotionalen Bericht und starrte auf ihre zitternden, blutverschmierten Hände.

Sabine kümmerte sich weiter um Krzysztof, während sich Cora erhob, um auf der Rückseite des Carports und im nahen Wald nach dem Mann zu suchen. Mittlerweile trafen auch Sneijder und die anderen ein, die sich der Suche sofort anschlossen.

Die nächsten Minuten erlebte Sabine wie in einem Trancezustand. Sie versuchte, Krzysztof irgendwie am Leben zu erhalten, während er sie nur ansah und verzweifelt etwas zu sagen versuchte.

»Nicht reden«, unterbrach sie ihn, »alles wird gut.«

Wiederum setzte er an. *»Ko... Ko... pe...«*, röchelte er, jeweils begleitet von einem Schwall dunklen Blutes. Dann wurde er bewusstlos.

Er hörte einfach nicht auf zu bluten. *So viel Blut. Überall!* Dann atmete er einfach nicht mehr weiter. Sein Brustkorb hob sich nicht mehr, sein Körper wurde schlaff, und sein Herz hörte auf zu schlagen. *Du verdammter Scheißkerl darfst nicht einfach so sterben!* Doch er hörte in ihren Armen auf zu kämpfen, und sie begann fürchterlich zu weinen.

Zur gleichen Zeit traf der Krankenwagen ein. Von da an nahm Sabine die Ereignisse um sich herum noch stärker wie in einem verzerrten Traum wahr. Notarzt und Sanitäter leiteten die Reanimation sofort mit einer Adrenalinspritze und einem Defibrillator ein. Wie durch ein Wunder begann Krzysztofs Herz wieder zu schlagen, ganz schwach am Rande eines kompletten Herz-Kreislauf-Versagens. Er wurde von der Rettungsmannschaft sofort narkotisiert, intubiert und künstlich beatmet. Zusätzlich hängten sie ihn an eine Infusionsflasche.

Sabines Augen brannten immer noch von den Tränen. Inzwischen waren die anderen der Reihe nach zum Carport gekommen, darunter auch Haakon und der Däne. An ihren Gesichtern sah sie, dass sie den Täter nicht gefunden hatten. Marc stellte sich neben sie, den Arm um ihre Schulter, und hielt sie. Und sie war unfassbar dankbar, dass er nichts sagte, nicht versuchte, sie mit irgendwelchen Worten zu trösten, sondern einfach nur da war, in ihrer Nähe.

Die Zeitspanne, bis der Helikopter endlich kam, die Helfer Krzysztof einluden und in ein Krankenhaus nach Oslo flogen, wo eine Not-OP vorbereitet wurde, kam ihr wie eine Ewigkeit vor. Mittlerweile hatte Cora ihnen die Geschichte ein zweites Mal erzählt, diesmal mit allen Details.

»Und Sie sind nicht gleich hinterhergelaufen?« Sneijders Gesicht sah so hart und verbittert aus, wie Sabine es noch nie zuvor gesehen hatte. Als wäre es mit einigen wenigen harten Schlägen aus einem Granitblock gemeißelt worden.

»Erst als Sabine sich um Krzysztof kümmern konnte … Aber da war es schon zu spät. Ich konnte niemanden finden.«

»Wie sahen die Schuhe aus?«

»Schwarze feste Lederschuhe … vorn breit, mindestens Schuhgröße zweiundvierzig, eher vierundvierzig …«

»Hosenpaar?«

»Konnte ich nicht erkennen.«

»Die Silhouette? War es ein Mann oder eine Frau?«

»Schwer zu sagen, aber der Größe und den Schuhen nach zu schließen, ein Mann …« Cora verstummte. Sie war genauso weiß im Gesicht wie Sneijder.

Kommentarlos hörte sich Sabine alles noch einmal an. Auch an ihren Händen klebte eingetrocknetes Blut. *Krzysztofs Blut ... ein Teil von ihm, der bis vor kurzem noch durch seine Adern geströmt ist und ihn am Leben erhalten hat.* Bei dem Gedanken daran wurde ihr übel.

Sie wischte sich die Tränen aus dem Gesicht. Sneijders Stimme und seine präzisen und glasklaren Fragen holten sie Stück für Stück in die Realität zurück. Wie musste *er* sich erst fühlen? Krzysztof war für ihn wie der Bruder, den er nie gehabt hatte. Bis auf Horowitz und vielleicht auch noch Dirk van Nistelrooy war er sein einziger echter Freund, der ihn immer verstand und akzeptierte. Trotzdem versuchte Sneijder, sich nichts anmerken zu lassen und blieb professionell. Dabei sah sie ihm förmlich an, wie er innerlich mit sich rang, um seinen Verstand weiter funktionieren zu lassen. Denn wie sie alle, wusste auch er, dass Krzysztof diesen Tag höchstwahrscheinlich nicht überleben würde.

Sabine atmete tief durch, als sie nun sah, wie die Kripo kam. Haakon kümmerte sich darum. Die Beamten sperrten den Tatort ab, machten Fotos, sicherten die Spuren und verhörten die Menschen auf dem Grundstück.

Sabine wischte sich eine Träne weg und sah zu Marc. Auch seine Miene war versteinert. Anscheinend war Sabine die Einzige gewesen, die der Schock zum Weinen gebracht hatte. Jeder von ihnen hatte im Lauf der Jahre seine eigene Strategie gefunden, um mit solchen oder ähnlichen Situationen fertigzuwerden.

Mit zusammengepressten Lippen nickte Sabine Tina zu. Wie musste sie sich fühlen? Waren sie und Krzysztof sich doch erst vor wenigen Stunden nähergekommen. *Sollte ich nicht wiederkommen, spendiert mir ein schönes Wikingerbegräbnis*, waren seine letzten Worte an sie gewesen. *Als hätte er eine Vorahnung gehabt.* »Wie geht's?« Sabines Stimme klang belegt.

Tina nickte. »Fühlt sich für mich noch nicht so an, als wäre das gerade wirklich passiert.«

»Ich kann es auch noch nicht glauben«, sagte Marc mit trockener Kehle.

»Nichts kann einen jemals auf so etwas vorbereiten«, sagte Horowitz mit bitterer Stimme, »nicht einmal die vielen Jahrzehnte Berufs- und Lebenserfahrung.«

Sabine wischte sich ein letztes Mal die Tränen aus dem Gesicht. *Auch du musst funktionieren! Zumindest so lange, wie du noch hier in Norwegen bist. Zu Hause kannst du dann zusammenbrechen. Aber nicht hier! Und nicht heute!*

Noch einmal rief sie sich Krzysztofs letzte Worte in Erinnerung. *Kope…!* Was konnte das bedeuten? So viel sie wusste, hieß *kjøpe* auf Norwegisch einkaufen. Oder hatte er *Kopenhagen* gemeint? Vielleicht die Fähre nach Kopenhagen? Aber das ergab keinen Sinn. Am ehesten hatte er vielleicht *Kopervik* sagen wollen, den Namen der Tankstelle. Aber woher sollte Krzysztof von dieser Tankstelle wissen? Cora hatte die Tankstelle erst angerufen, nachdem Krzysztof ihr Büro verlassen hatte.

48. Kapitel

Für Sneijder war der Anblick ausländischer Polizei nichts Neues. Und schon gar nichts sonderlich Beeindruckendes. Soviel er im Lauf seiner Dienstjahre festgestellt hatte, kochten sie alle nur mit Wasser. Da war die norwegische Kripo nicht anders. Ausnahmsweise lag ihm diesmal aber nichts ferner, als den Beamten Feuer unter dem Arsch zu machen. Er wollte den Ball jetzt flach halten, um nicht aufzufallen. Denn *er* würde den Mordversuch an Krzysztof aufklären, und zwar auf *seine* Art und Weise mit *seinen* Methoden – und misstrauische norwegische Kollegen, die ihm wie ein Pickel am Hintern saßen, konnte er im Moment gar nicht brauchen. Zumal er dieser eigenartigen Ruhe um Gulbrandsen herum nicht traute. Der Kerl würde nicht mehr lange auf sich warten lassen.

Im Moment führten Ermittler aus Oslo die Verhöre und örtliche Streifenpolizisten riegelten – in blauer Uniform, mit blauem Hemd und der Bezeichnung *Politi* auf der Brust – alles ab. Wie Sneijder feststellte, hatten sie nur Handschellen, Funkgerät und Pfefferspray am Gürtel. Ihre Dienstwaffen waren im Locker ihrer Wagen verschlossen. Die Norweger mussten sich erst das Einverständnis ihres Vorgesetzten einholen, bevor sie von der Waffe Gebrauch machten. Mochte in manchen Situationen ja durchaus deeskalierend wirken – in anderen schien es Sneijder aber der schiere Wahnsinn.

Noch bevor die Kollegen Gelegenheit hatten, ihn und Cora zu befragen, nahm er Cora am Arm und schob sie vom Haus weg. »Was haben Sie vor?«, zischte sie.

»Gehen Sie weiter.« Er führte sie über die Wiese in Richtung Felsschlucht. »Dort zum Pavillon.« Lieber wäre er mit ihr zum Carport gegangen, aber dort hatte die Polizei schon alles abgesperrt.

Mit genug Abstand zu den Polizisten, die erst mal nur die unmittelbare Umgebung des Hauses durchkämmten, erreichten sie die Gartenlaube. Hier würden sie zumindest für die nächsten paar Minuten ungestört sein. Und er hatte nur diese eine Chance, denn nach der Befragung durch die Kollegen würde das, was er jetzt vorhatte, unmöglich werden.

Sneijder drängte Cora auf die Bank, setzte sich neben sie und schielte kurz zum Haus. Niemand hatte sie bemerkt.

»Was …?«, fragte sie.

»Beruhigen Sie sich und atmen Sie tief durch«, sagte er sanft. »Denken Sie noch einmal scharf nach. Woran können Sie sich noch erinnern? Sie haben den Mann gesehen. Ihr Unterbewusstsein *kennt* die Antwort!«

»Ich …«, seufzte sie verzweifelt und senkte den Kopf, »… zermartere mir schon die ganze Zeit das Hirn, aber mir fällt kein weiteres Detail mehr ein.« Plötzlich sah sie auf. »Aber *Sie* könnten mich hypnotisieren! So wie Sie es in der Botschaft mit Zofia Vogel gemacht haben.«

»Das war keine Hypnose, nur ein entspannter Ruhezustand.«

»Dann machen Sie *das*!«

Er schüttelte den Kopf. »Das würde nicht funktionieren.«

»Warum nicht?«

»Sie sind viel zu aufgebracht und nervös.« Er ließ die Schultern sinken. »Vergessen Sie es. Damit es gelingt, müssten Sie total entspannt sein, aber im Moment …«

»Ich *bin* entspannt.«

»Ja, das sehe ich. Sie müssten wirklich *völlig ruhig* sein …«, er senkte die Stimme, »… und tief und langsam ein- und ausatmen.« Er sah ihr eindringlich in die Augen.

»Das könnte ich versuchen.«

»Sie würden es nicht schaffen. Geben Sie den Wunsch auf.« Seine Stimme wurde völlig ruhig. »Sie müssten alles um sich herum ausblenden … sich nur auf meine Stimme konzentrieren … mir in die Augen sehen … tief und entspannt ein- … und wieder ausatmen …«

»Das würde ich … hinkriegen«, sagte sie gedehnt und leise, während ihr Körper zurücksank und sie den Hinterkopf an eine Holzsäule lehnte.

»Dann müssten Sie tief in Ihren Körper hineinhören … in Ihr Unterbewusstsein gehen … wie über eine Treppe, die in einen Keller hinunterführt … sehr lange … und ganz unten, da sehen Sie eine weitere Tür … diesmal im Boden … es ist eine Luke … die Sie öffnen …«

Cora blickte tief in seine Augen. Ihre Pupillen weiteten sich.

»Schließen Sie die Augen«, sagte er sanft, woraufhin sich ihre Lider schlossen. Ihre Schultern entspannten sich. »Und nun gehen Sie auch durch diese Luke hinunter«, fuhr er fort. »Dort unten ist es dunkel … Sie können sich nun überallhin bewegen, wohin Sie wollen … sogar in der Zeit zurück … zum Beispiel zum Carport, wo Krzysztof in diesem Moment ums Überleben kämpft …«

Ihre Lippen öffneten sich eine wenig. »Ja …«

»Sie kommen aus der völligen Dunkelheit heraus. Ihre Augen haben sich schon lange an das Dämmerlicht gewöhnt. Sie können alles sehen … heben Sie den Blick …« Unter Coras Lidern bewegten sich die Augen leicht nach oben. »… was sehen Sie?«

Aus dem Augenwinkel bemerkte Sneijder, wie ein Wagen zum Haus fuhr und zwischen zwei Polizeiautos hielt. *Vervloekt*, er kannte das Fahrzeug. Ein Mann im Anzug stieg aus und warf die Tür zu. *Gulbrandsen! Verdomme!* Der Kommissar sprach kurz mit einem Beamten, dann sah er sich um, entdeckte Sneijder im Pavillon und ging schnurstracks auf ihn zu.

Nee, nee, vervloekt! Ausgerechnet jetzt!

Sneijder fasste sanft nach Coras Hand und rückte näher an sie heran. »Sie sind im Carport. Krzysztof liegt vor Ihnen auf dem Boden. Sie hören seinen Atem … spüren seine Hand … Sie schauen in die Dunkelheit des Holzverschlags … Wen sehen Sie?« Hinter sich hörte er, wie sich Gulbrandsens Schritte auf dem Kiesweg näherten.

»Wen sehen Sie?«, drängte er.

»Einen Mann in dunkler Anzughose … eine schlanke Gestalt …«

»Wissen Sie, wer das sein könnte?«

»… nein …«

Sneijder dachte an den weißen Tesla. »Könnte es Alexander Jørgensen sein?«

»Du meine Güte, ja … es ist *seine* Gestalt … er könnte es sein!«

»Danke, das war gut«, sagte Sneijder sanft, bevor Cora sich zu sehr aufregte. »Es ist vorbei. Schließen Sie die Tür im Boden und kommen Sie wieder herauf. Wenn ich mit den Fingern schnippe, wachen Sie auf.« Er ließ ihr noch eine Sekunde Zeit, dann schnippte er, und sie riss die Augen auf. »Sie sind jetzt wieder hier bei mir im Pavillon.«

Sie blinzelte und blickte sich irritiert um. »Sie haben mich …? Hat es …?«

»Ja, es hat funktioniert.« Sneijder lächelte. »Leute, die nicht daran glauben, dass es funktioniert, lassen sich am besten hypnotisieren. Sie haben keine Erwartung, die ihnen im Weg steht.«

»Dann war es also doch Hypnose! Sie haben mich hereingelegt.«

Im nächsten Moment war Gulbrandsen auch schon da und stellte einen Fuß auf die Holztreppe. Obwohl er diesmal einen Anzug trug, war er unrasiert, und sein Gesicht sah noch zerknautschter aus als gestern in Oslo. »Dachte ich mir doch, dass Sie hier sind. Die Spur zu Haakon Jørgensen war zu verlockend, nicht wahr? Und? Schon was herausgefunden?« Es klang bitter zynisch.

Sneijder erhob sich und stellte sich auf dieselbe Stufe wie Gulbrandsen. »Wir sind Gäste in seinem Haus.«

»Ja, na klar. Ich wurde bereits während der Fahrt hierher über alles informiert.« Gulbrandsens Atem roch nach Zwiebel und Knoblauch. »Ich sagte doch ausdrücklich, dass Sie in Oslo bleiben sollen. Was machen Sie also hier, verflucht noch mal? Spielen Sie Kripo?« Jetzt hatte seine Stimme jeglichen Zynismus abgelegt. Ohne eine Antwort abzuwarten, tippte er Sneijder auf die Brust. »Ihretwegen habe ich jetzt einen weiteren Fall am Hals. Mein Gott, Ihre Leute sind so unfähig, dass sie sich von hinten abstechen lassen.«

Sneijder griff in die Hosentasche und umklammerte sein Handy, bis die Hülle knirschte. »Haben Ihre Leute schon die Tatwaffe gefunden?«, fragte er, bemüht darum, so emotionslos wie möglich zu klingen.

»Nein, die Kollegen suchen noch danach.«

»Durchkämmen Sie auch den Wald hinter dem Carport.«

»Ja, verflucht, wir machen so etwas nicht zum ersten Mal«, fuhr Gulbrandsen ihn an. »Hätten Sie und Ihr Team sich an Ihre Beobachterrolle gehalten, würde dieser dämliche Kerl jetzt nicht auf der Intensivstation liegen.« Fassungslos schüttelte er den Kopf. »Und Sie wollen ein brillanter Profiler sein? Dann sollten Sie besser auf Ihre Leute achten.«

Sneijders Schläfen pochten. Er wollte etwas sagen, aber Gulbrandsen kam auf Tuchfühlung heran, drückte Sneijder an den Holzpfosten und senkte die Stimme. »Jetzt sage ich Ihnen einmal etwas, Sie Koryphäe! Wenn Sie in dieses Land kommen, betreten Sie *meinen* Zuständigkeitsbereich. Hier gelten *meine* Regeln, und Ihr arrogantes Gehabe, Ihre Klugscheißerei und Ihre genialen Profilermethoden können Sie sich sonst wohin stecken.«

Wieder tippte er Sneijder an die Brust, diesmal härter. »Sie haben einen Fehler begangen, mein Freund. Aber Sie sind so von sich eingenommen, dass Ihnen das vermutlich nicht mal eine Lehre ist. Ich hoffe nur für Sie, dass dieser Kerl, der möglicherweise gerade elend an seinem eigenen Blut erstickt, Ihnen nicht nahesteht. Und falls doch, schert es mich einen Dreck! Denn Sie haben nicht auf mich gehört. Andernfalls würde dieses unfähige und dämliche Arschloch von vorbestraftem Ex-Knacki jetzt noch unverletzt und quicklebendig sein.«

Dieses unfähige und dämliche Arschloch? Sneijders Zähne knirschten.

»Und außerdem …«, fuhr Gulbrandsen fort, doch Sneijder hörte nicht länger zu. Er zog das Handy aus der Hosentasche und schlug es Gulbrandsen mit voller Wucht gegen die Schläfe. Beim zweiten Mal platzte Gulbrandsens Schläfe auf. Blut spritzte. Gulbrandsen taumelte zurück, aber Sneijder schlug noch einmal zu, diesmal fester und mitten ins Gesicht, bis das Display splitterte. Und noch einmal, woraufhin Gulbrandsen stöhnend in die Knie ging. Immer wieder hieb er in rasender Wut gegen die gleiche Stelle, bis Gulbrandsens Kopf endlich zur Seite flog, er in den Kies fiel und endgültig die Klappe hielt. Dieser *verdommte Schijtkerel*!

Keuchend kniete sich Sneijder neben ihn hin und starrte in das blutverschmierte und jämmerlich winselnde Gesicht. Ein Zahn fehlte. »*Dieses Arschloch* ist mein Freund!«, zischte er. »Ja, ich bin für ihn verantwortlich! Und *ich* muss damit leben. Aber Sie sollten jetzt besser den Mund halten, sonst prügle ich Ihnen das Hirn aus dem Schädel …« Sneijder hob die Hand, um ein weiteres Mal zuzuschlagen, falls Gulbrandsen noch ein Wort sagen wollte, doch das Läuten des Telefons riss ihn aus seinem Wahnsinn.

Er senkte die Hand und blickte auf das Handy. Es läutete immer noch. Aber da war gar kein Blut. Ebenso wenig war das Display gesplittert.

»Sneijder …? Was ist mit Ihnen?«, fragte Gulbrandsen.

Sneijder sah auf und starrte in Gulbrandsens Gesicht. Der stand vor ihm und sah ihn völlig verwundert an. »Nichts, ist alles okay.«

Gulbrandsen nickte auf sein Handy. »Wollen Sie nicht rangehen?«

Sneijder blickte auf das Display. *Jon Eisas Nummer.* »Später«, sagte er und drückte den Anruf weg.

Gulbrandsen kniff skeptisch die Augen zusammen. »Da habe ich wohl einen wunden Punkt erwischt, nicht wahr?«

Sneijder schüttelte den Kopf. *Zeig ihm bloß keine Schwäche!* »Krzysztof ist nichts weiter als ein Kollege«, sagte er so kalt wie möglich. »Er wurde mir für diesen Fall zugeteilt, ich kenne ihn nicht einmal besonders gut. Weiß nicht mal, wie man seinen Namen richtig schreibt. Er kannte das Berufsrisiko.«

»Sie sind wirklich ein abgebrühter Hund.«

Sneijder zuckte die Achseln. »Vielleicht sollten wir uns besser darum kümmern, den versuchten Mord aufzuklären, als meine Psyche zu analysieren?« Sneijder löste sich von Gulbrandsen und ging über den Kiesweg zurück zum Haus. »Kommen Sie mit!«

»Was … wohin?« Gulbrandsen folgte ihm. Auch Cora erhob sich von der Bank und ging ihnen rasch hinterher. »Die Kollegen arbeiten bereits daran.« Gulbrandsen blickte auf die Armbanduhr. »Die Zeugenaussagen, wer zum Zeitpunkt der Tat auf dem Grundstück war, grenzen die Verdächtigen massiv ein. Ich denke, in wenigen Stunden haben wir …«

»Wir wissen bereits, wer es war«, kam Sneijder ihm zuvor und nickte zu Cora.

Diese schluckte. »Ich habe Alexander Jørgensen im Carport gesehen … also seine Schuhe und seine Gestalt.« Ihre Stimme klang sicherer als noch vor wenigen Minuten.

»Puuuh.« Gulbrandsen blähte die Backen. »Das sind harte Anschuldigungen, die Sie da vorbringen. Wohin gehen Sie eigentlich?«

»Sie sollten Alexander verhören«, sagte Sneijder.

»Würde ich ja, aber er ist nicht da.«

»Dann fahnden Sie nach ihm!«

»Hören Sie, ich …«

»Ja, ich weiß, *Sie* führen die Ermittlungen«, unterbrach Sneijder ihn. »Ist sein Auto noch da?«

»Meine Leute sagen, es steht noch im Carport.«

Sneijder erreichte den Carport, ging an der Bretterwand entlang, stieg über das Absperrband und betrat den Tatort. Cora blieb indessen vor der Absperrung stehen.

»Warten Sie!« Gulbrandsen folgte ihm, holte ihn aber erst ein, als Sneijder bereits den weißen Tesla erreicht hatte.

Er musste sich überwinden, nicht noch einmal zu der Stelle zu sehen, wo Krzysztofs blutender Körper fast fünfzehn Minuten lang gelegen hatte, ehe der Helikopter mit ihm weggeflogen war. Während Krzysztof von den Sanitätern versorgten worden war, hatte Sneijder die Gelegenheit genutzt, sich die Form der Stichwunden im Rücken anzusehen. Sie war völlig anders als bei Katharina von Thun und Ylva Ødegård. Dieser Anblick, die Blutflecken auf dem Asphalt und Krzysztofs regloser intubierter Körper, hatte ihm das Herz aus der Brust gerissen. *Schau nicht noch einmal hin!* Stattdessen ging er jetzt zum Kofferraum des Wagens.

»Was haben Sie vor, verdammt?«, zischte Gulbrandsen. »Das ist ein Tatort! Verschwinden Sie von hier!«

»Krzysztof hat im Kofferraum dieses Wagens Spuren entdeckt, die möglicherweise wichtig sind.« Sneijder sah sich im Carport um. An der hinteren Werkzeugwand hing eine Brechstange.

»Der Besitzer dieses Wagens ist *Anwalt*! Dafür brauche ich den Durchsuchungsbeschluss eines Richters!«, fuhr Gulbrandsen ihn an. Dann folgten seine Augen Sneijders Blick. »Wagen Sie es nicht!«

Vielleicht ist das Auto ja noch offen. Sneijder zog einen Kugelschreiber aus der Sakkotasche und versuchte damit, die Fahrertür zu öffnen. *Abgesperrt! Verdomme!* Anscheinend hatte Krzysztof den Wagen nach ihrem Telefonat wieder verschlossen … kurz bevor mehrmals auf ihn eingestochen worden war.

Sneijder schnappte sich nun doch die Brechstange, und noch bevor Gulbrandsen etwas sagen konnte, hatte er die flache Seite des Brecheisens unter dem Schloss eingehakt und den Kofferraumdeckel aufgebrochen. »So, bitte! Jetzt ist der Wagen offen!« Er deutete in den Kofferraum. »Durchsuchen Sie alles mit einer UV-Lampe. Sie werden Blutspuren finden.«

Gulbrandsen starrte ihn mit offenem Mund an, fing sich aber im nächsten Moment wieder. »Sie haben absolut nichts von dem kapiert, was ich Ihnen vorhin gesagt habe!«

»Genau«, sagte Sneijder. »Ihre Ansprache hätten Sie sich sparen können.«

Gulbrandsen stöhnte auf. »Die Liste Ihrer Vergehen wird immer länger, und jetzt kommt auch noch Sachbeschädigung dazu.«

»Kümmern Sie sich lieber darum, den Täter zu fassen. Sonst tue *ich* es – und zwar mit *meinen* Methoden, die Sie so sehr verachten. Und dann wird diese Liste noch viel länger werden.«

»Ich krieg Sie dran, Sneijder!« Gulbrandsen wollte ihm wieder an die Brust tippen, doch diesmal schlug Sneijder die Hand beiseite.

»Ich habe keine Zeit für diesen Mist!« Sneijder zog Dirk van Nistelrooys Visitenkarte aus der Brieftasche und drückte sie Gulbrandsen in die Hand. »Nerven Sie meinen Vorgesetzten mit Ihren lächerlichen Drohungen, aber fallen Sie mir damit nicht mehr auf den Wecker.«

49. Kapitel

Gulbrandsen hatte die Bibliothek im Altbau des Hauses kurzerhand in einen Verhörraum verwandelt. Nachdem er dort sowohl Cora als auch Sneijder und alle aus seinem Team einzeln befragt hatte, trafen sie der Reihe nach wieder in ihrem gemeinsamen Büro ein. Die norwegische Polizei hatte dieses inzwischen durchsucht und all ihre Papierausdrucke und Flipchartblätter beschlagnahmt. In dem Raum sah es ziemlich leer aus.

»Fuck! Ich fasse es nicht!«, rief Tina aufgebracht.

Auch Sabine sah sich zornig um. *Verdammt!* »Sie haben auch unsere Computer beschlagnahmt.«

»Äh … haben sie nicht … hoffe ich zumindest«, murmelte Marc. Er ging zur großen Polstercouch an der Wand, hob die Kissen hoch und holte ihre Notebooks mitsamt dem Kabelsalat darunter hervor. »Dachte, da wären sie besser aufgehoben.« Er sah zu Horowitz. »Bloß Ihren Computer konnte ich nicht finden.«

»Ich weiß«, brummte Horowitz. »Ich sitze drauf. Dachte, dort wäre er am besten aufgehoben.«

Normalerweise hätten jetzt alle aufgelacht, aber der Mordversuch an Krzysztof steckte ihnen noch so tief in den Knochen, dass nicht einmal einer grinste.

Marc nickte nur, dann verteilte er die Computer. Sabine starrte auf ihr Notebook. *Aber was nützt uns das jetzt?* Krzysztof kämpfte gerade ums Überleben, und dieses Gerät würde es nicht besser machen. Sie sah zu Sneijder, der angespannt im Raum hin- und herlief. »Was jetzt?«, fragte sie.

Sneijder blieb am Kopfende des Tisches stehen, stützte sich mit den Armen auf die Platte und blickte in die Runde. Alle außer ihm saßen. »Ich denke, ich spreche im Namen von uns allen, wenn ich behaupte, dass der Fall nun persönlich geworden ist. Und glaubt mir, keiner nimmt die Sache persönlicher als ich. Aber im Moment ist weder Zeit für Trauer noch dafür, uns mit Was-wäre-wenn-Gedankenspielereien das Hirn zu zermartern. Es ist, wie es ist, wir müssen es akzeptieren, und uns bleibt nicht mehr viel Zeit, diesen Fall zu lösen, bevor man uns in einen Flieger setzt und heimschickt. Aber ich will verdammt sein, wenn ich die Zusammenhänge nicht vorher herausfinde.«

Sabine hob wortlos die Hand und streckte drei Finger aus. Sneijder sah es und nickte nur kurz. »Ja, natürlich. Ich mache es kurz. Gehen wir zurück zum Ursprung. Der Mordanschlag auf Haakon vor zwei Wochen auf diesem Grundstück muss von einem Insider stammen.«

»Aber so viel wir wissen, war das doch Lars Frey«, widersprach Marc.

Sneijder schüttelte den Kopf. »Gestern Nacht bin ich mehrmals ums Haus gelaufen.« Er blickte kurz zu Sabine. Sie erinnerte sich, an ihr anschließendes Treffen in der Küche. »Und dabei ist mir aufgefallen, dass alle Bewegungsmelder ziemlich scharf eingestellt sind, sodass sich die Außenbeleuchtung bei der kleinsten Bewegung einschaltet … alle, bis auf einen. Der vor dem Fenster zum Kaminzimmer, durch das auf Haakon geschossen wurde.«

»Also schließt du daraus, dass jemand den Melder manipuliert hat«, folgerte Marc.

»Genau. Zum Zeitpunkt des Anschlags – also mitten in der Nacht – hatte man diese Manipulation nicht vornehmen können, da sich das Gerät bei der kleinsten Bewegung sofort aktiviert hätte, also muss sie schon früher, am Vortag oder zumindest am selben Tag bei Tageslicht, gemacht worden sein, was darauf schließen lässt …«

»… dass es ein Insider aus dem Haus war«, vollendete Marc den Gedanken. »Aber warum hat er ihn danach nicht wieder zurückgestellt?«

»Wann? Viele Stunden oder einen Tag nach dem Mord? Dann hätte er preisgegeben, *dass* er ein Insider aus dem Haus ist.«

»Okay …«, Marc nickte, »… und wer käme dafür infrage?

Sneijder faltete die Hände unter dem Kinn und dachte scharf nach. Auch Sabine versuchte, Sneijders Gedankengängen zu folgen, musste aber immer noch ständig an Krzysztof denken. Ein Blick zu Tina bestätigte ihr, dass es ihr nicht anders ging.

»Sicher nicht Lars Frey, so wie Haakon es ursprünglich angedeutet hat«, antwortete Sneijder.

Nun räusperte sich Horowitz. »Warum nicht?«

Sneijder blickte durchs Fenster. Draußen liefen immer noch die uniformierten Polizisten übers Grundstück. »Vorhin hatten wir ja schon die Frage diskutiert, warum Haakon uns nach der Schlägerei in der Bar zu sich ins Haus eingeladen hat.« Er hob die Hände. »Ich dachte, er wollte wissen, wer Katharina von Thun ermordet hat, aber ich habe mich geirrt. Das interessiert ihn überhaupt nicht. Also was ist der wahre Grund?«

»Dass wir doch ganz einfach für ihn den Auftraggeber des Anschlags herausfinden?«

»Ja, und damit sind wir wieder am Anfang.« Sneijder nickte nachdenklich. »Aber Lars Frey und einige seiner Leute sind – wie wir bereits wissen – vor knapp zwei Wochen spurlos verschwunden. Wir können also davon ausgehen, dass sich Haakon bereits um sie gekümmert hat. Und möglicherweise hat Haakon dabei herausgefunden – nach einer kurzen und intensiven Sonderbehandlung –, dass Lars Frey mit dem Anschlag gar nichts zu tun hatte. Noch dazu, weil es bei unserem Treffen in der Bar ja einen weiteren Mordversuch gegen ihn gegeben hat. Also wurden *wir* engagiert.«

»Wenn also tatsächlich ein Insider hinter dem Anschlag auf Haakon steckt«, überlegte Sabine, »dann hat Haakon das vermeintliche Problem mit seinem Rivalen völlig umsonst gelöst.«

»So ist es! Umso wütender wird ihn das alles machen«, schlussfolgerte Sneijder. »Aber wer steckt wirklich hinter den Schüssen? Ich nehme an, Krzysztof hat den Beweis dafür in Alexanders Wagen gefunden.«

Sabine setzte sich auf. »Sie glauben, *Alexander* hat den Mordanschlag auf seinen eigenen Bruder geplant?«

Sneijder hob die Schultern. »Er könnte dieser Insider sein. Wenn Alexander und Astrid tatsächlich ein Verhältnis miteinander haben und sie sogar von ihm schwanger ist, hätte er ein starkes Motiv, seinen Bruder aus dem Weg zu räumen ... und ein kluger Schachzug wäre, das Attentat auch noch einem von Haakons Rivalen anzuhängen.«

Nun meldete sich auch Tina zu Wort. »Falls es so ist ... inwieweit ist Astrid darin eingeweiht?«

Sneijder verzog das Gesicht. »Ich denke, die haben sich nicht nur zufällig bei der Tankstelle getroffen, ihre Wagen aufgetankt und ein Knäckebrot gegessen.«

Horowitz nickte bedächtig. »Ob Haakon schon ahnt, dass sein eigener Bruder hinter dem Mordanschlag steckt?«

Sneijder drehte langsam den Kopf, bis die Nackenwirbel knackten. »Genau das werde ich herausfinden.« Er ging zur Tür und wollte sie bereits öffnen, als es klopfte. Erstaunt zog er sie auf. Draußen stand Haakon. »Ich wollte gerade zu Ihnen.« Sneijder ließ ihn herein.

Haakon blickte verdrossen in die Runde, dann wandte er sich an Sneijder. »Der Anschlag auf Ihren Kollegen tut mir leid ... ein netter Kerl, gestern Nacht haben wir noch Glenmorangie Pride getrunken.«

Sneijder presste die Lippen aufeinander, sagte aber nichts. Haakon sah sie misstrauisch an. »Ich habe gehört, dass nach meinem Bruder gefahndet wird?«

Sneijder nickte. »Wissen Sie, wo er steckt?«

Haakon ignorierte die Frage. Nun funkelten seine Augen gefährlich, was durch die roten Pupillen noch einmal besonders verstärkt wurde. »Warum wird nach ihm gesucht?«

»Was denken Sie?«

»Halten Sie ihn für den Täter?«

Sneijder antwortete nicht. »Ich muss Sie daran erinnern, dass wir einen Deal haben. Ich finde heraus, wer den Mordanschlag auf Sie geplant hat, und Sie verraten mir, worüber Sie mit Katharina von Thun gesprochen haben.«

Haakon sog scharf die Luft ein, während er alle im Raum anblickte. »Ja, ich erinnere mich daran, und ich halte meine Versprechen. Warum wird nach meinem Bruder gefahndet?«

»Weil er es möglicherweise war, der unseren Kollegen ermorden wollte.«

»Warum zum Teufel hätte er das tun sollen? Er ist ein erfolgreicher Finanzanwalt mit eigener Kanzlei! Er hat schon seit Jahren keine Waffe mehr in der Hand gehalten!«

»Unser Kollege hat Blutspuren in seinem Kofferraum gefunden.«

»Ich …« Schlagartig hielt Haakon inne und kniff die Augen zusammen. »Im Wagen meines Bruders sagen Sie?«, fragte er nach. »Blut?«

Sneijder nickte. »Was wissen Sie darüber?«

»Scheiße noch mal …« Haakon fuhr sich übers Gesicht. Sabine konnte förmlich sehen, wie die Rädchen in seinem Hirn ineinandergriffen und er eins und eins zusammenzählte. »Meinen Sie, dass mein eigener Bruder vor zwei Wochen auf mich geschossen haben könnte?«

»Wäre das so undenkbar?«, erwiderte Sneijder.

»Aus welchem verfickten Grund sollte er das getan haben?«

Sneijder sah ihn lange an, gab ihm jedoch keine Antwort. Haakons Blick war völlig emotionslos, bloß seine Schultern versteiften sich.

Sabine hielt indessen die Luft an. Sie wusste nicht, wie nahe sich die Brüder tatsächlich standen. Es konnte gut sein, dass Haakons Faust jeden Moment in Sneijders Magengrube krachte.

»Sie haben mich engagiert, um herauszufinden, *wer* auf Sie geschossen hat«, sagte Sneijder schließlich, bevor der Mann überreagierte. »Aber nicht, *warum*. Sollen wir das auch noch herausfinden, oder übernehmen Sie jetzt lieber selbst?«

Haakon atmete tief durch, blieb jedoch gefasst, dachte anscheinend kurz über alles nach und ließ schließlich die Schultern sinken. Einen Moment lang schielte er zu Cora, dann blickte er wieder zu Sneijder. »Gut, ich werde den Grund selbst herausfinden.« Er wollte sich bereits abwenden, doch Sneijder fasste ihn hart am Arm. »*Quid pro quo*«, erinnerte er ihn.

Haakon nickte. »In Ordnung, aber die Antwort wird Ihnen nicht gefallen.«

»Überlassen Sie das mir. Also, warum haben Sie einmal im Monat mit Katharina von Thun telefoniert?« Sneijder ließ Haakons Arm los.

»Sie wollte junge Mädchen. Die habe ich ihr besorgt.«

»Katharina von Thun *hatte* eine Liebhaberin – ihre eigene Putzfrau.«

»Wenn ich sage, junge Mädchen, dann meine ich *junge* Mädchen. Die waren zwölf, höchstens dreizehn. Schwer zu vermitteln, aber ich habe noch alte Kontakte.«

»Kam es dabei zu Gewalt?«

Haakon schüttelte den Kopf. »Das waren drogensüchtige Teenager, die von zu Hause ausgebüxt sind. Die haben freiwillig die Muschi dieser Frau geleckt, damit sie Geld für ihr Crystal Meth kriegen.«

Sabine zuckte kurz zusammen. Haakons derbe Wortwahl machte die ganze Geschichte nicht plausibler.

Im Gegensatz zu ihr ließ sich Sneijder keine Reaktion anmerken. »Könnten die Eltern eines dieser Mädchen Katharina von Thun in der Botschaft ermordet haben?« Er hob die Schultern. »Aus Rache, weil diese Frau ihre Tochter verführt und zum Sex gezwungen hat?«

Haakon lächelte. »Wir hatten einen Deal, dass ich Ihnen verrate, *warum* wir telefoniert haben, aber nicht, was diese Telefonate zur Folge hatten. *Das* müssen Sie schon selbst herausfinden.«

»Gut, dann sind wir also quitt.« Sneijder warf einen Blick auf seine Armbanduhr. »Können wir noch bis morgen früh als Ihre Gäste hierbleiben?«

»Würde Gulbrandsen sonst versuchen, Sie heimzuschicken?«

»Er wird es probieren. Aber ich würde mich noch gern um Krzysztof kümmern, die Formalitäten im Krankenhaus regeln und für ihn einen möglichen Transport nach Deutschland in die Wege leiten.«

»Falls er überlebt …« Haakon nickte. »In Ordnung, ich bin kein Unmensch. Ihnen bleibt noch der Rest des heutigen Tages. Morgen früh reisen Sie ab.« Er drehte sich um und verließ den Raum.

Sneijder schloss die Tür und wandte sich ihnen zu. »Der hat es ja ziemlich gefasst aufgenommen, dass ihn sein eigener Bruder loswerden will …« Er wollte noch etwas sagen, als sein Handy läutete. Er blickte aufs Display. »*Verdomme*, van Nistelrooy!«

Cora hob abwehrend die Hände. »Ich habe nicht mit dem BND telefoniert.«

»Schon gut.« Sneijder ging ran, und kaum hatte er sich gemeldet, ging van Nistelrooys Schimpftirade auch schon los. Und zwar so laut, dass Sabine jedes einzelne Wort verstehen konnte.

»Du hast Jon Eisas Anruf vorhin weggedrückt! Inzwischen hatte ich ein interessantes Gespräch mit dem Vorgesetzten von Kommis-

sar Gulbrandsen von der Mordgruppe Oslo. Ist es wahr, dass mehrmals auf Krzysztof eingestochen worden ist und er auf der Intensivstation liegt?«

»Ja.«

»*Was ja?*«, brüllte van Nistelrooy.

»Was willst du denn hören? Ja, verdammt, es steht schlecht um Krzysztof, er kommt wahrscheinlich nicht durch …«

»Mist! Wie konnte das nur so aus dem Ruder laufen?«

»Er ist …«

»Das war keine Frage, Maarten! Du überlässt ab sofort sämtliche Ermittlungen der Kripo Oslo. Ihr fliegt augenblicklich heim. Alle! Bevor es noch schlimmer wird. Die Online-Tickets sind bereits unterwegs zu euch. Inzwischen packst du deinen Koffer und setzt dich ins nächste Taxi zum Flughafen. Bis du im Flieger bist, sprichst du mit niemandem – kein Wort – und unternimmst nichts, hast du verstanden?«

Sneijder klopfte mit dem Fingernagel auf das Mikrofon. »Fährst du gerade durch … Tunnel? Hallo … hal…lo?«

»Verflucht, kratzt du etwa schon wieder mit dem Finger am …?«

Sneijder unterbrach die Verbindung und steckte das Handy in die Hosentasche. Sekunden später läutete es erneut, aber er ging nicht ran. Stattdessen blickte er mit versteinertem Gesicht in die Runde. »Ihr habt es gehört. Die Show ist vorbei, ihr könnt heimfliegen. Ich bleibe hier. Ich werde Alexander Jørgensen finden, aus seinem eigenen Mund hören, wie und warum er hinterrücks auf Krzysztof eingestochen hat, und ihm dabei in die Augen sehen.« Er atmete tief durch, seine Nasenflügel weiteten sich.

»Ich bleibe auch hier«, sagte Cora sofort. »Solange mich der BND noch nicht heimbeordert hat, könnten Sie vielleicht ein wenig Unterstützung gebrauchen. Außerdem benötigt mich die Polizei sicher noch als Zeugin.«

Sneijder nickte nicht einmal, sondern starrte nur geradeaus. So elend wie in diesem Moment hatte Sabine ihn noch nie gesehen.

»Krzysztof ist nicht nur *Ihr* Freund«, sagte sie.

»Nemez!«, widersprach Sneijder. »Sie müssen …«

»Gar nichts muss ich. Offiziell weiß ich noch nichts von einem Heimflug, und ohne WLAN kann ich kein Flugticket abrufen. Ich bleibe.«

»Dito«, sagte Tina. »Ich denke, Sie brauchen mehr als nur *ein wenig* Unterstützung.«

Sneijder wollte erneut protestieren, doch nun meldete sich auch Horowitz zu Wort. »Ich bin dreiundsiebzig. Wer will mir schon etwas vorschreiben? Und deine grauen Zellen sind nicht die Einzigen, die noch gut funktionieren … außerdem scheinen sie mir im Moment etwas getrübt zu sein.«

Nun sahen alle erwartungsvoll zu Marc, der bis jetzt geschwiegen hatte. »Was?«, rief er und hob dabei die Schultern. »Wenn van Nistelrooy mich zurückbeordert, fliege ich natürlich zurück. Ich …«

»Echt jetzt?«, fragte Sabine.

»Ich habe mich tief ins norwegische Datenbanksystem gehackt und dabei erwischen lassen … Ich kann mir keine weiteren Fehltritte mehr leisten.«

Sneijder nickte. »Ist okay, wir restlichen fünf sind genug für diesen Job.« Nun huschte tatsächlich der Anflug eines Lächelns über sein Gesicht. »Ich …«

»Ersparen Sie uns jetzt bitte eine rührselige Ansprache.« Tina hob drei Finger. »Sagen Sie uns lieber, wie wir vorgehen.«

Sneijder verzog das Gesicht. »Sie werden mir immer ähnlicher, Martinelli«, stellte er fest. »Nach diesem Fall brauchen Sie dringend Urlaub.« Während Marc sein Equipment zusammenpackte, richtete Sneijder sich auf. »Also gut, ich glaube Haakons Geschichte von den drogensüchtigen Teenagern nicht. Denn wer einmal wie Katharina von Thun dabei fotografiert worden und mittlerweile in einer hohen beruflichen Position ist, lässt die Finger davon. Und wenn, dann hätte sie es ohne Mittelsmann gemacht, um nicht erneut erpressbar zu sein.«

Klingt plausibel. »Was tun wir also?«, fragte Sabine.

»Wir haben noch den Rest des Tages. Wir wissen, wer mit welchem Auto wohin gefahren ist. Als Nächstes durchsuchen wir Haakons Büro nach Beweisen.«

»Also dann … alles Gute.« Marc hängte sich seine Tasche über die Schulter, gab Sabine einen Kuss auf den Mund, den sie jedoch nur zurückhaltend erwiderte, dann ging er zu Tina, um ihr die Hand zu geben. Doch auch sie ignorierte ihn demonstrativ. Stattdessen hatte sie auf ihrem Notebook das Weg-Zeit-Diagramm von vorhin aufgerufen und vertiefte sich wieder in die Analyse.

Sabine bemerkte, wie Marcs Blick flüchtig über den Bildschirm glitt. Er wollte noch etwas sagen, runzelte jedoch plötzlich die Stirn. »Wenn du die Verbindungen mit einem Diagramm effizienter herausarbeiten willst, musst du die Knotenpunkte der Koordinaten …«

»Ich weiß, wie das geht!«, fauchte Tina.

»Schon klar.« Marc zeigte auf den Monitor. »Aber wenn du hier …«

»Finger weg! Du musst dich jetzt nicht einschleimen.«

Marc hatte sich aber schon die Maus geschnappt und eine Funktion im Programm aufgerufen. »So macht man das. Damit kannst du automatische Verbindungen generie…« Er verstummte mitten im Satz.

»Ich sagte *Finger weg*!«, wiederholte Tina, aber Marc schien es gar nicht mehr zu hören. Stattdessen starrte er wie gebannt auf den Bildschirm. Dann glitt ihm die Tasche von den Schultern. Er ließ sich auf den freien Stuhl neben Tina sinken und starrte auf den Monitor.

Sabine wurde unruhig. »Was ist? Hast du einen Schlaganfall?«

Mittlerweile blickten auch alle anderen zu Marc. Der hatte Tinas Laptop näher zu sich gezogen und klickte herum.

»Geht's noch?«, fragte Tina. »Soll ich dir vielleicht eine Tasse Kaffee und ein Sitzkissen holen?«

»Gute Idee«, murmelte Marc gedankenverloren. Während er weiter auf den Monitor starrte, kramte er sein Handy hervor. Offenbar rief er eine alte Nachricht auf und verglich die Daten zwischen seinem Handy und dem Monitor.

Sneijder kam langsam näher. »Marc?«

»Ich habe gerade etwas entdeckt«, murmelte er, »wir waren auf dem falschen Dampfer … o Scheiße!« Er sah auf. »Ich weiß jetzt, was passiert ist.«

Knapp zwei Wochen zuvor

Sonntag, 13. Mai

In der lang gezogenen Kurve der einsamen Landstraße, die entlang der Klippen in Richtung Fredrikstad führte, wurde Lars Freys Wagen von der Straße abgedrängt. Freys Chauffeur riss das Lenkrad gerade noch rechtzeitig herum, damit es zu keinem Crash kam.

Verdammt, welcher Idiot fährt so knapp auf? Frey saß auf dem Beifahrersitz. Er schirmte das Licht des Navis mit der Hand ab, um draußen etwas zu erkennen, aber es war finstere Nacht. Er sah nur die Scheinwerfer des Wagens und kurz darauf die Rücklichter. Ein amerikanischer Trans Am. *Und dann überholt dieser Idiot auch noch mitten in der Kurve.*

Frey sah nach vorn. »Brems!«, schrie er plötzlich und riss schützend die Arme hoch.

Der Trans Am hatte kehrtgemacht und stand nun quer vor ihnen auf der Straße. *Was wird das?* Frey drehte sich zum Rücksitz um. Seine beiden Männer griffen bereits nach ihren Waffen. Es war drei Uhr morgens, keine Menschenseele weit und breit. Dieser Idiot im Trans Am hatte sich die falschen Leute für ein Spielchen ausgesucht.

Freys Chauffeur hielt wenige Meter vor dem Trans Am an und blendete auf. *Shit!* Die vier Türen standen offen, niemand saß im Wagen. *Was soll diese Kacke?*

»Boss!«, rief einer der Männer von hinten.

»Was?«, brüllte Frey, bemerkte aber im nächsten Moment, dass hinter ihnen die Scheinwerfer zweier weiterer Wagen aus der Dunkelheit auftauchten. *Ziemlich nahe! Nicht gut.* Offenbar waren sie bis jetzt ohne Licht gefahren. Nun hielten die Karren wenige Meter hinter ihnen. Auch deren Türen öffneten sich. *Gar nicht gut!*

Frey wollte bereits zum Telefon greifen, als ein metallischer Gegenstand an seine Scheibe klopfte. *Der Lauf einer verdammten Waffe!* »Macht nichts Unüberlegtes«, warnte er seine Männer, dann ließ er die Seitenscheibe herunter. Im nächsten Moment hatte er auch schon den Lauf einer Knarre im Gesicht.

»Motor abstellen und aussteigen!«, knurrte ein Mann.

Verdammt! Frey kannte diese Stimme. Und auch diese hässliche Visage. Es war der Däne! Und wo sich der Däne aufhielt, war Haakon Jørgensen nicht weit.

»Los!«, befahl der Däne.

»Ja doch.« Frey nickte, sein Chauffeur gehorchte und würgte den Motor ab. »Nur keine Panik«, sagte Frey. »Ich habe keine Ahnung, was hier los ist, aber wir können in Ruhe über alles reden.«

»Aussteigen!«, wiederholte der Däne. »Und das sage ich nicht ein weiteres Mal.«

»Ja, Herrgott nochmal.« Frey machte den Gurt los und öffnete die Tür. Immer noch geblendet von den Scheinwerfern vor und hinter ihm, stieg er aus dem Wagen. Kaum stand er auf dem Asphalt, spürte er den Lauf der Waffe zwischen den Schulterblättern. Im nächsten Moment erloschen gleichzeitig die Scheinwerfer aller Wagen. *Was zur Hölle?*

Einige Sekunden lang tanzten noch Lichtringe vor seinen Augen, dann zuckte er zusammen. Völlig unvermittelt hallte das Krachen mehrerer Schüsse in seinen Ohren. Glas splitterte, Mündungsfeuer zuckten auf und erhellten das Wageninnere. In den stakkatoähnlichen zerhackten Blitzlichtern sah er, wie sein Chauffeur und seine beiden Männer im Wagen mit Blei vollgepumpt wurden. Sie schrien verzweifelt auf, während ihr Blut an die Decke, auf das gesplitterte Glas und die Sitzpolster spritzte.

»Nein!«, brüllte Frey, nur um sogleich den Knauf einer Waffe mit Wucht gegen die Schläfe zu bekommen. Unter Schmerzen ging er zu Boden. »Ich will Haakon sprechen. Das alles ist ein Missverständnis.«

Dann hörten die Schüsse auf. Frey nahm den intensiven Geruch nach Schießpulver wahr sowie ein quälend sirrendes Geräusch in seinem Kopf. Er öffnete die Augen und rappelte sich auf die Knie.

»Bringt den Wagen weg«, befahl der Däne. Eine Autotür wurde geöffnet, Glas knirschte. Frey hörte, wie jemand die Leiche seines Chauffeurs vom Fahrersitz zerrte und im Kofferraum verstaute. Dann wurde der Wagen gestartet und fuhr ohne Licht davon. Wahrscheinlich würden sie ihn irgendwo ausbrennen lassen, ihn anschließend in einer Schrottpresse zu einem Metallwürfel zusammenquetschen und zuletzt auf dem Meeresgrund versenken.

»Ich will mit Haakon sprechen«, heulte Frey auf. Jetzt spürte er, dass er sich in die Hosen gemacht hatte. Der Stoff klebte feucht an seinen Oberschenkeln, und der Wind ließ ihn frösteln.

Im nächsten Moment trat ein Mann vor ihn und blickte auf ihn herab. Es war der *Schwarze Kormoran.* »Was hast du mir zu sagen?«

»Haakon! Was soll das? Bist du verrückt geworden?«, brüllte Frey.

»Ich stelle hier die Fragen«, sagte Haakon. »Los, hoch mit ihm.«

Frey wurde das Sakko vom Leib gerissen. Dann zerrten ihn Haakon und der Däne auf den Rücksitz des Trans Am, wo er eingepfercht zwischen den beiden hocken musste. Der Wagen wurde gestartet und ihre Fahrt über die Küstenstraße ging weiter. *Der Kerl, der das Auto steuert, das ist doch Haakons Bruder!* »Alexander?«, fragte Frey verwirrt. »Was machst du hier? Arbeitest du jetzt für deinen Bruder?«

»Halt's Maul!«, fauchte Haakon.

»Alex!«, schrie Frey verzweifelt. »Sei vernünftig! Du musst mir helfen! Das alles ist doch …«

Ansatzlos schlug der Däne zu, und Frey spürte Blut auf der Lippe. »Hast du nicht gehört? Du sollst dein Maul halten und nur antworten, wenn du gefragt wirst.«

»Was zum Teufel wollt ihr denn? Meine Läden? Ja, verdammt, ich gebe sie euch und auch noch meine …«

»Das interessiert mich nicht! Was zur Hölle hast du dir dabei gedacht, meine Frau zu ficken?«, schrie Haakon ihn an.

»Was?« Für einen Moment glaubte Frey, sich verhört zu haben. Der Wagen fuhr in eine Kurve, die Reifen quietschten, dann rumpelte es, und er wurde gegen den Dänen gedrückt. Alexander hatte eine Abzweigung genommen. Jetzt ging es über einen engen Forstweg mitten in den Wald.

»Warum hast du meine Frau gefickt?«, wiederholte Haakon.

»Wovon redest du?«

»Von *Astrid*, du dämliches Arschloch!«, brüllte Haakon.

»Astrid? Bist du verrückt? Ich habe Astrid schon seit Jahren nicht mehr gesehen.«

»Bullshit! Dachtest du wirklich, sie kommt zu dir?«

»Haakon! Wie kommst du nur auf diese Idee?«

»Björn hat uns alles erzählt.«

»Was?« Freys Gedanken drehten sich im Kreis. *Björn?* »Ich habe Björn seit Tagen nicht mehr gesehen. Er hätte mir gestern Abend zwanzig Kisten Whisky liefern sollen.«

»Du hast den Falschen beauftragt, mich auszuschalten. Ist leider schiefgegangen.«

Was zum Teufel hat Björn da nur angestellt? »Haakon, lass uns vernünftig miteinander reden.«

»Vernünftig?«, brüllte Haakon, packte Frey an den Haaren und riss seinen Kopf nach hinten. »Björn ist in mein Haus eingedrungen! Mit einer geladenen Waffe! Er hat mich und meine Familie bedroht … mitten in der Nacht!«

Was für eine Kacke läuft hier? »Ich habe keine Ahnung, wovon du sprichst.«

»Wie du willst.« Haakon ließ ihn los. Das Scheinwerferlicht wurde einen Moment lang von einem Baum reflektiert, an dem sie ziemlich knapp vorbeifuhren. Die Äste kratzten über den Lack. Frey sah, wie Haakon dem Dänen zunickte, dann packte er Freys Handgelenk, riss ihm den Hemdsärmel hoch und bog seinen Arm durch. »Verdammt, was soll das?«, keuchte Frey.

Der Däne holte eine Spritze aus seiner Jackentasche und zog die Kappe von der Kanüle ab. »Ich brauche Licht.«

Alexander schaltete das Deckenlicht ein.

Nun roch Frey den penetranten Gestank von Benzin. »Was wird das?«, kreischte er voller Panik.

»Halt still!«, knurrte der Däne, und ein unbestimmtes Gefühl verriet Frey, dass der Däne nicht ihn, sondern Haakon meinte. Im nächsten Moment drang die Nadel mit einem brutalen Stich in seine Vene ein. »Scheiße!«, kreischte er. »Was gebt ihr mir da?«

Der Däne injizierte ihm eine schillernd goldfarbene Flüssigkeit aus einer vollen fünf Milliliter-Ampulle.

»Super Plus-Benzin«, erklärte Haakon, »mit Zwei-Takt-Öl im Mischverhältnis 1:48. Für einen Benzinrasenmäher, wenn du es genau wissen willst.«

»Für einen Benzinrasenmäher …?«, keuchte Frey.

»Und zwar aus *deiner* Garage.«

»Was wird das?«

»Dein Selbstmord«, erklärte Haakon. »Ich nehme an, sie werden deine Leiche in drei bis vier Wochen im Wald finden, herumgezerrt und angenagt von Füchsen und Wildschweinen.«

Nun versuchte Frey, sich zu befreien, und begann um sich zu schlagen, doch Haakon und der Däne hielten ihn mit eisernen

Griffen fest umklammert. »Ich habe deine Frau nicht angefasst!«, brüllte er verzweifelt.

»Sobald das Benzin in der Blutbahn dein Herz erreicht, werden ein paar nette Symptome auftreten«, sagte Haakon völlig ruhig.

»Warum tut ihr das?« Verzweifelt suchte Frey Alexanders Blick im Rückspiegel. Für einen Moment glaubte er sogar eine Spur von schlechtem Gewissen in dessen Augen zu sehen. »Alexander, warum machst du bei so was mit? So tu doch etwas! Ich brauche einen Arzt«, kreischte er, doch Alexander sah nur schweigend weg.

»In einer Minute wird ein heftiger Schmerz in deiner Brust beginnen, danach ein Druck im Kopf, du wirst das Bewusstsein verlieren, und blutig schaumiger Speichel wird vor deinen Mund treten«, erklärte Haakon indessen.

Frey verließ die Kraft. Er sackte in sich zusammen. Sein Herz begann jetzt schon zu rasen. *Wenn das stimmt, habe ich nur noch wenige Minuten.* »Was immer passiert ist, du hast den Falschen erwischt«, keuchte er resigniert.

»Nimm ihm Blut vom anderen Arm ab!«, befahl Haakon.

Alexander drehte sich nach hinten. »Wozu?«

»Mach schon!«, drängte Haakon. »Eine kleine Probe für einen einfachen DNA-Test reicht.«

»Das ist doch sinnlos!«, rief Alex. »Sein Blut ist bereits kontaminiert.«

»So schnell geht das schon nicht, und jetzt halt deinen Mund und konzentrier dich aufs Fahren!«, schnauzte Haakon seinen Bruder an. Dann riss er Freys anderen Hemdsärmel hoch, bog den Arm durch, und der Däne setzte eine neue Nadel an Freys Vene in der Armbeuge an.

DNA-Test? Frey verstand kein Wort von alldem. Er spürte den Einstich, aber der war ihm jetzt egal. Ihm blieben nur noch wenige Atemzüge, in denen er seinen Frieden mit sich und der Welt schließen konnte. *Dann soll es eben so sein.* Er war schon gespannt, was als Nächstes passieren würde. Ein grelles Licht? Ein langer Tunnel? Das Gesicht seiner geliebten Frau, die vor drei Jahren ihren Kampf gegen Krebs verloren hatte und jetzt auf ihn warten würde?

Emma, ich komme zu dir!

Das Letzte, was er sah, bevor seine Atmung auf dem Rücksitz eines Trans Am mitten im Wald aussetzte, war Alexanders Blick im Rückspiegel … diese merkwürdig ängstlich geweiteten Augen, die sorgenvoll beobachteten, wie Freys Blut in die Ampulle floss.

Fickt euch!

ICH habe meinen Frieden geschlossen.

7. TEIL

TØNSBERG

Samstag, 26. Mai

Abend

50. Kapitel

Während Gulbrandsen und seine Kollegen noch immer in Haakons Haus und auf dem Grundstück beschäftigt waren, wurde es still in Sneijders Ermittlungsbüro. Alle umringten Marc, der eifrig auf Tinas Notebook herumtippte.

Sabine rückte näher. »Was hast du entdeckt?«

»Es ist doch so …«, murmelte Marc, während er sein Handy mit Tinas Laptop verband und den Bildschirm teilte. »… auf Grund der Navi-Daten und Tankstellenrechnungen kennen wir Tag und Uhrzeit, wann Astrid Jørgensen mit ihrem Wagen in Sande war … und vom Besitzer der Tankstelle wissen wir, dass sie sich dort mit einem Mann getroffen hat.«

»Alexander Jørgensen«, sagte Cora.

Marc schüttelte den Kopf. »Nein, eben nicht! Denn so viel ich mich erinnere, haben Sie bei Ihrem Telefonat mit der Tankstelle keinen Vornamen erwähnt. Es ging lediglich um einen *Herrn Jørgensen.*«

Cora kaute kurz an der Unterlippe, dann nickte sie schließlich. »Richtig.« Daraufhin sah Sabine Marc verwirrt an. »Worauf willst du hinaus?«

Er zeigte auf den Bildschirm. »Das sind die Fotos vom Navi der Botschafterin, die mir Maarten nach Wiesbaden aufs Handy geschickt hat. Damit habe ich gestern in der Früh ein Weg-Zeit-Diagramm erstellt …«

»… das aber nichts gebracht hat«, erinnerte Sneijder ihn.

»Richtig!« Marc zeigte auf das Datum, an dem Katharina von Thun nach Selvik gefahren war. »Aber diese monatlichen Fahrten fanden immer genau an denselben Tagen statt, an denen Astrid in Sande war. Oder vielmehr ihr Wagen.«

»Wo liegt Selvik?«, fragte Sabine.

»Nur einige Kilometer hinter Sande«, erklärte Cora. »Dort befindet sich ja Katharina von Thuns kleines Sommerhäuschen. Das hatte ich durchsucht, aber nichts Verdächtiges gefunden.«

Marc schnippte mit den Fingern. »Vielleicht geht es auch gar nicht um das Sommerhäuschen – vielleicht ist ja auf den Fahrten *dorthin* das Verdächtige passiert. Katharina von Thun könnte jeweils in Sande einen Zwischenstopp eingelegt haben. Vom Tankstellenwart wissen wir, dass sich Herr Jørgensen mit einer Frau getroffen hat. Was ist, wenn diese Frau nicht Astrid, sondern die Botschafterin war?«

Sabine dachte scharf nach. »Und warum sollte Alexander …?« Plötzlich sah sie auf, ihr Puls beschleunigte sich. »Jetzt check ich es … Es war *Haakon* Jørgensen, der mit dem Auto seiner Frau von Tønsberg nach Sande gefahren ist – und der sich dort mit Katharina von Thun getroffen hat.«

»Und Haakon hat dann den Wagen seiner Frau stets aufgetankt, damit sie von diesen Fahrten nichts merkt«, schlug Tina vor. »Aber warum hat er dann die Rechnungen aufgehoben?« Sie runzelte die Stirn. »Oder seine Frau *wusste* davon, und er hat ihren Wagen einfach immer dann vollgetankt, wenn er ihn benutzt hat.«

»Ich glaube, es war viel einfacher«, sagte Sabine. »Er wird nur deshalb getankt haben, damit er einen logischen Grund hat, überhaupt an der Tankstelle zu halten. Aber warum ist er dann nicht gleich mit seinem eigenen Wagen gefahren?«

Sneijder massierte seine Schläfen. »Sowohl Haakons Cherokee als auch sein Trans Am wären zu auffällig gewesen. Möglicherweise hätte jemand einen seiner Wagen erkannt und ihn dadurch mit der Botschafterin in Verbindung gebracht.« Er legte Marc die Hand auf die Schulter. »Wolltest du nicht heimfliegen?«

»Was?« Marc sah ihn entgeistert an. »Ausgerechnet jetzt, wenn wir die erste konkrete Spur gefunden haben? Außerdem bin ich der Einzige von uns, der genug Ahnung von IT hat.«

Ja, ohne dich sind wir total aufgeschmissen, hätte Krzysztof jetzt wohl ironisch geantwortet, und Sabine merkte, wie sehr er fehlte. Umso mehr freute es sie, dass Marc sich nun doch entschieden hatte zu bleiben.

»Dann sind wir uns also einig, dass wir diesen verfluchten Fall gemeinsam lösen und den Typen fassen, der Krzysztof das angetan hat«, sagte Horowitz.

Niemand widersprach, und über Sneijders Gesicht huschte für den Bruchteil einer Sekunde ein kaltes Lächeln. Auch deswegen war es besser, wenn sie alle blieben – wenn Sneijder erst mal Alexander Jørgensen in die Finger bekam, sollten sie ihn keine Minute mit ihm allein lassen.

Horowitz deutete kommentarlos zum Fenster. Soeben wurde Haakon von zwei uniformierten Polizisten durch den Garten zum Haus begleitet. Die beiden jungen Pit Bull Terrier sprangen immer dicht hinter ihnen durchs Gras. Im nächsten Moment hörte Sabine ein Bellen im Haus, und die Tür zur nahe liegenden Bibliothek wurde zugeschlagen. »Offenbar wird Haakon als Nächster verhört«, sagte Horowitz.

»Das ist die Gelegenheit, sich sein Büro anzusehen«, schlug Tina vor. »Wenn er tatsächlich mehrmals mit der Botschafterin telefoniert und sich mit ihr getroffen hat, finden wir den Grund dafür möglicherweise dort.«

»Sein Büro ist doch sicher abgesperrt«, meinte Marc.

»Nicht, wenn die Polizei das gesamte Gebäude durchsucht.«

»Okay«, Sneijder nickte, »machen Sie das, Martinelli. Aber nicht allein. Denken Sie dran, was Krzysztof passiert ist.«

»Das Büro drüben im Haupthaus ist ebenerdig. Ich begleite sie.« Horowitz fuhr zur Tür.

Tina blickte auf den Rollstuhl. »Ist das nicht etwas auffällig?«

Horowitz lächelte. »Gerade deshalb … notfalls könnte ich für Ablenkung sorgen. Einem alten Mann im Rollstuhl gegenüber sind die meisten Leute immer noch ein wenig gehemmt.«

»Also gut.« Tina erhob sich. Aber bevor sie mit Horowitz das Zimmer verließ, warf sie Marc einen warnenden Blick zu. »Pass auf, dass du auf meinem Notebook nicht irrtümlich was löschst.«

»Ja, Prinzessin.«

Nachdem die beiden das Zimmer verlassen hatten, massierte Sneijder erneut seine Schläfen. »Im Moment ist dieses Treffen zwischen Haakon und der Botschafterin nur eine Vermutung.«

»Jemand von uns sollte zu dieser Tankstelle fahren, mit dem Tankwart sprechen und ihm ein paar Fotos zeigen«, schlug Marc vor und blickte zu Cora.

Doch Sneijder schüttelte den Kopf. »Zu weit weg, dafür haben wir keine Zeit.« Auch er blickte zu Cora. »Rufen Sie noch einmal dort an.«

Diese zögerte, der Gedanke, noch einmal mit dem Besitzer zu sprechen, den sie beim letzten Gespräch so unsanft abgewürgt hatte, behagte ihr anscheinend nicht. Dennoch griff sie zum Telefon, drückte auf die Wahlwiederholungstaste und schaltete den Lautsprecher ein.

Diesmal meldete sich jedoch die Stimme einer jungen Frau, und so gab Cora sich – soweit Sabine das verstand – als Polizistin aus, die im Fall einer Fahrerflucht ermittelte. Das Gespräch verlief zäh, bis Cora schließlich das Handy weghielt und die Augen verdrehte. »Eine Aushilfskraft, die erst seit vier Monaten hier ist und nicht besonders gut Norwegisch spricht.«

»Woher kommt sie?«, flüsterte Sneijder.

»Ich vermute aus England.«

Sneijder schnippte mit den Fingern. »Wechseln Sie ins Englische.«

Cora nahm das Handy wieder hoch. »Wollen wir Englisch miteinander reden?«, fragte sie und verlieh ihrem eigenen Englisch einen norwegischen Akzent.

»O ja, bitte«, kam die erleichterte Antwort.

»Gut, kein Problem. Kennen Sie Herrn Haakon Jørgensen?«

»Aus Tønsberg? Wer kennt den nicht?«

»Wir wissen, dass er sich einmal im Monat mit einer Frau bei Ihnen an der Tankstelle getroffen hat.«

»Äh … ja, möglich, und? Wie gesagt, ich bin Aushilfskraft und nur sonntags hier. Am besten, Sie sprechen mit …«

»Oh, das ist gut, denn die Treffen fanden immer an einem Sonntag statt. Um die Mittagszeit. Können Sie sich daran erinnern?«

»Äh … ja, Herr Jørgensen hat bei uns getankt. Und?«

»Wie sah die Frau aus, mit der er sich getroffen hat?«

»Tja …« Die junge Frau dachte nach. *»Ich weiß nicht so recht … Wer sagten Sie, sind Sie noch mal?«*

»Die Frau fuhr ein Elektroauto, einen schwarz-gelben BMW i3. Können Sie sich daran erinnern?«

»Ich weiß es nicht sicher, hier kommen zwar nie besonders viele Leute vorbei, aber …«

»Die Frau war um die vierzig. Attraktiv, chic gekleidet, kurze schwarze Haare, Pagenkopf und Brille mit breitem schwarzem Rahmen.«

»Das kommt mir bekannt vor …«

»Das ist Katharina von Thun, die deutsche Botschafterin.«

»Ja, richtig! Jetzt weiß ich es wieder!« Plötzlich lebte die junge Frau auf. *»Ich kenne die Fotos aus der Zeitung. Deshalb kam sie mir bekannt vor. Sie wurde ermordet, richtig?«*

»Ja, richtig. Hat sie sich sonntags mit Haakon Jørgensen getroffen?«

»Ja. Das war sie.«

»Vielen Dank, Sie haben mir sehr weitergeholfen.« Cora beendete das Gespräch und sah in die Runde.

»Marc hat recht, wir waren auf dem falschen Dampfer«, sagte Sabine schließlich.

»Also gab es gar keine heimlichen Treffen zwischen Alexander und Astrid«, knurrte Sneijder. Er drehte einen Joint zwischen den Fingern und roch am Tabak. »Haakon hat uns noch kaltblütiger angelogen, als ich ohnehin schon vermutet habe. Wer weiß, wozu der sonst noch fähig ist …« Er sah auf. »*O Verdomme!* Horowitz und Martinelli!« Er griff zum Handy und tippte hastig eine SMS.

51. Kapitel

Wie Horowitz vermutet hatte, war Haakons Büro im Erdgeschoss nicht abgesperrt. Nachdem er anstandshalber angeklopft hatte, stieß er die Tür auf und fuhr ins Zimmer. Falls sich Polizeibeamte im Zimmer befanden, hatte er schon eine Ausrede auf den Lippen – *bin auf der Suche nach Haakon Jørgensen, ist er nicht hier?* –, doch niemand war im Raum. Und es würde auch so rasch niemand kommen, denn die Polizisten hatten das Büro bereits durchsucht. Einige Schubladen standen offen, ein Bild an der Wand hing schief, und der Schreibtischsessel stand nicht dort, wo er den Abdrücken im Teppich nach normalerweise stand.

Tina betrat nach Horowitz das Zimmer und schloss rasch die Tür. »Besonders behutsam sind die ja nicht gerade vorgegangen«, bemerkte sie, während sie sich umsah.

Der insgesamt sehr helle Raum war groß und L-förmig mit einem Erkerfenster. Ein weiteres Fenster zeigte zum Wald an der Rückseite des Hauses, und eine Glasschiebetür führte auf die Terrasse. Dahinter lag der Garten mit den Skulpturen und dem Pavillon.

Außerhalb des Raums hallten Schritte und dumpfe Stimmen durchs Haus, sonst war nur noch das Glucksen eines großen Aquariums zu hören, das mitten im Raum auf einem Holzsockel thronte. Ein halbes Dutzend roter Zierfische mit langen gefiederten Schwanzflossen schwamm darin umher. Verborgen zwischen den im Wasser schwebenden Algen lag ein Miniaturwikingerboot auf dem Grund. *Ziemlich kitschig.* Horowitz fuhr näher heran und wollte mit dem Fingerknöchel gegen das Glas klopfen.

»Fische mögen das nicht besonders«, warnte Tina ihn. »Vor allem siamesische Kampffische.«

»Sie kennen sich mit so etwas aus?«

»Mein Großvater hatte in Sizilien eine große Fischzucht. Er besaß selbst einige Aquarien.« Tina kam näher. »Aber er hatte keine Wracks oder Schatztruhen in den Becken. Der Lack geht mit der Zeit ab, und die Fische können daran sterben.«

»Scheint jemandem wie Haakon egal zu sein … Sehen wir uns um.« Horowitz löste sich von dem Anblick und fuhr durch den Raum.

Während Tina sich den wuchtigen Mahagonischreibtisch vornahm und auch die übrig gebliebenen Schubladen öffnete, fuhr Horowitz an einer Bücherwand vorbei, in der sich in Leder gebundene skandinavische Klassiker befanden. Dazwischen standen gerahmte Familienfotos, die etwas verblasst und wie aus den frühen Achtzigern wirkten. Sie zeigten Haakon und Alexander als Kinder mit zwei Erwachsenen, vermutlich ihren Eltern. Der Vater, ein Koloss von einem Mann mit ebenso schlohweißem Haar wie Haakon, sah im dunklen Anzug mit Hut streng und unerbittlich aus. Die Mutter hingegen war äußerst zierlich, mit filigranen Gesichtszügen, langen schwarzen Haaren und einem Seidenschal um den Hals.

An der Wand hing eine altertümliche Harpune, die noch aus dem neunzehnten Jahrhundert zu stammen schien und Horowitz an Verfilmungen wie *20 000 Meilen unter dem Meer* erinnerte. Daneben befanden sich große holzlackierte Angeln, die offenbar mal für die Hochseefischerei verwendet worden waren. Zum Glück fehlten die üblichen ausgestopften Fische, dafür gab es jede Menge verglaste Schaukästen mit alten Seilen und Seemannsknoten. Gravierte Messingplättchen erklärten, woher die Knoten stammten.

Fridtjof Nansens »Fram«, 1896
Roald Amundsens »Belgica«, 1899
Thor Heyerdahls »Kon-Tiki«, 1947

Eine beeindruckende Sammlung norwegischer Entdecker- und Seefahrergeschichten. *Harpunenseile, Angelschnüre und Seemannsknoten!* Ein Schauder erfasste Horowitz, der unwillkürlich an die strangulierten Prostituierten denken musste. Im Hintergrund hörte er, wie Tina mit Schubladen klapperte, Mappen öffnete und mit Papieren raschelte, doch beim Anblick des nächsten Schaustücks blendeten sich die Geräusche um ihn herum automatisch aus.

Denn er starrte auf einen verglasten Schaukasten an der Wand, in dem sich ein antikes orientalisches Messer mit gekrümmter Klinge auf rotem Samt befand. Laut den Autopsieberichten waren Wenke Holm, Ylva Ødegård, Katharina von Thun und ihr Sicherheitschef mit genau so einer Waffe erstochen worden. *Warum lässt Haakon die nicht verschwinden?* Entweder hatte er nichts mit den Morden zu tun, oder er hatte keine Zeit mehr gehabt, das Stück zu verstecken, bevor die Polizei ins Haus gekommen war … Oder er war einfach naiv genug, sich völlig sicher zu fühlen. Irgendwie erinnerte Horowitz die ganze Situation an die Edgar Allan Poe-Geschichte vom entwendeten Brief, den keiner finden konnte, eben *weil* er so offensichtlich gerahmt an der Wand hing.

Ist Haakon wirklich der Mörder? Ein faszinierender Gedanke. Horowitz war schon lange nicht mehr Gast im Haus eines Mörders gewesen.

Plötzlich zuckte er zusammen. Sein Handy vibrierte. *Mensch, deine Nerven!* Er blickte auf das Display. Eine SMS von Sneijder! Er las sie Tina laut vor. »Es waren Haakon und Katharina von Thun, die sich in Sande getroffen haben! Haakon eventuell in von Thuns Mord verwickelt. Seid vorsichtig.«

Tina sah kurz auf, dann widmete sie sich wieder den Unterlagen in einem Ordner. »Dann sind wir ja im richtigen Büro«, stellte sie lakonisch fest.

Ja, das sind wir!

Horowitz wollte das Handy bereits wegstecken, betrachtete jedoch noch einmal die Klinge. Sneijder hatte bisher mehrmals betont, dass sie der Spur des Messers folgen sollten. Möglicherweise war es ja wirklich der Schlüssel des ganzen Falls.

Auf einmal hörte er Hundegebell und Schritte im Flur, die sich rasch näherten. Er fuhr herum. »Tina!«

Auch sie war alarmiert und schon dabei, hastig die Unterlagen zusammenzukramen. Sie schloss den Ordner und schob gleichzeitig mit dem Knie eine Schublade zu. Indessen fotografierte Horowitz rasch das Messer und schickte die Bildnachricht an Sneijder.

Im selben Moment wurde die Tür aufgerissen und Haakon stand im Türrahmen.

52. Kapitel

Während Sneijder durchs Büro ging, drückte er mit dem Daumen auf einen Nervenpunkt seines Handrückens. Hinter seinem Ohr klemmte ein Joint. »Wenn Haakon und von Thun öfter miteinander telefoniert und sich dann auch noch regelmäßig getroffen haben …«, überlegte er laut, »… was könnte der gemeinsame Nenner zwischen den beiden sein? Wo gibt es Überschneidungspunkte zwischen ihnen? Haakons Geschichte über irgendwelche jungen Mädchen nehme ich ihm nämlich nicht ab.«

In diesem Moment summte sein Handy. Er zog es aus der Tasche, und Sabine konnte sehen, wie er eine Bildnachricht öffnete. Er starrte kurz darauf, dann legte er sein Handy vor Cora, Marc und Sabine auf den Tisch. »Kam gerade von Horowitz«, erklärte er knapp.

Sabine betrachtete das Foto. Es war verwackelt, unscharf und das Licht spiegelte sich im Glas eines Schaukastens. Dahinter war eine gebogene Klinge auf rotem Hintergrund zu erkennen. Da ein Bezugsrahmen fehlte, war es schwer einzuschätzen, wie groß das Messer war, doch der Krümmung nach konnte es sich definitiv um die Mordwaffe handeln. »Hängt das Ding in Haakons Büro?«

Sneijder nickte. »Ein weiterer Punkt, der den Verbrecherkönig mit der Botschafterin verbindet.«

»Vielleicht wusste Katharina von Thun von Haakons Schmugglerroute. Möglicherweise hat sie ihn erpresst, und er hat sie ermordet?«, vermutete Marc.

»Vielleicht war es aber auch umgekehrt, und Haakon hat *sie* erpresst und für *seine* Zwecke benutzt, und als sie nicht mehr mitspielen wollte, hat er sie erledigt«, erwiderte Sneijder. »Die Frage ist doch: Wie ist er auf sie gekommen … oder sie auf ihn? Wann und wo fand ihr erstes Treffen statt?«

In diesem Moment flog die Tür auf. Sabine dachte schon, dass Tina mit Horowitz hereinkommen würde, doch stattdessen stand Gulbrandsen in der Tür. *Jetzt schon? Verdammt!* Automatisch dachte sie an ihre Kollegen, die sich in Haakons Büro aufhielten. »Ist Ihr Verhör mit Haakon schon zu Ende?«, fragte sie so unverfänglich wie möglich.

»Ich wusste nicht, dass Sie auch in *diesem* Fall ermitteln«, knurrte er übel gelaunt.

Tja, von dem werden wir wohl nichts mehr erfahren.

Er trat ein und schloss die Tür hinter sich. »Wo ist der Rest von Ihnen?«

»Vermutlich auf der Toilette«, sagte Sneijder. »Ich bin kein Babysitter.«

Gulbrandsen ignorierte den Ton. Mit einem ziemlich angepissten Gesichtsausdruck blickte er auf ihre Laptops. Ganz offensichtlich trauerte er der verpassten Gelegenheit hinterher, sie beschlagnahmen zu lassen – doch in Sneijders Gegenwart würde er das nicht wagen. »Was tun Sie noch hier? Sollten Sie nicht schon längst auf dem Weg zum Flughafen sein?«

»Wir arbeiten noch, wie Sie sehen«, antwortete Sneijder mit zynischem Unterton. »Sie sollten uns lieber helfen, anstatt uns Knüppel zwischen die Beine zu werfen!«

»Ich *Ihnen* helfen?«

»Hören Sie zu!« Sneijder richtete sich zu voller Größe auf und stemmte die Hände in die Hüften. »Ich überlasse Ihnen die Ermittlungen in Krzysztofs Fall, ohne mich einzumischen – und Sie beantworten mir einige Fragen in Zusammenhang mit Katharina von Thuns Tod.« Sneijder hob die Arme. »So wie es unsere Regierungen vereinbart haben.«

Gulbrandsen fixierte Sneijder mit einem starren Blick. »Okay, was wollen Sie wissen?«

»Im Moment deuten unsere Recherchen darauf hin, dass Katharina von Thun etwas mit Haakon Jørgensens kriminellen Machenschaften zu tun hatte. Was wissen Sie über Haakons angebliche Schmugglerroute?«

»Nichts! Wir wissen nicht einmal, *ob* er …«

»Gulbrandsen!«, unterbrach Sneijder ihn. »Dieser Raum wird nicht abgehört – das haben wir schon überprüft. Sie können also frei reden. Welche Gerüchte gibt es über diese Schmugglerroute? Und kommen Sie mir jetzt nicht wieder mit dieser laufenden Ermittlung, über die Sie nicht sprechen dürfen! Wir müssen das wissen. Andernfalls besorgen wir uns die Information auf einem anderen Weg, der Ihnen aber bestimmt nicht gefallen wird.«

Gulbrandsen atmete tief durch, und entschied sich schließlich nachzugeben. Anscheinend sah er ein, dass das mit Abstand das geringere Übel sein würde. »Einmal pro Monat«, begann er mit leiser Stimme, »je nachdem, wann er vollgeladen ist, entweder am dritten oder vierten Sonntagabend des Monats, legt einer von Haakons Hochseefrachtern in Oslo ab und fährt über die Ostsee nach Kaliningrad.«

Obwohl Sabine eine ungefähre Ahnung hatte, wo Kaliningrad lag, gab sie den Ort auf Google-Maps ein. Kaliningrad war Russlands westlichste Stadt und lag ungefähr auf demselben Breitengrad wie Flensburg. Die Stadt und die sie umgebende Provinz waren eine russische Exklave und grenzten somit, außer an die Ostsee, nur noch an die EU-Länder Polen und Litauen. Mit dem russischen Mutterland war sie durch eine direkte Schnellstraße sowie eine Eisenbahnstrecke verbunden.

»Und was transportieren diese Frachter?«, fragte Sneijder.

»Altmetalle, Industrieabfälle und Chemiemüll. Der Osloer Kripo liegen die Entsorgungsverträge vor, die Haakon mit verschiedensten Firmen abgeschlossen hat. Scheint alles legal zu sein.«

»Und was *könnte* er schmuggeln?«

»Um ehrlich zu sein, wir wissen es nicht.«

Sneijder sah ihn scharf an, woraufhin Gulbrandsen die Schultern hob. »Ohne Beweise und dringenden Tatverdacht bekommen wir keinen Durchsuchungsbeschluss, und ohne Durchsuchungsbeschluss finden wir keine Beweise. Wir treten auf der Stelle.«

»Also gut … wie könnte ihm beispielsweise die deutsche Botschafterin von Nutzen sein?«

Gulbrandsen hob wieder die Schultern. »Das ist Ihre Theorie, nicht meine! Keine Ahnung. Noch was?«

»Ja.« Sneijder ging zur Terrassentür und legte die Hand auf die Klinke. »Untersuchen Sie den Krummdolch in Haakons Büro nach Blutspuren und vergleichen Sie die Form der Klinge mit den Wunden von Ylva Ødegård und Katharina von Thun.«

Während Gulbrandsens Mund aufklappte, verließ Sneijder den Raum. Sabine sah ihm nach, wie er gegen die Kälte den Kragen seines Sakkos hochschlug, über die Wiese ging und eine Nachricht am Handy tippte. Bestimmt informierte er Horowitz über die Schiffsroute. Vielleicht entdeckte der ja irgendwelche Hinweise in Haakons Büro.

53. Kapitel

Haakon starrte zuerst Tina an, die mit verschränkten Armen auf der Kante des Schreibtisches saß, danach Horowitz, der den Rollstuhl gewendet hatte, jetzt unter dem Krummdolch an der Wand saß und zur Tür blickte.

»Was tun Sie in meinem Büro?«, fragte Haakon. Hinter ihm stand immer noch die Tür offen, im Korridor kläffte einer der Pit Bull Terrier.

»Gut, dass Sie kommen, wir sind auf der Flucht vor Gulbrandsen«, kam Tinas Antwort wie aus der Pistole geschossen und mit einem gespielten Seufzer der Erleichterung. Sie stemmte sich vom Schreibtisch hoch. »Er ist auf der Suche nach uns, weil er uns noch einmal verhören will. Aber ich habe im Moment nicht die Nerven, alles ein weiteres Mal durchzukauen.«

Haakon schloss die Tür. Draußen bellten die Hunde. »Und da verstecken Sie sich ausgerechnet in meinem Büro?« Er kam langsam näher.

»Wir waren auf dem Weg zur Küche, da kam uns Gulbrandsen im Korridor entgegen. Wir haben die erstbeste Tür genommen … Wir wussten nicht, dass das Ihr Büro ist.«

»Nette kleine Geschichte, die ich möglicherweise einem Poolboy oder der Putzfrau abgenommen hätte, aber keiner deutschen Kripoermittlerin.«

»Ertappt!«, sagte Horowitz ruhig, bevor Tina sich in weitere Lügen verstricken konnte. »Wir wollten einfach die Gelegenheit nutzen, mehr über Sie zu erfahren, während Gulbrandsen Sie befragt.«

Nun zog Haakon eine Augenbraue hoch. Horowitz' Offenheit überraschte ihn sichtlich. »Und? Fündig geworden?«

Horowitz deutete mit der Hand zur Wand. »Sie haben da eine interessante Sammlung.«

»Ist eine lange Tradition in Norwegen.«

»Das Sammeln von Angelschnüren?«

»Angeln generell … und die Schifffahrt. Mit über zwanzigtausend Kilometer Küstenlänge ist unser Land in dieser Hinsicht ein Paradies.«

Horowitz dachte an die Landkarte in seinem Hotelzimmer. »Allein der Oslofjord ist über einhundert Kilometer lang.« *Perfekt, um Leichen verschwinden zu lassen.*

Haakon nickte. »Manchmal friert der Fjord sogar zu.«

Wie gesagt! »Ich nehme an, Sie angeln auch?«

»Nur ein Hobby. Mein Vater hingegen war leidenschaftlicher Angler und mein Großvater sogar Walfänger auf den Lofoten … Im Gegensatz zu ihnen interessiere ich mich nur für kleine Fische.« Haakon blickte zu den Angelschnüren, dann zum Aquarium. Mit keinem Wort ging er auf den Krummdolch an der Wand ein. Er warf nicht einmal einen verstohlenen Blick dorthin.

»Interessante Fische«, bemerkte Tina.

Haakon nickte. »Ich zeige Ihnen etwas.« Er öffnete einen Wandschrank und schaltete die Stereoanlage ein, die sich darin befand. Sekunden später ertönte aus den Lautsprechern in den Ecken des Raums sanfte klassische Musik. Edvard Griegs *Morgenstimmung*. Wie auf Kommando begannen die Fische im Aquarium schneller zu schwimmen, als wollten sie im Wasser tanzen.

»Im Allgemeinen sagt man, Fische wären nicht gerade intelligent.« Haakon ging zum Aquarium, holte eine Prise Futter aus der Schublade im Holzsockel und streute sie ins Becken. »Aber das stimmt nicht, vor allem dann nicht, wenn es um siamesische Schleierkampffische geht.«

»Die begehrtesten Zierfische der Welt«, bemerkte Horowitz und warf Tina einen verstohlenen Blick zu.

»Richtig. Man kann viel von ihnen lernen.« Haakon betrachtete die Tiere, die durchs Wasser schossen und sich die Futterstücke von der Wasseroberfläche schnappten. »Sie haben einen ausgeprägten Kampfinstinkt, um ihr Revier zu verteidigen. Vor allem die Männchen sind außerordentlich dominant und aggressiv gegenüber anderen Männchen. Sie gehen augenblicklich aufeinander los. So ein Kampf kann schon mal bis zu fünf Stunden dauern.«

»Manchmal bedrohen sie sogar ihr eigenes Spiegelbild und greifen es an«, bemerkte Tina.

Haakon hob eine Augenbraue und nickte schließlich. »Deshalb besteht dieses Aquarium nur aus Glas.«

So viel zur Intelligenz der Tiere, dachte Horowitz.

»Ich würde Ihnen ja gern eine kleine Demonstration geben, wie man mit seinen Gegnern umgeht, aber in diesem Aquarium befindet sich nur ein einziges Männchen. Die anderen sind Weibchen.« Haakon betrachtete Horowitz.

Der ganze Vortrag klang wie eine unterschwellige Drohung. Horowitz beschloss, darauf einzugehen. »Was würde der Fisch mit seinem Konkurrenten machen?«

»Ihn gnadenlos attackieren und sofort zubeißen«, antwortete Haakon, »ihm die Schwanzflossen ausreißen und ihn auf den Grund des Beckens drücken, bis er vor Schwäche aufgibt.«

»Wird der andere Fisch dabei getötet?«, fragte Horowitz.

»Nur selten.«

»Apropos *getötet* …« Horowitz blickte zur Wand. »Der *Jambia* hat eine faszinierend schön gebogene Klinge.«

Haakon sah nun doch zum Schaukasten. »Er stammt aus einem Antiquariat in Istanbul und ist mindestens 1200 Jahre alt. Wenn es tatsächlich stimmt, dass die Wikinger 850 nach Christus im

Orient waren, dann wurde seinerzeit damit vielleicht sogar ein Wikinger getötet.« Er verschränkte die Arme und wurde ernst. »War es das, was Sie über mich erfahren wollten? Meine Sammelleidenschaft?«

Auch Horowitz' Stimme verlor plötzlich jeden Charme und jede Höflichkeit. »Mittlerweile wissen wir, dass Sie sich persönlich mit Katharina von Thun getroffen haben.«

Haakon kniff die Augen zusammen, sagte aber nichts. Womöglich ging er davon aus, dass Horowitz bluffte.

»Letzten Sonntag, einen Tag vor ihrer Ermordung, gegen Mittag an der Tankstelle in Sande«, fügte Horowitz hinzu.

Haakon hob die Schultern zu einer belanglosen Geste. »Möglicherweise war sie zufällig zur selben Zeit am selben Ort.«

»Auch all die Monate davor, jeweils am Sonntag zur Mittagszeit?«

»Es gibt solche Zufälle, vor allem, wenn jemand wie ich regelmäßig beruflich nach Oslo muss.«

»Im Wagen Ihrer Frau?«, fügte Tina hinzu. Auch ihre Stimme hatte an Kälte zugenommen.

Haakons Gesicht versteinerte für einen Moment, dann lächelte er. »Meine Frau fährt nur Kurzstrecken, aber hin und wieder muss ihr Sportwagen richtig ausgefahren werden. Die Sonntage bieten sich dafür an.«

Also wusste seine Frau von den Fahrten. »Und zufälligerweise tanken Sie immer wieder an der gleichen Tankstelle«, ergänzte Horowitz.

»Meine Frau sammelt die *Kopervik*-Bonuspunkte auf der Rechnung.«

»Erstaunlich.« Horowitz zog die Augenbrauen hoch. »Obwohl Sie so reich sind?«

»Als Psychologe müssten Sie das eigentlich wissen – von reichen Leuten lernt man sparen.«

»Warum haben Sie sich dort immer mit Katharina von Thun getroffen? Um ihr die bestellten jungen Mädchen persönlich zu übergeben?«, fragte Tina nun spitz.

Haakon lächelte. »Wird das ein Verhör? Ich dachte, Sie sind heute deswegen noch extra geblieben, um sich um Ihren Kollegen auf der Intensivstation zu kümmern?«

»Sneijder wollte das tun«, stellte Horowitz richtig. »Den Rest von uns haben Sie – wenn ich Sie daran erinnern darf – engagiert, um etwas herauszufinden.«

»Ja, wer hinter dem Anschlag auf mich steckt!«, entfuhr es Haakon, der nun sichtlich die Geduld verlor.

»Dazu gehört auch, etwas über Ihr Umfeld zu erfahren«, sagte Horowitz immer noch ruhig. In diesem Moment vibrierte sein Handy. »Entschuldigen Sie mich bitte einen Augenblick.« Er las die SMS, die von Sneijder kam.

Haakons Frachter legt einmal pro Monat, jeweils an einem Sonntagabend, in Oslo ab. Was schmuggelt er nach Kaliningrad?

»Vor allem eine Sache …« Horowitz sah auf. »Was schaffen Sie nach Russland?«

»Russland?«

»Einmal im Monat treffen Sie sich sonntagmittags mit Katharina von Thun in Sande. Am gleichen Abend läuft Ihr Frachter nach Kaliningrad aus«, präzisierte Horowitz. »Ich sehe da einen Zusammenhang.«

»Ich nicht.«

Es war eine reine Vermutung von Horowitz gewesen, dass es sich dabei stets um *dieselben* Sonntage handelte – aber Haakon hatte das nicht dementiert. *Und das allein verrät schon ziemlich viel.*

Horowitz wollte gerade noch etwas sagen, als die Tür aufging, Gulbrandsen mit zwei Beamten hereinkam und sich im Zimmer umsah. Während Horowitz etwas wie »*Husundersøkelse*« zu verstehen glaubte, was wie das norwegische Wort für *Hausdurchsuchung* klang, nahm einer der Polizisten den Schaukasten mit dem Krummdolch von der Wand.

Haakon wollte protestieren, doch Gulbrandsen unterbrach ihn sofort mit einer schroffen Geste. Indessen öffnete der Beamte den Kasten mit Latexhandschuhen, nahm den *Jambia* vorsichtig heraus und beleuchtete die Klinge mit einer UV-Lampe.

Horowitz erkannte eine dünne Staubschicht auf dem Griff des Messers. *Mist! Das kann es also nicht sein*, dachte er.

Schließlich nahm der Polizist die UV-Lampe herunter, blickte zu Gulbrandsen und schüttelte leicht den Kopf. *Keine Blutspuren.* So rasch, wie sie die Spur entdeckt hatten, so rasch hatte sie sich auch wieder in Luft aufgelöst.

Dennoch verschwand der Krummdolch in einer Plastiktüte. Danach bedeutete Gulbrandsen ziemlich wirsch, dass Tina und Horowitz verschwinden sollten. Während Horowitz zur Tür fuhr und über die Schwelle holperte, sah er aus dem Augenwinkel, wie die Polizisten die Angeln von der Wand holten und die Angelschnüre mit den Rollen abnahmen. Die Chance war gering, aber vielleicht fanden sich dort Hautspuren von Strangulationen.

Auf dem Weg zurück in den Altbau zu ihrem Büro ging Tina schweigend neben ihm her. Sie kamen an einer Bildergalerie vorbei, in der auch ein Stammbaum der Familie hing. Wieder gab es zahlreiche Fotos, die Horowitz gefühlsmäßig auf die Siebziger- und Achtzigerjahre datierte. Auffällig war, dass Haakons Mutter auf jedem davon einen Seidenschal trug.

»Sie sind so schweigsam«, stellte Tina fest.

Er riss sich vom Anblick der Bilder los und fuhr weiter. »Ist nicht so gut gelaufen wie erhofft.«

»Würde ich nicht sagen.«

Horowitz betrachtete sie neugierig. »Haben Sie etwas in den Schubladen gefunden?«, flüsterte er.

»Eine lange Aufstellung von Autokennzeichen sowie einige russische Telefonnummern.«

54. Kapitel

Sabine saß mit den anderen bereits seit zehn Minuten vor einer großen und detaillierten Karte vom Fjord, die Marc von seinem Notebook aus an die Leinwand projizierte. Nachdem sie von Horowitz den Hinweis auf den Krummdolch erhalten hatten, lag der Verdacht nahe, dass entweder Haakon oder zumindest jemand aus seinem Haushalt mit den Morden an den Prostituierten zu tun haben könnte. Wie Sabine jetzt auf der Karte sehen konnte, schnitten die zerklüfteten Fjorde mit vielen Tälern und Tausenden Kilometern Ufer ziemlich tief ins Land. *Ein Paradies, um Leichen verschwinden zu lassen.*

Nun gesellten sich auch Horowitz und Tina wieder zu ihnen. »Im Moment sieht es danach aus, dass Haakons Krummdolch nicht die Mordwaffe ist«, erklärte Horowitz deprimiert, »aber ganz genau wissen wir das noch nicht.«

Ein enttäuschtes Raunen ging durch den Raum.

»Gehen wir aber erst mal trotzdem davon aus, dass Haakon etwas mit den Morden zu tun haben könnte.« Horowitz fuhr zum Tisch und warf einen langen Blick auf die Karte, in der sowohl die Wassertiefe der Fjorde – bis zu dreihundert Meter – als auch mit bunten Pfeilen die Strömungen eingezeichnet waren. »Wie ich sehe, seid ihr schon mitten drin. Normalerweise sollten wir jetzt recherchieren, wer online oder mit Kreditkarte ein Schlauchboot, Plastikplanen, Hanteln, Ketten oder Seile gekauft hat. Dann könnten wir die möglichen Täter einkreisen.« Er kaute an der Unterlippe. »Aber wir wissen ja nicht einmal, womit genau die Leichen beschwert worden sind.«

Sabine nickte. »Was immer es ist, es liegt irgendwo gut verborgen auf dem Meeresgrund herum.«

Horowitz deutete zur Karte. »Also beschränkt ihr euch auf die Möglichkeit, an welchen *Stellen* die Leichen versenkt worden sein könnten, richtig?«

»So ist es.« Marc markierte die Fundorte von Wenke Holm und Ylva Ødegård auf seinem Notebook und erzeugte rot gepunktete Linien, wobei er die Strömungen berücksichtigte. Dennoch kamen jeweils über drei Dutzend Möglichkeiten infrage, wo man die Leichen ins Wasser geworfen haben könnte.

»Wenn wir davon ausgehen«, ergriff Sneijder das Wort, »dass die Morde in Tønsberg begangen wurden und nicht woanders, dann lassen sich all diese Möglichkeiten weiter einschränken.« Er ging zur Leinwand und deutete auf mehrere Stellen. »Die Frage ist doch, welche Stellen des Fjords kann man mit dem Auto von hier aus gut erreichen? Zweite Frage – wo ist das Wasser nicht gerade glasklar? Dritte Frage – wo sind die tiefsten Stellen?«

»Vierte Frage«, ergänzte Tina, »wo muss man nicht weit vom Ufer wegrudern?«

Sabine hob den Blick. »Rudern?«

»Das nächtliche Tuckern eines Außenbordmotors würde viel zu viel Aufmerksamkeit erregen.«

»Guter Punkt.« Sneijder nickte zufrieden. Daraufhin gingen sie alle Möglichkeiten der Reihe nach durch und sortierten sowohl die unzugänglichen als auch die flacheren und am häufigsten befahrenen Routen aus.

In einem Umkreis von zehn Kilometern um Tønsberg herum blieben fünf konkrete Plätze übrig, die mit dem Auto bequem zu erreichen waren und von denen aus man mit einem Boot vielleicht nur fünfzig Meter hinausrudern musste, um eine Leiche ins Wasser zu kippen. »Würde ich jemanden loswerden wollen, würde ich es dort machen«, beendete Sneijder ihre Schlussfolgerungen.

Fünf Stellen!

»Wenn man jetzt noch die Strömungsverhältnisse berücksichtigt«, Marc tippte auf der Tastatur herum, »kommen eigentlich nur noch drei schmale, aber tiefe Stellen infrage, auf deren Grund eine Leiche verwesen könnte.« Er sah auf. Er hatte die drei Stellen rot markiert.

»Wir brauchen ein Polizeiboot mit Kamera und Tiefensonar, um alles abzusuchen«, knurrte Sneijder unglücklich, da er offenbar genau wusste, dass Gulbrandsen ihm das nicht genehmigen würde.

»Das hat die Polizei schon gemacht …«, sagte Cora, die sich bis jetzt aus ihrer Suche komplett herausgehalten hatte und stattdessen in eine eigene Recherche vertieft gewesen war. Nun betrachtete sie Marcs Karte. »… allerdings an völlig anderen Stellen.«

Marc grinste. »Haben Sie sich etwa in die Polizeiakten gehackt?«

»Ich habe ein Interview mit dem Ermittler der Wasserschutzpolizei gefunden, der die Suche nach den verschwundenen Prostituierten damals geleitet hat.«

»Damals?«, fragte Sabine.

»Mittlerweile ist er im Ruhestand. Er war wohl ziemlich frustriert, weil die Polizei trotz großer Suchaktion bis auf Wenke Holm keine weitere Leiche gefunden hat. Anscheinend hat er privat in seiner Freizeit noch einige Jahre lang an diesem Fall gearbeitet.«

Sneijder wurde hellhörig. »Warum hätte er das tun sollen?«

»Eine der verschwundenen Frauen war die ehemalige Schulfreundin seiner Tochter.«

Sneijder hob eine Augenbraue. »Das ist unser Mann!« Er schnippte mit den Fingern. »Wissen Sie, wo er wohnt?«

»Sein Name ist Knut Bjørnson«, murmelte Cora, während sie auf der Tastatur ihres Notebooks klapperte. »Keine Adresse, keine Handynummer … bloß eine Festnetznummer unter seinem Namen für sachdienliche Hinweise. Die ist allerdings schon drei Jahre alt.«

Sneijder warf Cora einen auffordernden Blick zu, woraufhin sie nach ihrem Telefon griff und die Nummer wählte. »Fragen Sie ihn, ob er Englisch spricht«, flüsterte Sneijder.

»In Norwegen spricht fast jeder Englisch.«

Sneijder nickte, und noch während Cora *»Hallo, Herr Bjørnson«* sagte, nahm Sneijder ihr das Telefon aus der Hand. Er ging durch den Raum, erklärte auf Englisch, wer er war, wo er sich gerade befand und warum er anrief. Anhand von Sneijders Antworten erkannte Sabine, dass Bjørnson schnell von Begriff war und sofort die richtigen Fragen stellte. Schließlich hörte Sneijder eine Weile zu, nickte mehrmals, dann schnippte er mit den Fingern. »Marc! Wir brauchen eine Skype-Verbindung.« Er nannte ihm Bjørnsons Skype-Namen, danach legte er auf.

Als Nächstes setzten sie sich um Marcs Laptop herum. Nachdem dieser die Verbindung hergestellt hatte, schob er den Computer etwas von sich weg, damit Bjørnson sie alle gut sehen konnte.

Bjørnson war an die siebzig und sah mit seinem grauen Dreitagebart wie das Abziehbild eines raubeinigen Seebären aus. Zerfurchte Stirn, Falten unter den Augen, schmuddelige Kappe tief ins Gesicht gezogen und ein dunkler Rollkragenpullover, der ziemlich kratzig wirkte.

»Hallo«, begrüßte er sie, woraufhin Sneijder kurz sein Team vorstellte. Das Bild flackerte zwar oft und blieb hin und wieder für eine Sekunde stecken, aber so viel Sabine erkennen konnte, saß Bjørnson an einem Tisch in einer engen Holzkammer, von deren Deckenbalken eine nackte Glühlampe hing. Links und rechts stapelten sich Akten, und im Hintergrund befand sich eine Wand mit Fotos und Zeitungsausschnitten. Alles sehr unscharf, aber wenigstens der Ton war sauber und klar.

»Sie haben Glück«, erklärte Bjørnson mit rauchiger Stimme auf

Englisch. »Ich bin gerade in Kallestrand, einem kleinen Ort an der Küste nicht weit von Ihnen entfernt, wo ich eine Hütte habe.« Er deutete hinter sich. »Mein Bruder und ich waren gestern fischen.« Er zündete sich eine Pfeife an. »Hin und wieder …«

»Bjørnson!«, unterbrach Sneijder ihn. »Vor ein paar Tagen wurde eine zweite Leiche im Fjord bei Svartskog gefunden, die ebenso wie Wenke Holm …«

»Ja, ich weiß, deswegen bin ich nach der Angeltour noch in der Hütte geblieben, um meine alten Unterlagen zu durchforsten ...«, Bjørnson paffte an der Pfeife, »... der Fundort liegt nur hundertfünfzig Kilometer von Larvik entfernt, wo seinerzeit Wenke Holm gefunden wurde.«

»Wir haben drei Stellen ausfindig gemacht, wo man möglicherweise weitere Leichen versenkt hat«, erklärte Sneijder.

Bjørnson nahm die Pfeife aus dem Mund, dann lächelte er milde. »Bei allem Respekt … wie wollen Sie das geschafft haben? Ich habe schon während meiner Dienstzeit alle Möglichkeiten durchgespielt, nächtelang mit den Kollegen die Fakten analysiert und später allein weitergemacht. Wir wissen ja nicht, von welchem Ausgangspunkt der Mörder gestartet ist. Da gibt es Tausende …«

»Wir glauben, den Ausgangspunkt zu kennen«, unterbrach Sneijder ihn.

Bjørnson hob amüsiert die buschigen Augenbrauen, für einen Moment straffte sich sein faltiges Gesicht. »Da bin ich aber gespannt.«

»Tønsberg«, sagte Sneijder knapp.

»Tønsberg?« Bjørnsons Gesicht versteinerte. »Wie kommen Sie darauf?«

Sneijder knirschte mit den Zähnen. »Kann ich noch nicht sagen.«

»Verstehe.« Bjørnson kniff die Augen zusammen. »Hat es vielleicht mit Haakon Jørgensen zu tun?«

»Möglicherweise.« Danach nannte Sneijder ihm die drei Stellen.

Nachdenklich wiederholte Bjørnson die Plätze, dann nickte er. »Sie haben recht, das ergäbe einen Sinn. Aber von den drei Stellen, die Sie genannt haben, ist der Hølmestrandfjord am wahrscheinlichsten. Mein Gott, ja!« Er fuhr hoch, zog sich die Kappe vom Kopf und knallte sie auf den Tisch, sodass das Bild kurz noch mehr wackelte. Nun standen seine wenigen weißen Haare wirr vom Kopf weg. »Haakons Vater hatte dort eine Anglerhütte mit Steg.«

»Und das wissen Sie ganz genau?«

»Jeder in dieser Gegend kannte den alten Jørgensen. Er ist mit seinen beiden Jungs regelmäßig zum Angeln rausgefahren, als die noch klein waren. Darauf hätte ich selbst kommen können. Wenn ich bloß früher gewusst hätte, von welchem Punkt aus ich hätte suchen müssen …« Er seufzte tief. »So lange arbeite ich nun schon daran.«

»Warum haben Sie seinerzeit, als Sie noch im Dienst waren, nicht daran weitergearbeitet?«, fragte Sabine. »Oder Ihre Kollegen?«

Bjørnson lächelte sarkastisch. »Nicht nur ich wurde damals von dem Fall abgezogen, sondern alle Kripoermittler, die damit beschäftigt waren. Zu dem Zeitpunkt gab es einen schrecklichen Massenmord auf einer Insel, und der hatte höchste Priorität. Das ganze Ausland hat auf uns gesehen. Die Aufarbeitung dieser Tragödie dauerte über ein Jahr, und danach interessierte sich niemand mehr für die verschwundenen jungen Frauen.«

»Und was ist mit denen, die danach verschwunden sind?«, unterbrach Sneijder den Mann.

Bjørnson zuckte mit den Achseln. »Da keine weiteren Leichen auftauchten, handelte es sich bloß um neue Vermisstenfälle.«

»Wir müssen der Polizei melden, was wir herausgefunden haben. Haben Sie noch Kontakt zu den damaligen Ermittlern?«

»Ja, aber …« Bjørnson schüttelte entschieden den Kopf. »Das dauert zu lange. Bis der Staatsanwalt ein Polizeiboot bewilligt, das den Hølmestrandfjord absucht … außerdem ist die Stelle, die mir vorschwebt, nicht weit von hier entfernt.«

Sabine warf den anderen einen aufgeregten Blick zu, dann wandte sie sich wieder zum Monitor. »Was haben Sie vor?«

»Sind Sie mobil?«, fragte Bjørnson.

»Wir haben einen Wagen«, antwortete Sneijder.

»Dann kommen Sie her«, sagte Bjørnson, »wir fahren gleich raus, sobald Sie da sind. Von Tønsberg aus sind Sie in einer halben Stunde hier.« Er nannte ihnen seine genaue Adresse in Kallestrand. »In der Zwischenzeit bereite ich mein Boot vor.«

Sabine blickte auf die Uhr. »Sie wollen jetzt noch rausfahren?«

»Es ist noch eineinhalb Stunden hell«, antwortete Bjørnson. »Und dort unten, wo wir suchen, ist es sowieso immer dunkel.«

»Haben Sie ein Sonar und eine Kamera mit Licht?«, fragte Sneijder.

»Würde ich sonst rausfahren wollen?«, entgegnete Bjørnson. »Außerdem habe ich ein Kabel, das lang genug ist, um den Meeresboden abzusuchen, und einen Metalldetektor. Können Sie ein Boot bedienen?«

»Einigermaßen«, sagte Sneijder.

»Dann beeilen Sie sich.« Bjørnson wollte die Verbindung schon unterbrechen, als ihm noch eine Frage einfiel. »Wer arbeitet eigentlich außer Ihnen an diesem Fall? Ich meine von den norwegischen Ermittlern?«

»Kommissar Gulbrandsen aus …«

»Dachte ich mir«, unterbrach Bjørnson ihn. »Vertrauen Sie ihm nicht! Gegen Gulbrandsen gab es – zumindest früher – immer wieder Korruptionsvorwürfe.«

»Danke, wir sind auf der Hut, bis später.« Sneijder klappte Marcs Laptop zu. »Bjørnson hat recht – wenn wir rasche Erfolge wollen, darf es jetzt nicht über Gulbrandsen und die norwegische Kripo laufen.« Er erhob sich und griff nach seinem Sakko.

»Sie wirken auf mich so, als hätten Sie auf einmal Gefallen daran gefunden, diese Morde um jeden Preis zu lösen.« Cora blieb demonstrativ sitzen. »Sind Ihnen diese Frauen so wichtig?«

Sneijder lächelte milde. »In Wahrheit sind mir die Prostituiertenmorde scheißegal, aber sie sind ein Mittel zum Zweck, um auch unseren Mörder aufzuspüren. Immerhin wurden die Botschafterin und diese Frauen mit derselben Waffe ermordet.«

»Das wissen wir nicht hundertprozentig«, entgegnete sie.

Nun schnaubte Sneijder ungeduldig. »Es *ist* dasselbe Messer. Sogar die Strangulationsmerkmale sind identisch. Wenn wir eine weitere Leiche im Fjord finden, erhalten wir neue Spuren und Beweise. Außerdem muss dann die norwegische Staatsanwaltschaft wieder aktiv werden. Und das zieht wiederum die Schlinge enger um Haakons Hals … Der hat in meinen Augen definitiv etwas mit dem Mord an der Botschafterin zu tun.«

»Das sehe ich auch so.« Horowitz rollte vom Tisch weg. »Aber eine nächtliche Fahrt auf einem Fischkutter ist mir zu anstrengend. Ich bleibe in der Zwischenzeit hier und nehme schon mal Kontakt mit der norwegischen Wasserschutzpolizei auf.«

»Wozu jetzt schon?«, fragte Cora.

»Ich möchte denen den Fall mit allen Indizienbeweisen darlegen. Vielleicht schicken sie euch ja Verstärkung in den Fjord.«

»Ja, versuch das«, murmelte Sneijder.

»Das bedeutet dann wohl, dass auch ich hierbleibe«, sagte Cora, »denn jemand muss ja übersetzen.«

»Einverstanden«, sagte Horowitz, »und wenn ihr dann mitten in der Nacht erfroren und durchnässt heimkommt, schlafe ich schon längst in meinem kuscheligen Hotelzimmer.«

Sneijder nickte, doch ganz wohl schien ihm bei dem Gedanken nicht zu sein, Horowitz und Cora allein zurückzulassen.

Immerhin war Krzysztofs Attentäter immer noch auf freiem Fuß. Sneijder blickte zu Tina. »Wollen Sie …?«

»Ja, ich bleibe auch«, sagte sie rasch. »Ich werde versuchen, van Nistelrooy davon zu überzeugen, dass wir eine brauchbare Spur gefunden haben und doch noch länger hierbleiben müssen.«

Der wird vor Freude jubeln. Sabine stand auf und griff nach ihrer Jacke und der Dienstwaffe.

55. Kapitel

Kallestrand lag ein ganzes Stück nördlich von Tønsberg. Es war nach acht Uhr abends und tatsächlich noch hell, als Sabine, Sneijder und Marc den Ort erreichten, auch wenn die Sonne jeden Augenblick hinter dem Horizont verschwinden würde. Die alte Kirche und die vielen Holzhütten des eher kleinen Dorfes waren in ein orangefarbenes Dämmerlicht getaucht. Zwischen den schroffen Felsen am Ufer befanden sich an jeder nur erdenklichen Stelle Holzstege, an denen Boote befestigt waren und Fischernetze aufgespannt im Wind hingen.

Das Navi lotste sie über einen gewundenen Feldweg zu einer schmalen felsigen Landzunge, die etliche Meter weit aufs Meer hinausragte. Am Ende standen zwei Hütten. Aus einer stieg Rauch aus dem Kamin auf. Sabine parkte neben einem alten grünen Jeep mit Anhänger, an dessen Seitenwand eine dicke Schlammkruste klebte. Sie stieg aus und schnappte sich Anorak, Handschuhe und Wollmütze vom Rücksitz. Mental hatte sie sich schon auf eine lange feuchte Nacht auf einem Boot eingestellt.

»Hier drüben!«, rief ihnen ein Mann zu. Anscheinend war das Bjørnson. Er stand auf einem Boot, das tatsächlich wie ein alter ausrangierter Fischkutter aussah. Die Ausleger, die normalerweise links und rechts mit den Netzen heruntergelassen wurden, waren hochgeklappt und festgezurrt. Soeben hievte er einige Kanister Treibstoff vom Steg an Bord. Hinten auf seinem Kahn befand sich das Führerhaus, das mit den großflächigen Fensterscheiben noch das Modernste an dem Kutter war. Der Rest wirkte alt und schäbig. Am Bug blätterte die schwarze Farbe ab, Muscheln klebten auf dem Rumpf, und die Reling sah auch nicht besonders stabil und vertrauenerweckend aus. Den Schiffsnamen *Sjøorm* am Heck konnte man fast nicht mehr lesen.

»Ich habe schon alles Equipment an Bord … kommen Sie!«, rief Bjørnson. Sie gingen zum Steg, und Bjørnson half ihnen, an Bord zu klettern.

»Noch eine Stunde hell?« Sneijder blickte skeptisch nach oben. Eine dunkle Wolkendecke schob sich gerade über den Himmel. Nun wurde es rasch finster, und der Wind legte zu.

»Keine Sorge, wir haben alles an Bord, was wir brauchen«, sagte Bjørnson. »Allerdings hätten Sie sich wärmer anziehen sollen. Aber gut, in der Kajüte habe ich Pullover und Ölzeug. Ich bin Knut.« Er reichte Sneijder und Sabine die Hand. »Junge!«, rief er Marc zu, der mit seiner Laptoptasche über der Schulter als Letzter an Bord kletterte. »Mach vorn die Leinen los, aber pass auf, dass du nicht ins Wasser fällst.«

Eine Welle brach sich spritzend am felsigen Ufer und ließ das Schiff gewaltig schaukeln. Der Geschmack von Salzwasser und Seetang hing in der Luft.

»Und ich könnte jetzt im Flieger sitzen, lecker Kaffee trinken und Lachsbrötchen essen«, murrte Marc.

»Eine frisch gebrühte Kanne Kaffee hab ich an Bord, Junge … und jetzt mach schon!« Knut hangelte sich über eine Leiter hoch und stieg ins Führerhaus. Im nächsten Moment erwachte der Motor zum Leben und sprudelte das Wasser am Heck auf.

Kaum hatten Sabine, Sneijder und Marc die Kabine betreten, gab Knut Gas. Das Boot bäumte sich auf und preschte durch die Wellen. Die Gischt spritzte über Deck und bis an die Scheiben des Führerhauses, woraufhin Knut den Scheibenwischer einschaltete.

Sneijder wurde blass. Kommentarlos kramte er eine Tablette aus der Brieftasche und schluckte sie ohne Wasser. Vermutlich stammte die noch von Cora.

»Hab den Kahn vor ein paar Jahren aufgerüstet – ein Hobby von mir. Die alte Dame hat genauso viel PS wie die Boote der Küstenwache«, sagte Knut stolz, dann drehte er sich zu Sabine. »Mach mal den roten Schalter dort drüben an.«

Sabine gehorchte, woraufhin ein Infrarotheizkörper zum Leben erwachte, der binnen weniger Minuten eine wohlige Wärme im Führerhaus erzeugte.

Inzwischen waren sie auf dem offenen Meer. So viel Sabine im immer dunkler werdenden Dämmerlicht noch erkennen konnte, steuerte Knut nach Süden, in Richtung Tønsberg, fuhr einige Meilen an der Küste entlang und bog dann in einen von kleinen Felsbuchten und Inseln zerfransten Seitenarm ein. »Das ist die typische Schärenlandschaft«, erklärte er. Hier waren kaum noch beleuchtete Häuser zu sehen, anscheinend war die Gegend im Vergleich zum Rest des Oslofjords ziemlich unbewohnt.

»Der Hølmestrandfjord«, erklärte Knut, griff nach oben und öffnete eine Schranktür, woraufhin ein in Folie eingeschweißter Plan herunterklappte.

Knut zeigte auf eine Stelle. »Im Moment sind wir hier.« Sabine erkannte die Stelle, die Marc zuvor in ihrem Büro an die Leinwand projiziert hatte. »Und dort – etwa fünf Minuten entfernt – liegt die Anglerhütte vom alten Jørgensen. Da kann man mit dem Auto direkt bis zum Ufer runterfahren.«

Das war exakt die Stelle, die sie auch auf dem Plan gefunden hatten. »Der Mörder ist von dort vermutlich mit dem Ruderboot und der Leiche an Bord nicht weit rausgefahren«, sagte Sabine.

»Musste er auch nicht«, gab Knut ihr recht. »Der Hølmestrandfjord fällt in diesem Teil vom Ufer aus ziemlich steil auf siebzig Meter Tiefe ab. Das wäre eine ideale Stelle.«

»Wenn wir die Strömung berücksichtigen, die die Leiche abgetrieben hat, sollten wir vielleicht schon hier mit der Suche beginnen«, gab Marc zu bedenken.

»Wo bist du zur Schule gegangen?«, fragte Knut.

»Nach dem Abitur direkt zur BKA-Akademie in Wiesbaden«, antwortete Marc verunsichert. »IT, Mobilfunkforensik und Abhörtechnik, warum?«

»Dann solltest du bei deiner Abhörtechnik bleiben.« Knut steckte sich eine Pfeife an, dann tippte er mit dem Stiel auf die Karte. »Grundsätzlich hast du recht, die Strömung zieht nach Süden runter, aber die Mädchen sind jedes Jahr gegen Ende Mai verschwunden und ihre Leichen vermutlich kurz darauf versenkt worden. Und von April bis Juni zieht die Unterwasserströmung in diesem Fjord nach Norden. Wir müssen also noch weiter hochfahren.«

Marc presste die Lippen zusammen, und Sneijder verkniff sich ein Lächeln. Offenbar war dieser alte Seebär mit jahrzehntelanger Polizeierfahrung ganz nach seinem Geschmack.

Nach fünf Minuten drosselte Knut die Maschinen schließlich auf zwei Knoten herunter und überließ Sneijder das Steuer. »Wir fahren jetzt in großen Schleifen langsam nach Nordwesten und kreuzen dabei immer wieder unsere eigene Route.« Er zeigte Sneijder auf der Karte, was er meinte. »Kannst du das?«

»Falls nicht, werden Sie es als Erster merken.«

»Gut.« Knut grinste. »Und wir zwei Hübschen«, sagte er zu Marc, »lassen am Bug den Metalldetektor und die Kamera mit dem Schweinwerfer in die Tiefe.« Er wandte sich zu Sabine. »Den Schrank dort kannst du aufklappen und das Pult rausziehen. Schalte die Geräte ein – Sonar, Kamera und Metalldetektor.«

Sabine öffnete den Schrank. »Woher haben Sie diese ganze Ausrüstung? Die hat man doch nicht einfach so zu Hause herumliegen?«

»Die Polizei hat das Zeug damals ausrangiert, und die Beamten konnten es günstig kaufen – da habe ich zugeschlagen.«

Während Sabine die Monitore aktivierte, kramte Knut zwei vorsintflutliche Sprechfunkgeräte aus einer Box auf dem Boden, gab eines davon Sneijder und klemmte sich das zweite an den Gürtel. »Wir reden über Kanal siebzehn.« Er wollte bereits die Kajüte verlassen, doch Sabine hielt ihn auf.

»Wie soll ich darauf etwas erkennen?« Sie deutete auf die flackernden grünstichigen Monitore.

»Sobald der Metalldetektor anschlägt, zoomst du näher heran und machst ein paar Standbildaufnahmen. Dann markierst du die Stelle auf dem Plan. Auf dem Navi siehst du Längen- und Breitengrade, Minuten und Sekunden – und auf dem Tiefenmesser die Tiefe. Alles klar?«

»Alles klar«, antwortete Sneijder an ihrer Stelle. »Nemez, wir schaffen das.«

Im nächsten Moment war Knut draußen. Eine Sturmbö begleitet von einem Kälteschwall wurde durch die Tür ins Führerhaus gedrückt. Sabine fröstelte, und Sneijder sah aus, als müsste er jeden Moment kotzen. Marc zog sich die Kapuze ins Gesicht, folgte Knut nach draußen und schlug die Tür hinter sich zu.

Durch die Frontscheibe sah Sabine, wie sich die beiden an der Reling nach vorn arbeiteten und mehrere Geräte, die an einem mit Steinen beschwerten Netz hingen, an einer Kabelrolle nach unten ließen.

»Der denkt an alles«, murmelte Sneijder.

Richtig, Blei- oder Eisengewichte hätten den Metalldetektor irritiert. »Schließlich macht er das nicht zum ersten Mal.«

Sneijder wollte etwas erwidern, als Knuts Stimme knarzend aus dem Lautsprecher drang. *»Funktionieren die Geräte?«*

Sabine zeigte Sneijder den erhobenen Daumen. »Ja, alles in Ordnung«, antwortete er.

»Welche Tiefe haben wir?«

Sabine betrachtete die Anzeige. »Vierundsechzig Meter.«

»Gut, Kleine, gib mir den Stand alle halbe Minute durch.« Knut ließ die Rolle noch eine Weile laufen, dann stoppte er den Motor.

»Ich sehe den Grund«, rief Sabine plötzlich. Gebannt starrte sie auf den Monitor. Sneijder dimmte die Deckenbeleuchtung ein wenig, damit sie mehr Details erkennen konnte. Und dann begann die mit zwei Knoten langsamste Bootsfahrt, die Sabine je erlebt hatte und die insgesamt über zwei Stunden dauern sollte.

Bis kurz vor Mitternacht schlug der Metalldetektor insgesamt neun Mal an. Bis dahin hatten sie jedoch nur Autoreifen mit rostigen Felgen gefunden, die zur Hälfte aus dem Sand ragten, sowie den Metallkäfig eines Tauchers, der offenbar aus der Verankerung eines Schiffs gerissen worden war, ein Fahrrad, einen Außenbordmotor, Stücke von alten Pipelines und sogar den Auspufftopf eines PKWs.

Als der Detektor zum zehnten Mal anschlug, machte Sabine ein weiteres Foto und vergrößerte es auf dem Monitor. »Sieht aus wie ein großer Metallring von einer Baustelle.«

Sneijder stoppte sofort die Maschinen und kam näher. »Das ist kein Metallring, sondern ein Betonring … wie für eine Senkgrube.«

»Aber warum hat der Detektor dann angeschlagen?«

Sneijder starrte auf das Bild. »Da sind Ketten um den Ring geschlungen … *Wat in godsnaam?* … da hängt doch …«

»… eine Leiche dran«, vollendete Sabine den Satz. Form und Länge entsprachen der Gestalt eines Menschen. Rasch machte sie weitere Fotos, bevor die Kamera sich drehte und der Fund aus dem Bild verschwand. Danach griff sie zum Funkgerät. »Wir haben etwas gefunden!«

»Hab's mir schon gedacht, weil der Motor aus ist«, rief Knut.

Im nächsten Moment kamen er und Marc ins Führerhaus. Marc, vom Fahrtwind völlig durchgefroren, goss sich mit steifen Fingern einen Becher Kaffee aus der Thermoskanne ein, in den er sich aus Knuts Vorräten einen Schuss Rum kippte. Indessen wischte sich Knut das Wasser aus dem Gesicht und betrachtete die Aufnahmen.

»Heureka!«, rief er schließlich und klopfte Sneijder auf die Schulter. »Sieht tatsächlich nach einer Leiche aus, die, wenn du mich fragst, höchstens ein Jahr hier unten liegen kann.« Er las die Zahlen auf den Anzeigen und markierte die Stelle in seinem Plan.

»Können wir die bergen?«, fragte Sneijder.

»Nicht mit den Mitteln, die wir an Bord haben ... aber verdammt, wir haben die Stelle gefunden.« Er zog sich die Mütze vom Kopf. »Bleiben wir noch etwas hier und kreisen um diesen Punkt ... Ich übernehme das Steuer.«

Marc ließ eine zusätzliche, aber nicht ganz so starke Lampe über die zweite kleinere Winde nach unten, und in den nächsten zwanzig Minuten ließ Knut das Boot in einem Radius von zweihundert Metern um die Fundstelle kreisen. Sie suchten den Meeresboden akribisch ab und fanden tatsächlich einen weiteren Betonring, an dem ebenfalls ein menschlicher Körper hing. Dieser war mit Seilen befestigt, sodass sie ihn mit dem Metalldetektor gar nicht entdeckt hätten.

Fünfzig Meter weiter ragte ein dritter Betonring nur noch teilweise und kaum erkennbar aus dem Sand, und wenn sie nicht gewusst hätten, wonach genau sie suchen sollten, hätten sie den Sandhügel, aus dem ein Seil ragte, wohl kaum als menschliches Grab gedeutet.

»Dort unten ist ein wahrer Friedhof«, flüsterte Knut schließlich. Er nahm die Hände vom Steuer und fuhr sich übers Gesicht. Seine Finger zitterten. »Es ist an der Zeit, dass wir meine alten Kollegen von der Wasserschutzpolizei informieren.«

56. Kapitel

Ein Sturm war aufgekommen, und Horowitz und Cora saßen mit Tina im *Longyearbyen Grill.* Sie hatten im Hotel zu Abend gegessen und sich nun in die Bar neben der Lobby zurückgezogen. Ein junger Bursche spielte auf einem Klavier ruhige Barmusik, und eine Kellnerin servierte den wenigen Gästen in den bequemen Sitzecken Getränke.

Horowitz genoss das knisternde und wärmende Feuer des offenen Kamins, zumal der Regen draußen immer heftiger an die Scheiben drückte. Mit einem Schauder dachte er an Sneijder, der sich gerade die Nacht auf einem Schiff um die Ohren schlug.

Zuerst telefonierte Tina mit dem Krankenhaus in Oslo, in dem Krzysztof lag. Sie hatten Sneijder und sie als seine nächsten Verwandten angegeben, um Informationen zu erhalten. Doch es gab nichts Neues, Krzysztofs Lage hatte sich nicht gebessert. Nach der Not-OP und drei Bluttransfusionen lag er immer noch auf der Intensivstation im künstlichen Tiefschlaf, und vermutlich würde sich das während der Nacht auch nicht ändern.

Danach telefonierte Horowitz mit einer Frau von der norwegischen Wasserschutzpolizei. Da sie Englisch sprach, musste Cora nicht übersetzen. Horowitz erklärte ihr, wer Sneijder und Knut Bjørnson waren, worum es ging und wonach sie im Hølmestrandfjord suchten. Eigentlich hatte Horowitz darauf hinauswollen, dass sich die Kollegen mit einem Boot bereithalten sollten, falls Bjørnson fündig wurde. Obwohl er grundsätzlich mit einer ablehnenden Reaktion gerechnet hatte, war er dennoch von deren Heftigkeit überrascht.

»Sie brauchen nicht weiterzureden«, unterbrach ihn die Frau. »Wir kennen Bjørnson. War mal ein Kollege von uns. Aber mittlerweile ist er einfach nur noch ein Spinner, der sich in den Kopf gesetzt hat, dass seit vielen Jahren ein Serienmörder umgeht, der seine Leichen im Oslofjord versenkt. Dabei gibt es bis jetzt keinerlei Beweise, dass …«

»Keine Beweise? Aber …«

»Natürlich kann jeder in seiner Freizeit machen, was er will«, unterbrach sie ihn abermals. »Rufen Sie mich wieder an, wenn Sie die Leichen gefunden haben.« Dann legte sie auf.

»Ist ja toll gelaufen«, murmelte Cora, während Horowitz nachdenklich auf sein Handy starrte.

Sie warteten eine Stunde lang auf einen Anruf von Sneijder, doch der meldete sich nicht. Schließlich verabschiedete sich Tina von ihnen. Trotz des Wetters wollte sie noch ein wenig durch Tønsberg streifen, sich einen klaren Kopf verschaffen und danach Krzysztofs Sachen zusammenpacken.

Horowitz blieb mit Cora allein in der Bar zurück, wartete noch einen Song des Pianospielers ab, dann blickte er auf die Uhr. *Mitternacht.* »Ich werde schlafen gehen.«

»Soll ich Ihnen helfen?«, fragte Cora.

»Wobei?« Amüsiert sah er sie an.

»Na ja, um ins Zimmer zu kommen … oder …?« Sie sah ihn etwas peinlich berührt an. »Weil Sie doch an den Rollstuhl gefesselt sind.«

»An den Rollstuhl *gefesselt*?«, wiederholte er. »Wir Rollstuhlfahrer sind ja nicht *ständig* im Rollstuhl. Wie sollten wir sonst baden oder schlafen? Der Rollstuhl ist nur ein Hilfsmittel, das meine Beine ersetzt und mich überallhin bringt, wohin ich möchte, also von *gefesselt* kann …«

»Tut mir leid, so war das nicht gemeint.«

»Schon gut.« Er lächelte. »Bis vor Kurzem hatte ich noch gar keinen elektrischen Rollstuhl, habe alles mit Muskelkraft gemacht, aber im Alter …« Er seufzte. »Mittlerweile liebe ich dieses Ding.«

»Dann also gute Nacht.«

»Schlafen Sie gut.« Horowitz legte ein paar norwegische Geldscheine auf den Tisch, dann aktivierte er mit dem Joystick den Rückwärtsgang, machte eine halbe Drehung und fuhr in den Korridor, der zu den Zimmern im hinteren Bereich des Hotels führte.

Er öffnete mit der Magnetkarte die Tür zu seinem Zimmer, fuhr hinein und direkt weiter ins Bad. Eine halbe Stunde später war er bereit für die Nacht. Der Rollstuhl stand neben dem Bett, hing zum Laden am Strom und Horowitz hievte sich vom Sitz auf die Matratze. Er blickte erneut auf sein Handy – immer noch keine Nachricht von Sabine, Marc oder Sneijder –, dann schaltete er das Licht aus. Dank der zugezogenen Vorhänge war es nun stockfinster im Raum. Nur das rote Licht des Rollstuhlakkus blinkte.

Er dachte an Krzysztof, wünschte sich innig, dass sich der Zustand dieses bärbeißigen Polen so stabilisierte, dass er die Nacht überlebte. Morgen früh gab es vielleicht schon bessere Nachrichten … Dann fielen ihm die Augen zu.

Mitten in der Nacht fuhr er plötzlich im Bett hoch. Etwas hatte ihn geweckt. Ein Albtraum? Nein, es war ein Geräusch gewesen. *In diesem Zimmer!*

Er blickte zum Rollstuhl. Die Lampe des Akkus leuchtete grün. *Aufgeladen.* Also musste er schon länger geschlafen haben. Er drehte den Kopf und lauschte. Da war das Geräusch schon wieder! *Ein Schleifen.* Als würde die Tür über den Teppich schaben.

Er wälzte sich im Bett herum, griff zu seiner Brille und starrte durch die Dunkelheit zur Tür. Er glaubte, gerade noch zu sehen, wie eine Gestalt aus dem Zimmer huschte und die Tür hinter sich zuzog. *War das real? Vielleicht hast du ja auch einen Albtraum gehabt.* Er rieb sich die Augen. Wer sollte einfach so in sein Zimmer schleichen – und warum? *Ein Dieb?*

Sicherheitshalber tastete er sich ab, ob er vielleicht in einer Blutlache lag – einer der Nachteile einer Querschnittslähmung, da man durchaus eine stark blutende Wunde haben konnte, ohne es mitzubekommen. Aber er fühlte sich gut, und da war auch kein klebriges Blut. Als Nächstes wollte er zum Schalter der Nachttischlampe greifen, als er auf einmal keine Luft mehr bekam und schrecklich husten musste. *Was, verdammt …?*

Sein Hals kratzte, verzweifelt schnappte er nach Luft. Beim Versuch, das Licht einzuschalten, warf er unabsichtlich die Lampe zu Boden. *Verdammt!* Plötzlich roch er es. *Rauch!* Er blickte zur Decke. Der Rauchmelder blinkte nicht mehr, sondern leuchtete permanent rot. *Mist!* Er hievte sich zur Hälfte aus dem Bett, tastete mit den Händen über den Boden und erwischte die Lampe. Zum Glück war die Glühbirne nicht kaputtgegangen. Vom Boden aus warf das Licht einen merkwürdig lang gezogenen Schatten durch das Zimmer. Und dann sah er es.

Grauer Rauch zog unter dem Türspalt vom Gang her ins Zimmer und waberte durch den Raum. Aber der Qualm drang auch durch die Fugen der Bretterwand. *Was zum Teufel?*

Röchelnd wuchtete er sich vom Bett aus in den Rollstuhl. Schon in diesen wenigen Sekunden nahm der Rauch gewaltig zu. Als Horowitz endlich im Rollstuhl saß, klappte er die Pedale für die Füße runter und löste das Kabel aus der Steckdose. Zum Glück war der Akku geladen, nicht auszudenken, wenn er es nicht mehr rechtzeitig zur Tür schaffen und an einer Rauchgasvergiftung krepieren würde.

Im nächsten Moment hörte er vor seinem Fenster einen gewaltigen Krach, als würde die neben seinem Zimmer liegende Bretterwand des Lagerschuppens bersten. Kurz darauf schlugen tatsächlich unmittelbar vor dem Fenster meterhohe Flammen in den Himmel. Die Balustrade und die Holzsäulen der Terrasse brannten. Der Raum wurde in einen grellen Orangeton getaucht, dann war auch schon das Knistern deutlich zu hören, und plötzlich stand die Wand in Flammen.

Du musst hier schleunigst raus!

Rasch schaltete er den Rollstuhl ein und griff zum Joystick. Doch der Motor sprang nicht an. Die Räder bewegten sich nicht. *Verdammt, das gibt es doch nicht!* Das Display des Akkus funktionierte. Die Batterie war voll. Horowitz schaltete den Motor aus, danach wieder ein, aber es tat sich nichts.

Jemand musste das Kabel zwischen Akku und Motor durchtrennt oder zumindest herausgezogen haben. Jetzt war auch klar, was der Eindringling in seinem Zimmer gewollt hatte. Und dass der Brand absichtlich gelegt worden war.

Raus hier!, schrie eine panische Stimme in ihm, *sonst wirst du sterben!*

Es hatte keinen Sinn, den Motor reparieren zu wollen. Dafür blieb keine Zeit. Ebenso zwecklos war es, den Rollstuhl von Hand bewegen zu wollen, er wäre noch nicht mal an die viel zu kleinen Räder herangekommen. *Dir bleiben nur noch wenige Sekunden!*

Also hievte er sich aus dem Rollstuhl und ließ sich zu Boden fallen. Auf den Armen robbte er keuchend um das Bett herum in Richtung Tür. Schon nach wenigen Metern musste er eine Pause einlegen – der Rauch war schon viel zu dicht, er bekam kaum noch Luft.

Du schaffst das! Die anderen müssen unbedingt erfahren, dass der Brand gelegt worden ist.

Also hielt er die Luft an und zog sich, so rasch er konnte, weiter über den Boden. Nur noch wenige Meter trennten ihn von der Tür.

57. Kapitel

Nachdem Knut alles dokumentiert und sich versichert hatte, dass sie gute Aufnahmen von den drei Betonringen mit den daran befestigten Leichen besaßen, steuerte er die *Sjøorm* zurück nach Kallestrand.

»Erreichen Sie mit dem Funkgerät die nächstgelegene Station der Wasserschutzpolizei?«, fragte Sneijder.

»Nein, aber damit.« Knut zog ein altertümliches Handy aus der Tasche und wählte eine Nummer, die er offenbar auswendig kannte.

Soviel Sabine mitbekam, telefonierte er mit einer Frau, die er anscheinend zwar gut kannte, die ihm aber trotzdem nicht wirklich gewogen schien. Doch ein Kerl wie Knut ließ sich nicht so leicht abwimmeln. Nachdem er eine Weile mit der Frau gesprochen und dabei viel geflucht hatte, nahm er schließlich das Handy herunter, hielt das Mikro zu und sah zu Sneijder. »Kennen Sie einen Horrorwitz?«

»Horowitz«, korrigierte Sneijder ihn. »Ja, das ist einer unserer Kollegen. Warum?«

»Er hat kürzlich Kontakt mit der Behörde aufgenommen und sie bereits darüber informiert, was wir hier tun – aber ich hätte Ihnen gleich sagen können, dass das nichts bringt. Die brauchen immer erst hieb- und stichfeste Beweise, bevor sie was tun.« Dann nahm er das Handy wieder hoch. *»Ja, jeg hører …«*, redete er weiter mit der Frau.

»Horowitz ist sicher noch auf und wartet auf unseren Anruf«, flüsterte Sabine zu Sneijder. Der nickte nur, konzentrierte sich aber vorerst darauf, was Knut sagte.

Schließlich beendete Knut das Gespräch, steckte das Handy weg und rieb sich die Hände. »Also gut, jetzt habe ich die Mistkerle endlich da, wo ich sie schon immer haben wollte.« Er grinste. »Die Polizei schickt drei Bergungsboote, die von einem Patrouillenboot der Küstenwache begleitet werden. In einer Stunde werden die Leute im Hølmestrandfjord glauben, dass es Mittag ist, so hell wird es da werden.«

»Wie lange wird es dauern, bis sie die Leichen geborgen haben?«, fragte Sneijder.

»Die werden zuerst einen Roboter mit Kamera und Greifarm runterschicken, danach Tiefseetaucher ... ich denke, dass die erste Leiche im Morgengrauen in der Gerichtsmedizin liegen wird.«

Sneijder nickte zufrieden und griff anschließend selbst zum Handy. Er tippte eine Kurzwahl und wartete. Schließlich legte er auf und wählte dieselbe Nummer erneut. Wieder erfolglos. »Horowitz hebt nicht ab«, sagte er in die Runde.

»Hat er einen tiefen Schlaf?«, fragte Marc.

Sneijder schüttelte den Kopf. Inzwischen hatte er eine zweite Nummer gewählt. »Cora geht auch nicht ran«, murmelte er. Schließlich zog er die Visitenkarte des *Longyearbyen Grill* aus der Brieftasche und versuchte es da.

Endlich erreichte er jemanden. Das Gespräch dauerte allerdings nur kurz, dann nahm er das Telefon herunter. »Im Hotel ist ein Brand ausgebrochen.«

58. Kapitel

Der Rauch war schon so dicht, dass Horowitz' Augen extrem tränten und er nichts mehr sah. Zudem spürte er nun auch die Hitze im Zimmer. Die gesamte Bretterwand, hinter der sich die Lagerhalle befand, stand in Flammen. Weil die den Sauerstoff unbarmherzig aus der Luft sogen, bekam er jetzt endgültig keine Luft mehr, und seine Lunge brannte fast unerträglich.

Von der anderen Seite des Raumes hörte er inmitten des Prasselns der Flammen sein Handy läuten. *Vergiss es!* Hustend und röchelnd erreichte er endlich die Tür zum Gang. Mittlerweile war sein Geist schon so benebelt, dass sich alles um ihn herum drehte. Er hob die Hand zum Türgriff und zuckte zurück. Das Metall war glühend heiß. Nun spürte er auch die Hitze, die vom Korridor aus durch den Türspalt ins Zimmer drang. Der Gang stand also auch schon in Flammen.

»Hilfe!«, röchelte er, bezweifelte jedoch, dass irgendjemand durch das Toben des Feuers seine Stimme hörte.

»Hilfe!«, rief er noch einmal auf Englisch, dann packte er die Klinke und zog die Tür auf.

Eine Hitzewelle schlug ihm entgegen. Wie befürchtet stand der Korridor lichterloh in Flammen. Instinktiv rollte er sich zur Seite und drückte die Tür wieder zu. Abgesehen vom Brand war da noch der Geruch von ätzenden Dämpfen gewesen. *Benzin!* Jemand musste im Gang mit einem Brandbeschleuniger nachgeholfen haben.

Verdammter Dreck!

Als er durchs vernebelte Zimmer blickte, schnürte ihm Panik

die Kehle zu. *Und jetzt?* Das Zimmer selbst stand bereits halb in Flammen, und auch vor dem Fenster tobte das Feuer.

Er blickte zum Bad. Obwohl er ein behindertengerechtes Zimmer mit Dusche hatte, befand sich zusätzlich eine Badewanne darin. Die war seine einzige Chance. Er musste Wasser in die Wanne einlassen, sich hineinhieven und darin ausharren. Hastig schlüpfte er aus dem Pyjamaoberteil, band sich den Stoff mit den Ärmeln um Mund und Nase und robbte mit nacktem Oberkörper wieder quer durchs Zimmer in Richtung Bad.

Das hättest du Idiot gleich von Anfang an tun sollen! Aber woher hätte er wissen sollen, dass auch der Gang in Flammen stand?

Gierig, verzweifelt nach Luft ringend und schon fast ohnmächtig erreichte er endlich den Eingang zum Badezimmer, stemmte sich an der Wand hoch und wollte die Glastür aufschieben. Aber sie klemmte!

Nein, bitte nicht!

Er drückte wieder und wieder gegen den Griff im Glas, aber die Tür ging einfach nicht auf. Verzweifelt robbte er über den Teppich zum anderen Ende der Scheibe. Dort sah er, dass jemand einen zentimeterdicken Holzkeil zwischen Tür und Metallschiene in den Spalt gedrückt hatte.

Dieser Mistkerl hat an alles gedacht!

Mit tränenden Augen und zitternden Fingern versuchte er, das Holzstück aus dem Spalt zu ziehen. Doch es klemmte, und nun verließ ihn endgültig die Kraft. Aus dem Augenwinkel sah er durch einen Tränenschleier, wie von draußen Blaulicht durch den Vorhang fiel. Jetzt hörte er auch eine Sirene. Vermutlich von einem Feuerwehrwagen.

Zu spät, Leute …

Dumpf drang eine Stimme von draußen durch die Flammen zu ihm durch. Er glaubte seinen Namen zu hören.

»Sind Sie da drinnen?« Es war Cora, die sich mit verzweifelter Stimme die Seele aus dem Leib brüllte. »Horowitz!«

Er konnte nicht antworten, nur noch husten. Indessen kroch die Hitze immer näher, und bitterer, heißer Qualm füllte seine Lunge.

»Ich … bin … hier …«, röchelte er und wollte noch ein letztes Mal nach Luft schnappen. Aber da war keine mehr.

59. Kapitel

Nachdem Sabine, Marc und Sneijder von Bord der *Sjøorm* gegangen waren, rasten sie mit dem Auto direkt nach Tønsberg zurück. Kurz vor der Ortseinfahrt befand sich eine Polizeisperre auf der Hauptstraße. Ihr Wagen wurde angehalten, ein Beamter leuchtete mit einer Taschenlampe hinein, fragte, wohin sie wollten, und sah noch in den Kofferraum. Dann winkte er sie durch.

»Anscheinend fahnden sie immer noch nach Alexander«, sagte Sabine.

Sneijder, der hinten saß, ging nicht darauf ein. *Was für hoffnungslose Anfänger*, dachte er. Mehrmals hatte er während der Fahrt versucht, Horowitz oder Cora zu erreichen, doch beide gingen nicht ans Telefon. Also hatte er Sabine angewiesen, direkt zum *Longyearbyen Grill* zu fahren.

Um zwei Uhr nachts erreichten sie schließlich das Hotel. Es war kaum wiederzuerkennen. Drei große Feuerwehrautos mit ausgefahrenen Leitern standen davor, zwei Krankenwagen mit Blaulicht, ein Notarztwagen und jede Menge Polizeiautos, die das Areal abriegelten.

»Sucht Tina und Cora«, sagte Sneijder und stieg aus, »ich sehe nach Horowitz.« Er knallte die Autotür zu und lief zur Brandruine. Einige Schaulustige hatten sich vor dem Hotel versammelt. Sneijder ignorierte sie, hob das Absperrband und schlüpfte unten durch.

Zügig stieg er über einige Feuerwehrschläuche und Kupplungen, die kreuz und quer herumlagen. Auf dem Asphalt hatten sich große Lachen von Löschwasser gebildet. Zudem roch es nach verkohltem Holz. Einige Glutnester gab es noch, doch wie es schien, war der Brand bereits eingedämmt. Soviel er erkennen konnte, waren Hauptgebäude, Wintergarten und Restaurant noch intakt, bloß der einstöckige Nebentrakt mit den neuen Zimmern hatte etwas abbekommen – und genau dort hatte Horowitz übernachtet. Sneijders Herz krampfte sich zusammen. Das gesamte Gebäude bestand nur aus Holz und Glaselementen, da nutzte es auch nicht viel, dass es direkt am Meer lag. Ein Funke genügte, um es in Brand zu setzen.

Je näher er dem offensichtlichen Brandherd kam, desto stärker spürte er die Hitze, die noch davon ausging. Aschenteile flogen durch die Luft, und der Geruch nach Verbranntem wurde immer beißender. Sneijder stand in einem Morast aus Asche, Wasser und verkohltem Holz, als er ein Funkgerät neben sich knacken hörte.

Ein Feuerwehrmann in voller Montur mit Helm und Pressluftflasche auf dem Rücken stürzte auf ihn zu, riss sich die Maske seines Atemschutzgeräts vom Gesicht und brüllte ihn an, als hätte er es mit einem Verrückten zu tun. Nicht zu Unrecht. Man musste schon leicht verrückt sein, sich diesem Gebäude ohne Schutz zu nähern. Völlig wahnsinnig wäre es hingegen, diese Ruine einfach so zu betreten. Aber genau das hatte er vor. Wobei es ihm gerade völlig egal war, ob die Bude über ihm zusammenkrachte oder nicht. Er brauchte Gewissheit.

»Ist ja gut!«, unterbrach er den Feuerwehrmann schroff und zeigte ihm seinen deutschen BKA-Ausweis. Der Mann leuchtete mit der Taschenlampe darauf. Dabei konnte Sneijder nicht nur einen Blick auf einen grauen Vollbart und einen ansehnlichen Wohlstandsbauch werfen, sondern auch eine ganze Menge Abzeichen auf der Jacke des Mannes ausmachen. Anscheinend war er schon eine Weile bei der Truppe und hatte einen entsprechenden Rang inne. Sneijders Ausweis beeindruckte ihn jedenfalls kein bisschen, trotzdem bedeutete Sneijder ihm hartnäckig, dass er zum letzten Zimmer des Nebentrakts wollte.

»*Nei*«, widersprach der Mann, und wollte Sneijder am Arm packen. Reflexartig zog Sneijder die Waffe aus dem Holster, wenn auch mit nach oben gerichtetem Lauf. »Ich – sehe – mir – dieses – Zimmer – an!«, sagte er auf Englisch, jedes einzelne Wort laut und deutlich betonend. »Es ist wichtig! Und Sie können mich nur mit Gewalt davon abhalten. Haben Sie verstanden?«

»Ja, okay.« Der Feuerwehrmann wich mit erhobenen Händen zurück.

»Wie ist Ihr Name?«, fragte Sneijder.

»Ove.«

»Gut, Ove, Sie machen einen halbwegs vernünftigen Eindruck. Es dauert nicht lange. Begleiten Sie mich!« Sneijder steckte die Waffe wieder ins Holster und bedeutete Ove vorauszugehen. Doch der Mann blieb stehen.

»Sie brauchen eine passende Ausrüstung.« Fragend deutete Ove auf sein Funkgerät. Sneijder nickte, und Ove rief einen jüngeren Kollegen herbei, der ihnen einen Helm, eine einfache Atemschutzmaske und eine gelbe Uniformjacke brachte. Sneijder schlüpfte in die Jacke, und Ove zeigte ihm, wie er die Maske anlegen musste. Sogleich beschlug das Glas. Dann setzte Sneijder sich den Helm auf.

»Wir können Ihnen kein Atemschutzgerät geben, die Einweisung würde zu lange dauern«, erklärte Ove und legte seine eigene Maske an. Nun drang seine Stimme nur noch gedämpft an Sneijders Ohren. »Aber Ihre Maske hat einen eingebauten Filter, der ungefähr zwanzig Minuten funktioniert. Danach ist der Filter zu und hilft nicht mehr.«

Sneijder nickte, dann begleitete er die beiden Männer zum Ende des Gebäudetrakts. Da es etwas nieselte, qualmte es noch stärker, sodass Sneijder kaum Luft bekam.

Das letzte Zimmer sah verheerend aus. Die Dachkonstruktion war zwar noch intakt, doch Balustrade und Holzsäulen vor der Terrasse glichen nur noch windschiefen schwarzen Zahnstochern. Die Wände waren schwarz, die Fensterscheiben geborsten, und die Einrichtung war nur noch schemenhaft zu erkennen … ein Bett, eine Couch, Stühle und ein Tisch … alles zu schwarzen Klumpen geschmolzen. Die Asche hatte sich mit dem Löschwasser zu einer dicken Schlacke vermengt.

Näher heran konnte Sneijder nicht gehen. Die Brandruine strahlte eine so starke Hitze aus, dass ihm trotz der nächtlichen Kälte der Schweiß über Stirn und Rücken lief. Außerdem wären seine Schuhsohlen vermutlich geschmolzen, wenn er das Gebäude betreten hätte.

Aber ich muss da rein!

In diesem Moment kam ein dritter, ebenfalls jüngerer Feuerwehrmann herbeigelaufen, der eine starke Taschenlampe und ein Paar Stiefel brachte.

Sneijder nahm jedoch nur die Taschenlampe und richtete den Strahl durch die Öffnung, in der sich kürzlich noch die Terrassentür befunden hatte. Als er in dem Raum neben dem Bett den ausgebrannten Rollstuhl sah, wurden seine Knie weich. Sein Herz zog sich zusammen, und er bekam kaum noch Luft. Mit zittrigen Fingern ließ er den Strahl durch die Rauchschwaden im Raum gleiten. Und dort, neben einer zersplitterten und verkohlten Glasschiebetür, die ins Badezimmer geführt hatte, lehnte eine verbrannte Leiche.

Bitte nicht!

Sneijder riss sich Helm und Maske herunter. Sogleich überwältige ihn der Geruch nach verbrannter Haut und verbrannten Haaren. Ihm wurde so übel, dass er sich fast übergeben hätte. Rasch schluckte er hinunter, setzte sich die Maske wieder auf und atmete die gefilterte Luft ein. Im nächsten Moment wusste er nur noch, dass er im matschigen, seltsam warmen Morast kniete und auf die Leiche starrte. *Horowitz. Godverdomme!*

Am liebsten hätte er den Leichnam sofort in einem verschlossenen Sarg von hier wegbringen lassen. Dabei hatte er in den letzten Jahrzehnten bereits die schrecklichsten Dinge gesehen, und der Anblick von Leichen war für ihn zur traurigen Normalität geworden. *Aber das ist einfach zu viel! Zuerst der Mordversuch an Krzysztof und jetzt das!*

Doch unabhängig von seinen eigenen Gefühlen würden Horowitz' grausam entstellte Überreste noch länger zwischen den Glutnestern auf dem verkohlten Boden liegen bleiben müssen. Sneijder kannte die Prozedur einer brandpolizeilichen Untersuchung.

»Eine Minute«, bat Sneijder die Feuerwehrleute. Obwohl er wusste, dass sein Hals sofort wieder zu kratzen und seine Augen zu tränen beginnen würden, nahm er die Maske erneut ab. Dann schaltete er die Taschenlampe aus. Die Umrisse von Horowitz verschmolzen wieder mit der Umgebung des Zimmers. Gleichzeitig kündigten sich starke stechende Kopfschmerzen in Sneijders Schläfenbereich an, und er wusste, was als Nächstes passieren würde. Horowitz' Kopf drehte sich wie in Zeitlupe zu ihm und die dunklen Augenhöhlen starrten ihn an.

Hallo, Maarten, auch schon da?

Warum bist du nicht mit deinem Rollstuhl entkommen?

Hätte ich vermutlich getan, immerhin wäre es das Vernünftigste gewesen, nicht wahr?

Hat er nicht funktioniert?

Vermutlich, was täte ich sonst so viele Meter von ihm entfernt?

Du wolltest dich ins Bad retten?

Du siehst ja selbst, ich habe die Tür nicht mehr aufbekommen.

Eine Schiebetür? Hat sie geklemmt?

Sieht so aus.

Zuerst Krzysztof und dann du!

Vermutest du einen Zusammenhang?

Gibt es einen?

Schau genauer hin!

Sneijder schaltete die Taschenlampe erneut ein und ließ den Strahl über die Leiche wandern. Horowitz' Arm lag seitlich ausgestreckt auf dem Boden. Drei Finger waren abgespreizt.

Willst du mir damit etwas sagen?

In drei knappen und präzisen Sätzen … wie in alten Zeiten.

Dass dein Rollstuhl nicht funktioniert hat?

Du bist auf der richtigen Spur. Mach weiter …

Dass du die Tür zum Bad nicht mehr aufbekommen hast?

Es wird wärmer, weiter …

Dass das alles kein Zufall war?

Gibt es Zufälle, Maarten?

Nicht in unserem Job. Der Brand ist gelegt worden, richtig?

Richtig! Geh zum Ursprung! Aber sei vorsichtig … leb wohl, alter Freund.

Das Knacken eines Funkgeräts riss ihn aus seinen Gedanken. Horowitz' Kopf lag wieder so an der Wand wie zuvor. Sneijder richtete sich auf, massierte seine Schläfen und gab dem Feuerwehrmann die Taschenlampe zurück. Anschließend setzte er sich Maske und Helm wieder auf und atmete tief ein. »Wo ist der Brand ausgebrochen?«

»Vermutlich direkt nebenan«, kam Oves dumpfe Antwort. »Im Lagerschuppen des Hotelgärtners.«

Sneijder betrachtete das Gebäude. Es war komplett ausgebrannt und schwarz, sogar das Flachdach war eingebrochen. »Was befand sich darin?«

»Laut Hotelmanager ein Traktor«, sagte Ove, »alte Autoreifen, der Rasenmäher für die Gartenanlage des Hotels, Dieselkanister für das Notstromaggregat …«

»Diesel brennt aber nicht.«

»… Richtig … und Putzmittel, Dünger, Werkzeug … eben alles, was man für einen Hotelbetrieb so braucht … und Strohballen.«

»Strohballen?«

»Die Besitzerin des Hotels hat ein Pferd. Die Strohballen werden hier zwischengelagert und haben sich vermutlich entzündet. Ist vor ein paar Jahren schon mal genauso im Nachbarort passiert.«

»Die Lagerhalle grenzt direkt ans Hotel«, stellte Sneijder fest.

»An das letzte Zimmer und den Gang.«

»Ich nehme an, ohne Brandschutzmauer.«

Sneijder sah, wie Ove unter der Maske das Gesicht verzog. »Ja.«

Nun streifte Sneijder seine Schuhe doch noch ab, steckte sie in die großen Seitentaschen der Feuerwehrjacke und schlüpfte in die Stiefel. Die waren zwar eine Nummer zu klein, hatten aber Stahlkappen und eine dicke Sohle. »Sehen wir uns den Schuppen an.«

Nach einer kurzen heftigen Diskussion verließen die beiden jüngeren Kollegen sie, nur Ove folgte Sneijder. »Kannten Sie den Gast aus dem Zimmer?«

Sneijder gab keine Antwort. »Der Brand war kein Unfall und auch kein Zufall … er wurde gelegt. Ich möchte den Herd finden. Haben Sie sich schon einen ersten Eindruck verschafft?«

»Hier waren wir als Erstes drin.« Ove betrat mit Sneijder die Halle. Dadurch, dass das Dach bereits eingestürzt war, gab es nichts mehr, was auf sie hätte herunterfallen können.

»Wo lagerten die Strohballen?«, fragte Sneijder.

Ove führte ihn über Geröll und durch den feuchten Matsch zu der Wand, die direkt an Horowitz' Hotelzimmer grenzte. Nun nahm er die Axt vom Gürtel und stocherte mit der Klinge in einem großen Berg voller Asche. »Vermutlich ist der Brand an dieser Stelle ausgebrochen.«

Trotz der Wassermengen glühte die Asche noch schwach und

stob teilweise herum wie Glühwürmchen. Neben dem Berg lag eine verkohlte Autoradkappe auf dem Boden.

»Standen die Fenster in diesem Raum offen?«, fragte Sneijder.

»Weiß ich nicht. Sind völlig ausgebrannt.«

»Überprüfen Sie die Stellung der Griffe, dann werden Sie sehen, dass sie offen waren.« Sneijder deutete zur Radkappe, die mit der Wölbung nach oben wie eine Schale dalag. »Ich wette, jemand hat die Radkappe mit Benzin gefüllt und eine brennende Kerze hineingestellt.«

»Ich weiß, worauf Sie hinauswollen. Die Kerze brennt runter und entzündet den erhitzten Benzindampf. Strohballen und Holzbretter fangen sofort Feuer. Aber warum so kompliziert?«

»Damit der Brandstifter zehn bis fünfzehn Minuten Zeit für sein Alibi hat.« *Oder um in ein Zimmer einzubrechen und einen Rollstuhl zu manipulieren*, fügte Sneijder in Gedanken hinzu.

»Nette Theorie, aber ich bezweifle, dass es Brandstiftung war. Wie gesagt, das ist schon mal vor ein paar Jahren …«

Kommentarlos schob Sneijder die Radkappe mit dem Stiefel zur Seite. Darunter hatte sich der Beton durch die Hitze verfärbt. Die Stelle war so weiß wie Schnee.

»Leck mich!«, entfuhr es Ove. Dann sah er Sneijder eindringlich an. »Versicherungsbetrug im Hotel?«

Sneijder schüttelte den Kopf.

»Wer sollte so etwas sonst tun?« Ove hob die Arme und schielte zu Sneijder. »Ich weiß, was Sie jetzt denken. Ich habe gehört, dass Feuerwehrleute in anderen Ländern manchmal selbst einen Brand legen, damit es endlich mal einen Einsatz und eine Rechtfertigung für die Feuerwehr gibt. Aber gehen sie nicht von deutschen Verhältnissen aus. Wir Norweger sind nicht so.«

Das alles als Grund für einen Feuerwehreinsatz? Mumpitz! Jemand wollte Horowitz loswerden. Aber wer?

60. Kapitel

Endlich drangen Sabine und Marc in dem ganzen Menschengetümmel zu ihrer Kollegin vor. Cora Petersen stand in ihrem Pyjama und einer dicken Jacke unter einem Scheinwerfer, den die Feuerwehrleute aufgestellt hatten. Sie hatte Rußspuren im Gesicht, Asche in den Haaren und telefonierte. Als sie Sabine und Marc kommen sah, beendete sie das Gespräch.

»Mit wem haben Sie telefoniert?«, fragte Sabine.

»Mit meiner Tochter.«

Um diese Uhrzeit?

»Sie haben eine Tochter?«, fragte Marc sofort.

»Stand wohl nicht in meiner Akte«, entgegnete sie spitz. »Entschuldigung«, fügte sie rasch hinzu. »Eigentlich habe ich mit der Betreuerin meiner Tochter gesprochen. Sie ist seit vielen Jahren krank … Ich weiß, es ist irrational, aber ich habe mir Sorgen um sie gemacht. Zum Glück ist daheim alles in Ordnung.«

»Tut mir leid, das geht uns wirklich nichts an.« Sabine blickte zur Brandruine. »Was ist hier passiert?«, wechselte sie rasch das Thema, woraufhin Cora erzählte, dass im Hotel mitten in der Nacht ein Brand ausgebrochen sei. Sie war durch das heftige Blinken des Rauchmelders in ihrem Zimmer wach geworden und sofort in Richtung von Horowitz' Zimmer gelaufen. Aber dort stand bereits der gesamte Korridor in Flammen.

»Was ist mit Horowitz?«, rief Sabine.

Cora presste die Lippen zusammen, dann schüttelte sie den Kopf.

»Was?« Sabines Augen weiteten sich, ihr Brustkorb zog sich zusammen. »Ist er …?«

»Ja, er ist tot, es tut mir leid. Nur die zwei anderen Gäste aus dem Anbau konnten gerettet werden.«

Sabine wandte sich ab. *Zuerst Krzysztof und jetzt auch noch Horowitz.*

Schlagartig fühlte sie sich innerlich leer. Wäre Horowitz doch von Anfang an in Wiesbaden an der Akademie geblieben … oder zumindest heimgeflogen, als van Nistelrooy es angeordnet hatte. Statt der Trauer, die sie eigentlich verspüren wollte, erfasste sie innere Wut, und zwar auf sich selbst … und auf Tina, die immer noch nicht zu erreichen war. *Hätten wir das nicht irgendwie verhindern können?* Sie mussten endlich diesen beschissenen Fall lösen, oder eben unverrichteter Dinge wieder heimfliegen, bevor noch mehr passierte.

Die Trauer würde sicher noch kommen. Womöglich war es im Moment sogar ganz gut, wenn sie versuchte, den Job so normal wie möglich weiterzumachen, und ihre Gefühle auf einen späteren Zeitpunkt verschob. *Trauere dann, wenn du spürst, dass die richtige Zeit dafür gekommen ist*, hatte ihr Vater einst gesagt, als ihre Mutter vor fast genau sechs Jahren ermordet worden war.

Sie rief wieder Tina an, doch die nahm immer noch nicht ab. Langsam schlug ihre Wut in Sorge um. Während Marc und Cora mit einem Polizisten sprachen, sah sie sich um und entdeckte Sneijder, der gar nicht weit entfernt neben einem Feuerwehrwagen stand. Sie ging zu ihm.

Sneijder kehrte ihr den Rücken zu und reichte gerade einem Feuerwehrmann Stiefel und eine gelbe Uniformjacke. Währenddessen telefonierte er mit dem zwischen Wange und Schulter eingeklemmten Handy. Als sie näher kam, hörte sie, dass er mit dem Krankenhaus sprach. Anscheinend gab es keine guten Nachrichten, denn als er sich zu ihr drehte, sah sie seinen verzweifelten Gesichtsausdruck. Schließlich beendete er das Gespräch und sah sie an. »Haben Sie das von Horowitz gehört?«

Sabine nickte. »Sneijder, es tut mir leid …«

Er verzog das Gesicht, dann steckte er das Handy weg. »Das war das Krankenhaus. Um Krzysztof steht es schlecht. Er ist immer noch im künstlichen Tiefschlaf.« Er richtete den Blick zum Himmel, als müsste er gegen Tränen ankämpfen. Dann biss er die Zähne zusammen, seine Kiefermuskeln mahlten. »Gib mir die Gelassenheit, die Dinge hinzunehmen, die ich nicht ändern kann, und den Mut, die Dinge zu ändern, die ich ändern kann«, presste er hervor.

»Und die Weisheit, das eine vom anderen zu unterscheiden«, ergänzte Sabine. Offenbar hatte er die miesesten Schuldgefühle, die man sich nur vorstellen konnte, weil sie nicht alle wie angeordnet heimgeflogen waren. In so einem Zustand hatte sie ihn noch nie gesehen, und sie nahm an, dass es jetzt nur zwei Möglichkeiten gab: Entweder er brach zusammen … oder er geriet völlig außer Kontrolle. Wie sie Sneijder kannte, tippte sie auf Letzteres.

Nun kam auch Marc zu ihnen herüber, stellte sich neben Sabine und legte ihr den Arm um die Schultern.

»Jemand hat eindeutig den Brand gelegt, um Horowitz zu töten«, erklärte Sneijder ihnen. »Es sollte wie ein Unfall aussehen.«

Sabine nickte. Keine Ahnung, woher er so schnell Beweise dafür gefunden hatte, aber das passte gut ins bisherige Bild. »Haakon?«, vermutete sie. »Immerhin hat Horowitz das Messer in seinem Büro entdeckt und ist dahintergekommen, dass er der Prostituiertenmörder sein könnte.«

Sneijder atmete tief durch. »Falls ja, ist das ganze Team in Gefahr.«

»Oder er hat etwas ganz Spezielles herausgefunden, das er uns nicht mehr sagen konnte«, überlegte Marc.

Automatisch dachte Sabine an Tina, die sich gerade irgendwo in Tønsberg aufhielt. Sie wandte sich an Sneijder. »Sie haben doch eine App, mit der Sie unsere Handys orten können.«

»Ja, auf meinem Laptop im Zimmer«, sagte er. »Warum?«

»Ich kann Tina nicht erreichen.«

Sneijder dachte nach. »Wo ist Cora?«

»Die übersiedelt gerade in ein anderes Zimmer, weil ihres völlig verraucht ist«, erklärte Marc.

»Weiß *sie*, wo Tina ist?«

Marc zuckte mit den Achseln. »Nein.«

»*Godverdomme!*« Sneijder knirschte mit den Zähnen. »Wenn Haakon der Prostituiertenmörder ist, dann hat er mit derselben Waffe auch Katharina von Thun ermordet. Sofern die Anschläge auf Krzysztof und Horowitz mit unseren entsprechenden Ermittlungen zu tun haben – und davon bin ich im Moment überzeugt –, gehen die möglicherweise auch auf Haakons Konto. Die beiden waren ihm auf der Spur, und er empfand sie als Bedrohung.«

»Das würde bedeuten, dass Alexander unschuldig ist und die Polizei den Falschen sucht«, sagte Sabine.

»Genau.« Sneijder nickte. »Und jetzt wissen wir auch endlich, warum Haakon uns nach der Schlägerei zu sich eingeladen hat. Er wusste, dass wir Katharina von Thuns Mord aufklären wollten und seine Treffen mit ihr aufzufliegen drohten. Er wollte diejenigen, die ihm gefährlich werden könnten, näher bei sich haben, um notfalls rechtzeitig einschreiten zu können …«

»… was er schließlich auch getan hat«, ergänzte Sabine. »Und was machen wir jetzt?«

Sneijder sah hinauf zu den Bergen. »Wir suchen Tina, dann fahren wir zurück zu Haakons Villa.«

61. Kapitel

Sie machten einen Abstecher zum Trailer-Park, aber Tinas Wohnwagen war leer und der zweite Mietwagen weit und breit nicht zu sehen.

Tina, wo bist du, verflixt noch mal?

Unverrichteter Dinge fuhren sie weiter, und als sie Haakons Villa erreichten, sahen sie schon von Weitem, dass die Polizei mit Spürhunden und freiwilligen Helfern immer noch den Wald mit Taschenlampen durchkämmte. *Wenn sie die Waffe, mit der auf Krzysztof eingestochen worden ist, bis jetzt nicht gefunden haben, dann werden sie die auch nicht mehr finden*, dachte Sabine und parkte den Wagen im Innenhof.

Sie stiegen aus. Das Wetter war schon verrückt. Obwohl der Sturm vorbeigezogen war und der Nieselregen aufgehört hatte, war es eiskalt. Auf der Treppe zum Haupteingang sah sie die Silhouette des Dänen, der dort eine Zigarette rauchte. *Muss wohl aufs Haus aufpassen.*

Sabine nickte dem Dänen kurz zu, dann betraten sie den Seitenflügel, in dem sich ihre Zimmer befanden. Auf dem Weg in den ersten Stock versuchte Sabine noch einmal vergebens, Tina zu erreichen. Während Marc abbog und in ihr gemeinsames Zimmer verschwand, folgte sie Sneijder. Die App auf seinem Laptop aufzurufen war eine gute Gelegenheit, ein paar Worte mit ihm unter vier Augen zu sprechen.

Gleich nachdem er sein Zimmer aufgesperrt hatte, startete er den Computer. Sabine schloss die Tür hinter sich.

»Ihr Zimmer ist viel größer als unseres«, stellte sie erstaunt fest.

»Sie können es gern haben«, sagte er. »Ich werde den Rest der Nacht sowieso kein Auge zutun.«

Es war drei Uhr früh, und bald würde es schon wieder hell werden. Während Sneijder auf dem Computer herumklickte, setzte sie sich auf die Tischkante und ließ ein Bein herunterbaumeln. »Können wir reden?«

»Wenn Sie es kurz machen.«

»Horowitz ist tot, und im schlimmsten Fall Krzysztof vielleicht auch bald …« Sie presste die Lippen für einen Moment zusammen. »Ich möchte nur sichergehen, dass Sie nichts Unüberlegtes tun.«

Er richtete sich zur vollen Größe auf. »Wirke ich auf Sie irgendwie zerstreut, unausgeglichen, labil, nervös oder unzurechnungsfähig?«

»Nein«, gab sie zu, »aber das ist es ja gerade. Sie wirken eher …«

»Wie ein Pulverfass, an dem eine kurze Lunte brennt?«

»Ja, und ich kann nicht einschätzen, was gerade in Ihrem Kopf vorgeht.«

»Das kann ich Ihnen sagen. Noch … *noch* ist alles im Bereich des halbwegs Erträglichen. Aber die Lunte ist in der Tat *so* kurz.« Er presste Daumen und Zeigefinger zusammen, dann starrte er auf den Bildschirm, auf dem eine Karte von Tønsberg zu sehen war. »Da ist sie.« Er deutete auf eine Stelle nicht weit von den Bootsanlegern.

Sabine kam näher. »Sieht aus wie ein Platz.« *Tønsberg Domkirke* stand da zu lesen. »Tina ist in einer Kirche?«

»Zumindest ihr Handy.«

Die Tür wurde aufgerissen, und Sabine fuhr hoch. Doch es war nur Marc, der ins Zimmer stürzte. Ihr Puls beruhigte sich wieder. *Mein Gott! Reiß dich zusammen.* Sneijder hingegen war vollkommen ruhig geblieben, und sah Marc nur fragend an.

»Ich wollte nur eine gute Nacht wünschen«, sagte er eine Spur zu laut. »Und weckt mich morgen früh bloß nicht vor zehn auf, ist das klar?« Dabei wedelte er mit einem Gegenstand herum.

Im ersten Moment dachte Sabine, dass er das Funkgerät von Knut Bjørnsons Fischkutter in der Hand hielt, doch dann sah sie, dass es der Detektor war, mit dem man die Magnetfelder von Mikrofonen erkennen konnte. Während er weiter belangloses Zeug von sich gab, ging er zielstrebig zur Deckenlampe, die in der Mitte des Zimmers hing und hielt das Gerät hin. Es schlug aus. *Wanze*, formte er tonlos zwischen zwei Sätzen mit den Lippen.

Dann signalisierte er ihnen mit Gesten, dass er auch in Sabines und seinem Zimmer eine gefunden hatte.

»Gute Nacht, und träum was Schönes von mir.« Sneijder rief ein Musikfile auf seinem Laptop auf und rückte das Gerät in die Mitte des Tisches, sodass es unmittelbar unter der Lampe stand. Der Song klang wie von einer niederländischen Popband. Marc deutete mit erhobenen Daumen ein *Okay* an. Dann gingen sie ins Badezimmer, wo Sneijder den Hahn für die Dusche aufdrehte. Niemand sagte ein Wort. Indessen scannte Marc auch das Bad, doch das war anscheinend sauber.

Während Sneijder stehen blieb, hockten sich Sabine und Marc an den Rand der Badewanne. »Dein Zimmer ist viel größer als unseres«, staunte Marc.

Sneijder verdrehte die Augen, und Sabine stieß Marc den Ellenbogen in die Seite. »Wie hast du die Wanze entdeckt?«

»Weil ich dachte, dass wir morgen früh gleich heimfliegen werden, wollte ich schon mal meinen Rucksack packen. Ich habe mit meinem Equipment begonnen und den Detektor nur kurz eingeschaltet, um den Batteriestand zu checken, da hat er gleich ausgeschlagen.«

Sneijder fuhr sich nachdenklich übers Kinn. »Wir haben unser Büro gescannt, aber nicht unsere Zimmer … Der Mistkerl hört uns also ab.«

»Aber das beweist doch nur, dass unsere Theorie stimmt und Haakon etwas mit der Sache, an der wir dran sind, zu tun hat«, sagte Sabine.

»Wir müssen endlich mehr über seine Geschäfte herausfinden – aber ich fürchte, der Däne hätte da etwas dagegen.« Sneijder ballte die Faust. »Wenn wir Alexander hätten, könnten wir *ihn* in die Mangel nehmen.«

»Wisst ihr schon, wo Tina ist?«, fragte Marc.

»Ja, in der Kirche.« In diesem Moment läutete Sabines Handy. »Es *ist* Tina!« Sie ging sofort ran. »Wo zum Teufel hast du die ganze Zeit gesteckt?«, flüsterte sie. »Und warum erreiche ich dich nicht übers Handy? Ich habe dich zigmal angerufen.«

»Habe ich gesehen«, antwortete Tina.

Sabine schaltete den Lautsprecher ein und drehte den Ton leiser. »Und warum meldest du dich nicht?«

»Ich musste es auf lautlos schalten. Entschuldige Mama, ich wusste nicht, dass ich mich bei dir abmelden muss«, sagte sie schnippisch. *»Warum hallt es so bei dir? Und was ist das für ein Rauschen?«*

»Ich habe mir Sorgen um dich gemacht«, sagte Sabine stattdessen.

»Jetzt plötzlich? Nur weil Krzysztof …?«

»Horowitz ist tot«, unterbrach Sabine sie.

Eine Zeit lang war es still am anderen Ende. *»Das ist nicht witzig … Du verarscht mich doch?«* Wieder Stille. Anscheinend lauschte Tina, aber Sabine sagte nichts. *»Nein, tust du offenbar nicht. O Mann, nein! Wie ist das passiert?«*

Sabine erzählte es ihr in wenigen Worten, dann grätschte Sneijder dazwischen. »Warum mussten Sie Ihr Handy auf lautlos schalten?«

»Deswegen rufe ich an«, sagte Tina hastig. »In Tønsberg sind der Bahnhof, alle Straßen und die Bootsanlegestellen gesperrt.

Die Polizei fahndet nach Alexander Jørgensen. Außerdem haben sie seinen Wagen bei der Villa mit einer Parkkralle gesperrt. Der kann also nicht aus dem Ort raus.«

»Und?«, fragte Sneijder.

»Daher dachte ich, der ist sicher auf Hilfe angewiesen. Irgendjemand wird ihn garantiert irgendwo mit einem Wagen auflesen und wegschaffen.«

»Martinelli, machen Sie es kurz!«, unterbrach Sneijder sie.

»Schließlich habe ich Astrids blauen Sportwagen im Ort gesehen. Ich bin ihr gefolgt. Sie ist zur Domkirche gefahren, und ratet mal, mit wem sie sich dort mitten in der Nacht getroffen hat!«

»Mit Alexander. Ist er noch dort?«

»Ja.«

»Lassen Sie ihn nicht aus den Augen. Wir kommen.«

62. Kapitel

Der Platz vor der Domkirche war von Bäumen gesäumt. Die Kirche selbst, ein stattliches Gebäude aus roten Ziegelsteinen, wurde von zwei kräftigen Scheinwerfern angestrahlt. Sabine parkte in der Nähe des Eingangs. Von Astrids blauem Sportwagen war keine Spur mehr zu sehen, dafür sahen sie ihren eigenen zweiten Mietwagen, mit dem Tina hergefahren war. Während Sabine die Treppe zum Eingang hinauflief, erhielt sie eine SMS von Tina.

Beeilt euch!

Ja klar, aber sie brauchte ohnehin nicht mehr antworten, denn Sneijder hatte bereits die Tür aufgerissen. Marc und sie folgten ihm. Die Kirche war groß, ihr Inneres wurde nur durch ein paar fast niedergebrannte Opferkerzen erhellt. Der hintere Teil mit dem Altar lag im Dunkeln. Es roch intensiv nach Wachs, außerdem war es hier drinnen noch kälter als draußen.

Sneijder stapfte im Mittelgang nach vorn, als seitlich von ihm ein Poltern und Stöhnen zu hören war. Obwohl die *Domkirke* eine evangelisch-lutherische Kirche war, fand sich hier ein Beichtstuhl. Und aus dem drangen die Geräusche.

»Da seid ihr ja endlich«, flüsterte Tina. Sie trat aus einer dunklen Nische hervor. »Astrid ist schon lange wieder weg. Ich habe keine Ahnung, worüber die beiden gesprochen haben. Es hörte sich aber so an, als wollte sie Alexander informieren, dass die Polizei ihn sucht und sie versuchen wird, ihn irgendwie nach Oslo zu bringen.«

»Du hast ihn im Beichtstuhl eingesperrt?«, fragte Sabine fassungslos.

»Was sollte ich denn sonst machen?«, zischte Tina. »Er wollte abhauen.«

»Gute Arbeit.« Sneijder zog die alte knarrende Holztür auf. Im schwachen Lichtschein, der in die enge Kammer fiel, sah Sabine, dass dort tatsächlich Alexander Jørgensen auf der Bank hockte. Tina hatte ganze Arbeit geleistet: Alexander hatte ein Veilchen unter dem Auge, und seine Hände waren mit Handschellen auf den Rücken und an den metallenen Handlauf gefesselt. Zudem steckte ein Wollhandschuh in seinem Mund.

»Weiß Amnesty International eigentlich, was wir hier machen?«, fragte Marc.

»Er hat auf Krzysztof eingestochen!«, rief Tina nun aufgebracht.

»Nein, vermutlich nicht«, zischte Sabine.

»Wir werden es gleich wissen.« Sneijder zog ihm den Handschuh aus dem Mund.

Alexander hustete, dann keuchte er: »Ich hole mir die besten Anwaltskollegen, die es gibt, und dann werde ich Sie und Ihre Leute sowas von verklagen!«

»Halten Sie den Mund, sonst stopfe ich Ihnen den Handschuh wieder rein und meine gleich dazu!« Sneijder wandte sich an Tina. »Hat die Kirche einen Keller?«

»Ja, eine Krypta, aber die ist durch massive Metallgitter verschlossen.«

»Dann bleiben wir hier.« Sneijder wandte sich zu ihnen um. »Niemand informiert Cora Petersen, ist das klar? Die kann ich hier nicht brauchen. Ich werde nämlich nicht zimperlich mit diesem Kerl umgehen. Wenn jemand ein Problem damit hat, sollte er jetzt besser gehen.«

»Sneijder!«, entfuhr es Sabine.

»Was?« Er riss die Augen auf. »Haben Sie ein Problem damit?«

»Kommt drauf an, *was* Sie tun.«

»Die Wahrheit herausfinden.«

»O Gott!«, presste sie hervor.

»Marc, geh zum Eingang und sag Bescheid, falls jemand kommt.« Sneijder sah zu Tina. »Gibt es einen Hinterausgang?«

»Ja, bei der Sakristei.«

»Gut, den bewachen Sie – ich will hier so lange wie möglich ungestört bleiben.«

Marc und Tina verschwanden, indessen rappelte sich Alexander auf. »Sie können mir nicht drohen! Und wenn Sie vorhaben, mich zu schlagen, wird Sie das auch nicht weiterbringen.«

»Wer will Sie denn schlagen?«, fragte Sneijder. Ein falsches Lächeln umspielte seine Gesichtszüge.

»Was haben Sie dann vor?«, fragte Alexander.

Sneijder holte sich einen klapprigen Holzstuhl vom Seitenaltar, vor dem noch einige Kerzenstummel brannten. Die größte Kerze nahm er auch mit und stellte sie zwischen Alexander und sich auf den Boden. Die Flamme tauchte den Beichtstuhl in ein dunkles Rot. Dann setzte Sneijder sich vor Alexander hin. »Cora Petersen hat Ihre Umrisse im Carport gesehen, als auf unseren Kollegen eingestochen worden ist.«

»Davon habe ich gehört.«

»Ich weiß«, sagte Sneijder ruhig. »Astrid war hier, und jetzt ist sie draußen im Kofferraum unserer Limousine. Horowitz passt auf sie auf.«

»Sie Dreckschwein!« Alexander riss an seinen Fesseln. »Sie ist schwanger!«

»Da hört man ja richtig den stolzen Vater heraus«, provozierte Sneijder ihn.

Im Kerzenschein sah Sabine, wie Alexanders Gesicht rot anlief. »Lassen Sie sie gehen«, fuhr er ihn an. »Sie hat mit der ganzen Sache nichts zu tun.«

Sabine ließ sich nichts anmerken, beobachtet stattdessen jede von Alexanders Reaktionen ganz genau. Er hatte bei Sneijders Bluff keine Sekunde lang gezögert oder gestutzt. Mit ziemlicher Sicherheit wusste er gar nicht, dass Horowitz in Wahrheit bereits tot war.

»Aber ich denke, Cora hat sich geirrt«, sagte Sneijder immer noch völlig ruhig. »Tatsächlich hat sie vermutlich gar nicht Sie, sondern Ihren Bruder gesehen. Kann das sein?«

»Ich weiß es nicht«, spie Alexander aus. »Lassen Sie Astrid gehen!«

Sneijder atmete tief durch. »Wir haben sie gar nicht«, gab er schließlich zu. »Tatsächlich wurde Horowitz vor wenigen Stunden ermordet.«

Alexanders anfängliche Erleichterung schlug in Entsetzen um. »Ermordet? Hier in Tønsberg?«

»In seinem Hotel.«

»Ich habe nichts damit zu tun.«

»Aber womöglich Ihr Bruder.« In diesem Moment surrte Sneijders Handy, doch er ignorierte die Nachricht. »Und darum möchte ich alles über Ihren Bruder und seine Geschäfte wissen. Und zwar von Ihnen!«

»Wir hatten die letzten sieben Jahre nur sehr wenig Kontakt zueinander, ich weiß rein gar nichts darüber.«

»Ach?«, sagte Sneijder.

»Ja, *ach*!«, äffte Alexander ihn nach. »Womit wollen Sie mir drohen? Damit etwa?« Er riss an den Handschellen.

»Bisher ist das noch nicht geschehen, aber ich könnte alles, was ich über Sie weiß, Ihrem Bruder verraten«, antwortete Sneijder, wobei er die Drohung wohl mit Absicht vage formulierte – denn natürlich wusste Haakon schon mehr über Alexander, als gut für diesen war. »Aber natürlich hätte es keinen Sinn, Ihnen damit zu drohen. Sie sind ein harter Bursche, und es würde Ihnen nichts ausmachen, wenn Haakons Männer Sie zusammenschlagen. Aber wie würden Sie sich fühlen, wenn Haakon alles über seine Ehefrau erfahren würde?«

»Was denn? Sie wissen doch gar nichts!«

»Dass *Sie* der Vater ihres Kindes sind, und Sie deshalb versucht haben, Ihren eigenen Bruder zu erschießen«, sagte Sneijder trocken.

Das alles war bisher nur eine Vermutung gewesen, doch Alexanders Gesicht wurde einen Augenblick lang aschfahl. Dann allerdings war er sofort wieder ganz der Anwalt, den man nicht so leicht unter Druck setzen konnte. »Und welche Beweise haben Sie dafür?«

»Ihre Reaktion ist mir Beweis genug. Und wenn Haakon seine Frau in die Mangel nimmt, wird sie schneller alles ausspucken, als *Sie* piep sagen können.«

»Sie würden es nicht wagen, meinem Bruder diese Lügen aufzutischen!«

»O doch! Denn *ich* … habe nichts zu verlieren. Und dann überlasse ich es Ihrem Bruder, mit seinen Methoden herauszufinden, wie wahr diese angeblichen Lügen tatsächlich sind und wie weit Astrid in Ihre Pläne eingeweiht war.«

Alexander schluckte. »Wo ist sie jetzt?«

»Auf dem besten Weg in den Knast …«

»… falls Haakon sie nicht vorher beseitigt«, ergänzte Sabine.

Alexander sah sie entsetzt an. »Sie wissen, dass mein Bruder tatsächlich dazu fähig wäre. Das können Sie nicht tun!«

Nun packte Sneijder Alexander am Kragen und zog ihn auf Tuchfühlung heran. »Jetzt sage ich Ihnen etwas, Sie widerlicher hochnäsiger Rechtsverdreher. So einen beschissenen Tag wie heute hatte ich wirklich schon lange nicht mehr. Horowitz wurde ermordet, und Krzysztof kämpft immer noch ums Überleben. Es gibt nichts, was ich nicht tun würde, um Ihren Bruder dranzukriegen.«

In diesem Moment surrte Sneijders Handy zum zweiten Mal. Sabine atmete tief durch, und als sie sah, dass Sneijder sich entspannte, sackten auch ihre Schultern hinunter.

Sneijder ließ Alexander los, griff zum Telefon und rief die beiden Nachrichten ab. Sabine erkannte ein Foto – besser gesagt eine Computergrafik, die wie eine Bleistiftskizze aussah. Die Nachricht kam von Gulbrandsen. Die norwegische Polizei hatte anscheinend endlich das Phantombild aufgrund der Zeugenaussagen aus der Botschaft fertiggestellt. Sabine rückte näher, um das Bild besser zu sehen.

O Gott! Ihr Körper versteifte sich. Sie hätte ja mit vielem gerechnet, aber nicht damit. Anscheinend war Gulbrandsen genauso überrascht gewesen wie sie, denn er hatte der Nachricht nur einen Satz hinzugefügt. *Geben Sie verdammt auf sich acht.*

Sneijder steckte das Handy wieder ein. »Sie wollen Ihren Bruder loswerden – wir auch. Also reden Sie jetzt endlich!«

»Ich weiß nichts.«

»Verdikkeme!« Sneijder riss sein Handy wieder aus der Tasche. Im nächsten Moment hielt er Alexander das Phantombild unter die Nase. »Da, schauen Sie sich das gut an! Diese Zeichnung wurde aufgrund der Zeugenaussagen aus der deutschen Botschaft gemacht. Na? Hilft das Ihrem Gedächtnis ein wenig auf die Sprünge?«

Alexander starrte lange auf das Bild. »Scheiße …«, zischte er schließlich. Und dann begann er zu reden …

Knapp zwei Wochen zuvor

Montag, 14. Mai

Es war früher Morgen, der Nebel lag noch über Tønsberg, und kaum jemand war auf den Straßen. Alexander stieg die Treppe zur Domkirche hinauf und betrat das Gebäude. Es war immer offen, das hatte sich seit seiner Kindheit nicht geändert. Drinnen war es kalt, er hauchte sich in die Hände und ging nach vorn zum Altar. Niemand war in der Kirche … bis auf Astrid. Sie saß in der ersten Reihe, wo sie auf ihn wartete.

Er hatte vorgegeben, noch vor dem Frühstück joggen gehen zu wollen, und Astrid war mit dem Auto wie geplant eine halbe Stunde nach ihm von zu Hause losgefahren, da sie ihre Eltern in Grimstad besuchen wollte. Die Kirche war schon in ihrer Jugend ihr heimlicher Treffpunkt gewesen.

Alexander setzte sich zu Astrid auf die Bank. Sie hielt die Hände verschränkt, sah nicht ihn an, sondern starrte auf die Jesusstatue vor ihr. Im Moment sah sie aus wie eine zarte Blume, die beschützt werden musste. Aber das war sie nicht. »Wie war es gestern Nacht?«, fragte sie.

»Lars Frey und drei seiner Leute sind tot.«

Astrid presste die Lippen aufeinander. *Nur meinetwegen,* schien ihr starrer Blick zu sagen. »Und jetzt?«

»Ich bezweifle, dass Haakon mir noch länger die Geschichte abnehmen wird, dass du eine Affäre mit Lars gehabt hast.«

Sie atmete tief durch. »Wir müssen Haakon irgendwie loswerden.« Hoffnungslosigkeit klang in ihrer Stimme.

»Ich weiß, aber das ist jetzt noch schwieriger geworden. Er hat seine Sicherheitsvorkehrungen erhöht. Außerdem weicht ihm der Däne nicht mehr von der Seite. Es ist unmöglich geworden …«

»Und wenn wir es dennoch versuchen? Mit Gift oder einem Autounfall?«

»Verzweiflungstaten gehen meistens schief, und wenn unser nächster Versuch scheitert oder man uns dabei erwischt, sind wir beide tot.«

Sie legte seine Hand auf ihren Bauch. »Wir drei.«

Er nickte. »Ich bin die ganze Nacht wach gelegen«, sagte er und nahm ihre Hand. »Wir müssen ihm einen Mord in die Schuhe schieben.«

Jetzt sah sie ihn zum ersten Mal an. »Den an Lars Frey?«

Er schüttelte den Kopf. »Dafür gibt es keine Beweise mehr.«

»Dann den an Björn.«

»Keine gute Idee; daran war ich genauso beteiligt wie Haakon.«

Ihre Schultern sanken kraftlos nach unten. »Was dann? Selbst wenn wir Beweise für einen anderen Mord finden, Haakon schmiert seit Jahren die lokalen Polizeibehörden, Richter und Staatsanwälte. Er wird sich wie immer herauswinden und dann womöglich noch erfahren, dass wir hinter der Aktion stecken.«

»Ich weiß. Und je länger wir damit warten, etwas zu unternehmen, desto eher wird er auch das mit uns beiden herausfinden.« Er drückte ihre Hand. »Und deshalb müssen wir einen Mord einfädeln, der Haakon definitiv und endgültig zur Strecke bringt, und sein gesamtes Unternehmen mit ihm ins Verderben reißt.«

Sie starrte zur Statue empor. »Als ich Haakon geheiratet habe, wusste ich, worauf ich mich einlasse – seine kriminellen Geschäfte, all die Erpressungen und Gewalttaten. Aber noch ein Mord? O Gott!« Ihre Hände zitterten. »Wie willst du das anstellen?«

»Ich habe schon einen Plan.« Das war der Grund, weshalb er sich mit ihr hatte treffen wollen. Nun senkte er die Stimme und blickte nach hinten, um sich zu vergewissern, dass sie immer noch allein in der Kirche waren. Dann rückte er näher. »Und zwar an der deutschen Botschafterin.«

Sie riss sich von ihm los und starrte ihn entsetzt an. »Du willst eine unschuldige Frau töten?«, zischte sie.

»Dr. Katharina von Thun ist nicht so unschuldig, wie du denkst.«

»Wie kommst du darauf?«

»Immerhin pflegt sie regelmäßigen Kontakt zu deinem Mann.«

»Also gut, spielen wir es einmal theoretisch durch. Warum ausgerechnet die deutsche Botschafterin? Was bringt uns das, wenn er sie ermordet?«

»Wenn Haakon verdächtigt wird, wird er wie immer die norwegische Polizei bestechen. Aber diesmal wird ihm das nicht viel bringen, denn jetzt hat er es mit dem Mord an einer hochrangigen deutschen Politikerin zu tun. Unsere Polizei wird gemeinsam mit dem deutschen Bundeskriminalamt ermitteln, und das kann er nicht bestechen. Das BKA wird Katharina von Thuns Handy- und Navi-Daten überprüfen lassen und auf die Verbindung zu meinem Bruder und ihre geheimen Treffen stoßen.«

»Und dann? Er wird ein Alibi haben.«

»Dann müssen wir dafür sorgen, dass er keines hat. Ich werde Haakons antikes Messer verwenden. Die Spur darf weder inszeniert aussehen noch zu plump und direkt wirken. Wenn das BKA einen fähigen Ermittler schickt, ergibt sich der Rest von selbst.«

Astrids Hände zitterten immer noch. »Okay, mal angenommen das klappt alles. Welches Motiv hätte Haakon? Warum sollte er sie töten?«

»Ich habe vor zwei Tagen sein Büro durchsucht. Ich bin nicht sicher, welche Rolle Katharina von Thun genau dabei spielt, aber sie treffen sich immer dann heimlich, wenn sein Schiff nach Kaliningrad ausläuft. Das deutsche BKA wird herausfinden, dass sie irgendwie darin involviert ist, und sie werden glauben, dass die Botschafterin gedroht hat auszupacken und Haakon sie zum Schweigen bringen musste. Wenn alles auffliegt, sind er und sein gesamtes Unternehmen ruiniert.«

Nun sah Astrid ihn an. Sie hatte Tränen in den Augen. »Das ist vielleicht unsere letzte Chance. Bist du dir hundertprozentig sicher, dass das klappt?«

Er nahm ihre Hand. »Ich arbeite daran.«

8. TEIL

OSLO

Sonntag, 27. Mai

63. Kapitel

Als der Morgen zu grauen begann, die Strahler auf dem Domplatz automatisch erloschen und das erste bleifarbene Licht durch die Fenster der Kirche fiel, beendete Alexander seine Erzählung.

Er hockte immer noch im Beichtstuhl, die Arme mit den Handschellen auf den Rücken gefesselt. Die Kerze zwischen Sneijder und ihm war längst abgebrannt, und ihre beiden Gesichter lagen nun fahl im Licht des beginnenden Tages.

»Haben Sie auch den genauen Mordplan mit Astrid besprochen?«, fragte Sneijder.

Alexander schüttelte den Kopf. »Sie kennt keine Details.«

Sneijder nickte. »Das heißt, Sie haben den Mord an der Botschafterin allein begangen?«

»Ja.«

»Astrid Jørgensen hat Ihnen nicht dabei geholfen? Weder bei der Organisation noch beim Mord selbst?«

»Richtig.«

Sneijder erhob sich vom Stuhl und streckte den Rücken durch. Seine Wirbel knackten. »Wissen Sie, was mich wundert?«

»Nein, ich …«

»Seien Sie still! Das war eine rhetorische Frage.« Nun ließ Sneijder die Fingerknöchel knacken. »Dass ein gewitzter Anwalt wie Sie, der seit Jahrzehnten krumme Geschäfte mit zwielichtigen Partnern abwickelt und mit allen Wassern gewaschen ist, so einfach zwei Morde gesteht, die ihn für mindestens fünfzehn Jahre hinter Gitter bringen.« Nun beugte sich Sneijder vor, näher an Alexander heran. »Und damit nebenbei auch riskiert, sein eigenes

Kind auf Jahre hinaus nicht zu Gesicht zu bekommen. Mit etwas Pech wird es sich vielleicht schon aufs Abitur vorbereiten, wenn Sie entlassen werden.«

»Ich erkenne eben, wenn eine Situation aussichtlos ist.«

»Ach, kommen Sie!«, rief Sneijder. »Sie nehmen die ganze Schuld allein auf sich, weil Sie Astrid schützen wollen. Sie war Ihre Gehilfin bei dem Mord. Die grauhaarige Frau mit der Münztüte, die Sie zur Ablenkung gebraucht haben.«

»Kein Kommentar.«

»Ach, jetzt auf einmal wieder ganz der Anwalt?« Sneijder zog nochmals sein Handy hervor. »Es gibt ein zweites Phantombild.« Er hielt Alexander das Bild vor die Nase. »Diesmal zeigt es nicht Sie, sondern die ältere Frau. Interessant, wie ähnlich sie Astrid sieht, nicht wahr?«

Alexander starrte stumm auf das Bild und verzog dabei verbissen das Gesicht.

»Dieses zweite Phantombild liegt im Moment nur mir vor«, log Sneijder.

»Und mir«, spielte Sabine bei Sneijders Bluff mit. »Irgendwann müssten wir es der Polizei geben …«

»… aber wir könnten es davor natürlich auch Ihrem Bruder zeigen«, sagte Sneijder mit schneidender Härte. »Der würde überrascht sein, wie weit seine Frau gegangen ist, um ihn loszuwerden.«

»Danach erübrigt es sich, das Bild der Polizei zu zeigen – denn Astrid und ihr Baby werden dann schon für immer verschwunden sein, nicht wahr?« Die Drohung kam Sabine völlig problemlos über die Lippen. Sie musste sich nur Katharina von Thuns leblosen Körper aus dem Leichenschauhaus in Erinnerung rufen, die Würgemale und die tiefe Stichwunde.

Auf einmal klang Alexanders Stimme völlig kraftlos. »Was verlangen Sie von mir?« Sie schienen ihn endgültig gebrochen zu haben.

Sneijder setzte sich wieder auf den Stuhl vor ihm. »Wie kam Astrid nach Oslo zur Botschaft? Ihr Sportwagen wurde an dem Tag nicht bewegt.«

»Ich habe sie mit meinem Wagen abgeholt und anschließend wieder zurückgebracht.«

Das klang plausibel – vor allem, weil sie Alexanders Wagen als Einzigen nicht hatten überprüfen können.

»Woher kannten Sie die Sicherheitsvorkehrungen und die Abläufe in der Botschaft?«, fragte Sneijder.

»In meinem alten Job als Leibwächter war ich öfters mal mit Financiers oder anderen wichtigen Leuten bei Botschaftsempfängen.«

»Sie hatten an jenem Tag nur den antiken Dolch als Waffe dabei?«

»Ja, ich habe ihn während Astrids Ablenkungsmanöver seitlich am Detektor vorbeigeschmuggelt.«

»Wo genau sind Sie auf den Sicherheitschef getroffen?«

»Er war bereits in Katharina von Thuns Büro. Die beiden hatten eine Besprechung, das war mein Glück.«

»Er hat Sie gar nicht attackiert?«

»Er kannte mich. Wie gesagt, ich war früher als Leibwächter oft in der Botschaft, da hatte ich beruflich mit ihm zu tun.«

»Kommen wir zum interessantesten Punkt. Warum gerade diese Waffe? Einen jahrhundertealten *Jambia*?«

»Diese Waffe sollte zu Haakon führen und ihn außerdem der Morde an den Mädchen überführen.«

»Sie wissen also von den Prostituiertenmorden?«

»Ich habe zufällig vor sieben Jahren davon erfahren. Es war Haakons achtunddreißigster Geburtstag. Der Däne musste eine Leiche verschwinden lassen. Ich wusste, dass seit mehreren Jahren immer wieder Mädchen spurlos verschwanden – und zwar jeweils um Haakons Geburtstag herum. Somit hatte ich bereits einen Verdacht, musste also bloß noch eins und eins zusammenzählen. Seitdem bin ich nicht mehr in Tønsberg gewesen.«

»Warum sind Sie damals nicht zur Polizei gegangen?«

»Was sollte ich denn tun?«, brauste Alexander auf. »Meinen eigenen Bruder verpfeifen?«

»Hatten Sie den Kontakt zu ihm völlig abgebrochen?«

»Nein, wir telefonierten regelmäßig und trafen uns in Oslo zum Essen, wenn er meinen juristischen Rat brauchte. Aber ich war seitdem nicht mehr in seiner Villa.«

»Und warum waren Sie dann kürzlich wieder da?«

»Es war eine große Feier zu Haakons fünfundvierzigstem Geburtstag … und ich wollte Astrid wiedersehen.«

»Weiß sie von den Morden an den Frauen?«

»Nein.«

Sneijder dachte kurz nach. »Woher kannten *Sie* die Details?«

Alexander sah ihn fragend an.

»Die Würgemale und den Stich in die Lunge, den Sie bei der Botschafterin nachgeahmt haben«, half Sneijder ihm auf die Sprünge.

»Vor sieben Jahren hatte ich Gelegenheit, mir die Leiche genauer anzusehen. Ich kenne die Vorlieben meines Bruders. Dieser typische Lungenstich mit dem *Jambia* ist seine bevorzugte Methode. Der Däne hat uns das beigebracht, als wir noch Kinder waren.«

»Wissen Sie, warum Ihr Bruder diese Frauen tötet?«

»Nein, aber ich wüsste es gern. Offenbar ist er krank.« Sein Blick verschwand in der Ferne, als tauchte die Szene vor seinem geistigen Auge wieder auf. »Die Tote hat mich an meine Mutter erinnert«, murmelte er. »Langes schwarzes Haar und ein schlanker zerbrechlicher, fast schon knabenhafter Körper.«

Sie schwiegen eine Weile. Obwohl Sabine todmüde war, gingen ihr noch so viele Dinge durch den Kopf. Sie räusperte sich. »Ich habe noch eine Frage. Vor sieben Jahren tauchte aus purem Zufall eine Leiche auf, die drei Jahre zuvor verschwunden war. Wenke Holm. Sie war nur mit einem Seil gefesselt worden, das sich im Lauf der Zeit durchgescheuert hat. Bei der zweiten Leiche, die aufgetaucht ist, Ylva Ødegård, hat es nur wenige Tage gedauert. Warum so kurz? Ist der Däne nachlässig geworden?«

Ein kurzes Lächeln huschte über Alexanders Gesicht. »Ich hatte damit gerechnet, dass auch nach diesem Geburtstag wieder ein Mädchen verschwinden würde. Also habe ich den Dänen beobachtet. Und tatsächlich hat er die Leiche der jungen Frau am Morgen des 22. Mai mit Seilen fest verschnürt. Aber ich habe die Knoten so manipuliert, dass sie sich nach ein paar Tagen lösen würden und der Leichnam aufsteigen konnte.«

»Einen Tag, nachdem Sie die Botschafterin ermordet hatten.«

Alexander nickte. »Ich wusste, mit etwas Glück würde ein kluger, unbestechlicher ausländischer Ermittler die richtigen Schlüsse ziehen und die Verbindung zu den Prostituiertenmorden herstellen.«

»Das war also das Sahnehäubchen Ihres Plans«, sagte Sneijder. »Sie wollten zwei Fliegen mit einer Klappe schlagen: Haakon als Prostituiertenmörder entlarven und seine Geschäfte mit der Botschafterin auffliegen lassen – mit dem Ziel, dass er für immer von der Bildfläche verschwindet und Sie sich offiziell um seine Frau kümmern können.« Sneijder hatte sich in Rage geredet und war dabei immer lauter geworden. »Die Sache hat aber einen Haken. Der *Jambia* in Haakons Büro ist nicht die Tatwaffe! Keine Blutspuren und zu viel Staub auf der Klinge.«

Alexander lächelte milde. »Sie meinen den Dolch an der Wand?«

Sneijder sah ihn verwirrt an. »Gibt es einen zweiten?«

»Unten im Holzsockel, auf dem das Aquarium mit den Zierfischen steht. Das war schon damals unser Geheimversteck, in dem wir uns als Kinder heimlich Botschaften zukommen ließen. Verbunden mit der Mutprobe, ob sich jemand in Vaters Arbeitszimmer traute.«

»Ihr Bruder hat also zwei *Jambias*?«

»Zwei identische Dolche aus einem Antiquitätenladen in Istanbul. Unsere Eltern hatten sie damals auf ihrer Hochzeitsreise in der Türkei gekauft.«

Sneijder warf Sabine einen Blick zu, und sie ahnte, woran er gerade dachte. Wenn Gulbrandsen tatsächlich korrupt war und auf Haakons Gehaltsliste stand, wusste er vielleicht sogar, dass es einen zweiten Dolch gab.

Sneijder wandte sich wieder an Alexander. »Wer hat Krzysztof angegriffen und Horowitz ermordet?«

»Woher soll ich das wissen? Ich war es jedenfalls nicht. Vielleicht war es mein Bruder.«

»Hätte er Grund dazu?«

Alexander hob die Schultern. »Vielleicht haben Sie zu viel über seine Geschäfte und die Prostituiertenmorde herausgefunden. Falls ja, tut es mir leid.«

»Was hatte die Botschafterin mit seinen Geschäften zu tun?«

Wieder hob Alexander die Schultern. »Keine Ahnung. Ich weiß nur, dass es mit seinen Schmuggelfahrten zu tun haben muss.«

»Haben sich die beiden deshalb einmal im Monat getroffen?«

»Vermutlich.«

»Was schmuggelt Ihr Bruder?«

»Früher waren es Drogen, Waffen und Alkohol. Was er heute abseits seiner Giftmüll- und Altmetallgeschäfte macht, weiß ich nicht. Aber seitdem ich sein Büro durchsucht habe, weiß ich von seinen heimlichen Treffen mit Katharina von Thun. Also muss sie in seine illegalen Geschäfte involviert gewesen sein.«

»Aber vielleicht waren es gar keine *illegalen* Geschäfte.«

»Andernfalls hätte mir mein Bruder davon erzählt – immerhin bin ich seit vielen Jahren sein Rechtsberater –, aber um dieses Thema hat er immer ein großes Geheimnis gemacht.«

Mittlerweile hatten sich auch Tina und Marc wieder zu ihnen gesellt. Den Schluss des Verhörs hatten sie mitbekommen. »Draußen ist es bereits hell«, sagte Marc. »Die ersten Leute sind schon unterwegs. Es wird Zeit …«

»Wir sind fertig.« Sneijder wandte sich wieder an Alexander. »Ich muss Sie der Polizei übergeben.«

»Können Sie wenigstens Astrid aus der Sache raushalten?«

Sneijder presste die Lippen aufeinander. »Zumindest werde ich dafür sorgen, dass sie so rasch wie möglich nach Oslo in Untersuchungshaft kommt, bevor Ihr Bruder von der ganzen Sache erfährt. Einverstanden?«

Alexander nickte.

»Wenn Sie behaupten, dass Sie Astrid zur Mithilfe am Mord in der Botschaft genötigt haben«, riet Sneijder ihm, »ist sie bei guter Führung in einem Jahr auf Bewährung wieder draußen – das gilt natürlich nicht für Sie.«

»Ich weiß. Und mein Bruder? Er wird sie …«

»Wir arbeiten daran, dass wir ihn für immer in den Knast kriegen. Und Sie können uns dabei helfen.«

»Einverstanden«, sagte Alexander resigniert.

64. Kapitel

Statt sich an Gulbrandsen zu wenden, rief Sneijder erst einmal Knut Bjørnson an. Der war immer noch mit der Wasserschutzpolizei und den Leuten von der Küstenwache unterwegs.

»Schiff ahoi, Kollege!«, brüllte Knut ins Handy, sodass auch Sabine ihn deutlich hören konnte. »Insgesamt haben wir bis jetzt fünf Leichen gefunden, zwei davon sind in der Gerichtsmedizin, eine davon auf Grund des Gebisses schon identifiziert. Eine seit fünf Jahren vermisste Prostituierte.«

»Ist der Kehlkopf noch vorhanden?«, fragte Sneijder.

»Ja, der Gerichtsmediziner hat dort Quetschungen und Strangulationsmale gefunden. Außerdem seitlich an den Rippen, in der Nähe der Lunge, Spuren eines Messerstichs.«

»Ich kann Ihnen den Täter liefern«, sagte Sneijder. »Ihre Kollegen brauchen nur einen neuerlichen Hausdurchsuchungsbeschluss für Haakon Jørgensens Villa in Tønsberg. Dann sollen sie in seinem Büro einen Blick in den Sockel unter seinem Aquarium werfen. Dort werden sie etwas Interessantes finden.«

»Die Tatwaffe?«

»Genau. Sie hatten übrigens recht, Gulbrandsen *ist* korrupt. Er arbeitet für Jørgensen.«

»Wusste ich es doch!« Knut lachte verbittert. »Das heißt, Sie brauchen jetzt für Ihre Ermittlungen einen sauberen Kontakt zur norwegischen Polizei?«, vermutete er.

»Richtig, auch deswegen rufe ich an.«

Knut nannte ihm die Telefonnummer einer Kripoermittlerin der Mordgruppe in Oslo, die Sneijder unmittelbar nach ihrem

Gespräch kontaktierte. Eine halbe Stunde später wurde Alexander von Polizeibeamten in Zivil aus der Kirche abgeführt.

In der kühlen Morgenluft standen Sabine, Tina, Marc und Sneijder auf der Kirchentreppe und sahen dem Streifenwagen nach, der Alexander nach Oslo brachte. Dort würde er ein Geständnis ablegen und versuchen, Astrid, so gut es ging, aus der Sache herauszuhalten.

Sabine fröstelte. Sie alle hatten in dieser Nacht kein Auge zugetan, waren hungrig und übernächtigt. Marc gähnte herzhaft neben ihr. »Und jetzt?«

Sneijder zündete sich einen Joint an und machte zwei lange tiefe Züge. Er sah auch nicht gerade frisch aus. »Wir sind hier fürs Erste fertig. Packen wir unsere Sachen.«

Tina fuhr zum Trailer-Park und der Rest von ihnen zu Haakons Villa. Auf dem Weg dorthin informierten sie Cora telefonisch, dass die Polizei Alexander wegen Mordes an von Thun verhaftet hatte, der Fall für sie damit abgeschlossen war und sie in einer Stunde zurück nach Oslo fahren wollten. Kurz darauf erreichten sie die Villa und begannen damit im Büro ihr Equipment einzupacken.

Sabine verstaute zuerst ihr Notebook und den Kabelsalat. »Wann wollen wir fliegen?«

Sneijder sah nicht auf, sondern kramte weiter in seiner Tasche. »Sie wollen jetzt schon nach Hause fliegen?«

Sie hielt kurz inne. »Sie nicht? Wir haben getan, was wir konnten. Die Morde an der Botschafterin und ihrem Sicherheitschef sind geklärt, ebenso die an den Prostituierten. Ich denke, die Norweger werden die restlichen Zusammenhänge rasch aufgedeckt haben. Außerdem haben wir Dirk van Nistelrooys Geduld schon mehr als genug strapaziert.«

Sneijder sah ziemlich verbissen drein. »Ja, alles ist wunderbar aufgeklärt … bis auf zwei Sachen. Der Mordversuch an Krzysztof und der Brand im Hotel passen noch nicht wirklich ins Bild.«

Sabine horchte auf. »Inwiefern?«

»Die Sache ist noch nicht wirklich rund. Wozu der Mord an Horowitz? Wegen des Messers, das gar nicht die Mordwaffe war? Mein Instinkt sagt mir, dass die beiden Anschläge möglicherweise gar nichts mit den Brüdern Jørgensen zu tun haben. Vielleicht ging es dabei um etwas völlig anderes.«

Sabine runzelte die Stirn. »Sie wollen also weitermachen, richtig?«, stellte sie fest.

Er dachte kurz nach, dann nickte er. »Ja, aber ich weiß noch nicht wie.«

Ich weiß noch nicht wie? Hatte er das gerade tatsächlich gesagt? Das war nicht gerade typisch für Sneijder.

Indessen stopfte Marc sein Equipment in eine Tasche. »Ich bin davon überzeugt, dass die Norweger das auch noch herausfinden werden. Wenn wir jetzt heimfliegen, können wir uns in Wiesbaden wenigstens wieder um das Datenleck kümmern.«

Sneijder sah kurz auf. Sein Blick verlor sich in weiter Ferne. Sabine beobachtete ihn interessiert. *Das Datenleck!* Garantiert hatte er in den letzten vierundzwanzig Stunden ausnahmsweise einmal nicht daran gedacht. Zu viele persönliche Schicksalsschläge waren in dieser Zeit über ihn hereingebrochen. Jetzt starrte er Marc an. »Das Datenleck …«, wiederholte er nachdenklich. »Wann fanden noch mal die Treffen zwischen Haakon und der Botschafterin statt?«

Marc zählte das Datum der jeweiligen Sonntage auf Grundlage der Navi-Daten und Tankrechnungen in Astrids Wagen auf. Beim fünften Datum verstummte er. »Die stimmen …«

»… mit dem Datum der möglichen Datentransfers aus Wiesbaden überein«, vollendete Sneijder den Gedanken.

Sabine stellte ihre Tasche ab. »Geht es um den Maulwurf?«

Sneijder nickte. »Könnte aber auch reiner Zufall sein.« Allerdings klang er nicht gerade sehr überzeugt, und sie wussten alle, wie wenig er an Zufälle glaubte.

Plötzlich war Sneijder aschfahl, was sicher nicht nur am Schlafmangel lag. Er lehnte sich an den Tisch, öffnete sein Etui mit den Akupunkturnadeln und steckte sich zwei davon tief in den Handrücken. Gedankenverloren drehte er abwechselnd daran. »Als Botschafterin musste Katharina von Thun öfters zwischen Oslo und dem Auswärtigen Amt in Berlin hin- und herreisen. Bestimmt lässt sich herausfinden, ob sie an jenen Tagen, an denen wir vermuten, dass die Daten aus dem BKA geschafft wurden, in Deutschland war.«

»Dann hätte sie die Daten bequem in ihrem Diplomatenkoffer nach Oslo und damit ohne Zollkontrollen aus der EU rausbringen können«, führte Marc den Gedanken weiter fort. »Und bei den Treffen an der Tankstelle hätte sie Haakon den Koffer übergeben können.«

Wieder dachte Sabine an Krzysztofs letzte Silben. *Ko... Ko... pe...!* Was hatte er gemeint? *Koffer? Kopervik?* Möglicherweise hatte er eine Ahnung davon gehabt, worum es gegangen war. »Heißt das, Katharina von Thun war ein Teil des Datenlecks?«

»Möglich.« Sneijder nickte. »Falls wir recht haben, war sie vermutlich eine Art Zwischenhändlerin, denn die Daten wurden stets innerhalb von drei Tagen ins Ausland gebracht, wo sie – vermutlich in Osteuropa – an den Meistbietenden verkauft wurden. Entweder an die russische Mafia oder polnische, ukrainische oder weißrussische Verbrecherorganisationen. Interessenten und Möglichkeiten gibt es viele.«

»Osteuropa?«, wiederholte Sabine. »Haakons Frachter legt doch einmal im Monat in Kaliningrad an.«

Sneijder schnippte mit den Fingern. »Er nahm die Daten von Katharina von Thun in Empfang und schaffte sie über seine alte Schmuggelroute nach Russland.«

»Und wie kam Katharina von Thun ursprünglich mit Haakon in Kontakt?«, fragte Marc. »Doch sicher nicht über ihren exquisiten Geschmack, was junge Mädchen betrifft.«

»Offenbar wusste sie als Botschafterin über die Verbrecherszene Norwegens Bescheid. Und als sie einen Käufer für ihre Ware suchte, war er eine naheliegende Wahl.« Sneijder zog sich die Nadeln aus der Hand. Sein Gesicht hatte wieder etwas Farbe angenommen, wie immer, wenn er auf Verbrecherjagd war und sich die ersten konkreten Spuren abzeichneten. »Im Moment ist zwar alles nur eine vage Theorie«, murmelte er mehr zu sich selbst, »aber sie ergibt einen Sinn und ist schlüssig. Eigentlich *kann* es nur so gewesen sein.«

Es klopfte an der Tür, Haakon betrat den Raum und sah sich um. »Sie reisen ab?«

»Sie hatten uns noch eine Nacht bis heute früh gewährt«, erinnerte Sabine ihn, bevor Sneijder etwas Unüberlegtes von sich geben konnte.

»Hat Ihre Abreise etwa damit zu tun, dass mein Bruder soeben wegen Mordes an der deutschen Botschafterin verhaftet worden ist … und dieselben Ermittler meine Frau zur Befragung mitgenommen haben?«

»Den Grund dafür müssen Sie schon die Ermittler fragen, nicht uns. Wir sind nur Beobachter in diesem Land.« Sneijder zog den Reißverschluss seiner Tasche zu. »Unser Auftrag ist erledigt.« Wie er es Alexander versprochen hatte, beließ er es dabei.

»Sie fliegen jetzt heim?«

»Wir fahren vorerst einmal zurück nach Oslo. Im Moment bin ich an einer anderen Sache dran, bei der sich gerade eine neue Spur ergeben hat.«

»Ich nehme an, Sie dürfen nicht darüber sprechen.«

»Wäre unklug von mir.« Sneijder setzte sein eiskaltes Lächeln auf.

»Dann wünsche ich Ihnen viel Glück.«

»Ebenfalls.« Sneijder schüttelte Haakon die Hand, und diesmal war der Händedruck sehr kräftig und dauerte ausgesprochen lange, während sich die beiden Männer tief in die Augen blickten.

65. Kapitel

Sie hatten zuerst Cora im Hotel und danach Tina beim Trailer-Park abgeholt. Nach einer kurzen SMS an das Mietwagen-Servicecenter ließen sie das zweite Auto auf dem Parkplatz zur Abholung stehen. Mittlerweile nur noch zu fünft, passten sie mit ihrem gesamten Gepäck in einen Wagen, auch wenn es eng war.

Nach einem erneuten Halt am Stadtrand von Tønsberg, wo sie an einer Raststätte ein karges und wortloses Frühstück einnahmen, ging es weiter nach Oslo. Während der Fahrt erzählten sie Cora, wie sie die Morde in der Botschaft gelöst hatten.

»Alexander Jørgensen«, wiederholte Cora auf dem Rücksitz. »Wer hätte das gedacht?«

Sabine saß am Steuer und blickte in den Rückspiegel zu ihr. »Was wird aller Voraussicht nach mit ihm geschehen?«

Cora sah aus dem Fenster und ließ die Landschaft an sich vorüberziehen. »Die norwegische Staatsanwaltschaft wird ihn anklagen, und wenn ihn das Osloer Bezirksgericht für schuldig befindet, wird er zu einer Haftstrafe von bis zu zwanzig Jahren verurteilt werden. Bei der Schwere der Tat stecken sie ihn vermutlich in ein Hochsicherheitsgefängnis. Mit etwas Glück kommt er nach der Hälfte der Strafe auf die Gefängnisinsel Bastøy in den freien Vollzug, die größte Insel im Oslofjord, wo die Gefangenen auf ein Leben nach der Haft vorbereitet werden.« Sie blickte nach vorn. »Norwegen ist da ein wenig sozialer als andere Länder. Wenn man Insassen wie Tiere behandelt, werden sie sich auch wie Tiere verhalten. Einfache Psychologie.« Sie zuckte die Achseln. »Geht es jetzt eigentlich zum Flughafen?«

»Erst einmal zurück ins *Ragnar Lodbrok*«, sagte Sneijder, der neben Sabine saß. »Ich brauche dringend eine Dusche und frische Kleidung. Und dann führe ich ein langes und unangenehmes Gespräch mit meinem Chef.«

Van Nistelrooy würde ihn gewaltig zur Sau machen. Sabine öffnete für einen Moment das Fenster, um frische Luft in den Wagen zu lassen. Die Einzigen, die nicht nach Asche, Rauch und Brandgeruch stanken, waren Cora, die letzte Nacht noch im Hotel geduscht hatte, und Tina, die gar nicht in der Nähe des Brandes gewesen war.

Cora beugte sich zu Sneijder nach vorn. »Und dann?«

»Ich habe noch etwas in Oslo zu erledigen.«

Cora überlegte kurz, dann fragte sie: »Hat es etwas mit dem Datenleck zu tun?«

Für einen Moment verriss Sabine das Steuer. Aus dem Augenwinkel sah sie, wie sich Sneijder langsam nach hinten drehte. »Was wissen Sie darüber?« Seine Stimme klang kalt.

Cora blieb gelassen. »Haben Sie bereits herausgefunden, dass Katharina von Thun die undichte Stelle ist?«

»Sie wussten davon?«, knurrte Sneijder.

»Der BND, nicht ich persönlich«, korrigierte sie ihn. »Allerdings hatten wir nur einen vagen Verdacht.«

Sabine schielte zu ihr nach hinten. »Wie ist der BND überhaupt an diese Information herangekommen?«

»War es nun Katharina von Thun?«, erwiderte Cora.

»Ja, verdammt!«, rief Sneijder. »Was wissen Sie darüber?«

»Das Datenleck betrifft nicht nur Ihr Bundeskriminalamt, sondern auch den Bundesnachrichtendienst«, erklärte Cora. Entschuldigend hob sie die Arme. »Ja, auch wir haben seit einem Jahr ein Leck, dessen Ursprung wir uns nicht erklären können.«

»Das erklärt zumindest, warum Sie uns unbedingt begleiten sollten«, sagte Sabine. »Es ging in Wahrheit gar nicht um den

Mord an der Botschafterin und die norwegischen Beziehungen zum Auswärtigen Amt.«

»Zumindest nicht in erster Linie«, gab sie zu. »Mein Auftrag lautete herauszufinden, ob die Botschafterin tatsächlich das Leck war – und falls ja, ob ihre Ermordung mit dem Datentransfer zu tun hat.«

Wie schön, dass BKA und BND von Anfang an so offen und harmonisch zusammengearbeitet haben. »Und weiter?«, drängte Sabine.

Cora zuckte die Achseln. »Falls die Botschafterin im Besitz brisanter Informationen gewesen wäre – egal ob vom BKA oder BND –, hätte ich die Daten sicherstellen müssen.«

»Und weil Sie nicht von Anfang an mit offenen Karten gespielt haben und wir erst selber auf alles kommen mussten«, schnaubte Sneijder, »ist jetzt einer meiner Leute tot und einer schwer verletzt. Ich hätte gute Lust, Sie aus dem Wagen zu werfen.«

»Was hätte ich denn tun sollen?«, fuhr Cora ihn an. »Es ging um die nationale Sicherheit. Sie hätten es doch genauso gemacht. Eigentlich dürfte ich nicht einmal *jetzt* mit Ihnen darüber sprechen – sehen Sie es also als Vertrauensbeweis, wenn ich Ihnen zumindest im Nachhinein reinen Wein einschenke.«

»Ich pfeife auf Ihren Vertrauensbeweis.« Sneijder sah wieder nach vorn. »Beten Sie, dass wenigstens Krzysztof überlebt.«

Den Rest der Fahrt herrschte eisiges Schweigen, und Sabine hatte Zeit genug, sich Gedanken über alles zu machen. Ja, Cora hatte sie angelogen, aber im Grund genommen war sie gar nicht so übel, wie Sabine anfangs gedacht hatte. Wie sie alle, so hatte auch sie ihre Vorgesetzten, und damit Aufträge und Dienstvorschriften zu erfüllen. Und dass Cora versucht hatte, sich Sneijder anzubiedern, um sein Vertrauen zu gewinnen, gehörte wahrscheinlich zu dieser Aufgabe dazu.

Gegen Mittag erreichten sie das *Ragnar Lodbrok*. Der Hotelmanager würde überrascht sein, wenn sie nun doch wieder ihre Zimmer beziehen wollten. Zumindest so lange, bis sie einen bestätigten Flug zurück nach Wiesbaden hatten.

Während Sabine, Tina und Marc ihr eng zusammengequetschtes Gepäck aus dem Kofferraum zerrten, ging Sneijder, ohne seine Hilfe anzubieten, an ihnen vorbei. »Kümmern Sie sich um meinen Koffer«, beauftragte er Sabine.

»Selbstverständlich«, gab sie zynisch zurück. »Und was machen Sie inzwischen?«

Sneijder holte sie mit einem Kopfnicken zu sich. Als sie weit genug von den anderen entfernt standen, senkte er die Stimme. »Es stellt sich doch die Frage … Woher hatte Katharina von Thun die internen Informationen über das BKA und den BND? Sie kann doch höchstens nur Mittelsfrau gewesen sein, nicht der Maulwurf selbst.«

»Vielleicht weiß Haakon es?«, vermutete sie.

»Der hat die Unterlagen über seine Schmuggelroute wahrscheinlich nur weitertransportiert.« Sneijders Stirn lag nachdenklich in Falten. Schließlich strafften sich seine Gesichtszüge, und er atmete tief durch. »Gehen Sie ins Hotel, checken Sie ein und legen Sie sich ein paar Stunden aufs Ohr. Ich brauche Sie heute noch fit und ausgeschlafen.«

»Und Sie?«, wiederholte Sabine ihre Frage von vorhin.

»Ich habe noch eine Kleinigkeit zu erledigen.« Er wandte sich ab, und Sabine sah ihm nach, wie er telefonierend in Richtung Innenstadt verschwand.

66. Kapitel

Die enge Seitengasse mit dem Kopfsteinpflaster, durch die Sneijder lief, lag nur fünfzehn Minuten vom *Ragnar Lodbrok* entfernt. Er hatte absichtlich kein Taxi genommen, um in der kühlen frischen Luft die Müdigkeit abzuschütteln. An Schlaf war nicht zu denken, stattdessen musste er einen klaren Kopf behalten.

Als er das Ende der Gasse erreichte, die in eine weitere enge Quergasse mündete, blickte er auf die Uhr. *12.15 Uhr.* Er war ein paar Minuten zu früh da, also blieb er stehen und wartete. In den nächsten Minuten kam kaum eine Handvoll anderer Menschen an dieser Häuserecke vorbei. Hier gab es nur meterhohe Altbauten mit geschlossenen Fensterläden und einige Geschäftslokale, die mit Brettern verbarrikadiert waren. In einer Nische stand ein Container für Bauschutt. Es roch nach Pisse. *Nette Gegend!* Aber er hatte den Treffpunkt nicht ausgewählt. Anscheinend war es einer der wenigen Plätze im sonst so hippen und belebten Oslo, an denen man sich ungestört und möglichst ungesehen treffen konnte.

Endlich hörte er die Schritte von genagelten Schuhen. Ein hochgewachsener Mann kam um die vor ihm liegende Hausecke. Anfang fünfzig, mit grauem Haarkranz. Unter den schwarzen Jeans, dem offenen eleganten Kamelhaarmantel und dem Rollkragenpullover erkannte man von Weitem die trainierte Figur. Er hielt vor Sneijder. »Hallo Maarten, ist dir jemand gefolgt?«

Sneijder schüttelte den Kopf. Es war Gjøte, den Sneijder am Tag ihrer Ankunft in Oslo im *Gresshoppe* kennengelernt und mit dem er daraufhin die halbe Nacht verbracht hatte.

»Hallo, Gjøte«, sagte Sneijder. Nun lächelte sein Gegenüber ihn an, und sie gaben sich die Hand. Dann strich Sneijder ihm mit dem Handrücken über die Wange, wo er eine hässliche Schramme hatte, die bis unters Auge reichte. »Tut mir leid, dass ich so hart zugeschlagen habe.«

»Kein Problem«, antwortete Gjøte. »Habe schon schlimmere Prügel eingesteckt.«

»Dein Schlag war übrigens auch nicht schlecht.«

Gjøte grinste. »Musste schließlich echt aussehen. Ist Jørgensen darauf reingefallen?«

Sneijder nickte.

»Gut.« Gjøte grinste. »Wenn du dieses miese Arschloch drankriegst, war es das wert. Außerdem war es mir eine reine Freude, seine Bar zu zertrümmern.«

»Waren die anderen Kerle deine Kollegen vom Drogendezernat?«

»Nur zwei davon, die Haakon genauso drankriegen wollen wie ich. Die anderen waren Freunde aus der Schwulenszene, die einfach nur Spaß dran haben, einem Kriminellen eine Abreibung zu verpassen.« Gjøte fuhr sich übers Gesicht. »Als deine Kollegin die Waffe gezogen hat, wäre es beinahe aus dem Ruder gelaufen.«

»Ich konnte niemanden von ihnen einweihen, hätte sonst nicht authentisch gewirkt.«

»Haakon hätte den Braten sicher gerochen«, sagte Gjøte. »Der ist alles andere als dumm.«

»Die Tønsberger Polizei hat euch doch festgenommen. Wie seid ihr da wieder rausgekommen?«

»Auf dem Revier haben wir unsere Dienstausweise gezeigt. Unter Kollegen haben wir rasch geklärt, dass es eine Undercoveraktion gegen Haakon Jørgensen war. Somit gab es kein offizielles Protokoll.« Gjøte grinste. »Die Osloer Drogenfahndung hat mehr Gewicht als die Wachstube in Tønsberg.«

»Gut.« Sneijder war erleichtert.

»Und was hast du *deinen* Leuten gesagt?«, fragte Gjøte.

»Dass ein paar Kerle aus Fredrikstad auf Sauftour im *Nordlys* waren und die Polizei sie laufen ließ.«

»Und wie habt ihr es danach in Haakons Haus geschafft?«

»*Er selbst* hat uns eingeladen, ich habe ihm schließlich das Leben gerettet.« Sneijder lächelte. »Mit etwas Glück, wenn es die norwegische Kripo nicht vermasselt, wird er wegen mehrfachen Mordes an Prostituierten angeklagt. Aber die Kollegen müssen achtgeben, Gulbrandsen steht anscheinend auf Haakons Gehaltsliste.«

Gjøte verzog unglücklich das Gesicht. »Der ist leider nicht der Einzige in Oslo.«

»In Kallestrand gibt es einen ehemaligen Ermittler, Knut Bjørnson, der könnte euch vielleicht helfen.«

»Den kenne ich von früher, guter Mann, werde mit ihm Kontakt aufnehmen.«

»Scheint ja gut zu laufen«, sagte Sneijder.

»Freuen wir uns nicht zu früh. Was brauchst du?«

Sneijder sah sich prüfend um, ob sie immer noch allein waren. »Es gibt da noch eine andere Sache, an der ich dran bin. Offenbar hat Haakon mit einem seiner Frachtschiffe regelmäßig geheime Dokumente des deutschen BKA und BND außer Landes gebracht. Und zwar einmal im Monat. Er fährt Kaliningrad an. Weißt du, welches Schiff das sein könnte?«

»Die *Skagerrak*.« Gjøte nickte. »Eines seiner Giftmüll- und Altmetall-Containerschiffe.«

»Weißt du, wo und wann es ausläuft?«

»Vom Osloer Frachthafen, Pier 17B, jeweils an einem Sonntagabend um 21 Uhr. Es ist eine fixe Route. Woher hat er diese Dokumente?«

»Mir wäre lieber, du wüsstest nichts darüber.«

»Verstehe.«

»Danke.« Obwohl die Sache nach Katharina von Thuns Tod bereits der Vergangenheit angehörte, war es besser, wenn Gjøte nichts … Sneijder stockte. *Nein, die Sache ist vielleicht noch nicht vorbei!* »Wann hat das Schiff das letzte Mal abgelegt?«

Gjøte runzelte die Stirn. »Soviel ich weiß, hätte die *Skagerrak* eigentlich letzte Woche auslaufen sollen, aber sie hatte ein Leck im Treibstofftank, und danach hat Haakon die Auslaufgenehmigung nicht mehr rechtzeitig bekommen. Also nehme ich an, dass es heute Abend passiert. Warum?«

Sneijder überlegte. Katharina von Thuns letztes Treffen mit Haakon hatte vor einer Woche stattgefunden, einen Tag vor ihrer Ermordung, und das bedeutete … *Das Material der letzten Übergabe ist noch in seinem Besitz!* Und er würde es erst heute Abend nach Kaliningrad schaffen. *Und zwar zum letzten Mal.*

»Maarten, was hast du?«, fragte Gjøte.

»Nichts …«, er schüttelte den Kopf, »... mir ist nur gerade etwas eingefallen. Pier 17B sagst du? 21 Uhr? Ich muss weg!«

»Okay, mach's gut. Freut mich, wenn ich dir helfen konnte. Eine Umarmung zum Abschied?«

»Normalerweise hasse ich Knutschen in der Öffentlichkeit.« Doch Sneijder öffnete die Arme, und sie drückten sich. »Wenn ich wieder einmal in Oslo bin …«

»… kommst du vorbei. Ich warte. Viel Glück bei deinem Fall.« Gjøte drehte sich um.

»Danke.« Sneijder sah ihm nach, wie er in die Gasse verschwand, aus der er gekommen war.

Als er kehrtmachte und zurück zum *Ragnar Lodbrok* gehen wollte, stieß er plötzlich mit einer Frau zusammen, die direkt hinter ihm stand. »Nemez?«

67. Kapitel

Sabines Puls raste wie wild. *Dieser miese Kotzbrocken!* Sie sah, wie Sneijders Augenbrauen sich zusammenzogen. »Das war ja höchst interessant«, sagte sie bissig.

»Was haben Sie alles mitbekommen?«

»Genug, um zu erfahren, dass Sie mich und alle anderen aus Ihrem *Team* für eine gefakte Schlägerei benutzt haben.«

»Machen Sie mir jetzt bloß keinen Vorwurf, nur weil ich bei einer Ermittlung rasch vorankommen wollte.«

»Sie hätten uns einweihen können!«

»Großartige Idee.« Er warf die Arme in die Luft. »Aber möglicherweise hätten einige dabei nicht mitgespielt. Oder die Schlägerei hätte inszeniert gewirkt. Beim kleinsten Verdacht, dass wir Haakon reinlegen wollen, wäre der Plan schiefgelaufen, und er hätte uns abblitzen lassen … oder noch Schlimmeres.«

Hat ja für Krzysztof und Horowitz super funktioniert, dachte sie bitter. Aber auch wenn er aus seiner verqueren Sichtweise vielleicht recht hatte, konnte sie es trotzdem noch nicht fassen. »Was wäre, wenn die Sache außer Kontrolle geraten wäre?«

»Ist sie aber nicht!«, brüllte er. »Gjøte hatte seine Leute gut instruiert. Beim ersten Anzeichen einer schweren Körperverletzung hätten wir die ganze Aktion abgeblasen.«

»Fast hätte ich auf einen Mann geschossen!«, fuhr sie ihn an.

»Haben Sie aber nicht! Ich habe Sie schließlich ausgebildet.« Er senkte die Stimme. »Denken Sie an den Grund, weshalb wir das alles getan haben! Wir werden Haakon drankriegen und …« Plötzlich verstummte er und sah auf.

Auch Sabine blickte sich um. *Etwas stimmt hier nicht!* Es war schon seit einiger Zeit kein Mensch mehr zu sehen gewesen. Stattdessen stand nun am Ende der Gasse ein schwarzer Wagen mit verspiegelten Scheiben. Drei Männer stiegen aus. Sabine wollte sich umdrehen, doch Sneijder stoppte sie. »Bewegen Sie sich nicht.« Er hatte ihren Arm ergriffen.

Sie drehte den Kopf und schielte nach hinten. Von dort kamen drei weitere Männer. Instinktiv wollte sie nach der Waffe greifen.

»Nicht!«, zischte Sneijder. »Die sind bewaffnet.«

Nun sah Sabine es auch. Die sechs Männer trugen halbautomatische Pistolen. Einer von ihnen, der kleinste, ließ seine Waffe unter dem Mantel verschwinden, und holte ein weißes Tuch und eine Glasflasche mit durchsichtiger Flüssigkeit hervor.

»Sneijder, was wird das? Kennen Sie diese Leute?«

»Nein, aber anscheinend kennen sie uns.«

Die Typen erreichten sie. Einer griff grob unter Sabines Anorak und zog ihre Pistole aus dem Holster. Im nächsten Moment nahm sie intensiven Chloroformgeruch wahr. Sie wollte sich losreißen, doch mehrere Hände packten sie, und einer der Männer drückte ihr von hinten den Stofffetzen aufs Gesicht. Verzweifelt um sich tretend sah sie, wie Sneijder von den restlichen Männern ebenfalls entwaffnet und gepackt wurde.

Nicht einatmen!

Aber auch das nützte nichts. Das Betäubungsmittel drang in ihre Nase und wanderte mit einem stechenden Schmerz bis in ihr Hirn hoch. Ihr wurde schwindelig. Im nächsten Moment spürte sie, wie ihre Knie nachgaben.

Aus dem Augenwinkel sah sie noch, wie auch Sneijder zusammenklappte. Kurz bevor sie selbst völlig wegkippte, bemerkte sie einen schwarzen Kleinlaster, der sich rückwärts in die Gasse schob.

68. Kapitel

Tina hatte Sabine nicht daran hindern können, Sneijder heimlich zu folgen. Sollte sie doch machen, was sie wollte – sie würde den alten Geheimniskrämer ohnehin nicht daran hindern können, wieder einmal etwas auszuhecken, das er ihnen erst ganz am Ende verraten würde. So wie bei dieser Geschichte mit dem Datenleck, von der Tina auch erst jetzt, während der Autofahrt, erfahren hatte. Ihr war das alles mittlerweile egal. Sie würde in der Zwischenzeit heiß duschen und sich dann ein paar Stunden aufs Ohr hauen.

Sie ging zur Rezeption und meldete sich an. Vor zwei Tagen, gerade frisch in Oslo angekommen, hatte sie ja gleich wieder auschecken müssen, aber jetzt sollte es etwas werden mit ihr und diesem Fünf-Sterne-Hotel. Im Gegensatz zu ihrem Wohnwagen im Tønsberger Trailer-Park war das *Ragnar Lodbrok* äußerst beeindruckend mit seiner gigantischen Wikingerschiff-Lobby.

Der Rezeptionist drückte ihr einen Flyer des Hotels und eine Magnetkarte in die Hand. Ihr Zimmer war schon fertig. Nummer 407. Während Cora ein Zimmer im Erdgeschoss bezog und Marc sein, Sabines und Sneijders Gepäck einen Korridor entlangschleppte, fuhr Tina in den vierten Stock.

Der dunkelrote Teppich im Flur war überaus weich, die Türen holzvertäfelt, und Duftlampen verbreiteten eine erfrischende Ozeanbrise. Von irgendwoher drangen sogar leise Möwenschreie. Das alles erinnerte sie an Krzysztof, der von den Felsen nackt in die Fluten des Oslofjords gesprungen war. Wie es ihm wohl ging? Tina erreichte ihr Zimmer, und noch während sie mit der Magnetkarte das Schloss öffnete, wählte sie die Nummer des Osloer Krankenhauses. Nachher würde sie versuchen, Krzysztof zu besuchen. Vielleicht ließen die Ärzte sie kurz an sein Bett.

Verdammt, die Tür geht nicht auf!

Sie klemmte sich das Handy zwischen Wange und Kinn und zog die Karte noch einmal durch den Schlitz. *Immer noch rot.* Stand sie vor der falschen Zimmernummer? *Nein, 407 stimmt. Die Karte muss defekt oder noch nicht freigeschaltet worden sein.*

Zwei Männer kamen den Gang entlang in Richtung Fahrstühle. Tina sah nur kurz hin, in der Hoffnung, es wäre jemand vom Personal, aber die sahen zu ernst und finster aus in ihrer dunklen Kleidung. Außerdem gingen sie nur stumm nebeneinander her.

Verflixt! Im Krankenhaus hob auch niemand ab. Tina steckte das Handy weg und fuhr mit der Zimmerkarte noch einmal langsam durch den Schlitz. Jetzt leuchtete das Licht endlich grün. Sie drückte die Tür auf und schob ihren Koffer ins Zimmer. Dann wurde sie plötzlich von hinten gepackt und gegen den Türstock gedrückt. Aus dem Augenwinkel sah sie die beiden Männer hinter sich, und im gleichen Moment roch sie das Chloroform. *Nicht einatmen!*

Doch das Tuch wurde ihr so fest aufs Gesicht gedrückt, dass ihr sofort die Sinne schwanden. Sie hatte nicht einmal die Möglichkeit zu schreien. Ein Schlag mit dem Ellenbogen nach hinten ging auch ins Leere, und zu mehr fehlte ihr die Kraft.

Mit rasendem Herzen bemerkte sie, wie ihre Gliedmaßen schlaff wurden. Die Umrisse eines dritten Mannes waren plötzlich da. Er trat ihren Koffer ganz ins Zimmer und schloss die Tür. Jemand hob ihre Zimmerkarte vom Boden auf, dann wurde sie über den Teppich durch den Flur gezerrt.

Bevor sie völlig bewusstlos wurde, sah sie noch, wie jemand den Lastenaufzug holte.

69. Kapitel

Als Sabine wach wurde, merkte sie als Erstes, dass jemand sie an der Schulter rüttelte. Sie versuchte, die Augen zu öffnen, schloss sie aber sofort wieder. Schier unerträgliche Schmerzen dröhnten in ihrem Schädel. Außerdem war ihr kotzübel. *Die Nachwirkungen des Chloroforms.* Und dann kam schlagartig die Erinnerung an Sneijder, die Männer in der Seitengasse und den dunklen Lieferwagen.

Noch bevor sie die Augen erneut öffnete, bewegte sie die Arme und Beine. Nichts war gebrochen. Sie war auch nicht gefesselt. Und das lästige Rütteln hielt an.

»Ist ja gut … Ich bin wach«, murrte sie mit trockener Kehle und öffnete die Augen zu einem schmalen Schlitz. Obwohl sie lediglich gedämpftes Licht umgab, schmerzte die Helligkeit.

»Nemez!«, flüsterte Sneijder.

»Ja …« Ihre Wange brannte, und sie spürte Blut in ihrem Mund. »Haben Sie mich geschlagen?«

»Anders waren Sie nicht wachzukriegen.«

»Na toll.« Sie rappelte sich auf. Staub und feinkörniger Sand klebten an ihren Händen. Sie lag auf einem kalten schmutzigen Betonboden. »Wo sind wir?«

»Vermutlich in einer Lagerhalle oder einer leer stehenden ehemaligen Fabrik.«

Sie rümpfte die Nase. »Es stinkt nach Fisch … wohl eher eine Fischhalle.« Obwohl der Raum ziemlich groß war, befand sich bloß ein mannshoher Stapel Holzpaletten darin. Auf der anderen Seite stand ein ziemlich rostiger Gabelstapler, und von der etwa vier Meter hohen Decke hingen Ketten von langen Metallschienen. Nur durch die schmierigen Fenster fiel etwas Tageslicht. Soviel Sabine jetzt erkennen konnte, musste die Halle direkt am Meer stehen, denn soeben fuhr in einiger Entfernung ein Schiff an ihnen vorbei.

»Wie geht es Ihnen?«

Sie spuckte den galligen Geschmack aus. »Anscheinend fehlt mir nichts … habe nur entsetzliche Kopfschmerzen.« Sie blickte zu Sneijder. »Ist das Ihre Waffe?«

Er starrte auf die Sig Sauer in seiner Hand, an deren Lauf ein Schalldämpfer montiert war. »Das ist nicht meine.« Er roch an der Mündung. »Daraus wurde erst kürzlich geschossen … der Lauf ist noch warm.«

An der Stelle am Griff, wo normalerweise die Seriennummer ins Metall eingeschlagen war, befand sich ein aufgerauter kahler Fleck. Die Nummer war eindeutig weggefeilt worden.

»Legen Sie mal die Waffe weg.« Sabine nahm Sneijders Hand und roch an seinen Fingern. »Anscheinend haben *Sie* damit geschossen!«

»Worauf?« Er griff unter seinen Mantel. »Meine eigene Waffe haben sie mir jedenfalls gelassen.«

Sabines Waffe war auch noch da. »Denken Sie, dass das Haakons Leute waren in der Gasse?«

»Vermutlich … oder Sie haben heimliche Verehrer, von denen ich nichts weiß.«

»Sehr witzig. Jedenfalls ist es schon ein großer Zufall, dass die ausgerechnet dann kommen, wenn Sie sich heimlich mit diesem Gjøte treffen. Hat *er* den Treffpunkt vorgeschlagen?«

»Ja, hat er. Aber er ist nicht korrupt.«

»Was macht Sie da so sicher?«

»Ich habe mit ihm geschlafen.«

»Das …« *Was?* Sabine blieb die Luft im Hals stecken. *Was für ein Argument!* »Okaaay …«, sagte sie gedehnt, »… nichts gegen Ihre Menschenkenntnis, aber möglicherweise steht er genauso wie Gulbrandsen auf Haakons Gehaltsliste.«

»Glauben Sie, was Sie wollen, jedenfalls sollten wir von hier verschwinden.« Sneijder erhob sich, montierte den Schalldämpfer von der Sig Sauer und steckte beides in seine Manteltaschen.

»Dort drüben scheint es eine Tür zu geben.« Sabine stand ebenfalls auf und blickte an dem Stapel Holzpaletten vorbei. »Sehen Sie das auch?« Dahinter lag etwas.

Sneijder blickte in dieselbe Richtung. Hinter dem Stapel ragten Schuhe und ein Paar Hosenbeine hervor. Mit wackeligen Knien wankte Sabine zu den Paletten. Dahinter lag ein Mann mit dem Gesicht nach unten auf dem Boden. Er trug denselben eleganten Kamelhaarmantel wie Gjøte. *Den haben sie also auch betäubt und hergeschleppt.* Sneijder hatte also doch recht.

Sie ging näher. *Nur betäubt?* Im gleichen Moment erkannte sie ihren Irrtum. Sie kniete sich neben den Mann hin und drehte ihn auf den Rücken. Es war tatsächlich Gjøte. Seine Augen waren weit aufgerissen, in seiner Stirn prangte ein Einschussloch.

»*O vervloekt, godverdomme*, Haakon, dieser *Schijtkerel!*«, hörte sie Sneijder hinter sich fluchen.

Aus reiner Gewohnheit tastete Sabine mit zwei Fingern nach Gjøtes Halsschlagader. *Kein Puls!* Es hätte schon ein großes Wunder herhalten müssen, wenn dieser Mann noch gelebt hätte. Anscheinend hatte sich Gjøte gegen die Entführung gewehrt, da eine aufgeplatzte Lippe und frische Blessuren sein Gesicht zierten.

»Scheint so, als will man *Ihnen* diesen Mord in die Schuhe schieben.« Sabine sah Sneijder an. Der starrte mit schwermütigem Blick auf die Leiche. Offenbar hatte er nicht nur mit diesem Mann geschlafen, sondern auch Gefühle für ihn entwickelt. Nach Krzysztof und Horowitz war das nun der dritte persönliche Schlag gegen ihn. »Aber warum haben die nicht Ihre Glock verwendet?«

Sneijder massierte seine Schläfen. »Weil die keinen Schalldämpfer hat«, presste er hervor. »Dann wären wir durch den Schuss noch schneller wach geworden. Außerdem wäre ich doch nicht so blöd und hätte einen Kollegen der norwegischen Polizei mit *meiner* Dienstwaffe erschossen … Nein, das Ganze ist schon gut durchdacht. Wer weiß, woher diese Pistole stammt?« Er klopfte auf die Manteltasche.

Sabine schloss Gjøtes Augen. »Warum hätten Sie ihn überhaupt erschießen sollen? Das ergibt doch keinen Sinn.«

»Doch! Er arbeitete bei der Osloer Drogenfahndung. Vielleicht hat er herausgefunden, dass wir Alexander Jørgensen auf eigene Faust geschnappt, gefesselt und gewaltsam verhört haben? Er wollte mich anzeigen, es ist zum Streit gekommen, und im Handgemenge habe ich ihn erschossen.« Sneijder zuckte mit den Achseln. »Und wenn es nicht dieser ist, dann werden sie schon einen anderen plausiblen Grund für diesen Mord finden.«

»Aber wozu das Ganze? Um uns aufzuhalten? Oder als Racheakt, weil Haakon herausgefunden hat, dass Sie und Gjøte ihn in der Bar mit einem inszenierten Attentat hereingelegt haben?«

»Woher hätte er das erfahren sollen?«

»Vielleicht hat ihm das einer der Tønsberger Polizisten gesteckt?«

»Möglich …« Sneijder kaute an der Unterlippe. »Für Haakon wäre es eine ziemliche Befriedigung, wenn wir die nächsten Jahre in Norwegen im Knast hocken würden.«

»Okay, aber diese Falle schnappt doch nur dann zu, wenn uns die Polizei erwischt«, gab sie zu bedenken.

Sneijder sah auf. »Richtig, und deshalb sollten wir so schnell wie möglich von hier verschwinden.«

Sabine erhob sich, doch noch während sie zur Tür liefen, hörten sie von draußen die Sirenen mehrerer Polizeiwagen. »Scheint so, als schnappe die Falle gerade zu …«

Und schon hielten vor der Halle mit quietschenden Reifen mehrere Autos.

70. Kapitel

Als Tina zu sich kam, lag sie seitlich auf dem Boden und war, die Arme auf dem Rücken, mit Handschellen an ein Heizungsrohr gefesselt. Der Heizkörper hinter ihr gluckerte vor sich hin und strahlte eine ordentliche Hitze aus. Sofort versuchte sie instinktiv, sich zu befreien, doch die Handschellen waren so um das Rohr geschlungen, dass sie damit nur einen halben Meter hin und her gleiten konnte, bis sie an eine andere Rohrverbindung stieß. Außerdem waren die Rohre so heiß, dass sie aufpassen musste, sich nicht zu verbrennen.

Ihr war ziemlich übel. Anscheinend hatten ihre Entführer das Chloroform ein paarmal nachdosiert, während sie sie hergebracht hatten. Sie hatte einen extrem galligen Geschmack im Mund und hätte am liebsten ausgespuckt, aber in ihrem Mund steckte ein Stoffknäuel, das mit einem Seil um ihren Kopf festgezurrt war. *Auch das noch!*

Sie lag auf einem Teppich, aber keinem dunkelroten wie im *Ragnar Lodbrok*, sondern einem schäbigen grauen. Der Raum war klein. Ein Fenster mit geschlossenen Vorhängen, ein Tisch, zwei Stühle, ein Bett, ein Schrank und eine Stehlampe. Sah aus wie ein drittklassiges Motel. Außerdem stank es nach kaltem Zigarettenrauch.

Mit den Händen auf dem Rücken konnte sie zwar unmöglich das Seil lösen, mit dem der Knebel befestigt war, aber mit etwas Glück konnte sie es sich mit der Schulter übers Kinn abstreifen und das Knäuel ausspucken. Dann würde sie wenigstens um Hilfe rufen können. Schon hatte sie den ersten Versuch gestartet, als sie aus dem Nebenraum eine leise Stimme hörte. Rasch stoppte sie, hielt den Atem an und lauschte.

Nein, es waren *zwei* Stimmen. Eine männliche und eine weibliche. Sie sprachen abwechselnd deutsch und englisch. Anscheinend telefonierten sie mit jemandem, denn Tina hörte noch eine dritte, leicht verzerrte Stimme aus einem Lautsprecher, die aber zu leise war, um sie wirklich verstehen zu können.

Wie es schien, diskutierten die drei. Vielleicht ging es darum, was sie mit ihr anstellen sollten. Allein die Tatsache, dass sie gefesselt, geknebelt und in diese Wohnung gebracht und nicht gleich in ihrem Hotelzimmer getötet worden war, sagte ihr, dass diese Typen noch etwas mit ihr vorhatten, bevor man sie kaltmachte. Vielleicht wollte man sie ja einfach nur für ein paar Stunden aus dem Verkehr ziehen? Doch so viel Glück hatte sie bestimmt nicht.

Angestrengt versuchte sie, die Gesprächsfetzen zu verstehen und den Worten einen Sinn zu geben, aber das Telefonat ging gerade zu Ende. Deutlich waren nur noch die letzten Worte zu hören. »Ja, es ist alles in Ordnung, die Orchideen sind gewässert.«

Tina rieselte ein Schauer über den Rücken. *Das hast du doch schon mal vor Kurzem irgendwo gehört*, schoss es ihr durch den Kopf. *Aber wann? Und wo?*

Die Frau verabschiedete sich auf Englisch von dem Mann, dann knallte eine Tür zu. Schritte hallten im Treppenhaus. Anscheinend war Tina jetzt mit dem Kerl allein im Motel. Hoffentlich handelte es sich nicht um Alexander Jørgensen, der irgendwie freigekommen war.

Die Orchideen sind gewässert!

Und plötzlich wusste sie, was der Satz zu bedeuten hatte und wer hinter dieser Entführung stand.

71. Kapitel

Sabine und Sneijder hatten gerade noch durch den Hinterausgang ins Freie abhauen können, bevor die ersten Polizeiwagen auch die Rückseite des Gebäudes erreichten.

Die Halle lag tatsächlich direkt am Meer und inmitten eines Industriegebiets mit Kränen, Containern und langen betonierten Molen. Anhand der Form des Ufers und der Hafenbucht erkannten sie, dass sie nur ein paar Kilometer weit von der Osloer Innenstadt entfernt waren. Bei ihrer Flucht nahmen sie so viele kleine Seitengassen wie möglich und schlugen entsprechende Haken. Da es keine Straßensperren gab, hatte sie bis jetzt niemand von der Polizei entdeckt.

Zwar liefen sie an einigen Passanten, Arbeitern und Fischern im Ölzeug vorbei, die sich bestimmt an sie erinnern würden, falls die von der Polizei verhört werden würden, aber wichtig war, dass sie erst einmal von dem Gelände runterkamen. Denn wenn man sie jetzt schnappte, säßen sie die nächsten vierundzwanzig Stunden ohne Handy in U-Haft. Dann konnten sie weder jemanden aus ihrem Team erreichen noch die Kerle finden, die sie in diese Falle gelockt hatten. Aber genau das würden sie versuchen, egal, was die örtliche Polizei davon hielt – denn Sabine war sicher, dass Sneijder jetzt erst recht nicht mehr nach den Regeln spielen würde.

Während sie keuchend in Richtung des *Ragnar Lodbrok* liefen, funktionierte Sabines Hirn durch die Bewegung und die kühle Luft von Minute zu Minute besser. Als Erstes versuchte sie, Tina anzurufen, doch die ging wieder mal nicht ran. Ebenso wenig beantwortete Marc ihren Anruf. Mit keuchender Stimme hinterließ sie jeweils eine kurze Nachricht.

In der Zwischenzeit hatten sie das Ende des Industriegebiets erreicht. Sneijder wurde langsamer. Von nun an würden sie normal weitergehen. Doch bevor Sabine den Weg in die Innenstadt einschlagen konnte, dirigierte Sneijder sie zum Ufer. Dort führte eine bemooste Steintreppe zum Wasser hinunter, wo Autoreifen, Metallgerüste und vermoderte Holzpaletten zwischen den Felsen lagen. Es stank intensiv nach Algen und Fisch. Nicht weit von ihnen entfernt verließ soeben ein Containerschiff die Osloer Bucht, wobei mehrmals laut das Schiffshorn ertönte.

»Was machen wir hier?«, fragte Sabine immer noch keuchend.

Doch Sneijder hatte zu wenig Puste, um zu antworten. Stattdessen suchte er eine Holzpalette aus, trat mehrmals darauf, bis sie brach, und schichtete die losen Bretter übereinander zu einem Stapel. Dann zog er die Sig Sauer aus der Manteltasche und wartete, bis das Containerschiff wieder ins Horn blies. Gleichzeitig feuerte er in den Holzstapel.

Sabine sah sich um. Glücklicherweise hatte sie niemand bemerkt. Als Nächstes schraubte Sneijder den Schalldämpfer auf den Lauf der Waffe und schoss ein zweites Mal in die Bretter. Diesmal ertönte nur ein leises Ploppen. »Helfen Sie mir.«

Gemeinsam schoben sie die Bretter auseinander. Mit einem flachen Stein drückten sie die beiden verformten Projektile aus dem Holz. Das erste ohne Schalldämpfer abgefeuerte Geschoss war tiefer eingedrungen. Schließlich hatten sie beide Projektile befreit, und nun sammelte Sneijder auch noch die ausgeworfenen Patronenhülsen ein.

Zuletzt wischte er seine Fingerabdrücke vom Griff der Waffe, nahm sie vorsichtig am Lauf und schleuderte sie so weit wie möglich von sich ins Wasser. Offiziell eine Vernichtung von Beweismaterial, aber wegen der weggefeilten Seriennummer war die Sig

Sauer sowieso bedeutungslos geworden. Wichtig waren nur die Spuren an den Hülsen und die Projektile selbst. Falls die Waffe jemals bei einem Delikt registriert worden war, würden sie damit ihre Herkunft identifizieren können.

»Gehen wir«, sagte er.

Um so wenig Spuren wie möglich zu hinterlassen, nahmen sie absichtlich kein Taxi. Der Fußmarsch zum Hotel verlief zum Glück ohne Zwischenfall. Als Sabine bereits von Weitem die Front des *Ragnar Lodbrok* erblicken konnte, rief Marc endlich zurück.

»Wo warst du so lange?«, fragte Sabine.

»Ich habe geschlafen und jetzt war ich in der Dusche«, antwortete er aufgeregt. »Habe soeben deine Nachricht abgehört. O Gott! Wo seid ihr?«

»Wir sind gleich beim Hotel.«

Sneijder packte sie am Arm und hielt sie zurück. Mit einem Kopfnicken zeigte er zum Hoteleingang. Nun sah Sabine es auch. Davor standen zwei Polizeiwagen.

»Cora ist gerade zu mir ins Zimmer gekommen«, redete Marc hastig weiter. »Sie war in der Lobby. Dort wimmelt es nur so von Polizei.«

»Wir sehen es«, bestätigte Sabine. Im Hintergrund hörte sie Coras Stimme.

»Cora wurde von den Polizisten verhört«, erklärte Marc weiter. »Anscheinend suchen sie bereits nach euch.«

Sneijder, der neben Sabine stand und den Kopf gesenkt hatte, um bei dem Gespräch mitzuhören, stieß einen Fluch aus. »Das ging ja verdammt schnell«, knurrte er. »Ich wette, Gulbrandsen führt die Ermittlungen … Das heißt, wir sind am Arsch. Marc, hast du Gelegenheit, an meinen Koffer zu kommen?«

»Der ist schon in deinem Zimmer.«

»Kommst du da noch rein?«

»Nein«, hörten sie Coras Stimme. »Ich habe in der Lobby erfahren, dass der Rezeptionist den Polizisten die Nummer Ihres Zimmers genannt hat.«

»*Verdomme!* Die sind bestimmt schon drin und durchwühlen alles.«

»Wo sind Ihr Laptop und Ihr Diplomatenpass?«, fragte Sabine.

»Im Koffer«, sagte Sneijder, dann sprach er wieder in ihr Handy. »Versucht, Martinelli zu finden. Gebt uns fünfzehn Minuten Vorsprung und nehmt dann ein Taxi zur deutschen Botschaft. Wir gehen inzwischen zu Fuß hin. Dort treffen wir uns.«

Sabine beendete das Gespräch und folgte Sneijder, der einen schnellen Schritt anschlug. Jetzt war Daniel Ecceson, der Botschaftssekretär, der Einzige, der ihnen noch helfen konnte.

72. Kapitel

Solange der Mann im Nebenzimmer war, hatte Tina den Plan aufgegeben, sich von dem Seil und dem Stoffknäuel zu befreien. Hätte er es bemerkt, hätte er sie nur erneut geknebelt und das fester.

Also legte sie sich neben den Heizkörper auf den Boden und stellte sich weiterhin bewusstlos. Durch die Hitze des Radiators lief ihr bereits der Schweiß über den Rücken. Es dauerte nicht lange, dann hörte sie, wie der Mann ins Zimmer kam, um offenbar nach ihr zu sehen. Sie hörte seinen Atem, dann raschelte etwas.

Nicht bewegen. Ganz ruhig und tief atmen.

Der Mann sagte nichts, zündete sich eine Zigarette an und verließ schließlich ebenfalls das Apartment. Hinter ihm krachte die Tür ins Schloss.

Jetzt! Tina rappelte sich auf. Womöglich hatte sie nur ein paar Minuten Zeit, bevor er zurückkommen würde. Sie wollte schon damit beginnen, sich mit der hochgezogenen Schulter das Seil vom Mund zu streifen, hielt jedoch inne. *Was bringt das, wenn du laut um Hilfe schreist? Wer weiß, in welcher Gegend du bist! Vielleicht wird dich niemand hören, und das Einzige, was du erreichst, ist, dass der Kerl zurückkommt und dich ausknockt.*

Tina dachte nach. *DU musst IHN ausknocken!*

Das Heizungsrohr war zu heiß, um es direkt anzufassen. Also stemmte sie sich mit den Beinen von der Wand ab, biss die Zähne zusammen und zerrte an den Handschellen. Hinter ihr quietschte und knarrte das Rohr. *Die Installationen sind sicher mindestens fünfzig Jahre alt.* Sie stöhnte laut in den Knebel und zerrte mit angespannten Muskeln an den Fesseln und dem Rohr. Immer wieder und immer fester.

Das Metall schnitt ihr in die Handgelenke, aber sie ignorierte den Schmerz und rüttelte weiter an dem Rohr. *So eine alte Installation kann das auf Dauer nicht aushalten.* Sie riss weiter. *Das Rohr* muss *nachgeben!*

Nun wurden die Schmerzen unerträglich, sie stöhnte laut in den Knebel und riss weiter an dem Rohr. *Mach schon!* Es quietschte und ächzte erbärmlich auf. Das erste Verbindungsstück klapperte. Mauerteile brachen aus der Wand heraus, und neue Kraft befeuerte Tina.

Weiter, das Rohr kann das nicht mehr lange aushalten!

Oder du hältst es nicht mehr lange aus.

Noch einmal riss sie mit voller Wucht ruckartig an dem Gestänge, und dann brach endlich eine Muffe auseinander. Zischend spritzte heißes Wasser aus dem Spalt.

O Scheiße!

Tina robbte schnell zur Seite, um sich nicht zu verbrühen, zerrte aber weiter an dem Rohr. Fest stützte sie sich mit den Beinen ab und stemmte ihren gesamten Körper von dem Heizkörper weg. Und dann brachen Mauerteil, Verbindungsstück und Rohr endgültig auseinander, und das heiße Wasser spritzte in alle Richtungen. Tina schrie gequält unter dem Knebel auf und robbte zu der Bruchstelle.

Es wurde verdammt heiß. Das Wasser verbrühte ihr Finger, Handgelenke und Unterarme und ließ sie einen brennenden Schmerz spüren. Stöhnend befreite sie sich von dem losen Rohr und rollte sich so schnell wie möglich von der Wand weg in die Mitte des Raumes, wo sie erschöpft und heftig durch die Nase atmend liegen blieb. Binnen Sekunden bildeten sich riesige Brandblasen auf der Haut, die Tina zwar nicht sehen konnte, aber umso deutlicher spürte.

Indessen breitete sich das Wasser im Zimmer aus und erreichte ihre Beine. Rasch rollte sie sich weiter weg, rappelte sich auf und betrachtete ihr Werk. *Was für ein schöner Wasserrohrbruch.*

Da ihre Arme immer noch mit den Handschellen auf den Rücken gefesselt waren, streifte sie sich das Seil jetzt mit der Schulter über das Kinn herunter. Mühsam würgte sie das Geschirrtuch heraus, wobei sie sich fast übergeben hätte. Sie rieb sich den Speichel mit der Schulter von der Wange.

Du musst weg! Der Kerl hat die Zigarette sicher schon längst zu Ende geraucht.

Sie rannte durch die beiden Zimmer zur Eingangstür, und während sie noch hoffte, dass die nicht zugesperrt war, sah sie, wie die Klinke heruntergedrückt wurde. Die Tür ging auf und der Kerl kam ins Apartment. Tina kannte ihn nicht, jedenfalls war es nicht Alexander Jørgensen. Sie nahm weiter Schwung, rammte ihm den Kopf in den Bauch und drängte ihn mit voller Wucht ins Treppenhaus.

Er stolperte zurück und fiel rücklings die Stufen hinunter. Tina lief gleich hinterher. So viel sie in der Hektik erkennen konnte, war das Treppenhaus genauso schäbig wie das Zimmer. Der Typ fiel gegen das Geländer, krachte mit dem Hinterkopf an die Mauer und blieb stöhnend auf der Zwischenetage liegen. Bevor er sich aufrichten konnte, stand Tina bereits über ihm und trat ihm mit dem Fuß ins Gesicht. Einmal, zweimal … nach dem dritten Mal blieb er reglos liegen.

Der hat genug!

Sie wandte sich ab und nahm mit ein paar Sätzen den Rest der Treppe hinunter ins Erdgeschoss. Es war tatsächlich ein Motel, allerdings war die Rezeption nicht besetzt. Auf dem Tresen stand zwar ein altes Festnetztelefon, doch mit den gefesselten Händen half ihr das nicht viel. Sie stürzte zur Tür, drückte sie mit der Schulter auf und stolperte ins Freie.

Kälte und feiner Nieselregen empfingen sie. Auch Autolärm und Hupen. Es roch nach nassem Asphalt. Erleichtert ließ Tina die Schultern sinken. Sie war so froh, frei zu sein und die Geräusche naher Zivilisation zu hören, dass sie gleich über einen Parkplatz und den Bürgersteig zur Straße taumelte.

Seitlich am Gebäude hing eine Leuchtreklame, die jedoch ausgeschaltet war. *Gamlebyen Motels.* In der Nähe sah sie nur ein paar wenige einstöckige Wohnhäuser. Keine Ahnung, wo sie war. Vermutlich in einem der Randbezirke Oslos. *Egal, du musst ein Auto anhalten und telefonieren!*

Da hörte sie ein Geräusch hinter sich. Der Typ kam aus dem Motel. Mit blutverschmiertem Gesicht und einer schiefen und offensichtlich gebrochenen Nase. Dennoch sah er sich nach ihr um.

Fuck!

Tina drehte sich weg und lief direkt auf die Fahrbahn. Immer noch etwas benommen von dem Chloroform und geschwächt durch die Anstrengung mit dem Heizkörper, stolperte sie auf einen PKW zu, der in ihre Richtung fuhr. Sie konnte die Arme nicht hochreißen, um zu winken, aber der Fahrer hatte sie schon bemerkt. Er blinkte mit der Lichthupe.

Tina lief weiter auf den Wagen zu. Er wurde zwar langsamer, blinkte aber immer noch hektisch mit der Lichthupe.

Mann, hör endlich auf damit und halt an!

Da röhrte eine Hupe hinter ihr. Tina drehte sich um. Im gleichen Moment erfasste sie der Kühlergrill eines LKWs und schleuderte sie quer über die Fahrbahn.

73. Kapitel

Als Sabine und Sneijder die Botschaft erreichten, empfing Daniel Ecceson sie am Eingang und brachte sie in Katharina von Thuns Büro. Dorthin, wo vor drei Tagen alles begonnen hatte – Sabine schien das eine Ewigkeit her zu sein.

Ecceson blieb nervös neben den Besucherstühlen stehen. »Wissen Sie schon, wer Katharina ermordet hat?«

»Ja, Alexander Jørgensen, er wurde schon verhaftet«, sagte Sneijder. »Aber jetzt versucht sein Bruder, uns fertigzumachen und uns einen Mord in die Schuhe zu schieben.«

»Aus Rache?«

Sneijder schüttelte den Kopf. »Aus anderen Gründen, aber das alles jetzt zu erklären, würde zu weit führen.« Er atmete tief durch. »Wir sind in Eile.«

Es klopfte an der Tür, und Marc und Cora betraten das Büro. Bei Marcs Anblick fiel Sabine ein Stein vom Herzen. Ecceson hingegen betrachtete ihn irritiert, woraufhin Sabine ihn kurz vorstellte und Ecceson erklärte, dass der Rest ihres Teams ihnen nachgereist war.

»Und wo sind die anderen?«

»Auch das ist eine lange Geschichte«, antwortete Sabine und beließ es dabei. Marc wuchtete seinen Rucksack auf einen Stuhl und kramte darin herum. »Eine Wollmütze, frische Kleidung, dein Reisepass und ein Ersatzmagazin für deine Waffe.« Er reichte Sabine die Sachen. »In dein Zimmer konnte ich allerdings nicht rein«, sagte er zu Sneijder. »Die Polizei stand bereits davor.«

Ecceson starrte sie entsetzt an. Langsam schien ihm zu dämmern, dass sie – und damit auch er – ganz schön in Schwierigkeiten steckten.

»Meine Sachen sind noch im Hotel«, erklärte Sneijder dem Botschaftssekretär. »Können Sie da etwas machen?«

»Nun ja …« Ecceson fuhr sich übers Gesicht. »Immerhin geht es um einen deutschen Staatsbürger, dessen Zimmer womöglich durchwühlt worden ist. Ich werde versuchen, ob ich Ihre Sachen bekomme. Garantieren kann ich es nicht. Ansonsten kann ich Ihnen hier nur interimsmäßig einen Reiseausweis ausstellen lassen, aber wenn nach Ihnen gesucht wird und die Grenzen kontrolliert werden, wird Ihnen der nicht viel nützen.«

Sneijder sah ihn ungeduldig an.

»Ja, ich werde es probieren.« Ecceson verließ das Büro.

Gleichzeitig betrat eine junge Dame mit weißer Bluse und grauem Bleistiftrock den Raum und stellte ihnen ein Tablett mit Sandwiches, Kuchen und dampfendem Kaffee auf den Tisch.

Gierig goss Sabine sich eine Tasse ein und verschlang sofort ein Sandwich dazu. »Gibt es in der Botschaft eine Möglichkeit zu duschen?«, fragte sie mit vollem Mund.

Die Dame deutete nach oben. »Ja, im Obergeschoss haben wir Küche, Gästezimmer und ein Bad.«

Sneijder ignorierte das Tablett. »Haben Sie eine Kanne Vanilletee?«

Die Dame nickte. »Könnte ich organisieren.«

»Bitte.« Er zwinkerte ihr zu. »Rooibos Vanille, vier Beutel pro Kanne und nur drei Minuten ziehen lassen.«

Erstaunt sah Sabine ihn an. Er hatte tatsächlich *Bitte* gesagt. Und gezwinkert! Anscheinend war ihm gerade selbst klar geworden, dass ihnen die Probleme bis zum Hals standen und er im Moment auf jede fremde Hilfe angewiesen war. Aber sie war zuversichtlich, dass diese Freundlichkeit nicht lange anhalten würde.

Spätestens nach einem Joint und einer Tasse Tee würde er wieder der alte Kotzbrocken sein, der alle schikanierte.

Nachdem die Dame das Büro verlassen hatte, nahmen sie am Besuchertisch Platz.

»Weiß jemand, wo Tina ist?«, fragte Sabine.

Keine Antwort, nur lange Gesichter.

»Ohne Laptop kann ich ihr Handy nicht orten«, sagte Sneijder, »aber ich fürchte, die sind genauso hinter ihr her gewesen wie hinter uns.« Danach erzählte er den anderen mit knappen Worten, was ihnen zugestoßen war, beginnend von seinem Plan mit Gjøte und seinem Treffen mit ihm hier in Oslo bis zu ihrer Flucht aus der Fischhalle. »Ich schätze, es wäre nur eine Frage der Zeit gewesen, bis sich Haakon auch etwas für euch hätte einfallen lassen«, sagte er zu Marc und Cora. »Hier in der Botschaft seid ihr vorerst sicher. An eurer Stelle würde ich telefonisch im Hotel auschecken und mir eure Sachen hierherschicken lassen.«

»Soll ich Kontakt mit dem BND aufnehmen?«, fragte Cora.

»Wegen des Maulwurfs ist es besser, wenn so wenige wie möglich von den aktuellen Vorfällen wissen.«

Eine Zeit lang herrschte Schweigen, das schließlich durch das Öffnen der Tür unterbrochen wurde. Ecceson kam herein, sein Gesicht war blass. Ein Zittern lag in seiner Stimme. »Ich habe soeben mit dem Hotel telefoniert. Herr Sneijder, Ihre Sachen wurden von der Polizei beschlagnahmt.«

Kommentarlos drückte Sneijder einen Punkt auf seinem Handrücken.

»Sie und Frau Nemez werden wegen Mordes gesucht«, keuchte Ecceson. »Die norwegische Polizei hat aufgrund von Zeugenaussagen gute Personenbeschreibungen von Ihnen erhalten. Und alle Sachen aus Ihrem Zimmer, Frau Nemez, wurden ebenfalls sichergestellt.«

»Mist«, zischte Marc und klopfte auf seinen Rucksack. »Wenigstens konnte ich die wichtigsten Dinge noch mitnehmen.«

Sneijder atmete tief durch. »Ich hätte nicht damit gerechnet, dass das so schnell geht.«

Ecceson war immer noch blass um die Nase. »Das ist leider noch nicht alles. Zu Ihrem Team gehörte auch eine gewisse Tina Martinelli, nicht wahr?«

»Warum *gehörte*?« Sabine sprang auf. »Was ist mit ihr?«

»Sie wurde von einem LKW angefahren. Ein Rettungswagen hat sie vorhin ins Krankenhaus gebracht. Die Polizei fand in ihrer Tasche einen Flyer des *Ragnar Lodbrok*. Dort haben sie dann angerufen und erfahren, dass sie heute Morgen im Hotel eingecheckt hat und zu Ihrem Team gehört.«

Nun zitterte Sabines Stimme ebenfalls. »Was hat sie? Wie geht es ihr?«

»Im Moment ist sie nicht ansprechbar«, erklärte Ecceson. »Mehr weiß ich nicht. Anscheinend war der Unfall schwerwiegend.«

»Ich muss zu ihr.« Sabine lief zur Tür. »In welchem Krankenhaus liegt sie?«

Sneijder hatte sich alles angehört, saß nun vornübergebeugt da und starrte auf die Tischplatte. Seine Schläfen pochten, seine Kiefermuskeln mahlten. »Sie können nicht hin«, sagte er leise. »Die Polizei wird dort auf Sie warten. Dann sitzen Sie mindestens zwei Tage lang in U-Haft.«

»Das ist mir egal! Ich muss zu ihr!«

Sneijder hatte immer noch den Kopf gesenkt. »Haben Sie eine Ausbildung als Chirurgin, Anästhesistin oder Schädel-Hirn-Trauma-Expertin? Nein? Dann können Sie ihr nicht helfen.«

Sie umklammerte die Türklinke. »Sie sind so ein kaltherziger Arsch!«

»Nemez!« Sneijder sah auf. »Wenn Gulbrandsen Sie einmal geschnappt hat, wird er Sie nicht so schnell wieder freilassen. Aber ich brauche Sie *hier* an *meiner* Seite ... und nicht im Krankenhaus oder in einer Arrestzelle, wo Sie mir nichts nützen!«

Sabine stutzte, dann ließ sie die Türklinke los. »Okay ...« Ihre Stimme zitterte, ihr Brustkorb bebte. Diese ganze Situation war völlig anders als jede Ermittlung, die sie bisher gemeinsam in Deutschland oder dem benachbarten Ausland durchgeführt hatten. Keine der örtlichen Behörden war mehr zu irgendeiner Kooperation verpflichtet – oder gar dazu, sich von ihnen herumkommandieren zu lassen. Stattdessen waren ihnen die Hände gebunden, und sie mussten tatenlos zusehen, wie ein Mitglied ihres Teams nach dem anderen aus dem Verkehr gezogen wurde. »Was schlagen Sie also vor?«

»Setzen Sie sich wieder!«, befahl Sneijder. Er wartete, bis sie zurück auf ihren Stuhl gesunken war, dann breitete er die Arme aus. »Offenbar habe ich Haakon unterschätzt. Seine Kontakte und Möglichkeiten reichen viel weiter, als ich vermutet hätte. Fakt ist – wir alle sind in Norwegen nicht mehr sicher.«

Ecceson wollte widersprechen, doch Sneijder brachte ihn mit einer schroffen Handbewegung zum Verstummen. »Hören Sie mir zu! Es ist wichtig, und ich sage es nur einmal. Ecceson, falls Tina Martinelli nach der Erstversorgung transporttauglich ist, veranlassen Sie, dass sie sofort in ein Krankenhaus nach Deutschland ausgeflogen wird.« Ecceson wollte etwas sagen, aber Sneijder unterbrach ihn sofort. »Nehmen Sie Kontakt zum Büro von Dirk van Nistelrooy auf, seine Sekretärin wird mit Ihnen gemeinsam die notwendigen Schritte organisieren, damit ein Ambulanzjet für einen baldigen Rücktransport genehmigt wird.«

Ecceson nickte. »Gut, ich werde es versuchen.«

»Versuchen ist zu wenig. Sie müssen sie so schnell wie möglich sicher außer Landes bringen!« Als Nächstes sah Sneijder zu Marc. »Du begleitest Martinelli im Flieger und lässt sie nicht aus den Augen. Besprich alles, was vorgefallen ist, mit van Nistelrooy. *Nicht* mit Jon Eisa und auch *nicht* mit Friedrich Drohmeier, ist das klar? Nur mit van Nistelrooy persönlich.« Dann wandte er sich an Cora. »Und Sie reden ausnahmsweise einmal nicht mit dem BND. Vielleicht befindet sich das ursprüngliche Datenleck gar nicht im BKA, sondern im Nachrichtendienst.« Cora schluckte, aber auch sie nickte.

Nun griff Sneijder in die Manteltasche und reichte Marc die Projektile und Patronenhülsen. »Damit wurde Gjøte erschossen, der Mann aus der Bar. Die Techniker und Ballistiker des BKA sollen das untersuchen. Ich möchte wissen, woher die Waffe stammt.«

Marc erhob sich und steckte Hülsen und Projektile ein. »Gut, dann mach ich mich mal auf den Weg ins Krankenhaus.«

»Ich lasse einen Wagen holen, der Sie hinbringt«, sagte Ecceson. »Inzwischen kläre ich die Lage.«

Sabine stand ebenfalls auf und trat vor Marc hin. »Pass gut auf dich und Tina auf ... und guten Rückflug.«

Marc umarmte sie und gab ihr einen Kuss. »Ich bin ja vielleicht schon in ein paar Stunden in Wiesbaden, aber *du* komm gesund und gut heim.« Dann deutete er zu Sneijder. »Du bist dafür verantwortlich, dass ihr nichts passiert.«

Sneijder nickte. Im Moment gingen ihm vermutlich ganz andere Dinge durch den Kopf.

Sabine löste sich schweren Herzens aus Marcs Umarmung und sah ihm wehmütig nach, wie er seinen Rucksack schulterte und das Zimmer verließ. Dann wandte sie sich an Sneijder. »Und was machen wir?«

Der runzelte nachdenklich die Stirn. »Wir verschwinden ebenfalls aus Oslo.«

»Okay, toller Plan, und wie?«

»Pier 17B«, sagte er nur.

74. Kapitel

Der Pier 17B war gar nicht so leicht zu finden gewesen. Er lag mitten im Industriehafen, umgeben von roten, gelben und blauen Riesenkränen, die ohne Unterbrechung Container auf Frachtschiffe luden. Von Weitem sahen die riesigen Blechbehälter wie bunte Bauklötze aus, die sich dicht an dicht meterhoch auf den Schiffen stapelten.

Dass das bei starkem Wellengang überhaupt hält, dachte Sabine, während Cora, Sneijder und sie zum Frachtterminal gingen. Nicht weit von hier legte auch die Fähre nach Kiel ab, mit der sie hergekommen waren. Beim Vorbeifahren mit dem Taxi hatten sie bemerkt, dass dort das Polizeiaufkommen höher war als sonst. Auch am Jachthafen von Skøyen, wo Hunderte Boote wie Nussschalen aneinandergereiht an den Stegen hingen, patrouillierte die Polizei.

Cora zeigte dem Büroangestellten im Terminal eine von der deutschen Botschaft ausgestellte Vollmacht, die es ihr erlaubte, diplomatisches Gepäck zollfrei am Pier 17 aufzugeben. In dem versiegelten Koffer, den sie von Ecceson erhalten hatte, befanden sich nur zwei alte Telefonbücher. Aber so gelangten sie – auch Sneijder mit seinem vorläufigen Reiseausweis – auf das Areal und setzten sich schließlich am Ende des Piers im Schatten einer alten Wellblechhalle auf eine Holzbank, die zwischen einem Gabelstapler und einem Müllcontainer stand. Im unwahrscheinlichen Fall, dass die Polizei ihre Suche auch auf diesen Teil des Hafens ausdehnen würde, wären sie hier wenigstens halbwegs gut versteckt.

So modern und freundlich der Jachthafen und die Anlegestellen für die Fähren aussahen, so heruntergekommen wirkte der Frachthafen. Einige Arbeiter in Schutzkleidung marschierten an ihnen vorbei, danach fuhr ein Müllwagen vor und kippte seinen Inhalt in einen Container, was wiederum eine Schar kreischender Möwen anlockte.

Wenn Sabine sich nach vorn beugte und um die Kante des Müllcontainers herum zum Ende der Kaimauer blickte, sah sie ein mittelgroßes Frachtschiff, das schwer geladen hatte und dementsprechend tief im Wasser lag. Die *Skagerrak*. Ein alter Rostkahn, dem sie es gar nicht zutraute, die Strecke bis nach Kaliningrad ohne Havarie zu überstehen. Aber immerhin fuhr die *Skagerrak* diese Route nicht zum ersten Mal, und auch heute Abend würde sie um 21 Uhr ablegen und ohne Zwischenstopp direkt zu der russischen Exklave schippern.

Im Gegensatz zu den anderen Frachtern war die *Skagerrak* kein reines Vollcontainerschiff, sondern besaß zusätzlich auch eine große Heckklappe, wie die großen Fähren, die auch LKWs an Bord nehmen konnten. Sabine fragte sich wieder, worin wohl die Schmuggelware bestand, die neben Altmetall und Industriemüll an Bord war – und gleichzeitig kam ihr der Gedanke, dass gerade die *Skagerrak* mit ein Grund sein konnte, warum die Polizei nicht herkam. Denn offensichtlich sahen die Behörden immer dann weg, wenn Haakons Schiff beladen wurde und ablegte.

Sabine zog den Anorak bis zum Hals zu und hauchte sich in die Hände, weil mittlerweile ein kalter Wind vom Meer hereinwehte. »Wie lange braucht so ein Schiff nach Kaliningrad?«

»Habe ich einen Saugnapf auf der Stirn und sehe aus wie ein Navi?«, knurrte Sneijder.

Boah, hat der schlechte Laune. Sabine sah zu Cora. »Wenn es schnell fährt, macht es etwa zwanzig Knoten«, antwortete die.

»Dann brauchte es für eine Strecke von etwas mehr als tausend Kilometern ungefähr …«, Sabine rechnete nach, »... siebenundzwanzig Stunden. Das heißt, es kommt morgen gegen Mitternacht in Russland an.«

Cora zog sich die Schirmkappe tiefer ins Gesicht. »Warum interessiert uns das eigentlich? Kann uns doch egal sein, ob Haakon etwas schmuggelt oder nicht. Darum können sich die deutschen, norwegischen oder russischen Behörden kümmern.«

Sneijder starrte lediglich auf das Schiff und ließ sich mit der Antwort Zeit. »Sie wissen, wie lange es bei einer solchen internationalen Zusammenarbeit dauert, bis die Behörden einen Durchsuchungsbeschluss für ein Schiff in internationalen Gewässern kriegen.«

Cora zuckte mit den Achseln. »Wie lange?«

»Zu lange!«

»Und deswegen gehen wir an Bord?«, fragte Cora nun zögernd, die anscheinend immer noch nicht ganz verstand, was Sneijder genau vorhatte. Sabine hingegen war längst klar, dass Sneijder um jeden Preis auf dieses Schiff wollte. Und das trotz aller Risiken. Denn falls man ihn entdeckte, würde er sehr wahrscheinlich auf hoher See unfreiwillig über Bord gehen. Und falls nicht, so war die Vorstellung, sich morgen Nacht plötzlich in Russland zu befinden, auch nicht gerade herzerwärmend.

»Die Schmuggelgeschichte ist nur nebensächlich«, murmelte er. »Viel interessanter ist doch, dass durch Katharina von Thuns Ermordung das hier jetzt der letzte Daten-Deal ist, der abgewickelt wird.«

»Falls Sie mit Ihrer Theorie des Maulwurfs überhaupt recht haben«, gab Cora zu bedenken.

Doch Sneijder ließ keinen Zweifel daran aufkommen. »Wenn dieses Material brisant genug ist und in die falschen Hände gelangt …«

»Wer sagt, dass es brisant genug ist?«, unterbrach Cora ihn.

»Wir sind keine Vorstadtpolizisten«, fuhr Sneijder sie an. »Das

BKA ermittelt gegen Schlepper, Terroristen, Pädophilenringe, Waffenhändler, Zwangsprostitution und international organisierten Handel mit Falschgeld und Drogen. Durch dieses Leck könnten weitere Einsätze, Razzien, Abhöraktionen und geplante Zugriffe des BKA und des BND sabotiert werden … und unschuldige Menschen, Einsatzkräfte und Kollegen sterben. Nicht nur *unsere*, auch *Ihre*!«

Mit einem bitteren Gefühl dachte Sabine an Schönfeld, der erst kürzlich bei einem missglückten Einsatz des SEK ums Leben gekommen war. Womöglich war auch sein Tod eine direkte Folge dieses Datenlecks.

»Sie wollen also die Übergabe in Kaliningrad verhindern?«, fragte Cora.

»Kaliningrad ist wegen seiner geografischen Lage der perfekte Umschlagplatz für illegal beschaffte Informationen. Ich möchte die Daten sicherstellen, bevor sie in einer Auktion landen.«

Cora runzelte unglücklich die Stirn. »Der Plan ist Wahnsinn!«

»Aber genau *deswegen* sind Sie in Wahrheit doch mit uns nach Norwegen gekommen«, erinnerte Sneijder sie.

»Außerdem möchten wir Haakon schnappen«, ergänzte Sabine.

»Wer sagt, dass er überhaupt an Bord ist?«, fragte Cora.

Sneijder starrte zum Schiff. »Er wird an Bord sein.«

»Was macht Sie da so sicher?«

»Er wird wegen mehrfachen Mordes gesucht«, antwortete Sabine an Sneijders Stelle, »also wird er versuchen, das Land zu verlassen. Wenn er die Gelegenheit nutzt, sich heute nach Russland abzusetzen, sollten wir das verhindern.«

»Darum können sich doch auch die norwegischen Behörden kümmern«, widersprach Cora erneut.

»In drei Wochen?« Am Ton von Sneijders Stimme hörte Sabine, dass er dabei war, die Geduld mit Cora zu verlieren. »Und vergessen Sie nicht, dass wir ebenfalls wegen Mordes gesucht werden. Die *Skagerrak* ist nicht nur Haakons letzte Chance, unbemerkt das Land zu verlassen, sondern auch unsere.«

Sabine sah das genauso. Im Grunde genommen sprach vieles dafür, sich irgendwie an Bord zu schleichen. »Außerdem wird Haakon dafür gesorgt haben, dass sein Schiff weder von der Polizei noch von der Zollbehörde kontrolliert wird. Unser Glück!«

Cora schob sich eine Haarsträhne unter die Kappe. »Sie wollen also einfach so abhauen? Damit machen Sie doch alles noch viel schlimmer.«

»Langsam reicht es mir mit Ihren regelkonformen naiven Ansichten.« Sneijder sah sie streng an. »Bis geklärt ist, dass ich den Mord an Gjøte nicht begangen habe, vergehen Tage, wenn nicht sogar Wochen, in denen ich tatenlos in U-Haft sitze. In der Zwischenzeit hat sich Haakon längst abgesetzt und die letzten Daten übergeben. Und er ist meine letzte Spur, den Maulwurf zu fassen.«

Nun schien Cora endlich zu begreifen.

»Fliegen Sie heim, wenn Sie wollen. Ich gehe auf dieses Schiff.« Fragend sah er Sabine an.

Sie nickte. »Ohne mich sind Sie doch aufgeschmissen.« Dieser Fall musste gelöst werden – abgesehen davon hätte sie ihn sowieso nie im Stich gelassen.

»Und wie planen Sie, an Bord zu kommen?«, fragte Cora.

Sneijder nickte nach vorn. »Wir brechen die Plombe von einem dieser Altmetallcontainer auf, die noch hier stehen.«

Cora stöhnte auf, dann nickte sie langsam. »Okay, wir haben es zu dritt begonnen. Wir beenden es auch zu dritt.«

75. Kapitel

Sie harrten noch zwei Stunden lang in der Kälte aus, dann ergab sich endlich eine gute Gelegenheit, als die Arbeiter auf dem Pier damit begannen die restlichen Container mit dem Kran aufs Deck der *Skagerrak* zu laden und festzuzurren.

Hintereinander schlichen sie in eine der vielen engen Schluchten zwischen den Containern und suchten sich einen von den besonders großen aus, der laut aufgeklebtem Frachtpapier nach Kaliningrad transportiert werden sollte.

Sneijder legte das Ohr an die Wand und klopfte ans Metall. »Der hier hört sich ziemlich hohl an.« Er brach die Plombe auf, und Sabine knackte das Vorhängeschloss mit ihrem Pick-Set. Dann öffneten sie die Tür so leise wie möglich und schlüpften hinein. Während Cora noch damit beschäftigt war, die Tür von innen mit dem Draht der Plombierung zusammenzubinden, damit sie beim Transport nicht aufschwang, schaltete Sabine die Taschenlampe ihres Handys ein.

Der Container war etwa sechs mal zweieinhalb Meter groß und so niedrig, dass Sneijder mit dem ausgestreckten Arm fast die Decke berühren konnte. Er war wirklich nicht sehr voll. Allerdings stank es bestialisch nach Öl, Fett und Rost. So viel Sabine mit der Taschenlampe erkennen konnte, stapelten sich im Container mehrere Dutzend Ölfässer. Daneben gab es noch drei Paletten mit Gasflaschen, ein paar alte Kühlaggregate und einen Bereich mit Tausenden zerdrückter Aludosen.

»Hätten Sie keinen Container mit Möbeln inklusive Couch finden können«, murrte Cora, nachdem sie mit der Tür fertig war.

»Suchen Sie sich einen Platz, um sich auszuruhen«, antwortete Sneijder. Er hatte sich zwischen den Fässern bis zum hinteren Ende durchgequetscht und zwischen die Paletten mit den Gasflaschen gesetzt. Sabine drängte sich zu ihm durch. Mit hochgeschlagenem Mantelkragen hockte er da, drehte nachdenklich einen Joint zwischen den Fingern und roch am Tabak.

Sabine deutete zu den Gasflaschen hinüber. »Sie rauchen jetzt aber nicht?«, vergewisserte sie sich.

»Genau danach wäre mir aber«, murmelte er. »Vielleicht würde dann alles schön hochgehen.«

Cora suchte sich einen Platz weiter vorn neben der Tür, und alle drei verstummten. Sie hörten das Quietschen des Krans, das Rasseln von Ketten und die norwegischen Rufe der Arbeiter.

Sabine erschien es wie eine Ewigkeit, aber endlich waren auch sie dran. Die Ketten wurden mit einem lauten Knall am Container befestigt, und dann ging es ruckartig nach oben. Der Behälter schwankte, und Sabine wurde gegen Sneijders Schulter gedrückt.

»Sorry«, murmelte sie, da er unmittelbare Nähe normalerweise nicht ausstehen konnte. Doch er blieb ziemlich wortkarg.

Einige Ölfässer ächzten an der Wand. Sabine kam es vor, als drehte sich der Container mehrmals um die eigene Achse, bis er schließlich mit einem dumpfen Knall abgesetzt wurde. Wieder die Rufe einiger Arbeiter, dann wurden die Ketten gelöst.

Eine Stunde später legte das Schiff ab. Durch den Spalt in der Containeröffnung fiel das letzte Dämmerlicht des Tages. Sabine hörte das Dröhnen des Motors, das Rauschen der Wellen und spürte den Seegang.

»Unser Container steht als letzter in der Reihe«, rief Cora nach hinten, die sich immer noch bei der Tür aufhielt. Eigentlich hatten sie befürchtet, dass der Container so aufgestellt wurde, dass ein anderer die Tür blockieren würde und sie bis Kaliningrad darin festsaßen.

»Heißt das, wir können raus?«, fragte Sabine.

»Könnte klappen.«

In der nächsten Stunde wurde es saukalt. Sabine zog die Knie an, hauchte in die Hände und umschlang ihre Beine. Zusammengepfercht in der Dunkelheit. So ähnlich mussten sich die Griechen im Trojanischen Pferd gefühlt haben. Später in der Nacht würden sie versuchen, ihr Versteck zu verlassen, aufs Deck hinunterzuklettern und einen Weg ins Schiffsinnere zu finden. Vielleicht würden sie sogar unter Deck und tiefer in den Bauch des Kahns gelangen.

Und während sie so in die Dunkelheit starrte, über alles nachdachte, sich vom Schaukeln des Schiffs einlullen ließ und im Geiste die Patronen in ihrer Waffe und im Reservemagazin zählte, sank ihr Kopf für einen Moment nach hinten an die Wand und ihr fielen die Augen zu.

Sie schreckte wieder hoch, und mit einem Mal kam es ihr so vor, als würde der Container immer breiter und die Fässer würden zur Seite geschoben. Dazwischen sah sie eine Gestalt auf sich zukommen. *Krzysztof! Du hier?* Doch als er sich schweigend zur Seite drehte, sah sie, dass ein langes Messer in seinem Rücken steckte.

Ko… Ko… pe…

Sneijder saß nur reglos neben ihr und rauchte einen Joint. Und dann fingen die Ölfässer Feuer. Sabine spürte die Hitze im Gesicht und auf den Händen. Die Flammen loderten bis zur Decke des Containers, wo sie sich zu einem Wolkenmeer aus roten und gelben Feuerzungen vereinten. Krzysztof war verschwunden, stattdessen fuhr ein Rollstuhl aus der Feuersbrunst heraus auf sie zu. Darin saß Horowitz, großteils verkohlt, aber immer noch verzweifelt um sich schlagend.

Plötzlich teilte sich das Flammenmeer vor ihren Augen und ein röhrender LKW raste auf sie zu. Doch bevor er sie erreichte, trat Tina dazwischen. *Nein, lauf weg!* Tina wurde erfasst, zu Boden geschleudert und von den Rädern der Reihe nach überrollt. Das Brechen und Knacken ihrer Knochen klang schrecklich.

Keuchend schreckte Sabine aus ihrem Albtraum hoch. Ihr Herz raste. Sie spürte kalten Schweiß auf der Stirn. Irgendetwas hatte sie geweckt. Das Röhren des Nebelhorns? Nein. Dann hörte sie es. In ihrer Tasche brummte das Handy. Schlaftrunken kramte sie es heraus und blickte aufs Display. Das Licht blendete sie, und sie musste ein paarmal blinzeln, bis sie die Zahlen scharf sah. *Kurz nach zwei Uhr früh. So lange hab ich also geschlafen.*

Sie sah sich in der Dunkelheit um. Ja richtig, sie befand sich auf dem Weg nach Kaliningrad. Vom anderen Ende des Containers hörte sie Coras leises monotones Schnarchen. Die Wellen schlugen an den Schiffsrumpf, und aus den Tiefen des Frachters drang das monotone Dröhnen der Schiffsschraube zu ihr herauf. Da sie Handyempfang hatte, mussten sie sich gerade in Küstennähe befinden. Sie blickte wieder auf ihr Display. Eine SMS von Marc. Sie scrollte durch die Nachricht.

Ausreise hat geklappt. Sind soeben im Ambulanzjet mit Notarzt in Frankfurt gelandet. Tina geht es den Umständen entsprechend. Wurde entführt, in einem Motel gefangen gehalten, konnte sich aber befreien und fliehen. Ist auf der Straße von einem LKW angefahren worden. Kann sich sonst an nichts mehr erinnern. Bein, drei Rippen gebrochen, komplizierter Schulterbruch, Abschürfungen, schwere Gehirnerschütterung und ein paar Verbrühungen am Arm. Wird stationär im Krankenhaus aufgenommen und operiert. Habe für Personenschutz gesorgt. Hoffe, bei dir alles in Ordnung? Gruß an Sneijder. Kuss, gute Nacht.

Sie las die Nachricht ein zweites Mal, dann ließ sie das Handy sinken. Im Lichtschimmer sah sie neben sich den Glanz von Sneijders Augen. »Sie sind wach?«, flüsterte sie überrascht.

»Kann nicht schlafen«, antwortete er leise. »Wie geht es Martinelli?«

Sie gab ihm das Handy und ließ ihn die Nachricht selbst lesen. In wenigen Sekunden überflog er den Text und gab ihr das Telefon zurück. »Alle, die uns nachgereist sind, sind mittlerweile wieder weg«, flüsterte er. So, wie er es sagte, klang es fast ein wenig nach Selbstzweifeln.

»Ohne das Team wären wir nicht so weit gekommen«, gab sie zu bedenken und sah, wie er im Schein des Displays nickte.

»Aber um welchen Preis?«, fügte er hinzu. Sie hörte ihn mit den Fingerknöcheln knacken. Cora schnarchte immer noch leise.

»Anfangs mochte ich Cora nicht unbedingt«, flüsterte Sabine. »Aber jetzt bin ich froh, dass wir sie an Bord haben … im wahrsten Sinn des Wortes.«

»Mhm«, brummte Sneijder nur.

»Im Grunde genommen sind wir hinter der gleichen Sache her. Womöglich kann uns der BND noch nützlich sein, wenn wir erst einmal in Kaliningrad sind.«

Sneijder gab immer noch keinen Kommentar dazu ab, und schon allein das machte sie skeptisch. »Sehen Sie das anders?«

»Ich …«, er senkte die Stimme zu einem kaum hörbaren Flüstern, »… traue ihr nicht.«

Sabine stutzte. »Aber Sie haben doch …«

»Was?«, unterbrach er sie. »Mich von ihr um den Finger wickeln lassen?«

»Ja … manchmal hatte ich zumindest den Eindruck.«

»Ich traue ihr keinen Millimeter über den Weg, habe ich von Anfang an nicht getan, und tue es auch jetzt nicht. Ich habe nur ihr Spiel mitgespielt und versucht, ein gutes Verhältnis zu ihr aufzubauen, weil ich ihre wahren Beweggründe erfahren wollte.«

»Aber die kennen wir doch jetzt!«

»Tun wir das?«, fragte er.

Sabines Schultern hatten sich unwillkürlich angespannt. Nichts hatte sich an seiner Paranoia geändert. Okay, wenn sie an Krzysztof, Horowitz und Tina dachte, war die natürlich berechtigt. »Verstehe«, flüsterte sie nur.

»Wir sollten ein Auge auf sie haben«, sagte er, »und ihr nicht den Rücken zukehren.«

Sieben Stunden zuvor

Sonntag, 27. Mai, abends

Der Polizeibeamte trat zur Seite und drückte auf einen Knopf, woraufhin sich die vergitterte Tür automatisch mit einem Summton öffnete.

Haakon Jørgensen trat in den Korridor und ging bis ans Ende, wo sich eine schwere Metalltür mit Sichtfenster befand. Er kannte die Prozedur von zahlreichen Verhören, die er hier schon im Polizeigewahrsam über sich hatte ergehen lassen müssen. Sicherheitshalber hatte er Gürtel, Schnürsenkel, Armbanduhr, Schmuck und sämtliche Inhalte aus seinen Taschen abgeben müssen. Nur mit losen Schuhen, Hose und Hemd bekleidet blieb er vor der Tür stehen und atmete kurz durch. Dann trat er ein.

An der Decke zuckte eine surrende Leuchtstoffröhre. Das schmale Oberlicht war vergittert. Drei kahle Wände, in der vierten war ein großer Einwegspiegel, und in der Mitte des Raumes standen ein Tisch und zwei Stühle. Auf einem saß Alexander – vornübergebeugt mit den Handgelenken in Handschellen – und klopfte mit einem Finger monoton auf den Tisch.

Nun sah er auf. Sein Blick war gar nicht verschreckt, wie Haakon vermutet hatte, sondern resigniert und desillusioniert. Die Augen lagen tief, anscheinend hatte er die ganze letzte Nacht kein Auge zugetan. Im Zimmer roch es nach kaltem Kaffee, doch Haakon konnte keine Becher sehen. Offenbar hatten sie alles, was nicht niet- und nagelfest war, aus diesem Zimmer entfernt. »Mit dir hätte ich nicht gerechnet«, sagte Alexander.

Haakon sagte nichts, setzte sich ihm nur still gegenüber auf den Stuhl und starrte ihn lange Zeit an. »Ich weiß, dass du einen Deal mit dem Staatsanwalt machen und gegen mich aussagen wirst«, begann er schließlich das Gespräch.

»Woher hast du das?«

»Du wärst dumm, wenn du das nicht tun würdest.«

Schweigend presste Alexander die Lippen aufeinander. Indessen breitete Haakon die Arme aus. »Wir können offen reden. Mir wurde versichert, dass sie dieses Gespräch weder mithören noch aufzeichnen.«

»Das glaubst du?« Alexanders Stimme klang belegt.

»Es hat mich genug gekostet … Allerdings haben wir nur zehn Minuten Zeit.«

»Mehr haben sie dir nicht gegeben?«

Haakon schüttelte den Kopf. »Nein, danach muss ich weg.«

»Du bist also nur gekommen, um dich von mir zu verabschieden?«

Haakon nickte. »Unser letztes Gespräch, Bruder.«

»Und was willst du von mir?«

»Ist es dein Kind?«

Alexander lachte bitter auf. »Dafür hast du also so viel Geld hingeblättert?«

»Ist es dein Kind?«, wiederholte Haakon.

Alexander schwieg.

»Mein Gott, ich hätte es von Anfang an wissen müssen …«, Haakon neigte den Kopf, »… du und Astrid, richtig?«

»Bist du hier, um mir Vorwürfe zu machen?«

»Nein, ich möchte dich nur bitten, dass du dich um Astrid kümmerst … wenn du wieder rauskommst.«

Alexander sah ihn überrascht an, dann lachte er erneut bitter auf. »Du meinst in fünfzehn Jahren?«

Haakon verzog den Mund. »Vielleicht werden es nur zehn, wenn du kooperierst. Und kümmere dich um das Kind. Vielleicht wird aus ihm mal was Besseres als aus uns beiden.«

Alexander betrachtete ihn überrascht. »Und du?«

»Ich verschwinde … denn das, was sie mir anhängen werden, lässt sich mit keinem Geld der Welt geradebiegen.«

»Daran bist du selbst schuld«, spie Alexander aus. »Warum musstest du auch nur all die Frauen umbringen?«

Haakon blieb völlig ruhig. »Kannst du dich noch an unsere Urlaube in Vaters Haus auf den Lofoten erinnern?«

Alexander beruhigte sich wieder. »Ja, war eine schöne Zeit. Angeln und jagen mit Vater, gemeinsame Abendessen mit Mutter.«

»Die Zeit war *scheiße*!«, widersprach Haakon. »Ja, für dich war sie vielleicht toll, du warst damals vier, aber ich war schon alt genug, um zu erkennen, wie die Ehe zwischen ihnen wirklich gelaufen ist.«

»Spiel jetzt nicht das Opfer! Auch ich kann mich noch gut daran erinnern, wie Mutter eines Morgens tot in ihrem Bett gelegen hat.«

»Aber du hast sie nicht gefunden.«

»Trotzdem habe ich sie *gesehen*. Komm mir also nicht mit dieser Märtyrerscheiße!«

Haakon senkte die Stimme. »Ich habe sie sterben sehen …«

Alexander sah auf. »Blödsinn! Sie ist am frühen Morgen an einem Schlaganfall gestorben.«

»Nein, ist sie nicht. Es war an meinem achten Geburtstag. Am Vortag hatte ich mit ihr gestritten, und jetzt wollte ich ein guter Junge sein und ihr das Tablett mit dem Frühstück ans Bett bringen. Ich ging also die schmale Holztreppe hinauf zu ihrem Schlafzimmer, hatte aber keine Hand frei und konnte nicht anklopfen, also habe ich die Klinke mit dem Ellenbogen runtergedrückt und die Tür mit dem Fuß aufgestoßen.«

Alexander hielt plötzlich den Atem an. »Und?«

»Vater hat sie im Bett erwürgt.«

»Du lügst!«

»Tue ich nicht«, sagte Haakon völlig ruhig. »Ich sehe die Szene noch so vor mir, als wäre sie gestern passiert. Ich bin nur dagestanden und habe dabei zugesehen, wie unser Vater auf ihr lag, hart in sie eindrang, immer wieder, und sie dabei erwürgt hat. Er war so in Rage, dass er gar nicht bemerkt hat, dass die Tür offen stand. Schließlich ist mir das Tablett aus der Hand gerutscht. Aber da war es schon zu spät, Mutter hat nicht mehr geatmet. Ihre Augen haben mich nur noch reglos angestarrt.«

Alexander blickte ihn völlig entgeistert an. »Wie hat Vater reagiert?«

»Er stieg von ihr runter und kam zur Tür …«, Haakon sah die Szene genau vor sich, »… er sagte *Mutter hatte einen Unfall*, dann blickte er zu Boden. *Mach das sauber, und kein Wort!* Danach hat er mir die Tür vor der Nase zugeschlagen.«

»Ich erinnere mich …«, krächzte Alexander. »Du hast ein Jahr lang nicht gesprochen.«

Haakon nickte.

»Und warum hat er Mutter gewürgt?«

Haakon zuckte die Achseln. »Ich weiß es nicht. Vielleicht war es ein Versehen. Möglicherweise hat er sie beim Sex öfter stranguliert, um die absolute Kontrolle zu haben, und diesmal ist er zu weit gegangen.«

»Deshalb trug Mutter auf allen Fotos immer ein Halstuch.« Alexander schluckte. »Warum hast du mir das nie erzählt?«

»Ich wollte nicht darüber *reden*, sondern diese Erinnerung *löschen*, für immer vergessen, aber es ging nicht. Ich fühlte mich wie tot. Ich wusste, ich würde im Lauf der Zeit daran krepieren. Jahre später bin ich Vater schließlich eines Nachts zum Osloer Hafen gefolgt. Dort habe ich ihn erschossen.«

Nun klappte Alexanders Kinnlade herunter. Er beugte sich nach vorn und senkte die Stimme. »*Du* warst das?«

»Nachts am Pier, dreimal in den Rücken. Ich dachte, damit wäre die Erinnerung endgültig gelöscht, aber das stimmte nicht … ich fühlte mich nach wie vor wie tot. Auch heute denke ich noch fast jede Nacht daran, wie es für Mutter gewesen sein musste. Er auf ihr … sie weiß, dass sie sterben wird … kann sich nicht befreien … und in ihren letzten Atemzügen sieht sie ihren Sohn, wie er dort steht mit dem Tablett in der Hand und das alles mitansehen muss … die Pein, die Folter, die Erniedrigung und Demütigung. Diese Hilflosigkeit.« Seine Stimme versagte, und er wischte sich eine Träne aus dem Gesicht. »Vielleicht wollte sie in diesem Moment sogar sterben, um es zu beenden.«

»Warum erzählst du mir das alles ausgerechnet jetzt?«

»Ich habe andere Wege gesucht, das zu verarbeiten …«

»Indem du Nutten ermordest?«

»Vater hat Mutter vergewaltigt. Dieses Schwein hat sie in dem Moment getötet, als er in sie abgespritzt hat, wie in ein Stück rohes Fleisch. Sie hat nur dagelegen, während er gestöhnt hat. Mein Gott, wie muss sie sich dabei gefühlt haben?« Wieder liefen ihm Tränen übers Gesicht. »Ich kann dir nicht sagen, warum ich es tue, ich weiß nur, dass es mir hilft, damit ich das alles zumindest für ein paar Tage vergessen kann, wenn …« Er stockte.

Alexander runzelte die Stirn. »… du die Szene aus Vaters Sicht nacherlebst?«

Haakon nickte. »Nur so kann ich darüber hinwegkommen. Zumindest in den Tagen vor und nach meinem Geburtstag.«

»Was für ein Bullshit! Und warum musstest du die Frauen dann auch noch erdolchen?«

Haakon sah ihn an. »Es geht schneller. Das ist meine Form der Erlösung, damit sie nicht so lange leiden müssen wie Mutter.«

»Du bist verrückt!«, entfuhr es Alexander.

Haakon blieb ruhig. »Ich habe einmal gehört, dass man, wenn man seinen Feind zu lange studiert, dazu verdammt ist, so zu werden wie er.« Er machte eine Pause. »Ich erwarte nicht, dass du das begreifst, aber zumindest wollte ich, dass du es *weißt*.«

»Wow …« Alexander sog die Luft geräuschvoll ein, rang offensichtlich nach Worten, fand aber keine.

»Egal, was du hinter meinem Rücken mit Astrid gemacht hast, und egal, ob du mich loswerden wolltest oder nicht – es ist mir mittlerweile egal – mir ist nur eines wichtig. Denk nicht nur schlecht von mir.«

Alexander starrte ihn perplex an. »Es ist dir … *egal*, was Astrid und ich gemacht haben?«

Haakon presste die Lippen aufeinander. »Ich weiß, dass ich vieles falsch gemacht habe, aber seit Kindertagen lastet ein großer Druck auf mir. Ich habe stets alles Schlimme von dir ferngehalten und dich immer beschützt. Du bist der Verwöhntere von uns beiden, und ich hatte nie die gleichen Chancen wie du.« Er machte eine Pause, dann sah er Alexander direkt an. »Warum hast du mir nicht gesagt, dass das Kind von dir ist? Ich hätte es akzeptiert.«

»Ernsthaft?«

»Du bist doch mein kleiner Bruder. Wie könnte ich dir je etwas antun? Wir hätten nach meiner Feier am Balkon einfach darüber reden können wie zwei erwachsene Männer, dann wäre das alles nicht notwendig gewesen.« Er atmete tief durch, dann erhob er sich. »Immerhin hätte ich dann gewusst, dass wir einen gemeinsamen, womöglich gesunden Erben haben.«

Alexander ließ die angespannten Schultern sinken und sah zu Haakon auf. »So endet es jetzt also zwischen uns?«

»Na ja … jedenfalls sind wir beide am Leben und haben uns nicht gegenseitig die Schädel eingeschlagen. Ist doch schon was.« Haakon lächelte müde. »Astrid hätte nie in unser Leben treten sollen. Dann wären wir vielleicht besser miteinander ausgekommen. Leb wohl.« Er drehte sich um und verließ den Raum.

Wortlos schloss er die Tür, ging im Korridor zurück, durch die Gittertür, an dem Beamten vorbei in das Büro, wo er seine Sachen abgelegt hatte.

»Wie ist es gelaufen?«, fragte Gulbrandsen.

Haakon fädelte seinen Gürtel durch die Hosenschlaufen. »Ich habe meinen Frieden mit ihm geschlossen.« Das war das einzig Wichtige für ihn, egal, ob Gulbrandsen das nun verstand oder nicht.

Gulbrandsen kippte in seinem Schreibtischsessel nach vorn und nippte an einer Tasse kalten Kaffee. »Wie rührend.«

Dachte mir doch, dass du keine Ahnung hast, was wirklich im Leben zählt. Haakon fädelte die Schnürsenkel in die Schuhe, legte Ringe und Armbanduhr wieder an und nahm seine Brieftasche. Ein Blick hinein genügte, bevor er sie in die Hose steckte. Die 50 000 Kronen fehlten. Damit würde Gulbrandsen für seinen Jungen ein Moped kaufen. Zuletzt schlüpfte er in seine Jacke. »Eine Sache noch.«

»Nein«, widersprach Gulbrandsen sofort. »Ich kann nicht noch mehr für dich tun. Sie suchen bereits nach dir. Allein dein Besuch hier und dieses Gespräch mit deinem Bruder könnte mich den Kopf kosten.«

Haakon trat auf ihn zu. »Eine Sache!« Er hob den Finger. »Kümmere dich um meine zwei American Pit Bull Terrier. Mehr verlange ich nicht.«

»Okay, das lässt sich machen«, seufzte Gulbrandsen. »Ich hol sie morgen vom Dänen ab.«

Haakon schüttelte den Kopf. »Der Däne ist nicht mehr in der Villa. Er begleitet mich.«

»Wohin?« Gulbrandsen erhob sich. »Was werdet ihr jetzt tun?«

Wortlos verließ Haakon das Büro und ging zum Seiteneingang des Gebäudes, wo sich keine Kameras befanden und wo sein Jeep Cherokee parkte. *Der Schwarze Kormoran wird Norwegen für immer verlassen*, dachte er.

9. TEIL

KALININGRAD

Montag, 28. Mai

76. Kapitel

Sabine war tatsächlich noch einmal eingeschlafen. Als sie die Augen öffnete, sah sie Coras Umrisse, die über sie gebeugt dastand und sie sanft an der Schulter berührte. »Es ist halb fünf Uhr früh«, flüsterte sie.

Sabine drehte sich zu Sneijder. Der lag neben ihr, den Kopf an ein Fass gelehnt, und öffnete ebenfalls gerade die Augen. Anscheinend hatte er Coras Worte gehört. Er stand auf und hauchte sich in die kalten Hände. »Suchen wir uns einen Weg ins Schiffsinnere.«

Auch Sabine erhob sich. Ihre Glieder waren ganz steif, und sie fror entsetzlich. Außerdem musste sie dringend aufs Klo. Gemeinsam kämpften sie sich zwischen dem Gerümpel hindurch zur Containertür. Cora hatte bereits den Draht der Plombierung abgenommen, aber die Tür ließ sich nur einen Spaltbreit öffnen. Im zarten Dämmerlicht, das von draußen hereinfiel, sah Sabine zwei überkreuzte Eisenstangen, die den Container fixierten und dabei die Tür blockierten.

»Also ich komme da nicht durch«, erklärte Cora.

Sabine lehnte sich an die Containerwand und fuhr mit der Hand durch den Spalt. Sie bekam die untere Eisenstange zu fassen, und nach einigem Rütteln hatte sie das Ding endlich aus der Verankerung gelöst.

»Nicht so laut!«, zischte Sneijder, als die Stange gegen die Containerwand knallte, doch Sabine ignorierte ihn. Durch den Wellengang, das Getöse der Maschinen und den Wind, der schrill durch die Containerschluchten pfiff, würde das Geklapper sicher niemand hören.

Nun richtete sie sich auf und entfernte auch die zweite Stange. Allerdings glitt sie ihr aus der Hand und knallte zu Boden. Sabine sah nur, wie Sneijder die Augen verdrehte.

»Was?«, zischte sie. »Wir können raus.« Ohne seinen Kommentar abzuwarten, drückte sie die Tür auf. Sogleich schlug ihr eiskalter Wind entgegen. Sie roch das Salzwasser, spürte die Gischt und sah den zarten hellen Streifen des beginnenden Morgens am Horizont. Die *Skagerrak* durchpflügte das weite Meer, und so viel Sabine erkennen konnte, war kein Festland in Sicht.

Da ihre Beine immer noch steif waren, wagte sie sich nur langsam aus dem Container hervor und hangelte sich dann an dem Gestänge des unteren Containers nach unten. Sie kam am Boden auf und sah sich sogleich um. Kein Matrose weit und breit. Vermutlich schliefen die meisten. Und so alt, wie dieser Kahn war, gab es an Deck bestimmt auch keine Kameras.

Als Nächstes kletterte Sneijder nach unten. Sabine half ihm, bis er ächzend neben ihr zum Stehen kam. Dann reichten sie Cora die Eisenstangen nach oben. Sie schloss die Containertür, befestigte provisorisch wieder die Plombe und hängte die Eisenstangen ein. Danach sprang sie nach unten und kam federnd neben Sabine auf.

»Das muss das Vordeck sein«, flüsterte Sneijder. Sabine sah jede Menge Festmacherleinen und Poller, an denen die Taue festgezurrt wurden. Auch die Vorrichtung für die beiden Ankerketten befand sich hier.

Langsam schlichen sie über das Deck. Der Boden war nass und rutschig, und das Schiff schwankte im Wellengang auf und ab. Sie gingen über einen kleinen quadratischen Basketballplatz, den sich die Mannschaft mithilfe hoher Netze errichtet hatte, und hielten auf eine Wand zu, an der eine Kiste mit Schwimmwesten und zahlreiche Mülltonnen standen. Darüber hingen rote Rettungsringe.

»Hier«, flüsterte Cora. Sie hatte einen Niedergang entdeckt.

Die enge Treppe mit zwei Handläufen links und rechts führte steil nach unten. Über dem Abgang hing ein Schild. *Dangerous Cargo on Board.* Darunter hatte jemand mit Filzstift *work safe – die old* geschrieben.

Sie gingen nach unten, und je tiefer sie kamen, umso lauter wurde das Stampfen der Maschinen. An einer Stelle tropfte aus dem Verbindungsstück eines Rohres über ihren Köpfen Wasser, das auf den Holzboden klatschte, wo sich bereits eine handflächengroße Stelle Moos gebildet hatte.

Sabine blickte in einen Korridor, aus dem die dumpfen Geräusche eines Radios drangen. Ihr fiel auf, dass die gesamte Decke und die Türen zu den Kabinen ebenfalls holzvertäfelt waren. Allerdings schien das Holz nur einmal alle fünfzig Jahre gestrichen zu werden.

Stumm deutete Sneijder mit einer Geste weiter nach unten, und sie nahmen die Treppe ins nächst tiefer gelegene Deck. Zum Glück begegnete ihnen niemand.

»Wie groß die Besatzung eines solchen Schiffs wohl ist?«, flüsterte Sabine.

»Vielleicht fünf Matrosen und der Kapitän.« Sneijder blieb vor einer Wandtafel stehen, die die Fluchtwege und einen Querschnitt durch das Schiff zeigte. Zwar war die Beschriftung durchgängig auf Norwegisch, aber dank einiger Symbole ließ sich das meiste erraten: Maschinenkontrollraum, Funkraum, Kombüse, Proviantraum, Werkzeug- und Ersatzteillager, die Krankenstation und die Mannschafts- und Offiziersmesse. Sabine versuchte, sich genau einzuprägen, wo alles lag. »Wo wollen wir hin?«, wisperte sie, nachdem sie sich einen Überblick verschafft hatte.

Sneijder legte den Finger auf den Plan. »In den Frachtraum.« Er deutete zur Treppe, und sie schlichen ein weiteres Deck nach unten.

Mittlerweile waren die Pumpgeräusche aus dem Maschinenraum und das Tuckern der Dieselgeneratoren so laut, dass sie sich normal unterhalten konnten. Denn bei dem Lärm würde sie ohnehin niemand hören.

»Sie glauben also immer noch, dass Haakon etwas auf diesem Frachter außer Landes schmuggelt?«, fragte Cora. »Worauf tippen Sie? Waffen? Drogen?«

»Oder Menschen.« Sneijder hob die Schultern. »Ich weiß es nicht …« Sie erreichten eine Tür, die zum Frachtraum führte. Sneijder zog sie auf, und zusammen betraten sie die Halle unmittelbar hinter der großen Heckklappe.

Ein rotes Notlicht strahlte an der Decke und tauchte den Raum in dunkelrote Dämmerung. Sabine kam sich vor wie in einer Tiefgarage. Hier standen, mit den Rädern fest am Boden verkeilt, jede Menge Autos und Motorräder. Von allen gängigen Automarken waren hochpreisige Modelle vertreten. Und so wie die glänzten, mussten es Neuwagen sein.

Cora lehnte sich mit verschränkten Armen an eine Motorhaube und ließ den Blick über die Autos gleiten. »In den Sitzen, Rädern oder Stoßstangen könnten sich Hunderte Kilo Drogen verstecken. Da können wir lange suchen.«

Sneijder schüttelte den Kopf. Er ging neben einem Rad in die Knie und leuchtete mit der Taschenlampe seines Handys den Lack ab. »Kennen Sie den Witz mit dem Radfahrer und dem Zollbeamten?«

»Nein.« Cora schüttelte den Kopf.

Sabine auch nicht, war jedoch erstaunt, dass Sneijder überhaupt einen Witz kannte. »Ist er gut?«, fragte sie.

Sneijder ging nicht darauf ein. »Einmal pro Woche fährt ein Mann mit einem Fahrrad über die Grenze nach Holland«, sagte er. »Er hat angeblich nichts zu verzollen, sondern nur einen Sack voller Sand auf dem Gepäckträger. Die Zöllner wissen, dass er etwas schmuggelt, doch jedes Mal, wenn sie den Sack öffnen, ist tatsächlich nur Sand darin. Als der Zöllner schließlich viele Jahre später im Ruhestand ist, trifft er eines Tages zufällig den Radfahrer und fragt ihn, was er damals geschmuggelt hat, und der Mann sagt: *Fahrräder*!«

Sabine verdrehte die Augen. »Also glauben Sie, Haakon schmuggelt Autos?« Immerhin hatte keiner der Wagen ein Kennzeichen. Sie öffnete eine der Fahrertüren, griff nach unten und entsperrte die Motorhaube. Dann hob sie den Deckel an und leuchtete mit der Taschenlampe in den Motorraum. Auf dem Kurbelgehäuse befand sich keine Motornummer. Keine Kennbuchstaben, kein Typenschild.

Indessen hatte sich Cora ein anderes Auto vorgenommen. Sie saß im Inneren und beleuchtete mit dem Handy das Armaturenbrett. Das Licht spiegelte sich in der Aussparung der Frontscheibe. »Keine Fahrzeugidentifikationsnummer«, rief sie.

Sabine überprüfte auch das bei ihrem Wagen. Normalerweise wurde die Fahrgestellnummer in die Scheibe gelasert oder in den Türrahmen eingeätzt. *Fehlanzeige!* Anscheinend hatte Sneijder recht.

Der hatte inzwischen den Benzintank und die Radkästen eines anderen Autos untersucht und fummelte gerade an der Zündung herum. »Hier wurde der GPS-Sender ausgebaut … vermutlich bei den anderen Wagen auch.«

Es konnten also weder die Identität der Autos noch ihr Standort ausfindig gemacht werden. Blieben nur noch zwei eindeutige Hinweise übrig: die Automarke selbst und die Farbe. Sabine ging in die Hocke und betrachtete den Lack des Wagens neben ihr. Sie musste nicht lange suchen. Im Licht der Lampe entdeckte sie zwischen Autotür und Metallrahmen einen Rest Klebeband, den sie mit dem Fingernagel abkratzte. »Die Wagen sind umlackiert worden«, stellte sie fest.

»Anscheinend sind diese Neuwagen allesamt gestohlen«, vermutete Sneijder, »und Haakon verkauft sie nach Osteuropa.«

Das ergab Sinn. In der Ukraine oder in Weißrussland scherte sich niemand um eine neu eingestanzte Motornummer – und wer immer den Wagen kaufte, würde schon dafür sorgen, dass er in keine Polizeikontrolle geriet.

Sabine erhob sich. »Also ist das Geschäft mit Müll und Altmetall nur ein Nebenjob.« Hier lag das wahre Geld. Und vermutlich im Verkauf der Informationen aus dem BKA und BND.

Aber wo befanden sich diese Daten?

77. Kapitel

Im Frachtraum war es zwar dank der Notbeleuchtung etwas heller als im Container, aber genauso kalt. Sie suchten sich ein bequemes Versteck in einem SUV und verbrachten den Vormittag dort, während sie ihre Optionen diskutierten.

Schließlich schlich Cora davon und kam zwanzig Minuten später mit zwei Wasserflaschen zurück, einem Sandwich und einer Handvoll russischer Müsliriegel, die sie aus der Offiziersmesse geklaut hatte. Gierig verzehrten sie die Mitbringsel. Außerdem erklärte Cora ihnen, wo sich die nächste Toilette befand.

Der Tag verging nur langsam, und während Cora am späten Nachmittag noch einmal das Klo aufsuchte, saß Sabine in einem BMW mit weißen Ledersitzen. Sneijder lag halb auf der Rückbank. Sie hatten die Tür einen Spalt offen gelassen, damit sie hören konnten, falls sich ihnen jemand von der Besatzung näherte. Aber hier würde sehr wahrscheinlich erst kurz vor dem Einlaufen in den Hafen jemand auftauchen.

»Wir müssen gerade in Küstennähe oder zumindest in der Nähe einer Insel sein«, murmelte Sneijder. »Ich habe wieder Empfang.«

Sabine zog ihr Handy hervor. Tatsächlich. Zwar nur zwei Balken, aber immerhin. Nun trudelten der Reihe nach die SMS ein. *Drei Anrufe in Abwesenheit.* Zwei von Marc und danach einer von Tina. Sofort rief Sabine die letzte Nummer zurück. Tina hob gleich ab. »Hallo, Bine, wo bist du gerade?« Ihre Stimme klang schwach und war unter dem Knistern kaum zu verstehen.

»Auf Haakons Schiff, der *Skagerrak*, unterwegs nach Kaliningrad«, antwortete Sabine und sah aus dem Augenwinkel, wie Sneijder den Finger über die Lippen legte. Sogleich senkte sie ihre Stimme. »Und wo bist du? Wie geht's dir?«, flüsterte sie.

»Immer noch in Frankfurt im Krankenhaus. Die Rippenbrüche sind nicht so schlimm, auch nicht das gebrochene Bein, obwohl die Ärzte sagen, dass ich vielleicht ein wenig humpeln werde, wenn der Gips runterkommt. Aber die Schulter …«, seufzte sie. »Komplizierter Trümmerbruch. Bin in der Nacht operiert worden.«

Sabine stöhnte auf. »Ach, verdammt. Aber geht es dir wenigstens sonst gut? Was macht der Kopf?«

»Na ja, Gehirnerschütterung, ich könnte die ganze Zeit kotzen, und das macht der Fraß hier drinnen auch nicht besser.«

Typisch Tina. Ohne Pizza und Pasta war sie nur ein halber Mensch. »Weißt du, wer dich in dieses Motel verschleppt hat?«

Tina stöhnte auf. »Marc und die Leute vom BKA waren bis vor Kurzem noch hier und haben mich zwei Stunden lang dazu befragt …«, sie machte eine Pause, »… ich weiß es nicht. Ein Mann, den ich nicht kenne, und eine Frau, die ich nicht gesehen habe. Ich weiß nur ganz sicher, dass ich etwas Wichtiges gehört habe, an das ich mich aber nicht mehr erinnern kann. Und je mehr ich es versuche, desto weniger gelingt es mir. Es ist zum Verrücktwerden! Die Ärzte sagen, ich hätte eine retrograde Amnesie.«

»*Verdomme*«, fluchte Sneijder auf der Rückbank. Anscheinend hatte er genug mitgehört, denn er erhob sich nun und verließ den Wagen. Wenigstens blieben ihr dadurch ein paar Minuten allein mit Tina.

»Wie viel Erinnerung fehlt dir?«, fragte Sabine.

»Vermutlich nicht einmal eine halbe Stunde.«

»Und wann kommt die wieder?«

»In ein paar Tagen oder einigen Wochen … Sie wissen es nicht … am schnellsten jedoch, wenn ich wieder in meinen normalen Alltag zurückfinde.«

»Mit einer gebrochenen Schulter nicht so leicht.«

»Ich hoffe, dass ich übermorgen entlassen werde«, seufzte Tina.

»Schone dich auf jeden Fall.« Der Empfang wurde noch schlechter, und bei einem kurzen Blick aufs Display sah sie, wie der zweite Balken zu zittern begann. »Weißt du, wie es Krzysztof geht?«, fragte sie rasch.

»Ja, von Marc. Er liegt immer noch in Oslo auf der Intensivstation. Je länger das künstliche Koma dauert, umso schlechter ist es.« Tina klang verbittert, aber Sabine wollte nichts Passendes einfallen, um sie aufzumuntern. »Wir kriegen Haakon«, versprach sie ihr.

»Pass auf dich auf.«

Sabine lächelte. »Ich habe ja Sneijder an meiner Seite.«

»Wie ist der so drauf, nach all dem, was passiert ist?«

»Na ja, das Übliche … eigentlich müsste er ja schon längst Antikörper gegen sich selbst entwickelt haben.«

»Auaaah, bring mich nicht zum Lachen, verdammt, tut das weh«, stöhnte Tina. »Okay, die Ärzte kommen gerade ins Zimmer … Ich muss Schluss machen. Sobald mir eingefallen ist, was ich in dem Motel gehört habe, rufe ich dich wieder an. *Ciao.*« Die Verbindung war weg, und Sabine starrte auf ihr Handy. Aus dem Augenwinkel sah sie Sneijder, der ebenfalls telefonierend zwischen den Wagen umherging. In der Dunkelheit sahen das leuchtende Display, seine Glatze und die teilweise im Schatten liegenden Gesichtszüge gespenstisch aus.

Nach einigen Minuten kam er wieder zu ihr und setzte sich auf den Beifahrersitz. »Grüße von Marc.«

Sie drehte sich zu ihm. »Wie geht's ihm?«

»Hab nicht danach gefragt.« Nachdenklich klopfte er sich mit dem Handy gegen die Stirn. »Er und die Techniker haben die Patronen und Hülsen der Sig Sauer untersucht, mit der Gjøte erschossen worden ist.« Er starrte durch die Windschutzscheibe.

»Und?«

Er zuckte mit den Achseln. »Über den Schalldämpfer wissen wir nicht viel, aber die Waffe konnte identifiziert werden. Sie gehört Haakons Leibwächter, dem Dänen.«

Sabine nickte. Das war nicht gerade überraschend. Wer sonst hätte ihnen in der engen Gasse auflauern und das Ganze inszenieren sollen? Eine Sache irritierte sie allerdings. »Aber warum hat Ihnen der Däne ausgerechnet *seine* Waffe in die Hand gedrückt? Wenn das BKA herausfinden konnte, wem die Waffe gehört, dann hätte das doch auch die norwegische Polizei geschafft und die Spur bis zum Dänen und zu Haakon zurückverfolgen können.«

Sneijder hob den Finger. »Nicht das BKA … *Marc* hat das herausgefunden.«

»Dann nehme ich an, dass es nicht über die BKA-Datenbank war?«

Sneijder nickte langsam. »Genau, die hat nichts ergeben. Aber Marc hat sich in die BND-Datenbank gehackt, auf die wir normalerweise keinen Zugriff haben.«

Der BND? Sabine runzelte die Stirn. Jetzt wurde es interessant. »Und woher kennt der BND diese Waffe?«

»Raten Sie mal.« Sneijder zog eine Augenbraue hoch. »Die Sig Sauer hat nämlich eine längere Geschichte. Sie wurde eines Tages bei einer Hausdurchsuchung vom BND sichergestellt, landete in dessen Asservatenkammer, verschwand daraus und tauchte Jahre später bei einem gewissen Åsgård in Tønsberg wieder auf … dem Dänen.«

Der Bundesnachrichtendienst also! Automatisch dachte Sabine an die beiden namenlosen Besucher im Anzug, die sie in Dirk van

Nistelrooys Büro kennengelernt hatte und die so erpicht darauf gewesen waren, dass Cora Petersen sie begleitete.

»Ich frage mich, inwieweit Cora darüber informiert ist«, murmelte sie.

»Das frage ich mich schon lange.«

78. Kapitel

Den Rest des Tages bis zum Beginn der Nacht verbrachten sie unter Deck zwischen den gestohlenen Autos. Da es keine Möglichkeit gab, die Wagen zu identifizieren, sparte Sneijder sich die Mühe, sie zu fotografieren und die Bilder Marc zu schicken, damit der über das BKA Kontakt zu den russischen Behörden in Kaliningrad aufnehmen konnte.

Viel wichtiger war es jetzt, das Datenmaterial zu finden. Und nachdem Cora zwanzig Minuten lang weg war, um – wie sie behauptete – das Schiff zu erkunden, kam sie mit Neuigkeiten zurück.

»Die gute Nachricht ist … Haakon ist tatsächlich an Bord«, keuchte sie. »Ich habe ihn durch die Fensterscheibe auf der Brücke gesehen. Er stand neben dem Kapitän.«

»Und die schlechte?«, murrte Sneijder.

»Der Däne ist auch an Bord.«

Sneijder verzog unglücklich das Gesicht. »Hatte einer von ihnen Dokumente, eine Mappe oder einen Aktenkoffer bei sich?«

»Konnte ich nicht sehen.«

Sneijder blickte auf die Uhr. In etwa zwei Stunden würden sie in den Hafen von Kaliningrad einlaufen, den Dreh- und Angelpunkt dieser Aktion. Jede Minute kamen sie der Küste näher, und bald würde er wieder lückenlosen Handyempfang haben. Auf diesen Moment hatte er gewartet. Sie mussten die Daten sicherstellen und die Übergabe verhindern. *Und falls uns das nicht gelingt, werde ich zur Not mithilfe der Gasflaschen das gesamte Schiff in die Luft jagen.*

»Alles okay mit Ihnen?«, fragte Cora.

»Wir sollten jetzt mit der Suche beginnen«, sagte er. »Die Matrosen sind vermutlich an Deck und mit den Vorbereitungen zum Anlegen und zum Löschen der Ladung beschäftigt.« Er sah Sabine an. »Falls jemandem von uns etwas zustößt, sind wir zumindest bald in Küstennähe und können Kontakt zur Hafenbehörde aufnehmen.«

Sie sprachen noch kurz untereinander ab, wer sich welchen Bereich im Schiff vornehmen sollte, dann stellten sie ihre Telefone auf lautlos und trennten sich.

Von Sabine wusste er, dass sie ihre Waffe in Gefahrensituationen immer durchgeladen und die erste Patrone in der Kammer hatte. Auch er selbst lud jetzt seine Glock durch und steckte sie ins Holster zurück. Dann machte er sich auf den Weg zum Bug, um dort die Kabinen zu durchsuchen. Die Sig Sauer mit dem Schalldämpfer wäre jetzt ein Geschenk des Himmels gewesen, aber die hatte er ja in einer Kurzschlussreaktion in der Bucht des Oslofjords versenkt. Ein ungedämpfter Schuss würde nicht nur die gesamte Mannschaft alarmieren, sondern vor allem auch Haakon und den Dänen. Also hoffte er, dass sie bis auf Weiteres darauf verzichten konnten.

Langsam kämpfte er sich durch die engen Gänge weiter nach vorn zu den Kabinen durch und hielt dabei immer wieder kurz inne, um zu lauschen. Aber er hörte weder Stimmen, noch Funkgeräte oder Radiogeräusche. Schließlich erreichte er die Mannschaftsquartiere. Auch hier war in diesem alten Kahn noch vieles aus Holz. Sah ja ganz nett aus, aber modernere Schiffe aus Stahl hätten zumindest keine quietschenden Holzdielen gehabt. So kam er nur langsam voran. Hörte aber andererseits, wenn sich ihm jemand im Gang näherte.

Als er endlich die Offiziers- und die Mannschaftsmesse erreichte, lauschte er erst einmal an den Türen. *Nichts.* Vorsichtig trat er ein und durchsuchte in beiden Räumen sämtliche Schubladen und Schränke, fand aber nur Lebensmittel, Getränke, Geschirr, Zeitschriften und Kartenspiele. Als Nächstes nahm er sich die Mannschaftskojen und die Kapitänskajüte vor. Die war im Vergleich zu den anderen Kabinen doppelt so groß, hatte ein deutlich größeres Bullauge und verfügte über ein eigenes Bad mit Duschkabine. An der Wand über der verschlissenen Couch hing eine riesige Harpune mit Widerhaken, die vermutlich aus der Zeit der alten Walfänger stammte – heute verfügten die Norweger über weitaus modernere Gerätschaften.

Das Dämmerlicht, das von draußen durchs Fenster fiel, reichte gerade aus, um genug zu erkennen. Im Schrank befanden sich nur Kleidungsstücke, in der Hausbar alkoholische Getränke und auf dem Nachtschrank lagen zerfledderte Taschenbücher in kyrillischer Schrift. Anscheinend war der Kapitän der *Skagerrak* ein Russe.

Sneijder zog die Schublade am Schreibtisch auf, fand jede Menge Frachtpapiere und eine nagelneue, dunkelblau glänzende Mappe, bei deren Anblick sein Herz schneller schlug. Zur gleichen Zeit hörte er eilige Schritte im Gang. Dann das Knacken eines Funkgeräts, in das jemand einen Befehl bellte. *Die Stimme des Dänen!* Er sprach auf Englisch, ziemlich knapp und in einem miserablen Dialekt.

Dann vibrierte auch noch Sneijders Handy. *Verdomme!* Er zog es aus der Manteltasche. Eine SMS von Sabine. *Sie durchsuchen das Schiff, womöglich nach uns!*

Sneijder steckte das Handy weg und sah zur Tür, die Hand am Griff der Waffe. Glücklicherweise entfernten sich die Schritte wieder, doch soviel er bei dem Gespräch mitgehört hatte, krempelte der Däne das Schiff gerade vom untersten bis zum obersten Deck um. Ihre Anwesenheit an Bord war also aufgeflogen – und das, obwohl sie sich die meiste Zeit völlig ruhig und bewegungslos im Frachtraum aufgehalten hatten.

War Cora ihnen in die Hände gefallen? Das musste es sein. Denn von Sabine hatte er ja soeben die SMS bekommen.

Nachdem sich die Schritte weiter entfernt hatten, wartete Sneijder noch einige Sekunden, nahm dann die Hand von der Waffe und widmete sich wieder der Schublade. Er wollte gerade die Mappe aufschlagen, als hinter ihm die Tür aufgerissen wurde. Das Licht vom Gang fiel in die Kabine, und Sneijder sah in der Spiegelung des Bullauges, dass der Däne im Türrahmen stand.

Vervloekt!

Er fuhr herum, und riss gleichzeitig die Waffe aus dem Holster. Aber schon war der Däne da und trat ihm den Fuß mit einer solchen Wucht in die Magengrube, dass Sneijder gegen den Schreibtisch krachte und zu Boden sank. Für einen Moment blieb ihm die Luft weg. Soviel er durch den tränenverschleierten Blick erkennen konnte, hatte der Däne keine Waffe dabei. Er wollte ihn tatsächlich mit bloßen Händen fertigmachen. Und bis jetzt schien ihm das ganz gut zu gelingen. Denn noch bevor Sneijder sich aufrappeln konnte, packte ihn der Däne und schleuderte ihn quer durch die Kabine.

Dieser alte Mistkerl hat Bärenkräfte.

Sneijder krachte gegen den Schrank und fiel mit der gesplitterten Tür zu Boden. Wäschestücke ergossen sich über ihn. Er befreite sich davon, tastete nach der Waffe, riss sie erneut hoch und wollte bereits abdrücken, als ihn der Däne gegen das Handgelenk trat. Die Pistole flog durch die Kabine und landete unter der Couch. Nun drehte sich der Däne um, riss die Harpune aus der Wandhalterung und wirbelte damit herum.

O Shit!

Sneijder rappelte sich auf und wollte zur Tür, um Abstand zu gewinnen, als ihn der Däne erneut in die Magengrube trat und gegen die Badezimmertür schleuderte. Röchelnd und mit wackeligen Knien richtete Sneijder sich auf. Seine Waffe lag hinter dem

Dänen unter der Couch, und ohne sie hatte er gegen dieses Monster mit der Harpune nicht die geringste Chance. Blieb also nur die Flucht in den Gang. Doch schon bei Sneijders erstem Schritt Richtung Tür holte der Däne mit der Harpune aus und stieß zu.

Sneijder konnte den Hieb großteils mit dem Arm abwehren, sodass die Spitze statt in seinen Bauch nur in die Hüfte drang. Trotzdem war der Schmerz so groß, dass ihm für einen Moment schwarz vor Augen wurde. Als er endlich wieder nach Atem ringen konnte, drehte der Däne die Harpune so, dass sich der Widerhaken tief in Sneijders Hüfte bohrte. Dann riss er die Waffe mit Wucht zurück, was Sneijder gepeinigt aufbrüllen ließ.

Nachdem ihm der Däne erneut das ausgestreckte Bein in den Magen getreten hatte, krachte Sneijder mitsamt der Badezimmertür in die Duschkabine. Die Kunststoffwände splitterten und Sneijders Blut spritzte über die weißen Fliesen. Trotz seiner teilweise zerfetzten Hüfte packte er den Haltegriff an der Wand und wollte sich daran hochziehen, doch der Däne stand bereits im Bad.

Sneijder überlegte fieberhaft. Mit viel Glück hatte er bisher nur eine schlimme Fleischwunde, durch die er zwar jede Menge Blut verlor, die aber noch nicht wirklich lebensbedrohlich war. Doch mit Sicherheit würde der Däne ihn jetzt endgültig erledigen. Schon holte dieser erneut mit der Harpune aus, zielte und wollte das Gerät schwungvoll nach unten stoßen – um im letzten Moment in der Blutlache auf dem Boden auszurutschen. Er kam ins Straucheln und fiel der Länge nach auf Sneijder. Dem raubte es den Atem. Übereinander lagen sie in der Duschkabine, die Harpune knallte gegen den Toilettendeckel und den Spiegel über dem Waschbecken und verkeilte sich.

Der Däne wollte sich aufrappeln, und auch Sneijder versuchte wieder, sich am Griff hochzuziehen. Da bemerkte er die ausziehbare Wäscheleine, die darüber aus der Wand ragte und die man quer durch die Duschkabine spannen konnte.

Mit einem Ruck griff er danach und zog sie von der Rolle. Fast hatte sich der Däne schon aus der Kabine befreit, da wickelte Sneijder ihm von hinten die Wäscheleine um den Hals und zog erbarmungslos zu. Wieder krachten sie beide rücklings in die Kabine, doch Sneijder ließ nicht los, zog immer fester, bis sich die Leine in seine Handballen schnürte.

Verzweifelt röchelnd schlug der Däne ziellos mit den Armen um sich, erwischte mit den Fäusten aber nur die Fliesen und den Kunststoffrahmen der Dusche. Mit zusammengebissenen Zähnen und letzter Kraft zog Sneijder die Leine jetzt so stramm, dass er glaubte, den Adamsapfel des Dänen knacken zu hören. Schließlich erstarben zuerst dessen Schläge, dann das Zappeln der Beine und letztendlich auch das Röcheln. Das Ganze hatte vielleicht zwei Minuten gedauert, war Sneijder aber wie eine Ewigkeit vorgekommen.

Endlich ließ er locker und löste die Schnur von seinen blutigen Handballen. Er wusste nicht, was mehr brannte – die Hüfte oder seine zerschnittenen Hände. Der Däne bewegte sich nicht mehr. Für einen Moment hielt Sneijder keuchend den Atem an und lauschte. *Kein Laut.* Umständlich fühlte er mit den Fingern nach der Halsschlagader des Dänen, konnte aber keinen Puls mehr feststellen.

Vervloekter Mest!

Er hätte den Dänen lebend gebraucht. Zumindest eine Minute lang für ein paar Fragen. *Wo sind die Daten? Wer ist das Leck im BKA?* Und was fast noch schlimmer war: Jetzt hatte er auch die Chance vertan herauszufinden, wer hinter dem Anschlag auf Krzysztof, Horowitz' Ermordung und Tinas Entführung steckte.

Sneijder schob die Leiche des Dänen von sich herunter, strampelte sich frei und versuchte, sich aufzusetzen. Sofort wurde ihm schwarz vor Augen, alles drehte sich um ihn. *Der Blutverlust!* Vorsichtig tastete er nach der Wunde in seiner Hüfte. Mantel, Hemd und Hose waren glitschig und nass. In der Dusche sah es aus wie in einem Schlachthof. Überall Blut. Mit zittriger Hand schnappte sich Sneijder ein Badetuch und presste es sich unter dem Hemd auf die Wunde. *Halt durch! Noch eine Stunde, dann sind wir im Hafen von Kaliningrad.*

Mit der anderen Hand fingerte er sein Telefon heraus und versuchte, eine SMS zu schreiben, aber das Display war ganz schmierig und seine Finger zitterten. Endlich brachte er halbwegs eine Nachricht an Sabine zustande.

Bn i er Kapitänskjüte, brche Hlfe

»Fuck«, knurrte er, nachdem er die Nachricht verschickt hatte. Dann kroch er mit wackeligen Knien aus dem Bad.

Zum Glück war die Tür der Kajüte zugefallen. Blieb zu hoffen, dass keiner von der Besatzung etwas von dem Kampf mitbekommen hatte. Keuchend schleppte er sich zur Couch, um seine Waffe wieder an sich zu nehmen, danach zum Schreibtisch. Wieder wurde ihm schwarz vor Augen, und er musste sich auf den Boden sinken lassen. Mittlerweile war sein rechtes Bein taub geworden, und er spürte die Zehen nicht mehr. Mit der freien Hand kramte er oben in der Schublade herum, bekam die Mappe zu fassen und zog sie heraus. Dabei klaffte sie auf, und die einzelnen Blätter segelten heraus.

Entgeistert starrte Sneijder auf die Papiere. *Keine BKA-Dokumente. Auch keine BND-Dokumente.* Bloß eine lange Liste von Autokennzeichen und russischen Telefonnummern.

79. Kapitel

Zehn Minuten später öffnete sich die Tür und Sabines brauner Haarschopf schob sich durch den Spalt in die Kabine. Als sie Sneijder erblickte, weiteten sich ihre Augen. Er lag auf der Couch und ließ den Arm mit der Waffe, mit der er auf sie gezielt hatte, sinken. Beinahe hätte er abgedrückt.

»Um Himmels willen, was ist denn hier passiert?« Entsetzt warf sie einen Blick ins Bad, wo sie den Dänen sah. »Ist er tot?«

»Hin und wieder muss die Evolution mal jemanden aussortieren«, bemerkte er trocken. Während sie nach und nach die vielen Blutspuren auf dem Boden bemerkte, erklärte er ihr in knappen Worten, was vorgefallen war.

Sofort wollte sie sich seine Wunde ansehen, doch er unterbrach sie schroff. »Dafür ist später auch noch Zeit! Haben Sie das Datenmaterial gefunden?«

Sie schüttelte den Kopf, jetzt total weiß im Gesicht.

»Hat Sie irgendjemand an Bord gesehen?«

Wieder schüttelte sie den Kopf. »Ich habe nur mitbekommen, dass die Mannschaft das Schiff durchsucht.«

»Dann ist Cora erwischt worden«, keuchte er. »Aus welchem anderen Grund sollte unsere Anwesenheit aufgeflogen sein?«

Sabine wollte etwas sagen, stutzte jedoch. »Sie haben doch vorhin mit Marc telefoniert. Haben Sie da die *Skagerrak* erwähnt? Denn falls ja, und wenn der Spitzel im BKA sitzt, hört er vielleicht Marcs Büro ab und hat Haakon informiert, dass wir an Bord sind.«

Wieder spürte Sneijder, wie seine Augenlider flatterten und ihm die Sinne schwanden. »Möglich wäre es …«

»Sie haben zu viel Blut verloren.« Sie holte ein frisches Handtuch aus dem Bad, das er auf die Wunde pressen konnte. »Ich suche einen Erste-Hilfe-Kasten, bin gleich wieder da. Bleiben Sie hier liegen und bewegen Sie sich nicht.«

»Schön, dass Sie Ihren Humor nicht verloren haben …«, keuchte er. Er war ja schon froh, wenn er es schaffte, nicht bewusstlos zu werden und dabei zu verbluten.

Nachdem Sabine aus der Kabine gehuscht war, fingerte Sneijder sein Handy hervor und wählte Marcs Nummer. Die Verbindung war miserabel, aber für ein kurzes Gespräch würde sie hoffentlich reichen. Marc ging sofort ran und wollte sogleich etwas sagen, doch Sneijder unterbrach ihn schroff. »Ich habe nicht viel Zeit, also hör zu! Check dein Büro mit dem Detektor. Ich bin sicher, du wirst abgehört …«

Marc sagte kein Wort mehr, blieb die nächsten Sekunden am anderen Ende stumm, und Sneijder hörte nur, wie er in Schubladen und Schränken kramte. Zum Glück war Marcs Kellerbüro nicht besonders groß. Nach einer Minute hörte Sneijder ein schrilles Piepsen. Der Detektor hatte angeschlagen. Kurz darauf war Marc wieder am Apparat. »Du hattest recht, allerdings hätte ich nicht geglaubt, dass ein Abhörspezialist des BKA selbst abgehört wird.«

»Hast du die Wanze deaktiviert?«

»Klar, oder denkst du, ich würde sonst noch so locker reden? Ist ein modernes Fabrikat, kein Markenname, vermutlich russisch. So ein kleines Scheißding. Hat in meiner alten, staubigen Akte mit den Formularen gesteckt, wo ich die nächsten zehn Jahre nicht nachgesehen hätte.«

Erschöpft sank Sneijders Kopf aufs Kissen zurück. *Sabine hatte also recht. Wir wurden in unseren eigenen Büros abgehört.*

»Woher wusstest du das?«, fragte Marc.

Sneijder schloss kurz die Augen. »Als ich dir vorhin von der *Skagerrak* erzählt habe, muss der Maulwurf zugehört haben …«

»Äh … Moment mal!«, unterbrach Marc ihn. »Als wir am Nachmittag telefoniert haben, bin ich gar nicht im Büro gewesen. Ich war in der Mensa und habe mir einen Snack geholt.«

»Das kann nicht sein …«

»War aber so!«

Verflucht noch mal, wo liegt mein Fehler? Sneijder dachte nach. Entweder spielten seine Sinne verrückt oder er hatte einen gewaltigen Denkfehler. Und plötzlich wusste er es. Er rappelte sich auf. Die Verbindung setzte für einen Moment aus. »Marc?«

»… ja …?«

»Du musst sofort mit van Nistelrooy reden!«

»Der ist gerade in mein Büro gekommen … Es ist Sneijder«, fügte er hinzu und sprach dann wieder zu Sneijder. »Er will mit dir sprechen.«

»Gib ihn mir …«

»Maarten!«, drang van Nistelrooys aufgebrachte Stimme aus dem Apparat. »Bist du vollkommen verrückt geworden? Du schickst Marc Krüger alleine heim? Martinelli ist schwer verletzt, Krzysztof ebenfalls, und Horowitz ist *tot*? Wo steckst du, verdammt? Ich will, dass du …«

»Das ist jetzt alles völlig unwichtig!«, unterbrach Sneijder ihn.

»Unwichtig?«, brüllte van Nistelrooy.

»Ja, am liebsten würde ich mir eine Schläfenlappen-Lobotomie verpassen lassen, um alles zu vergessen, aber das geht nicht.« Sneijder versuchte, sich den kalten Schweiß von der Stirn zu wischen. »Ich weiß, wer der Maulwurf ist.«

Plötzlich herrschte langes Schweigen am anderen Ende. »Wovon redest du da?«, erklang van Nistelrooys Stimme schließlich wieder.

»Bis auf Nemez wusste nur eine einzige Person, dass wir an Bord sind …«, keuchte Sneijder und unterbrach van Nistelrooy erneut, als der etwas sagen wollte. »Und bis auf Marc, den ich rechtzeitig heimgeschickt habe, hat es auf jeden von uns einen Anschlag gegeben … mit Ausnahme von einer Person. Cora Petersen.«

»Wovon redest du?«

»Sie ist der Maulwurf!«

»Hörst du dich eigentlich selbst reden?«, fuhr van Nistelrooy ihn an. »Sie ist eine hochrangige BND-Agentin.«

»Eben!«

»Warum sollte sie das tun? Was bringt ihr das? Sie ist ausgebildete Profilerin und hat einen Universitätsabschluss in Psychologie.«

»Psychologie …«, wiederholte Sneijder. Die Schmerzen in seiner Hüfe brannten höllisch, und darüber hinaus war ihm so kotzübel, dass er den Gedanken, der ihm gerade gekommen war, fast wieder verloren hätte. »Sie hat Psychologie studiert«, wiederholte er. *Als ich im Pavillon versucht habe, sie zu hypnotisieren, hat sie mich getäuscht und ausgetrickst. Deshalb ging es so leicht. Die Idee, sie in einen Ruhezustand zu versetzen, kam noch dazu von ihr. Sie hat mich manipuliert und musste dann nur noch mitspielen … und mir Alexander als Täter servieren.*

»Sie ist der Maulwurf!«, wiederholte Sneijder und legte auf.

80. Kapitel

Sabine hatte sich eine Minute lang in einer Nische verstecken müssen, um danach unbemerkt in die Offiziersmesse zu gelangen. Dort gab es einen leider nur halb vollen Verbandskasten. Zur Not würde auch der reichen. Doch auf dem Weg zurück zur Kapitänskajüte machte sie noch einen Abstecher zur Krankenstation. Die war zwar in einem genauso lausigen Zustand wie der Rest des Schiffes, doch immerhin fand sie ein antiseptisches Mittel zur Wunddesinfektion und eine Ampulle Morphium. Beides steckte sie ein und lief dann zurück zu Sneijder.

Der war noch blasser als sonst und lag zitternd und mit flatternden Lidern auf der Couch. Schweiß stand ihm auf der Stirn. »Ich werde den Kapitän über Ihre Verletzung informieren«, sagte sie, während sie sich neben ihn setzte und das Verbandzeug herauskramte.

»Guter Plan – dann sind wir beide tot«, presste Sneijder hervor. »Und unsere Leichen wird nie jemand finden.«

»Dann muss ich Sie zumindest aus dieser Kabine rausschaffen und woanders verstecken«, zischte sie panisch. »Die suchen überall nach uns. Und wenn der Däne nicht mehr ans Funkgerät geht, wissen die sowieso, was los ist.« Hastig öffnete sie Sneijders Hose, schob sein Hemd rauf und nahm das Handtuch weg. Mit Entsetzen starrte sie auf die Wunde. *O Gott!* Die war verdammt tief. Musste so schnell wie möglich genäht werden. *Damit kann er kaum gehen!* »Sieht gar nicht so schlimm aus«, wollte sie ihn beruhigen.

»Sie konnten noch nie besonders gut lügen«, keuchte er.

Sie versuchte, die Wunde zu säubern und zu desinfizieren, aber es kam ständig neues Blut nach. Indessen presste Sneijder schnaufend die Zähne zusammen. Dann half sie ihm, sich aufzurichten, packte reichlich Wundauflagen auf die Verletzung und legte ihm einen Druckverband an. »Sie haben recht«, gab sie schließlich zu, »sieht ziemlich übel aus. Aber das wird wieder.« Sie wickelte mehrere Mullbinden um seine Hüfte und klebte das letzte Endstück fest. Alles war sofort wieder mit frischem Blut getränkt.

»Wir werden bald anlegen«, presste er zwischen den Zähnen hervor, während er sich wieder auf die Couch legte. »Wir müssen versuchen, Haakon die Daten abzunehmen.«

Ja, sicher! Sie riss die Folie von der Spritze und zog fünf Milliliter Morphium von der Ampulle auf, dann schielte sie zu Sneijder. *Ach, pfeif drauf. Lieber gleich zehn Milliliter.* »Solange Sie bluten und Schmerzen haben, bleiben Sie hier!«

»Dann müssen *Sie* die Daten suchen.«

»Ich gehe nirgendwohin, sondern bleibe hier bei Ihnen.«

»Was geben Sie mir da?«

»Morphium.«

Er stöhnte auf. »Haben Sie aufs Ablaufdatum gesehen?«

»Ich fürchte, in Ihrem Zustand bleibt Ihnen keine andere Wahl.«

»Ihnen auch nicht – Sie müssen die Daten finden!«

»Darum kann sich Cora kümmern.«

»Ach ja, *vervloekt* …«, er stöhnte erneut auf, »… sie ist der Maulwurf.«

Sabine hielt kurz inne, dann schob sie Sneijders Hemdsärmel hoch und suchte nach einer Vene in der Armbeuge. Vergeblich. »Sind Sie schon im Delirium?«

Er schüttelte den Kopf. »Cora war es. Ich weiß noch nicht, wie, aber irgendwie muss sie die Daten aus dem BKA und BND geschafft haben. In Berlin hat sie das Material Katharina von Thun übergeben. Vermutlich hat sie die Botschafterin mit den Fotos erpresst und gezwungen, die Daten in ihrem Diplomatengepäck aus der EU zu bringen.«

Kurzerhand stieß Sabine ihm die Nadel durch den Stoff der Hose in den Oberschenkel und drückte den Kolben durch. Sneijder gab keinen Mucks von sich. »Ich verstehe, deshalb wollte Cora uns nach Norwegen begleiten.« Plötzlich ergab alles einen Sinn. »Sie musste herausfinden, warum ihre Komplizin ermordet worden ist, musste aber gleichzeitig verhindern, dass jemand die Ursache des Datenlecks herausfindet.«

Sneijder nickte schwach. »Sie musste sämtliche Gefahren eliminieren, damit ihr Geheimnis nicht gelüftet wird. *Sie* hat auf Krzysztof eingestochen!«

»Was?«

»Sie hat Krzysztof gar nicht blutend neben dem Wagen gefunden – das war alles gelogen. Da sie angeblich versucht hat, ihn am Leben zu erhalten, hat sich auch niemand gewundert, warum sie voller Blut war«, keuchte Sneijder. »Und ich bin auf diese Lügengeschichte hereingefallen.«

Sabine dachte darüber nach. »Ich auch.«

»Ist aber alles nur reine Theorie bisher«, schwächte Sneijder seine Vermutung sogleich wieder ab.

»Nein, ist es nicht«, widersprach Sabine plötzlich. »Erinnern Sie sich an Krzysztofs letzte Silben? *Ko... Ko... pe...* aber das sollte gar nicht *Kopervik* heißen, sondern *Cora Petersen. Das* wollte er mir sagen.« Sie hielt einen Moment inne und starrte zum Bullauge hinaus, hinter dem sich bereits die dunkle Nacht abzeichnete. Dann erhob sie sich, schaltete die Schreibtischlampe ein und ließ sich auf den Stuhl sinken. »Zuerst hat sie versucht, Krzysztof zu töten – zu einem Zeitpunkt, wo man Alexander Jørgensen als Täter hätte vermuten können. Und danach hat sie sich um Horowitz gekümmert. *Sie* hat den Brand gelegt – zu einem Zeitpunkt, zu dem man Haakon als Täter hätte vermuten können. In Wahrheit ist sie gar keine harmlose Bürokratieschnepfe, wie sie uns glauben machen wollte, sondern ein abgebrühtes Aas.« Wären sie früher dahintergekommen, würde Horowitz jetzt noch leben und Tina wäre nicht in den LKW gelaufen.

»Wahrscheinlich war sie es auch, die hinter meinen und Gjøtes Trick in der Bar gekommen ist. Tatsächlich arbeitet sie schon die ganze Zeit mit Haakon zusammen. Während er sich in der Seitengasse mit seinen Leuten um Gjøte und uns beide gekümmert hat, hielt sie Martinelli in diesem Motel gefangen. Für Marc wäre ihr dann sicher auch noch etwas eingefallen, aber dazu ist es nicht mehr gekommen.«

»Und jetzt wissen wir auch endlich, warum Haakon uns nach der Schlägerei zu sich in die Villa eingeladen hat. Er wollte Cora dabei helfen, Ihr gesamtes Ermittlerteam zu eliminieren, weil Sie und Marc kurz davor standen, die Identität des Spions aufzudecken.«

Sneijder fasste sich an die Stirn. »Haakon spielte ein doppeltes Spiel ... Er verschaffte Cora die Möglichkeit, uns auszuschalten, wollte uns aber gleichzeitig für seine Zwecke benutzen, indem wir herausfinden sollten, wer ihn ermorden wollte.«

»Wow«, entfuhr es ihr. Sie griff zur Hausbar, öffnete eine frische Flasche Rum und nahm einen kräftigen Schluck. *Brrr!* Dann blickte sie zu Sneijder. »Wirkt das Morphium schon?«

»Ja«, presste er hervor.

»Sie können genauso schlecht lügen wie ich«, stellte sie fest.

»Sie müssen die Daten sicherstellen«, keuchte er. »Haakon oder Cora ... einer von den beiden hat sie.«

Sabine nickte. *Und ich muss beide ausschalten – andernfalls schaffen wir es nicht lebend von diesem Schiff herunter.* In diesem Moment sah sie die weit entfernten Leuchtfeuer durch das Bullauge. In Kürze würden sie den Hafen von Kaliningrad erreichen. Sabine stand auf.

»Ich begleite Sie.« Sneijder versuchte, sich aufzurappeln.

»In Ihrem Zustand können Sie nicht einmal ein paar Schritte durchs Schiff laufen, ohne umzufallen.«

»Also soll ich Ihrer Meinung nach einfach hierbleiben?«

»Wo sonst? Ich kann die Leiche des Dänen weder in der Kabine verstecken noch sonst irgendwo unauffällig hinbringen. Sie müssen hier durchhalten, falls jemand auftaucht und die Leiche entdeckt.«

»Dann geben Sie mir wenigsten den Rum.«

»Wollen Sie sich jetzt betrinken?«

»Ich mache Ihnen auch keinen Vorwurf, wenn Sie nüchtern bleiben wollen«, knurrte er.

Sie stellte ihm die Flasche neben die Couch. »Ich werde die Unterlagen finden, die beiden ausschalten, und danach komme ich wieder her und hole Sie. Wir gehen gemeinsam vom Schiff, ich bringe Sie ins nächste Krankenhaus und nehme Kontakt zur deutschen Botschaft in Russland auf.«

»Klingt ja alles nach einem ganz einfachen Plan«, grummelte er.

Sie verdrehte die Augen. Dann griff sie in die Seitentasche ihres Anoraks. »Ich …« Sie stutzte und durchsuchte hastig ihre anderen Taschen. »Mein Reservemagazin ist weg. Ich muss es verloren haben.«

»Jemand wie Sie verliert das nicht so leicht«, widersprach Sneijder. »Vielleicht hat Cora es Ihnen geklaut, während Sie letzte Nacht im Container gedöst haben.« Er nickte zu ihrem Schulterholster. »Überprüfen Sie Ihre Waffe.«

Sabine zog die Glock aus dem Holster. *Verflixt!* Die Pistole war leichter als sonst. Sie ließ das Magazin rausgleiten. *Leer.* »Diese Schlampe hat mein Magazin geleert.« Bloß die eine Patrone im Lauf war noch da. Cora musste sie übersehen haben. Abgebrühte Spionin hin oder her – letztendlich arbeitete sie trotzdem in einem Büro und war keine Frau der Praxis.

»Mit einer Patrone kommen Sie nicht weit.« Sneijder zog seine Waffe aus dem Holster. »Nehmen Sie meine.«

»Nein, die brauchen Sie selbst, falls jemand in die Kajüte kommt. Im Gegensatz zu Ihnen kann ich mich ja noch ganz gut anders verteidigen.«

»Bullshit!«, widersprach er und ließ sein Magazin aus dem Griff gleiten. »Dann nehmen Sie wenigstens die Hälfte meiner Patronen.« Er drückte acht Stück heraus.

Während sie die Patronen in ihr eigenes Magazin steckte, wusste sie schon ganz genau, für wen sie die verwenden würde.

81. Kapitel

An Deck pfiff ein eiskalter Wind über die Planken. Das Leuchtfeuer des Hafens war höchstens noch einen Kilometer entfernt.

Merkwürdigerweise waren jedoch alle Positionslichter an Bord gelöscht worden. Wie ein Geisterschiff in dunkler Nacht näherte sich die *Skagerrak* der Küste. Anscheinend wollte der Kapitän so unauffällig wie möglich mit seinem Kahn an einem sich abseits befindlichen Dock anlegen, um zuerst die Autos auszuladen, bevor er die offizielle Ladung löschen ließ. Deshalb würde vorerst wohl auch kein Lotse an Bord kommen, um den Frachter zu seinem Liegeplatz zu navigieren.

Einzig und allein auf der Brücke brannte noch eine gedimmte Lampe, an der Sabine sich orientieren konnte. Während sie sich vorsichtig zur Rückseite des Schiffs in Richtung Brücke aufmachte, vibrierte ihr Handy. Über ihr hörte sie die Stimmen der russisch-norwegischen Crew. Sie drückte sich in eine Nische, schirmte das leuchtende Display mit der Hand ab und las die Nachricht. Sie kam von Cora. *Wo sind Sie?* Ohne zu antworten, steckte Sabine das Handy wieder ein und wollte bereits weitergehen. *Das würdest du gern wissen!* Doch dann kam ihr eine Idee und sie tippte eine Antwort: *Sneijder und ich durchsuchen gerade die Autos im Frachtraum.*

Sollte die Schnepfe sie doch dort suchen. Dann ging sie weiter. Durch die große Glasfront der Brücke sah sie den Kapitän, der das zentrale Steuerpult bediente. Daneben stand Haakon. Er telefonierte gerade. *Vermutlich mit Cora, dieser Schlampe, die gerade meine Nachricht an ihn weitergibt! Oder er versucht, den Dä-*

nen zu erreichen. Sonst befand sich niemand dort oben. Der Rest der Mannschaft bereitete vermutlich entweder das Anlegemanöver oder das Ausladen der Autos vor.

Sabine sah sich um. Auf die Brücke gab es zwei Wege. Der erste führte durchs Schiffsinnere, der zweite über eine Außentreppe zum Seiteneingang hoch. Den würde sie nehmen. Auf dem Weg hinauf kam sie an einem Rettungsring und einer Holzkiste mit dem Aufdruck *life jacket – flare gun* vorbei. Sie hielt kurz inne, riss die Plombe ab, schob die Schwimmwesten beiseite und holte die Leuchtpistole heraus. Außerdem fand sie eine große rote Leuchtkugel, die sie in die Kammer steckte. Sicherheitshalber stopfte sie sich die Pistole hinten in den Gürtel. Vielleicht musste sie das Hafenpersonal schon bald auf eine Notlage an Bord aufmerksam machen.

Dann lief sie über die knarrende Holztreppe weiter nach oben und kroch geduckt unter dem Fenster entlang zur Tür. In der Zwischenzeit hatte sich der Frachter weiter der Küste genähert. Wie sie vermutet hatte, steuerte der Kapitän nicht den eigentlichen Hafen an. Sabine konnte jetzt die Werfthallen an den abseits gelegenen Docks erkennen, ebenso einige von Scheinwerfern beleuchtete Kräne und die in der Bucht liegenden Frachtschiffe. Die Lampen tauchten den Hafen in ein orangefarbenes glühendes Dämmerlicht.

Vorsichtig drückte Sabine die Klinke herunter. Zum Glück war die Tür offen. Sie schlüpfte auf die Brücke und richtete sich auf. Haakon und der Kapitän kehrten ihr den Rücken zu. Ein Funkgerät knackte, russische Anweisungen wurden durchgegeben. Der Kapitän reagierte mit einer Kurskorrektur. Indessen beugte sich Haakon über den Kartentisch. Dort standen einige Schnapsgläser und offene Flaschen auf zahlreichen Formularen. *Habt ihr gerade auf euren letzten gemeinsamen großen Coup angestoßen?*

Außerdem lag dort ein flacher Lederkoffer, bei dessen Anblick sich Sabines Puls beschleunigte. Das Ding hatte ziemliche Ähnlichkeit mit jenem Diplomatenkoffer, den Ecceson ihnen gegeben hatte, damit sie ohne Kontrolle zum Pier 17B gelangen konnten. Möglicherweise befanden sich darin Katharina von Thuns Daten für die letzte Übergabe.

Sabine zog die Glock aus dem Holster und legte auf Haakon an. »Bundeskriminalamt Wiesbaden. Hände hoch und keine Bewegung.«

Sofort fuhren er und der Kapitän herum. Sie wiederholte den Befehl auf Englisch, woraufhin der Kapitän die Hände hochriss und nach hinten wich. »Bundeskriminalamt?«, wiederholte er und starrte Haakon entsetzt an. »Du hast nicht gesagt, dass die beiden von der Polizei sind«, rief er in gebrochenem Englisch.

»Ist das nicht egal?«, fuhr Haakon ihn an.

»Klappe halten!«, rief Sabine. Haakon breitete die Arme aus und kam einen Schritt auf sie zu. »Stehen bleiben!«, befahl sie.

»Ihr Magazin ist leer.« Er griff nach hinten und holte seinen Krummdolch hervor.

Ach, und das weißt du woher? Von Cora? Noch bevor er einen weiteren Schritt auf sie zu machen konnte, zielte sie auf seinen Oberschenkel und schoss. Die Wucht des Treffers ließ ihn zurück gegen den Kartentisch taumeln. Die Gläser fielen um, und der Alkohol ergoss sich über die Frachtpapiere und das Kartenmaterial.

»Scheiße!«, zischte Haakon.

Sabine ignorierte seinen Fluch und wandte sich stattdessen an den Kapitän. »Weg von den Armaturen!«, befahl sie ihm auf Englisch.

»Ich muss das Schiff steuern«, rief er. »An dieser Stelle ist die Fahrt zwischen den Felsen wie durch ein Nadelöhr.«

»Finger weg von den Armaturen!«, wiederholte Sabine. »Nehmen Sie das Funkgerät und rufen Sie die Küstenwache. Auf Englisch! Ich will Polizei, Zollbehörde und einen Krankenwagen im Hafen sehen. Dann korrigieren Sie den Kurs und laufen den Hafen an.«

Haakon lehnte sich stöhnend gegen den Kartentisch und presste sich die flache Hand auf die Wunde. »Was bringt das?«, knurrte er. »Sie kommen sowieso nicht lebend von Bord.«

»Dann sind wir schon zwei.«

Als eine hektische Meldung über das Funkgerät hereinkam, sah der Kapitän besorgt zum Lautsprecher. »Ich muss den Kurs korrigieren!«

»Zuerst rufen Sie die Hafenpolizei!« Sabine blickte kurz aus dem Fenster. Weit rechts von ihnen lag die glühend rote Nebelsuppe aus Hafenlichtern, aber direkt vor ihnen befand sich nur absolute Dunkelheit. »Machen Sie schon!«

In diesem Moment ging ein Ruck durch das Schiff. Sabine stolperte nach vorn und rutschte über den Boden. Der Kapitän klammerte sich an die Armaturen, Haakon an den Tisch. Die Flaschen knallten auf den Boden und zerbarsten. Gleichzeitig ging ein lang gezogenes knirschendes Geräusch durch den Frachter, als würden scharfkantige Felsen die Seitenwand des Schiffs unter der Wasserlinie wie eine Konservendose aufschlitzen.

Der Kapitän stieß einen russischen Fluch aus, und eine Alarmsirene tönte durchs Schiff. Auf der Brücke begannen einige rote Lampen zu leuchten.

Sabine rappelte sich auf, und noch bevor sie die Glock wieder hochreißen konnte, stand Haakon vor ihr und schlug ihr mit dem Messer die Waffe aus der Hand. Ein schmerzhafter Stich durchfuhr sie. Ihr Handrücken blutete. Sie sah gar nicht, wohin die Pistole flog, sondern hörte sie nur über den Holzboden schlittern. Mit der nächsten Bewegung wollte Haakon ihr den Dolch seitlich zwischen die Rippen stoßen, doch sie blockte den Hieb ab, zog mit der anderen Hand die Leuchtpistole aus dem Gürtel und feuerte direkt auf seine Brust. Gleichzeitig riss sie schützend den Arm vors Gesicht.

Trotz geschlossener Augen sah sie den grellen roten Funkenregen. Haakon brüllte auf, während er von Sabine wegtaumelte. Die Leuchtkugel steckte in seiner Brust und schlug in alle Richtungen Funken. Seine Kleidung ging sofort in Flammen auf.

Sabine wich zurück. Sie kam sich vor wie inmitten eines Feuerwerks. Durch die dichte rot glühende Rauchwolke, die sich auf der Brücke ausbreitete und ihr den Atem nahm, sah sie, wie Haakon, einer brennenden Fackel gleich, um sich schlagend rücklings durch den Raum stolperte.

Der Kapitän schlüpfte aus seiner Jacke und wollte Haakon helfen, indem er die Flammen erstickte, aber durch einen neuerlichen Ruck des Schiffs fielen immer mehr Flaschen aus dem Regal und zersplitterten. Die Flüssigkeiten entzündeten sich. Nun fing der Kartentisch ebenfalls Feuer, die Papiere brannten lichterloh, und sogar aus den Armaturen schlugen Funken. Haakon stand zur Gänze in Flammen, und schließlich gab der Kapitän seine Bemühungen auf.

Hustend und mit tränenden Augen suchte Sabine in diesem Chaos nach ihrer Waffe. Kaum hatte sie die Glock gefunden und vom Boden aufgehoben, drückte sich der Kapitän an ihr vorbei und rannte zur Tür. »Holen Sie einen Feuerlöscher!«, rief sie ihm nach.

»Den Brand kriegen Sie nicht mehr unter Kontrolle«, schnaufte er. »Bringen Sie sich in Sicherheit!« Er selbst flüchtete über die Außentreppe von der Brücke. Dabei ließ er die Tür offen, woraufhin der Wind sie gegen das Geländer schlug. Glas splitterte, und der Luftzug fachte das Feuer weiter an.

Scheiße! Das Holz brannte wie Zunder. Inzwischen lag Haakon auf dem Boden und wimmerte nur noch mit zuckenden Gliedmaßen. Nichts und niemand hätte ihn jetzt noch retten können. Sabine sah sich um. Die Armaturen glosten, die Kabel schmorten der Reihe nach durch, Funken flogen, die Holzverkleidung brannte und mittlerweile züngelten die Flammen schon bis zur

Decke. Noch dazu wurde das prasselnde Feuer immer wieder durch einen neuerlichen Windstoß angefacht.

Durch die Kollision mit den Felsen war der Diplomatenkoffer vom Tisch gefallen und über den Boden in den hinteren Bereich der Brücke gerutscht. Dort war eine Nische, die etwas Schutz vor dem Feuer bot. Sabine trat die Flammen auf dem Koffer aus, hockte sich hin und öffnete die beiden heißen Schnappverschlüsse. Nachdem sie sich die Tränen aus den Augen gewischt hatte, warf sie hustend und röchelnd einen Blick auf den Inhalt. Als Erstes sprang ihr das Emblem des BKA ins Auge. Hastig blätterte sie durch die Papiere. So viel sie erkennen konnte, waren es keine Kopien, sondern Originaldokumente. Aber nicht nur Ermittlungsberichte über Observationen und Abhöraktionen, sondern auch private Daten über Politiker und Berichte über Konzerne. *Was zum Teufel?* Das Material stammte nicht nur vom BKA, sondern auch vom BND, dem deutschen Verfassungsschutz und dem Militärischen Abschirmdienst, wie sie anhand der verschiedenen Briefköpfe sah. Was sie in Händen hielt, war höchst brisantes Material und überstieg ihre Gehaltsstufe um mehrere Klassen. Das waren Verrat und Betriebsspionage auf höchster Ebene! Wie war Cora nur an all das rangekommen?

Als ein neuerlicher Ruck durchs Schiff ging, merkte Sabine, wie sich der Boden leicht neigte. Eine Flasche kullerte an ihr vorbei über die Dielen und zerbrach an der Kante der gegenüberliegenden Wand. *Das Schiff sinkt! Sneijder!*

Sie wollte die Blätter schon wieder zusammenraffen und zurück in den Koffer stopfen, als sie ein Blick in die dunkle Nacht innehalten ließ. Dort draußen befand sich *russisches* Staatsgebiet. Und mit einem Koffer dieses Inhalts durch Russland zu laufen war sicher keine so gute Idee.

Rasch machte sie ein paar Fotos von den Unterlagen. Danach schob sie die Blätter zusammen und trat aus der Nische hervor. So weit wie möglich näherte sie sich den Flammen und schleuderte die Dokumente mit dem offenen Koffer ins Feuer. Anschließend warf sie einen Blick zu Haakon, dessen regloser Körper immer noch schwach glühte. Jetzt bekam sie kaum noch Luft.

Sneijder!

Sie rannte zur Tür und gelangte auf die Außentreppe ins Freie, wo sie endlich gierig nach frischer Luft schnappte.

82. Kapitel

Mit der Waffe im Anschlag rannte sie über den Niedergang ins Schiffsinnere zu den Mannschaftskabinen. Anscheinend war der Kapitän mit der Crew schon auf dem Weg, das Schiff zu verlassen, da sie niemandem begegnete und nur weit entfernt Rufe hörte.

Der Alarm heulte immer noch, und in den Korridoren flackerte das rote Notlicht. Keuchend erreichte sie die Kapitänskajüte und stürzte hinein. Sneijder war immer noch da. Er hatte sich aufgesetzt und versuchte gerade, sich von der Couch zu erheben.

»War der Kapitän da?«, fragte sie.

Sneijder schüttelte den Kopf. »Hätte er mir einen Krankenbesuch abstatten sollen …?«

»Wäre zumindest möglich gewesen.« *Dieser Mistkerl hat eine so große Angst, dass er gleich abgehauen ist, ohne irgendetwas mitzunehmen. Von wegen als Letzter und so …*

»Das Schiff sinkt, richtig?«, presste Sneijder mühsam hervor.

»Ja, und zwar ziemlich schnell. Kommen Sie.« Sie legte sich seinen Arm um die Schultern und stützte ihn. Während sie ihm zur Tür half, erzählte sie, wie sie Haakon ausgeschaltet hatte.

»Und die Informationen?«

»Habe ich gefunden … und vernichtet.« Sie beschrieb alles, was sie im Koffer gesehen hatte. »Ein paar davon habe ich fotografiert. Es waren übrigens Originaldokumente vom BKA«, beendete sie ihren Bericht.

»Das kann nicht sein«, widersprach Sneijder.

»Ist das jetzt so wichtig?« Sie schaffte ihn aus der Kajüte in den Gang. Dort sahen sie sich um.

»Wie hat man die aus dem BKA bekommen?«, fragte er. »Das ist unmöglich!«

»Können Sie nicht an etwas anderes denken?«, fuhr sie ihn an. »Ich versuche gerade, uns aus diesem Wrack zu bringen.«

»Und dann? Wollen Sie die paar hundert Meter zum Hafen schwimmen?«

»Wir sind auf großen Felsklippen aufgelaufen.«

»Dann sollten wir zum Frachtraum und von dort versuchen, über die Heckklappe ins Freie zu gelangen«, stöhnte er.

Wenn da nicht schon alles unter Wasser steht. Sabine packte Sneijder fester und schleppte ihn über die Treppe ins untere Deck Richtung Frachtraum. Mittlerweile mussten sie sich an der Wand abstützen, weil das Schiff bereits eine ziemliche Schräglage hatte. Außerdem nahm Sabine den feinen Geruch von Rauch wahr, der durch die Gänge waberte. Anscheinend hatte sich der Brand von der Brücke aus weiter über das Schiff ausgebreitet.

Als der Frachter eine weitere ruckartige Bewegung zur Seite machte, wären sie beinahe gestolpert. Alles was nicht niet- und nagelfest war, rutschte oder kullerte ihnen über den Boden entgegen. Da stutzte Sabine. »Haben Sie das auch gehört?«

»Was?« Sneijder richtete sich auf und lauschte.

Deutlich waren Hilfeschreie zu hören.

»Das kommt aus diesem Gang«, sagte Sabine. »Dort sind der Funkraum, die Kombüse und die Vorratskammer.« Eine Stellage war umgefallen und hatte sich im Gang verkeilt. Unter dem Getöse der Sirene war eine weibliche Stimme zu hören.

»Hilfe!«

Das war Cora! Sabine und Sneijder sahen sich einen Moment lang an, dann schüttelte Sabine den Kopf. »Zuerst bringe ich Sie von Bord – Sie müssen dringend in ein Krankenhaus.«

Sneijder widersprach, doch Sabine ignorierte ihn und führte

ihn geradewegs zum Frachtraum. Die Tür stand offen. Anscheinend war die Crew schon vor ihnen da gewesen.

Sie betraten die Halle. Die stand bereits knöcheltief unter Wasser, das ständig in weiteren Wellen hereinschwappte. Einige Autos hatten sich aus der Verankerung gelöst, waren über den Boden gerutscht und hatten sich ineinander verkeilt. In der rot blinkenden Notbeleuchtung sah das ganze gespenstisch aus, wie ein Schrottplatz in einer apokalyptischen Abenddämmerung.

»Da entlang!«, keuchte Sabine. Sneijder biss die Zähne zusammen, stützte sich noch schwerer auf sie und humpelte neben ihr zwischen den Autos durch.

Die Frachtluke war, anders als sie gehofft hatten, nur zu einem Drittel geöffnet. Vermutlich hatte es einen Kurzschluss gegeben, und die Elektrik hatte den Geist aufgegeben. Allerdings stand der von einer roten Lampe beleuchtete Notausgang fürs Personal offen. Darauf wateten sie zu. Das eiskalte Meerwasser schwappte in immer höheren Wellen herein und erreichte bereits Sabines Waden. Sie hatte jegliches Gefühl in den Zehen verloren. Zum Glück erreichten sie irgendwann endlich den Ausgang.

Die Nacht war sternenklar. Eiskalte frische Luft empfing sie, und erst jetzt wurde sich Sabine bewusst, dass sie die letzten Minuten rauchgeschwängerte Luft eingeatmet hatten. Hier draußen war auch das Heulen der Sirene nicht mehr so laut zu hören.

»Dort drüben«, rief Sneijder.

Einige Meter von ihnen entfernt ragte eine schroffe Felsengruppe aus dem Meer. Von dort leuchtete eine Handvoll Matrosen mit Taschenlampen zu ihnen herüber. Die Männer hatten vom Notausgang des Schiffs bis zu den Felsen eine wackelige provisorische Gangway aus aneinandergefügten Metallleitern und Sicherheitsnetzen links und rechts errichtet. Im Licht der Taschenlampen sah Sabine, wohin sie treten musste. Der Weg ähnelte einem halb im Wasser liegenden waagerechten Klettersteig.

Irgendwie schafften sie es rüber, ohne dass Sneijder ihr auf halber Strecke entglitt und ins Wasser stürzte. Kaum hatten sie die Felsen erreicht, ließ er sich völlig entkräftet zu Boden sinken. Sabine sah sich um, konnte aber den Kapitän nirgends entdecken. Also wandte sie sich an einen der Matrosen, der ein Funkgerät in der Hand hielt. »Wo ist der Kapitän?«, rief sie auf Englisch.

»Keine Ahnung, wahrscheinlich abgehauen.«

»Wir brauchen einen Krankentransport!«

Der Matrose kam zu ihnen, betrachtete Sneijder, dann Sabine. »Nach Ihnen beiden hat Herr Jørgensen also suchen lassen«, stellte er fest.

»Wir brauchen Hilfe!«, wiederholte sie.

»Das sehe ich.« Der Matrose wedelte mit dem Funkgerät in der Hand. »Ich habe bereits mit dem Hafenmeister gesprochen. Die schicken ein Rettungsboot.«

Sabine reckte den Hals. Die am nächsten gelegene Hafenbucht war etwa fünfhundert Meter weit entfernt. Dort ließen sich Betonmolen und Kaimauern erkennen, dahinter Kräne und Werfthallen. Von einem sich nähernden Rettungsboot war aber noch nichts zu sehen.

Erst jetzt drehte sie sich um und betrachtete die *Skagerrak*, die mit gewaltiger Schlagseite von ihnen abgewandt im Wasser lag. Noch ein paar Grad mehr Neigung und die Container würden aus der Verankerung brechen und ins Meer stürzen. Das gesamte obere Deck inklusive der Brücke brannte lichterloh. Nun schossen die Flammen auch schon aus den ersten Bullaugen der unteren Decks. Die rote Glut spiegelte sich in den speckig glänzenden schwarzen Felsen.

»Eine Frau ist noch an Bord!«, rief Sabine.

Der Matrose sah sie betroffen an. »Sie ist keine offizielle Passagierin.«

»Was macht das für einen Unterschied?«, fuhr Sabine ihn an.

Der Mann zeigte aufs Schiff. »Wenn Sie denken, dass ich oder einer der Männer da noch einmal reingehen, haben Sie sich getäuscht.«

»Verdammt, wer ist hier der erste Steuermann?«

»Das bin ich, und darum weiß ich auch, dass sich der Brand rasend schnell ausbreitet. Tausende Gasflaschen sind an Bord! Das Schiff wird jeden Augenblick explodieren, und wenn dann auch noch die Treibstofftanks hochgehen, erwischt es sogar uns hier auf den Felsen«, keuchte er. »Wer es bis jetzt nicht rausgeschafft hat, dem ist nicht mehr zu helfen. Das Meer ist hier über dreißig Meter tief. Von diesem Schiff wird nicht einmal mehr der Antennenmast zu sehen sein.«

Einige Fenster explodierten, und dann schlugen die Flammen auch aus dem unteren Teil des Schiffs. Der Anblick machte sie betroffen. *Das ist dein Werk!* Sie sah zu Sneijder. »Das Rettungsboot muss jeden Moment da sein … Schaffen Sie es allein weiter?«

Im orangefarbenen Licht der Flammen sah sein Gesicht versteinert aus. »Sie haben doch nicht etwa vor, da nochmal reinzugehen?«

»Cora ist noch an Bord. Ich weiß, wo sie ist. Das wird ein Spaziergang.«

»Sie sind verrückt, Cora ist das nicht wert!« Sneijder packte sie am Arm. »Ich habe Krzysztof, Horowitz und Martinelli verloren. Ich will Sie nicht auch noch verlieren!«

»Genau deshalb gehe ich jetzt rein. Ich hole Cora raus und nehme sie fest – und sie wird sich für alles verantworten müssen, was sie getan hat, und nicht einfach so mit einem brennenden Schiff untergehen.«

»Ich verbiete es Ihnen!«, brüllte Sneijder. Er wollte sich aufrichten, doch sie riss sich von ihm los. »Je länger wir darüber diskutieren, desto mehr Zeit verliere ich.«

»Sie werden da drinnen krepieren!«, schrie er.

»Nicht, wenn ich mich beeile.« Sie stieg über die Felsen und hangelte sich über die Leiter zurück zum Notausgang der Frachtklappe, die nun schon deutlich tiefer im Wasser lag.

»Wohin wollen Sie? Kommen Sie zurück!«, brüllte der Steuermann ihr nach, aber sie ignorierte sämtliche Rufe hinter sich. In dieser irrwitzigen Situation musste sie plötzlich an ihre Nichten denken und an Coras Tochter, die – wenn dieses Schiff tatsächlich explodierte – ohne Mutter aufwachsen würde.

Aber deine Tochter ist nicht der einzige Grund, warum ich dich heraushole, schwor sie sich. *Du wirst überleben und allen Rede und Antwort stehen!*

83. Kapitel

Bis zur Hüfte nass, völlig durchfroren, hustend, röchelnd und von der Sirene halb taub erreichte Sabine den Korridor, in dem sich die Kombüse und die Vorratskammer befanden. Ein Spaziergang war es nicht gewesen, da das Schiff noch schräger als vorhin dalag und die Rauchschwaden mittlerweile durch alle Decks zogen.

»Cora?«, rief sie.

»Ich bin hier drinnen«, drang Coras Stimme aus einem Raum, vor dem sich ein umgefallenes Regal so in der Türklinke verkeilt hatte, dass sich die Tür nicht nach innen öffnen ließ. Laut Aufschrift war es der Funkraum.

»Was hatten Sie da drinnen zu suchen?«, rief Sabine gegen das Heulen der Sirene an.

»Die Spionagedaten«, kam Coras Antwort spontan.

Du Schlampe spielst deine Rolle also immer noch. Tatsächlich hatte sie vermutlich entweder nach Sneijder gesucht oder dem Dänen, der sich plötzlich nicht mehr gemeldet hatte, weil er tot in der Duschkabine lag. Oder sie hatte einen Funkspruch zu ihren Verbündeten absetzen wollen.

Sabine rüttelte an dem Regal, doch es bewegte sich keinen Millimeter. *Okay, dann eben mit roher Gewalt!* Sie zog ihre Waffe und zielte auf die Klinke. »Gehen Sie von der Tür weg!«

»Ich bin eingeklemmt. Mein Bein ist gebrochen.«

Auch das noch! »Bedecken Sie Ihr Gesicht!« Sabine feuerte auf die Türklinke. Nach dem vierten Schuss war die Klinke weg, das Metall des Regals zerfetzt und der Riegel im Schloss zerschossen. Sabines Ohren dröhnten. Sie trat gegen die Tür und nach dem zweiten Tritt flog sie nach innen auf. Die Funkkabine lag im Dunkeln und stand schon ein Fingerbreit unter Wasser. »Alles okay?«, rief sie.

»Ja, alles in Ordnung«, kam Coras Antwort dumpf aus dem hinteren Bereich des Raums. Er war nicht besonders groß. Durch das rote Notlicht im Gang konnte Sabine erkennen, dass er über ein kleines Bullauge verfügte, einen Tisch mit Funkanlage, einen Stuhl und ein paar Regale mit Ordnern.

Dann stand plötzlich Cora vor ihr, trat ihr mit dem Bein gegen das Knie, drosch ihr die Handkante in die Kehle und schlug ihr mit einem Block die Waffe aus der Hand. Röchelnd ging Sabine zu Boden. Gleichzeitig spürte sie an mehreren Stellen die Schmerzen. »Ich wollte Sie aus dem Schiff befreien«, japste sie.

»Schönen Dank auch dafür«, fauchte Cora, »aber denken Sie, ich bin so blöd und weiß nicht, dass Sie mittlerweile alles herausgefunden haben?«

Sabine wollte sich aufrichten, doch Cora zog ein Kunststoffmesser aus einer Lederscheide an ihrer Wade, das sie gegen Sabine richtete. »Liegen bleiben!«

»Ist das das Messer, mit dem Sie auf Krzysztof eingestochen haben?«

Cora gab keine Antwort, aber das musste sie auch nicht. *Natürlich ist es die Tatwaffe.* Deshalb konnte die niemand auf Haakons Grundstück finden, weil Cora sie immer bei sich getragen hatte. Und keiner war auf die Idee gekommen, sie zu verdächtigen oder zu durchsuchen.

»Der zähe Hund wollte einfach nicht sterben.« Cora fasste nach hinten an ihren Gürtel und zog Handschellen hervor, die sie vor Sabine in die Pfütze warf. Mittlerweile lief das Wasser bereits über den Korridor und war auch auf diesem Deck schon zwei Fingerbreit hoch. Mit einem lauten Knirschen neigte sich das Schiff, gefolgt von lautstarkem Krachen. Die ersten Container lösten sich aus der Verankerung und donnerten ins Meer.

»Ketten Sie sich mit dem Handgelenk an das Regal.«

»Damit kommen Sie nicht durch!«

»Machen Sie schon, sonst bekommen Sie das Messer gleich hier zu spüren!« Cora bückte sich und hob Sabines Waffe auf. »Oder ist Ihnen eine Kugel in den Hals lieber?«

Sabine schloss eine Handschelle um ihr Handgelenk und hängte die zweite an das umgekippte Regal im Korridor. Die Schiffswände knarrten erneut, und ein großer Schwall Wasser stieg im Korridor hoch. Wären Ratten an Bord, würden die jetzt so schnell wie möglich das Schiff verlassen.

»Ich habe Sneijder durchs Bullauge draußen auf den Felsen gesehen«, murmelte Cora, »scheint verletzt zu sein.«

»Woher wussten Sie, dass ich das über Sie herausgefunden habe?«

Cora griff nach vorn in Sabines Anoraktasche, nahm ihr das Pick-Set weg und wollte es bereits achtlos in die Funkkabine schleudern, überlegte es sich jedoch anders und ließ es dann doch in ihrer Hosentasche verschwinden. »Sie haben Ihre Waffe nachgeladen – also müssen Sie gemerkt haben, dass zuvor jemand Ihr Magazin geleert hat. Und Sneijder wird es ja wohl kaum gewesen sein, nicht wahr?«

Nun ließ Cora das Magazin aus der Glock gleiten, drückte die restlichen Patronen der Reihe nach raus und steckte sie sich in die Tasche. »Das Schiff brennt, richtig? Bestimmt gehen die Gasflaschen und Treibstofftanks jeden Moment hoch. Von Ihnen wird man nicht mehr viel finden, außer ein paar verkohlten Resten auf dem Meeresgrund.«

»Und die Bergungstaucher werden glauben, dass ich mich selbst ans Regal gekettet habe?«, fragte Sabine bissig.

Cora lächelte hartherzig. »Das waren dann vermutlich wohl Haakon oder der Däne.«

»Die sind beide tot.«

»Ach, und wer weiß das außer Ihnen? Sneijder? Um den kümmere ich mich, sobald ich das Schiff verlassen habe. Und machen Sie sich keine Sorgen – Ertrinken ist kein schlimmer Tod. Es ist schmerzfrei und gleich vorbei.« Sie warf die Waffe neben Sabine ins Wasser.

Sabine schielte nur kurz hin, machte aber keine Anstalten, danach zu greifen. »Warum haben Sie Informationen vom BKA und den Geheimdiensten verkauft? Des Geldes wegen?«

»Meine Tochter ist krank, das hatte ich Ihnen bereits erklärt.«

»Aber nicht, was sie hat.«

»Sauerstoffmangel bei der Geburt. Sie hatte die Nabelschnur um den Hals, und durch die Geburt habe ich ein völlig gesundes Kind zu einem behinderten Menschen gemacht, der auf Maschinen angewiesen ist, um zu überleben.«

»Aber das war doch nicht Ihre Schuld!«

»Den Satz habe ich schon tausendmal gehört, aber versuchen Sie das mal einer Mutter klarzumachen. Ich werde das nie so sehen.« Sie lachte bitter auf. »Ich liebe meine Tochter über alles und brächte es nicht übers Herz, sie in ein Heim zu geben. Aber die Betreuung zu Hause kostet Geld … Geld, das ich mit meinem Job nicht verdiene. Genügt Ihnen das als Antwort?«

»Es gibt Sozialhilfen«, widersprach Sabine.

»Ja, sicher!« Cora lachte auf. »Meine Tochter braucht eine teure Reha in einer Spezialklinik, aber die wurde uns nicht bewilligt, also musste ich Kredite bei Leuten aufnehmen, die Sie gar nicht erst kennenlernen wollen.«

»Was für ein lausiger Grund, so viele Menschen zu töten und das Leben und die Arbeit so vieler Kollegen aufs Spiel zu setzen.«

»Dieser Staat hat es nicht anders verdient!«, spie sie aus.

»Also bittere Rache?«

»Ich wusste, Sie würden das nicht verstehen.« Cora funkelte sie an. »Wenn rauskommt, was ich getan habe, ist nicht nur meine

Karriere Geschichte, sondern ich wandere wegen Hochverrats für immer in den Knast, und meine Tochter ist den Rest ihres Lebens allein.« Cora stieg über sie hinweg und entfernte sich weiter den Gang hinunter. »Leben Sie wohl.«

Sabine griff nach ihrer Waffe und legt auf Cora an. »Bleiben Sie stehen und machen Sie mich los!«

Amüsiert drehte sich Cora um. »Ihr Magazin ist leer!«

»Als Sie im Container heimlich mein Magazin geleert haben, haben Sie denselben Fehler gemacht wie jetzt und die Patrone im Lauf vergessen.«

Coras Gesicht wurde weiß. Sie wich einen Schritt im Gang zurück.

Binnen Sekunden wägte Sabine ihre Chancen ab. Mit diesem einen Projektil könnte sie sich die Handschellen aufschießen. *Und dann?* Cora besaß immer noch ihr Messer, mit dem sie Krzysztof fast getötet hatte. Falls Sabine es verbockte, würde Cora abhauen, Sneijder erledigen und für immer untertauchen. *Aber so einfach kommst du nicht davon!*

»Und jetzt?«, fragte Cora verunsichert.

Sabine zielte auf Coras Brust und drückte ab. Cora wurde zurückgeschleudert und knallte einen Meter von Sabine entfernt mit dem Rücken ins Wasser, wo sie liegen blieb. »Sie haben mich …«, röchelte Cora und versuchte, den Kopf zu heben. Das Wasser umspülte ihr Gesicht.

»Notwehr«, murmelte Sabine. *Andernfalls wäre ich selbst in diesem Schiff verreckt.* Cora atmete noch einige Züge lang, dann erschlafften ihre Gliedmaßen, und ihr Kopf fiel zurück ins Wasser. Sabine versuchte, mit der Hand Coras Fuß zu erreichen, um die Leiche heranzuziehen, aber sie erreichte den Schuh nicht. *Keine Chance!*

»Scheiße!«, zischte sie. Auch mit ihren Füßen erreichte sie Coras Beine nicht. Also versuchte sie, sich aufzurappeln und das gesamte Regal einen halben Meter durch den Gang zu zerren. Aber die Metallstreben verkeilten sich so in der Wand, dass sich das Ungetüm keinen Zentimeter mehr weiterbewegte.

»Verdammt!« Sie musste irgendwie an die Leiche rankommen. In Coras Tasche befanden sich die Patronen für ihre Waffe. Ihr genügte aber auch schon ihr Pick-Set, um die Handschellen zu öffnen. Und vermutlich hatte Cora auch irgendwo den Schlüssel für die Handschellen versteckt. Aber das alles nutzte ihr nichts, solange Cora für sie unerreichbar im Gang lag.

Eine Erschütterung, gefolgt von einer Druckwelle, ging durch das Schiff. Sabine wurde rücklings gegen das Regal gedrückt. Ein greller Blitz erhellte das Bullauge der Funkkabine. Im nächsten Augenblick hörte sie die dumpfe Explosion an Deck.

Jetzt geht das Feuerwerk los.

Sie zerrte wie verrückt an dem Gestell, wodurch sie aber nur erreichte, dass es sich weiter verzog und noch fester zwischen Wand und Boden verkeilte. *Verflucht!*

Weitere Explosionen folgten kurz aufeinander. Diesmal im Schiffsrumpf. Ein mehrmaliger Ruck ging durch den Frachter, der sich mehr und mehr zur Seite neigte. Das Wasser schwappte gegen die Wand. Am Ende des Ganges stieg es immer höher und staute sich weiter auf. Sabine fröstelte und zitterte bereits am ganzen Leib. Mittlerweile war auch die Funkkabine schon so weit geflutet, dass Funken aus dem bodennahen Kabelsalat schlugen.

Das Wasser! Ja richtig! Sabine schaute zu Coras Leiche. Das immer stärker hereinflutende Wasser spülte den Körper in ihre Richtung. Cora trieb kurz auf, ihr Kopf schlug gegen die Wand, dann blieb sie wieder liegen.

»Nein, komm her!«, rief Sabine.

Da ging ein weiterer Ruck durch das Schiff, es neigte sich, und die Leiche rutschte ein großes Stück zu ihr. Mit klammen Fingern bekam Sabine endlich den Saum von Coras Hose zu fassen und zog die Leiche zu sich. *Wo ist mein Pick-Set?*

Sabine durchwühlte Coras Hosentasche, spürte endlich das Etui zwischen ihren Fingern, doch im nächsten Moment explodierte etwas im Schiffsrumpf, und sie bekam nur noch mit, wie ihr die Druckwelle den Boden unter den Füßen wegriss und sie mit dem Kopf gegen die Wand geschleudert wurde.

84. Kapitel

Die Matrosen hielten Sneijder mit aller Gewalt zurück. *Vervloekter Mest*, hätten sie ihn gehen lassen, wäre er trotz seiner Verletzung auf allen vieren über die Leiter an Bord dieses verfluchten Schiffes gekrochen.

So musste er mitansehen, wie ein Abschnitt des Frachtraums nach dem anderen von gewaltigen Explosionen erschüttert wurde. Die aufeinanderfolgenden Druckwellen bogen die Schiffswände auseinander, und die folgende Implosion zog sie wieder nach innen. Das Feuer loderte mittlerweile auf jedem Deck und wurde nur durch das Wasser gelöscht, in das der Frachter nun sekündlich schneller sank. Eine gewaltige Rauchwolke lag in der Luft und verdunkelte den Sternenhimmel.

Der Frachtraum mit den Autos, durch den Sneijder und Sabine ins Freie gelangt waren, lag schon lange unter Wasser. Zuletzt hatte Sneijder hinter einem Bullauge das Mündungsfeuer eines Schusses aufblitzen sehen. Vom Steuermann wusste er, dass da der Funkraum gewesen war. Bald darauf war die Hölle an Bord losgebrochen. Wer immer sich jetzt noch auf dem Schiff befand, würde nicht mehr rechtzeitig rauskommen und mit in die Tiefe gerissen werden.

Sneijders Widerstand erstarb. Die Matrosen ließen ihn los, und er sank kraftlos auf die Felsen. Stumm starrte er auf das brennende Wrack, das im teerschwarzen Meer versank. Dieser verfluchte Kahn hatte nicht einmal eine Stunde lang durchgehalten.

Nur am Rande bekam Sneijder mit, wie ein Rettungsschiff die Felsen erreichte und die Matrosen an Bord nahm. Mittlerweile kreiste auch ein Hubschrauber über der Unglücksstelle und ließ seinen Suchscheinwerfer über die Wasseroberfläche gleiten.

Eine Frau versorgte provisorisch Sneijders Wunde, reichte ihm eine wärmende Decke, in die er sich hüllte. Aber er weigerte sich standhaft, seinen Platz zu verlassen.

Eichkätzchen …

Er blieb sitzen, ignorierte die Kälte und die Schmerzen in seiner Hüfte und starrte aufs Wasser, bis nur noch Treibgut auf den Wellen zu sehen war.

10. TEIL

WIESBADEN

Zwei Tage später

Mittwoch, 30. Mai

85. Kapitel

Sneijders Maschine aus Moskau war am frühen Nachmittag in Frankfurt gelandet. Von dort hatte ihn ein Taxi direkt zum BKA nach Wiesbaden gebracht.

Am Tag zuvor hatte ihn ein russisches Ärzteteam in einem der Rajonskrankenhäuser Kaliningrads zumindest wieder so weit zusammengeflickt, dass er an einem Stock gehen konnte. Das Spital war zwar nicht das beste gewesen, aber für eine erste Notversorgung hatte es allemal gereicht. Sneijders Hemd sowie Anzug, Schuhe und Mantel waren von Salzwasser, Rauch und seinem eigenen Blut so verdreckt und ruiniert gewesen, dass das nicht einmal die beste Reinigung hinbekommen hätte. Daher waren seine Sachen noch im Krankenhaus entsorgt worden. Bei seiner vorzeitigen Entlassung, auf der er partout bestanden hatte, hatte man ihn mit alter Kleidung aus dem Depot versorgt. Die graue Hose war viel zu kurz, das schwarze Hemd zu weit, und vermutlich stammte das alles von einem oder mehreren Verstorbenen, aber darüber wollte er gar nicht näher nachdenken. Ihm gingen ganz andere Dinge durch den Kopf.

Die letzten dreißig Stunden hatte er fast ausschließlich am Handy verbracht und telefonierte sogar jetzt noch, während er in das BKA-Hauptgebäude humpelte. Ohne Falcone, den italienischen Pförtner am Eingang, zu grüßen, führte ihn sein Weg mit dem Fahrstuhl direkt in sein Büro. Dort beendete er die Konferenzschaltung mit seinem Anwalt und der norwegischen Staatsanwaltschaft. Fünfundvierzig Minuten hatte dieses Gespräch gedauert. Ein neuer Rekord für ihn.

Sneijder schleuderte den Krückstock in die Ecke und humpelte zu seinem Kleiderschrank. *Sich schonen und noch zwei Wochen am Stock gehen, um die Hüfte zu entlasten*, hatten ihm die russischen Ärzte eingeschärft. Aber seiner Meinung nach waren das nichts weiter als gut gemeinte Empfehlungen. Die Naht würde auch so halten, außerdem war er mit Antibiotika und Schmerzmitteln so vollgepumpt wie eine Apotheke auf zwei Beinen. Er hätte sich die Zehe am Tischbein brechen können und hätte nichts gespürt.

Mühsam zog er sich aus und stopfte die Kleidung mitsamt den Schuhen in einen Müllsack. Er hatte nicht nur zu Hause, sondern auch hier in seinem Büroschrank reichlich Schuhe, frisch gebügelte Hemden und maßgefertigte Anzüge von *Steenweg en Zonen* als Ersatzkleidung.

Während er bereits die Hose anhatte und gerade das Hemd zuknöpfte, klopfte es an der Tür. »Bin nicht da!«, rief er übel gelaunt. Die Tür öffnete sich trotzdem, und zögernd kam Dr. Karin Ross herein. Er sah nicht hin, erkannte sie aber an ihrem Parfüm. *Dass meine erste Besucherin ausgerechnet die Psychologin des BKA sein muss.*

»Was gibt es denn so Dringendes?«, knurrte er. »Hab ich in den letzten Tagen einen Termin verpasst?«

»Willkommen daheim, ich wollte nur nach Ihnen sehen, ob alles in Ordnung ist.«

Nichts ist in Ordnung! Nun drehte er sich zu ihr und starrte sie unwirsch an.

»Mit so viel Anteilnahme haben Sie wohl nicht gerechnet«, bemerkte sie und musterte ihn ungeniert. »Falls Sie jemanden zum Reden brauchen …«

»Danke!« Er zog den Reißverschluss der Hose zu und schlüpfte in die Schuhe. »Wenn ich mich heute Abend zu Hause bei einer heißen Tasse Vanilletee ordentlich zukiffe, werde ich ein Gespräch mit Vincent führen.«

»Vincent?«

»Er hört aufmerksam zu und stellt keine Fragen.«

»Sie meinen Ihren Hund?«

»Dieser Basset ist nicht *mein* Hund, sondern bloß ein Hund, der gelegentlich bei mir lebt und den ich füttere.«

»Und wenn Sie auf Dienstreisen sind?«

»Kümmern sich die Studenten der Akademie um ihn.« Er schloss die Manschettenknöpfe. »Sonst noch was?«

Dr. Ross betrachtete ihn skeptisch. »Ist wirklich alles in Ordnung? Ihre Augen sind glasig. Haben Sie wieder Marihuana geraucht?«

»Es war eine harte Woche … fragen Sie mich lieber, was ich nicht geraucht habe.«

Sie seufzte tief. »Sie wissen, wo Sie mich finden, wenn Sie mich brauchen.«

»Rechnen Sie lieber nicht damit, dass ich auf Ihr Angebot zurückkomme … und jetzt habe ich zu tun.«

Sie verließ das Büro, und Sneijder schlüpfte in sein Sakko. Diese Woche war die schlimmste seines Lebens gewesen, und das, obwohl sich in den letzten zwei Tagen viele Dinge geklärt hatten. Der Kapitän der *Skagerrak* hatte noch in derselben Nacht im Hafen festgenommen werden können. Er war vom Schiffswrack zur Küste geschwommen, wo er sich vermutlich hatte absetzen wollen. Die Polizei hatte ihn gerade noch rechtzeitig aus dem eiskalten Wasser gefischt, bevor er abgesoffen war.

Zudem hatten russische Bergungstaucher inzwischen die Leichen von Haakon und dem Dänen aus der Hafenbucht an die Oberfläche gebracht. Auch Coras Leiche hatte geborgen werden können. Entsprechend dem Projektil in ihrer Brust war sie mit Sabines Dienstwaffe erschossen worden. Und das Kunststoffmesser in der Lederscheide an Coras Wade passte eindeutig zu Krzysztofs Stichwunden, was bewies, dass sie tatsächlich – so, wie er es vermutet hatte – die Täterin gewesen war.

Außerdem hatte er eine Öffnung des BND-Datenarchivs erzwingen können. So hatte mit den Hülsen und Patronen, die Marc von Oslo mit nach Wiesbaden gebracht hatte, geklärt werden können, dass die Sig Sauer, mit der Gjøte erschossen worden war, dem Dänen gehört hatte. Die norwegische und die deutsche Staatsanwaltschaft mussten sich zwar noch um den restlichen elenden Bürokram kümmern, aber damit war Sneijders Unschuld vorerst einmal so gut wie bewiesen.

Im Grunde genommen war der gesamte Fall damit erledigt. Aber was nützte ihm das? Er hatte zwar alle Morde aufgeklärt und die Hintergründe des BKA-Datenlecks aufgedeckt, aber in seinen Augen hatte er trotzdem versagt. Vier gute Leute hatte er bei diesen Ermittlungen verloren: Horowitz war tot, Krzysztof lag immer noch in Oslo im künstlichen Tiefschlaf, Martinelli befand sich ebenfalls im Krankenhaus, und Nemez war mit dem Schiff untergegangen.

Zum Glück hatte sich Daniel Ecceson mittlerweile darum gekümmert, dass Sneijders Sachen aus der Asservatenkammer der Osloer Kripo nach Wiesbaden geschickt worden waren. Nun humpelte Sneijder zu seinem Schreibtisch, wo sein Schrankkoffer stand. Das Monstrum war heute Morgen über einen Kurierdienst eingetroffen. Die norwegischen Polizisten hatten alles herzlos hineingestopft. Aber Sneijder interessierte sich ohnehin nur für seinen Laptop. Er holte ihn heraus, hängte ihn an den Strom und fuhr ihn sofort hoch. Dann aktivierte er die App, mit der er die Handys seiner Mitarbeiter orten konnte. Sobald die Satellitenverbindung stand, fand er tatsächlich das Signal von Sabines Handy. Es lag mitten im Kaliningrader Hafenbecken, vermutlich auf dem Grund des Meeres. Anscheinend hatte das Salzwasser das Outdoor-Telefon noch nicht ganz zerstört.

»Verdomme!« Die Taucher könnten es zwar bergen, aber was würde das bringen? Sabines Leiche hatten sie bisher nicht gefun-

den. So viel Sneijder wusste, hatten sie die Suche nach ihr noch um zwei weitere Tage verlängert, aber schon jetzt schwand die Hoffnung stündlich.

Sneijder ließ sich auf seinen Schreibtischsessel nieder und starrte auf den blinkenden roten Punkt auf dem Monitor. Wie lange er dort gesessen hatte, als ihn das Aufploppen einer E-Mail-Nachricht aus den Gedanken riss, konnte er nicht mehr sagen – vielleicht eine halbe Stunde oder länger. Die betreffende Nachricht kam jedenfalls von Daniel Ecceson. Sneijder rieb sich die gereizten Augen und öffnete die E-Mail. Eccesons Mitteilung war nur kurz.

Alexander und Astrid Jørgensen werden schon nächsten Monat in Norwegen wegen Mordes an Dr. Katharina von Thun und ihrem Sicherheitschef angeklagt. Ebenso Gulbrandsen und ein weiterer Kollege wegen Bestechung, Korruption, Amtsmissbrauch, Beweismittelunterdrückung und Beihilfe zu Straftaten. Hoffe, Ihnen geht es gut. Beste Grüße, Ecceson

Als es an der Tür klopfte, klappte Sneijder den Laptop zu. Er sah auf. »Ja?«

Sein zweiter Besucher an diesem Tag war Marc. Zögernd kam er herein. Wie immer trug er ein T-Shirt mit irgendeinem Aufdruck. Aber anders als sonst sah er müde und deprimiert aus, und der Schatten eines Dreitagebarts lag auf seinem Gesicht. »Darf ich?«

Sneijder deutete stumm auf den freien Besucherstuhl. »Ist mein Büro sauber?«, fragte er, bevor Marc etwas sagen konnte.

Marc nickte. »Jetzt schon.« Er zeigte in den Nebenraum. »Unter deiner Massageliege hing eine Wanze.«

Sneijder kaute an der Unterlippe. *Wie kam die dorthin? Cora hat wohl kaum die Möglichkeit gehabt, Marcs und mein Büro zu verwanzen.*

Marc betrachtete nun den geöffneten Schrankkoffer. »Du verreist doch nicht schon wieder?«

Sneijder nickte. »Doch, ich will so schnell wie möglich zurück nach Oslo.«

»Krzysztof im Krankenhaus besuchen?«

»Ich werde versuchen, ihn heimzuholen.« Und wenn ihm das nicht gelang, wollte er zumindest so lange an seinem Bett sitzen, bis ihn die Ärzte aus dem Koma holten. Nach allem, was sie in den letzten Jahren gemeinsam durchgemacht hatten, war er ihm das schuldig.

Das Flugticket, das ihm van Nistelrooys Sekretärin organisiert hatte, lag in einem Kuvert auf seinem Schreibtisch. Er öffnete es, suchte die Boardingzeit heraus und steckte das Ticket in sein Sakko. »Der Flug geht heute Abend.« Mehr sagte er nicht. Genug Zeit, um noch einige Dinge zu erledigen. Eines davon musste jetzt sein. Er konnte Marc zwar kaum in die Augen sehen, riss sich aber zusammen und tat es dann doch. »Wegen Sabine …«, begann er, »… es …«

»Es ist okay, ich habe die Hoffnung nicht aufgegeben, dass sie noch lebt«, kam Marc ihm zuvor.

Daran hätte er selbst auch gern geglaubt. *Aber wie könnte das möglich sein? Nach beinahe vierzig Stunden?*

»Lass uns lieber über den Job reden.« Marc knackte mit den Fingerknöcheln. »Obwohl jetzt fast alles geklärt ist, beschäftigt mich trotzdem noch eine Frage: Wie kam Cora an die Infos aus dem BKA ran?«

Wieder einmal hatte Marc ins Schwarze getroffen. Sneijder beugte sich nach vorn. »Möglicherweise über Jon Eisa«, murmelte er. Es war ein starkes Stück, den dritten BKA-Präsidenten einer solchen Sache zu beschuldigen, aber er dachte an sein Gespräch mit Dr. Ross vor genau einer Woche. *Der Maulwurf kann nur aus der obersten Riege des BKA kommen.* »Eisa ist so erpicht darauf gewesen, nicht nur mich nach Norwegen zu schicken, sondern auch darauf, dass mein Team mir folgt …«

Automatisch senkte auch Marc die Stimme. »Du glaubst, die Todesorder kam direkt von Eisa?«

»*Er* muss dein und mein Büro abgehört haben«, knurrte Sneijder. *Wer sonst hätte die Möglichkeit dazu?* Falls das stimmte, war die Sache noch nicht ausgestanden. Bisher fehlten ihm die Beweise, allerdings gab es eine letzte Spur, der sie nachgehen konnten. »Bist du fündig geworden?«, fragte Sneijder.

»Also«, begann Marc, »Dr. Katharina von Thun ist natürlich, wie vermutet, absolut unbescholten, sonst hätte sie nicht Botschafterin werden können. Es gibt weder beim BKA noch beim BND eine Kriminalakte über sie.«

»*Vervloekt!* Woher wussten Cora oder Eisa dann von den Fotos, mit denen von Thun erpresst wurde?« Er nahm einen Bleistift, wollte ihn zwischen den Fingern drehen, zerbrach ihn aber. *Etwas hakt noch an der Geschichte.*

»Ich glaube nicht, dass Jon Eisa dahintersteckt«, sagte Marc.

»Und warum nicht?«

»Weil ich den Ursprung der Fotos, die Katharina von Thun mit den jungen Mädchen zeigen, gefunden habe. Sie stammen aus einer alten Europol-Akte.«

Sneijder neigte den Kopf. »Europol?«

»Ja, einige Daten wurden zwar geschwärzt, aber die Fotos waren noch frei zugänglich. Wie sollte jemand wie Jon Eisa darauf Zugriff haben?«

Europol! Sneijder lief ein Schauder über den Rücken. Dirk van Nistelrooy war vor seiner Zeit als BKA-Präsident Vizedirektor von Europol in Den Haag gewesen. *Ist das die Lösung? Auch wenn sie eigentlich absolut unvorstellbar ist?*

»Was hast du?«, fragte Marc.

»Kein Wort zu van Nistelrooy darüber!« Sneijder stand auf. »Ich muss los.«

86. Kapitel

Fünf Minuten später stand Sneijder im Vorraum zu van Nistelrooys Büro. Seine Sekretärin war nicht da, ebenso wenig der Chef, weswegen sein Büro auch abgesperrt war. Sicherheitshalber rüttelte Sneijder noch einmal an der Klinke. *Verdomme!* Bestimmt hockte er gerade in irgendeiner wichtigen Besprechung und bedauerte die letzten verpatzten Einsätze. Dabei hatte Sneijder mit van Nistelrooy ein privates Wort reden wollen, um ihn ein wenig auszuhorchen – auch wenn das in Sneijders derzeitigem aufgewühltem Zustand wahrscheinlich nicht wirklich erfolgversprechend gewesen wäre.

Sneijder starrte auf die Tür. Sollte er die Gelegenheit nutzen, das Büro zu durchsuchen? Van Nistelrooy ahnte wahrscheinlich nichts von seinem Verdacht – und eventuelle Beweise existierten somit vielleicht noch. Er zog die Waffe aus dem Holster, versicherte sich, dass keine Patrone im Lauf war, und hieb mit dem Griff gegen das Türschloss. Beim dritten Schlag fiel das Zylinderschloss durch die Tür ins Zimmer. Sneijder konnte die Tür öffnen und trat ein. Falls er sich irrte, würde er für diese Aktion entlassen werden und nicht einmal mehr einen Job als Parkwächter irgendwo finden. Aber mittlerweile war er sich absolut sicher.

Sneijder schloss die Tür und setzte sich an van Nistelrooys Schreibtisch. Als Erstes blätterte er durch den Stehkalender, durchwühlte sämtliche Schubladen, warf einen Blick unter die Schreibunterlage und griff auf der Suche nach einem Safeschlüssel, der dort vielleicht klebte, an die Unterseite der Schreibtischplatte. *Nichts! Klar, so leicht zu durchschauen bist du nicht!*

Als Nächstes nahm er sich van Nistelrooys Notebook vor, das an der Dockingstation hing. Der Computer lief, war jedoch passwortgeschützt. *Du hast drei Versuche, dann kommt der Sicherheitsdienst zur Tür hereingestürmt, findet als Erstes das herausgebrochene Schloss auf dem Teppich und dann dich hinter dem Laptop. Also, wie lautet das Passwort?*

Sneijder legte die Finger auf die Tastatur und dachte nach. Die BKA-Standards sahen eine Passwortkombination mit Zahlen, Klein- *und* Großbuchstaben vor. Außerdem verlangte das System automatisch, dass jeder von ihnen sein Passwort einmal wöchentlich änderte. Selbst van Nistelrooy als Präsident war nicht von diesen Sicherheitsvorkehrungen ausgenommen. Und weil Sneijder wusste, wie sehr van Nistelrooy das alles mit seinem miserablen Zahlengedächtnis auf die Palme brachte, hatte er ihm den Tipp gegeben, als letzte beiden Zahlen stets die aktuelle Woche zu nehmen.

Jetzt starrte Sneijder auf den Stehkalender. Es war die zweiundzwanzigste Kalenderwoche. Und das Passwort hatte insgesamt neun Stellen. Zuerst probierte er es mit VanNist22.

Falsches Passwort!

Sneijder nagte an der Unterlippe. *Noch zwei Versuche.* Van Nistelrooys Frau war vor vielen Jahren gestorben, seine Tochter hieß Brigitt. Also versuchte er es als Nächstes mit Brigitt22.

Falsches Passwort!

Wieder kaute Sneijder an der Unterlippe. *Was könnte es sein?* Da sie sich schon von ihrer gemeinsamen Ausbildung in den Niederlanden kannten, wusste er ziemlich viel über van Nistelrooy, kannte seine Hobbys, Vorlieben und Interessen. Da gab es Dutzende Möglichkeiten. Er starrte zur Korkwand, auf der sich zahlreiche Fotos und Ansichtskarten befanden. Vielleicht seine Geburtsstadt in den Niederlanden, oder die Stadt, wo er zur Schule gegangen war … *oder die Stadt, in der du zuletzt gearbeitet hast!* Europol in Den Haag. Ein dünner Schweißfilm stand auf seiner

Stirn. An der gegenüberliegenden Wand hing ein gerahmtes Foto von dem grauen würfelförmigen Gebäude, in dem van Nistelrooy früher einer der stellvertretenden Direktoren gewesen war. Als Nächstes tippte er *DenHaag22*.

Die Anmeldemaske verschwand, und der Laptop gewährte ihm Zugang. Sneijder stieß die angehaltene Luft aus und ließ die Schultern sinken. *Was für ein Glück! Das hätte auch verdammt schiefgehen können!* Er hob den Kopf und lauschte, ob sich im Nebenzimmer etwas tat. *Nichts!* Dann klickte er sich mit der Maus durch das Dateiverzeichnis. Fünf Minuten später musste er enttäuscht feststellen, dass sich auf der Festplatte weder private noch dienstliche Files befanden.

Als Nächstes öffnete er das E-Mail-Verzeichnis. *98 ungelesene Nachrichten*, sagte das System. Van Nistelrooy wäre zwar nicht so unvorsichtig, mit Cora oder Haakon offen E-Mails auszutauschen, dennoch scrollte Sneijder bis zu jenem Tag zurück, an dem er mit Sabine und Cora nach Oslo aufgebrochen war. Da gab es jede Menge Nachrichten zwischen dem BND und van Nistelrooy mit der Betreffzeile *Oslo*. Sneijder überflog alle Texte, konnte jedoch nichts Belastendes oder Verdächtiges finden. Schließlich stieß er auf eine Nachricht vom Freitag, dem 25. Mai, jenem Tag, an dem ihnen der Rest seines Teams nach Oslo nachgereist war. Angeblich war diese Order von Jon Eisa gekommen. In Wahrheit war jedoch eine entsprechende Nachricht in den frühen Morgenstunden von van Nistelrooy an Eisa gegangen, und Eisa hatte diese Order – wie Sneijder jetzt las – nur weitergegeben:

»In der Causa Katharina von Thun haben sich neue Erkenntnisse ergeben. Sneijder möglicherweise überfordert. Veranlassen Sie, dass sein Team so schnell wie möglich nachreist. Ergebnisse dringend erforderlich.«

»So, so, überfordert«, murmelte Sneijder. »Du wolltest uns also alle möglichst weitab vom Schuss haben.«

Nachdem Eisa den Befehl bestätigt hatte, folgte noch eine weitere kurze Anweisung von van Nistelrooy: »*Möchte mich im Hintergrund halten und nicht einmischen, aber berichten Sie in allen diesbezüglichen Belangen unverzüglich direkt und diskret an mich.*«

»Du hast diese Ermittlungen von Anfang an überwacht«, murmelte Sneijder vor sich hin. *Von wegen, ich habe keine Zeit für diese Sache und Wichtigeres zu tun. Jon Eisa kümmert sich um alles.* »Du hast die Fäden gezogen und alles gesteuert! Du hast Dr. Katharina von Thun gezwungen, das Datenmaterial aus der EU und nach Russland zu schaffen. Vermutlich wusste sie nicht einmal, was sich in dem Koffer befand. Und Cora musste die Drecksarbeit erledigen, damit deine Identität nicht auffliegt.«

Du bist der Maulwurf!

Du hast die Büros abgehört!

Natürlich waren diese beiden E-Mails keine richtigen Beweise, ja nicht einmal schwache Indizien, aber Sneijder genügte das, um seinen Verdacht bestätigt zu bekommen. Und das musste es auch gewesen sein, was Tina in Oslo zufällig herausgefunden hatte und an das sie sich nicht mehr erinnern konnte.

In diesem Moment öffnete sich die Tür und Sneijder schreckte hoch.

»Was tun Sie hier?« Dirk van Nistelrooys Sekretärin stand im Türrahmen und starrte abwechselnd von dem herausgebrochenen Türschloss zum Schreibtisch und wieder zurück.

»Wo ist van Nistelrooy?«, fragte Sneijder.

»Soviel ich weiß, wollte er Tina Martinelli besuchen.«

»Im Krankenhaus?«

»Ja, dorthin ist er unterwegs. Allerdings habe ich gerade erst erfahren, dass sie einen Revers unterschrieben hat und entlassen wurde. Offenbar ist sie schon zu Hause.«

»Wo wohnt sie?«

»Das kann Ihnen das Personalbüro sagen, wenn Sie eine Anfrage …«

»*Vervloekter* Datenschutz!« Während Sneijder an der Sekretärin vorbei aus dem Büro stürmte, wählte er Marcs Nummer. Auf dem Weg zu den Fahrstühlen hob Marc ab, doch Sneijder würgte ihn sofort ab. »Wir haben das Schwein!«, keuchte er. »Mach sofort eine Sicherheitskopie von van Nistelrooys E-Mail-Verkehr der letzten Woche – und dann such mir Tina Martinellis private Wohnadresse raus. Beeil dich!«

87. Kapitel

Mit einem Gipsbein, einer frisch operierten Schulter und dem Arm in einer Stützbandage konnte sich Tina kaum bewegen. Alles dauerte dreimal länger als sonst, das Anziehen, das Öffnen der Fahrstuhltür, das Verlassen des Krankenhauses und das Einsteigen ins Taxi, das draußen auf sie wartete. In der Klinik hätte sie es deutlich bequemer haben können, trotzdem hatte sie den Revers unterschrieben, um sich frühzeitig selbst von der Station zu entlassen. Denn alle Ärzte hatten ihr einstimmig prophezeit, dass sie ihr Gedächtnis am schnellsten wiederfinden würde, wenn sie in ihren normalen Alltag zurückkehrte – und genau das hatte sie vor.

Eine halbe Stunde später saß sie im Jogginganzug in ihrem Wohnzimmer und trainierte ihren unversehrten Arm mit einer Vier-Kilo-Hantel. Viele Übungen blieben ihr im Moment nicht, aber die machte sie im Rahmen ihrer Möglichkeiten. Aus Erfahrung wusste sie, dass sich die Muskulatur rasch zurückbildete – und sie hatte keinen Bock drauf, ihren Körper erst in einigen Monaten durch eine mühsame Reha wieder auf Vordermann zu bringen.

Die Tür zum Schlafzimmer stand einen Spaltbreit offen, das Fenster war gekippt, kühle Luft strömte durch die Wohnung, und Tina hörte den feinen Nieselregen und das Rauschen der Blätter im Park. Hier in Wiesbaden war es zumindest deutlich wärmer als in Norwegen.

Nach der dritten Wiederholung der Bizeps-Übung läutete es an der Tür. »Einen Moment!«, rief sie und legte die Hantel beiseite.

Während sie sich vom Stuhl hochrappelte, vibrierte ihr Handy.

»*Mama mia!*« Sie ging zur Tür und rief gleichzeitig die E-Mail ab. Sie kam von Daniel Ecceson aus Oslo.

Tut mir leid, ich habe leider schlechte Nachrichten. Ihr Kollege Krzysztof ist vor wenigen Stunden im Krankenhaus gestorben. Multiples Organversagen. Er ist nicht mehr aus dem Koma erwacht.

Während sie ungläubig auf die Nachricht starrte, läutete es erneut an der Tür. Ihre Hand zitterte. *Aber das kann doch nicht sein!* Sie scrollte weiter im Text, der – wie sie jetzt sah – auch in einer Kopie an Sneijder und van Nistelrooy gegangen war.

Ich weiß, das ist kein Trost, aber zumindest hatte er keine Schmerzen, schrieb Ecceson am Ende. *Mein aufrichtiges Beileid. Ich werde alles veranlassen, damit die Leiche nach Deutschland geflogen wird.*

Tina starrte immer noch auf die Nachricht. Das hartnäckige Läuten an der Tür riss sie schließlich aus ihren Gedanken. Immer noch völlig benommen öffnete sie. Im Gang stand ein hochgewachsener Mann mit offenem Mantel und dunklem Anzug.

»Herr van Nistelrooy!«, entfuhr es ihr.

Er lächelte. »Darf ich hereinkommen?«

»Natürlich.« Sie humpelte zur Seite und deutete mit dem Handy, das sie immer noch mit zitternden Fingern hielt, in die Wohnung.

Van Nistelrooy blickte auf das Telefon. »Ich habe die Nachricht auch erhalten. Tut mir leid. Ich weiß, dass Sie sich nahestanden.«

Sie spürte, wie ihr die Tränen kamen. *Zuletzt Sabine und jetzt auch noch Krzysztof! Das darf doch alles nicht wahr sein.*

Van Nistelrooy legte ihr die Hand auf die gesunde Schulter. »Wie geht es Ihnen? Ich meine gesundheitlich?«

»Danke, *das* wird ja wieder alles«, presste sie hervor. Er ließ die Hand von ihrer Schulter gleiten, Tina schloss die Tür, und sie gingen ins Wohnzimmer. »Ich hatte noch keine Gelegenheit, Ihnen zu danken, dass Sie einen Ambulanzjet für mich organisiert haben, der mich nach Frankfurt gebracht hat.«

»Aber bitte.« Er lächelte verständnisvoll. »Das war doch selbstverständlich, dass ich Sie so schnell wie möglich heimhole. So eine gute Mitarbeiterin wie Sie. Hier können sich unsere Ärzte viel besser um Sie kümmern – und Sie werden die beste Reha kriegen, die es gibt. Dafür werde ich mich persönlich einsetzen.«

Wie ungewöhnlich. Er war so ausgesprochen nett. Nun hatte sie sogar ein schlechtes Gewissen, weil sie gestern Abend noch aus dem Krankenhaus ihre schriftliche Kündigung an die Personalabteilung des BKA geschickt hatte. Sie setzte sich, während van Nistelrooy den Mantel anbehielt und stehen blieb. »Sind Sie wegen meiner Kündigung hier?«

Er sah sich in der Wohnung um. »Auch«, seufzte er. »Erstens wollte ich nach Ihnen sehen, habe aber im Krankenhaus erfahren, dass Sie sich selbst entlassen haben. Und zweitens wollte ich mit Ihnen über Ihre Kündigung sprechen.«

Bedauernd verzog sie das Gesicht. »Die letzte Woche war einfach zu viel. Ich kann nicht mehr länger zusehen, wie ich einen Kollegen nach dem anderen verliere. Es … es ist einfach unerträglich geworden … und jetzt auch noch Krzysztof …« Sie wedelte mit dem Handy und wischte sich eine Träne weg. »Um ein Haar hätte es mich ja selbst erwischt.«

»Ich kann gut verstehen, dass es Ihnen reicht. Vielleicht hätten Sie die psychologische Beratung nicht ausschlagen sollen.«

Abfällig fuhr sie mit der Hand durch die Luft.

»Schon gut, darüber müssen wir jetzt nicht reden.« Er nickte verständnisvoll. »Sie haben in den letzten Jahren hervorragende Arbeit geleistet. Was immer Sie vorhaben, ich werde Ihrer Zukunft nicht im Wege stehen. Sie bekommen vom BKA das beste Dienstzeugnis, das es gibt.«

»Danke.«

»Aber zuerst sollten Sie einmal gesund werden.« Er drehte sich um. »Wo ist übrigens der Personenschutz?«

»Was?« Sie sah ihn fragend an. »Ich dachte, der Fall ist geklärt? Cora Petersen ist tot, Haakon Jørgensen und sein Leibwächter auch – und Alexander Jørgensen sitzt demnächst auf der Anklagebank.«

»Das ist richtig«, murmelte van Nistelrooy. »Haben Sie deshalb den Personenschutz abbestellt?«

»Ich hielt ihn für überflüssig.«

»Wie unvorsichtig.«

»Ist der Fall doch noch nicht geklärt?«, fragte sie.

»Das ist auch mit ein Grund, weswegen ich hier bin.« Er holte tief Luft. »Sie haben ausgesagt, Sie hätten in diesem Motel in Oslo ein Telefonat von Ihren Entführern belauscht … Können Sie sich schon wieder daran erinnern, worum es dabei ging?«

Sie zuckte mit den Achseln. »Nein, aber es muss Cora Petersen gewesen sein, die mit jemandem telefoniert hat.«

»Mit wem?«

»Höchstwahrscheinlich mit Haakon. Wahrscheinlich haben sie sich abgesprochen.«

»Auf Deutsch?«

Wieder zuckte sie mit den Achseln. »Ja, soweit ich mich erinnere, war das Gespräch auf Deutsch. Warum?«

»Laut Ihrer Aussage war doch noch einer von Haakons Männern im Motelzimmer«, gab van Nistelrooy zu bedenken. »Und Cora sprach immerhin fließend Norwegisch, warum also hätten sie auf Deutsch miteinander reden sollen?«

»Vermuten Sie, dass sie mit jemand anderem gesprochen hat?«

»Das frage ich Sie!«

Tina dachte angestrengt nach. *Verdammt!* Das war genau die Gedächtnislücke, die sie schon seit Tagen quälte. Ihr wollte einfach der genaue Wortlaut dieses Gesprächs nicht einfallen. Dabei war diese Passage so bedeutsam gewesen. Sie schaute zu van Nistelrooy, der sie erwartungsvoll anblickte. Er wirkte wie eine paradoxe Mischung aus gutem Samariter und … *hässlichem Dämon*. Plötzlich öffnete sich die Barriere ihres Unterbewusstseins wie die Schleuse eines Staudamms. »Ich kann mich wieder erinnern …«, flüsterte sie, »*… ja, es ist alles in Ordnung, die Orchideen sind gewässert.*«

»Und was meinen Sie, hatte das zu bedeuten?«, fragte er lauernd.

»Einen ähnlichen Satz habe ich Tage zuvor in Ihrem Büro gehört, als wir die Sitzung mit den Leuten vom BND hatten. *Ja, Liebling, und vergiss nicht, bis zum Ende der Woche die Orchideen zu wässern!* Sie haben privat telefoniert, zumindest dachte ich das. Offenbar war es ein Code.«

Van Nistelrooy presste die Lippen zusammen und nickte langsam. »Ich wusste es.«

Tinas Gaumen wurde trocken. »Was?«, krächzte sie.

»Dass Ihre Erinnerung eines Tages wiederkommen würde. Pech für Sie, dass das ausgerechnet *jetzt* passieren musste.«

»*Sie* haben sie hervorgeholt!«, warf sie ihm vor.

Er lächelte. »Ich dachte mir schon, dass der Grund für Ihre Amnesie nicht nur der Unfall mit dem LKW war. Tatsächlich war es auch das Trauma, als Sie erkannten, dass Ihr oberster Vorgesetzter hinter allem steckt, nicht wahr?«

Mühsam erhob sie sich vom Sessel und wich instinktiv einen Schritt zurück. »Cora hat mit *Ihnen* telefoniert. *Sie* gaben ihr Anweisungen, richtig? Welche? Mich zu töten?«

Van Nistelrooy legte den Kopf schief. Seine Hand wanderte in die Manteltasche. »Was blieb mir anderes übrig?«

»Ausgerechnet Sie! Warum haben Sie das getan?«, presste sie mit Tränen in den Augen hervor. »Warum?«

»Sie würden es nicht verstehen.«

»Versuchen Sie es!« Sie wollte nach der Krücke greifen, die an der Wand lehnte, doch van Nistelrooy machte nur »Ah, ah!«, während er eine kleinkalibrige Luger mit Schalldämpfer aus der Tasche zog. Das Ding sah aus wie ein Relikt aus dem Kalten Krieg, war aber auf diese Entfernung nicht minder tödlich als ihre moderne Dienstwaffe.

»Cora Petersen und Haakon Jørgensen haben es wegen des Geldes getan«, sagte er immer noch in demselben verständnisvollen Ton wie zuvor. »Die Infos brachten auf dem Schwarzmarkt viel Geld ein, vor allem bei der russischen Mafia.«

»Haben Sie es auch wegen des Geldes getan?«, keuchte sie.

»Sehe ich so aus, als bräuchte ich Geld? Ich lebe nicht über meine Verhältnisse. Habe ich noch nie. Nein, als Präsident des BKA muss ich in anderen, viel größeren Dimensionen denken.«

»In größeren Dimensionen?«, wiederholte sie ungläubig. »Aber durch diese Dokumente haben Sie unsere Feinde gestärkt!«

»Eben! Dadurch wurden BKA und BND mehr denn je gebraucht.« Nun klang seine Stimme versöhnlich. »Sehen Sie, ich bin Idealist, ich habe es aus Ehrgeiz und aus Liebe zu meinem Job und zum BKA getan, damit *wir* unsere Berechtigung behalten.«

»Was für ein Schwachsinn!«

»Ich wusste, Sie würden es nicht verstehen.«

»Sabines, Krzysztofs, Horowitz' und Schönfelds Tod gehen auf Ihr Konto. Und all die Ermittlungsarbeit von Sneijder und seinen Kollegen wurde ein Jahr lang von Ihnen sabotiert. Sie sind geisteskrank!«

Seufzend und zugleich verständnislos zog er die Augenbrauen hoch. »Das sind doch nur Kleinigkeiten, Kollateralschäden und Bauernopfer, die man bringen muss. Wie gesagt, in meiner Position muss man in größeren Dimensionen denken. Woher, glauben Sie, kommt das Geld, das unsere Arbeit finanziert? Es werden nur Mittel in eine Sache gebuttert, wenn etwas *nicht* funktioniert.

Sobald etwas gut und reibungslos läuft, werden die Mittel gekürzt. Das ist die traurige und zugleich paradoxe Wahrheit über unser System.«

»Das rechtfertigt Ihren Verrat nicht.«

»Es ist kein *Verrat* … Mein Gott, wie das klingt«, widersprach er. »Die Verbrecher werden immer raffinierter. Ständig muss man nachweisen, dass man mit einem gekürzten Budget weniger und mit einem größeren mehr erreichen kann. Wir brauchen mehr Mittel für bessere Ausrüstung, intelligentere Strategien, schlagkräftigere Security und eine lückenlose Geheimhaltung.«

»Sie sind verrückt!«

Er lächelte. »Nein, *Sie* sind es, wenn Sie die Zusammenhänge nicht begreifen. Der Erfolg gibt mir recht, denn vor drei Monaten wurde unser Budget für die nächsten drei Jahre zur Verbrechensbekämpfung um sieben Prozent erhöht.« Er hob die Waffe und zielte auf sie. »Und wegen des brutalen Mords an Ihnen in Ihrer eigenen Wohnung werde ich auch durchbekommen, dass wir endlich mehr Rekruten an der Akademie aufnehmen und die Mittel für den Personenschutz aufstocken können. Darüber hinaus müssen einige Ressorts von Grund auf modernisiert werden.«

Tina war bis zur Schlafzimmertür zurückgewichen.

»Bleiben Sie stehen! Es hat ja doch keinen Sinn zu fliehen.« Er sah aus dem Fenster, dann zog er den Vorhang zu und folgte ihr. Sie hatte inzwischen die Schlafzimmertür weiter aufgestoßen und einen Schritt ins Zimmer gemacht.

Van Nistelrooys Blick fiel auf die Kommode, die im Schlafzimmer an der Wand stand. Tina wurde klar, dass er soeben bemerkte, was dort lag. Eine Handyhülle in den Farben der niederländischen Flagge.

»Ist das …«, setzte er an, »… Sneijders Handy?«

Tina antwortete nicht. Stattdessen stieß sie die Tür ganz auf. Immer noch mit der Waffe auf sie zielend blickte van Nistelrooy ins Zimmer. Seine Augen weiteten sich, als er erkannte, in welche Falle er getappt war.

Auf dem Stuhl vor dem Bett, vornübergebeugt, saß Sneijder. Sein Mantel lag auf seinem Schoß. In seinen Handrücken steckten jede Menge Akupunkturnadeln, und er hielt eine Glock in der Hand, deren Lauf er jetzt genau auf van Nistelrooys Brust richtete.

»Du hast … alles mitgehört?«, entfuhr es van Nistelrooy.

»Dirk, leg die Waffe weg«, sagte Sneijder in einem gefährlich leisen Ton.

Van Nistelrooy bewegte sich nicht. »Der große Maarten Sneijder«, sagte er zynisch.

»Für Sie *Maarten S. Sneijder*!« Tina zog ihre eigene Glock hinten aus dem Hosenbund und legte ebenfalls auf van Nistelrooy an. »Haben Sie nicht gehört? Waffe weg!«

88. Kapitel

Van Nistelrooy ließ die Waffe sinken, gleichzeitig blickte er zu Sneijders Handy auf der Kommode. »Hast du das Gespräch aufgezeichnet?«

»Was dachtest du?«, entgegnete Sneijder. Obwohl sein Puls raste, versuchte er, so ruhig wie möglich zu reagieren. »Ich wusste, dass du hierherkommst. Du hättest tatsächlich eine Kollegin erschossen?« Er sah kurz zu Tina, ihr Blick sprach Bände.

»Waffe weg!«, wiederholte sie. Van Nistelrooy bewegte leicht den Finger am Abzug, woraufhin sie einen halben Schritt näher trat. »Geben Sie mir einen Grund abzudrücken!«

Van Nistelrooy zögerte, schließlich warf er die Pistole zu Boden. »Zurücktreten!«, befahl Tina. Er gehorchte, und sie schob die Luger mit dem Fuß unters Bett.

Van Nistelrooy ließ die Schultern sinken. In diesem Moment wirkte er in Sneijders Augen sogar ein wenig erleichtert. Vielleicht war er ja auch froh, dass sein Versteckspiel zu einem Ende gekommen war. Er stand aufrecht da und sah Sneijder direkt an. »Bist du auch wegen meiner Motive schockiert?«

»Weißt du …« Sneijder ließ sich mit der Antwort Zeit. »Ich habe in Tønsberg einen Feuerwehrmann kennengelernt. Er hat mir erzählt, dass gewisse Feuerwehrleute manchmal selbst Brände legen, damit die Feuerwehr zu mehr Einsätzen kommt und mehr Wertschätzung erfährt.« Er hob den Blick und sah van Nistelrooy an. »Wir haben so viel gemeinsam durchgemacht. Ich dachte nicht, dass du auch so jemand bist.«

»Deine Menschenkenntnis ist eben nicht perfekt.«

Sneijder nickte. »Vielleicht liegt es daran, dass ich es immer noch nicht glauben will.«

»Ich verstehe dich nicht. An Jon Eisa hast du stets bemängelt, dass ihm die eigene Karriere wichtiger ist als die Arbeit des BKA. Bei mir ist es genau andersrum, mir ist das BKA wichtiger als die eigene Karriere. Die habe ich sogar aufs Spiel gesetzt, nur um etwas zu bewirken, das meiner Meinung nach positiv ist.«

»Positiv nennst du das?«

»Bist du schockiert?«, wiederholte van Nistelrooy seine Frage von vorhin.

Sneijder schüttelte den Kopf. »Nein, aber wütend. Nicht auf dich, sondern auf mich, weil ich nicht eher dahintergekommen bin. Deswegen wurde Martinelli verletzt, und das BKA hat mit ihr eine weitere gute Kollegin verloren.« Das war die Wahrheit, und er hoffte, dass es aus seinem Mund nicht so falsch klang wie zuvor aus van Nistelrooys Mund. Er merkte, wie Tina es sich verkniff, kurz zu ihm herüberzusehen, um van Nistelrooy nicht aus den Augen zu lassen.

Sneijder nickte zu seinem Handy. Die Aufnahme lief immer noch. »Ich habe vorhin auch von Krzysztofs Tod erfahren.« Mit der freien Hand zog er das Flugticket nach Oslo aus der Tasche, zerknüllte es und warf es auf den Boden. »Den Flug kann ich mir sparen. Ich wollte noch zu ihm, habe es aber nicht mehr rechtzeitig geschafft. Er ist in einem fremden Land gestorben, vollkommen allein. Ich hätte bei ihm sein müssen. Aber das ging nicht … wegen deines großartigen Plans. Oder ist es Coras und deine Idee gewesen?«

»Schaltest du die Aufnahme ab?«, entgegnete van Nistelrooy.

»Einverstanden.« Er nickte Tina zu, die die Aufnahme unterbrach und Sneijder das Telefon reichte, das dieser einsteckte. »Also?«

»Cora war mein Verbindungsglied zum Auswärtigen Amt in Berlin. Wir haben den Plan gemeinsam entwickelt.«

»Ich habe die Dokumente selbst nie gesehen. Nemez hat sie zwar fotografiert, aber ihr Handy liegt auf dem Meeresgrund«, gab Sneijder zu. »Aber sie hat erzählt, dass nicht nur Daten vom BKA und BND dabei waren, sondern auch vom Abschirmdienst und dem Verfassungsschutz …«

»All diese Behörden brauchen mehr Budget.«

»… und dass es sich bei dem BKA-Material um Originaldokumente handelte. Wie hast du das hingekriegt? Es wurde nie etwas aus dem BKA rausgeschafft.«

»Das würdest du wohl zu gern wissen.« Van Nistelrooy lächelte. »Lässt du mich laufen, wenn ich es dir verrate?«

»Nein, aber ich schieße dir ins Bein, wenn du es nicht tust.« Sneijder zog den Schlitten zurück und lud die Waffe durch. Tina sagte kein Wort.

Van Nistelrooy nickte. Anscheinend hatte er begriffen, dass keiner von ihnen beiden bluffte. »Marc und du, ihr wart die ganze Zeit auf dem Holzweg«, sagte er. »Es musste nichts aus dem BKA *rausgeschafft* werden.«

»Aber es waren Originaldokumente!«

Van Nistelrooy lächelte, und dieses Lächeln zeigte die überhebliche Arroganz eines selbst ernannten Genies. »Ich hatte die Originalformulare, die Stempel und Siegel des BKA zu Hause. Ich habe die Unterlagen und Einsatzbefehle aus dem Gedächtnis mit dem PC erstellt und musste nur noch meine Unterschrift daruntersetzen.«

Nun begriff Sneijder. »Du hast zu Hause Duplikate erstellt?«

»Nicht zu Hause, so blöd bin ich nicht. In einem Hotelzimmer. Brandaktuell, und zwar immer dann, wenn Katharina von Thun in Berlin war.«

»Warum so kompliziert?«

Van Nistelrooy seufzte. »Die Käufer, mit denen wir es zu tun hatten, wollten nur Originale kaufen. Keine Scans oder PDFs, nichts Digitales auf einem USB-Stick, das man leicht hätte fälschen können. Die Russen wollten nur *echte* Unterlagen, weil sie das Material weiterverkauften. Später hätten in manchen Fällen durchaus Kopien der Originaldokumente gereicht, aber die konnte ich dank deiner und Marc dann nicht mehr unbemerkt erstellen und aus dem BKA schaffen.«

»Warum über Oslo?«

»Der direkte Postweg nach Kaliningrad wäre zu riskant gewesen.« Van Nistelrooy blickte zu Tina, dann zu Sneijder. »Wie seid ihr mir auf die Schliche gekommen?«

»Die Fotos von Katharina von Thun in den alten Europol-Akten«, antwortete Sneijder. »Hast du ihr Leben nach einem Schwachpunkt durchsucht?«

»Die Fotos …«, van Nistelrooy begriff, »… nein, es war genau andersrum. Ich kannte die Fotos schon sehr lange. Ich war es, der damals in Den Haag die Ermittlungen gegen von Thun eingestellt hat. Und als sie viele Jahre später zur deutschen Botschafterin ernannt worden war, erinnerte ich mich wieder daran.«

»Warum hat sie die Fotos in ihrem Safe aufbewahrt, statt sie zu vernichten?«

»Vermutlich ist sie nicht mehr dazu gekommen. Immer dann, wenn sie nicht spurte, musste ich ihr zur Erinnerung neue Abzüge schicken.«

»Ein ausgeklügelter Plan, der ein Jahr lang gut ging«, überlegte Sneijder, »aber dann wird sie plötzlich ermordet.«

Van Nistelrooy verzog das Gesicht. »Ich habe mir zwei Tage lang das Hirn zermartert, wer dahinterstecken könnte. Haakon und Cora wussten es genauso wenig. Und im Zuge der Mordermittlungen drohte unsere gesamte Route aufzufliegen.«

»Also hast du mich nach Norwegen geschickt, und Cora hat dafür gesorgt, dass auch der BND in die Ermittlungen involviert wurde. Schließlich musste sich jemand darum kümmern, dass die

Wahrheit nicht ans Licht kommt, richtig? Dachtest du wirklich, ich würde nicht dahinterkommen?«

»Du warst schon so knapp davor, mich zu enttarnen.« Van Nistelrooy presste die Lippen aufeinander. »Cora sollte dich und dein gesamtes Team eliminieren.«

»Und bis auf Sneijder, Marc und mich ist ihr das ja wunderbar gelungen«, spie Tina nun voller Verachtung aus.

Sneijder sah kurz zu ihr. »Martinelli! An dieser Stelle ist die Sache für Sie erledigt. Verlassen Sie jetzt die Wohnung.«

Tina zögerte einen Moment, dann nickte sie. Während sie sich wortlos abwandte und rausging, erhob Sneijder sich vom Stuhl.

Van Nistelrooy sah ihn irritiert an. »Was wird das jetzt?«

»Was denkst du?« Sneijder wartete, bis die Wohnungstür ins Schloss gefallen war, dann legte er die Waffe auf seinen BKA-Präsidenten an. »Ich habe kaum Freunde, aber du hast die einzigen drei Menschen auf dem Gewissen, die mir wirklich jemals nahestanden … Mit dir waren es eigentlich vier«, korrigierte er sich.

»Wird es wieder so enden wie damals, als du einen unbewaffneten Gefängnisdirektor erschossen hast?« Leichte Panik schwang in van Nistelrooys Stimme mit.

Sneijder zögerte nicht, sein Finger krümmte sich um den Abzug, und er sah, wie van Nistelrooys Atem für eine Sekunde aussetzte und sich seine Pupillen weiteten. »Eigentlich müsste ich dich töten, aber die Gnade einer Kugel gönne ich dir nicht. Das wäre zu einfach«, sagte Sneijder. »Stattdessen werde ich dafür sorgen, dass jeder erfährt, was du getan hast, du einen gnadenlosen Prozess bekommst und danach für immer im Knast verschwindest, wo du langsam verreckst.«

»Eines Tages werde ich rauskommen.«

Sneijder lächelte. »Bevor du es schaffst, auf Bewährung entlassen zu werden, bin ich da – und ich werde dafür sorgen, dass man ein kleines weißes Päckchen in deiner Zelle findet, das dir weitere

Jahre einbringt, denn darin wird garantiert kein Backpulver sein. Dann kannst du den Rest deines Lebens das höhere Budget der Justizvollzugsbehörde genießen.« Er nahm die Waffe herunter. »Es ist vorbei!«, rief er laut. »Ihr könnt ihn mitnehmen.«

Die Wohnungstür öffnete sich. Tina kam wieder herein, diesmal in Begleitung zweier Beamter vom Personenschutz, die die ganze Zeit im Treppenhaus gewartet hatten.

11. TEIL

MÜNCHEN

Vier Tage später

Sonntag, 3. Juni

89. Kapitel

Sneijder trug seinen besten Anzug. Nach Tagen, die bewölkt, regnerisch und grau gewesen waren, war heute der erste richtig warme Sommertag. Ein Wetter, das so gar nicht zu der Kälte passen wollte, die Sneijder in seinem Herzen verspürte.

Er wusste, dass die BKA-Kollegen in den Büros hinter seinem Rücken redeten. Bisher hatte er sich nie darum geschert, was sie von sich gaben, doch diesmal beschäftigte es ihn. *Er hat Sabine Nemez bei seinem letzten Auslandseinsatz verloren*, sagten sie. Und er hatte sie wirklich verloren, und zwar buchstäblich. Bisher war ihre Leiche in dem Schiffswrack noch nicht gefunden worden. Aber wie hieß es so schön? Was einmal auf dem Meeresgrund lag, blieb auf dem Meeresgrund.

Sneijder sah nach vorn zum Altar, wo der Priester gerade die Messe beendete. Viele Freunde, Verwandte und Kollegen waren zu Sabines Verabschiedung in die kleine Kapelle gekommen. Noch gab es auf dem Friedhof daneben weder einen Grabstein noch einen Sarg – der wäre ja ohnehin leer gewesen –, stattdessen aber viele Blumen.

Krzysztof war gestern in Wiesbaden und Horowitz vorgestern in Bern beerdigt worden – somit war das nun Sneijders dritte Trauerfeier innerhalb weniger Tage. Es reichte. Er hatte in letzter Zeit genug Tote gesehen und trauernde Hände geschüttelt. Martinellis Entscheidung, das BKA zu verlassen, konnte er mittlerweile nur allzu gut verstehen.

Sie und Marc standen neben ihm, ganz hinten beim Eingang. Auch Drohmeier war anwesend. Er und Jon Eisa hatten Dirk van

Nistelrooys Aufgaben interimsmäßig übernommen. Im Moment sah es ganz danach aus, als würde Friedrich »Eisenfaust« Drohmeier der neue BKA-Präsident werden. Van Nistelrooy war an diesem Morgen offiziell zurückgetreten und hatte ein umfassendes Geständnis abgelegt. Er und drei weitere hochrangige Amtsträger befanden sich zurzeit noch in U-Haft. Der Prozess gegen sie würde von der Staatsanwaltschaft mit absoluter Härte geführt werden. Sneijder, Marc und Tina hatten ihre Aussagen bereits gemacht. Außerdem kannte Sneijder den Richter, einen harten Knochen, bei dem kein Angeklagter hoffen durfte, mit einem blauen Auge davonzukommen.

»Ich kann nicht länger stehen«, flüsterte Tina und stützte sich auf Marcs Schulter, um das Gipsbein zu entlasten.

»Es ist gleich vorbei, dann beginnt das Kondolieren«, murmelte Marc.

Sneijder schwieg. Er sah zum Altar. Seitlich davor standen Sabines Vater, ihre Schwester und ihre drei Nichten. Ab und zu schielte ihr Vater nach hinten und warf ihm einen vorwurfsvollen Blick zu. Sneijder ahnte, was in seinem Kopf vorging. *Warum haben Sie Sabine nicht davor bewahrt, ins Unglück zu rennen?* Es war immer leicht, zu tadeln und anzuklagen, wenn man selbst nicht dabei gewesen war. Dennoch hatte der Mann recht. Es wäre seine Aufgabe als ihr Vorgesetzter gewesen. Bei Connies Anblick, der die Tränen übers Gesicht liefen, brach ihm fast das Herz. Sie war die jüngste, und von den drei Mädchen hatte sie am meisten an Sabine gehangen. Darüber hinaus war sie einmal ein so großer Fan von ihm gewesen. Doch auch das gehörte mittlerweile der Vergangenheit an – wie so vieles andere.

Die Kondolenz begann und die Trauergäste reihten sich in eine Warteschlange, um an Sabines Verwandten vorbeizugehen.

»Schaffen Sie das?«, flüsterte Tina besorgt. Er nickte nur. »Sie haben einen glasigen Blick«, stellte sie fest. »Haben Sie wieder Drogen genommen?«

»Aber nur, damit sie nicht in Umlauf kommen«, versuchte Marc, die bleierne Stimmung ein wenig aufzuheitern.

Sneijder ging nicht darauf ein. »Wollen Sie Ihre Kündigung beim BKA wirklich nicht zurückziehen?«, fragte er.

Sie senkte die Stimme. »Sehen Sie sich an, wo wir hier sind. Sabine wäre nächsten Samstag dreiunddreißig geworden. Ich möchte nicht so enden wie sie, Krzysztof oder Horowitz … oder die anderen aus unserem Jahrgang wie Gomez oder Schönfeld.«

Ja, die Sterberate um ihn herum war in den letzten Jahren tatsächlich bedenklich gestiegen – wobei sie eigentlich immer schon hoch gewesen war, wenn er sich das recht überlegte.

Schmerzvoll verzog Tina das Gesicht, während sie weiterhumpelte. »Außerdem bin ich wegen meiner Verletzungen für den Außeneinsatz untauglich geworden.«

»Ein Job im Innendienst in einem eigenen netten Büro?«, versuchte Sneijder es ein letztes Mal.

»Danke, ich hab die Nase voll.« Sie sah ihn an. »Verstehen Sie mich nicht falsch, ich bin nicht wütend auf *Sie*, sondern ich stelle generell die Sinnhaftigkeit unseres Jobs infrage, mit all der Korruption, die uns ständig begleitet. Wozu sich weiter den Arsch aufreißen und sein Leben riskieren?«

Er wollte etwas entgegnen, doch Tina fuhr sogleich fort: »Außerdem haben Sie in Tønsberg gesagt, dass ich nach diesem Fall dringend Urlaub brauche und dass ich Ihnen immer ähnlicher werde. Das stimmt, und genau das will ich verhindern, bevor es zu spät ist.«

»Ich verstehe«, lenkte er ein. »Und was haben Sie vor?«

Sie griff in ihre Handtasche und drückte ihm eine Visitenkarte in die Hand. »Die ist vorerst nur provisorisch.«

Sneijder betrachtete das Logo. *»Tina K. Martinelli«*, las er vor. »Sie werden Detektivin?«

»Ich habe nichts anderes gelernt, und so kann ich den Menschen vielleicht besser helfen.«

Er steckte die Karte ein. Als Nächste waren sie an der Reihe. Nach Marc und Tina ging auch er an der Familie Nemez vorbei, gab jedem die Hand und murmelte ein knappes »Mein Beileid«.

Sabines Vater sah ihn nur kurz mit emotionslosem Blick an. »Ich habe immer gewusst, dass Sie eine Gefahr für Sabine sind«, murmelte er mit halb geschlossenen Lippen.

Sneijder erwiderte nichts darauf. Für ihn war das hier sein höchstpersönlicher Gang nach Canossa. Connie gab ihm zwar auch die Hand, zog sie aber gleich wieder zurück. Sein Herz war so unglaublich schwer, und als er sah, dass sie nicht einmal den Blick heben konnte, um ihn anzusehen, und ihr immer noch Tränen übers Gesicht liefen, gab es ihm einen weiteren Stich in die Brust. Er hätte nicht gedacht, dass er jemals so empfinden würde.

Im nächsten Moment war es auch schon vorbei, und sie gingen nach draußen vor das schmiedeeiserne Eingangstor des Kirchenareals, wo im Schatten einiger Weiden die Taxis warteten.

Tina verabschiedete sich als Erste von ihnen. Er gab ihr die Hand. »Alles Gute«, sagte er knapp. »Ich weiß, dass Sie Krzysztof nicht so schnell vergessen können. Ich auch nicht. In Polen gibt es ein Sprichwort, das Krzysztof mir beigebracht hat … *Po nocy przychodzi dzień – po burzy spokój.*«

Tina sah ihn fragend an.

»Nach der Nacht kommt der Tag, nach dem Sturm die Ruhe«, übersetzte er.

»Leider gilt das nicht für alle von uns.« Sie verabschiedete sich nun auch von Marc, umarmte ihn und ging zu einem freien Taxi.

Marc sah ihr nach. »Die werden wir wohl nie wiedersehen.« Seine Augen waren gerötet, und er sah aus, als hätte er in den letzten Tagen kaum geschlafen.

Einige Kollegen vom BKA gingen an ihnen vorbei. »Der große

Maarten S. Sneijder«, murmelte einer von ihnen. Ein anderer spuckte abfällig auf den Boden.

Sneijder sah ihnen nach. *Es sind doch immer wieder die Gleichen.* »Hat noch jemand Arschkarten für mich?«, rief er ihnen nach. »Die sammle ich nämlich.«

»Sei still! Dadurch wird es nicht besser.« Marc legte ihm die Hand auf die Schulter.

»*Vervloekte Idiooten*«, murrte Sneijder. Tatsächlich wunderte er sich, dass Marc, im Gegensatz zu ihm, die ganze Sache so gefasst nahm. Womöglich versuchte er aber auch nur, seine wahren Gefühle zu verbergen, zumindest ihm gegenüber. Denn Marc hatte ja nicht nur seine Lebensgefährtin verloren – seine gesamten Zukunftspläne lagen in Scherben. Angefangen bei dem gemeinsamen Kauf einer Wohnung, für die er vor so kurzer Zeit voller Begeisterung eine Anzahlung geleistet hatte. Ebenso wenig würden Sabine und Horowitz ihre Vorlesung mit den Abschlussprüfungen der Studenten zu Ende bringen.

Als Sneijder plötzlich stechende Kopfschmerzen bekam, beschleunigte sich sein Puls. *Wat in godsnaam? Nicht schon wieder!* Zwischen den Weiden sah er das funkelnde Metall eines Rollstuhls. Er kniff die Augen zusammen. Dort saß tatsächlich Horowitz. Hinter ihm stand Krzysztof im schwarzen Rippshirt, daneben Sabine. Sie sahen zu ihm. Außer ihm schien das aber niemand zu bemerken.

Nee, nee, nee! Niet goed! Er zwinkerte, aber das Bild blieb. Hoffentlich weitete sich das Ganze nicht zu einer Attacke Cluster-Kopfschmerzen aus. Offenbar fühlte er sich den Toten schon näher als den Lebenden. In seinem Geist schien die Membran zwischen den beiden Welten immer dünner zu werden, und bald würde ihn der Berg der Toten, denen er im Laufe seines Lebens begegnet war, erdrücken. Aber das war der Preis für seine Genialität – und jetzt wurde er zur Kasse gebeten.

»Alles okay?«, fragte Marc.

Die Vision verblasste. Zwischen den Weiden standen nur zwei Fahrräder und ein Mülleimer. Sneijder stand der Schweiß auf der Stirn. Er drehte sich zu Marc. »Ich hätte sie nicht noch mal aufs Schiff gehen lassen dürfen.«

Marc sagte eine Weile lang nichts, machte dann aber doch den Mund auf. »Wir wissen beide, Sabine hätte sich niemals aufhalten lassen.«

Aber ich habe es nicht nachdrücklich genug versucht, dachte er. Und das war das Bittere an der Sache – denn sie hatte schon draußen auf den Felsen neben ihm gestanden und war bereits in Sicherheit gewesen. Aber niemand konnte die Zeit zurückdrehen. »Alles Gute«, sagte er nun auch zu Marc und reichte ihm die Hand zum Abschied. So viel er wusste, würde Marc noch ein paar Tage bei Sabines Schwester und ihren Nichten in München bleiben. Sneijder wandte sich um und ging zu dem Taxi, das ihn auch hergebracht hatte.

»Alles erledigt?«, fragte der Fahrer, nachdem er auf dem Rücksitz Platz genommen und die Tür geschlossen hatte. »Wie ist es gelaufen?«

»Es war überaus lustig«, sagte er trocken.

»Tut mir leid. Wohin geht es jetzt?«

»Zurück nach Wiesbaden, zum Bundeskriminalamt in der Thaerstraße elf.«

Der Fahrer startete den Wagen und fuhr los. Vor Sneijder lagen vier Stunden Fahrt, in denen er genug Zeit hatte, über alles nachzudenken und ein paar Dinge zu erledigen.

Während der Wagen durch die Stadt Richtung Autobahn fuhr, sah er aus dem Fenster und dachte an Gjøte. Wenn er alles von Grund auf anders eingefädelt hätte, wäre womöglich vieles anders gelaufen und niemand hätte sterben müssen. Dann hätte es auch tatsächlich etwas mit Gjøte werden können. Aber so war es nur gerecht, dass er litt.

Aus dem Sakko holte er die Lesebrille und kramte dann aus der Flügelmappe neben ihm Füller, Kuverts und Briefpapier. Eine Weile überlegte er, wie er es am besten formulieren sollte und entschied sich dann für drei knappe und präzise Sätze.

Er schrieb seine eigene Kündigung an die Personalabteilung. Für ihn würde es in diesem Leben keine Mörderjagd mehr geben.

EPILOG

Fünf Stunden später

Nachdem er die Kündigung am Empfang des BKA-Hauptgebäudes abgegeben hatte, brachte ihn das Taxi endlich nach Hause. Offenbar hatte Vincent ihn gehört, denn er wartete bereits geduldig vor der Eingangstür der alten ehemaligen Mühle am Waldrand auf ihn.

»Na, alter Junge.« Sneijder kraulte das Fell des Bassets und sperrte die Tür auf. Dann füllte er die Wasserschale und die beiden Futterschüsseln randvoll mit je einer Ration Nass- und Trockenfutter aus der Vorratskammer. Trotzdem sah ihn der Hund treuherzig an, als würde er jeden Moment verhungern.

»Nur bis morgen, dann kommt die Putzfrau, und du kriegst extra Leckerlis.«

Der Hund war das Einzige, das ihm noch geblieben war. Doch egal, woran er dachte, er bekam die vorwurfsvollen stummen Blicke von Sabines Familie nicht aus dem Kopf. So kurz der Augenblick auch gedauert hatte, er hatte sich unauslöschlich in sein Gedächtnis gebrannt.

Wie hätte er verdammt noch mal ahnen können, dass ihm jemals so viel an dieser jungen Frau liegen würde, die er vor vielen Jahren in München entdeckt, nach Wiesbaden geholt und dort zu einer der Besten ausgebildet hatte? *Was für einen Sinn hat dein Leben noch?* Die Mörderjagd war das Einzige, das er beherrschte. Seit diesem letzten Fall fehlte ihm aber jeglicher Antrieb, damit weiterzumachen. Und den würde er auch nicht wiederfinden. Das wusste er. Nicht nach all dem, was passiert war.

Auf dem Weg durchs Wohnzimmer blieb er kurz am Esstisch

stehen, griff in sein Sakko und zog die anderen drei Kuverts hervor, die er während der Fahrt adressiert hatte. Die Schrift war etwas wackelig, aber wen kümmerte das? Er legte sie so zwischen Aschenbecher und Kerzenständer, dass sie leicht gefunden werden konnten.

Dann holte er seine Glock aus dem Safe und schob das Magazin in den Griff. Es war nur eine Patrone drin. Anschließend schrieb er einen Zettel und klebte ihn an die Badezimmertür.

Vorsicht beim Öffnen.

Immer noch mit seinem besten maßgefertigten Anzug bekleidet betrat er das Bad, schloss die Tür und stieg mit den Schuhen in die leere Wanne. Er lud die Waffe durch und steckte sich den Lauf in den Mund. Nachdem er einmal tief ein- und ausgeatmet hatte, schloss er die Augen und legte den Finger auf den Abzug.

Er spürte das kalte Eisen der Mündung, schmeckte das Öl. Die Waffe so zu halten – mit dem Lauf gegen sich selbst gerichtet – war ungewohnt für ihn. *Gleich ist es vorbei.* Er wollte schon abdrücken, zuckte aber zusammen, als sein Handy in der Brusttasche läutete. Er ignorierte es, atmete wieder tief durch und legte den Finger erneut auf den Abzug.

Das Handy läutete immer noch hartnäckig. Er versuchte, den Ton zu ignorieren. Was konnte schon so dringend sein? *Drück ab! Bring es hinter dich!*

Der Klingelton fraß sich in sein Gehirn. Hinter der Tür bellte Vincent, seine Pfoten kratzten am Holz.

»*Verdomme!*« Er nahm den Lauf aus dem Mund, dann holte er das Telefon heraus und blickte aufs Display. *Unterdrückte Nummer.*

Er nahm den Anruf entgegen. »Ja, wer ist da?«, knurrte er. Es knackte in der Leitung. Die Verbindung war schlecht. Im Hintergrund hörte er Männer, die polnisch miteinander sprachen.

Dann flüsterte plötzlich eine weibliche Stimme, die ganz nah schien. »Hallo, Somerset?«

Er fuhr hoch, sein Herz machte einen Satz. Es gab es nur sehr wenige Menschen, die seinen vollen Namen kannten. Er wollte etwas sagen, brachte aber keinen Ton heraus.

»Ich weiß nicht, wo ich bin … Ich habe nur Gelegenheit für diesen einen Anruf.«

Sneijder legte die Waffe auf das Tischchen neben sich und stieg mit zitternden Knien aus der Wanne. *Kann das sein?* »Eichkätzchen …?«, fragte er.

Im nächsten Moment war die Leitung tot.

Fortsetzung folgt …

Danksagung

Ein neues Abenteuer von Maarten Sneijder … verzeihen Sie bitte, Maarten S. Sneijder und seinem Eichkätzchen ist zwischen zwei Buchdeckel gepackt, und wie immer bedanke ich mich für die Hilfe bei der Entwicklung der Handlung sowie für Feedback zum Manuskript bei meinen treuen Testlesern Heidemarie Gruber, Robert Froihofer, Veronika A. Grager, Ulrike Schiesser, Gaby Willhalm, Jürgen Pichler, Stefanie Schauer, Dagmar Kern, Roman Schleifer, Barbara Karlich, Daniel Weber, Markus Leshem und Sebastian Aster.

Dank geht auch an Michael Verismo Limberg für seine Erläuterungen zur Schwulenszene und zu Gayclubs. Sneijder auf jemanden wie Gjøte treffen zu lassen, war vor allem seine Idee.

Ich bedanke mich bei Nina Truskawetz für ihre Erläuterungen über die Sensibilität von Rollstuhlfahrern und Christina Bugl für ihre Erklärung über elektrische Rollstühle. Bei Maarten Mulder für seine Hinweise zu neuen niederländischen Schimpfwörtern und Piotr Włodarczyk für das schöne polnische Sprichwort, das ich Krzysztof in den Mund gelegt habe.

Bei Feuerwehrkommandant Hubert Karl für die Erläuterung zu Brandschäden und Atemschutzmasken, Versicherungsexperte Gerhard Simon zum Diebstahl von PKWs, Anwältin Dr. Gerda Mahler-Hutter für rechtliche Fragen, Mag. Eva Gruber für psychologische Beratung, Andreas Lechner für computertechnische Erläuterungen und Thomas Ulrichshofer von Toyota Baden für seine Erklärungen zum Auslesen von Daten aus PKWs.

Bei Martin Paset sowie Stefan und Roman Himmler für Erklärungen und Ideen, die ich im Prolog verwendet habe – Stichwort: Klavier.

Bei Tierarzt Mag. Dr. Jahn Henrich aus Berndorf und Prof. Dr. med. Christian Jackowski vom Institut für Rechtsmedizin an der medizinischen Fakultät der Universität Bern für medizinische Beratung.

Bei Maik Freiberg, Staatsanwalt Dr. Frank Heller aus Berlin, meinem Autorenkollegen Kriminalhauptkommissar beim Polizeipräsidium Hagen in Nordrhein-Westfalen Mark Fahnert, sowie bei erstem Kriminalhauptkommissar a. D. Hans Busch vom BKA Wiesbaden für ihre Erläuterungen zu den bürokratischen und ermittlungstechnischen Abläufen in einer Botschaft.

Ebenso danke ich meiner genialen Lektorin Vera Thielenhaus, dem kreativen Team des Goldmann-Verlags, meiner Pressedame Irmi Keis, Roman Hocke und seiner großartigen Literaturagentur AVA International in München und meiner Frau Heidemarie, die mir nun schon seit vielen Jahren die Organisation der Lesungen abnimmt.

Außerdem bedanke ich mich bei Ana Kohler vom Hörverlag, eine Norwegen-Expertin, die das Manuskript auf Plausibilität geprüft hat. Bei den geografischen Gegebenheiten in Tønsberg habe ich allerdings ein wenig getrickst und jenen Berg erfunden, auf dem Haakon Jørgensens Villa steht. Einige Locations, wie den Hølmestrandfjord, habe ich ebenfalls erfunden, weil ich bestimmte geografische Gegebenheiten für die Handlung brauchte. Der Rest sollte aber der Realität entsprechen. Falls sich dennoch Fehler eingeschlichen haben, so bin ich wie immer allein dafür verantwortlich.

Zuletzt bedanke ich mich auch noch bei Ihnen, liebe Leser und Leserinnen für die Lesetreue und bei meiner Facebook-Community für die Motivation, die mich täglich erreicht. Es war mir erneut eine große Freude, für Sie alle morden zu dürfen.

Andreas Gruber im Goldmann Verlag:

Die Reihe um Maarten S. Sneijder
Todesfrist. Thriller
Todesurteil. Thriller
Todesmärchen. Thriller
Todesreigen. Thriller
Todesmal. Thriller
Todesschmerz. Thriller

Die Reihe um Walter Pulaski und Evelyn Meyers
Rachesommer. Thriller
Racheherbst. Thriller
Rachewinter. Thriller

Die Reihe um Peter Hogart
Die Schwarze Dame. Thriller
Die Engelsmühle. Thriller
Die Knochennadel. Thriller

Außerdem lieferbar:
Herzgrab. Thriller

(alle auch als E-Book erhältlich)